Das Buch

Gleiwitz/Oberschlesien im Frühjahr 1943: Der totale Krieg ist ausgerufen, Stalingrad ist gefallen, die Soldaten gehen im Osten »planmäßig« zurück und bringen den Krieg mit nach Hause. Es ist Karfreitag, Passionstag. Die Menschen ahnen, daß der Zusammenbruch kommt, aber sie schließen die Augen davor. Vor der Kirche »Peter und Paul« hat sich eine neugierige Menschenmenge versammelt, um zu sehen, wie man die Glocken vom Turm holt, deren Metall jetzt zum »Endsieg« beitragen soll. Der Pfarrer hat diesen Tag bestimmt zum stummen Protest: die Zeit ohne Glocken bricht an, die gottlose Zeit vor dem Ende. Immer mehr Frauen tragen jetzt Schwarz, viele Männer fehlen, der letzte Transport der Gleiwitzer Juden rollt aus dem Bahnhof nach Auschwitz. »Was Bienek schon in der ›Ersten Polka‹ und im ›Septemberlicht‹ gelang, eine Epoche und ihre Stimmung, Menschen und ihr Lebensgefühl vor dem Vergessen zu retten, ist hier zu geradezu makelloser Vollkommenheit geführt«, schrieb Toni Meissner in der Münchener ›Abendzeitung‹.

Der Autor

Horst Bienek wurde am 7. Mai 1930 in Gleiwitz geboren. Er war Schüler von Bertolt Brecht. 1951 wurde er aus politischen Gründen verhaftet und zu fünfundzwanzig Jahren Zwangsarbeit verurteilt. Vier Jahre arbeitete er in einem Bergwerk in Workuta. Seit 1956 lebt er in München. 1969 erhielt er den Bremer Literaturpreis, 1975 den Hermann-Kesten-Preis. Weitere Werke: ›Traumbuch eines Gefangenen‹, Gedichte und Prosa (1957); ›Nachtstücke‹, Erzählungen (1959); ›Werkstattgespräche mit Schriftstellern‹ (1962); ›was war was ist‹, Gedichte (1969); ›Die Zelle‹, Roman (1969); ›Vorgefundene Gedichte‹ (1969); ›Bakunin, eine Invention‹ (1970); ›Solschenizyn und andere‹, Essays (1972); ›Die erste Polka‹, Roman (1975); ›Gleiwitzer Kindheit‹, Gedichte (1976); ›Septemberlicht‹, Roman (1977).

Horst Bienek:
Zeit ohne Glocken
Roman

Deutscher
Taschenbuch
Verlag

Von Horst Bienek
sind im Deutschen Taschenbuch Verlag erschienen:
Werkstattgespräche mit Schriftstellern (291)
Die erste Polka (1499)
Septemberlicht (1566)
Gleiwitzer Kindheit (5457)

Ungekürzte Ausgabe
Januar 1982
Deutscher Taschenbuch Verlag GmbH & Co. KG,
München
© 1979 Carl Hanser Verlag, München · Wien
ISBN 3-446-12819-0
Umschlaggestaltung: Celestino Piatti
Gesamtherstellung: C. H. Beck'sche Buchdruckerei,
Nördlingen
Printed in Germany · ISBN 3-423-01737-6

Erzählen Sie mir nicht von den Helden
und Opfern. Erzählen Sie mir von
den einfachen Menschen und
von dem gewaltigen Leben, wie es ist.
Witold Gombrowicz

Ich kann nicht verstehen, wie man einem lebendigen Menschen Nägel durch die Hände schlagen kann, also das kann ich abserlutnik nicht verstehen. Andi stand barfüßig und im Nachthemd in der Tür zur Küche und sah seine Mutter an, die sich das Haar kämmte. Sie war bereits angekleidet. Über die Schultern trug sie einen schmutzigfarbenen Frisierumhang, der, zusammen mit dem trüben Morgenlicht, ihr Gesicht grau erscheinen ließ. Andi blickte auf seine Hände.

Du hast bloß schlecht geträumt, sagte Anna Ossadnik mit fester und klarer Stimme, als wollte sie die Reste der Nacht aus seinen Gedanken und aus der Küche verscheuchen. Sie blickte nicht in den Spiegel und kämmte sich dennoch mit einer Sicherheit, wie man sie sich in tausenden von Wiederholungen aneignet. Dann legte sie die Bürste auf die Konsole und teilte mit beiden Händen das Haar am Hinterkopf in zwei Teile. Mit flinken, geübten Bewegungen flocht sie zuerst die linke Seite zu einem Zopf und steckte das Ende in den Mund, damit es sich nicht auflöste, dann tat sie dasselbe mit der rechten Seite.

Wasch dir den Schlaf aus den Augen, Junge, sagte sie durch die Zähne und den Zopf hindurch. Aber spar mit der Seife, es ist unser letztes Stück für diesen Monat, ja.

Und die Füße übereinander, damit man nur einen Nagel braucht, um sie beide festzunageln, also das muß schon ein ziemlich langer Nagel sein, so an die fünf Zoll lang. Andi sprach wie zu sich selbst. In Gedanken stellte er sich vor, wie der eine Soldat die Füße übereinanderlegt und der andere den Nagel ansetzt und mit einem großen Hammer draufschlägt, bis der Nagel durch das Fleisch und die Knochen treibt und tief im Holz sitzt.

Er schob seinen rechten Fuß über den linken.

Der Mann am Kreuz kann sich aber nicht gewehrt haben, stellte er mit ruhiger Stimme fest.

Redest du jetzt schon am frühen Morgen mit dir selbst? sagte Anna, die gerade mit dem Flechten ihres anderen Zopfes fertig geworden war. Sie drehte beide nach innen zu einer Schnecke zusammen, die sie geschickt mit zwei Haarnadeln feststeckte. Wovon redest du überhaupt?

Andi ging in die Küche, drehte den Wasserhahn auf und schüttete sich mit beiden Händen das kalte Wasser übers Gesicht.

Anna löste die Schleife des Frisierumhangs, mit der er am Hals zusammengezogen war, und nahm ihn vorsichtig von den Schultern, damit die Haare und die Schuppen nicht herumwirbelten. Erst jetzt blickte sie in den Spiegel. Sie war, nach einem flüchtigen Blick, mit ihrer Frisur zufrieden.

Von Jesus Christus, den sie ans Kreuz genagelt haben, ließ sich Andi laut aus der Küche vernehmen, um das Rauschen des Wassers zu übertönen. Er drehte den Strahl kleiner, beugte sich nach vorn, trank einen Schluck und begann laut zu gurgeln.

Wie kommst du nur darauf? murmelte Anna vor dem Spiegel. Sie verzog ihr Gesicht nach verschiedenen Seiten, um die Straffheit ihrer Haut zu prüfen. Gewiß, es war Karfreitag. Aber mußte ihr Sohn sich gleich am Morgen mit so sonderbaren Sachen befassen?

Heute vor genau eintausendneunhundertundzehn Jahren, sagte Andi, nachdem er das Wasser ausgespuckt hatte. Er wischte sich das Gesicht mit einem blaugestreiften Handtuch ab, in dem die Buchstaben DR eingewebt waren. Die Seife hatte er nicht benutzt. Er mochte diese neue Seife nicht, die so leicht war wie ein Schwamm. Die Haut stank noch stundenlang danach faul wie Moder. Seitdem Paulek keine Seife mehr aus Frankreich schickte und Mamotschka ihren im Keller versteckten Bestand aufgebraucht hatte, hätte er sich am liebsten überhaupt nicht mehr gewaschen. Er machte sich jetzt die Haare naß, damit sie sich irgendwie mit dem Kamm zähmen ließen, und legte den Finger auf den Kopf zur Markierung eines ungewissen Scheitels.

Wieso, sagte Anna, und tat als zählte sie nach. Wir haben doch 1943! Doch, du hast recht... Christus ist 33 Jahre alt geworden, ja. Sie hatte den Frisierumhang zusammengefaltet und in eine Schublade der kleinen Frisierkommode gelegt, der sie nun ein geblümtes Halstuch entnahm, das sie sich umband. Dabei sah sie sich im Spiegel genauer an. Sie fand, daß sie immer noch gut aussah. Wer sie nicht kannte, hätte sie glattweg für zehn Jahre jünger halten können. Am Ostersonntag würde sie sich mit der Brennschere links und rechts drei oder vier Wellen einbrennen und das Haar an den Schläfen zu zwei Löckchen eindrehen. Dann würde sie auch zum ersten Mal das neue Kleid aus dem hellblauen Satin anziehen, den Paulek zu Weihnachten aus Frankreich mitgebracht hatte, mit einem Glockensaum unten, an der Brust und an den Schultern plissiert, und mit Fledermaus-Ärmeln, also ganz nach der jetzigen Mode. In ihrem Alter! Aber Paulek hatte es ausdrücklich so gewollt und war sogar mit ihr zur Schneiderin mitgegangen und dabeigewesen, als diese Maß genommen hatte, weil er nicht wollte, daß die Mutter, wie sie es früher immer getan hatte, den Stoff an Ulla weitergab.

Wenn nur dieser Kropf nicht wäre, der vor einem Monat angefangen hatte zu wachsen, langsam zwar, aber in seinem Wachstum durch nichts aufzuhalten war – sie tastete mit den Fingern die Stelle ab und spürte ihn, trotz seiner nachgebenden Weichheit, als eine kloßartige Verdickung. Seit gestern hatte sich zwar nichts verändert, dennoch ließ sie das Gefühl nicht los, daß er jetzt schon deutlich zu sehen war. Seit einiger Zeit spürte sie die Verdickung, wenn sie ihren Kopf rasch nach links drehte. Ein Glück, daß der Kropf, wenn es denn einer war, keine Schmerzen verursachte, außer gelegentlichen Schluckbeschwerden am Morgen. Im Spiegel war nicht viel zu sehen, und selbst der Franzek beteuerte immer wieder, daß einer, der nichts davon wußte, ihn überhaupt nicht bemerken würde. Vielleicht fragte sie ihn so oft danach, weil sie das immer wieder hören wollte. Vor den Kindern hatte sie den Kropf bisher mit Erfolg geheimgehalten, aber zur Sicherheit trug sie seit einiger Zeit ein Seidentuch. Nun kam die Angst hinzu, es könnte langsam auffallen, wenn sie immer das gleiche Halstuch mit den blauen Blümchen auf gelbem Grund um den Hals knotete, deshalb hoffte sie, der Paulek würde aus Frankreich bald neue Tücher und in verschiedenen Farben schicken, damit sie wechseln konnte.

Du redest vom gekreuzigten Christus, sagte sie, aber in die Kirche bist du nicht reinzukriegen. Dabei könnte es nichts schaden, wenn du heute mit mir um drei Uhr in die Karfreitags-Liturgie gehst. Was hältst du davon?

Überhaupt nichts, sagte Andi und putzte sorgfältig seine Brille. Ich lese lieber zu Hause eine Seite in der Bibel, aber die gepredigten Meineide von der Kanzel hör' ich mir nicht an.

Er sagte es so beiläufig wie möglich. Es war ja nicht das erste Mal, daß er sich weigerte. Er glaubte wirklich an Gott, und deshalb hatte er den festen Entschluß gefaßt, die Kirche nicht mehr zu betreten.

Ach ja, seufzte Anna. Über ihren Sohn Andi, der plötzlich erwachsen wurde, oder über ihren Kropf, das war nicht herauszuhören; es gab Grund genug, über beide zu seufzen.

Das Schreckliche daran war, daß sie sich, wenn der Kropf weiterhin so langsam aber unaufhaltsam wuchs, geradezu ausrechnen konnte, in zwei Jahren einen so dicken Hals wie die Frau Pastuschka zu haben. Sie trank jetzt jeden Morgen warmes Salzwasser und bereitete sich am Abend einen Tee aus Tausendgüldenkraut, weil darin Jod enthalten sein soll, und sie nahm auch regelmäßig einen Teelöffel von einer furchtbar stinkenden und noch furchtbarer schmeckenden Arznei, die ihr der alte Wieschow mitgegeben hatte, der Homöopath aus Bilchengrund, zu dem sie gegangen war, nachdem ihr der Arzt nur immer weiße Tabletten verschrieben hatte. Eine Zeitlang hatte sie geglaubt, diese Tabletten würden ihr helfen und der Kropf würde aufhören zu wachsen. Sie hatte es dem Arzt gesagt, der sogleich sein Honorar erhöhte, aber nach zwei Wochen war ihr klar, daß sie sich – wieder einmal – getäuscht hatte. Sie war ohnehin nur zum Arzt gegangen, weil Franzek es so gewollt hatte, aber bei solchen Krankheiten konnte nur ein Homöopath helfen – wenn man überhaupt helfen konnte –, und der alte Wieschow in Bilchengrund war einer der berühmtesten in der ganzen Gegend. Das Schlimmste war die Angst jeden Morgen, nach dem Aufwachen, wenn sie als erstes nach dem Hals tastete, ob der Kropf über Nacht wieder ein Stück größer geworden war. Diese Angst, die so lange anhielt, bis sie feststellte, daß sich nichts verändert hatte. Und jeden Tag wieder dasselbe.

In Wahrheit veränderte sich der Kropf seit Tagen überhaupt nicht mehr, und wenn er einmal etwas größer, das andere Mal etwas kleiner schien, dann nur so geringfügig, daß sie es gar nicht hätte feststellen können. Es war ihre Angst, ihre starke Phantasie und ihre Hoffnung, die sie einmal an das Wachsen, ein anderes Mal an den Stillstand, und dann wieder an das Verschwinden des Kropfes glauben ließen.

Sollte sie ihn wegoperieren lassen? Es war das letzte Mittel, nicht etwa, weil eine Halsoperation als besonders gefährlich galt – sondern, was viel schlimmer war, man mußte damit rechnen, hinterher blöd zu sein, verrückt, *ogupnonc.* Manchmal gab sie sich dem wahnwizigen Gedanken hin, er würde austrocknen und genauso verschwinden, wie er gekommen war – so etwas soll es schon gegeben haben. Sollte sie den Schielok einweihen? Der Karfreitag war eigentlich der beste Tag dafür. Doch nein, gerade heute würde sie den Mut dazu nicht aufbringen. Sie rückte sich das Halstuch zurecht und ging in die Küche.

Ich hoffe, ihr seid heute abend alle vollzählig zu Hause, sagte Anna mit leicht belegter Stimme und räusperte sich. Vater kommt heute auch, er ist jetzt immer zwei Tage hintereinander unterwegs, dafür hat er dann drei Tage frei. Ist doch schön, nicht wahr? Bis Ostern hat er frei!

Sie bückte sich vor dem Ofen und stocherte so lange in der Asche herum, bis ein paar dunkelrote Glutstücke aufleuchteten, auf die sie eine zerknüllte Zeitungsseite warf. Dann begann sie zu pusten, bis eine kleine Flamme hochschreckte. Vater fährt kriegswichtige Transporte weit in den Osten, sagte sie. Alles ganz geheim.

Mamotschka hat heute wieder ihr Märtyrergesicht aufgesetzt, dachte Andi. Aber er sagte, sie solle das besser dem Tonik beibringen, damit der einmal zu Hause bleibt. Sonst kriegen wir ihn den ganzen Urlaub überhaupt nicht zu sehen. Läuft nur immer hinter den Vosen her... was der nur davon hat, murmelte Andi und rührte sich nicht von seinem Platz.

Mein Gott, wie du wieder redest, sagte Anna und legte eine Handvoll Späne und dünne Holzscheite auf das Feuer. Und das am Karfreitag! Zieh dich lieber an! Ich mach inzwischen das Frühstück. Du kannst das Hemd von gestern wieder nehmen! Sonntag kriegst du ein neues.

Gibt es wieder dein berühmtes Fastenfrühstück? gähnte Andi. Sein Haar lag glatt am Kopf an und war ziemlich unregelmäßig gescheitelt. Am liebsten würde er sich überhaupt kein Hemd anziehn; das brächte nur seine Frisur durcheinander.

Wie immer eine Margarineschnitte und Hagebuttentee, sagte sie, das weißt du doch. Hagebuttentee war auch für ihren Hals gut.

Es gab Zeiten, da ging es uns schlechter, da war jeden Tag Karfreitag. Aber davon wißt ihr ja heutzutage nichts mehr! Davon könnt ihr euch ja keine Vorstellung mehr machen! Wie schlecht es uns ergangen ist! Was früher hier für eine Armut war! Diese *Bjeda!* Sie konnte sich richtig hineinsteigern. Die Späne qualmten, aber sie brannten nicht, also mußte sie noch einmal pusten. Ob das für ihren Hals gut war?

Ach komm, Schielok, hilf mir mal! Die Wolken hängen so dicht über der Stadt, daß der Ofen nicht zieht.

Andi pustete hinein, er hatte gleich einen ganz anderen Zug. Sofort züngelten kleine rote und bläuliche Flammen hervor, zeigten sich hier und verschwanden dort, bis auf einmal eine Stichflamme hochschoß. So mußte man es machen, dachte er stolz.

Jetzt zieh dich doch endlich an, Schielok! sagte die Mutter. Sonst ist der halbe Tag hin. Bring den Kotik gleich mit, dann frühstücken wir zusammen. Und mittags wird gefastet, ja. Und laß den Tonik in Ruhe, der muß seinen Krieg ausschlafen, der steckt ihm doch noch in den Knochen!

Ich geh ja schon, sagte Andi und setzte sich langsam in Bewegung. Aber nenn' mich nicht Schielok! Er sah auf seine nackten, hellen Füße, die er vorsichtig auf dem dunklen Linolboden aufsetzte. Das muß abserlutnik ganz schön weh tun. Wie das ein Mensch aushalten kann, einfach so Nägel durch die Hände... und durch die Füße, sagte er.

Es muß schrecklich sein, stell ich mir vor, sagte Anna Ossadnik, die einen Topf mit Milch auf den Herd setzte, ganz an den Rand, damit sie langsam erhitzt wurde und nicht gleich überlief. In Wirklichkeit konnte sie es sich gar nicht vorstellen.

2

Valeska Piontek war nach der Verhaftung Halinas langsamer geworden. Alles war langsamer an ihr, das Sprechen, die Bewegungen, das Denken. Sogar das Klavierspiel. Sie brauchte jetzt beinahe doppelt soviel Zeit, um sich in der Frühe anzukleiden. Und heute erst recht, wo sie mit Sorgfalt ein altes Kleid und einen schäbigen Mantel hervorkramte. Nicht einmal die Haare wollte sie sich richtig kämmen, und dann brachte sie doch lange Zeit vor dem Spiegel zu, um sie wenigstens unter dem selbstgebundenen schwarzen Turban zu verstecken. Sie sah das Gesicht einer alten Frau im Spiegel und konnte sich nur schwer daran gewöhnen, daß es ihr eigenes Gesicht war. Es war nicht das erste Mal, daß sie diese Entdeckung machte. Früher hatte sie versucht, mit Cremes und Alaune die Krähenfüße an den Schläfen und unter den Augen wegzumassieren, um ihr altes Gesicht wiederherzustellen. Heute dagegen befriedigte sie dieser Anblick. Ein Karfreitagsgesicht, dachte sie.

Valeska hörte es gern, wenn man sie eine fromme Frau nannte. Aber in Wirklichkeit wußte sie gar nicht mehr, ob sie wirklich fromm war. So vieles war ihr zur Routine geworden, nicht nur die Arbeit im Haus, nicht nur der Klavierunterricht, auch das Beten. Sie ging jeden Sonntag in die Kirche, ging zu den Mai- und Rosenkranzandachten auch an den Wochentagen. Allerdings, zweimal an einem Tag betrat sie die Kirche nur am Karfreitag, da ging sie in der Frühe zur Beichte und um drei Uhr am Nachmittag zur heiligen Kommunion. In der Todesstunde Christi. *Und um die sechste Stunde war eine Finsternis über das ganze Land, bis um die neunte Stunde. Und um die neunte Stunde rief Jesus laut und sprach. Eli, eli, lama asabthani, das ist verdolmetscht: Mein Gott, mein Gott, warum hast du mich verlassen. Da lief einer und füllte einen Schwamm mit Essig und steckte ihn auf ein Rohr und tränkte ihn und sprach: Halt, laßt sehen, ob Elia komme und ihn herabnehme! Aber Jesus schrie laut und verschied.*

Das hatte sie schon als Kind aufgesagt und konnte es auswendig. Und sie würde es nicht verlernen bis zu ihrem Tode. Aber manchmal dachte sie, ihre Gebete müßten ganz anders, ganz neu sein, und sie sehnte sich danach, noch einmal so erschüttert zu sein vor dem Gekreuzigten wie damals, als sie als Kind zum ersten Mal in der kleinen Kirche von Myslowitz die Stationen des Kreuzwegs erlebte.

Vielleicht würde ihr Gebet heute inbrünstiger ausfallen, weil sie an Halina denken mußte, wie sie seit Tagen schon an Halina dachte. O Herr, nimm sie unter deinen Schutz und Schirm – aber es kam ihr nicht in den Sinn, daß Halina jetzt ihren eigenen Kreuzweg ging, fernab von ihr, hinter dicken Gefängnismauern.

Sie brühte sich einen Gerstenkaffee auf und aß dazu eine trockene Semmel, die sie hin und wieder, gedankenverloren, in den Kaffee stippte. Heute war der größte Fastentag des Jahres. Heute gab sie auch keinen Klavierunterricht. Sie wollte heute, am Leidenstag des Herrn, Ihm besonders nahe sein. Und sie fühlte, daß sie Ihm noch nie so nah gewesen war wie in dieser Karwoche. Am vergangenen Abend war sie in der Kirche gewesen und hatte miterlebt, wie der Erzpriester ein paar alten Männern und Frauen die Füße gewaschen hatte. Der alte Hrabinsky war diesmal unter ihnen gewesen und hatte seinen gesunden Fuß vorgezeigt, an dem andern trug er eine Holzprothese, die neuerdings in einem Schuh steckte. Er sah so glücklich aus, als er an ihr vorbeiging und ihr zulächelte. Daß er ein Holzbein trug, war kaum noch zu bemerken. Sie hatte daran gedacht, wie er jahrelang mit seinem angeschnallten

Holzstumpf über einem abgeschabten Lederkissen durch die Straßen gehumpelt war, und sie fühlte sich beinahe vor ihm schuldig, weil auch sie manchmal über ihn gelacht hatte. Und auch Halina gegenüber fühlte sie sich schuldig.

In der Nacht hatte sie schlecht geschlafen. Irgendwann war sie wach geworden; draußen war es noch dunkel, kein Licht kam durch die Ritzen der Verdunkelung in ihr Zimmer. Sie spürte keine Angst, doch ihr Herz klopfte so laut, daß sie das Gefühl hatte, der Rhythmus teile sich dem Bett, dem Zimmer, allen Wänden mit und durchdringe so das ganze Haus. Ihr Kopf war voll von Schmerzen und Bildern und Erinnerungen. Sie begann zu frieren, wickelte sich fester in ihre Decke ein und legte noch ihren Mantel darüber, aber sie fror immer noch. Schließlich verbarg sie ihren Kopf unter der Decke, als könne sie sich so von der Nacht, von der Welt abschließen. In dieser Haltung mußte sie wieder eingeschlafen sein.

Als sie aufstand, war es immer noch still im Haus. Erst auf dem Weg zum Badezimmer begegnete ihr Irma. Es war nicht wie sonst, wenn sie sich in der Enge des Flurs trafen und beide nur danach trachteten, der Nähe der andern zu entkommen oder absichtlich in eine andere Richtung sahen. Diesmal standen sie sich gegenüber und sahen sich lange und schweigend und verstehend an, als hätten sie beide den gleichen schrecklichen Traum gehabt, dessen letzte Spuren sie nun auf ihren Gesichtern zu entdecken meinten. Valeska hatte sich manchmal gewünscht, wenigstens die Träume mit ihrer Tochter zu teilen.

Du gehst doch in die Kirche, Mama? Nimm mich bitte mit. Heute will ich beichten.

Valeska war verwirrt. Irma hatte sie um etwas gebeten. Sie hatte nicht wie sonst einfach gesagt: Ich gehe in die Kirche. Sie hatte gesagt: Nimm mich bitte mit! Und beichten wollte sie! Valeska wußte nicht, wie sie das mit Irmas Gesichtsausdruck zusammenbringen sollte und grübelte darüber nach. Im Grunde wäre es natürlich richtiger, Irma würde in ihrem Zustand zu Hause bleiben.

Während sie sich wusch, fiel ihr ein, daß sie den Rosenkranz aus Padua, den sie schon seit Tagen suchte, wahrscheinlich vor langer Zeit in einer alten Kiste in der Speisekammer abgelegt hatte. Sie fand die Kiste auch gleich; Weckgläser mit eingemachten Stachelbeeren waren daraufgestellt. Sie wühlte zwischen Christbaumkugeln, getrockneten Blumen, Papierrosen und alten Filmkurieren und fand zu ihrer Überraschung die karierte Sportmütze mit dem Sonnenschild aus braunem Zelluloid, die Leo Maria so gern getragen hatte, wenn er mit dem Fahrrad übers Land fuhr und die alten Dorfkirchen und die neuen Wassertürme photographierte.

Es gab Zeiten, da dachte Valeska nicht mehr an Leo Maria, da hatte sie keine Zeit, sich an ihr gemeinsames Leben und an seinen Tod zu erinnern. Aber dann gab es Dinge, die unvermittelt auftauchten und ihn wieder in ihr Bewußtsein brachten. Einmal ein Objektiv, eine noch nicht angerissene Packung Photopapier oder alte, nicht entwickelte Filme (obwohl sie doch alles, was an das Atelier erinnerte, verkauft hatte). In einer anderen Schublade entdeckte sie ganz unten ein Sträußchen Veilchen, das er einmal getrocknet hatte, eine Zinnfigur, eine verblichene Krawatte – vor nichts war sie sicher. Seine Hemden und Anzüge hatte sie gleich nach dem Tod weggegeben, und zwar weit weg nach Cosel und Heidersdorf, zu weitläufigen Verwandten, denen sie kaum wieder begegnen würde. Die besten Sachen hatte sich der Prohaska schenken lassen, der mit fast nichts aus dem Ruhrgebiet gekommen war; seitdem hatte sie Angst, er könnte eines Tages in Leo Marias Anzug vor ihrer Tür stehen. Am liebsten hätte sie auch alle Bücher versteckt, in denen er jemals gelesen hatte, und lange Zeit dachte sie bei jeder Tasse, jedem Teller, den sie auf den Tisch stellte, bei jedem Löffel und jeder Gabel, wie oft Leo Maria dieses oder jenes in der Hand gehalten hatte, über zwanzig Jahre hinweg. Dann wieder meinte sie, alles, was noch an ihn erinnerte, aufbewahren zu müssen, seine Schlipsnadel, seinen Füllfederhalter, die Uhrkette, den Aschenbecher aus Jade – das war auch schon alles, und sie merkte, wie wenig er, außer seinen Kleidern und den alten Photos natürlich, an persönlichen Dingen besessen hatte. Sie wollte sie aufbewahren, aber nicht mehr daran erinnert werden, und so versteckte sie seine Sachen an Orten, wo sie nur selten hinkam... Aber bei diesem ausgeklügelten Plan konnte es geschehen, daß sie von diesen Dingen gerade in dem Augenblick überrascht wurde, da sie sie am wenigsten erwartete, wie jetzt. Ob der Josel diese Sportmütze tragen könnte? Aber dann versteckte sie sie wieder in dem Fach, wo ihr nun schließlich auch der Rosenkranz aus einfachen braunen, gedrechselten Holzkugeln in die Hände fiel. Die Großtante Vera hatte ihn einmal von einer weiten Reise mitgebracht und behauptet, er sei in der Kirche zum heiligen Antonius in Padua geweiht worden. Das war es, was ihn so wertvoll machte. Und einfach genug war er auch für diesen Karfreitag, der ein einziger Tag der Buße für sie sein sollte.

Irma war schon fertig angezogen. Sie hatte sich einen Mantel locker über die Schultern gehängt, der ihren hochgewölbten Leib noch deutlicher hervorstehen ließ. Ich bin soweit, sagte sie, als ob sie abgeführt werden sollte.

Es ist gut, sagte Valeska und sah ihre Tochter von der Seite an, daß du dich warm angezogen hast. Draußen ist es nicht kalt, aber um diese Zeit steckt der Winter noch in den Kirchenmauern. Komm, trink noch einen Schluck heißen Malzkaffee, ich hab ihn schon bereitgestellt.

Sie war befriedigt darüber, daß Irma sich ihrer Führung überlassen wollte. Die Haltung ihrer Schultern verriet Valeska jedenfalls, daß Irma den Protest, und sei es nur für heute, aufgegeben hatte.

Ist Josel schon wach? Hast du Onkel Willi gesehn? fragte Valeska und schob ihrer Tochter die Tasse hin. Und sprach weiter, ohne eine Antwort abzuwarten. Die beiden Schimmels mit ihren Rucksäcken hab ich schon vorhin durchs Fenster gesehn, die machen wohl wieder eine ihrer großen Wanderungen. Es könnte ja noch schön werden! Der Himmel ist grau, aber dahinter brütet die Sonne, das spürt man, sie wartet nur, bis die Wolkendecke zerreißt, dann kann es noch warm werden.

Irma trank den heißen Kaffee in kleinen Schlucken. Sie trank ihn schnell und genoß es, wie sich die Wärme in ihrem Innern ausbreitete. Sie schwieg. Aber nicht nur deshalb, weil ihre Mutter ununterbrochen redete. Es war eher umgekehrt.

Fühlst du dich gut? Ich meine, ist alles mit deinem... Bauch in Ordnung? Und sie sah über den Tisch Irma an, ihren vorstehenden Leib, als ob von dort etwas Beunruhigendes ausgehen könnte, das man stets im Blick behalten sollte.

Lucie paßt auf Helga auf, bis wir zurück sind, sagte Irma. Und ich denke, mit mir hat es noch etwas Zeit.

Lange würde es nicht mehr dauern, das wußte sie, aber sie hoffte noch auf ein paar Ruhetage. Das Kind lag ihr schon schwer im Leib, sie spürte es von Tag zu Tag mehr. Für jede noch so kleine Bewegung brauchte sie jetzt einfach mehr Kraft, für jeden Schritt. Auch wenn sie nur zum Einkaufen ging, kam sie bald außer Atem. Sie rechnete sich jeden Tag mindestens zweimal aus, wann es soweit sein könnte, aber es brachte ihr nichts weiter ein, als daß es nun jeden Tag passieren konnte. Nur ein Freitagskind sollte es nicht werden. Das war ein Aberglaube in dieser Gegend: Freitagskinder galten als schwierige Kinder, und Karfreitagskinder sogar als Leidenskinder. Am Karsonnabend dürfte es ruhig kommen. Aber am liebsten zu Ostern, da müßte es ein Glückskind werden!

Bis Ostern würde sie wohl auch einen Brief von Skrobek haben. Sie machte sich Sorgen um ihn, es war schon die dritte Woche, in der sie keine Nachricht von ihm hatte, und das war ungewöhnlich lang. Er war Fahrer bei einem General, und Generale sind niemals vorn an der Front. So war er nicht gerade in unmittelbarer Gefahr, aber man wußte nie, was alles draußen geschehen konnte. Onkel Willi hatte ihr gesagt, die Russen gehen jetzt im Osten so rasch vor, daß sie manchmal ganze Truppenteile einschließen... so wie das früher die Deutschen gemacht haben. Onkel Willi wußte das von ausländischen Sendern, die er immer noch heimlich hörte, obwohl das geradezu lebensgefährlich geworden war. Man konnte immer wieder in den Zeitungen lesen, daß sie einen wegen *Abhörens von Feindsendern* und *Verbreitung von Feindpropaganda* verhaftet hatten. Sie hoffte so sehr, daß morgen der Brief von Skrobek käme. Die Hedwig Schuchardt hatte eine Fehlgeburt gehabt, als ihr der Briefträger einen Brief brachte und der war nicht von ihrem Mann, sondern von einer Militärdienststelle und hatte zum Inhalt, daß ihr Mann für Führer, Volk und Vaterland... Sie setzte die Tasse so heftig auf, daß sie klirrte.

Nach wem ist wohl die Irma geschlagen, überlegte Valeska. Nach mir jedenfalls nicht. Man konnte stundenlang mit ihr zusammensein, ohne daß sie ein Wort sagte; man konnte ihr begeistert den ersten Klavierabend der Ulla Ossadnik schildern, ohne Kommentar; man konnte ihr ausführlich von einer Reise erzählen, keine Frage, kein Sterbenswort. Sie hörte zu, ja. Denn manchmal, oft sehr viel später, brachte sie in einem ganz anderen Zusammenhang eine Erinnerung vor, aus der man ersehen konnte, wie genau sie zugehört hatte. Valeska begriff das nicht. Noch nach vierundzwanzig Jahren nicht! Die Menschen sind doch dazu da, miteinander zu reden! Damit sie sich sagen können, was in einem vorgeht. Das kriegte sie sogar aus

Halina heraus, die nicht viel mit ihrer Zunge redete, aber doch mit den Augen, mit dem Gesicht, mit den Händen.

Was in Irma vorging, wußte sie schon seit Jahren nicht mehr. Und nicht erst seit der furchtbaren Nachricht, daß ihr erster Mann ein paar Tage nach ihrer Hochzeit in Polen gefallen war, bei der Einnahme von Radom. Bis heute hatte sie nicht vollständig herausbekommen, warum Irma damals so überstürzt den Heiko geheiratet hatte, von dem sie nicht viel mehr wußte, als daß er aus dem Westen gekommen war. Irma hatte auch nicht geweint, als sie Witwe geworden war. Sie hatte jedenfalls keine Träne in ihrem Gesicht gesehen. Auch nicht beim Requiem in der Pfarrkirche von St. Peter und Paul, als sie Abschied von dem Toten genommen hatten, mit dem Irma standesamtlich getraut, aber nicht durch das heilige Sakrament der Ehe verbunden war, und manchmal dachte sie ahnungsvoll daran, warum Irma sich wohl so entschieden geweigert hatte, kirchlich getraut zu werden.

Als sie dann den Skrobek heiratete, einen ganz gewöhnlichen Taxi-Chauffeur, war sie mit ihm, ohne daß ein Wort darüber verloren wurde, vor den Altar von St. Peter und Paul getreten, um mit ihm zusammen das Sakrament der Ehe zu empfangen – und seitdem war sie wieder jeden Sonntag in die Kirche gegangen. Und sie hatte den Spaten, den sie nach ihrer Arbeitsdienst-Zeit als eine Art Erinnerung an die Wand ihres Zimmers genagelt hatte, endlich wieder entfernt. Ein Spaten an der Wand! Da gehörte ein Kreuz hin oder das vergrößerte und kolorierte Hochzeitsbild, aber nicht ein Spaten! Das alles wäre ihr schon höchst seltsam erschienen bei einer fremden Person, wieviel mehr bei der eigenen Tochter! Was mußte noch alles geschehen, damit Irma sich ihr offenbarte. Sie wußte es nicht.

Ihr Bruder Willi verstand seine Nichte vielleicht besser, auch wenn sie nur selten miteinander ins Gespräch kamen. Er hatte einmal zu Valeska gesagt: Das Schweigen von

Irma ist ihr Weinen. Das war ein Satz, über den sie lange nachgedacht und der ihr gefallen hatte. Ein langes versteinertes Weinen: das war dieses Schweigen. Und Valeska durfte dieses Schweigen nicht allzu sehr anwachsen lassen. Es könnte sie beide wieder so weit voneinander entfernen, wie sie es schon einmal gewesen waren. Nur deshalb redete sie in Gegenwart von Irma so viel, viel mehr als sie es selbst gewohnt war: sie wollte das Schweigen brechen.

Die beiden Frauen saßen sich nun stumm gegenüber. Dann standen sie schweigend auf und gingen aus der Küche. Jetzt würde keine Halina kommen und das Geschirr abräumen. Wenn sie aus der Kirche zurückkämen, würden dort noch mehr schmutzige Tassen und Teller stehen, und sie müßte selbst aufräumen. Arme Halina, sagte Valeska leise.

Sie schob ihren Arm unter den von Irma, die sich die Nähe gefallen ließ.

Dieses Jahr ist alles etwas später, sagte Valeska ebenso einfach wie sachlich. Sogar Ostern.

Im Garten leuchtete das Gelb der Forsythien und der Ginster glühte und wucherte und duftete bis hin zu den Feldern und Bahndämmen. Die Tulpen waren groß und fett gewachsen und ihre Kelche noch halb geschlossen. Am Gartenzaun sternte der Schlehdorn. Der Magnolienbaum vor dem Gartenhaus ihres Bruders zeigte noch keine einzige Blüte, es waren ohnehin nur wenige Knospen zu sehen, der kalte Winter hatte die meisten erfroren. Vielleicht sollte man ihn umpflanzen, auf die Südseite zu, wo er mehr Sonne bekam. Ja, er bekam zu wenig Sonne. Aber an der Südseite würde ihn niemand vom Fenster aus sehen können. Man müßte dann nach draußen gehen, um sich an seinen Blüten zu erfreuen.

Sie war immer dafür, daß man zeigte, was man hatte. Sogar einen so prächtigen Magnolienbaum, wie er wohl nur einmal in dieser Straße und nur zwei- oder dreimal im ganzen Viertel wuchs. Daß er in seinem Alter die Verpflanzung nicht mehr vertragen würde, darauf würde sie nicht kommen. Valeska konnte Dinge, die ihr unangenehm waren oder die ihr nicht paßten, in erstaunlich kurzer Zeit vergessen, und zwar so gründlich, daß sie später ehrlichen Glaubens behauptete, nie etwas davon gewußt zu haben.

Sieh den Weißdorn, sagte Valeska zu Irma. Noch eine Woche, wenn's so schön bleibt, dann ist das hier ein einziges Blütenmeer, dann macht dich der Geruch besoffen, ja, das tut er, der Geruch vom Weißdorn.

Sie redete, als ob sie über etwas hinwegreden wollte. Sie bogen in die Schröterstraße ein. Wenn sie die andere Richtung noch etwa zehn Minuten gingen, würden sie zum Polizeipräsidium in der Teuchertstraße kommen, und dahinter, etwas versteckt, lag das Gefängnis. Ständig mußte sie daran denken, daß hinter einem der vergitterten Fenster Halina eingesperrt war. Dort oder anderswo. Nicht einmal ihren Bruder hatte man informiert. Bei dessen Beziehungen zum Gericht! Aber es war etwas Politisches, deshalb hüllten sich alle in Schweigen.

Irma kannte diesen Weg genauso gut wie ihre Mutter. In keinem Frühjahr hatte sie ein weißes Blütenmeer von Weißdorn in den Vorgärten gesehen. Sie hatte überhaupt niemals Weißdorn hier gesehen. Nur schmutzigweiße Narzissen, verkrüppelte, rußbedeckte Märzenbecher und fette, hochgeschossene Tulpen von einer abstoßenden Häßlichkeit.

Vor ihnen humpelte ein Junge. Er hatte einen Klumpfuß, und bei jedem Schritt knickte sein Rücken auf eine geradezu furchterregende Weise ein. Sie mußte sich zwingen, nicht hinzusehen.

Wo... wo ist der Weißdorn, fragte sie und kämpfte gegen eine Erinnerung an jene Zeit an, als sie mit ihrem ersten Kind schwanger gegangen war, und als sie aus Angst,

sie könnte einen Krüppel, einen Kretin, einen Idioten gebären, überall nur Krüppel, Kretins und Idioten sah. Deshalb ließ sie sich von ihrer Mutter zu einer Hecke führen
und sog den Geruch ein, weil sie hoffte, so die Erinnerungen verjagen zu können. Es war der Ginster, der so duftete.

Kein Weißdorn, sagte sie. Weißdorn riecht ganz anders.
Sie atmete schwer, und unter ihrem Mantel begann sie zu
schwitzen.

Wir sind ziemlich schnell gegangen, sagte Valeska. Vielleicht ein bißchen zu schnell für deinen Zustand. Man
merkt doch schon, daß es dir Mühe macht, zwei Leben zu
tragen. Besorgt sah sie ihrer Tochter in die Augen. Was
diese als eher aufdringlich empfand. So ging sie lieber weiter.

Nein, Mütter sollten ihren erwachsenen Kindern nicht
so in die Augen sehen, dachte Irma. Sie wollen immer
noch an etwas teilhaben, was sie eigentlich schon im Augenblick der Geburt verloren haben. Und Irma fragte sich,
warum es vierzehn oder fünfzehn Jahre oder noch länger
dauern mußte, bis sie endlich begriffen, oder vielleicht
niemals begriffen – wie ihre eigene Mutter.

Und Valeska dachte, nicht einmal die eigene Tochter
kann mir mehr in die Augen sehen. Seit der Geschichte mit
Kaprzik, mit diesem Idioten, kann sie mir nicht mehr in
die Augen sehen. Ich werde für sie beten, heute, am Karfreitag, beim Leiden des Herrn, der gestäupt, angespien
und mit Dornen gekrönt wurde, der ans Kreuz geschlagen, mit Galle getränkt und mit einer Lanze in die Seite ge-
stochen wurde. Ich werde für sie beten. Und ich werde für
Halina beten. Und für den armen Menschen, der Halina
ins Unglück gebracht hat. Ja, für ihn wollte sie ebenfalls
beten. Sie hatte ihn nie gesehn und konnte ihn sich kaum
vorstellen.

Sie wickelte den Rosenkranz um die Hand und um das

Gebetbuch und hielt sie vor den Leib, beides sollte man hier, in der Nähe der Kirche, deutlich sehen.

Schon von weitem entdeckten sie eine rot-weiße Girlande, mit der das Hauptportal abgesperrt war. Ein Feuerwehrwagen stand davor, die Leitern waren aber nicht ausgefahren. Es war ganz ruhig, nirgendwo konnte man einen Feuerwehrmann sehen. Nur ein paar Jungen standen in entsprechender Entfernung herum und gafften. Auf Pappschildern war ungelenk gemalt:

BITTE

BENUTZEN SIE

DIE SEITENEINGÄNGE

Valeska fragte einen der Jungen, was das zu bedeuten habe. Die rätselten mehr als sie wußten.

Der Sturm hat ein paar Steine aus dem Turm weggerissen, sagte einer und zeigte nach oben.

Erst jetzt sahen Valeska und Irma ein großes Loch in einem der Turmfenster. Aber es hat doch keinen Sturm gegeben, wunderte sich Valeska.

Die beiden Frauen gingen weiter. Zu wem wirst du beichten gehn? fragte Valeska mit unterdrückter Neugier.

Irma sah geradeaus. Na, zu dem, der gerade da ist. Ist mir doch egal, sagte sie gereizt.

Ich werde nicht beim Mikas beichten und nicht beim Jarosch. Zum Erzpriester Pattas werde ich gehen, wenn er da ist, bei dem bin ich schon lange nicht mehr zur Beichte gewesen. Der wird überrascht sein, wenn er mich hört. Und was meinst du, was ich ihm alles beichten werde!

Über Valeskas Gesicht glitt ein Lächeln und einen Moment sah es so aus, als ob sie vergessen hätte, was für ein Tag heute war. Und was alles geschehen war.

Aber Mamuscha, sagte Irma nur.

3

Andi warf einen Blick aus dem Fenster seiner Kammer. Trüb sah es draußen aus. Er liebte es, am Morgen ausgeschlafen noch eine Weile im Bett zu liegen und über irgend etwas nachzudenken, wozu er allerdings nur am Sonntag oder an einem Feiertag wie heute Zeit hatte. Es gab genug Sachen, über die sich nachzudenken lohnte. Am liebsten tat er das, wenn die Sonne schien und verrückte Zeichen in die Luft und auf die Bettdecke malte, da geriet er in einen Zustand, wo in seinem Kopf ein Gedanke wehrlos in den andern überging, und am Schluß ein schöner, unbestimmbarer, fließender Traum herauskam. Aber heute schien keine Sonne. Heute wollte er einfach aus dem Haus verschwinden. Nicht auch noch am Karfreitag mit Mamotschka Diskussionen darüber, ob er nun in die Kirche gehen sollte oder nicht. Er hatte seine Überzeugungen, und je älter er wurde, um so weniger ließ er sie sich ausreden.

Er schloß vorsichtig die Tür zu seiner Kammer, um niemanden zu wecken. Wo schleichst du denn in aller Frühe hin, Schielok? Kotik stand im Unterhemd im Flur.

Du kannst einen richtig erschrecken, sagte Andi. Er hatte Kotik nicht bemerkt, wie der aus dem andern Zimmer gekommen war. Er drehte den Schlüssel um und zog ihn ab.

Was hast'n mit deinem Haar gemacht? fragte Kotik, guck doch mal in den Spiegel! Er hätte gern einen Blick in die Kammer seines Bruders geworfen. Sie hatten immer im selben Zimmer geschlafen, aber vor einem Jahr war Schielok in die Wäschekammer gezogen, weil er sich erwachsen fühlte und allein sein wollte. Die Kammer war ziemlich eng und hatte nur ein schmales Fenster, aber es war sein

›Reich‹, wie er das nannte, und seit einiger Zeit schloß er das ›Reich‹ sogar ab, was Kotik nur noch neugieriger machte.

Wieso, was ist denn mit meinem Haar? fragte Andi. Ich hab's einfach glatt runtergekämmt.

Das ist es ja, sagte Kotik. Es ist viel zu lang und zu strähnig. Mach dir doch mal ne Wasserwelle rein, haben jetzt alle Pjerons. Oder laß dir von Mamotschka mit der Brennschere ein paar Locken reinbrennen. So ist das ausgesprochen *neger*.

Was ist denn das? fragte Andi und steckte den Schlüssel in die Hosentasche, aus der er nun einen Taschenspiegel hervorzog.

Neger? Kennst' nich? Hast'n schon mal einen Neger im Dunkeln gesehn? Also so sieht deine Frisur aus!

Andi blickte jetzt in den Spiegel. Aber er sah nicht auf seine Haare, sondern in seine Augen, die ihn aus dem Spiegel ansahen. Hier, halt mal, sagte er und drückte Kotik den runden Taschenspiegel in die Hand. Er nahm seine Brille ab und rückte sein Gesicht näher an den Spiegel. Es war wirklich so, daß seine Pupillen in den Augen geradestanden. Also schielen konnte man das nicht mehr nennen. Tonik hatte es ihm als erster gesagt, der mußte es ja am besten beurteilen können, wo der an die zwei Jahre nicht mehr zu Hause gewesen war. Aber auch sein Lehrer Hajek. Er beschloß, sich von nun an nicht mehr Schielok nennen zu lassen, obwohl ihm dieser Spitzname einmal gefallen hatte. So lange er sich erinnern konnte, hatte er geschielt, und so lange wurde er auch Schielok genannt, und zwar von allen, das hatte ihm auch nichts ausgemacht. Aber jetzt war es kein richtiges Schielen mehr, also konnte er auch nicht länger diesen Namen tragen. Er war ja kein Schwindler oder Hochstapler.

Sag nicht immer Schielok zu mir, brummte er und setzte die Brille wieder auf.

Was soll das denn? fragte Kotik erstaunt.

Weil ich nicht mehr schiele, ganz einfach, sagte Andi bestimmt. Und weil ich es abserlutnik satt habe, Schielok genannt zu werden. Wenn Andi es ernst meinte, mußte er jetzt damit anfangen. Allerdings war er unsicher, wie ernst er es meinte. Vielleicht hatte er diesen Entschluß auch zu rasch gefaßt.

Was sind denn das für Mucken? sagte Kotik. Er ging ganz nahe an seinen Bruder heran und sah ihm ins Gesicht, aber nicht, um zu prüfen, ob er noch schielte, sondern ob sich noch etwas anderes in seinem Gesicht verändert hatte. Und da er das nicht feststellen konnte, sagte er: Etwa, weil du jetzt bei der Heimatflak bist? – Deswegen schielste doch immer noch.

Erstens werde ich am Zielfernrohr ausgebildet, als Richtkanonier, und zweitens laß uns nicht ausgerechnet am Karfreitag streiten, sagte Andi versöhnlich.

Ach, Karfreitag ist heute, das hätte ich beinahe vergessen, sagte Kotik.

Ach du gebenedeiter Herr Jesus, was macht ihr denn für einen Lärm, ihr werdet damit nur Tonik aufwecken, ja? Anna kam in den Flur gestürzt, und wenn Tonik bis jetzt noch nicht wach war, so hätte er es nun sein müssen.

Schielok will nicht mehr, daß wir ihn Schielok nennen, sagte Kotik etwas ratlos. Er suchte nach seinen Latschen.

Was ist denn das wieder für eine neue Idee? Er hat schon vorhin in der Küche damit angefangen, ja. Ich habe die ganze Zeit darüber nachgedacht, was er wohl gemeint haben könnte.

Also, ist denn das so schwierig zu kapieren? Andi nahm seine Brille ab und streckte den beiden sein Gesicht hin. Hier, ich schiele nicht mehr, also bin ich auch kein Schielok mehr! Das ist alles.

Ist ja gut, Junge, sagte die Mutter, wir werden das respektieren. Bist ja auch langsam erwachsen.

Als ob das mit dem Erwachsensein zusammenhängt, unterbrach Andi sie ärgerlich.

Du hast doch recht, Andreas, und ich freue mich am meisten darüber. Ich hab' schon seit langem gemerkt, wie sehr dir die Brille geholfen hat. Und du weißt doch selbst, wie ich darauf gedrängt habe, daß du sie trägst. Am Anfang wolltest du ja gar nicht, erinnerst du dich noch, weil du Angst hattest, deine Schulfreunde würden dich alle auslachen und *Brillok* rufen, und wie wir dann zum Arzt gegangen sind, und dann in den Brillenladen, und keine Brille hat dir gefallen. Und dann hast du die ersten Tage immer Tränen in den Augen gehabt...

Ich kann die Brille Kotik geben, sagte Andi, der klagt ja manchmal über Augenschmerzen.

Nein, nein, Kotik braucht keine Brille, der hat gute Augen, der muß nur nicht immer abends bis zum letzten Lichtschimmer lesen, das schwächt die Augen, ja.

Außerdem schiel' ich nicht, sagte Kotik beleidigt.

Plötzlich bemerkten sie gleichzeitig einen strengen Geruch. Anna war die erste, die etwas sagte. Ach du gebenedeiter Herr Jesus, jetzt ist die Milch doch übergelaufen! Sie riß die Tür auf und rannte in die Küche, ohne auf den Lärm, den sie dabei machte, zu achten. Der halbe Topf war schon ausgelaufen. Daß ihr das passieren mußte! Dabei passierte ihr das immer wieder, von Anfang an, seitdem sie verheiratet war. Dagegen gab es kein Mittel. Was hatte sie schon alles versucht! Sie konnte neben dem Herd stehen und auf nichts anderes achten als auf den Moment, in dem die Milch zu steigen begann, aber dann schlug gerade der Wind ein Fenster zu oder es klingelte jemand an der Tür oder sie war nur für einen Augenblick in ein anderes Zimmer gegangen.

Sie wischte mit einem nassen Lappen die Herdplatte ab und streute Salz darauf. Der Geruch von verbrannter Milch konnte sich stundenlang in der Küche halten. Wo sie doch überhaupt nur noch für den Kleinsten die Milchkarte bekam, pro Tag einen Viertelliter. Jeden zweiten Tag kaufte sie einen halben Liter im Milchgeschäft. Seine ganze Tagesration war ihr da übergelaufen! Ein Jammer!

Der Schielok war dran schuld! Und sie war froh, einen Schuldigen gefunden zu haben, weil sie selbst nach so vielen Malen keine Entschuldigung mehr hatte.

Die Kinder werden immer eigensinniger, dachte sie. Man weiß nicht einmal mehr, was sie denken. Sie war von Anfang an dagegen gewesen, daß Andreas von den andern Schielok genannt wurde, aber er hatte den Namen selbst angenommen, weil die Kinder einen, der schielte, stets hänselten, deshalb hatte er sich den Namen als Ehrennamen ausgedacht. So war es gewesen. Und jetzt, auf einmal, am Karfreitag, will er nicht mehr Schielok sein. Wie er auch an einem Karfreitag vor ein paar Jahren sich plötzlich geweigert hatte, ihrer Lesung aus dem Buch der *Wunder und Taten der Heiligen* zuzuhören. Ein einziges Mal im Jahr las sie daraus vor, eben am Abend des Karfreitag. Diese Gewohnheit hatte sie von zu Hause übernommen, auch ihre Mutter hatte aus den Legenden vorgelesen, aber leider nicht nur am Karfreitag. Fast immer war es die Legende der heiligen Genoveva von Brabant gewesen, weil ihre Mutter schon kurze Zeit danach wieder vergessen hatte, welche Legende beim letzten Mal dran war. Bei ihr war das anders. Sie legte ein Lesezeichen in das Buch und las fortschreitend von Legende zu Legende. Und jetzt war sie beim Martyrium der Heiligen Audifax und Abachum angekommen. Ja, wenn die Kinder erwachsen wurden, dann wollten sie das nicht mehr hören. Doch sie war entschlossen, Jahr für Jahr, diese Lesungen aus dem Buch *Wunder und Taten der Heiligen* fortzusetzen, bis sie einmal ganz durch war. Nur Franzek hörte ihr immer noch geduldig und mit der gleichen Aufmerksamkeit zu wie an jenem ersten Karfreitag, den sie frisch verheiratet in der eigenen

Wohnung verbracht hatten, damals, als sie mit dem Anton schwanger gegangen war, der nun schon..., ach, wie lange war das her!

Wirst du heute abend da sein, fragte sie Kotik, der mit seinen abgetretenen Latschen hereinschlurfte, wenn ich aus dem Legendenbuch vorlese, ja? Sie fragte vorsichtig, fast werbend. Er war jetzt 14, und wenn das so weiterging wie mit den andern Kindern, dann würde auch er langsam anfangen zu rebellieren.

Schielok kommt nicht zum Frühstück, hat er gesagt. Er will heute fasten. Wie der das den ganzen Tag aushalten will? Kotik zeigte deutlich sein Unverständnis. Ich glaub', der fängt langsam an zu spinnen. Neulich hat er sich aus Hanf eine Peitsche geflochten, mit vielen Enden und lauter Knoten, und hat von mir verlangt, ich soll ihm den Rücken geißeln, er möchte mal rauskriegen, wie lange man das aushält, hat er gesagt. Und jetzt will er, daß man ihn nicht mehr Schielok nennt!

Kotik schüttelte mit dem Kopf und sah wirklich sehr besorgt aus.

4

Die beiden Frauen traten durch das Seitenportal in die Kirche ein. Valeska tauchte sogleich mit einer weitausgreifenden Bewegung drei Finger in das Weihwasserbecken und bekreuzigte sich von links nach rechts. Irma immer noch mit einem Arm stützend und zugleich sich an ihr festhaltend, gingen sie durch den Quergang bis zur Mitte. Beide hatten Mühe, nach der Helligkeit draußen, sich an das hier herrschende Dämmerlicht zu gewöhnen. Die meisten Fenster waren, um sie vor Zerstörungen bei Luftangriffen zu schützen, von außen und innen zugemauert. Im Mittelgang verbeugte sich Valeska vor dem Hochaltar. Sie

drückte das rechte Knie nur ein wenig durch, um Irma
nicht allzutief mit sich herunterzuziehen, dann nahmen sie
in der dritten Reihe Platz. Sie rutschte auf der glatten Bank
ein Stück in die Mitte und zog Irma nach. Irgendwie war es
ihr gelungen, die ganze Zeit über Irma festzuhalten. Jetzt
aber schüttelte diese Valeskas Hand energisch ab. Sie
rückte sogar ein Stück von ihr weg und versuchte an die
Beichte zu denken, indem sie nicht nach rechts und nach
links schaute.

Auf den Altarstufen lag das Kreuz, das sonst über dem
Altar aufgerichtet war. Ein Ministrant kniete daneben auf
einem lila Kissen. Er saß eigentlich mehr als daß er kniete,
vielleicht weil er schon allzu lange diese Haltung einneh-
men mußte. Eine Frau mit einem Kind näherte sich vom
Mittelgang, kniete vor dem Kreuz und berührte mit ihren
Lippen die fünf Wundmale auf dem Kruzifix. Der Ministrant wischte die Stellen mit einem Tuch ab. Danach
folgte das Kind, das sich voller Inbrunst über das Kreuz
beugte und sorgfältig jede Wunde küßte, wie es die Mutter
ihm eingeprägt haben mußte. Der Ministrant schob das
Kind mit dem linken Arm weg, als dessen Lippen noch gar
nicht die heiligen Füße berührt hatten, und putzte die Stellen doppelt so sorgfältig.

Valeska reichte Irma stumm das aufgeschlagene Gebetbuch. Sie selber brauchte es nicht. Was sie jetzt zu beten
hatte, kannte sie auswendig. Irma versuchte das Buch
nicht zu sehen, aber als ihre Mutter keine Anstalten machte, die Hand zurückzuziehen, nahm sie es. Sie las *Gewissenserforschung* und schlug das Buch zu. Oft war sie am
Karfreitag zum Liegenden Kreuz gegangen und hatte die
Wundmale berührt oder hatte bei Wallfahrten die Reliquien der Heiligen geküßt. Jetzt machte sie das nicht
mehr.

Valeska sah sich um in der Hoffnung, jemand zu entdecken, der ihren Kirchenbesuch zu würdigen wußte.

Aber es waren nur wenige Menschen anwesend, und soweit sie sie erkennen konnte, waren es alles fremde Gesichter. Oder erschienen sie ihr nur fremd in diesem Dämmerlicht?

Den ersten Rosenkranz mit den *Schmerzensreichen Geheimnissen* wollte Valeska für Halina beten. Für Halina, die arme, unglückliche Halina, daß Gott sie beschützen möge, daß Gott ihr beistehen möge, daß Gott sie aus dem Gefängnis befreien möge.

Was das letztere anging, da wollte sie sich lieber auf ihren Bruder verlassen.

Während ihre Lippen sich stumm bewegten, ließ sie eine Kugel nach der andern durch ihre leicht nervösen Finger gleiten, es konnte schon geschehen, daß sie, unbeabsichtigt oder nicht, zu einem Ave Maria zwei Kugeln passieren ließ. Aus den Augenwinkeln beobachtete sie ihre Tochter und die wenigen Leute, die zum Altar gingen, um die Wundmale des Heilands am Kreuz zu küssen. Es waren hauptsächlich Frauen. In einer erkannte sie ganz in Schwarz die Frau Jaworek, deren Mann bei Stalingrad gefallen war, nachdem er noch im Kessel das EK I erhalten hatte und zum Feldwebel befördert worden war, was ihre Rente ganz erheblich aufbessern würde. Ja, Glück mußte man haben.

Als der Erzpriester aus der Sakristei heraustrat und geradewegs auf seinen Beichtstuhl zuging, unterbrach Valeska ihr Gebet. Sie stieß Irma an, legte den Rosenkranz in die Handtasche und rieb sich mit ihren jetzt freien Händen etwas Eau de Cologne auf die Schläfen. Der Pattas ist zum Beichtstuhl gegangen, wenn du zu ihm willst, ich begleite dich..., flüsterte sie ihrer Tochter zu.

Aber Irma war noch nicht soweit. Sie war sich auf einmal nicht mehr sicher, ob sie jetzt zur Beichte gehen sollte. Zum Pattas würde sie bestimmt nicht gehen. Und der würde wohl erst in einer Stunde von einem andern Priester abgelöst werden. Ihr wäre ein Beichtvater lieber gewesen, der sie nicht kannte. Jedenfalls nicht so gut kannte wie der Erzpriester. Geh du als erste, flüsterte sie.

Aber andere waren wohl schneller gewesen als Valeska, denn als sie vor dem Beichtstuhl ankam, stand schon links und rechts jemand davor. Sie erkannte in der einen Person die Frau des Feinkosthändlers Schachtner und in der andern die ganze Magerkeit von Frau Smolka, die jetzt als erste in die Beichtzelle huschte. Valeska nickte der Frau Schachtner nur abwesend zu, um anzudeuten, wie sehr sie schon mit ihrer Gewissenserforschung beschäftigt war. Wenn sie ihren Rosenkranz nur nicht zurückgelassen hätte. Jetzt war noch genug Zeit, ihn für die arme, unglückliche Halina zu Ende zu beten. Aber ihn zu holen, war nicht ratsam, es könnte ihr in der Zwischenzeit jemand anderer zuvorkommen. Sie erinnerte sich, wo sie aufgehört hatte, beim dritten Schmerzensreichen Geheimnis, und fuhr, statt einer Perle einen Finger festhaltend, fort: *Der für uns mit Dornen gekrönt worden ist.*

Am Karfreitag wollten alle beim Erzpriester Pattas beichten. Beim Jarosch dagegen würde es ganz leer sein, zu dem ging keiner gern. Die Kinder gingen am liebsten zum Kaplan Mikas.

Valeska kannte den *Beichtspiegel* beinahe auswendig. *Himmlischer Vater,* sagte sie vor sich hin, *in tiefer Ehrfurcht und Liebe bete ich dich an. Du hast mich heute einen besonders wichtigen Tag erleben lassen. Es soll ein Tag der strengen Selbstprüfung, des reumütigen Bekenntnisses und der aufrichtigen ...* Die Frau Smolka – was konnte die nur für Sünden begangen haben? Valeska ertappte sich dabei, daß sie sich, als die Frau Smolka im Beichtstuhl verschwunden war, ausdachte, was der Pfarrer Pattas nun zu hören kriegte. Ich habe gelogen, ich habe gestohlen, ich habe Unkeuschheit getrieben, ich habe falsches Zeugnis gegeben wider meinen Nächsten und begehrte meines

Nächsten Weib und Gut... Früher konnte man manchmal mithören, als es noch keine Beichtkabinen gab – natürlich geschah so etwas unfreiwillig. Einmal hatte sie Frau Kokolski in das Sprechgitter hinein schluchzen hören, als diese dem Erzpriester ihr Verhältnis mit dem Herr Buchner gestand. Es war ihr ziemlich peinlich gewesen. Und außer ihrem Bruder Willi hatte sie es auch wirklich niemand weitererzählt, der ist ja Rechtsanwalt und hat Schweigepflicht... Doch seit einiger Zeit hatten sie in der Peter-Paul-Kirche und auch in der Pfarrkirche Allerheiligen richtige Zellen in den Beichtstühlen, mit Türen davor, die dicht abschlossen, da drang kein Laut mehr heraus... Und außerdem wollte sie jetzt nicht abgelenkt werden, in ihrem Innern nachzuforschen, was sie an Sünden, an läßlichen und an schweren (*Gott bewahre mich vor der Todsünde*) zu beichten hatte. *Erleuchte mich mit dem Lichte deines Heiligen Geistes, daß ich mein Inneres so sehen möge wie es vor deinem alles durchschauenden Auge offenbar ist.* Und nimm Halina unter deinen Schutz und Schirm, fügte sie hinzu.

Frau Smolka kam aus dem Beichtstuhl heraus, die gefalteten Hände dicht vor dem Gesicht. Vielleicht sollte man nicht sehen, daß sie geweint hat, vielleicht tat sie es nur, um ganz auf sich selbst und ihre Reue konzentriert zu sein, von niemandem und nichts abgelenkt. Ja, so sollte es sein. Für Valeskas Empfinden trug sie allerdings ihr Schuldbewußtsein eine Spur zu deutlich auf. Was konnte sie schon getan haben, ihr Mann war ja seit Jahr und Tag nicht mehr auf Urlaub gewesen.

Sie hätte jetzt schon in die Beichtzelle eintreten können, aber sie wollte lieber draußen warten, bis auf der anderen Seite die Frau Schachtner herauskam. Man konnte Innen zwar nicht mithören, was auf der andern Seite gesagt wurde, aber manchmal verstand man doch den Priester in der Mitte, wenn er dem Sünder die Bußgebete auftrug und die

Absolution erteilte, und es interessierte sie bei der Frau Schachtner nicht im geringsten, wieviel ihr an Buße auferlegt wurde.

Es war besser, sie begann jetzt mit der Beichtformel: *Laß mich durch das heilige Bußsakrament deine Gnade erlangen und tiefer und inniger mit dir, der Quelle des Lebens verbunden werden. Komm Heiliger Geist, erleuchte und entzünde mit deiner Gnade mein sündiges Herz. Damit ich meine begangenen Sünden recht erkenne...* Ja, flüsterte sie, es ist meine größte Sünde, auf Halina nicht besser geachtet, sie nicht sorgsamer geführt, ihr nicht mehr Kraft und Liebe gegeben zu haben, sonst wäre es mit ihr nicht so weit gekommen. Es ist meine Schuld, es ist allein meine tiefe Schuld...

Es dauerte eine ziemliche Weile, bis die Frau Schachtner aus ihrer Beichtzelle herauskam. Valeska hatte schon befürchtet, sie hätte sie, in ihrer Gewissenserforschung versunken, einfach übersehen. Aber nun kam sie endlich heraus, die Hände vor der Brust zusammengefaltet wie ein Kind und mit den Lippen die Spitzen der Zeigefinger berührend. Sie hatte dabei einen so verzückten Ausdruck im Gesicht, daß Valeska einen Moment lang glaubte, ein anderes Gesicht gesehen zu haben und ihr verwundert nachblickte.

Das Holz klang dumpf und laut unter ihren Schuhen, als Valeska in den Beichtstuhl trat, oder war es das Herz, das auf einmal so laut und dumpf pochte? Die Tür fiel hinter ihr zu, es war als ob jemand damit das Licht und die Luft hinter ihr abgetrennt hätte. In der engen Zelle roch es nach Schweiß und Eau de Cologne. Sie kniete sich im Dunkel auf das Fußbrett und hielt ihr Gesicht nahe an das Sprechgitter. Den Pfarrer konnte sie nicht sehen, nicht einmal seine Umrisse. Aber sie hörte seinen Atem und roch seine talgige Haut. Das beruhigte sie. Gelobt sei Jesus Christus. Die Wörter quetschten sich aus ihrem Mund heraus.

Durch das Gitter hörte sie ein sonderbares Geräusch. Vielleicht waren es Laute, die auf halbem Weg zu ihrem Ohr erstarben. Valeska spürte, wie in ihr die Hitze hochstieg. Der Schweiß sammelte sich in den Achselhöhlen. Meine letzte Beichte war vor vier Wochen, hauchte sie. Ich habe..., begann sie.

Als sie aus der Beichtkabine heraustrat, fühlte sie einen Schmerz, wie wenn ein kalter Eisenring sich um ihren Kopf spannte. Sie rückte ihren Turban zurecht, von dem sie glaubte, er habe sich gänzlich verschoben, was aber nicht der Fall war. Schweiß spürte sie im Nacken, der sie unangenehm zwickte. Sie legte beide Hände auf ihr Gesicht, bis unter die Augen, und ging langsam zu ihrer Kirchenbank zurück. Sie dachte daran, was ihr der Priester als Bußgebet aufgegeben hatte: das Glaubensbekenntnis, die Lauretanische Litanei und fünfmal das Vaterunser mit dem Ave Maria. Und für Halina würde sie extra die Litanei zur Schmerzensmutter Maria beten. Und sie würde sie für Halina jeden Tag wiederholen, vor dem Einschlafen oder nach dem Erwachen. Solange, bis Halina wieder frei wäre.

In deine Hände empfehle ich mich, Vater, schütze, leite mich durch deinen heiligen Engel. Tilge in meinem Herzen alle schlechten Begierden, lösche die Flamme der Leidenschaft, gib mir Liebe zu deinem Gesetz... Sie sagte es vor sich her, wie sie es schon hundertmal gesprochen hatte, ohne darüber nachzudenken, was sie sagte.

Lösche *nicht* die Flamme der Leidenschaft in mir, sagte sie. Und sie sagte es noch einmal, nicht lauter, aber inbrünstiger: Heilige Maria Magdalena, lösche *nicht* die Flamme der Leidenschaft in mir! Sie spürte, daß sich in ihrem Innern etwas erhob, das in ihr aufstieg, bis in den Kopf hinein, was sie fast betäubte. Sie wußte nicht, was es war. Sie wußte einen Moment lang überhaupt nicht, wo sie sich befand. Und war erstaunt darüber, plötzlich wieder neben Irma zu sitzen.

Die hatte die Beine breit von sich gestreckt und hielt die Arme über dem hochgewölbten Leib gekreuzt, schützend und abwehrend. Sie atmete schwer durch den Mund und sah ihre Mutter mit einem abwesenden Ausdruck an.

Muj Bosche, was ist dir, Kind?

Ich glaub', es fängt an, flüsterte Irma. Mit einem Ruck richtete sie sich in der Kirchenbank auf und klammerte sich am Betpult fest; die Knöchel wurden langsam weiß. Ich möchte lieber gehen, sagte sie. Mit kleinen Schritten trat sie aus der Bank heraus in den Mittelgang des Kirchenschiffes. Sie war jetzt sicher auf den Beinen, nur spürte sie ein Ziehen im Rücken. Sie würde ganz allein nach Hause gehen können. Nein, bleib du nur hier, du mußt ja deine Buße verrichten, Mamuscha! Sie sagte es freundlich, aber es klang doch wie ein Vorwurf.

Valeska ließ nicht von ihr ab. Die beiden Frauen gingen in der Mitte des Langschiffes, und von weitem sah es aus, als stützten sie sich gegenseitig.

Die Gläubigen sahen von ihren Gebetbüchern auf, als sie aber merkten, daß sich weder Wunder noch Skandale ereigneten, zogen sie sich wieder in ihre Gebete und Frühjahrsmäntel zurück.

Eine fremde Frau kam auf Irma zu und schob ihr den Arm von der andern Seite unter, aber Irma wollte gar nicht gestützt werden, weder von ihrer Mutter noch von einer fremden Person, von der schon gar nicht, und sie versuchte alle paar Schritte die beiden abzuschütteln. Aber die Mutter wie auch die fremde Frau, von der sie nur das lange, ins Gesicht fallende Haar sah, griffen nur fester zu, wie man einen Betrunkenen oder einen Verrückten, der sich wehrt, um so fester halten und sicherer geleiten muß. Erst als sie auf der Straße waren, gelang es Irma, sich freizumachen. Sie war ganz außer Atem gekommen.

Jesus Marija, sagte Valeska, geht es schon los? Du hättest nicht mehr in die Kirche gehen sollen. Sie war wirklich besorgt. Sie rief einen Jungen herbei, der neben der Absperrung stand: Komm, Hoppek, lauf in die Sakristei und sag, man soll einen Krankenwagen rufen...

Bist du verrückt! Das ist noch lange nicht so weit. Bleib hier, Hoppek! Und zu ihrer Mutter: Mir geht es ganz gut! Ich hab nur vorhin so einen Kreuzschmerz gekriegt, in der Kirchenbank, vielleicht hab ich unglücklich gesessen. Ich kann in Ruhe ganz allein nach Haus gehen.

Du meinst wirklich, *wir* schaffen es? fragte Valeska vorsichtig und so, wie man einen Schwerkranken ermuntert.

Aber ja, sagte Irma bestimmt. Ich hab noch einen ganzen Tag Zeit, das fühl ich.

Also ich bin immer bei dir, sagte Valeska überflüssigerweise. Plötzlich fiel ihr ein, daß sie ihre Tasche in der Kirchenbank vergessen hatte. Meine Tasche! rief sie und stürzte zurück in die Kirche.

Es ist besser, wenn Irma das Kind zu Hause bekommt, dachte sie im Gehen. Die Wondrascheks haben immer zu Haus geboren. Und Irma war im Grunde eine Wondraschek. Also wenn es nach ihr ginge, niemals in einer Klinik. Vielleicht kommt das Kind erst morgen, oder gar am Ostersonntag. Ein Auferstehungskind, das würde sie wahrhaftig freuen. Aber so etwas kann man sich natürlich nicht aussuchen, Hauptsache, es würde keine Komplikationen geben. Beim ersten Mal war es ja glattgegangen und beim zweiten Mal ist es immer leichter.

Sie sah die betenden Frauen in den Bänken. Es schien ihr, als hätten sie sich Mühe gegeben, an diesem Karfreitag, am Leidenstag besonders schäbig und armselig auszusehen. Damit sie am Ostersonntag in ihren neuen Kleidern um so mehr auffielen. So war das immer hier gewesen. Sie selbst hatte sich auf der Kleiderkarte so viele Punkte zusammengespart, daß es für eine Kostümjacke reichte, die sie bei Defaka gekauft und mit kleinen Änderungen modisch zurechtgemacht hatte. Damit würde sie am Sonntag mit ihrem Bruder zur Messe und zur heiligen Kommunion gehen. Und alle würden sie sehen, wie sie durch das ganze Kirchenschiff bis nach vorn ging, zum Altar.

Ja, da war ja ihre Handtasche. Und das Gebetbuch lag auf dem Boden, es muß der Irma aus der Hand gefallen sein. Sie brauchte eine neue Handtasche, das ist wahr, aus echtem Leder natürlich, vielleicht könnte ihr der Paulek Ossadnik eine aus Frankreich mitbringen, wenn er das nächste Mal auf Urlaub kommt. Sie wollte mit ihrer Freundin Anna darüber reden, sie könnte ja etwas dafür tauschen. Eigentlich war die Kostümjacke überhaupt nicht wichtig für sie, sie wollte damit den andern nur zeigen, daß sie auch nach dem Tod ihres Mannes auf ihr Äußeres achtete, selbst im Krieg. Ihr Bruder hatte ihr nach der Beerdigung von Leo Maria eine Zeitlang vorgeworfen, sie würde sich gehenlassen und immer in den gleichen Kleidern herumlaufen. Das konnte man jetzt von ihr nicht mehr behaupten.

Am Ausgang tauchte sie ihre Finger noch einmal in das Weihwasser.

Draußen sah sie, daß Irma zum Hauptportal schlenderte, auf eine große Menschenmenge zu, die sich um die Absperrung drängte. Wo waren die nur alle auf einmal hergekommen?

Da bemerkte Valeska, wie alle Menschen nach oben starrten, auch Irma. Und als sie den Blicken folgte, sah sie, wie eine Glocke abgeseilt wurde, langsam, so langsam, daß man die Bewegung kaum wahrnahm. Was hat denn das zu bedeuten? fragte Valeska, als sie ihre Tochter erreicht hatte, in die Menschenmenge.

Das sehn Sie doch, antwortete ein Mann und ließ seine Blicke nicht von der Glocke, die holen uns die Glocken weg. Für den Krieg.

Und das am Karfreitag, seufzte Valeska Piontek.

5

Andi Ossadnik schlenderte die Eichendorff-Allee hinunter. Ein dünner Morgennebel zerstäubte im Licht. Es war ganz still. Bis jetzt waren ihm nur einige alte Frauen begegnet, die Gesichter von schwarzen Kopftüchern umrahmt, die offensichtlich auf dem Weg zur Kirche waren. Er liebte diese Morgenstimmung nicht, nein er haßte sie eher, diese mit Schläfrigkeit gespeicherte Luft, diese lähmende Feuchtigkeit, dieses alle Farben wegsaugende Grau: er haßte das an den Wochentagen, wenn er, mitten unter den dahinströmenden Menschen, ihre Niederlagen vor dem beginnenden Tag miterlebte, und wieviel mehr an Tagen wie heute, wenn einen die Stille und die Leere noch sehnsüchtiger machten. Nach etwas, das ganz anders war.

Der Himmel war grau und verhangen, und die Wolken trieben schwerfällig nach Osten. Nur manchmal riß eine auf und ließ darüber eine zweite Wolke sichtbar werden, ganz weiß und rascher dahinziehend. Es konnte nicht lange dauern, dann würden auch diese zerreißen und schließlich die Sonne durchlassen. Gegen Mittag, dachte er und sah nach oben, wird es soweit sein.

Der Tag war so recht dazu geschaffen, mit der *Ferajna* etwas zu unternehmen, irgend etwas, woran man sich noch nach langer Zeit erinnerte. So wie damals, als sie den Polenjungen gefangennahmen, oder als sie das einsame Haus an der alten Ziegelei anzündeten oder das versteckte Warenlager in Petersdorf plünderten. Aber die *Ferajnas* gab es schon lange nicht mehr. Ihre Zeit war vorbei. Nicht nur, weil die Familien mit Kindern überallhin verstreut waren, meistens im östlichen Oberschlesien, von wo sie einmal hergekommen waren. Die Globinskis waren sogar nach Warschau gezogen, weil der Vater vom ›Posaunenengel‹ dort ein hohes Tier geworden sein soll, Wehrwirtschaftsführer war er jetzt; ›Posaunenengel‹ hatte ihm zwei Ansichtskarten geschickt, eine mit dem Marktplatz drauf und die andere mit der Kirche zum Heiligen Kreuz, es ginge ihm gut, hatte er geschrieben und er vermisse seine alten Freunde. Andi hatte sich über die Briefmarken gefreut, aber nicht geantwortet.

Seine *Ferajna* hatte sich auch deshalb aufgelöst, weil er nicht mehr ihr Anführer sein wollte, seitdem damals der Junge aus der Huldschinsky-Siedlung ertrunken war. Eine Zeitlang hat der Wonzak sie angeführt, aber sie zerfiel mehr und mehr, je stärker in ihrem Stadtteil die *Hajott* wurde. Und seitdem keine Rivalität mehr um die Führung der *Ferajna* zwischen ihnen war, verstanden sie sich auch viel besser, der Wonzak und der Andi, sie waren jetzt richtige Freunde geworden, auch wenn sie sich nicht mehr so oft sahen wie früher. Wonzak war inzwischen Feinmechanikerlehrling beim RAW, weil er keine Lehrstelle als Autoschlosser gefunden hatte, was ihn weit mehr interessiert hätte, und er selbst war kaufmännischer Lehrling bei der *Knappschaft* geworden. Knappschaft ist so gut wie Staatsbetrieb, hatte sein Vater gesagt, kann nicht Pleite machen, das ist wichtig, man kann ja nie wissen, es können noch ganz andere Zeiten kommen.

Andi glaubte nicht mehr an die Zeit der *Ferajnas*. Jetzt war die Zeit gekommen, wo sie auf dem Dachboden Sandkisten, Feuerpatschen und Wasserbottiche aufstellten, vor die Kellerfenster Sandsäcke stapelten und Luftschutz übten, Verletzungen behandelten, wo keine Wunden waren, Beine schienten, die nicht gebrochen waren, mit Scheinwerfern den Himmel nach Flugzeugen absuchten, die bis hierher noch nicht gekommen waren, Flakkanonen unter Tarnnetzen bedienen lernten und Granaten aus dem Depot heranschleppten, um sie nach der Übung wieder zurückzubringen.

Vielleicht würde er unterwegs Wonzak begegnen, wo hielten sich Jungen in seinem Alter schon auf: auf der Straße, im Kino oder in der Kirche; also müßten sie sich irgendwo auf der Straße treffen. Er wollte einen Umweg über die Moltkestraße nehmen und dann über den Ring in die Wilhelmstraße gehen, wo sich unten an der Klodnitz, hinterm Stadttheater und Viktoriabad, so eine Art Sammelplatz gebildet hatte. Der Ort wechselte jedes Jahr und keiner hatte jemals so richtig herausgekriegt, wie es dazu kam. Im vergangenen Sommer war er in der Nähe des evangelischen Vereinshauses in der Lohmeyerstraße gewesen, und wenn die Mädchen abends vom Chorsingen nach Haus gingen, pfiffen die Jungen ihnen im Chor nach, und nicht nur, weil sie evangelisch waren. Er könnte jetzt noch durch die Märkte streifen, bei der Kreuzkirche, wo die Händler von weither kamen, um Bunzlauer Tiegel und Töpfe, selbstgeschnitzte Quirls und Kochlöffel, Sauerkrautfässer und Weidenkörbe zu verkaufen, oder zum Buttermarkt, zum Kräutermarkt, zum Blumenmarkt – der Karfreitag war in der Stadt ein besonders reger Markttag.

Zwei schwere Lastwagen kamen die Straße heruntergerattert. Der erste hielt direkt neben Andi Ossadnik, ein Mann in Wehrmachts-Uniform mit weißer Armbinde mit den Buchstaben OT drauf sprang aus dem Führerhaus und erkundigte sich nach der Peter-Pauls-Kirche.

Andi wunderte sich, daß die von der *Organisation Todt* ausgerechnet nach einer Kirche fragten, noch dazu nach der Kirche St. Peter und Paul, die schließlich jeder kannte, man konnte sogar den Turm von hier aus sehen. Aber heutzutage durfte man sich über nichts wundern, hatte der Vater gesagt. Erst als die beiden Lastwagen weiterfuhren, fiel Andi ein, daß er ja hätte fragen können, was sie in der Kirche Peter und Paul wollten. Vielleicht hätte er sogar mitfahren und ihnen den Weg zeigen sollen. Jedenfalls wäre es aufregender gewesen, ein Stück mit dem Lastwagen zu fahren, als hier durch die einsame Eichendorff-Allee zu bummeln.

Vor ihm ging ein Junge, dessen Gestalt ihm bekannt vorkam. Andi beschleunigte seinen Schritt, um ihn vor der nächsten Straßenkreuzung einzuholen. Das könnte der Hannes sein, den er manchmal in der Berufsschule traf. So *kapusta* helle Haare wie der Hannes hatte sonst niemand hier in Gleiwitz, wahrscheinlich in ganz Oberschlesien keiner, und so viele Sommersprossen in einem Gesicht hatte er auch noch nicht gesehen. Hannes Stein hieß der, ja, er erinnerte sich, sie hatten mal zusammen Schlagball gespielt, aber der Hannes war nicht lange dabeigeblieben, Schlagballspielen konnte man nur richtig, wenn man damit schon als Fünfjähriger angefangen hatte. Andi hatte ihn einfach mal angesprochen und ihn nach seinem Namen gefragt, weil der sommersprossige Junge immer allein im Pausenhof herumstand.

Stein heißt du, einfach Stein, so wie ein Stein hier? Das war ihm doch zu komisch vorgekommen. Seltsamer Name, klingt ganz ausländisch, du kannst nicht aus dieser Gegend sein.

Na hör mal, du bist wohl bescheuert, das ist ein richtiger deutscher Name!

Solche richtig deutschen Namen haben bei uns nur die Juden. Stein, Hirsch, Ochs, Lustig, Landmann.

Wie heißt du denn?

Na, Andi Ossadnik, aber alle nennen mich Schielok, weil ich schiele.

Ich würde eher meinen, Ossadnik klingt ausländisch, so einen Namen habe ich jedenfalls noch nicht gehört.

Sie hatten zusammen 66 gespielt und auch mal eine Zigarette auf Kippe geraucht, das war aber auch alles. Hannes Stein war irgendwann mit einer KLV* hergekommen und

* Kinderlandverschickung

44

dann mit den andern nicht mehr zurückgekehrt, weil seine Angehörigen bei einem Fliegerangriff umgekommen sein sollen, Frau Dolezich hatte ihn gleich bei sich behalten, die vom Papierwarengeschäft in der Kronprinzenstraße, jetzt verkaufte er bei ihr hinterm Ladentisch und lernte den Beruf *Industriekaufmann*. Das war schon über ein Jahr her.

Andi Ossadnik hatte den Jungen jetzt eingeholt. Er stieß ihn mit dem Finger in den Rücken. Der andere wandte sich um – es war tatsächlich der Hannes Stein. Du bist doch der Hannes mit dem komischen Namen Stein, nicht wahr! Ich bin der Schielok, erinnerst du dich noch? Wo willst du hin?

Ich geh' einfach so durch die Straßen, sagte Hannes, da entdecke ich immer etwas Neues.

So? Andi wunderte sich, daß jemand in dieser Stadt, deren Straßen er beinahe auswendig kannte, noch etwas Neues entdecken konnte. Er jedenfalls nicht. Er war jetzt darauf aus, andere, weiter entfernte Gegenden kennenzulernen, und sei es nur Cosel, Hindenburg oder Beuthen, natürlich viel lieber Kattowitz, Ratibor oder Neiße, und eines Tages, hoffte er, würde er auch solche Städte wie Breslau, Berlin und Hamburg kennenlernen, vielleicht sogar Paris, London und Neuyork. Auf solche Neuigkeiten war er begierig. Nicht auf abgelegene Seitenstraßen oder versteckte Gassen in der Altstadt von Gleiwitz.

Ich kenne hier alles, sagte er stolz, und wenn du etwas wissen willst, frag mich nur.

Aber Hannes wollte nichts wissen. Es genügte ihm in diesem Augenblick, daß der Ossadnik ihm seine Hand auf die Schulter gelegt hatte. Sie gingen gemeinsam weiter und Hannes hatte das Gefühl, er sähe die Allee und überhaupt die Stadt jetzt mit andern Augen, und es kam ihm auch alles gleich vertrauter vor.

Bist du nicht schon ziemlich lange bei uns? fragte Andi.

Über ein Jahr.

Die Jungs, mit denen du gekommen bist, sind doch schon lange weg, nicht wahr? Du bist als abserlutnik einziger hiergeblieben?

Ja, sagte Hannes.

Das machte Andi verlegen. Schließlich konnte er ihn ja nicht direkt fragen, ob es stimmte, daß seine Eltern und Geschwister bei einem Bombenangriff ums Leben gekommen waren. Er hätte es aber gern genauer gewußt.

Aus welcher Gegend kommst du, du sprichst so'n komischen Dialekt?

Aus Bremerhaven, sagte Hannes kurz. Obwohl er es eigentlich komischer fand, wie die Leute hier sprachen. Er hatte sich an manche Ausdrücke noch immer nicht gewöhnt. Aber er wagte darüber nichts zu sagen.

Und…? Andi zögerte. Gefällt es dir hier bei uns?

Na klar, sagte Hannes entschieden. Kannst dir vorstellen. Sonst wäre ich nicht hiergeblieben.

Andi konnte es sich nicht vorstellen. Aber er war froh und stolz, daß es Hannes hier gefiel. Ihm gefiel es auch hier, aber er kannte ja nichts anderes, und er durfte gar nicht daran denken, wie weit der Hannes schon gereist war. Bremerhaven, das lag irgendwo am andern Ende von Deutschland, jedenfalls lag es am Meer. Er hatte sich immer gewünscht, einmal das Meer zu sehen. Vielleicht würde er als Soldat sogar noch einmal dorthin kommen. Was seine Brüder Tonik und Paulek nicht schon alles gesehn haben als Soldaten! Die können von Glück reden! Der Paulek war sogar eine Zeitlang in Paris. Nicht zu glauben! Nur der Bruno hat nichts mehr davon, der liegt irgendwo in Griechenland begraben – wenigstens hat er vorher noch die Akropolis gesehn, von dort kam seine letzte Ansichtskarte. Mamotschka hatte sie in die Scheibe des Küchenbüfetts gesteckt und am Anfang immer geweint, wenn sie die Kaffeetassen herausholte. Andi war

46

jedenfalls über Deutsch-Piekar und den Annaberg nicht hinausgekommen, und manchmal wünschte er sich, hier würden auch einmal die Bomben herunterregnen, damit er mit der KLV irgendwohin, jedenfalls weit weg, geschickt wurde, nach Prag, nach Wien oder eben nach Bremerhaven. Aber er war inzwischen wohl zu alt für die KLV. Wenn jetzt die Bomber nach Gleiwitz kämen, müßte er sie mit der Flak, die unter Bäumen und Tarnnetzen aufgestellt war, beschießen.

Gehn wir ein Stück zusammen, sagte Andi.

Dabei waren sie schon ein ganzes Stück zusammen gegangen, auch wenn sie nicht viel miteinander gesprochen hatten.

Gesprächig war der Hannes Stein nun wirklich nicht.

Wir könnten beide was unternehmen, was meinst du? sagte Andi Ossadnik, ohne so recht zu wissen, was er mit diesem schweigsamen Jungen unternehmen sollte.

Ja, das könnten wir, bestätigte Hannes leicht errötend, weil auch er nicht wußte, was man unternehmen sollte. Auf mich kannst du rechnen.

Er war sich nicht ganz klar, ob das richtig war. Aber in jedem Fall war es gut, wenn er sich zum Ossadnik bekannte. In Bremen sagte man, Kinder die schielen, schielen nach dem Glück.

Bist du ein Evangelischer? fragte Andi plötzlich und zog seine Hand von Hannes' Schulter. Er zupfte an seinem Hemd, dessen Kragen an einigen Stellen gestopft war. Daß jemand, der nicht aus Oberschlesien kam, auch nicht katholisch war, hielt er einfach für selbstverständlich.

Warum fragst du? Wie kommst du auf einmal darauf? Hannes war mißtrauisch. In der Schule hatte er seine Religionszugehörigkeit angeben müssen und bei der HJ, und einmal hatten sie alle einen Stammbaum ausfüllen müssen. Da wurde er bis zum Urgroßvater ausgefragt. Aber niemals hatten ihn seine Schulkameraden oder Freunde gefragt, ob er nun katholisch, evangelisch oder gar jüdisch sei. Erst seit er hier in dieser seltsamen Stadt wohnte, hatten sie ihn immer wieder gefragt. Und nicht nur, ob er Katholik oder Protestant sei, sondern ob er an Jesus Christus, den eingeborenen Sohn, glaube, und an die Heiligen und Märtyrer, an die Jungfrau Maria, an die vierzehn Nothelfer, an die Unfehlbarkeit des Papstes.

Warum ich frage? Weil heut Karfreitag ist, und weil das abserlutnik für die Katholiken ein Tag der Trauer und der Buße ist. Du mußt dir nur angucken, wie die Leute hier an diesem Tag in die Kirche gehen, in ihren ältesten und schäbigsten Klamotten. Früher sollen sie sich alte Kartoffelsäcke um den nackten Leib geschnürt haben. Nur die Evangelen ziehn heut ihren Sonntagsstaat an, du erkennst sie gleich daran.

Und dabei sah er sich den Hannes genauer an. Also der war eher einfach angezogen, wie immer. Der hatte wahrscheinlich alles bei dem Bombenangriff verloren.

Hab ich noch gar nicht bemerkt, sagte Hannes. Bei uns zu Haus sind die meisten Leute evangelisch, nur wir waren katholisch, weil mein Vater aus dem Rheinland nach Bremerhaven geheiratet hatte. Meine Mutter stammte vom Meer. Mein Vater hat manchmal gesagt: hier kann ein Katholischer nichts werden. Dabei hat er ganz gut verdient beim Schiffsbau; früher soll er andauernd arbeitslos gewesen sein.

Andi sah Hannes Stein aufmerksam von der Seite an. Er wartete, daß er weiterreden würde. Aber Hannes war etwas langsam, auch im Denken.

Für mich hatte das Vorteile, sagte er nach einer Weile. Ich brauchte nicht zum Religionsunterricht.

Du sagst doch die Wahrheit?

Die Schärfe in Ossadniks Stimme überraschte ihn.

Aber warum sollte ich nicht? Hannes stotterte beinahe. Kannst du das Glaubensbekenntnis auswendig?

Na klar.

Und das GegrüßetseistduMaria?

Das was?

Aha, da haben wir's. Andi schielte jetzt doch ein wenig hinter der Brille. Irgend etwas hatte ihm an diesem Hannes Stein von Anfang an nicht gefallen. Er hätte nicht sagen können, was es war. Aber er hatte es gespürt. Es war sein Geruch, ja, es war sein Geruch. Er kannte nicht viele Evangelische. Aber sie alle waren auf eine bestimmte Weise immer sauber, nüchtern, so hygienisch, er wußte nicht, wie er das ausdrücken sollte. In den evangelischen Kirchen gab es keinen Weihrauch. Und wenn jemand niemals in seinem Leben in einer Wolke von Weihrauch eingehüllt gewesen war, das roch man. Ja, das war es.

Der Junge unterbrach ihn in seinen Gedanken: Du meinst das Ave Maria? Wir nennen es das Ave Maria.

Gut! Dann sag's auf! Andi stellte sich ihm gegenüber auf und sah ihn lauernd an.

Gegrüßet seist du Maria, voll der Gnaden, der Herrseimitdirdubistgebenedeit... unterdenWeibernund...

Is' gut, is' ja gut, besänftigte ihn Andi jetzt. Ich glaub dir! Abserlutnik! Komm, gehn wir weiter.

Er war wie verwandelt. Jemand, der so litaneihaft das GegrüßetseistduMaria heruntersagen konnte, das war ein Kathole, klar. Hannes war einfach zu viel mit den Evangelen zusammen gewesen, das war es. Er hatte schon den Geruch von denen angenommen.

Hannes Stein lief neben Andi her. In seinem Gesicht arbeitete es. Nach einer Weile fragte er: Was macht das, Ossadnik, wenn ich nun kein Katholischer gewesen wäre?

Die Evangelen, sagte Andi zögernd, weißt, die sind eben anders, die sind Heiden, oder Lutheraner, sie sind gegen den Papst. 'ne andre Rasse, ganz einfach.

Hannes begriff immer noch nicht und blieb stehen. Wie meinst du das?

Also, die gehören nicht zu uns, sagte Andi entschieden. Er machte eine Handbewegung, daß für ihn die Sache nun erledigt war und er keine Lust mehr hatte, das Thema fortzusetzen.

Hannes ging jetzt schweigend neben Andi weiter. Im Vorbeigehen riß er ein Blatt von einem Ahorn, knickte es und ließ den Saft herausspritzen, er führte das Blatt an die Nase und atmete den Geruch des frischen Grüns ein. Krampfhaft dachte er darüber nach, was an den Jungen, mit denen er in Bremerhaven in die Schule gegangen war, so anders gewesen sein sollte. Er kam nicht dahinter.

Die haben mit uns nichts zu tun, ergänzte Andi. Hier bei uns, weißt du, da haben die Evangelen andere Schulen, wohnen in anderen Vierteln, haben sogar eigene Gotteshäuser. Ich bin noch nie in einer evangelischen Kirche gewesen, aber ich hab gehört, die haben kein Kreuz und keine Jungfrau Maria. Zu wem beten die eigentlich? Zu diesem... Luther?

Er sprach diesen Namen ganz verächtlich aus. Und er ereiferte sich geradezu, weil er Hannes überzeugen wollte.

Sie haben ganz andere Gebetbücher, und sie gehen auch nicht zur Kommunion. Sie nehmen ein *Abendmahl* und trinken Wein dazu, stell dir vor, richtigen roten Wein. Die sind fast wie die Juden.

Hannes sah auf die schwarze gewalzte Erde unter seinen Füßen. Er fühlte, daß das, was der Ossadnik sagte, nicht stimmen konnte, er wußte nur nicht, wie er ihm das jetzt erklären sollte. Es war nicht ganz einfach für ihn. Er hatte seiner Meinung nach schon die richtigen Gedanken im Kopf, aber bekam die Worte nicht zusammen, um sie auszudrücken, jedenfalls nicht gleich. Der Ossadnik war immer so schnell mit seinen Sätzen.

Ich glaub', da kommt der Wonzak, sagte Andi und ging jetzt schneller. Und der andere Junge hatte sie ebenfalls entdeckt und beeilte sich, die Straße zu überqueren.

Andi und der andere Junge begrüßten sich, indem sie beide Hände ausstreckten und mit den Handflächen aneinander klatschten, erst links, dann rechts. Und er machte es mit Hannes Stein ebenso, während Andi die beiden einander vorstellte. Ihr kennt euch? Das ist Heinrich Wons, von uns allen Wonzak genannt. Schwer in Ordnung. Über Hannes Stein sagte er nichts.

Hab' ich doch gedacht, ich treff' dich irgendwo, sagte Wonzak. Hab mich überall umgesehn.

Wonzak hatte ein hübsches Gesicht, aber unter den vielen Pickeln, die sein Gesicht wie mit Stecknadelköpfen überzogen, war es mehr zu ahnen als zu sehen. Wonzak litt so darunter, daß er sich gar nicht mehr traute, ein Mädchen anzusprechen, und die er kannte, denen ging er aus dem Wege, weil er glaubte, sie würden sich vor ihm ekeln. Er drückte an jedem Pickel, den er in seinem Gesicht entdeckte, herum, manche stach er mit einer Nadel, deren Spitze er vorher unter einer Flamme ausgeglüht hatte, auf, in der Hoffnung, sie würden rascher verschwinden, aber er machte es dadurch nur schlimmer; manche Pickel entwickelten sich zu richtigen Geschwüren. Jungen jedenfalls, das beruhigte ihn, bemerkten so etwas gar nicht oder sahen darüber hinweg. Das Geschwür an der linken Backe fiel aber sogar Andi Ossadnik auf. Pjerunnje, hast du eine *Szpyrka*, sagte er beinahe anerkennend.

Wonzak verzog nur das Gesicht und spuckte aus. Was sollte er sagen? Er hatte lange genug daran herumgedrückt. Das ist mein Karfreitagsmal, sagte er säuerlich. Und um davon wegzukommen, fügte er gleich an: Was unternehmen wir?

Ja, ich weiß nicht, sagte Andi. Der Hannes ist neu hier in der Stadt, er sagt, es gibt da immer etwas Neues zu entdecken. Vielleicht zeigt er uns das.

Also mach mal einen Vorschlag, ermunterte Wonzak.

Hannes wußte nicht, was er jetzt darauf antworten sollte. Für mich jedenfalls sind das neue Sachen, verteidigte er sich. *Szpyrka* war auch etwas Neues für ihn, das hatte er vorher noch nie gehört.

Wir könnten Palmzweige holen aus dem Wald, Kalmus oder frische Birkenreiser. Die Frau Dolezich hat behauptet, sie hätte schon den ersten Maikäfer im Stadtwald gesehn.

Die beiden Jungen fingen an zu lachen.

Mann, sagte Wonzak zu Andi, den hättst du besser mit deinem kleinen Bruder Kotik zusammenbringen sollen. Er überlegte schon, wie sie den am besten und schnellsten loswerden konnten.

Laß du dir mal was einfallen, sagte Andi. Der Hannes ist schon in Ordnung! Der muß sich erst eingewöhnen. Katholisch jedenfalls ist er.

Damit hatte Hannes schon einiges gewonnen. Jedenfalls bei Andi. Wonzak interessierte das weniger. Seine Gemeinsamkeit mit Schielok rührte von der *Ferajna* her und diesen katholischen Tick hatte der ja noch nicht lange.

Schwarzfahren, bis Morgenroth? sagte er etwas kleinlaut.

Andi winkte ab.

Tschinkern? Klippe? Pitwok?

Andi winkte jedesmal ab.

Klekotka?

Bei Klekotka blickte er auf. Aber dann machte er ebenfalls eine wegwerfende Handbewegung. So etwas konnten sie jeden Freitag haben. Heute müßte etwas Besonderes, etwas Ungewöhnliches passieren. Er wußte nur nicht was.

Ach ja, sagte er. Ich will übrigens nicht, daß ihr mich weiterhin Schielok nennt, ich meine euch alle damit! Einfach, führte er logisch aus, weil ich nicht mehr schiele.

Es gab keinen Widerspruch. Und Wonzak blieb auch nicht etwa stehen, um die Augen von Schielok zu kontrollieren. Für ihn war Schielok ein Name wie jeder andere gewesen, er hatte ihn so oft gebraucht, daß er das *Schielen* darin längst vergessen hatte. Aber wie hieß Schielok eigentlich richtig?

Na klar, sagte er betont fröhlich, möcht ich nur wissen, wie du jetzt heißt?

So lange er ihn kannte, war das der Schielok. Und das war eigentlich das Besondere an ihm gewesen. Zwar gab es die alte *Ferajna* nicht mehr, und wenn er es recht überlegte, wäre Schielok ohne zu schielen wohl niemals der Anführer geworden. Ohne zu schielen war Schielok wie jeder andere. Eigentlich weniger, und gewiß weniger als er.

Andreas heiß ich, so bin ich jedenfalls getauft. Ihr könnt mich aber Andi nennen, sagte Schielok.

Für den Neuen mag das wohl zutreffen, nicht für mich, dachte Wonzak. Er legte eine Hand an das Koppelschloß und rückte es zurecht. Wie immer trug er seine Hajott-Uniform ohne Tuch und Knoten, weil er nicht viel anderes zum Anziehn hatte. Ja, was unternehmen wir, sagte er. Wir könnten ins Kino gehen, in den *C. T.-Lichtspielen* zeigen sie ›Der große Schatten‹, im *Capitol* ›Ich klage an‹, im *Deli* ›Die goldene Stadt‹, in der *Schauburg* ›Jugend‹, heißt aber nur so, hat mit uns nichts zu tun... Er hatte beinahe alle Filmprogramme der Stadt im Kopf, und meistens auch noch die in Petersdorf und in Hindenburg. Bis zur ersten Vorstellung am Nachmittag war allerdings noch Zeit.

Sie bogen in die Oberwallstraße ein und steuerten auf den Ring zu. Der Verkehr wurde lebhafter. Eine Gruppe Nonnen ging an ihnen vorbei, mit riesigen Rosenkränzen in den Händen, die bis über die Knie hinunterhingen, und mit wippenden Hauben.

Wir könnten in den Zoo gehen. Oder ins Museum, sagte Hannes schüchtern.

Was redest du da für ein Kokolores, sagte Wonzak, wir haben hier keinen Zoo, nur ein Gewächshaus, da liegen ein paar Krokodile in Spiritus, die kannst du dir ansehen. Museum! sagte Andi. Er gebrauchte das Wort wie einen Vorwurf. Freiwillig war er noch nie in seinem Leben im Museum gewesen, nur einmal mit der Schulklasse, und er dachte vorerst nicht daran, seine Grundsätze zu ändern.

Andi blieb plötzlich stehen. Jetzt habe ich eine Idee! Er sprang hoch und hielt sich am dicken Ast einer Linde fest, machte zwei Klimmzüge, beim dritten hielt er sich oben und lugte über den Ast hinweg nach unten.

Wir gehn die Evangelen überfallen! sagte er.

Auch Wonzak und Hannes blieben stehen. Was sagst du da? sagte Wonzak.

Ich meine, daß wir die Evangelen überfallen gehn! sagte Andi bestimmt. Wir sind zwar nur drei, aber vielleicht treffen wir noch jemand unterwegs. Die Brüder sollen merken, daß heute Karfreitag ist.

Welche Evangelen? fragte Hannes ungläubig.

Zum Beispiel das KLV-Lager in Richtersdorf, das kenn' ich, sagte Andi. Ich bin mal dagewesen. Die haben nicht mal Kreuze in den Schulklassen! Aber immer prima angezogen und nicht einmal beten!

Wonzak war auch dafür, er war sogar begeistert. Darauf hätte ich auch selber kommen können!

Hannes begriff nicht. Er war einige Male in den KLV-Lagern gewesen, in dem in der Stadtwald-Schule und in dem andern draußen in Petersdorf. Das in Richtersdorf kannte er nicht. Die Jungs in Petersdorf, daran erinnerte er sich jedenfalls noch, waren aus der Gegend von Dortmund gewesen, und über Gott hatte er mit ihnen nicht geredet.

Was ist nun, sagte Andi ungeduldig. Machst du mit oder nicht? Es zwingt dich ja keiner.

Ich mein ja nur, ich kenne da ein paar Jungs, sagte Hannes zögernd.

Eben. Darum gehst du nach vorn und schmeißt die ersten Steine, entschied Andi.

Was soll ich schmeißen?

Bist du schwerhörig, Lullok! Steine, so wie dein Name, kapiert, Steine!

Früher sind die *Ferajnas* vom Hüttenviertel zu den Evangelen gegangen und haben sich richtige Schlachten geliefert und ihnen die Küchenfenster eingeschlagen. Die Evangelen kochen nämlich am Freitag, sie fasten nicht, wie es sich gehört. Daran kann man sie erkennen.

Also, drehn wir um!

Sag ich doch, sagte Wonzak.

Sie gingen jetzt den Weg zurück, in Richtung Richtersdorf.

Heute gibt's kein richtiges Evangelen-Viertel mehr in der Stadt. Und man kann ja schließlich nicht vorher an einer Wohnung klingeln und fragen, ob hier Evangelen oder Katholische wohnen, sagte Andi leicht enttäuscht.

Anzünden müßte man ihre Kirchen wie die Synagogen der Juden, sagte Wonzak.

Sagt doch nicht immer Evangelen, wehrte sich Hannes, aber es klang nicht sehr überzeugend.

6

Es war neun Uhr geworden, als sie aus dem Hof des Gestapo-Gefängnisses in Kattowitz auf die Schenkendorf-Straße marschierten. Ein eisengrauer Himmel lastete schwer und niedrig über ihnen. Sie gingen zu dritt und zu viert in einer Reihe und nahmen fast die Hälfte der Straße ein. Nur selten kam ihnen ein Auto entgegen, hier und da überholte sie ein Radfahrer in weitem Abstand, Passanten begegneten ihnen kaum. Es schien, als hätte man an diesem Apriltag den Verkehr umgeleitet oder als hätten die Menschen sich in den Seitenstraßen verborgen, um ihnen nicht zu begegnen.

Langsam zog die Kolonne dahin, es waren an die zweihundert Männer, Frauen und Kinder. Sie alle trugen einen gelben Stern auf der linken Brustseite, so groß wie ein Handteller, nur die Kinder unter sechs Jahren trugen keinen. Die Kapos, die sich von den andern durch eine weiße Armbinde unterschieden, umkreisten die Kolonne, unter Schreien und Stockhieben trieben sie die Alten weiter, die ihnen zu langsam waren, als müßten sie der SS-Begleitmannschaft, die an der Spitze und am Ende des Zuges ging, beweisen, wie eifrig sie waren.

Einer der vorwärts Getriebenen trug in jeder Hand eine Schlafdecke, zusammengeschnürt zu einem Bündel, eine prall gefüllte Aktentasche, die er mit einem breiten Lederriemen über der Schulter befestigt hatte, schlug ihm rhythmisch gegen den Bauch. Es war gut, daß sie das Gepäck in Gleiwitz aufgegeben hatten. Sie waren zuerst mißtrauisch gewesen, weil sie fürchteten, es könnte unterwegs verlorengehen, aber der Herr Linz hatte ihnen Quittungen ausgestellt, und im Ghetto in Riga würden sie alles wiedererhalten. Es gab Männer unter ihnen, die schleppten außer ihren Decken einen Koffer und einen Rucksack und stöhnten schon jetzt unter ihrer Last.

Mit den Herzschmerzen des Mannes war es besser geworden. Er hatte die halbe Nacht nicht geschlafen, weil ihm die Tropfen fehlten, und erst gegen Morgen war er erschöpft eingedämmert. Lange konnte er aber nicht geschlafen haben. Erst war nur ein schrilles, quälendes, schneidendes Läuten da, nichts als dieses marternde Läuten, danach das erstarrte, drohende, unendliche Weiß der Decke über ihm. Schließlich neben ihm leise Stimmen, ein Weinen, ein Beten: *Schma Jissrael Adonai...* Und er begriff, wo er sich befand: in der Zelle. Sein Kopf begriff es, sein Körper noch nicht. Der lag reglos auf der Pritsche, eingekeilt zwischen andern Körpern. Es dauerte eine Zeit, bis Wärme ihn durchflutete und aus der Starrheit erlöste, und er sich, auf die Ellenbogen gestützt, aufrichten konnte.

Draußen am Fenster war es noch dunkel. Aber das Notlicht der Zelle war hell genug, um die andern Juden zu erkennen, die mit ihm zusammen die Nacht auf der harten Holzpritsche verbracht hatten. Auch sie erhoben sich, langsam, verwirrt, taumelnd, weil auch sie nur langsam, verwirrt und taumelnd ihre Umgebung wahrnahmen. Und jetzt krochen Juden unter den Pritschen hervor, für die oben kein Platz mehr gewesen war, sie suchten sich nun wenigstens einen Platz zum Sitzen. Dort schliefen sie, mit den Rücken aneinandergelehnt, weiter.

Später wurde das Hauptlicht der Zelle eingeschaltet und jemand schrie einen Befehl durch die Klappe in der Tür: Fertigmachen zum Transport!

Da begann ein Drängeln und Stoßen und Schieben vor den zwei Klosetts, die lediglich durch einen zerschlissenen Wachstuchvorhang abgetrennt waren. Sie wollten mit ihrer Notdurft fertig sein, bevor es mit dem Transport losging. Den Gestank spürten sie nicht mehr. Nur das Chlor rochen sie, das jetzt mit dem Spülwasser schwadenartig durch die Zelle wehte. Er selber würde den penetranten Chlorgeruch seit seiner Arbeit im Klärwerk niemals vergessen.

Nach einer Zeit wurde durch die Klappe Kaffee ausgeschenkt, pro Person eine Kelle, auch für die Kinder. Manche hatten keinen Becher oder Topf dabei und drängten die ersten, den Kaffee schneller zu trinken, damit sie sich am Schluß anstellen konnten und auch noch etwas bekamen.

Es wurde stiller in der Zelle. Die Juden waren damit beschäftigt, den Kaffee zu schlürfen und an ihren mitgebrachten Broten zu kauen. Als man sie aus den Wohnungen holte, hatte man ihnen gesagt, sie dürften Verpflegung für zwei Tage mitnehmen. Doch sie hatten so viel eingepackt, daß es für drei, vier oder auch fünf Tage reichen würde. Sie blickten auf ihre Vorräte, aber wenn sie daran dachten, daß sie bis Riga nichts zu essen bekommen sollten, verzehrten sie nur die Hälfte von dem, was sie sich eingeteilt hatten. Riga war weit.

Manche aßen etwas von der selbstgebackenen Mazze, die in ihren Taschen zerkrümelt war. Einige aßen nichts. In der Pessach-Woche sollst du kein gesäuertes Brot essen.

Der Mann segnete die Mazze und goß von dem Rotwein ein den der Herr Kochmann besorgt hatte niemand fragte woher Lamm gab es in diesem Jahr nicht sie blickten auf den Stuhl der frei geblieben war der Rabbiner Saretzki war mit dem letzten Transport weggebracht worden dieses ist das armselige Brot das unsere Vorfahren im Lande Mizrajim gegessen haben wer hungrig ist komme und esse mit uns wer bedürftig ist komme und feiere das Pessachfest mit uns dieses Jahr hier künftiges Jahr im Lande Israel dieses Jahr Knechte künftiges Jahr freie Leute

und der kleine Aron fragte Warum unterscheidet sich diese Nacht von allen anderen Nächten

in allen anderen Nächten können wir allerhand Kräuter essen in dieser Nacht nur bittere Kräuter

Ma nischtana ha-lejla ha-se

Und sie alle rühmten Gott der alte Salo Weissenberg sagte: Ausgelöscht sei der Tag an dem ich geboren bin und die Nacht da man sprach ein Knabe kam zur Welt jener Tag soll finster sein und Gott droben frage nicht nach ihm warum gibt Gott das Licht den Mühseligen und das Leben den betrübten Herzen die auf den Tod warten und er kommt nicht und nach ihm suchen mehr als nach Schätzen

Sie schwiegen und Aron ging in den Keller und brachte aus dem Versteck die Thorarolle die sie schon ein Jahr lang nicht mehr gesehn der kleine Aron Brauer

Dann wurden sie zum zweiten Mal zum Transport aufgerufen. Wieder drängten sich die Juden vor den Klosetts, vor allem die Frauen mit den Kindern. Oder sie saßen wie gelähmt auf den Pritschen, das Gepäck neben sich, und warteten. Draußen war es inzwischen hell geworden. Die Stimmen wurden leiser und verstummten ganz. Der Mann hatte die Arme auf die beiden Schlafdecken aufgestützt, sein Kopf fiel nach vorn und sein Geist durchpflügte jene Schichten, in denen sich Schlaf und Bewußtheit und Traum durchdringen, mal grub er sich tiefer in den Traum, mal tiefer in das Bewußtsein. Er war in der Zelle und zugleich anderswo.

Arons Seele hatte schon Einlaß zum Vorhof des Herrn gefunden. Die paradiesischen Gärten des ewigen Frühlings und unvergeßbare Harmonien begrüßten ihn hier. Ein dienstbereiter Wind schob den Vorhang einer Wolke von den Pforten unsterblichen Lichtes, das durch seine Fülle von Sonne die Kerzenschimmer aller siebenarmigen Leuchter beschämt. Die Erzväter schritten auf ihn zu und der Bruder und Mitkämpfer Mosis, zugleich der Ahnherr des Priestertums, dessen Namen er auf Erden getragen hatte, segnete ihn. Die Seraphim und Cherubim, die Torwächter der Ewigkeit, falteten zu Gebeten die Schwingen, ehe sie den würdigen Diener des Herrn empfingen und zum Thron aller Throne führten. Die Erde hütete Arons Hülle so treu wie sein Überirdisches der Himmel, und über Efeu und Rosen eines noch heute liebevoll betreuten Friedhofhügels schimmert Nacht um Nacht benedeiend ein Davidstern.

Später wird der Mann zu seinem Nachbarn, dem Herrn Karpe, sagen, es gibt eine Zeit der Erleuchtung, auch für uns, manchmal glaube ich, in sie hineingeraten zu sein, da verwandelt sich so etwas Nichtfaßbares, Nichtsichtbares wie die Sekunde in ein Quadrat und mein Bewußtsein bewegt sich darin, und ich erlebe alles gleichzeitig, Vergangenheit und Gegenwart, und wenn der Traum Zukunft ist, dann auch Zukunft, und ich denke, so wird es von jetzt an immer sein. Das heißt, ich denke es nicht, es ist einfach so, es ist das Gefühl, als ob sich von nun an nichts mehr verändern würde.

Bis das Quadrat zerbricht und die Sekunde weiterrast, und ich befinde mich wieder in dieser schmutzigen, überfüllten Zelle, Stimmen, Schreie, Weinen um mich herum, fünfzig Juden in einer Zelle, die einmal für zwanzig gedacht war. Es bleibt keine Erinnerung an das, was geschehen war. Ich weiß: da ist etwas geschehen. Etwas Vollkommenes. Und warte auf die nächste Erleuchtung.

Herr Karpe wird den Mann ansehen und nach einer Weile zu ihm sagen: Warum passiert mir nie so etwas?

Der Eisenriegel in der Zellentür knallte zurück. Ohne daß den Juden ein Befehl erteilt werden mußte, gingen sie mit ihrem Gepäck hinaus. Ein SS-Mann stand hinter der Tür und zählte, er hielt ein Brettchen in der Hand, auf das er Striche machte.

Der Mann drängte sich durch die Tür, die Decken in der Hand, die Aktentasche vor dem Bauch, mit weißer Farbe war in großen Buchstaben draufgemalt:

ARTHUR SILBERGLEIT GEB 1881.

Er war nun ein Strich mehr auf der Liste.

Im Flur wurden die Juden von den Kapos empfangen, die sie über die Treppe nach unten führten. Wer zu langsam war oder in ihren Augen zu vornehm angezogen, dem halfen sie mit einem Stoß nach.

Im Gefängnishof war bereits eine lange Kolonne von Juden versammelt. Es schien fast, als ob man nur noch auf sie gewartet hatte. Ein SS-Mann schrie ihnen zu, da heute keine Lastwagen zur Verfügung stehen, müßten sie den Weg bis zum Bahnhof zu Fuß gehen, dort würden Eisenbahn-Waggons für den weiteren Transport auf sie warten.

Dann öffnete sich das Eisentor und die Kolonne setzte sich in Bewegung. Am besten, man fällt nicht auf, dachte Silbergleit und hielt sich in der Mitte.

Einige Juden, die am Abend vorher in verschiedenen Zellen untergebracht waren, machten sich jetzt versteckte Wiedererkennungszeichen. Andere entdeckten Verwandte oder Freunde, die sie schon länger nicht mehr gesehn hatten und versuchten nun, während des Marsches zusammenzukommen und Neuigkeiten auszutauschen.

Silbergleit kannte keinen von ihnen. Er gab sich allerdings auch nicht die Mühe, nach einem bekannten oder vertrauten Gesicht zu suchen. Er ging neben Karpe her, leicht gebückt, weil ihn die Tasche nach unten zog, und ließ sich von ihm erzählen, was dieser von den andern erfahren hatte.

Die andern Juden waren aus Hindenburg und Beuthen, aus Oppeln, Brieg und Breslau. Offensichtlich hatte man Juden aus ganz Schlesien hier im Kattowitzer Gefängnis gesammelt. Die Breslauer waren bereits am Mittwoch aus ihren Wohnungen geholt worden und hatten die erste Nacht im Gefängnis in der Kletschkauer Straße verbracht.

Herr Weissenberg, der außer seinen Schlafdecken nur eine Brottasche trug, brachte die Nachricht mit, den Breslauer Juden habe man gesagt, sie würden nach Lublin gebracht werden, das als Judenstadt eingerichtet werden soll wie Lodz.

Ich glaube eher, wir kommen nach Riga, sagte Silbergleit.

Der Herr Linz hatte es ihnen beim Abtransport gesagt. Es bestand wahrhaftig kein Grund, die Worte eines SD-Mannes für die Wahrheit zu nehmen. Aber warum hatte er Riga gesagt, wenn er ebensogut auch Lublin hätte sagen können? Auch Herr Kochmann hatte von Riga gesprochen.

Sie sagen immer Riga. Woher wollen Sie das wissen?

fragte Herr Weissenberg. Zwei Tage Verpflegung sollten wir mitnehmen. Das würde eher darauf hinweisen, daß wir nicht so weit fahren.

Für uns ist das bereits der zweite Tag, sagte Herr Karpe. Also müßten wir heute ankommen. Und für die Breslauer ist es bereits der dritte Tag. Manche haben nichts mehr zu essen.

In den Eisenbahn-Waggons gibt es Gulaschkanonen, sagte Weissenberg.

Er war im Weltkrieg Kanonier gewesen und erinnerte sich, wie an die Züge Soldatenküchen angehängt wurden.

Muß ja wohl sein, sagte Silbergleit. Bis Riga ist es noch weit.

Und wie weit ist es noch bis zum Bahnhof? Weiß das jemand? fragte Weissenberg laut.

Silbergleit war in seiner Kindheit einige Male in Kattowitz gewesen, aber das war über vierzig Jahre her. Er hatte sich das Museum, das Theater, das Rathaus und den Botanischen Garten angesehen. Das Gefängnis hatte ihn damals nicht interessiert.

Weit kann es nicht sein, sagte Herr Karpe, der als Kaufmann überall herumgekommen war, auch über die Grenze bis nach Kattowitz und Königshütte, ja bis Krakau. Er glaubte sich an manches Haus zu erinnern, an dem sie vorbeikamen, auch an eine Straße, die sie gerade kreuzten.

Ich hab zuerst das Gefühl gehabt, die führen uns durch Nebenstraßen, damit wir kein Aufsehen erregen. Aber heute ist ja Karfreitag!

Silbergleit erinnerte sich daran wie an etwas sehr Fernes: Karfreitag! Da werden die Leute in der Kirche sein.

Ein alter Jude fing plötzlich an zu schreien und ließ sich mit einem Klagelaut neben seinen Koffer auf die Straße sinken. Aber die Kolonne geriet nur für Sekunds ins Stocken, weil die Kapos ihn hochzerrten und mit Stöcken weitertrieben. Zwei jüngere Männer nahmen den Alten stützend in die Mitte, der Koffer blieb auf der Straße liegen.

Geht es mit Ihrem Herzen besser, erkundigte sich Karpe bei Silbergleit. Er hatte in der Nacht neben ihm gelegen und zugesehen, wie er sich vor Schmerzen schlaflos hin und her gewälzt hatte.

Ja, danke, sagte Silbergleit mit einem verzerrten Lächeln. Das hier werd' ich noch überstehen. Und in Riga kann ich mir neue Tropfen kaufen.

Ich weiß es weil der Jasmin blühte und duftete du weißt wie sehr ich den Jasmin geliebt habe und die roten und weißen Pfingstrosen seit meiner Kindheit es war besser daß du nicht gekommen bist der Jasmin ja immer zu meinem Geburtstag hat der weiße Jasmin geblüht

ich wußte es daß du kommst ich hab Herrn Kochmann gebeten dir zu sagen daß ich verreist bin aber natürlich hast du auch gewußt daß ein Jude in dieser Zeit nicht verreist und du hast dich auf die gegenüberliegende Straßenseite hingestellt mit dem Strauß Jasmin im Arm und gewartet und auf das Haus gesehen alle Fenster zur Straße waren mit Rolläden verschlossen daß sie zugenagelt waren konntest du nicht wissen bis auf eines im Zimmer von Herrn Kochmann und er zog die Rolläden nur ein wenig auf damit die Sonne hereinkam in Streifen

und hat gesagt treten Sie ein sehen Sie sich das an da unten wartet Ihre Frau mit dem Jasmin im Arm und geht nicht weg können Sie das aushalten

7

Josel Piontek stieg an der Hüttenstraße in eine Straßenbahn der Linie 4 in Richtung Osten. Vorn, am Führerhaus, hing ein Schild: ENDSTATION MORGENROTH. Immerhin etwas, das einen an diesem grauen, trüben, bleier-
nen Morgen trösten konnte. Zugegeben, es war nicht viel.
Die Straßenbahn war fast leer. Josel setzte sich nach vorn,
von hier aus konnte er über den Straßenbahnführer hinweg durch eine große schmutzige Scheibe die Landschaft
betrachten, die ihm als eine Wiederholung von etwas erschien, was er schon so oft gesehn hatte, und doch blickte
er hin, als ob er auf das Wunder einer Veränderung hoffte.
Niedrige geduckte Häuser, eine Eisenbahnbrücke, die ein
verwirrendes Areal von Schienen, Signalmasten und Gü-
terwagen überspannte, auf der linken Seite ein Birkenwald
und rechts die langgezogene rußfarbene Backsteinmauer
eines Industriewerks, die vom Drahtzaun eines anderen
Industriewerks und der wiederum von einer verrußten
Backsteinmauer eines anderen Industriewerks abgelöst
wurde. Das ging kilometerweit so, und das Auge erholte
sich geradezu an einem Stück Brachland mit grauen, wel-
ken Wiesen und mageren Birken, die im Kampf gegen Ruß
und Rauch einer dahintergelegenen Kokerei bizarre Formen entwickelt hatten; dann wieder kleine, geduckte
Häuser, eine Brücke über einen schmutzigen, träge dahinströmenden Fluß. Josel orientierte sich an zwei parallel-
laufenden weißen Stahlbändern, die, über schwarze
Holzbalken gespannt, ins Unendliche führten, wo Himmel und Erde in einem ausweglosen Grau zusammenstie-
ßen. Aber so weit die Straßenbahn auch mit quietschenden
Geräuschen fuhr, so oft sie stehenblieb, wobei das Kur-
beln der Bremse sich anhörte wie das Klirren von Kerker-

ketten, sie kamen dieser Unendlichkeit, die für ihn *Morgenroth* hieß, nicht näher. Josel blickte starr geradeaus, sein Kopf kam ihm leer vor, wie ausgeräumt.

Er war in der Frühe, als es noch still war im Haus, fortgegangen. Seine Mutter hatte er in der Küche hantieren gehört. Sie beschäftigt sich nur deshalb so früh mit irgendwelchen Arbeiten, weil sie die Abwesenheit Halinas vergessen machen möchte, dachte er. Am Fenster hatte er später beobachtet, wie die Mutter mit Irma das Haus verließ, wie sie sich gegenseitig stützten, ohne daß man hätte sagen können, wer wem eine Stütze war. Sie waren sicher auf dem Weg zur Kirche, es war ja Karfreitag. Bevor sie zurückkehrten, wollte er weg sein, er wollte Mamuscha an diesem Morgen nicht begegnen, denn er wußte, sie würde ihn mit ihren Fragen überfallen und so lange festhalten, bis Onkel Willi oder Tante Lucie, die sich seit der Verhaftung von Halina im Hause eingenistet zu haben schien, auftauchten und die immergleichen Fragen wiederholten. Das Fragen schien Mamuscha irgendwie zu beruhigen, denn die Antworten konnten es kaum sein. Josel hatte heute weder Lust auf Fragen noch Lust auf Antworten, er verspürte nicht einmal eine sonderliche Lust auf diese Fahrt nach Beuthen.

Als er in Richtung Trynnek ging, war er sich noch nicht im klaren darüber, ob er heute zu seinem Ziel käme, ob er überhaupt jemals dorthin käme, und es war nur ein dumpfer Trieb in ihm, der ihn in eine bestimmte Richtung drängte, von der er nicht wußte, ob es die richtige war. Aber nun ging er an den hoch aufgeschütteten Kokshalden vorbei, an klappernden Fördertürmen, an rauchenden Schornsteinen, zwischen sumpfigen Wiesen und aufgeschütteten Wegen, zwischen Huflattich und Schöllkraut, Wolfsmilch und Wasserbinsen, und dachte nach über sein Verhältnis zu Gott, zu Dostojewskij, zu seiner Mutter und besonders zu Ulla Ossadnik.

Und er überlegte, während er im Gehen mit einer leeren Blechbüchse Fußball spielte, ob er nicht Ulla Ossadnik im Cieplikschen Konservatorium in Beuthen aufsuchen sollte, um ihr eine Frage zu stellen und auf ihre Antwort zu warten. Eine einzige Frage wollte er stellen, in der Hoffnung auf eine einzige Antwort. Viel Zeit blieb ihm nicht, denn gleich nach Ostern würde er in die Kaserne ziehen müssen. Er kickte die Büchse so heftig, daß sie in einen Bach rollte und sank.

Doch, er würde nach Beuthen fahren. Er könnte sich ja einmal ansehen, wie sie wohnt, und ihr zuhören, wie sie übt, denn er hatte sie schon lange nicht mehr üben gehört. Er verließ den Feldweg und bog zur Stadt ein. Er versuchte so gleichgültig wie möglich auszusehen, verlangsamte sogar seinen Schritt, um sich selbst zu beweisen, daß er es für möglich, aber nicht unbedingt für entscheidend hielt, Ulla zu besuchen. Aber seiner Frage, so sehr er sich auch anstrengen mochte, entkam er nicht.

Er hatte Ulla etwas zu sagen, was ein Mensch einem andern nur einmal im Leben (oder vielleicht höchstens zweimal) zu sagen hat. Doch als er den Fahrschein gelöst hatte, war er sich nicht mehr sicher, ob er dazu imstande war. Er hatte es ihr schon seit langem sagen wollen, aber es war ihm nicht gelungen, in der letzten Zeit mit ihr jemals allein zu sein, denn seit ihrem ersten öffentlichen Auftritt im Blüthner-Saal war ihr Lehrer nicht von ihrer Seite gewichen. Dieser Mensch hatte sie wie eine kostbare Porzellanpuppe behandelt. Oder suchte Ulla etwa die Gegenwart eines solchen *Czoteks*. Dieser Herr Lechter war ein kleiner, rundlicher, aber ungemein behender Mensch, dessen Gesicht stets von einer unnatürlichen hektischen Röte überzogen war und dem die Augen förmlich aus den Höhlen zu springen drohten, nicht nur, wenn Ulla in der Nähe war, aber dann besonders – Josel konnte ihn nicht ausstehn. Von Herrn Lechter erzählte man, daß er im Cieplikschen Konservatorium sofort das ungewöhnliche Talent der Ulla Ossadnik entdeckt und sich von da an fast ausschließlich ihrer Ausbildung gewidmet hatte. Von endlos langen Übungszeiten war die Rede gewesen, an die zehn, zwölf Stunden soll er an manchen Tagen mit ihr am Klavier gesessen haben, und mehrmals mußte ein Masseur nach den Übungen ihre Arme und Hände behandeln. Sogar von Schlägen und Torturen wurde gemunkelt, wenngleich man sich unter Torturen nichts Genaues, nur einfach etwas Schreckliches vorstellen konnte – und das alles wurde nicht etwa mit den Anzeichen des Schreckens und Entsetzens erzählt, sondern eher mit höchster Anerkennung im Flüsterton gepriesen. Josel hatte diesen Herrn Lechter nur zwei- oder dreimal gesehen, und es war wahrscheinlich, daß der ihn gar nicht bemerkt hatte. Nach dem Konzert hatte sich Josel an Ulla herangedrängt und ihr Blumen überreicht, und Ulla hatte ihm kurz zugelächelt, aber sonst nur Augen, ach alle ihre Sinne, für ihren Lehrer gehabt. Dieser Herr Lechter war Josel nicht nur unangenehm, sondern auch irgendwie unheimlich; auf der einen Seite spürte er in diesem dicken, schwitzenden Mann etwas von Besessenheit, ja künstlerischem Fanatismus, auf der anderen Seite ging von ihm eine Kälte und Berechnung aus, die ihn erschreckte. Beide Eigenschaften hatten aus Ulla wohl das gemacht, was ihr an diesem Abend den ersten großen Triumph ihres Lebens eingebracht hatte, das war ihm damals gleich klargeworden. Aber er hatte auch gespürt, daß der Herr Lechter dabei war, Ulla umzumodeln, zu verwandeln, eine ganz andere Person aus ihr zu machen.

Also mußte etwas geschehen! Aber was? Und er wußte vor allem nicht, wer etwas geschehen lassen könnte. Ihre Mutter sicherlich nicht, denn Ulla kam nur noch selten nach Haus, vielleicht auch, weil sie sich ihrer einfachen Eltern schämte; ihr Vater schon gar nicht, der sie wie früher glücklich und stumm bewunderte; und ihre ehemalige Klavierlehrerin Valeska Piontek auch nicht, die für sie wohl nur eine Erinnerung daran war, unter welchen erniedrigenden Umständen sie einmal angefangen hatte. Bleibe nur ich selber übrig, wollte sich Josel Mut machen.

Er erinnerte sich noch daran, wie Ulla das erste Mal in die Strachwitzstraße gekommen war. Der Vater in seiner zu engen Reichsbahn-Uniform hatte sie begleitet, nein, eher vorgeführt hatte er sie, weil sie auf dem Klavier einer Nachbarin, ohne Noten zu kennen und ohne jemals Unterricht bekommen zu haben, Walzer und Foxtrotts herunterspielte. Mamuscha hatte sich Ulla angesehn, ihre Hände betrachtet und ihre Finger langgezogen, daß die Gelenke knackten, hatte das Metronom angestellt und das Mädchen einfach nach Rhythmus spielen lassen. Sie hatte nur gestaunt! Eine solche Naturbegabung hatte sie noch nie auf diesem Klavierstuhl sitzen gehabt, und wahrscheinlich hätte sie der Ulla Ossadnik auch ohne jeden Böhmer Honorar Klavierunterricht erteilt. Oder war das alles viel später gewesen? Jedenfalls hatte seine Mutter als erste Ullas Talent erkannt, und es war ihre Idee, als sie merkte, daß sie Ulla nichts mehr beibringen konnte, sie im Cieplikschen Konservatorium in Beuthen anzumelden. Sogar um ein Stipendium hatte sie sich gekümmert. Und jetzt wollte Ulla nicht viel und der Lehrer Lechter gar nichts von der einstmaligen Entdeckerin wissen. Daß Ulla in der letzten Zeit nicht mehr nach Gleiwitz gekommen war, wagte er ihr nicht zum Vorwurf zu machen, wohl aber ihm, ihrem neuen Lehrer. Von da an begann er eine Abneigung gegen ihn zu entwickeln, die zunächst in Verachtung, später sogar in Haß umschlug. Josel ertappte sich in manchen Nächten, wie er mit ihm in Gedanken über Ulla rechtete, wie er mit ihm disputierte und mit ihm stritt. Und plötzlich befand er sich auf dem Weg nach Beuthen und schon stand er in der Bahnhofstraße gegenüber dem

Cieplikschen Konservatorium in einem Hauseingang. Einmal mußte der Herr Lechter ja zur Tür herauskommen! Dann würde er mit ihm über all das reden, was er in Gedanken mit ihm so viele Nächte lang beredet hatte. Vielleicht würde er ihm nur entgegengehen, den Kopf zu Boden gesenkt, und ihn anrempeln, ihm einen Stoß geben, daß er auf die Straße stürzt, oder ihn in die Hand beißen, damit er die nächsten Tage nicht mehr Klavier spielen könnte. Irgend etwas Sinnloses, den andern Kränkendes und Erniedrigendes wollte er tun, wobei ihm nicht so recht klar war, wer durch eine solche Handlung mehr erniedrigt würde.

Einmal hatte er den Lehrer tatsächlich auf der andern Straßenseite entdeckt und war auf ihn zugegangen; er hatte den Kopf zwischen die Schultern gezogen und wollte gegen ihn anrennen. Aber dann war er ihm doch im letzten Moment ausgewichen und hatte ihn nur gestreift. Wahrscheinlich hatte der Lehrer ihn gar nicht erkannt, womöglich nicht einmal bemerkt, denn er war weitergegangen, als habe ihn lediglich eine Fliege gestreift, eine lästige Fliege. Ja, so fühlte er sich: wie eine lästige Fliege. Was war er denn schon, nichts anderes als ein Insekt, das die andern am liebsten mit einer Handbewegung wegscheuchten! So wie dieser Mensch, von dem er bei Dostojewskij gelesen hatte, fühlte er sich: Wenn er schon nicht geliebt wurde, so wollte er wenigstens gehaßt werden. Also faßte er den Entschluß, umzudrehen und einen richtigen Angriff zu wagen, aber die flinke Kugel war schon hinter der Eingangstür des Konservatoriums verschwunden.

Auch Ulla hatte er gesehn, und nicht nur einmal, aber statt aus seinem Versteck herauszutreten, hatte er sich ängstlich noch tiefer in den Hauseingang zurückgezogen. War er ängstlich oder gar feige? Am liebsten wäre er überhaupt nicht mehr dagewesen, kein Mensch mehr, der fühlte und litt, nur noch ein Gegenstand, eine Türklinke, eine Fensterscheibe oder ein Fußabtreter, so wie der andere nur eine Kugel und Ulla nur eine Klaviertaste war, und er wünschte, daß alle Menschen zu Dingen würden.

Und dabei hatte er nur darauf gewartet, daß Ulla ihn im Hauseingang entdecken und, ohne ein Wort zu sagen, ihn einfach ansehen und umarmen würde. Aber nichts davon war je geschehen. Ulla hatte es immer eilig gehabt, ohne sich nach rechts oder nach links zu drehen, war sie immer gleich verschwunden. Er blieb weiter im Hauseingang stehen und wartete, und mit der Zeit war ihm das Warten, einfach das Warten, wichtiger geworden als alles andere. Er wartete auf eine Veränderung. Aber es veränderte sich nichts. Er sah hinauf zu den Fenstern dieses grauen dreistöckigen Gebäudes, hinter denen manchmal der Umriß eines Menschen erschien und wieder verschwand, und gab sich an die Mauer gelehnt, die Mütze ins Gesicht gezogen, seinen Phantasien hin, die ihn die Wirklichkeit vergessen ließen. Bis es dunkel wurde und die ersten Fenster aufleuchteten und er für einen Moment glaubte, sie leuchteten nur für ihn. Aber kurz danach zerstörten die Verdunkelungsrollos, die nur noch kleine Lichtfetzen durchließen, die Illusionen. Er begann sich die Füße zu vertreten, die ihm vom langen Warten fast eingeschlafen waren, stellte sich Ulla vor, wie sie vor dem Klavier sitzt und die Tasten anschlägt, während das kleine, kugelige, glatzköpfige Männchen mit dem roten Gesicht danebensteht und Anweisungen gibt. Man müßte ihn wegzaubern können!

Dann sieht er Ulla allein am Klavier vor einem Orchester, der Dirigent gibt den Einsatz und ihre Hände springen, hüpfen, tanzen über die Tasten und die Musik dringt bis zu ihm, aber er hört sie, nur sie allein, und am Schluß rauscht der Beifall auf und die Leute springen von ihren Sitzen und klatschen ihr begeistert zu, während sie sich immer wieder schüchtern verbeugt, und er, Josel, läuft nach vorn und schreit bravo, bravo…

So stellte er es sich vor, weil er es so einmal in einem Film gesehn hatte. Als Ulla dann in Wirklichkeit in einem Konzertsaal oben auf dem Podium saß und das Publikum ihr applaudierte, war er sitzengeblieben und hatte nicht einmal geklatscht. Wie gelähmt war er gewesen, und bis heute war irgend etwas ganz tief in ihm erstarrt geblieben... Einmal, ganz zu Anfang, als sein Cousin Andreas noch in der Stadt gewesen war, hatte er ihn in einem andern Hauseingang entdeckt, wie er ebenfalls wartete und zu den Fenstern hinaufstarrte, lange Zeit, bis es dunkelte und er sich langsam, müde, mit eingezogenen Schultern davonmachte, ein schwarzes Ding auf zwei Beinen, das vom Dunkel aufgesogen wurde.

Er hatte mit Ulla nur gesprochen, wenn sie bei seiner Mutter einen Höflichkeitsbesuch absolvierte, und das geschah selten genug. Er hatte sich bemüht, mit ihr allein zu sein, es war ihm aber nicht gelungen. Vielleicht war es reiner Zufall, aber er glaubte eher, daß Ulla es absichtlich so einrichtete. Dabei hätte er ihr bestimmt nicht von seinen Fahrten nach Beuthen und seinem Warten vor dem Cieplikschen Konservatorium erzählt.

Sie waren nur dazu gekommen, wenige Worte miteinander auszutauschen, und das, was er ihr hatte sagen wollen, war verborgen geblieben unter einer dicken Schicht von alltäglichen Floskeln, und bevor sie Zeit gefunden hatten, diese Schicht abzutragen und zum glühenden Kern seiner Wünsche vorzustoßen, waren sie wieder auseinandergegangen. Sie entfernten sich jedesmal ein Stück weiter voneinander. Beuthen kam ihm schließlich nicht mehr wie eine Nachbarstadt vor, sondern war, mit seiner Seele gemessen, Lichtjahre entfernt.

Heute hatte er freilich einen triftigen Grund, nach Beuthen zu fahren, heute würde er auch nicht mehr wie früher vor dem Konservatorium warten, auf die Fenster starren und träumen, heute würde er durch die Tür gehen, die

Treppe hinauf und nach Ulla Ossadnik in der Klavierklasse Lechter fragen. Er würde sie sehen und mit ihr reden. Der Krieg war es, der ihm den Grund dazu lieferte. Der Krieg war für manches gut.

Der Krieg hatte auch ihn eingeholt. Er hatte seinen Einberufungsbefehl in der Tasche. Gleich nach Ostern mußte er zum Militär. Zuerst in eine Kaserne nach Liegnitz, wo er ausgebildet würde, und von dort an die Front. Der Krieg war es, der die Entscheidungen traf, über Ullas und seinen Kopf hinweg.

Schon auf dem Weg an den Schrebergärten vorbei, hatte er sich seine Sätze zurechtgelegt, die er jetzt ständig wiederholte, aber je länger er seine Rede probierte, um so unwahrscheinlicher schien es ihm, daß er sie auch in ihrer Gegenwart halten würde.

Ich habe den Einberufungsbefehl bekommen, Ulla, und in vierzehn Tagen kann ich schon an der Front sein, wo mich eine Granate treffen... so wollte er anfangen. Aber so würde er niemals anfangen, das wußte er. Er dachte darüber nach, mit welchen Worten Fürst Myschkin seine Liebe der Aglaja erklärt oder besser verwirrt hatte. Er hätte das noch einmal nachlesen sollen, das hatte ihn damals nicht nur aufgewühlt, sondern auch erregt, gerade weil er so ganz andere Wörter, ganz andere Sätze als die erwarteten dafür benutzte. Ulla würde sein Auftreten vielleicht nur wirr und lächerlich vorkommen...

Josel hielt sich an der Vorderbank fest, weil die Straßenbahn scharf bremste und schließlich hielt. Er mußte jetzt umsteigen, Richtung Beuthen-Scharley. Er war wie aus einem tiefen Traum herausgerissen worden. Es hatte eine Zeit gegeben, da wäre er um die halbe Welt gerannt und hätte alle Mädchen, die ihm gefielen, gefragt, ob sie ihn lieben könnten – und jetzt hatte er nicht einmal den Mut, Ulla zu fragen, ob sie wenigstens auf ihn warten würde bis nach dem Krieg. Es war alles anders geworden. Ulla war über Nacht berühmt geworden, auch ohne daß sie beide vorher nach Warschau gefahren waren, zur Kirche zum Heiligen Kreuz, um jenen Pfeiler zu berühren, in dem das Herz von Chopin eingemauert ist. Vielleicht hatte sie das vergessen? Er jedenfalls würde es nie vergessen.

Sie würde bald auf Tournee gehen, durch die Soldaten-Lazarette und viele Städte, sie würde Schubert, Schumann und manchmal auch Chopin spielen, begleitet von diesem dicken Etwas mit den Glupschaugen. Und er würde in den Krieg gehen und in ein paar Wochen in einem Schützengraben liegen, irgendwo im Dreck und Schlamm, und er würde Kimme und Korn seines Karabiners in Übereinstimmung bringen mit einem sich von der anderen Seite nähernden Ding, das vorher einmal ein Mensch gewesen war, ein Mensch auf zwei Beinen. Er würde Ulla nicht fragen, nein, er würde sie einfach nicht fragen können; aber er wollte sie schweigend ansehen, und in ihrem Gesicht, in ihren Augen, in ihren Bewegungen lesen. Es würde für ihn beruhigend sein zu wissen, daß jemand auf ihn wartete. Es würde ihn draußen an der Front alles leichter ertragen lassen. Vielleicht würde es ihm das Sterben einfacher machen. Und niemand anders als Ulla sollte es sein. Das wünschte er sich jetzt, als er in die Straßenbahn nach Beuthen-Scharley einstieg.

Es sollte nicht seine Mutter sein, nicht seine Schwester, nicht Onkel Willi. Nicht einmal die Erinnerung an Papusch sollte es sein – die konnte er sowieso mitschleppen, überallhin. Er hatte ja immer weggewollt von dieser Stadt, und jetzt war es bald soweit, niemand würde ihn aufhalten können. Er hoffte nur, er würde nach dem Westen kommen, vielleicht nach Frankreich, zum Atlantikwall, so wie der alte Montag ihm einmal gesagt hatte: Mit jeder Generation ein Stück weiter nach Westen! Und er würde sich umsehen in den fremden und großen Städten, und eines Tages würde er Ulla nachholen, wenn sie dann noch mit ihm gehen wollte. Hier unter diesem grauen Himmel und auf dieser schwarzen Erde hielt ihn nur noch die Erinnerung.

Bis jetzt saßen nur wenige Leute in der Straßenbahn, vielleicht waren es zehn oder zwölf, jeder saß in einer anderen Bank, als ob er mit den andern nicht in Berührung kommen wollte. Bei der nächsten Station stieg eine Gruppe meist älterer Männer und Frauen ein, die mit Reden und Zurufen die Sitze überschwemmten. Ein Soldat, der zunächst ganz hinten saß, setzte sich jetzt vorn zu Josel in die Bank, weil er von den schwarzen Kleidern nicht eingekreist werden wollte. Josel rückte zur Seite.

Nachdem sie sich nach ihrem Fahrziel erkundigt hatten, begannen sie sich gegenseitig zu mustern. Es stellte sich heraus, daß sie fast gleichaltrig waren. Der andere, gerade erst zwei Wochen an der Ostfront, hatte seinen rechten Arm verloren und war auf Genesungsurlaub. Josel konnte ihm nichts anderes entgegensetzen als seinen Einberufungsbefehl, der schon zu Haus in einer Schublade lag. Das schien den Soldaten zu amüsieren, denn er lachte heftig, wobei sein Ärmel hin- und hersprang. Er machte den Eindruck, als habe er sich mit dem Verlust seines Armes abgefunden oder den Verlust, was Josel eher glaubte, noch gar nicht richtig begriffen.

Die Schaffnerin war noch beim Kassieren der gerade zugestiegenen Männer und Frauen, da begannen die zu singen. Erst vereinzelt und bruchstückhaft, dann gemeinsam im Chor, nicht sehr laut, es war eher ein feierlich getragenes Summen. Josel hätte mitsingen können, es war ein altes Wallfahrerlied, das er auswendig konnte:

> *Meerstern ich dich grüße*
> *O Maria hilf*
> *Gottesmutter süße*
> *O Maria hilf.*
> *Maria hilf uns allen*
> *Aus unserer tiefen Not.*

74

Die Straßenbahn bremste scharf in einer Kurve, wodurch der Soldat näher an Josel heranrutschte. Zu spät hatte er mit seiner einzigen Hand nach einem Halt gegriffen. Ein Schmerz lief sichtbar über sein Gesicht und verzerrte es einen Moment lang zu einer Fratze. Es war für Josel nicht zu erkennen, ob es ein körperlicher Schmerz gewesen war oder ein seelischer, weil der Soldat, wieder einmal, entdecken mußte, daß er nur noch einen Arm besaß. Josel hätte gern gewußt, wie lange es dauert, bis man sich an den Verlust eines Arms gewöhnt. Er sah dem Soldaten ins Gesicht, der auf der Bank zurückrutschte, mit einer Hand sein Schiffchen zurechtrückte und ihn etwas schief und verlegen anlächelte. Josel sah sich in diesem Augenblick als der andere. Ja, er hätte tatsächlich der andere Soldat sein können. Er war von dieser Vorstellung überhaupt nicht erschreckt. Wer weiß, was aus ihm in einem Jahr geworden sein würde. Es könnte alles viel schlimmer kommen. Er kniff die Augen zusammen und machte sich kleiner auf seinem Sitz.

Wie ist denn das passiert? fragte Josel und tippte vorsichtig auf den herunterhängenden leeren Ärmel.

Am Pripjet, sagte der Soldat, wurde mir von einer Granate der Arm abgerissen, richtig abgefetzt, wie mit einem Rasiermesser, er flog durch die Luft, ich konnte sehen, wie er auf die Erde fiel, da lag er, mein eigener Arm, meine Hand, ein paar Meter von mir entfernt, können Sie sich das vorstellen? Es war verrückt, ich bin hingegangen und wollte ihn aufheben, mein Arm und doch nicht mein Arm, da erst spürte ich das Blut an meiner Schulter, spürte ich, wie mir schlecht wurde, ich fing an zu stolpern und fiel hin, direkt vor diesen meinen blutigen Arm... Er machte mit der Linken jetzt eine Handbewegung, als ob er die Erinnerung daran wegwischen wollte. Heimatschuß, sagte er grinsend.

Josel konnte nichts mit dem Wort anfangen. Ihm ekelte

vor der ganzen Schilderung. Nicht den Verlust eines Armes, eines Beines, nicht einmal den Verlust eines Auges fürchtete er. Er hatte Angst vor einer Verletzung am Kopf, Angst davor, blöd, verrückt, *ogupnonè* zu werden, von dieser Angst kam er nicht los.

Heimatschuß, wiederholte der Soldat beinahe stolz. Als sei das eine Auszeichnung, eine Art Orden erster Klasse.

Die Straßenbahn ratterte jetzt über eine Brücke. Josel summte das Wallfahrerlied mit:

Rose ohne Dornen
O Maria hilf
Du von Gott erkoren
O Maria hilf

Ein magerer Junge mit einem gelben Fähnchen in der Hand stolperte zwischen den Bänken hindurch nach vorn zur Schaffnerin.

Was ist denn das für eine Meute? fragte der Soldat.

Josel hatte sich bei dem Lied an etwas erinnert. Ich glaube, sagte er, die gehen auf Wallfahrt nach Deutsch-Piekar, ist nicht weit von hier. Und er fragte den Jungen danach, der ihm zunickte und wie bestätigend den gelben Wimpel senkte, auf dem jetzt die schwarzen Buchstaben IHS zu lesen waren.

Es ist Karfreitag, sagte Josel, da gehen die Menschen auf den Kalvarienberg.

Er war selbst einmal dabeigewesen, gleich nach dem Krieg, als Deutsch-Piekar deutsch geworden war, und er erinnerte sich, wie sie, eine Gruppe Halbwüchsiger, von einer Kreuzwegkapelle zur andern gerannt waren, um die Reliquien der Heiligen, die hinter einer Glasscheibe verschlossen ruhten, zu küssen. Paulek war es, der eine Flasche Schnaps unter seiner Jacke versteckt trug und vor jeder Reliquie erst einmal einen Schluck zu sich nahm, um das Glas zu *desinfizieren*. Er reichte die Flasche unter ihnen herum, damit sie es auch so machten, und noch bevor sie oben auf dem Kalvarienberg angelangt waren, waren sie schon leicht beschwipst gewesen.

Viele Gläubige, sagte Josel, rutschen auf den Knien den heiligen Hügel hinauf und beten dabei, das dauert manchmal Stunden. Und wenn sie dort oben ankommen, haben sie blutige Knie und sind total erschöpft.

Der Soldat tippte sich mit der flachen Hand an die Stirn. Religiöser Wahnsinn, sagte er. Als Ergebnis von etwas, was ihn schon seit längerem beschäftigte.

Die Straßenbahn rumpelte jetzt so stark, daß Josel sich schreiend verständlich machen mußte. Man muß daran glauben, sagte er ernsthaft.

Religiöser Wahnsinn, wiederholte der Soldat.

Josel hatte ihn schon beim erstenmal verstanden. Wenn er seinen Nachbarn immer noch ein wenig ungläubig ansah, dann nur deshalb, weil er die beiden Wörter in ihrem Sinn nicht zusammenbekam.

Bist wohl nicht von hier? fragte Josel.

Nö, ich komme aus Stettin, da gibt es so was nicht.

An der nächsten Station stiegen zwei Frauen ein, ihre Kopftücher waren so grau wie das Licht draußen. Auf der Brust trugen sie eine Raute mit den Buchstaben OST. Sie blieben hinten auf der Plattform stehen und machten sich noch unscheinbarer als sie ohnedies schon waren.

Die Gruppe der Wallfahrer begann mit einem neuen Lied. Ein paar dünne Stimmen fingen an, gingen aber im Lärm der quietschenden Bremse unter: der magere Junge schlug vergeblich den Takt mit dem Kirchenfähnchen.

Meine Philosophie ist eine ganz andere, sagte der Soldat zu Josel: *Davon geht die Welt nicht unter, sieht man sie manchmal auch grau, einmal wird sie wieder bunter, einmal wird sie wieder himmelblau...*

Er konnte nichts dafür, daß sie aus den Reimen eines Schlagers bestand. Er war damit durchgekommen, bisher jedenfalls.

77

Mehrstöckige Häuser links und rechts verrieten ihnen, daß sie in der Stadt angekommen waren. Auf der Straße sahen sie schwarzgekleidete Menschen im trüben Licht des Vormittags verschwimmen.

Über die Berge schallt
lieblich durch Flur und Wald
Glöcklein dein Gruß

Der Soldat lachte Josel mit entblößten Zähnen ins Gesicht und stieß hervor: *einmal drunter, einmal drüber, wenn dir der Schädel auch raucht* ... Die Straßenbahn verlangsamte mit Sirenenton ihr Tempo. Josel stand auf. Auch der Soldat erhob sich.

Wissen Sie, wofür Sie das geopfert haben? fragte Josel und zerrte am leeren Ärmel des Soldaten. Fragen Sie das die Leute hier, die werden es Ihnen sagen.

Der Soldat blickte nicht nur ungläubig drein, er schien es tatsächlich zu sein. Sie standen sich, halb eingeklemmt, in der Bank gegenüber. Josel spürte wieder seinen tickenden Schmerz in der Stirn, direkt über der Nasenwurzel.

Lassen Sie mich, ich muß aussteigen, sagte Josel. Und lauter: Fahren Sie mit den Leuten mit, beten Sie mit ihnen die Kreuzwegstationen, beten Sie mit ihnen am Grab Christi, tun Sie es!

Aber warum soll ich beten? Der Soldat setzte sich wieder und ließ Josel nicht hinaus. Mir kann nichts mehr passieren. Ich bin bereits ein Krüppel. Jetzt sollen die andern drankommen. Einmal ist die Welt grau, einmal ist sie himmelblau, so ist es. Sein Gesicht war ganz leer. Es war überhaupt kein Ausdruck darin.

Josel quetschte sich nun doch an dem Soldaten vorbei. Damit es eine Welt voller Krüppel gibt, ja? rief er ihm zu. Vielleicht wird es so sein. Ich habe Ihnen gesagt, daß ich meine Einberufung schon in der Tasche habe, noch ein paar Wochen, dann stehe ich an der Front, und dann kann mich, wer weiß, eine Kugel treffen oder eine Granate zer-

fetzen, und wenn ich Glück habe wie Sie, verliere ich nur
einen Arm oder ein Bein, aber vielleicht wird es schlimmer... Er wagte es gar nicht auszusprechen, woran er
dachte. Der Soldat versuchte, ihn mit der Hand festzuhalten. Aber Josel schüttelte die Hand ganz leicht ab.

Will auch ihr Glöcklein sein
Ihr mich zum Dienste weihn
Nahe und fern

sang er mit den Wallfahrern mit, sogar ziemlich laut,
drängte sich nach vorn zum Ausgang, der nur durch eine
Kette abgesichert war. Er hakte sie aus und stellte sich auf
das Trittbrett, und als die Straßenbahn in eine Kurve fuhr,
sprang er ab, so geschickt und sicher, daß man annehmen
konnte, er habe das nicht zum erstenmal getan.

Der Soldat sah ihm noch eine Weile nach, dann setzte er
sich wieder auf die Bank und stopfte den leeren Ärmel in
die Jackentasche. Religiöser Wahnsinn, sagte er leise zu
sich, verrückt sind die Leute hier, alle verrückt. Da kam er
mit seiner selbstgemachten Philosophie doch weiter: *Da-*
von geht die Welt nicht unter, sie wird ja noch ge-
braucht..., sang er gegen das Wallfahrerlied an.

8

An allem waren nur Halinas neue Zähne schuld. Vielleicht
hätte Valeska niemals damit anfangen sollen, aber sie hatte
nicht länger mit ansehen können, wie Halina mit den ein-
gefallenen Wangen herumlief und weit über ihre Jahre
hinaus gealtert aussah, und da half es auch nichts, wenn
Halina sich bei besonderen Gelegenheiten Wachskugeln in
die Backentaschen schob und über das ganze nun ge-
straffte Gesicht strahlte. Damit konnte sie natürlich nur
jene Leute täuschen, die sie vorher nie gesehen hatten – für
Valeska war es nur noch erschreckender.

Freilich wäre sie nicht darauf gekommen, wenn Halina nicht in die Volksliste III und damit zugleich in die gesetzliche Krankenkasse aufgenommen worden wäre, dadurch würden die Zähne sie keinen Groschen kosten. So brachte sie Halina selbst zum Dentisten Kozuschek in die Breslauer Straße, der für seine Grobheiten ebenso bekannt war wie für seine perfekt sitzenden Zahnprothesen. Sie dachte vor allem daran, daß Halina mit neuen Zähnen vielleicht eine Chance hätte, jedenfalls eine mehr, einen Mann kennenzulernen, der, wenn er sich auch nicht gerade in sie verliebte, sie doch wenigstens heiraten könnte. Natürlich war sie auf der einen Seite daran interessiert, Halina möglichst lange im Haus zu behalten – und sie war nun schon an die sieben Jahre bei ihr, ein ganz schönes Stück Leben und noch mehr Arbeit und auch ein paar Geheimnisse verbanden sie miteinander –, auf der anderen Seite hatte sie Tante Jadwiga gegenüber die Verantwortung für Halina und deren Lebensglück übernommen, und das nahm sie ernst, ja, bis hin zu den Zähnen. Ohnehin würde sie Halina nicht mehr lange behalten können. Die vom Arbeitsamt holten jetzt überall die ledigen Mädchen und auch die jungen verheirateten Frauen, wenn sie keine Kinder hatten, zur Flak oder in die Rüstung. Und Valeska fragte sich manchmal, wann sie wohl selbst drankommen würde, auch wenn sie schon auf die fünfzig zuging. Wenn der Krieg noch eine Weile dauerte, würden sie sogar die Kinder holen. Der Josel war noch nicht einmal mit seiner Schule fertig und hatte schon den Einberufungsbefehl erhalten.

Doch was dann mit Halina geschehen war, damit hatte sie am wenigsten gerechnet. Sie kam darüber nicht hinweg. Sie ging im Klavierzimmer auf und ab, lüpfte geistesabwesend hier an der Gardine, zupfte dort von der Begonie ein trockenes Blatt, rückte das Foto von Gieseking auf dem Klavier zurecht und horchte nervös auf die Geräusche im Haus. Sie wünschte, es würde lauter zugehen, die Stille machte sie unruhig. Irma hatte sich in ihr Zimmer zurückgezogen und verboten, die Hebamme oder gar einen Arzt zu rufen, weil sie inzwischen glaubte und wohl auch hoffte, das Kind würde erst am Sonntag kommen, wie sie es sich ausgerechnet hatte. Und von Josel hatte sie einen Zettel in der Küche gefunden, daß er auf dem Weg nach Beuthen sei, um sich von der Ulla Ossadnik zu verabschieden. Vielleicht würde er Ulla mitbringen, sie hoffte es sogar, es gab jetzt lange Feiertage und sie könnte mit Ulla vierhändig Klavier spielen, einen Militärmarsch von Schubert oder die kleine C-dur Sonate von Mozart, jedenfalls müßte sie dann nicht immer an Halina denken. Sie könnte vielleicht am Ostersonntag ein Hauskonzert ansetzen, wo jetzt die Frau Reimers aus Köln hier war, hatten sie auch wieder eine gute Violine; mit der alten Frau Dobrewollny war das nicht mehr gegangen.

Valeska hatte ein Fenster zum Garten hin offengelassen, ein leichter warmer Wind bauschte die Gardine. Der Himmel war an einigen Stellen aufgerissen und zeigte blaue Flecken und Inseln, die grauen Wolken türmten sich zusammen und wurden immer stärker nach Osten abgetrieben. Wenn sie Glück hatten, könnte es am Nachmittag einen strahlenden Himmel geben. Die Erde war durch den Regen der letzten Tage wie ein vollgesogener Schwamm, wenn die Sonne jetzt nur ein, zwei Tage hintereinander schiene, müßte die Natur explodieren. Es war immerhin schon Ende April.

Valeska bildete sich ein, im ganzen Haus immer noch den Geruch von Halina wahrzunehmen. Wenn sie nicht gerade in die Küche ging, wo das herumstehende schmutzige Geschirr sie deutlich an ihre Abwesenheit erinnerte, hätte sie glauben können, Halina sei nur einen Moment nach draußen gegangen, und mit dem nächsten Klappen der Flurtür würde sie wieder zurückkehren. Sie sehnte sich jetzt nach den Geräuschen, die Halina verursacht hatte. Sie hätte gar nicht beschreiben können, welcher Art diese Geräusche waren, aber sie waren so eigentümlich für Halina gewesen, daß sie sie unter allen Geräuschen sofort heraushören könnte. Ja, wenn sie länger darüber nachdachte, war das Besondere dieser Geräusche vielleicht ihre Lautlosigkeit, es war nur ein Vibrieren, wenn sie durch den Flur in die Küche ging, nur ein Luftzug, der ihre Nähe anzeigte, nur eine bestimmte Lichtveränderung, wenn sie vor dem Fenster stand. Abgesehen von jenem Geräusch, das sie sich mit dem neuen Gebiß angewöhnt hatte, nämlich Luft durch eine Zahnlücke zu ziehen, was sich unangenehm anhörte und ihr nur mit Mühe abzugewöhnen war. Sie hatte Halina deswegen einige Male angebrummt; jetzt wäre sie zufrieden gewesen, dieses Geräusch zu hören.

Vom Flur her vernahm sie Schritte, schwere, langsame Schritte. Ihr Bruder trat im Morgenmantel und mit einem Haarnetz auf dem Kopf in den Klaviersalon ein. Er tat, als suchte er etwas, vielleicht eine Zeitung, aber am Karfreitag gab es keine Zeitung. Oder er suchte nach seinem Buch, nach diesem dicken Roman *Die Heilige und ihr Narr*, den er lange Zeit mit sich herumgeschleppt hatte, immer ein Finger zwischen den Seiten als Lesezeichen. Sie hatte beobachtet, wie von Mal zu Mal, von Abend zu Abend, der Finger weiter nach hinten gewandert war, bis er es vor ein paar Tagen endgültig zugeklappt hatte. Sie hätte ihn gern nach dem Inhalt gefragt, denn der Titel hatte sie neugierig gemacht, doch seitdem sie bei ihm einmal ein Buch mit einigen offenherzigen, wenn nicht gar obszönen Zeichnungen entdeckt hatte, redete er nicht mehr mit ihr über das, was er gerade las.

Es war beinahe zwölf und er lief immer noch im Morgenmantel und mit dem Haarnetz auf dem Kopf in der Wohnung herum. Und das am Karfreitag! An solchen Tagen wie heute, wo er nicht in seine Kanzlei gehen mußte, brachte er es fertig, bis zum Nachmittag so herumzulaufen, manchmal sogar bis zum Abend. Das schien ihm überhaupt nichts auszumachen, im Gegenteil, er tat jedenfalls so, als fühlte er sich wohl. Für Valeska war es auf eine gewisse Weise ernüchternd, ihren Bruder in dem speckigen Morgenmantel am hellichten Tag durchs Haus geistern zu sehen, und sein Haarnetz, das mit grauen Schuppen übersät war, obwohl er doch allerlei Haarwasser und Shampoos verwendete, wirkte auf sie geradezu physisch abstoßend. Aber sie wagte nichts zu sagen. Dieses gräßliche Haarnetz, unter dem er seine mit Wasser und Kamm zurechtgelegten Wellen schützte, war für sie ein tiefes Ärgernis.

Suchst du mich? fragte sie als Vorwand für eine andere Frage.

Glücklicherweise war er mit dem Sofa beschäftigt, dessen Kissen er übereinanderwarf, um darunter etwas zu finden – denn wenn er jetzt seine Schwester angesehen hätte, würde er auf ihrem Gesicht möglicherweise jene ganz andere Frage erraten haben.

Ich suche ... sagte Wondrak, so als müßte er sich erst erinnern, was er nun wirklich zu suchen hatte ... ich weiß nicht, wo ich meine Zigarettenspitze hab liegenlassen ... gestern. Ich bin doch abends nicht mehr im Salon gewesen ... Oder doch?

Valeska ließ sich auf den Klavierschemel sinken, als sei sie geradezu erleichtert, daß es sich nur um etwas so Banales wie eine verlorene Zigarettenspitze handelte. In diesen Zeiten konnte es geschehen, daß die Menschen fürchteten, einander zu begegnen, weil sie sich nur schreckliche Nachrichten mitzuteilen hatten. Wenn Valeska in der Stadt eine Bekannte in Trauerkleidung traf, wich sie ihr aus, denn sie wollte nicht erfahren, wer denn gefallen war, der Sohn oder der Schwiegersohn oder gar der eigene Mann. Ohnehin hatten die Behörden verfügt – und die Kirchen hatten nicht dagegen protestiert, was sie übrigens empört hatte –, daß die Trauerkleidung nicht mehr wie früher ein ganzes Jahr, sondern nur noch drei Monate getragen werden sollte. Vielleicht, weil sie befürchteten, eines Tages würde die ganze Stadt in Schwarz gehen.

Valeska sagte, ohne sich zu erheben: Mit Irma ist es soweit.

Ach ja? Willi rief so laut und überrascht, daß sie annehmen mußte, er habe das, was er suchte, gerade gefunden. Denn über die Tatsache, daß Irma jetzt bald ihr Kind bekam, konnte er wohl nicht so ins Staunen geraten sein. Wir waren heute morgen in der Kirche, sagte sie, da fing es mit ihr an. Ausgerechnet in der Kirche! Es klang, als ob sie der Kirche deswegen Vorwürfe machen wollte.

Sie ist jetzt in ihrem Zimmer und behauptet, das sei ein Irrtum gewesen. Aber ich kenne das, laß uns noch ein paar Stunden warten, dann wird es mit den Wehen richtig losgehen.

Komplikationen bisher keine? sagte Willi etwas verstopft, denn er bückte sich gerade, um unter dem Sofa die Zigarettenspitze hervorzuangeln.

Wie bitte? fragte Valeska.

Ich meine, wie seid ihr nach Haus gekommen? Gab es irgendwelche Komplikationen unterwegs? Und wie fühlt sich Irma jetzt? In seinem Bemühen, etwas mehr Freundlichkeit zu zeigen, kam er mit diesem Fragenschwall ein Stück weiter.

Wie es so anfängt, sagte Valeska. Mit einem Ziehen im Rücken. Ich wollte einen Krankenwagen organisieren, aber du weißt ja, wie Irma ist, sie bestand partout darauf, zu Fuß zu gehen. Naja, vielleicht ist das ganz gut, man soll ja bis zuletzt in Bewegung sein… Übrigens, als wir weggingen, holten sie die Glocken von Peter und Paul herunter, der Vorplatz war voll mit Neugierigen.

Sie sagte es so gleichgültig wie möglich. Es hatte schon vor Wochen in den Zeitungen gestanden, und sie hatten darüber geredet und sich ereifert und auch empört. Frau Millimonka vom Dritten Orden, die auch dem Kirchenvorstand angehörte, soll sogar zum Erzpriester Pattas gegangen sein und ihn aufgefordert haben, die Herausgabe der Glocken zu verweigern. Es sollte sich um einen Befehl des Reichsmarschalls handeln, als Beauftragter für den Vierjahresplan, aber gedruckt hatte ihn keiner gesehn. Der Dritte Orden begann auf eigene Faust Buntmetall zu sammeln, damit wenigstens die älteste Glocke aus dem Jahre 1654 gerettet werden konnte, aber es kamen nicht mehr als ein paar Kilogramm zusammen, denn Buntmetall wurde schon seit Anfang des Krieges gesammelt und die Leute besaßen einfach nichts mehr. Sie selbst hatte sogar ihre Gardinenringe aus Messing abgenommen und sie mit solchen aus Holz vertauscht. Aber dann hieß es, die alten historischen Glocken – und die Gleiwitzer war unmittelbar nach dem Dreißigjährigen Krieg von der damals ziemlich verarmten Bürgerschaft der Stadt gestiftet worden – fielen nicht unter das neue Gesetz. Als aber ein Pfarrer in Cosel verhaftet wurde, weil er seine Gemeinde aufgerufen hatte, öffentlich für die Rettung der Kirchenglocken zu beten, war es still darüber geworden.

Unsere schönen Glocken, sagte Willi Wondrak ratlos. Daß sie das am Karfreitag machen, ausgerechnet am Karfreitag! Wenigstens darüber konnte man sich aufregen.

Wir werden Ostern ohne Glocken sein. Ich kann mir gar nicht vorstellen, wie man die Auferstehung des Herrn ohne Glockengeläut feiern will...

Valeska konnte es sich wirklich nicht vorstellen, denn so lange sie zurückdenken konnte, war sie Ostersonntag zum Hochamt gegangen, das war für sie das schönste Hochamt im Kirchenjahr. Der Schlußchoral *Allelujah! Des Todes starker Überwinder!* war ihr lieber als jedes noch so schöne und feierliche Weihnachtslied, und besonders liebte sie es, wenn in den Choral hinein sämtliche Glocken anfingen zu läuten und ihr dröhnender Klang sich vermischte mit dem inbrünstigen Gesang der Gläubigen. Nach dem Schlußsegen durch den Pfarrer wurde man bis nach Hause von dem wunderbaren Geläut begleitet. Das würde sie nie vergessen. Schon zu der Zeit, als sie noch in die kleine Kirche von Myslowitz gegangen war, die nur eine einzige Glocke besaß, war sie von den Osterglocken beeindruckt.

Das macht sicher eine Spezialfirma aus dem Reich, sagte Wondrak. Ich kann mir nicht vorstellen, daß die Firma Nitschke aus der Lohmeyerstraße sich an einem Karfreitag da herantrauen würde... Er überlegte einen Moment, ob er sich dieses seltene Schauspiel nicht ansehen sollte. Aber nach einem Blick auf seinen Morgenmantel entschied er sich anders.

Ich gehe am Abend in die Kirche, sagte er, dann wird das Ganze schon vorbei sein. Es macht mich nur traurig, das mitansehn zu müssen.

Die evangelischen Kirchen, sagte Valeska, hab ich gehört, machen geradezu Opferstunden daraus, sie lassen die Glocken noch einmal läuten, ehe sie sie feierlich Führer, Volk und Vaterland übergeben. Also wenn ich das höre, dann ist es mir lieber, sie holen sie am Karfreitag ab.

Willi Wondrak tastete nach seinem Haarnetz, er wollte kontrollieren, ob es bei seiner Suche nach der Zigarettenspitze nicht verrutscht war.

Erinnerst du dich noch, sagte Valeska, in der neuen Christ-König-Kirche draußen am Stadtwald haben sie die Glocken schon vor einem Jahr geholt, da haben die Leute davorgestanden und geweint, die Glocken waren erst vor ein paar Jahren aus Spenden der Gemeinde gekauft worden, und dort in der Gegend wohnen ja nicht gerade die reichen Leute...

Valeska seufzte. Über die Glocken hätte sie glattweg ihre Tochter vergessen können. Und sogar Halina, die Ärmste. Sie war damals mit ihr zusammen zur Christ-König-Kirche gegangen, um sich das anzusehen. Mein Gott, das war ihr schon wieder entfallen.

Es passierte eben so viel in dieser schrecklichen Zeit. Man gewöhnt sich sogar an das Schreckliche, sagte sie beiläufig. An das Schreckliche, was mit Halina geschehen könnte, würde sie sich allerdings nie gewöhnen.

Irgendeine Nachricht? fragte Valeska knapp.

Ihr Bruder hatte sofort begriffen. Schließlich dachten sie alle seit dem Vortag an nichts anderes. Er antwortete ebenso knapp: Nein, nichts. Und fügte hinzu, in einem anderen Tonfall: Kann ich etwas... irgend etwas für Irma tun?

Dabei hoffte er, nicht in Irmas Zimmer gehen und sie in ihrem Zustand sehen zu müssen. Er hatte seine Nichte ganz gern, soweit man überhaupt seine eigenen Nichten ausstehen kann, aber Frauen, die alle Aufmerksamkeit ständig auf ihren schwellenden Bauch zogen, verabscheute er insgeheim. Er wollte es sich – wenigstens bei Irma – nicht anmerken lassen, aber es gelang ihm einfach nicht, mit ihr eine Ausnahme zu machen. Schwangere Frauen haben einen spezifischen Geruch, sie riechen nach Sägemehl und verfaulendem Laub, behauptete er. Bei Irma roch er das besonders stark. Er roch es bei Frauen, denen man es noch gar nicht ansah, daß sie schwanger waren und ekelte sich davor, aber das hätte er natürlich nicht zugegeben. Er erinnerte sich nur, daß er sich bei Irmas erster Schwangerschaft einmal übergeben mußte. Und da hatte es ihm vorher niemand gesagt. Er hatte es einfach gerochen. Irma wollte er erst sehen, wenn sie geboren hatte. Nun suchte er doch nach einer Zeitung von gestern, einer hauptstädtischen. Die kamen sowieso erst einen Tag später nach Gleiwitz.

Freitagskinder sind Schmerzenskinder, sagte Valeska und seufzte. Sie blieb hinter ihrem Flügel sitzen, als wolle sie sich hinter dem Instrument verbergen. Wenigstens so lange, bis Halina wieder da war. Sie mußte immer wieder daran denken. Auch wenn sie sich klarmachte – und sie hatte ausführlich mit ihrem Bruder gesprochen, die Situation hin und her gewendet und jede Möglichkeit in Erwägung gezogen –, daß bis zum Ende der Feiertage überhaupt nichts zu machen war.

Die Arme, sagte sie nur.

Sie klappte den Tastendeckel zu halber Höhe auf, hielt ihn so mit der linken Hand und schlug mit der rechten eine Taste an. Nein, sie wollte nicht spielen, nicht am Karfreitag. Und nicht, wenn ihre Tochter im Nebenzimmer sich vielleicht unter Schmerzen krümmte. Und Halina im Gefängnis litt.

Mit Irma konnte jetzt noch nicht viel passieren. Tante Lucie war bei ihr im Zimmer und würde schon Nachricht geben, wenn etwas Ernstes passierte. Vielleicht zieht sich das noch hin – sie schlug wieder eine Taste an –, vielleicht wird es sogar ein Osterkind. Auch sie wünschte sich brennend ein Osterkind.

Wie das nur geschehen konnte, sagte sie nach einer Weile, während ihr linker Fuß auf dem Pedal ruhte. Ich komme nicht darüber hinweg.

Über was denn? fragte Willi mehr aus Höflichkeit. Denn er wußte genau, was sie meinte. Seit gestern war ja von nichts anderem die Rede.

Halina, sagte sie mutlos.

Aber du weißt doch, daß ich alles in Bewegung gesetzt habe, Himmel und Hölle, ich hoffe, nach den Feiertagen kommen wir weiter. Er wollte so schnell wie möglich den Raum verlassen.

Kommen einfach zwei Beamte in Zivil in die Küche und verhaften unsere Halina, das ist doch kriminell, das ist doch ein Verbrechen. Sie sagte es, als rekapituliere sie einen Vorgang, der gerade erst geschehen war und den sie noch nicht begreifen konnte. So ähnlich verhielt es sich ja auch.

Ich mache mir Vorwürfe, fuhr sie fort. Wenn wir zu Haus gewesen wären, wäre es vielleicht nicht passiert.

Ich weiß nicht, sagte Wondrak, der realistischer dachte. Wir hätten besser auf sie aufpassen müssen. Jetzt, mit den neuen Zähnen, hätte sie auch einen andern Mann gekriegt.

Halina war von den Plänen ihrer Pani überhaupt nicht entzückt gewesen, sie verstand nicht, warum sie zweimal in der Woche in die Breslauer Straße zu diesem Doktor Kozuschek gehen sollte. Zunächst einmal mußte sie eine ganze Weile im Vorzimmer warten, dann durfte sie auf einem Lederstuhl Platz nehmen, den der Doktor plötzlich nach hinten kippte, so daß sie fast zum Liegen kam, um anschließend mit blitzenden und ein furchtbares Geräusch verursachenden Instrumenten in ihren Mund zu fahren. Während er an ihren letzten Zähnen riß und feilte, redete und lachte dieser Mensch ständig und rieb in ziemlich eindeutiger Weise dabei sein Knie an ihren Beinen. Halina sah und hörte alles, aber sie verstand kein einziges Wort, weil sie mit ihrer Angst und ihrem Schmerz fertig werden mußte. Und wenn sie endlich dieses furchtbare Haus verlassen durfte, war zwar die Angst weg, aber die Schmerzen waren geblieben, manchmal ganze Nachmittage lang. Sie konnte die Zeit überhaupt nur mit Togaltabletten überstehen, die sie der Pani aus der Tee-Büchse klaute. An die schönen, trostreichen Erzählungen der Frau Valeska, daß nämlich am Ende aller ihrer Leiden ganz neue Zähne in ihrem Mund wachsen würden und sie mit diesen neuen Zähnen auch ein neuer Mensch sein würde, daran wollte und konnte sie nicht glauben, denn sie hatte in ihrem Leben schon eine Menge Schmerzen erleiden müssen, ohne daß sie deswegen eine andere geworden war – es war nur ihre in zweiundzwanzig Jahren erlernte Birawka-Geduld, mit der sie jetzt auch diese Prozedur über sich ergehen ließ.

Am Ende hatte ihr der Doktor Kozuschek neue Zähne in den Mund gesteckt. Die würden nun, wie er sich ausdrückte, die nächsten hundert Jahre am gleichen Ort festhalten, niemals faulen, niemals abbrechen, niemals ausfallen und nie Schmerzen verursachen. Und es waren tatsächlich neue Zähne, die sie im Mund spürte und die auch fest darin saßen und nicht etwa wackelten, wenn sie daran sog oder mit der Zunge dagegen drückte. Abends konnte sie sie mit einem Griff einfach herausnehmen, was ein leicht saugendes Geräusch verursachte, und sie am nächsten Morgen wieder hineintun.

Matka Boska, sie kam nach Haus und stellte sich vor den Spiegel und sah und sah sich an, sperrte den Mund weit auf, hob mit zwei Fingern die Lippen an und konnte sich kaum beruhigen: richtige weiße, schöne, wohlgeformte Zähne blitzten aus ihrem Mund, einer gleichmäßiger als der andere, so schön, wie man sie sonst nur im Kino sehen konnte, und viel schöner, als ihre alten jemals gewesen waren. Ihre Wangen waren jetzt straff und rund und vor Aufregung gerötet, und ihre Wachskugeln brauchte sie jetzt wirklich nicht mehr, ein für allemal – aber sie wegzuwerfen, traute sie sich doch nicht, sie versteckte sie einfach in ihrer Schürzentasche.

Sie hatte nun richtige Zähne und sah aus wie die andern Leute. Halina konnte es gar nicht glauben. Sie vergewisserte sich in jedem Spiegel, an dem sie vorbeikam, daß die neuen Zähne sich immer noch in ihrem Mund befanden und nicht durch einen Zauber verschwunden waren.

Jetzt wirst du einen Mann kriegen, hatte die Pani zu ihr gesagt, mit deinen Zähnen. Mit deinen tollen Zähnen, hatte sie gesagt.

Aber sie hatte sich vor jedem fremden Mann geängstigt und keinen angesehen, jetzt noch weniger als früher. Sie fürchtete sogar, der Kaplan Nowak, zu dem sie beichten ging, könnte an ihr Gefallen finden, weil sie jetzt so schöne Zähne hatte. Im Grunde wurde sie damit nicht fertig.

Die Zähne waren nämlich so schön, daß sie sich gar nicht mehr zu essen traute. Es war nun schon der zweite Tag, an dem sie nichts zu sich genommen hatte. Sie wußte zwar nicht, wie sie die nächste Zeit überstehen würde, aber sie konnte sich einfach nicht vorstellen, daß sie jetzt, mit den andern zusammen, Rote Beete essen müßte, ausgerechnet Rote Beete, die würden ihre weißen Zähne verderben. Sie öffnete eine Puderdose, die ihr die Pani vor Jahren geschenkt, die sie aber niemals benutzt hatte, und lachte in den winzigen runden Spiegel hinein, und freute sich an ihrem eigenen Lachen, weil sie die Zähne dabei funkeln sah. Sie waren wirklich viel zu gradlinig und vollkommen, um mit so einfachen Dingen wie Kartoffeln, Rüben, Brot oder gar irgendeiner heißen Krautsuppe zusammengebracht zu werden. Lieber wollte sie hungern.

Valeska hatte das erst bemerkt, als Halina in der Küche plötzlich bleich geworden war, taumelte und schließlich neben dem Herd hinfiel, auf den neuen Linoleum-Boden. Es war ein Schwächeanfall. Halina mußte gefüttert werden wie ein Kind. Valeska bettete ihren Kopf in ihrem Schoß, schob mit zwei Fingern erst ihre Lippen, dann die Zähne auseinander, und schüttete einen Löffel warme Kartoffelsuppe hinein, Kartoffelsuppe mit ausgelassenen Grieben. Und nach jedem Essen zeigte sie ihr in einem Handspiegel, daß die Zähne noch immer unverändert waren und so wohl auch noch eine ganze Weile bleiben würden – wenn sie Glück hatte bis zu dem Tag, an dem sie in einem Sarg liegen und die Zähne nun wirklich nicht mehr brauchen würde.

Sie war jetzt wie die andern. Sie saß am Tisch mit ihnen

und lachte wie sie, und sie gewöhnte sich an das Lächeln, das die Pani mit ihr vor dem Spiegel einstudiert hatte. Mit diesem Lächeln wagte sie sogar schon mal einen Mann anzusehn, wenn auch nur von weitem.

So war es mit dem Mann geschehen, der eines Tages am Gartenzaun aufgetaucht war und sie angeredet hatte, in gebrochenem Deutsch. *Bitte, Frau, haben ein Schtik Brod, Hunger, Hunger,* und er hatte jenes Zeichen gemacht, das jeder überall versteht, indem er mit der gespreizten Hand mehrmals auf seinen Bauch geschlagen hatte. Sie hatte das OST auf seiner Jacke gesehn, deutlich genug, denn er hatte gar keine Anstalten gemacht, es zu verstecken. Sie war stehengeblieben und hatte zu ihm aufgesehen, denn er überragte sie um mehr als einen Kopf. Sie sah sein stoppliges Kinn und den offenen zerschabten Hemdkragen und die dünne Jacke darüber, und sie wußte nicht, ob sie mit diesem Menschen Mitleid haben sollte, weil er sie angebettelt hatte, oder ob sie ihn wegschicken sollte, weil er groß war und seine Wangen, mit einem leichten schwarzen Haarflaum bedeckt, darunter fiebrig glühten. Bevor sein Blick sie richtig treffen konnte, lief sie weg, um dieser Verwirrung zu entgehen. Sie schnitt zwei Brotscheiben ab, bestrich sie erst mit Schweinefett und legte dann, nach einigem Zögern, Wurstscheiben darauf – das konnten sie sich jetzt selber gar nicht mehr erlauben – und schlug die Schnitten in eine Zeitung ein, in den *Wanderer* vom vergangenen Dienstag, den wohl nicht einmal der Herr Rechtsanwalt Wondrak vermissen würde. Ein paar Minuten später war sie wieder am Gartenzaun und hatte gerade ihre Hände gehoben, um ihm über die spitzen Stacheten das Päckchen zu reichen, als sich plötzlich ihre Blicke trafen.

Sie war diesmal seinem Blick nicht ausgewichen und hatte sich auch nicht von der Stelle bewegt. Obwohl es kalt gewesen war draußen und ihr Atem in der Luft weiß, hatte sie gespürt, wie ihr plötzlich der Schweiß unter dem Kittel die Haut hinunterrann. Ich muß seinen Blick aushalten. Ich muß ihn aushalten. Das Lächeln, das sie so oft zusammen mit der Pani einstudiert hatte, sie wußte nicht mehr, wie sie es aufsetzen sollte. Sie ließ ihre Hand auf dem Zaun, als der Fremde seine Hand darauf legte, und wartete. So standen sie eine Ewigkeit und eine Minute, stumm, erstaunt und ohne jede Ängstlichkeit. Erst als sie Schritte hörten vom Ende der Straße, zerbrach dieser seltsame Bund aus Einverständnis und Schweigen.

Wir wiedersehen? fragte der Mann.

Halina zögerte. Dann sagte sie: Niech Pan przydjzie znowu w nastepną sobotę, o tej samej porze, będę tutaj na Pana czekała.* Drehte sich um und ging langsam zurück in die Küche.

Er war erst am Sonntag gekommen. Den ganzen Sonnabend über hatte sie sich in einer ungekannten Erregung befunden. Sie war in der Küche immer in der Nähe des Fensters geblieben, weil sie von dort aus die Straße übersehen konnte. Als es dunkel geworden war, erfand sie sich verschiedene Vorwände, um noch einmal nach draußen zu gehen, einmal behauptete sie sogar, sie müsse mit dem Mülleimer in den Hof, weil der Abfall angeblich die Luft verpestete. Valeska wunderte sich darüber, denn früher war Halina nicht zu bewegen gewesen, nach Eintritt der Dunkelheit noch einmal in den Keller zu gehen, und schon gar nicht nach draußen. Halina blieb lange in der Küche und entdeckte immer neue Arbeiten, die sie unbedingt noch zu dieser späten Stunde ausführen mußte. Sie wollte sich nicht enttäuschen lassen und gab nicht auf. Auch am Sonntag behielt sie die Straße im Auge.

Wenn Valeska Piontek sich tatsächlich so um Halina sorgte, wie sie immer behauptete, hätte es ihr auffallen

* Kommen Sie am nächsten Sonnabend wieder, um die gleiche Zeit, ich werde hier warten.

93

müssen, wie oft Halina gerade an diesem Oktobersonntag in den Garten ging, um ein Gewürzkraut zu pflücken, eine Rose zu schneiden, die sich entblättern wollte, oder eine Ranke festzubinden, die sie schon einmal festgebunden hatte. Aber keinem im Haus war das aufgefallen, so sehr waren alle mit sich selber beschäftigt, und am meisten waren sie das an Sonntagen.

Am Nachmittag war er tatsächlich gekommen. Sie hatte ihn schon von weitem gesehn und war ihm entgegengegangen; im Haus hielten sie ihren Mittagsschlaf, niemand war Zeuge ihres zweiten Zusammentreffens. Mit kleinen, vorsichtigen Gesten signalisierte sie ihm, daß er wieder umkehren sollte. Sie folgte ihm in einer gewissen Entfernung und dirigierte ihn schließlich unten an der Straße zu einem kleinen Wäldchen. Erst hinter der alten Ziegelei, wo sie sich allein und unbeobachtet glaubten, ging sie auf ihn zu und legte ihre Hände auf seine Hände. Sie sah ihn an, als würde sie ihn schon lange kennen, und er ließ es sich schweigend gefallen. Erst jetzt gab sie ihm die Brote.

Sie sagte ihm etwas auf polnisch, und er verstand sie. Er antwortete etwas auf ukrainisch, und sie verstand ihn. Arkadij Schewtschuk hieß er.

Sie waren dann weitergegangen. Halina immer ein Stück voraus, denn man sollte nicht merken, daß sie zusammengehörten. Er hielt eine Hand über das Zeichen OST auf seiner Jacke, doch konnte man schon von weitem an seiner gesteppten Mütze sehen, daß er ein Fremdarbeiter war.

Später hatte sie Arkadij eine Mütze des Herrn Rechtsanwalts mitgebracht, die ihm ein wenig zu groß war. Sie schob eine zusammengefaltete Doppelseite Zeitungspapier unter das Stirnleder, dann paßte sie schon, irgendwie. Sie sah ihn an und lachte. Valeska Piontek hätte sich gewundert, wenn sie Halina so gesehen hätte. Eine Halina, die lachen und ihre Füße tanzend im Gras schwenken konnte, die kannte sie nicht.

Arkadij kam aus einem kleinen Städtchen am Dnjepr, dessen Namen sie nicht aussprechen konnte. Arkadij stand auf seinem Ausweis, aber er hieß überall Kolja und so wollte er auch von ihr gerufen werden.

Halina wunderte sich. Auf ihrer Kennkarte stand Halina und so wurde sie auch gerufen.

Er nannte sie: Galina.

Er umarmte sie unten am Bach. In der Nacht zuvor hatte es zum ersten Mal gefroren. Manche Grasstücke, die im Schatten lagen, waren noch ganz weiß.

Zweimal waren sie im Kino gewesen. Sie hatten einzeln ihre Eintrittskarten gekauft und waren getrennt hineingegangen, hatten sich auch nicht nebeneinander gesetzt, doch manchmal, wenn das Projektionslicht heller wurde, hoben sie ihre Köpfe und sahen sich an, über die Stuhlreihen hinweg. Der eine Film hieß *Andreas Schlüter,* und sie konnte sich später nur noch daran erinnern, daß ein Dom zusammenstürzte und ein dicker alter Mann weinte. Sie hatte immer nur an Kolja gedacht. Der andere Film hieß *Zirkus Renz.*

Einmal brachte er ihr einen Anhänger aus Bernstein mit, den ihm seine Schwester mitgegeben hatte, als er und die andern Männer seines Städtchens mit Güterwaggons nach Deutschland verfrachtet wurden. Halina war ganz verwirrt. Noch nie hatte ihr jemand ein so kostbares Geschenk gemacht. Sie traute sich nicht, den Anhänger an einem Stück Schnur um den Hals zu tragen, das wäre aufgefallen und alle hätten sie gefragt und sie hätte nicht gewußt, wie sie es ihnen erklären sollte. So versteckte sie ihn in der kleinen Zinnvase, in der seit Jahren Strohblumen verstaubten. Darauf würde niemand kommen, daß auf dem Boden der Vase ein kostbarer Bernstein lag. Manchmal nahm sie die Blumen heraus und kippte die Vase um. Sie fühlte den Stein in ihrer Hand. Das war ganz allein ihr Geheimnis.

Sie war anders geworden, seitdem. Sie hatte sich nur gewundert, daß im Haus der Pionteks niemand etwas davon wahrgenommen hatte. Eine Anspielung wurde ihr gegenüber jedenfalls nicht gemacht. Nur Tante Lucie (Widera) hatte einmal zu ihr gesagt: Halina, du hast rote Flekke, oben in den Wangen. Nach Eichendorff nistet dort die Liebe, sag mir, wen küßt du mit deinen neuen Zähnen?

Sie hatte vor lauter Schreck einen Suppenteller fallen lassen. Als ob man mit den Zähnen küßte! Tante Lucie war nicht verheiratet, wer weiß, vielleicht hatte sie noch niemals einen Mann geküßt. Sie tat ihr leid, die Tante Lucie. Halina vergaß, daß sie selbst sechsundzwanzig Jahre alt werden mußte, um zum ersten Mal zu küssen. Und tatsächlich hatte sie trotz der Aufregung große Angst gehabt, Kolja könnte merken, daß sie falsche Zähne trug.

Sie hatte einige Male daran gedacht, der Pani Valeska alles zu sagen. Ohnehin würde sie das auf die Dauer nicht für sich behalten können. Irgend jemand mußte sie sich anvertrauen, und wenn nicht der Pani, wem sonst? Insgeheim hatte sie gehofft, es würde jemand merken und sie danach fragen – einmal war sie sogar so kühn, sich von Kolja am Gartentor abholen zu lassen. Aber es war niemandem aufgefallen. Der Herr Advokat hätte es sicher nicht geduldet, wenn sie mit einem Ostarbeiter ging. Also kam nur Valeska in Frage, denn Irma hatte ihre eigenen Sorgen und Josel verstand noch nichts von der wirklichen Liebe, wie sie fand. Sie wollte Valeska beichten, wenn es soweit war... Aber soweit war es gar nicht gekommen. Sie wurde in der Küche verhaftet, als sie gerade mit dem Reinigen der Ofenrohre beschäftigt war. Die ersten warmen Tage hatten den Frühling angekündigt, es mußte nicht mehr geheizt werden und der Ofen zog seit Wochen so schlecht. Sie haben sie mitgenommen wie sie war, mit Ruß an den Händen und im Gesicht, sie durfte sich nicht einmal waschen oder umziehen. Die Pani war gar nicht im

Haus gewesen, auch nicht der Herr Rechtsanwalt. Nur Josel. Der hatte sich in die Tür gestellt und gesagt, er würde Halina nicht herauslassen, bevor nicht sein Onkel, der Rechtsanwalt Wondrak, von seiner Reise zurück sei. Da hatten die beiden Männer von der Gestapo ihn einfach weggeschoben, so brutal, daß er hingestürzt war. Und weiter kein Wort gesagt.

Das letzte Mal, als sie Kolja gesehn hatte, hatte er zu ihr gesagt: Ich jetzt lernen Deutsch. Hören poschalsta: Brot. Hunger. Essen. Arbeit. Schlafen. Liebe.

Damit kannte er beinahe alles.

9

Sie müssen sich einige Male getroffen haben, sagte Valeska. Wie oft, das werden sie jetzt wohl bei der Gestapo aus ihr herauskriegen. Mir hat sie ja nichts gesagt.

Sie war ein wenig gekränkt, immer noch, und ließ es sich anmerken. Dennoch war sie entschlossen, alles für Halina zu tun.

Bis nach den Feiertagen ist überhaupt nichts zu machen, sagte Willi nun schon zum dritten Mal. Ist ja keine Dienststelle besetzt, bis Dienstag müssen wir schon warten. Ich kann am Sonntag noch einmal beim Richter Kanoldt anrufen, aber da sie im Gefängnistrakt der Gestapo steckt, weiß der sicher auch nichts.

Willi stand in der Tür und wagte nicht, sich hinzusetzen oder zurück in sein Zimmer zu gehen, seine Schwester würde das als ein Zeichen von Gleichgültigkeit auffassen und ihm Vorwürfe machen. Aber er wußte nicht, wie lange er noch so herumstehen sollte. Er hielt sich an der Türfüllung fest und drückte seinen Rücken durch.

Valeska sah von ihrem Klavierschemel aus über das Photo von Gieseking hinweg zu ihrem Bruder. Sein Haar-

97

netz störte sie jetzt noch mehr. Muj Bosche, da muß die Arme bis Dienstag im Gefängnis zubringen...

Sie versuchte sich in Halinas Lage zu versetzen und bemitleidete sich selbst so sehr dabei, daß sie beinahe zu weinen anfing. Sie holte jedenfalls ein Taschentuch hervor: Wir feiern hier fröhliche Ostern, backen Kuchen, das Fleisch liegt seit gestern in der Karbonade... und Halina in einer kalten Zelle... ich komm darüber nicht hinweg.

Willi griff jetzt nach dem Polstersessel und setzte sich vorsichtig auf die Lehne: Du weißt, daß ich alles versuche, und ich habe gestern den ganzen Nachmittag herumtelefoniert.

Für Valeska stand fest: Wenn Halina die Feiertage in einer Gefängniszelle zubringen mußte, konnten sie hier wohl auch ein paar Unbequemlichkeiten in Kauf nehmen. Sie merkte schon, daß ihr Bruder am liebsten wieder in sein Zimmer zurückkehren wollte, um die Zeitung zu lesen oder ein neues Buch anzufangen. Sie hatte normalerweise nichts dagegen. Doch heute konnte sie nicht begreifen, wie ein Mensch drei, vier Zeitungen am Tag las, wo doch in allen Zeitungen immer dasselbe stand, und sie konnte sich auch nicht vorstellen, daß irgend jemand in diesem Haus seinen gewohnten Tätigkeiten nachging, nachdem Halina gestern mit der Begründung verhaftet worden war, *unerlaubte Beziehungen zu einem Ostarbeiter* zu unterhalten. Sie war darüber empört gewesen, aber mehr, wie sie es sich später eingestand, weil sie nichts von der Beziehung gewußt hatte.

Also ich komme darüber nicht hinweg, seufzte Valeska. Und vergaß, wie oft sie das schon wiederholt hatte.

Vielleicht war Halinas Geheimnis zu groß gewesen, als daß sie es irgend jemand hätte mitteilen können. Und sie war sich bestimmt nicht im klaren darüber gewesen, was sie mit diesem Mann, oder was dieser Mann mit ihr angefangen hatte. Denn solange sie Halina kannte, wußte sie auch von ihrer Angst vor einem Mann, und wenn sie zu diesem Ostarbeiter, wer immer er auch gewesen sein mag – also ein Photo hätte sie schon ganz gern von ihm gesehn, und sei es nur ein Polizeiphoto – irgendwelche Beziehungen aufgenommen hatte, mußte das schon eine ziemliche Veränderung in ihr verursacht haben. Warum hatte sie davon nichts gemerkt? Gewiß, Halina war anders gewesen in der letzten Zeit, das hatte sie gespürt, aber sie hätte nicht sagen können, worin dieses Anderssein bestand.

Einmal hatte sie Halina überrascht, wie sie sich mit ihrem Rouge die Wangen so heftig rot färbte, daß sie wie eine Zirkuskünstlerin aussah, aber vielleicht war ihr auch schon die Hitze in die Wangen gestiegen, weil sie sich dabei ertappt gefühlt hatte. Valeska hatte nur gelacht und ihr beigebracht, wie man das Rouge vorsichtig mit zwei Fingern auf die Wangen verteilen mußte. Ein anderes Mal hatte sie, als sie sich gerade mit der Brennschere ihre Lokken eindrehte, Halina ebenfalls eine Welle über der Stirn eingebrannt, aber der war das wie eine Sünde vorgekommen und sie hatte ihr Haar mit Wasser und Kamm so lange bearbeitet, bis die Welle verschwunden war.

Nein, sie hatte vorher nicht den leisesten Verdacht gehabt, und sie war sich auch jetzt nicht sicher, ob sie Halina überhaupt den Umgang mit dem Ostarbeiter verboten hätte – wenn sie nur davon gewußt hätte. Aber zur Vorsicht hätte sie geraten und ihren Bruder informiert, und der hätte schon das Richtige veranlaßt. Vielleicht hätte man das Schlimmste verhindern können – und dabei dachte sie an Halinas Verhaftung und an die Angst, die sie empfunden haben mußte. Sie durfte sich aber nicht ausdenken, was geschehen würde, wenn Halina nun verurteilt, unter Umständen sogar in ein Kazett gesperrt würde. Man hörte so schreckliche Sachen darüber.

Ihr Bruder hatte ihr verschiedene Möglichkeiten auseinandergesetzt, was mit Halina alles passieren könnte, und sie hatte ihm zugehört und ihn wohl auch begriffen, es aber trotzdem nicht nachvollziehen können. Nach ihrer Meinung sollten Frauen solche Männer heiraten, die gesellschaftlich höher standen. Und wenn es aus irgendeinem Grund anders war, wie bei Irma, die den Taxifahrer Skrobek genommen hatte, mußte man sich – bedauernd – damit abfinden. Aber ob das nun ein Pole, ein Volksdeutscher, ein Tscheche oder Litauer war – die Erika Schmattloch hat einen litauischen Pelzhändler geheiratet, warum nicht? –, das war ihr völlig egal. Über die Grenze nach Polen waren es nur ein paar Kilometer und nicht sehr viel weiter war es nach Mährisch-Ostrau in der Tschechoslowakei, aber wer konnte es sich leisten, nach Neisse oder nach Breslau zu fahren, um dort beim Tanzen einen Mann kennenzulernen? Sie stellte sich vor, wie das ist, wenn man den Menschen, den man liebt, nicht heiraten darf, nur weil er eine andere Sprache spricht oder ein paar Kilometer weiter östlich aufgewachsen ist, oder weil er nicht die richtige Religionszugehörigkeit im Paß hat.

Wir haben neue Gesetze, das ist nicht mehr so wie früher! Du weißt doch, wie das mit den Juden ist! sagte Willi mit leisem Tadel zu seiner Schwester.

Ja, das hatte sie gelesen, aber sie hatte sich nicht weiter darum gekümmert. Sie kannte nicht sehr viele Juden, und die meisten von ihnen waren ins Ausland gegangen. Sie hatte in den letzten Jahren nur noch die Frau Reich gelegentlich gesehen, deren Tochter lange Zeit bei ihr Klavierunterricht genommen hatte, im Herbst soll die Familie in den Osten umgesiedelt worden sein, dafür kamen jetzt die Wolhynien-Deutschen her. Sie hatte seither von den Reichs nichts mehr gehört. Schließlich hätten sie ja einmal schreiben können, wenigstens eine Karte, damit man wüßte, wo sie geblieben sind.

Sie konnte überhaupt nicht verstehen, warum die Menschen so viele Unterschiede machten. Sie war da ganz anders. Zu Anfang des Krieges war einmal die Frau des Direktors der Wasserwerke zu ihr gekommen und hatte empört gesagt, in der Huldschinsky-Siedlung soll es Leute geben, die halten Polen für genau solche Menschen wie Deutsche! Da müsse man sich doch vorsehen, dann könnte man ja behaupten, ein Nigger sei genau so wertvoll wie ein weißer Amerikaner – und das würde wohl niemand in ganz Amerika einfallen.

Valeska war noch nie einem Neger in Wirklichkeit begegnet, dazu konnte sie also nichts sagen. Ein Weißer sei nun einmal weiß und ein Schwarzer schwarz, solche Unterschiede könnte man schon von außen sehen, gut. Aber mit den Polen hatte sie seit ihrer Kindheit ein Leben lang zu tun gehabt, und da kannte sie sich aus. Also die waren nicht anders als sie selbst. Vielleicht waren sie etwas ärmer, vielleicht frommer, vielleicht hatten sie mehr Kinder. Das war aber auch alles.

Willi Wondrak hatte endlich die *Frankfurter Zeitung* vom Vortag gefunden. Durch die Aufregung im Haus war er gestern gar nicht zum Zeitunglesen gekommen. Er nahm sie und wollte sich damit in sein Zimmer zurückziehen. Doch seine Schwester bat ihn, noch zu bleiben.

Es wird warm draußen, sagte sie, die Sonne bricht durch die Wolken. Nur hier in diesem Haus wird es immer kälter und einsamer. Heute ist Karfreitag. Wir könnten doch alle zusammen sein. Warum muß denn der Josel ausgerechnet heute nach Beuthen fahren. Die paar Tage, die wir ihn noch haben...

Der Junge verabschiedet sich von allen. Das ist doch ein großer Einschnitt in seinem jungen Leben, sagte Wondrak beschwichtigend.

Er setzte sich jetzt in den Korbstuhl und begann in der Zeitung zu blättern. Er überflog die Schlagzeilen:

Der englische Luftterror Schwere Kämpfe um Charkow Kämpfe am Ilmensee Sowjetdivisionen verbluten am Ku-

Warum nur Halina kein Vertrauen zu ihr hatte! Warum sie nicht zu ihr gekommen war und ihr alles gesagt hatte! Valeska wußte, daß die meisten Menschen sich nur noch in Monologen ausdrücken konnten, und sie glaubte, daß sie eine der wenigen war, die sich noch darauf verstanden, mit Geduld zuzuhören, um von den andern mehr zu erfahren. Sie fand nichts Besonderes dabei. Sie war einfach neugierig auf Menschen, neugierig auf andere. Und wie oft haben die Frauen bei ihr gesessen und ihr alles erzählt, was sie gar nicht wissen wollte. Aber gerade die ihr liebsten Menschen, die sie am meisten interessierten, verschlossen sich vor ihr, manchmal mit Wörtern, manchmal mit Gesten, manchmal durch Schweigen. Darunter litt sie. Sie hatte schon einige Niederlagen einstecken müssen und durfte gar nicht mehr daran denken, sie hätte sonst nicht gewußt, wie sie weiterleben sollte. Daß ihr Mann über Monate hinweg immer nur sich selbst photographiert hatte, seinen nackten Körper in allen Details und Vergrößerungen – das war ihr heute noch ein Rätsel. Daß ihr Sohn Josel einen Lehrer fragt, ob er Dostojewskij liebe und, weil ihn die Antwort nicht befriedigt, ihn einfach anspringt und in die Nase beißt – das könnte sie noch verstehen. Aber daß er damals einfach weggelaufen und auf einen fahrenden Zug in Richtung Westen aufgesprungen ist, nur um von hier wegzukommen, weit weg, das war für sie immer noch eine nicht verheilte Wunde. Und sie konnte nicht begreifen, bis heute nicht, warum der Landgerichtsrat Montag seine Fenster im Gartenhaus zugenagelt hatte! Was muß in einem Menschen vorgehen, daß er seine Fenster von innen mit Brettern zunagelt? Das hätte sie gern gewußt. Auch heute noch.

Das waren Menschen, mit denen sie umging und vertraut war, wie würde es erst bei denen sein, die sie kaum kannte. Darüber wollte sie gar nicht erst nachdenken. Als der Sohn des Justizrats Kochmann in jenem heißen, trockenen Sommer sich im Wilhelmspark aufgehängt hatte, da sagten die einen, er hat es aus Verzweiflung getan, die andern, weil er von Natur aus schwermütig oder sogar leicht debil gewesen war. Sie hatte das zur Kenntnis genommen, und der alte Kochmann hatte ihr leid getan. Aber sie hatte keine Fragen gestellt. Beim Landgerichtsrat Montag war das etwas anderes gewesen. Da hatte sie gefragt. Aber die Antworten hatten sie nicht befriedigt. Und als sie ihren Sohn gefragt hatte, damals, hatte er geschwiegen. Auch als sie ihren Bruder mit dem Jungen aus dem Port-Arthur-Viertel im Bett überrascht hatte, hatte sie nicht gewagt, Fragen zu stellen. Der Anblick dieser beiden vollkommen nackten Körper, die in heftiger Umarmung ineinander verschlungen waren, hatte sie mit einer solchen Wucht getroffen, daß sie wie betäubt aus dem Zimmer gegangen war. Es hatte Stunden gebraucht, bis sie überhaupt begriff, wovon sie Zeuge geworden war, und ihre Gefühle wechselten von der Scham bis zur Empörung, Enttäuschung und Trauer, und mit dem Aufruhr in ihrem Innern war sie nur fertig geworden, nachdem sie sich entschlossen hatte, auch ihrem Bruder gegenüber Schweigen zu bewahren. Als sich ihre Blicke für den Bruchteil einer Sekunde gekreuzt hatten – und wenn sie daran zurückdachte, war es ihr eher wie eine Stunde vorgekommen –, hatten sie sich alles gesagt, es war eine Wahrheit, die ohnehin mit Worten nicht auszudrücken gewesen war.

Und das hatte sie beide, Bruder und Schwester, schließlich in eine Gemeinsamkeit geführt, die vorher niemals zwischen ihnen vorhanden gewesen war, die sie sich aber manchmal gewünscht hatten. Nur das Gefühl einer Schuld kann Menschen so zusammenschweißen. Und beide fühlten sich schuldig. Der eine, weil er Täter, und der andere, weil er Zeuge gewesen war.

Als erstes hatte sie dafür gesorgt, daß der Junge aus *Port Arthur* zum Arbeitsdienst eingezogen wurde, damit er erst einmal aus dem Blickfeld verschwand. Dann überzeugte sie ihren Bruder davon, daß es besser für ihn sei, in das Gartenhaus zu ziehen, zumal er alle seine Räume bis auf sein Arbeitszimmer für die Bombengeschädigten aus dem Reich hätte freimachen müssen. Und schließlich brachte sie ihn so weit, daß er sich damit einverstanden erklärte, die Buchhändlerin Rosa Willimczyk zu heiraten, und zwar standesamtlich wie auch kirchlich. Das Aufgebot hing seit einiger Zeit in der Kirche aus, und die Hochzeit wurde für den 22. Mai angesetzt. Wenn es nach ihr gegangen wäre, hätte sie schon viel früher stattgefunden, aber das Fräulein Willimczyk hatte sich Bedenkzeit erbeten. Was sie nicht begreifen konnte, denn eine solche Chance, den angesehenen Rechtsanwalt und Notar Wondrak zu heiraten, kriegte man ja wohl nur einmal im Leben, wenn überhaupt.

Valeska glaubte, daß sie ihren Bruder fest in der Hand hatte, aber sie erinnerte sich, daß er schon einmal kurz vor einer Hochzeit verschwunden war, und sie hatte sich damals eigens dafür ein Hochzeitskleid mit zweihundert aufgestickten schwarzen Perlen schneidern lassen. Sie sah ihren Bruder an, wie er auf dem Stuhl saß und die Zeitung las, und sie begriff, daß sie ihn auf ihre Weise liebte. Selbst mit dem schuppigen Haarnetz auf dem Kopf. Und einen Augenblick lang hatte sie sogar Verständnis für seine Flucht.

Sie hatte immer gedacht, sie wisse vieles von ihm, wenn auch nicht alles, natürlich, und dann hatte sie gemerkt, daß sie gar nichts von ihm, gar nichts von den Menschen wußte. Mit Halina war es ihr auch nicht anders gegangen. Sie fragte sich, warum ausgerechnet ihr immer so etwas passieren mußte.

Wondrak schlug eine Seite um. Er las jetzt:

Gerechte Strafen gegen Verräter an der kämpfenden Nation

Der Volksgerichtshof des Deutschen Reiches hatte sich in einer Sitzung in München mit einer Reihe von Angeklagten zu befassen, die an dem Hochverrat der am 22.2.1943 vom Volksgerichtshof abgeurteilten Geschwister Scholl beteiligt waren.

Alexander Schmorell, Kurt Huber und Wilhelm Graf aus München haben während des schweren Kampfes unseres Volkes im Jahre 1942/43 zusammen mit den Geschwistern Scholl in Flugblättern zur Sabotage der Rüstung aufgerufen und defaitistische Gedanken propagiert. Sie haben die Feinde des Reiches begünstigt und unsere Wehrkraft zu zersetzen versucht. Diese Angeklagten, die sich durch ihre schweren Angriffe auf die Volksgemeinschaft selbst aus dieser ausgeschlossen haben, wurden mit dem Tode bestraft. Ihre bürgerlichen Ehrenrechte haben sie für immer verwirkt.

Er mußte an Pawel Musiol denken, mit dem er zusammen in Kattowitz ins Gymnasium gegangen war. Es war im Krieg gewesen und Pawel träumte von einer polnischen Republik. Eine viereckige Mütze nach dem Vorbild der Rogatiwka hatte er sich genäht und eine rot-weiße Kokarde getragen. Er war ihm dann später, zwischen den Kriegen, noch einige Male begegnet, Pawel war für irgendeine Partei, er hatte schon wieder vergessen für welche, als Redner durch das polnische Oberschlesien gezogen. Aus politischer Enttäuschung hatte er sich um die Volksbildung auf dem Land gekümmert und war eine Zeitlang Vorsitzender des polnischen Lehrerverbands gewesen. Nach einer langen Pause, in der er nichts mehr von ihm gehört hatte, fand er in Kattowitz kürzlich seinen

Namen auf einem roten Plakat, das offensichtlich zur Abschreckung überall an den Mauern aufgeklebt war:

Pawel Musiol hingerichtet wegen Hochverrats

Pawel hatte bald nach dem Einmarsch der Deutschen 1939 einen Geheimbund *Tajna Organizacja Bojowa* gegründet und war schon 1941 in Teschen verhaftet worden. Man hatte das Todesurteil jetzt vollstreckt, als Warnung und Abschreckung, weil immer mehr junge polnische Schlesier sich versteckten, um nicht in der deutschen Wehrmacht dienen zu müssen; in den Beskiden sollte es bereits richtige Sabotagegruppen geben. Und das war nicht mehr als siebzig Kilometer von Gleiwitz entfernt.

Du hast doch den Pawel Musiol gekannt? fragte er seine Schwester. Und er erzählte ihr von den Plakaten, die er in Kattowitz gesehn hatte.

Nein, Valeska erinnerte sich nicht an Pawel Musiol. Sie überlegte und sagte schließlich: Kein Wunder, daß er ein Lehrer war. Es ist ein Fehler von uns, den Leuten in Ostoberschlesien nicht mehr zu erlauben, Polnisch zu sprechen, und keine polnischen Schulen... stell dir vor, eines Tages kommen die Polen zu uns, und wir dürfen nicht mehr Deutsch sprechen, das kann man sich gar nicht vorstellen!

Als Valeska lange schwieg, las Willi laut vor: *Im Mai gibt es 125 Gramm Käse als Sonderzuteilung. Statt 125 gr. Schlachtfette gibt es die gleiche Menge Butter, insgesamt 500 Gramm für jeden, dazu 200 gr. Margarine und 100 gr. Speiseöl. Für die St. Abschnitte keine Reisflocken mehr. – Verdunkelung heute Anfang 21.13 Ende 5.42. Das vorläufig festgestellte von Front und Heimat am Tag der Wehrmacht dem 3. und 4. April aufgebrachte Sammelergebnis beträgt 84 112 907 RM, im vergangenen Jahr waren es 56 980 647, das ist eine Zunahme von 47,6 %. Diese gewaltige soziale Leistung zeigt erneut die enge Verbundenheit des deutschen Volkes mit seiner Wehrmacht...*

Möcht ich nur wissen, wer dafür noch Geld spendet, wo es doch jeden Sonntag eine Straßensammlung gibt, brummelte er hinter seiner Zeitung, wie zu sich selbst.

Ich werde alles allein machen müssen, sagte Valeska plötzlich mit einem sie selbst überraschenden Optimismus. Sie stand vom Klavierschemel auf. Dabei konnte sie noch gar nicht abschätzen, wieviel Arbeit im Lauf der Zeit auf sie zukommen würde. Sie wollte sich nicht daran erinnern, wie es früher ohne Halina gewesen war. In jedem Fall würde es jetzt anders sein. Das ganze Haus war voll. Und sie hatte eine Menge Leute für Ostersonntag zum Mittagessen eingeladen, jeder mußte zwei Abschnitte Fleisch mitbringen. Das war das mindeste. Tante Lucie hilft mir, da schaff' ich es schon, beruhigte sie sich selbst und rückte gedankenverloren das signierte Photo von Gieseking mehr nach rechts.

Willi Wondrak las ungerührt weiter: *Das polnische Rote Kreuz in Katyn. 12 000 ermordete polnische Offiziere in Massengräbern bei Smolensk aufgefunden. Durch Genickschuß der GPU. Aus Dokumenten eindeutig bewiesen, daß sie als Gefangene der Roten Armee 1940 umgebracht wurden.* Und zu Valeska, ohne Pause: Grausamkeiten überall! Wir werden dir alle helfen, Schwesterchen, damit es nicht zu viel für dich wird, das ist doch klar.

Willi suchte in seinem Morgenmantel vergeblich nach einer Zigarette. Hier, nimm eine von Josel, sagte Valeska. Tu sie ihm nur später wieder zurück, du weißt wie er ist.

Sie war froh, daß ihr Bruder nicht aus dem Zimmer ging. Sie hätte jetzt nicht allein sein können.

Für den armen Schlucker von Halina sehe ich keine Rettung, sagte Willi und zündete sich die halbe Zigarette an, die er in seine Spitze gesteckt hatte. Wenn wir Glück haben, kommt er in irgendein Lager, dann kann er wenigstens keine Zeugenaussage machen... ich glaub sogar, der ist schon gar nicht mehr hier. Die fackeln da nicht lange, schließlich hatte er das OST-Arbeiter-Zeichen... Willi sagte das sehr sachlich, er hatte schon von ähnlichen Fällen gehört. Außerdem ging es für ihn jetzt darum, Halina zu retten, da konnte er auf andere keine Rücksicht nehmen.

Mein Gott, sie wird verzweifelt sein, auch wenn wir sie rauskriegen, sagte sie.

Willi stand auf. Er hielt die Zigarettenspitze zwischen den Zähnen und blies den Rauch aus. Mit beiden Händen schnürte er den Morgenmantel fester und stippte ein paar Schuppen vom linken Ärmel. Valeska, du verstehst mich immer noch nicht. Erst jetzt nahm er die Spitze aus dem Mund. Für solche Delikte gibt es heutzutage die Todesstrafe, begreifst du, die Todesstrafe! Mir scheint, dir ist immer noch nicht ganz klar, was passiert ist? Auch dich können sie einsperren, wenn sie dir nachweisen, daß du dieses Verhältnis geduldet hast.

Valeska war zu verwirrt, um etwas zu antworten. Sie ging wieder zurück zu ihrem Klavier und setzte sich auf den runden Schemel. Sie hatte immer geglaubt zu wissen, was Wirklichkeit ist.

Sie schlug schwach eine Taste an, dann einen Akkord. Dann eine aufsteigende Melodie, die sie im Diskant unterbrach. Der Tod ihres Mannes, ja daran war nichts zu rütteln, das war die Wirklichkeit. Der Tod des Landgerichtsrats Montag, sie hatte ihn auf dem Boden liegen sehn, im Gartenhaus, zwischen Tisch und Fensterbank. Der Tod von Irmas Mann Heiko, der gleich zu Beginn des Polenfeldzuges gefallen war und von dem Irma nichts als eine kaputte Armbanduhr, eine Halskette, eine Photographie, eine amtliche Urkunde und eine vage Erinnerung zurückbehalten hatte. Das war die Wirklichkeit. Der Tod von Herbert Mainka, der ihr Schulfreund gewesen war und damals im Jahre 21 mit einem Spaten erschlagen wurde, weil man ihn verdächtigt hatte, für die polnische Miliz spioniert zu haben, alle Zeitungen waren damals voll davon gewesen, sie erinnerte sich heute noch daran. Das war die Wirklichkeit. Und vielleicht war überhaupt die einzige verläßliche Wirklichkeit der Tod. Nicht einmal das Sparbuch und der Ahnenpaß, nicht einmal ihre Grundstücks-Urkunden und Aktienbriefe.

Und das Haarnetz ihres Bruders Willi, das ihr jetzt von Sekunde zu Sekunde immer stärker als eine Bedrohung erschien. Wenn er doch nur das Haarnetz herunternehmen würde! Sie konnte gar nicht mehr sein Gesicht erkennen, vor lauter Rauch, Licht, Schatten, Verfinsterung.

Laut schlug sie den Tastendeckel zu.

10

Sie gingen weiter in Richtung zur Badeanstalt, jetzt schneller als vorher. Als ob sie es nicht erwarten konnten, mit den Evangelischen zusammenzustoßen.

Der Hannes, entschied Andi, fängt an. Er wirft die ersten Steine!

Er würde schon darauf achten, daß er tatsächlich anfinge, und damit würden auch seine letzten Zweifel ausgeräumt sein.

Damit kannst du dich in unsrer *Ferajna* bewähren, sagte Wonzak. Er konnte es sich bis heute nicht eingestehen, daß es die *Ferajna* nicht mehr geben sollte. Vielleicht waren zwei, drei Jungs, wenn sie nur fest entschlossen waren, auch schon eine *Ferajna*.

Also, ich bin dabei. Und ich fange auch an, wenn ihr wollt! sagte Hannes. Er hätte sich lieber woanders bewährt. Aber vielleicht würde er dadurch einen Freund gewinnen, das würde ihm dieser Einsatz wert sein. Für den Wonzak allein hätte er das niemals getan. Er mußte sich ganz schön ranhalten, um mit den andern Schritt zu halten. Außer Atem brachte er hervor: Andi, was du da vorhin gesagt hast, ich meine über die Evangelischen, das stimmt so nicht...

Willst du nicht mehr mitmachen? unterbrach Andi mißtrauisch.

Nein, darum geht es nicht, sagte Hannes. Ich mach mit, das hab ich erklärt. Ich mein was anderes, unabhängig davon, also ich mein... Er mußte seinen Schritt wechseln, weil ihm der Ossadnik ein Stück voraus war... die sind nicht anders als du und ich – wenn sie glauben. Natürlich nur, wenn sie glauben. Sie haben das gleiche Vaterunser, sie beten den gekreuzigten Christus an wie wir, sie glauben an die Auferstehung wie wir, und sie...

Noch einmal unterbrach Andi: Woher weißt du das alles so genau? Es war nicht allein der alte Verdacht, der in ihm aufstieg, ihn störte auch, daß Hannes sich widersetzte, bevor ihre Freundschaft besiegelt war. Schmeißt du nun als erster die Steine oder nicht? Die Stimme schnitt wie ein Messer.

Ja doch, sagte Hannes. Tu ich. Wenn du es verlangst.

Ich denke, das sind zwei verschiedene Sachen, sagte Andi. Jetzt geht es darum, ob du zu uns gehörst, dann mußt du das machen, was wir von dir verlangen, und das ist erst der Anfang. Es werden noch andere Dinge auf dich zukommen!

Hannes Stein antwortete nicht, aber der Blick, den er Ossadnik zuwarf, verriet mehr von seiner Bereitschaft, als jedes Wort es hätte ausdrücken können.

Hinter dem alten Schützenhaus fingen sie an, Steine zu sammeln, weiße und graue Kiesel, die sie in einem ausgetrockneten Bachbett neben der Straße fanden. Sie füllten damit ihre Hosensäcke, die immer voller und schwerer wurden. Andi mußte seine mit den Händen festhalten, damit sie nicht durchrissen. Als sie sich an der Ecke Neue-Welt und Passon-Straße – man konnte schon die Richtersdorfer Badeanstalt und den Friedhof sehen – den

Baracken des KLV-Lagers näherten, merkten sie, daß sie alle drei bereits eine Weile geschwiegen hatten. Sie spürten jetzt die Stille des Vormittags beinahe körperlich. In der Entfernung sahen sie ein paar Jungen zwischen den Barakken, vernahmen aber kein Geräusch. Es war wie in einem Theaterstück, nachdem der Vorhang aufgegangen war und Schauspieler wie Publikum auf das erste Stichwort warteten. Sie näherten sich der Einfahrt, die durch einen heruntergelassenen Schlagbaum versperrt war, aber links und rechts davon führten Fußwege in das Lager hinein. Den Schlagbaum empfanden sie – unausgesprochen – als eine Barriere, als eine Grenze, die sie nicht überschreiten wollten, obwohl sie keiner daran gehindert hätte. Auf der linken Seite wuchsen Ginstersträucher, die schon im Verblühen waren. Dahinter versteckten sie sich. Nein, verstekken konnte man das nicht nennen, das hätte wohl auch ihrer Absicht widersprochen. Sie wollten die Überraschung nur etwas vergrößern.

Wenn es aber keine Evangelischen sind, flüsterte Hannes. Er hätte ruhig laut sprechen können.

Es sind Evangelen, log Andi Ossadnik. Ich bin ganz schön aufgeregt. Und ihr?

Um die Wahrheit zu sagen, er war von allen dreien der aufgeregteste. Für die andern war es ein Abenteuer, ein Jungenstreich, ein Nervenkitzel; für ihn war es mehr. Für ihn war es die Geißelung.

Und nicht auf die Fensterscheiben, sagte Andi leise, sonst machen sie hinterher Sabotage draus. Nur auf die Dächer einen Steinregen. Und dann abtrimoo!

Sie knieten sich hin, entleerten ihre Hosensäcke und schichteten die Steine zu kleinen Häufchen. Nur ganz wenige ließen sie in den Taschen zurück, damit sie bei der Flucht Munition hatten. Sie sprachen jetzt kaum noch ein Wort.

Andi forderte Hannes mit einer Kopfbewegung auf, zu

beginnen, und Hannes warf den ersten Stein. Sie hörten einen leisen Aufprall auf das Dach einer Baracke. Zu leise, um ihre Herzen höher schlagen zu lassen oder gar das Blut in den Kopf zu treiben, wie sie es sich eigentlich gewünscht hatten. Und vielleicht noch etwas mehr, wobei sie nicht wußten, was dieses Mehr bedeuten würde. Aber es würde ihren öden, langweiligen, grauen Vormittag verändern.

Und Hannes, von den Blicken der andern ermuntert, warf noch einen Stein, und ein dritter Wurf folgte nach. Das war für die andern beiden das Signal, jetzt ihre Steine in das Lager zu schleudern. Sie hatten kein genaues Ziel, sie ließen die Steine einfach auf die Baracken regnen. Sie warfen und warfen. Und lauschten. Auf einmal das Klirren einer Fensterscheibe.

Andi fühlte, das war das Geräusch, auf das er die ganze Zeit gewartet hatte. Nun stieg ihm die Hitze ins Gesicht und veranlaßte ihn, noch schneller die Steine hinüberzuschleudern. Er sah nichts, er hörte nur. Er hörte Stimmengewirr, Türenschlagen, Schritte auf Holz, einen Schrei. Jedes Geräusch machte sein Gesicht ein Stück heller.

Im Lager stürzten die Jungen aus den Baracken und wirbelten eine Weile hin und her, ehe sie begriffen, was los war. Der erste, der die Angreifer hinter dem Ginsterstrauch entdeckte, zeigte mit beiden Händen auf sie, aber stumm und ratlos, und es dauerte eine Zeit, bis die andern ihre Überraschung überwanden und auf sie losstürzten. Im Laufen fingen sie an zu schreien, um sich gegenseitig anzustacheln, im Laufen sammelten sie Erdklumpen auf oder Holzstücke, einer schwenkte eine Zaunlatte.

Pjerunnische Evangelen! Reformierte!

Heiden! Lutheraner! Freigeister!

Protestanten! Schweine!

Andi konnte sich später nicht erinnern, wer mit den Beschimpfungen angefangen hatte. Sie warfen den jetzt heranstürmenden Jungen die letzten Steine entgegen und begannen wegzurennen. Andi rannte in die Richtung der Schießstände. Er vernahm das Geschrei seiner Verfolger hinter sich, aber da sie alle drei in verschiedenen Richtungen weggelaufen waren, wurde es bald schwächer. Er blickte sich im Laufen um und sah etwa fünf oder sechs Jungen, die hinter ihm her waren und aus der Entfernung Steine nach ihm warfen; einer hatte ihn am Rücken getroffen, ein anderer am Kopf, er hatte nur einen dumpfen Prall, keinen richtigen Schmerz gespürt. Andi sprang über den versiegten Bach und drehte sich noch einmal um, als ihn ein Stein direkt ins Gesicht traf und seine Brille herunterterriß, er konnte sie gerade noch festhalten, wobei er merkte, daß ein Glas zersplittert war. Er rannte und keuchte, keuchte, rannte. Das Auge war nicht verletzt, aber Splitter mußten seine Haut geritzt haben. Er spürte keinen Schmerz, nur den Geschmack von Blut auf den Lippen. Er rannte weiter und dachte daran, daß ihn beim Geräusch der splitternden Fensterscheibe eine seltsame Erregung erfaßt hatte. Es war ein Erschrecken dabeigewesen, auch über sich selbst, so wie jetzt das Erschrecken über seine Verfolger, zusammen mit einer unerklärbaren Sehnsucht, von ihnen gefangen zu werden.

Was würde geschehen, wenn er jetzt stehenbliebe? Sie würden über ihn herfallen, auch wenn er sich wehrte, es würde nichts nützen, sie waren in der Überzahl. Sie würden ihn zusammenschlagen und liegenlassen. Oder sie würden ihn zurückjagen ins Lager und ihn der Wut der andern ausliefern. Oder sie würden ihn krankenhausreif schlagen und ihn der Polizei ausliefern, wegen der Fensterscheibe.

Sollten sie ihn schlagen, quälen, erniedrigen, ja, er verdiente eine solche Bestrafung, nicht für das Steinewerfen, nicht für die blöde Fensterscheibe, natürlich nicht, für etwas anderes, für eine Schuld, für seine Schuld, und er dachte nicht an etwas Bestimmtes, er dachte an die Schuld, die jeder vor IHM hatte, und die nicht aufhören würde. Er dachte daran, wie sie IHN gegeißelt und mit Dornen gekrönt hatten. Wie SEINE Hände und Füße von Nägeln durchbohrt wurden.

Plötzlich blieb er stehen, er stoppte so rasch, daß er sich an einem Birkenstamm festhalten mußte, um nicht zu stürzen. Er drehte sich um, schob seinen Hals nach vorn und sah ihnen entgegen. Er spürte das Herz so laut, daß er die Schläge gar nicht hätte zählen können. Als ER gegeißelt wurde, hat ER sich nicht gewehrt. Die Verfolger waren überrascht, sie verlangsamten ihren Lauf. Der ihm am nächsten war, machte noch einige Schritte, dann blieb auch er stehen. Sie sahen sich an, über ein Dutzend Meter hinweg, als wollten sie sich mit den Blicken festhalten. Die andern Jungen rückten bis zu ihrem ersten Mann auf und scharten sich um ihn, als ob dort eine unsichtbare Linie verliefe, die nicht überschritten werden durfte. Ihre Energien, die in den letzten Minuten einzig und allein darauf gerichtet waren, den Fremden, den Angreifer, einzuholen und zu fassen, waren jetzt, wo sie ihr Ziel erreicht hatten, wie verflogen, jetzt, wo sie nichts anderes zu tun brauchten, als die wenigen Schritte weiterzugehen und ihn festzunehmen. Jetzt könnte er ihnen nicht mehr entkommen. Statt dessen verharrten sie wie festgenagelt, und wenn er jetzt auf sie zuginge, würden sie vielleicht sogar zurückweichen.

Andi Ossadnik rührte sich nicht. Er fühlte eine dumpfe, wohlige Schwäche, die langsam den Körper überflutete, seine Arme schwach machte und herunterhängen ließ, seinem Gesicht ein hartes Lächeln aufsetzte und auf der Zunge den Geschmack von Metall hinterließ. Er wünschte sich, die andern mögen näherkommen, ihn stoßen, puffen, boxen, schlagen, sich auf ihn werfen und mit den Füßen treten. Ganz willenlos war er, nur noch dazu da, zu empfangen, sonst nichts. Er würde sich nicht wehren. Jetzt sah er die andern auf sich zukommen, ein großer Schatten, der sich auf ihn zubewegte, beinahe zeitlupenhaft. Keine Stimmen, kein Schrei. Er wartete auf den ersten Schlag.

Sein Vater hatte ihn nie geschlagen. Solange er sich erinnern konnte, hatte er nicht erlebt, daß sein Vater eines seiner Kinder schlug. Er war einfach nicht der Typ dafür, seine Kinder zu schlagen. Obwohl er oft genug dazu Veranlassung gehabt hätte, bei fünf Jungen und einem Mädchen. Nicht bei dem Mädchen, aber gewiß bei allen fünf Jungen. Aber das gab es nicht, daß sein Vater einmal eines seiner Kinder geschlagen hätte. Vor einem Monat gab es die einzige Ausnahme: sein Vater hatte ihn geschlagen. Sonst war es Tonik, der ihn schlug. Tonik schlug alle seine Brüder. Tonik war der älteste. Wenn irgend jemand etwas ausgefressen hatte, was nur durch Schläge gesühnt werden konnte, sagte sein Vater nur: Tonik! Oder wenn der Tonik nicht da war: Warte nur, bis Tonik kommt. Und wenn Tonik kam, sagte er: Tonik. Und zeigte auf den Jungen. Tonik fragte nicht, er wußte schon, was er zu tun hatte, und an dem Gesicht des Vaters, an seinem Kopfnicken, an einer Geste erkannte er, ob er leicht oder heftig zuschlagen mußte, ob er den Stock oder den Ochsenziemer nehmen, ob er auf die Finger oder auf den Hintern schlagen sollte, oder ob eine saftige Ohrfeige genügte. Eine Kopfnuß gab der Vater schon mal selbst. Aber nur eine Kopfnuß. Niemals Schläge! Tonik entledigte sich der Schläge wie einer ganz gewöhnlichen Arbeit. Man konnte nicht sagen, daß es ihm Vergnügen bereitete, aber auch nicht, daß es ihm unangenehm oder lästig war. Er unterzog sich dem wie eine notwendige Pflicht. Er war der Älteste, er kam gleich nach dem Vater, und da der es nicht tat, mußte er es eben tun. Es war ein Auftrag, den er sorgfältig ausführte. Wenn der Vater die Hand zum Einhalt hob, hörte Tonik auf. Mutter dagegen konnte jammern oder heulen, das nützte nichts. Das schien der Tonik überhaupt nicht wahrzunehmen.

Vor einem Monat hatte der Vater ihn geschlagen. Das würde er nie vergessen. Da hatte etwas angefangen. Alle Schläge, alle furchtbaren Schläge Toniks waren vergessen. Diesen einen Schlag ins Gesicht von seinem Vater würde er nie vergessen. Er war allein mit ihm in der Küche. Er hatte sich schon lange gewünscht, mit seinem Vater einmal allein zu sein. Er wollte mit ihm über ein paar Sachen sprechen, über die ein Junge von sechzehn Jahren mit seinem Vater schon immer sprechen will, und dann, wenn es soweit ist, doch nicht darüber sprechen kann, und so haben sie über allerlei Nebensächlichkeiten gesprochen, und das Allernebensächlichste schien ihm die Politik, auf die sie dann aber doch am Schluß gekommen waren, und er hatte seinen Vater gefragt, ob er denn auch glaube, daß der Krieg verloren sei, und der Vater hatte ihn lange angesehen und geschwiegen; und dann hatte er seinen Vater gefragt, warum er denn in die Partei eingetreten sei, und der Vater hatte ihm mehr als eine Antwort darauf gegeben; und dann hatte er seinem Vater gesagt, im Büro in der Knappschaft erzählte man sich, daß bei einem verlorenen Krieg alle Parteigenossen in Ghettos eingesperrt würden, so wie man es jetzt mit den Juden machte. Und der sonst so ruhige Vater hatte angefangen zu schreien und wollte wissen, wer denn so etwas gesagt habe, damit er den Mann an die richtige Stelle bringen könne, denn so etwas sei *Greuelpropaganda;* und er hätte beinahe den Namen genannt, wenn Vater nicht Greuelpropaganda gesagt hätte, denn das war es, weshalb sie den Kaplan Mikas ins Kazett eingesperrt hatten, aus dem er erst nach $1 1/2$ Jahren wieder herausgekommen war. Als er das seinem Vater gesagt hatte, war der aufgestanden und hatte ihm die Faust ins Gesicht gestoßen. Ohne ein Wort zu sagen, hatte er sich gleich danach abgewandt und war hinausgegangen, als ob er sich dieser Handlung schämte. Am Abend, als sie alle zusammen am Tisch saßen, merkte er, daß der Vater ihm mit den Augen auswich. Und überhaupt dachte er manchmal, wenn er seinen Vater beobachtete, und er beobachtete ihn jetzt aufmerksamer als früher, daß da ein anderer Mensch in seinem Vater gewesen sein muß, der ihn geschlagen hatte. Noch nie hatte ihn ein Schlag so geschmerzt, noch nie hatte er sich so erniedrigt gefühlt, noch nie war er so verwundet gewesen. Es war schon einen Monat her. Seitdem hatten sie sich nicht mehr in die Augen gesehen.

Jetzt müßte er sein Gesicht schützen. Aber seine Arme hingen so schwer herunter, er würde sie nicht mehr heben können. Er wartete auf die Schläge. Vielleicht hatte er sich den Überfall nur ausgedacht, um diese Schläge zu empfangen. Aber die Schläge kamen nicht. Statt dessen eine Stimme, ganz nah an seinem Gesicht: Warum hast du das gemacht?

Andi spürte langsam die Kraft zurückfluten, zuerst in den Beinen, dann in seinem Leib, zuletzt in seinem Kopf. Er sah den Jungen an, der ganz dicht vor ihm stand, sah ihm aber nicht in die Augen. Er sammelte Speichel in seinem Mund. Er hörte den Atem des andern, kurz und schnaufend, und das Geräusch mischte sich mit dem Geräusch seines eigenen Atems. Er sah in das runde weiße Gesicht, öffnete langsam seine Lippen, schob den Speichel nach vorn und schnellte ihn von der Zunge, direkt in das runde, weiße Gesicht hinein.

Unter Stöhnen und Schreien prasselten jetzt die Schläge und Hiebe auf ihn ein, Andi stürzte zu Boden und drückte sein Gesicht ins Gras. Der Schmerz, der von allen Stellen seines Körpers ausgehend in seinem Kopf zusammenfloß, ließ erst nach, als die Schreie leiser wurden und sich entfernten.

Wer die Jungen vom KLV-Lager auf dem Heimweg gesehen hätte, hätte meinen können, daß da eine Gruppe von jungen Leuten eine ganz besonders exotische Art von Gymnastik ausführte. Sie zeigten sich gegenseitig und immer wieder, wie und mit welchen Schlägen sie es dem fremden Jungen gegeben hatten. Und als sie vor ihrem Lager angekommen waren, waren sie sich nach lebhaftem Wortwechsel darüber einig geworden, daß es sich nur um einen Polenjungen gehandelt haben konnte.

Typisch, sagte der eine, er hat kein Wort gesprochen, nicht ein einziges Wort, er wollte sich nicht verraten.

Und der andere: Feige war er, hat sich nicht mal gewehrt. Feiger Polenjunge!

Auch denen, die im Lager zurückgeblieben waren, erzählten sie, was sie mit dem Jungen gemacht hatten. Am Ende bekamen sie Vorwürfe, warum sie ihn nicht zurück ins Lager geschleppt hatten. Die beiden andern Jungen waren ihnen nämlich entwischt.

Andi ist liegengeblieben. Er hätte nicht sagen können, wie lange. Der Himmel über ihm ist weiß, ein gleißendes Weiß, das ihn blendet, ein weißer Wolkenschleier, vor die Sonne gehängt, an manchen Stellen schon dünn und abgewetzt, läßt die ersten Sonnenstrahlen hindurch. Andi blickt auf die rosafarbene Haut seiner Hand, sieht das saftige Grün eines Grasbüschels, betrachtet die Zacken eines Löwenzahnblattes. Er fühlt Schmerz und spürt Durst.

Er ist allein unter dem Himmel. Jedenfalls fühlt er so. Die Sonne wärmt ihn. Die Erde trägt ihn. Der Schmerz bündelt sich jetzt an einigen Stellen seines Körpers. Überm linken Auge, am Hinterkopf links oben, an der linken Schulter, an den Knien, am stärksten an der linken Braue. Er wischt mit zwei Fingern darüber und sieht, daß die Finger blutig sind. Da er kein Taschentuch hat, streift er das Hemd hoch und drückt es aufs Gesicht. Als er es herunternimmt, kann er darin den Abdruck seiner Wunden sehen. Es ist vor allem die linke Augenbraue, die noch heftig blutet. Andi reißt ein Blatt heraus, feuchtet es mit Spucke an und klebt es auf die Braue. Das wird das Blut vielleicht stillen.

Er würde gern wütend sein. Aber er weiß nicht, auf wen. Auf die, die ihn gejagt haben, kann er es jedenfalls nicht sein.

Er dreht sich langsam um und bewegt vorsichtig seine Gliedmaßen. Zunächst rutschen seine Füße mehr durchs Gras als daß sie gehen. Er ist jedenfalls froh, daß die Jungs ihm die Schuhe gelassen haben. Mit der Zeit bewegen sich jedoch alle Glieder wieder, er kann es an seinem Schatten beobachten, der schräg neben ihn auf die Landstraße fällt. Auf der Straße geht es sich auch viel besser als auf der buckligen Wiese. Er empfindet seinen Schatten als etwas Fremdes. Vielleicht, weil er früher nie auf seinen Schatten geachtet hat. Als ob es der Schatten eines andern wäre. Und als er näher an die Stadt kommt und in der Eichendorff-Allee ihm die ersten Leute begegnen, nimmt er ihre Verwunderung über ihn als die Verwunderung über einen andern hin, ihr Erschrecken als ein Erschrecken über einen andern, ihre Zurufe als die Zurufe an einen andern. Er fühlt sich jetzt ganz in Ordnung. Wenn nur die Augenbraue aufhören würde zu bluten. Er wird nach Haus gehen und sich waschen, ein sauberes Hemd anziehn, das Gesicht mit Nivea einfetten und auf die Augenbraue ein Pflaster tun.

Erst als er in das Gesicht von Felix Bronder sah, der ihm am Preußenplatz entgegenkam, wußte er, daß er selbst der andere war. Der diesen blöden Überfall auf das KLV-Lager organisiert hatte, der weggerannt war, der von den Jungen gestellt und zusammengeschlagen worden war.

Jetzt sah er das alles viel nüchterner. Der Wolkenschleier war zerrissen, nur hin und wieder schoben sich kleine weiße Wölkchen vor die Sonne und warfen flüchtige Schatten.

Mein Gott, Schielok, sagte Bronder halb erschreckt, halb schadenfroh, du siehst ja aus, als ob du gerade von der Teufelsinsel entsprungen wärst! Was ist denn passiert?

Nischte nichts, sagte Andi trotzig.

Das müssen aber drei gewesen sein, die dich so zugerichtet haben, einer hätt's bestimmt nicht geschafft, dir so 'ne Landkarte ins Gesicht zu malen.

Bronder stellte sich etwas zur Seite, weil er fürchtete, Schielok würde ihm trotz seines Zustands eine runterhauen.

Andi konnte ihm ja nicht sagen, daß es fünf gewesen waren. Vielleicht auch mehr. Er wußte überhaupt nicht, wie er jemand die ganze Geschichte klarmachen könnte. Jetzt wollte er auf dem schnellsten Weg nach Haus.

Hast du Wonzak irgendwo in der Stadt gesehen oder den Jungen, der bei Dolezich Papierwaren verkauft, du weißt, wen ich meine?

Bronder wußte nicht, wen er meinte. Und Wonzak hatte er seit Tagen nicht mehr gesehn. Der war auch in einem andern Fähnlein. Tut mir leid, Schielok, sagte er, weil er nicht wußte, was er sonst sagen sollte. Er suchte nach einem Taschentuch und fand schließlich auch eines, ganz unten im Hosensack, und er freute sich, ihm damit wenigstens die Wunde an der Augenbraue abtupfen zu können. Aber als er sah, wie schmutzig es war, steckte er es beschämt wieder ein.

Mitleid war das wenigste, was Andi jetzt ertragen konnte. Er war niemals ein Feigling gewesen. Er hatte sich immer gewehrt. Aber heute war es etwas anderes gewesen. Vielleicht wollte er einmal erleben, wie das ist, wenn man unterliegt. Wenn man der Geprügelte ist. Wenn man unten liegt und getreten wird. Er lächelte Bronder an, dabei verzerrte sich sein Gesicht.

Bronder wußte nicht, ob Andi sein Gesicht vor Schmerz verzerrte oder ob das ein Lächeln sein sollte.

Weißt, was los ist?! Die holen die Glocken vom Turm der Peter-Pauls-Kirche, sagte Bronder und wischte sich aufgeregt die Haare aus dem Gesicht.

Andi begriff nicht, was der Junge meinte. Nur die fahrigen Gesten verrieten ihm, daß etwas Ungewöhnliches geschehen sein mußte. So wiederholte er mechanisch: Sie holen die Glocken von Peter und Paul? Warum denn das?

Da hört sich doch alles auf, sagte Bronder ungeduldig. Die machen Kanonen draus. Weißt du das nicht? Wir haben doch auch für die *Hajott* Buntmetalle gesammelt. Jetzt reicht das nicht mehr. Jetzt kommen die Glocken dran. Überall!

11

Nach seinem Namen hätte ich den Soldaten wenigstens fragen können, dachte Josel und überquerte die Straßenbahngleise. Die Schienen hatten ihre Unendlichkeit für ihn verloren, sie verschwanden schon in der nächsten Straßenkurve hinter den Häusern. Sogar die Entfernungen schrumpften jetzt vor seinem Auge. Schon war er auf der Bahnhofstraße und drückte die Klinke zu Ciepliks Konservatorium herunter. Als die Tür hinter ihm zufiel, hatte er den einarmigen Soldaten bereits vergessen. Das Ticken in seinem Kopf war in der Stille, die im Treppenhaus und in den Korridoren herrschte, deutlicher geworden. Josel hatte sich früher bei seinem langen Warten das Haus voller Musik vorgestellt und hinter jeder Tür einen Schüler, der auf einem anderen Instrument spielte.

Niemand war zu sehen, den er hätte fragen können. So

klopfte er einfach an eine Tür, und da niemand antwortete, drückte er kurz entschlossen die Klinke herunter. Die Tür war verschlossen. Er probierte es an allen anderen Türen. Gerade als er zum nächsten Stockwerk hinaufgehen wollte, vernahm er einen weichen, sonoren Streicherton; er blieb stehen und lauschte, zunächst war es nichts weiter als ein von weit herkommender auf- und abschwellender Ton, dem er nachging, bis er eine durchgehende, fast tänzerische Melodie heraushörte. Josel ging auf Zehenspitzen, um kein Geräusch zu verursachen. Er legte das Ohr an die Tür und lauschte erst eine Weile, bis er sie leise einen Spaltbreit öffnete. Hinter einer Reihe von leeren Stühlen saß ein Junge, der mit weitausgestrecktem Arm den Bogen über die Saiten eines Cellos gleiten ließ. Josel hatte noch nie ein Cello allein spielen gehört und mußte sich erst an den fremden Klang gewöhnen.

Als der Junge aufhörte zu spielen und der letzte Ton im Raum verhallte, war er sich sicher, daß ihm die Musik gefallen hatte. Gerade als der Spieler den Bogen sinken ließ, den er, ganz in sich gekehrt, noch eine Weile in der Luft hielt, hatten sich ihre Blicke zum ersten Mal getroffen, über die Entfernung und die Stuhllehnen hinweg. Josel schoß das Blut ins Gesicht. Ohne so recht zu wissen warum, ging er mit leisen Schritten wieder hinaus.

Wenn du jemand suchst, rief der Junge und ging ihm bis zum Korridor nach, es ist niemand mehr da, die sind alle über die Feiertage weg. Ich glaub', ich bin der einzige, der hier noch übt. Kann ich dir irgendwie helfen?

Es war wohl das vertrauenstiftende du, das Josel den Mut gab, stehenzubleiben und zu reden. Ich suche die Klavierklasse von Professor Lechter, sagte Josel, um nicht von Ulla reden zu müssen. Wenn er schon einmal so weit eingedrungen war, konnte er sich wenigstens den Raum ansehen, in dem Ulla ihre Übungsstunden verbrachte.

Das ist eine Etage höher, ganz hinten links. Vielleicht ist

noch jemand beim Notenkopieren, der dir weiterhelfen kann. Ich hab heute noch niemand dort gehört, und ich glaub' auch, der Professor ist mit einer Studentin nach Warschau gefahren. Hab so was gehört.

Damit wandte er sich wieder seinem Cello zu, ohne weiter auf den andern zu achten.

Josel nahm die Treppe nach oben. Die Tür mit dem Namensschild PROF. LECHTER war geschlossen. Josel stand davor, drückte die Klinke und erschrak vor dem hallenden Geräusch, das er damit verursachte. Die Klasse war abgeschlossen. Er bückte sich, weil er wenigstens durch das Schlüsselloch sehen wollte, wie es Innen aussah, aber er sah nur die Rückenlehnen von Stühlen, nicht einmal das Instrument. Das ganze Konservatorium schien ihm eine Ansammlung von leeren Stühlen zu sein.

Er ging die Treppe wieder hinunter und setzte sich im Raum des Cello-Spielers auf einen der Stühle. Der Junge, der kurz aufgeblickt und ihm jetzt sogar zugelächelt hatte, spielte weiter. Josel lehnte sich im Stuhl zurück und streckte die Arme über die Lehnen der andern Stühle; er hatte nicht geahnt, wie schön sich ein Cello allein anhörte, beinahe so schön wie ein Klavier. Er sah auf die Hände des Jungen und staunte, wie virtuos die Finger der linken Hand am Cellohals über die Saiten tanzten, und die Rechte mit dem Bogen in der Luft schwebte. Warum hat mich Mamuscha nicht zu einem Geigenlehrer geschickt, dachte er, als ich nicht Klavier spielen wollte? Er starrte immer noch auf die Hände des Jungen.

Bach, Suite für Cello solo in C-moll, sagte der Junge. Habe ich heut zum ersten Mal durchgespielt. Ist noch nicht gut, aber ich krieg das schon hin. Schwierig der Lagenwechsel, der muß noch glatter, noch unauffälliger, noch sicherer kommen. Mit dem langsamen Satz bin ich einigermaßen zufrieden. Jetzt spiel ich die Sarabande!

Und er setzte wieder an.

Es klingt schön, wenn du spielst, sagte Josel, als der Junge den Satz beendet hatte. Fantastitschnek!

Ach, bist du nicht der Freund von der Ulla Ossadnik? Josel war überrascht.

Du bist ein Piontek, nicht wahr. Na klar! Er sah Josel an und streckte ihm die Hand entgegen. Josel griff zu.

Ja, sagte Josel, aber woher weißt du...?

Der andere fing an zu lachen. Das Wort hat Ulla mitgebracht, und jetzt macht es hier die Runde: *fantastitschnek!* Sie sagte uns, sie habe es von einem Freund, bei dessen Mutter sie mit dem Klavierspielen angefangen habe und inzwischen ist es so, daß bei uns einer erst richtig gut ist, wenn man von ihm sagt, er ist *fantastitschnek.*

Ihm ging das Wort noch nicht so mühelos von den Lippen, aber er schien sich daran zu erfreuen.

Suchst du Ulla? fragte der Junge. Bist du deswegen hergekommen? Er schien sich darüber zu wundern, daß Josel erst jetzt gekommen war, wo doch offensichtlich von ihm schon so lange die Rede war.

Ja, sagte Josel verlegen und noch immer überrascht. Wenn sie ihm wenigstens mal davon erzählt hätte! Das hätte ihm manchmal Mut gegeben.

Die Ulla ist nicht da, das weiß ich bestimmt, sagte der Cellospieler, die gehen gleich nach Ostern auf Tournee, der Professor mit seinem Wunderkind Ulla. Ja, unsere Ulla Ossada, wie sie sich jetzt mit ihrem Künstlernamen nennt, sagte er kichernd.

Wie bitte? Wie nennt sie sich? fragte Josel entgeistert, obwohl er genau verstanden hatte.

Die hat's geschafft, sinnierte der Cellospieler.

Ulla Ossada sagst du? drängte Josel. Aber das ist doch ganz neu? Als sie zum ersten Mal in Gleiwitz aufgetreten ist, da ist sie doch noch unter dem Namen...

Ja, das hat alles der Professor Lechter gemacht. Er wird

sie auch auf ihrer Tournee begleiten. Er läßt sie ja überhaupt nicht mehr aus seinen Basedow-Augen...

Die Pause, die jetzt entstand, gab Josel Zeit zu Vermutungen, die er lieber verdrängen wollte. So sagte er rasch: Dann ist sie also nach Gleiwitz gefahren! Da treffe ich sie ja noch! Ich meine, bevor ich in den Krieg gehe! – Ich hab' nämlich meine Einberufung bekommen und wollte mich nur von ihr verabschieden, deshalb bin ich hier.

Die Ulla, sagte der Cellospieler langsam und setzte sich neben Josel auf einen der leeren Stühle, ist nicht nach Gleiwitz gefahren. Ich weiß es, sagte er langsam. Sie hat mir gesagt, wohin sie gefahren ist. Ich soll's eigentlich nicht weitererzählen, aber dir kann ich's ja sagen, wenn du mit ihr befreundet bist. Sie ist nämlich... nach Warschau gefahren.

Wohin? Nach Warschau? Weißt du das genau? Was will sie denn in Warschau?

Er war plötzlich furchtbar aufgeregt. Wie oft hatten sie davon geredet und geträumt, gemeinsam nach Warschau zu fahren, in die Kirche zum Heiligen Kreuz, zum Herzen von Chopin. Aber sie waren niemals nach Warschau gekommen. Und jetzt hatte es Ulla ganz allein unternommen, mit diesem entsetzlichen Professor.

Sie wollte eine Tante in Warschau besuchen, sagte der Junge. Es war ein alter Plan von ihr. Seitdem ich sie kenne, hat sie davon geredet. Aber du hast keine Ahnung, wie schwierig es ist, ein Visum für das Generalgouvernement zu kriegen. Sie wollte auch Noten von Chopin mitbringen, hier für uns. Es hat sich nämlich herausgestellt, erläuterte er, daß Chopin von elsässischen Vorfahren abstammt, jetzt darf er also wieder gespielt werden. Auch ein Chopin-Museum soll in Krakau eröffnet werden. Aber fürs Cello hat er ja kaum etwas komponiert...

Josel wußte genau, daß Ulla keine Tante in Warschau hatte. In Gedanken überschlug er die Summe, die er in seiner Tasche trug, damit würde er gerade bis nach Kattowitz kommen. Er mußte etwas unternehmen, er konnte hier nicht einfach sitzen bleiben.

Er wußte, wo er Ulla in Warschau treffen würde: in der Kirche zum Heiligen Kreuz, ja, dort würde er sie finden. Ich danke dir, sagte er zu dem Cellospieler. Ich fahre ihr nach. Es wird doch sicher von Kattowitz aus noch heute ein Zug nach Warschau gehen, nicht wahr?

Bist du verrückt, sagte der Junge. Wie willst du denn nach Warschau kommen? Sie lassen dich doch an der Grenze gar nicht durch, die sind jetzt ganz streng, wegen der Partisanen. Bei Ulla hat es monatelang gedauert, bis sie das Visum bekommen hat. Und ich glaube, sie hat es überhaupt nur bekommen, weil am Schluß der Professor sich selbst darum gekümmert hat.

Sie ist nicht zu einer Tante gefahren, sagte Josel nach einer Pause mehr zu sich, ich weiß es, sondern in die Kirche zum Heiligen Kreuz in Warschau. Das Herz von Chopin, im Hauptschiff, zweiter Pfeiler links, gleich beim Hereinkommen. Man muß den Stein berühren, man muß den Stein küssen, wenn man ein berühmter Pianist werden will...

Seine Stimme klang müde und tonlos.

Du bist verrückt, sagte der Junge. Ulla ist verrückt, ihr alle seid verrückt!

Damit ging er wieder zu seinem Cello und setzte den Bogen an. Er hielt einen einzigen Ton durch, lange, mit viel Vibrato, und ließ ihn auf- und abschwellen.

Ich werde nach Kattowitz fahren und auf jeden Zug warten, der aus Warschau eintrifft, und ich werde durch alle Abteile gehen und Ulla suchen, sagte Josel vor sich hin und kaute an seinen Lippen.

Jetzt fahr zurück nach Gleiwitz! Vielleicht ist sie schon zu Haus... Es ist das Vernünftigste, was du tun kannst... Aber vernünftig ist ja hier keiner.

Der Junge griff mit der Linken in die Saiten, er ließ die Finger rauf und runter tänzeln und legte das Ohr ganz nah an den Steg, um die leisen Töne und auch die leisesten Schwingungen zu hören.

Josel spürte, wie der Schweiß sich unter den Achseln sammelte und das Hemd näßte. Ich glaube, du hast recht, sagte er tonlos. Wenn sie zuerst hierher zurückkommen sollte, sag ihr, ich bin dagewesen, der Josel Piontek aus Gleiwitz, der in den Krieg muß.

Und nach einer langen Pause: Mußt du nicht auch damit rechnen, eingezogen zu werden, zum Militär?

Der Cellospieler sah auf. Er war mit seinem Cello beschäftigt und mit den Fehlern, die er gewiß auch noch bei der nächsten Übung machen würde. Ist nicht jetzt der Jahrgang 25 dran? – Josel nickte nur.

Da hab ich noch ein Jahr Zeit! Das brauche ich auch! Ich kann jetzt nicht unterbrechen, ich muß noch ein Stück weiter sein. Ich möchte gern alle sechs Solo-Suiten auf einmal durchspielen, weißt du, mit Fehlern natürlich, aber nur so kriegt man ein Gefühl für die Größe, für die Architektur, ja also, wie soll ich das sagen ... für die Mathematik der Musik ...

Hast du keine Angst, sagte Josel, im Krieg eine Verletzung am Arm oder an den Händen zu bekommen, einen Streifschuß, daß ein Finger steif bleibt oder amputiert werden muß ... dann ist doch alles aus und du kannst nie mehr Cello spielen?

Der Junge, der den Bogen erneut aufnehmen wollte, ließ ihn sinken. Ich weiß nicht, wovon du redest, sagte er wahrheitsgemäß.

Ich hab Angst, sagte Josel, ich könnte einen Kopfschuß kriegen. Nicht eine Kugel direkt in den Kopf, dann wäre man ja gleich tot; aber einen Streifschuß oder einen Splitter, und man ist nicht mehr bei Verstand, sein ganzes Leben lang.

Der Junge blickte weg, durch das Fenster in einen grauen Himmel, der jetzt an zwei, drei Stellen Inseln leuchtenden Blaus zeigte.

Also das finde ich ganz und gar nicht fantastitschnek, was du da sagst.

12

Ach du gebenedeiter Herr Jesus, wie siehst du denn aus? Anna blieb vor Schreck in der Tür stehen. Andi mußte sich an ihr vorbeidrängen, eine Hand hielt er über der linken Augenbraue, mit der anderen zog er Bronder hinter sich her. Er hätte ihn viel lieber vor sich her geschoben, damit Mamotschka sich mehr mit dem Besucher als mit seinem Gesicht beschäftigte. Es war abserlutnik kameradschaftlich von Bronder, daß er überhaupt mitgekommen war, wo er ganz verrückt darauf war, zurück zum Kirchplatz zu laufen, um den Abtransport der Glocken nicht zu versäumen. Andi hatte ihm versprochen, sich zu beeilen, er wollte nur sein Gesicht waschen und das Hemd wechseln, um dann gemeinsam mit ihm loszuziehen.

Guten Tag, Frau Ossadnik, sagte Bronder schüchtern, als er im Flur angelangt war. Und um sein sauberes Hemd und sein gekämmtes Haar zu erklären, sagte er in ihr überraschtes Gesicht: Ich war auf dem Weg zur Kirche, sie holen nämlich die Glocken von Peter und Paul herunter, da hab ich Andi getroffen.

Was sagst du da? fragte Anna Ossadnik. Die Glocken holen sie herunter? Warum denn das?

Sie erhielt keine Antwort. Andi hatte gehofft, seine Mutter wäre vielleicht schon in der Kirche und Kotik allein zu Haus, um ihn einzulassen. Aber karfreitags verließ sie niemals vor zwei Uhr das Haus, weil sie irgendwann ein Gelübde abgelegt hatte, die Sterbestunde Christi

128

kniend und betend auf einer harten Kirchenbank zu ver-
bringen. Andi wäre es lieber gewesen, seine Mutter hätte
ihn in seinem jetzigen Aufzug nicht gesehn; er hatte ohnehin das Gefühl, von außen sah alles viel schlimmer aus als
es in Wirklichkeit war, und eigentlich ging es ihm nicht besonders schlecht.

Was hast du denn wieder angestellt, mein *diobiczek*, du
siehst ja aus wie der leibhaftige Lazarus! Da der Sohn nicht
antwortete, wandte sie sich an Bronder: Was ist denn passiert, warum sagt ihr nichts? Und das am heiligen Karfreitag!

Andi drehte den Wasserhahn auf und wollte seinen
Kopf darunterhalten. Anna kriegte ihn gerade noch zu fassen und zog ihn an den Haaren zurück. Irgendwo am Kopf
mußte er noch eine Verletzung haben, denn er spürte einen
jähen und heftigen Schmerz.

Da darfst du doch nicht mit Wasser ran, sagte Anna. Es
fängt nur wieder an zu bluten. Sie drehte vorsichtig seinen
Kopf herum, damit sie überhaupt erst einmal sein Gesicht
richtig betrachten konnte. Es nützte Andreas jetzt nichts
mehr, daß er eine Hand vor die Augenbraue schob.
Mui Bosche, Anditschek, wie haben sie dich zugerichtet?!
Setz dich hier auf den Schemel, ich tupf dir das ab mit
essigsaurer Tonerde.

Nein! schrie Andi. Er blieb aber sitzen, weil er wußte,
er würde dieser Prozedur nicht entgehen, und vielleicht
würde die essigsaure Tonerde sogar ein wenig helfen, mit
der Mamotschka alles heilte, vom verstauchten Fuß bis
zum Bauchschmerz und einer eingeschlagenen Fresse.

Sie kam mit zwei Flaschen zurück, einer größeren mit
einer klaren Flüssigkeit, und einer kleinen braunen, deren
Glas gerippt war. In der andern Hand hielt sie ein Stück
weißes Leinen. Das zerriß sie in mehrere Streifen, von denen sie einen mit der klaren Flüssigkeit befeuchtete und
Andis Gesicht vorsichtig abwischte. Dabei redete sie in ei-

nem fort: Heiliger Himmel, ich hab' gedacht, der Schielok ist über das Alter hinaus, wo er sich mit andern Jungs prügelt, hab gedacht, nun ist er bei der *Hajott,* da hört das wilde Leben in den *Ferajnas* auf, jetzt heißt es Kameradschaft und Disziplin und so, nun seh ich, arme Mutter, das geht ja bei euch zu wie bei Rolf Torring. Was habe ich nur für Djoboks als Kinder? Jeden Tag kommt einer mit einer andern Geschichte nach Haus! Man zittert geradezu, was euch wieder Schreckliches eingefallen sein mag.

Und tupfte dabei in seinem Gesicht und zwischen den Haaren herum. Sie war froh, daß sie jetzt nur noch zwei Kinder im Haus hatte, wenn sie Ulla nicht mitzählte, die nur noch selten aus Beuthen herüberkam. Abgesehen von Tonik, der hier gerade seinen Urlaub verbrachte.

Der Leinenfetzen war schwarz und blutig. Sie nahm einen neuen und tränkte ihn mit essigsaurer Tonerde. Du kannst doch nicht Ostern mit diesem zerbeulten Gesicht herumlaufen! Zum Hochamt, mit diesem Gesicht! Und in deinem neuen Anzug!

Man konnte ihr ansehen, wie sehr es ihr leid tat, daß der neue Anzug bei diesem zerschrammten Gesicht nur noch halb zur Geltung kommen würde. Sie drückte jetzt seinen Kopf nach hinten und betrachtete prüfend ihre Arbeit.

Jetzt sieht es schon ganz anders aus. Halb so schlimm. Nur die Augenbraue, da muß ein Pflaster drauf. Sie roch an dem braunen gerippten Fläschchen und träufelte eine dunkelbraune Flüssigkeit auf ein Stück frisches Leinen.

Erzähl mal, wie das passiert ist? Daß du dich geprügelt hast, sieht man. Aber mit wem, und aus welchem Grund?

Auaaaaa! schrie Andi und preßte die Augen zusammen. Das Jod brannte wie Feuer.

Aber es hilft, sagte Anna energisch und drückte noch einmal den Lappen gegen die Braue. Erzähl du mal, Bronder, was los war.

Wenn schon der eigene Sohn nicht darüber reden wollte! Jedenfalls war es für sie klar, daß der, mit dem Andi sich geprügelt hatte, viel übler aussehen würde; ihre Kinder waren nicht immer, aber doch meistens die stärkeren. Das war für sie wie eine Selbstverständlichkeit. Sie drückte zum drittenmal das Jod-Leinen auf seine Braue. Jetzt aber wirklich aus Zorn, weil der Andreas nicht reden wollte.

Ich weiß nicht, ich war ja nicht dabei, sagte Bronder, der jetzt selbst neugierig geworden war und auch ganz gern gewußt hätte, was Schielok erlebt hatte.

Andi rutschte vom Schemel herunter. Er ließ sich im Stehen und schon ungeduldig zerrend ein Pflaster auf die Augenbraue kleben. Jetzt tu dir noch selbst etwas Jod auf die Knie, sagte sie und zeigte auf seine verschrammten und blutverkrusteten Beine. Aber nicht waschen! Erst morgen oder übermorgen. Und wenn du hin und wieder den Lappen mit der essigsauren Tonerde auf das Auge preßt, dann ist die Schwellung vielleicht morgen schon weg.

Und dein Hemd! Ach du gebenedeiter Herr Jesu! Sie tat, als ob sie jetzt erst das von Gras, Erde und Blut verschmierte Hemd sähe. Zieh das sofort aus. Wie soll ich das nur wieder sauberkriegen. Bei dieser schlechten Schmierseife, die es heutzutage gibt. Da kann ich ja wieder stundenlang am Waschbrett stehen.

Ihre armen Hände. Vielleicht könnte ihr der Franzek eine Ostarbeiterin besorgen, wenigstens für die Wäsche und fürs Teppichklopfen. Das waren Arbeiten, die sie gar nicht gern machte. Es gab ja jetzt überall Ostarbeiterinnen, und alle andern Parteigenossen hatten schon eine, manche sogar für jeden Tag. Und wenn ihr Franz schon in die Partei eingetreten war, dann sollten sie doch auch ein paar Vorteile davon haben. Diesen Frauen mußte man kaum etwas an Lohn zahlen, und man rettete sie außerdem auf diese Weise noch vor der Schwerarbeit in einer Fabrik.

Andi zog das Hemd über den Kopf. Er spürte dabei eine Menge Stellen, die ihm weh taten.

Wir haben die Evangelen überfallen, sagte er. Er sah sich jetzt zum ersten Mal genauer sein Gesicht im Spiegel an. Das linke Auge war kräftig angeschwollen. Er hatte das Gefühl, diese Schwellung würde mehr und mehr gegen den Augapfel drücken. Aber das Auge war nicht verletzt, Gottseidank.

Was heißt hier Evangelen? sagte Anna Ossadnik, schob sanft ihren Sohn beiseite und wusch sich die Hände überm Ausguß. Sie wußte von früher, daß es manche Straßenschlachten zwischen evangelischen und katholischen Jugendbanden gegeben hatte. Aber das war schon lange her. Und karfreitags hatten sie sich mit den Judenkindern geprügelt. Aber jetzt gab es keine Judenkinder mehr.

Da sie schon einmal vor dem Spiegel stand, fühlte sie rasch unter dem Halstuch nach ihrem Kropf. Größer war er jedenfalls nicht geworden.

Heutzutage weiß man abserlutnik nich mehr, wer bei uns Evangele ist, weil immer neue Leute herziehen und immer mehr von hier weg, sagte Andi wichtigtuerisch. Und spannte dabei das Hemd wie eine Fahne. Erst jetzt sah er die Schmutz- und Grasspuren am Rücken. Wir haben ein KLV-Lager überfallen draußen in Richtersdorf, die Jungs da kommen von der Wasserkante, dort sind alle evangelisch, garantiert. Bis auf ein paar Ausnahmen. Er dachte an Hannes Stein.

Wer war denn noch dabei? Bronder brannte darauf, das zu erfahren. Die *Ferajna* konnte es nicht gewesen sein, er gehörte schließlich auch dazu, oder besser, er hatte dazugehört, als es die *Ferajna* noch gab. Heutzutage war auch immer etwas anderes zu tun: Jungvolk-Dienst, Altmaterialsammeln, Luftschutzübung, Erste Hilfe, Feldpostbriefe an die Front (jeder hatte einen Patensoldaten im Fähnlein), und jetzt gab es auch noch die Lazarett-Betreuung. Und er war sogar im Don-Bosco-Bund. Der war zwar seit einiger Zeit aufgelöst, aber sie kamen einmal in der Woche beim Kaplan Mikas zusammen, getarnt als Ministranten.

Das sag ich nich, sagte Andi augenzwinkernd, soweit das noch möglich war. Jedenfalls zu wenige, sonst hätten die mich nicht so zugerichtet. Die waren in der Übermacht, klar.

Und die Brille? sagte Anna. Erst jetzt fiel ihr auf, daß sie nirgendwo seine Brille gesehn hatte.

Andi betupfte sich die Knie mit Jod und verzog das Gesicht. Er gab keine Antwort.

Da hört sich doch alles auf, sagte Bronder, du kannst uns doch sagen, mit wem du diesen Stoßtrupp unternommen hast, wenigstens deiner Mutter!

Aber Anna interessierte jetzt viel mehr, was mit Andis Brille geschehen war. Die Brille? wiederholte sie.

Am Schluß sind sie doch gelaufen, sagte Andi zwischen den Zähnen und gab die Jodflasche zurück. Hier. Und damit zog er aus der Hemdentasche die Brille heraus oder besser das Brillengestell. Dazu ein Glas, das bei der Prügelei aus der Fassung gerutscht war. Das andere war zersplittert, als ihn der Stein getroffen hatte.

Die schöne Brille! sagte Anna Ossadnik.

Aber die Brille war niemals schön gewesen. Sie wußte das. Es war eine häßliche grobe Krankenkassenbrille, die Andis Schielen korrigieren sollte, nichts weiter.

Ich brauche sie nicht, sagte Schielok, ich schiele ja nicht mehr!

Wenn das Papa erfährt?! Unwillkürlich rutschte sie in die Rolle eines Mitwissers. Wir halten's geheim vor allen, auch vor Tonik, nicht wahr? Dabei kümmerte sich Tonik, seitdem er in Urlaub war, überhaupt nicht um die Familie; er schlief den ganzen Tag und abends ging er auf Mädchenjagd.

Laß mal, Mamotschka, beschwichtigte Andi, das ist nicht so wichtig mit der Brille. Wenn ich eine neue brauche, dann lassen wir uns wieder eine häßliche auf Krankenkassen-Schein verschreiben. – Komm, Bronder, gehn wir zur Kirche und gucken uns die Glockenabnahme an.

Damit verschwand er in einem andern Zimmer, um sich ein frisches Hemd zu holen, und man hörte, wie er Schubladen aufzog und zumachte. Er suchte eines von Pauleks feinen Hemden.

Was gibt's denn bei euch heute zu essen? erkundigte sich Anna Ossadnik bei Bronder.

Eine Buttersemmel, sonst nichts, sagte Bronder. Und abends Graupensuppe, in Wasser gekocht. Ist doch Fasttag.

Ja, sagte sie laut, heute ist Fasttag. Aber Andi, du solltest doch wenigstens eine Margarine-Schnitte essen, Junge, du fällst mir vom Fleische.

Gib dem Bronder die Schnitte mit! rief Andi aus dem Flur. Er wollte nicht zeigen, daß er ein Hemd von Paulek angezogen hatte.

Eigentlich wollte ich heute den ganzen Tag fasten, rief er, aber ich glaub, ich halt es nicht durch bis abends. Aber nur ganz dünn Margarine drauf!

Das tat Anna sowieso. Sie gab dem Bronder die Schnitte in die Hand. Komm heute abend pünktlich, rief sie in den Flur, wo sie Andis Geräusche hörte. Nach dem Essen lese ich die Legende der heiligen...

Nein, schrie Andi und zeigte sich jetzt doch in dem Hemd. Nicht von der Genoveva! Die kannte er schon fast auswendig. Also da würde er erst gar nicht nach Haus kommen. Lies doch mal etwas andres!

Anna war beleidigt. Die Legende der heiligen Genoveva hatte sie schon lange nicht mehr gelesen. Sie dachte eher an die Legende der beiden Märtyrer Audifax und Abachum,

Zwillingssöhne des vornehmen Persers Marius, die in einem römischen Gefängnis von heidnischen Soldaten erst geschändet und dann erschlagen wurden.

Heute abend will der Kotik was vorlesen, etwas aus Schlesiens Geschichte, einverstanden? Andi wartete die Antwort nicht ab, er lief die Treppe hinunter, und Bronder folgte ihm. Sie beeilten sich, um die Glockenabnahme nicht zu versäumen.

Ich komme später nach, rief Anna hinterher. Und mehr zu sich selbst: Die schönen Glocken! Sie versündigen sich an heiligen Dingen! Wenn das nur gutgeht!

13

Vielleicht kann ich Ihnen etwas abnehmen? fragte Karpe, der seinen Koffer jetzt auf der Schulter trug. Er war nicht sehr viel jünger als Silbergleit, aber von kräftiger Statur.

Das ist sehr gütig von Ihnen, stieß Silbergleit hervor. Aber Sie haben ja mehr zu schleppen als ich. Ist es denn noch weit bis zum Bahnhof?

Ich weiß nicht mehr, wo wir sind, sagte Karpe. Nach meinem Gefühl führen sie uns woandershin. Nicht zum Bahnhof.

Es ist nur, sagte Silbergleit, weil ich meine Medizin nicht habe. Ich mache nicht so schnell schlapp, ich bin zäher, als man es mir ansehen mag.

Ist Ihnen nicht gut, Herr Silbergleit? Sie sind ganz rot im Gesicht. Karpe beugte sich zu dem gebückt gehenden Silbergleit und sah ihm unter den Hut. Kommen Sie, ich nehme Ihnen die Tasche ab und trage sie wenigstens ein Stück. Jetzt schaffe ich das noch, wer weiß, wie lange sie uns so durch die Straßen treiben. Am Schluß ist sich jeder selbst der Nächste.

Das war seine Art, jemanden zu trösten.

Nein, nein. Die Tasche gebe ich nicht her. Unter keinen Umständen. Ich halte noch durch, sagte Silbergleit und blickte auf den Boden.

Ein Kapo, der neben der Kolonne hin und her gelaufen war und sie schon eine Weile beobachtet hatte, schrie sie an. Er schlug mit einem Holzstock auf Karpe ein, daß der taumelte. Silbergleit schob sich unbemerkt ein Stück nach vorn, um mit seinem Rücken Karpe zu schützen, damit der nicht nach vorn stolperte und stürzte.

Arthur
     ich kann dich nicht hören
     Arthur es ist dein Geburtstag und der Jasmin blüht
     Riechst du es hör auf damit Ilse
     du bist zurückgekommen und hast den Jasmin-Strauß vor die Tür gelegt ich hab das gesehn ich bin vom Fenster nicht weggegangen auch als es schon dunkel geworden war draußen ich wollte den Jasmin nicht haben nicht in meinem Zimmer Herr Karpe hat ihn genommen und der Geruch drang durch die Türritzen war überall im Flur im ganzen Haus in allen Räumen dieser schwere süße betäubende Geruch ich konnte ihm nicht entkommen
     man vergißt das nie wieder
     an einem Tag im November sind sie gekommen ich war nicht auf der Liste sie haben die andern einfach aus ihren Wohnungen geholt 25 Kilo Gepäck und zwei Schlafdekken durften sie mitnehmen und für zwei Tage Verpflegung und ihre Wohnungen wurden versiegelt seitdem bin ich nicht mehr aus dem Haus gegangen
     es war im Jahr siebenundzwanzig als wir uns kennenlernten nein du irrst dich es war siebenundzwanzig ich habe mehr Zeit darüber nachzudenken das ist es du hast mich angesprochen im Hotel am Zoo nach der Lesung bist du auf mich zugekommen und hast mich gefragt was ich mit dem Satz meine

Silbergleit und Karpe hatten sich in der letzten Zeit angefreundet. Als der Wohnraum im Jüdischen Gemeindehaus
am Schluß immer knapper wurde, waren sie zusammen in
ein Zimmer gezogen. Der Herr Kochmann, erster Vorsitzender der Jüdischen Gemeinde, hatte seit Kriegsbeginn
versucht, so viele jüdische Familien wie möglich im Gemeindehaus unterzubringen. In dieser Gemeinsamkeit
wären sie geschützter. Er selbst war aus seiner Villa in der
Miethe-Allee ausgezogen zu einer Zeit, als er noch hätte
drin wohnen können. Er wollte es nicht besser haben als
die andern, und vor allem, er wollte seiner Gemeinde nahe
sein.

Dem Herrn Karpe haben sie erst das Wäschegeschäft am
Ring weggenommen, dann die Wohnung beschlagnahmt,
er mußte mit seiner Frau unters Dach ziehen, wo früher
seine Weißnäherinnen gewohnt haben. Als seine Frau
starb, hat er sie auf dem Neuen Jüdischen Friedhof in der
Leipziger Straße begraben, und als er zurückkam, fand er
seine Sachen in zwei Koffern auf der Straße, und der neue
Besitzer ließ ihn nicht mehr in das Haus ein, das ihm
schließlich früher einmal gehört hatte. Da ist Karpe zur
Polizei gegangen, um sich zu beschweren, und die Polizi-
sten haben nur gelacht, er mußte Schuhe und Strümpfe
ausziehen, dann hängten sie ihm ein Schild um den Hals
Ich werde mich nie mehr bei der Polizei beschweren
und so jagten sie ihn über den Gleiwitzer Ring. Herr Linz
hat das alles in der Ordnung befunden und Herrn Karpe
geraten, in das kleine Judenghetto in der Niederwallstraße
zu ziehen, bevor das *große* Judenghetto kommen wird.

Silbergleit bewohnte eines der begehrten Zimmer nach
vorn zur Straße, das ihm Frau Goldstein untervermietet
hatte. Nachdem der Judenstern eingeführt wurde, hatte
man ihnen des Nachts alle Fenster mit Steinen eingewor-
fen, später sogar am hellichten Tag. Da hat Herr Kochmann beim Herrn Linz erreicht, daß vor die Fenster Roll-

läden eingebaut wurden, und eines Tages befahl Herr Linz, daß die Rolläden nicht mehr geöffnet werden durften und ließ sie zunageln.

Frau Goldstein, die schon an die achtzig war, begann Silbergleit zu tyrannisieren, sie duldete nicht, daß er das Grammophon spielen ließ, warf ihm vor, zuviel Wasser zu verschwenden und schraubte ihm die Sicherung heraus, weil er nachts in seinem Zimmer Bücher las oder irgend etwas kritzelte und damit den Stromverbrauch in die Höhe trieb, so daß die Gestapo schon drohte, dem ganzen Haus den Strom abzuschalten.

Es konnte geschehen, daß er auf dem Sofa lag und in Gedanken die Worte zu einem Gedicht zusammensetzte oder eine Erzählung entwarf oder an seine Frau Ilse dachte oder einfach da lag und an nichts dachte, und die Frau Goldstein stürzte herein und beschwerte sich über den Lärm, den er gerade verursacht haben soll... Sie war schlichtwegs verrückt geworden, diese Frau Goldstein, die den *Mogendowid* nicht tragen wollte und deshalb nicht mehr aus dem Haus ging, jetzt schon über ein Jahr lang nicht. Auch der alte Herr Kochmann konnte sie nicht beruhigen, der überall Frieden zu stiften versuchte mit seiner sanften, leisen, überlegenen Art.

Silbergleit wunderte sich nicht. Er wunderte sich eher, daß sie es war, die verrückt geworden war, und nicht er. Es hätte ebensogut umgekehrt sein können. Er wunderte sich überhaupt, daß nicht alle verrückt wurden in dieser Situation.

Er konnte eine Zeitlang nicht mehr schreiben, und damals fingen auch seine Herzschmerzen an. Da hat er Herrn Karpe gefragt, der im Stockwerk höher ein Zimmer zum Hof bewohnte, ob er bei ihm einziehen könnte. Mit Wolldecken hatte er sich ein Stück des Zimmers abgeteilt, da konnte er auch abends eine Lampe brennen lassen und schreiben. Aber oft geschah das nicht. Seine Augen waren zu schlecht geworden, nach einiger Zeit tanzten rote Punkte auf dem Papier. Das war von der Arbeit in der Kläranlage gekommen. Der Direktor der Wasserwerke war als Judenhasser bekannt, er teilte sie absichtlich zu den schwersten Arbeiten ein und ließ sie manchmal stundenlang im Chlor arbeiten, während die anderen Arbeiter im allgemeinen alle drei Stunden abgelöst wurden.

Als er nicht mehr im Klärwerk arbeitete, kochte er das Essen für Karpe und sich. Und sonntags kochte Karpe. Sie hatten nicht viel zu kochen, aber sie waren immer satt geworden. Sie kamen überhaupt gut miteinander aus, der Herr Silbergleit und der Herr Karpe.

Karpe hatte sich zuerst gewundert, daß sein Zimmergenosse so viel schrieb. Auch am Sabbat saß er an dem kleinen, runden, wackligen Tisch, den er mit Pappdeckeln abstützte, und schrieb. Das meiste zerriß er wieder und verbrannte es im Ofen. Als das Papier knapper wurde, schrieb er auf die Ränder der Zeitungen. Daß der Herr Silbergleit ein Dichter war, hatte er schon vorher gewußt, als er noch am Ring wohnte und das Wäschegeschäft betrieb. Und als Silbergleit zu ihm eingezogen war, sah er dessen Bücher auf dem Regal stehen, er hatte darin herumgeblättert, ein oder zwei auch gelesen. Die kurzen Stücke gefielen ihm besonders gut, so die Sabbat-Beschreibung aus der Kindheit, die Legenden vom Siebenarmigen Leuchter, von der Klagemauer, von Jerusalem und der Schlaftänzerin. Und an die Gedichte Waisenkinder oder Vor der Tür des jüdischen Wohlfahrtsamtes oder Erlebnis erinnerte er sich noch lange.

Und einmal hatte er Silbergleit gefragt, warum er seine Aufzeichnungen immer wieder zerreiße und vernichte, wo er doch so ergreifende Sachen schreibe. So schön zu schreiben, das sei doch eine Gnade.

Es ist nicht gut genug, hatte Silbergleit ihm geantwortet. Es muß noch besser werden. Ich fange immer von neuem an. Woran ich jetzt arbeite, das wird alles in den Schatten stellen, was ich jemals geschrieben habe.

Karpe dachte daran, daß wohl niemals gedruckt werden würde, was Herr Silbergleit jetzt aufschrieb. Und als er ihm das einmal sagte, war der ganz still geworden und hatte zwei Tage lang nicht mehr mit ihm gesprochen.

Sie hatten jeden Tag damit gerechnet. Als sie dann kamen, waren sie doch überrascht. Insgeheim hatten sie gehofft, es würde zu Ende sein mit den Deportationen. Es sollte Geheim-Verhandlungen mit den Amerikanern gegeben haben. Es gab so viele Gerüchte.

Herr Linz kam mit vier anderen Beamten in Zivil in die Niederwallstraße. Auch damals im November war er in Zivil gekommen. Da wußten sie gleich, was los war. Er brauchte ihnen erst gar nicht die Anordnung vorzulesen. Sie wollten nur wissen, wer diesmal auf der Liste war.

Sie waren alle auf der Liste. Bis auf den Justizrat Kochmann. Und zwei Mischehen, deren Kinder katholisch erzogen wurden. Der Pfarrer Pattas von St. Peter und Paul hatte es in einem Gutachten bestätigt.

Sie hatten diesmal nur zwei Stunden Zeit zum Packen, und während dieser Zeit durchstreiften die Beamten alle Wohnungen. Beim letzten Transport im November, als sie die Deportationen zwei Tage vorher angekündigt hatten, gab es zahlreiche Selbstmorde. Die Schwestern Lewin aus der Wilhelmstraße und der Frauenarzt Dr. Aufrecht zusammen mit seiner Frau, man soll sie eng umschlungen im Bett gefunden haben, mit Pyrimal vergiftet. Die ganze Stadt hatte davon gesprochen. Das wollten sie wohl diesmal verhindern. Sie sperrten zuallererst das Gas ab und schraubten die Stromsicherungen aus. Lebensmittelkarten und Arbeitsbescheinigungen mußten abgegeben werden. Nur die Kennkarte durften sie behalten. Das Gepäck wurde gewogen. War es schwerer als 25 Kilo, mußten die Koffer geöffnet und Sachen herausgenommen werden.

Herr Linz war sehr genau. Bargeld, Schmuck und Wertsachen zog er persönlich ein; er ging von Wohnung zu Wohnung, registrierte jedes Stück und gab dafür unterschriebene Quittungen aus. Sie waren dabei und sahen zu, wie alles ordnungsgemäß ausgeführt wurde. Die Wertsachen kamen in einen Papierbeutel, der vor den Augen des Besitzers zugeklebt wurde, und quer darüber mußte er seinen Namen schreiben. Das sollte wie ein Siegel sein.

Herr Linz malte vorn in Druckbuchstaben darauf: SILBERGLEIT ARTHUR ISRAEL GEB 1881.

In Riga würden sie alles wiederbekommen, sagte Herr Linz.

Auch der Ehering mußte abgegeben werden. Silbergleit hatte seinen schon vorher im Hof der Niederwallstraße 17 vergraben. Sollte er noch einmal zurückkommen, in die Stadt seiner Kindheit, würde er ihn ausgraben aus der schwarzen Erde. Der Witwer Karpe hatte beide Ringe im Futter seines Mantels eingenäht. Er hatte es Silbergleit gesagt und ihm geraten, es ebenfalls so zu tun.

Es ist nicht das Gold, sagte Karpe, es ist die Erinnerung, die ich mit mir herumtrage.

Silbergleit fand es richtiger, sie in der schwarzen Erde zu vergraben. Nicht weit davon war er geboren, in der Ratiborerstraße.

Waffen, Messer, Scheren, spitze Gegenstände, Medikamente durften nicht mitgenommen werden. Er hatte ein kleines Fläschchen mit *Crataegutt* eingesteckt, für das Herz. Er war seit Jahren an die Tropfen gewöhnt und glaubte, ohne sie nicht auskommen zu können. Gerade jetzt, bei dieser Aufregung. Er hoffte, Herr Linz würde ihm das durchgehen lassen.

Dann wurden sie im Treppenhaus gefilzt und der Beamte, den er vorher noch nie gesehen hatte, entdeckte sogleich das Fläschchen – er hatte es auch nicht verstecken wollen.

Wir wollen keine Scherereien, sagte der Mann und schüttete die Tropfen vor seinen Augen auf die Fliesen. Damit niemand Selbstmord begeht! Das leere Fläschchen ließ er fallen und zertrat es mit dem Stiefel, daß das Glas knirschte.

Linz war dabeigewesen, und auf Silbergleits Bitte, ihm doch die Herztropfen zu lassen, hatte er nur etwas von Vorschriften gemurmelt und sich weiter mit den Armbanduhren beschäftigt, die er beschlagnahmt hatte. Der Gestapo-Mann in Zivil forderte die andern auf, die Medikamente lieber gleich wegzuwerfen, jeder einzelne würde gefilzt, und wenn er dann noch etwas fände, würde er Strafen verhängen. Zum Beispiel die Prügelstrafe. Das sei alles gesetzlich!

Es war ganz still im Treppenhaus gewesen und man konnte hören, wie Tabletten raschelten und zu Boden fielen und wie Glas klirrte.

Aus verschiedenen Provinzgemeinden werden Selbstmorde von Juden gemeldet. Die Bevölkerung nimmt, abgesehen von Freunden aus Mischehen, keinen Anteil an den Judentransporten und scheint sich mit ihnen abgefunden zu haben.

Silbergleit begann zu schwitzen. Er spürte, wie ihm die Beine schwer wurden. Es war nicht die Aktentasche und es waren nicht die beiden Decken, wahrscheinlich hatte er weniger zu schleppen als die meisten anderen. Es war das Herz. Er hatte Mühe mit dem Luftholen. Sein Atem ging kurz und schwer. Er war auch zu warm angezogen. Er schob die Aktentasche zur Seite und öffnete die Knöpfe vom Mantel und der Jacke. Er lockerte auch die Krawatte. Er war immer korrekt angezogen. Das war er auch zu Haus gewesen, wenn er an seinem Arbeitstisch saß und schrieb, er trug meistens einen Anzug mit Weste.

Aron Szalit aus dem kleinen litauischen Städtchen Slabodka der kleine schmutzige Judenjunge der immer nach Kohlsuppe stinkt weil es zu Haus nichts anderes zu essen gibt als Kohlsuppe die Kleider getränkt vom Geruch der Kohlsuppe seine Haut riecht danach sein Haar niemand will neben ihm in der Jeschiwa sitzen weil er so stinkt der kleine schmutzige Judenjunge Aron Szalit aus Slabodka der barfüßig in die nahe gelegene Hauptstadt Kowno geht um Lesen und Schreiben zu lernen

den Talmud zu lesen und Mickiewicz Karamsin Tolstoj ein kleiner Judenjunge läuft aus dem Ghetto hinaus in die Welt ein Klümpchen Erde trägt er in seiner Hosentasche und eines Tages wird er in einer Buchhandlung in Berlin Bücher verkaufen

Der Mantel war abgetragen und glänzte speckig. Die Ärmel waren zu kurz und an den Stulpen durchlöchert. Er hatte den Rand schon einmal eingeschlagen und eingenäht; die Jackenärmel guckten darunter ein ganzes Stück hervor. Juden bekamen keine Kleiderkarte.

Der Riemen schnitt ihm in die Schulter. Er schob ihn weiter nach oben, zum Hals hin. Die Bücher waren es, die ihm jetzt schwer wurden. Der Herr Linz hatte sich gewundert, daß sich in der Tasche nur Bücher befanden, nichts anderes, nur Bücher. Die andern hatten warme Kleidung eingepackt, Schuhe und Photoalben, irgendwelche Andenken. Er hatte nur Bücher eingepackt. Sie waren das einzige, was er besaß. Niemals würde er sie von sich geben.

Als der Herr Linz bei der Durchsuchung die Bücher in der Tasche entdeckte, wollte er sie auskippen. Da warf sich Silbergleit darüber. Lieber würde er sich umbringen lassen, als die Bücher wegzugeben. Das sind Bücher, die ich selbst verfaßt habe, Kriegsgedichte aus dem Ersten Weltkrieg, hier, eines heißt FLANDERN – dort habe ich für

Deutschland gekämpft! Und das hier: Die Magd, Eine Marienlegende. Und dieses Buch, Das Füllhorn Gottes, das können Sie mir doch nicht wegnehmen...

Silbergleit kamen die ersten Zweifel, wie weit er mit seiner Tasche voll Büchern kommen würde. Dies war die erste Kontrolle, und wieviele Kontrollen würde er hinter sich bringen müssen, bis sie am Ziel angelangt waren? Und niemand von ihnen wußte das Ziel. Er glaubte an das Ghetto von Riga, weil er an irgend etwas glauben wollte. Man wird dort Bücher nötig haben. Nicht nur seine. Er hatte auch Bücher von Hermann Hesse dabei, Unterm Rad, mit einer handschriftlichen Widmung.

Das Manuskript zu seinem Roman Der Leuchter und die Tagebücher, an denen er heimlich geschrieben hatte, bis zuletzt, das alles hatte er im Keller in der Niederwallstraße versteckt. Hinter der dicken Mauer, die der Herr Kochmann kurz vor dem Krieg hatte aufrichten lassen. Als habe er das alles geahnt. Dort waren auch die Kultgegenstände der Synagoge versteckt.

Eines Tages würde das jemand finden. Wenn alles vorbei sein würde. Dann würden seine Tagebücher Zeugnis geben von dem, was die Juden seit Kriegsbeginn hier in Gleiwitz erlebt und erlitten hatten. Bis zum Tag der Deportation. Doch seine gedruckten Bücher wollte er mitnehmen. Sie waren sein Ausweis, wohin er auch käme.

14

An der Straßenkreuzung Wilhelm-, Ecke Niederwallstraße liefen sie sich beinahe in die Arme. Sie hatten es so eilig, daß sie sich erst im letzten Augenblick bemerkten. Oh, der Herr Apitt unterwegs, sagte Herr Thonk und bremste seinen Schritt. Er wollte dem Herrn Apitt nicht zeigen, daß er sich beeilte, um noch zum Abtransport der

Glocken von St. Peter und Paul zurechtzukommen. Ausgerechnet Herr Apitt!

Ist das die Möglichkeit, der Herr Zellenleiter! sagte Herr Apitt. Wenn er es eilig hatte, lief er ein wenig schräg, mit einer Schulter nach vorn, als ob er sich selbst vorauseilen wollte.

Er wäre viel lieber allein weitergegangen, denn man wußte nie, in was für ein Gespräch ein Parteigenosse wie der Thonk einen verwickeln würde, und er hatte schon genug damit zu tun, den Blockwart Koslowski abzuschütteln, der nicht mehr einfach in den Häusern herumstrich und die Leute beobachtete, sondern sie neuerdings sogar auf der Treppe stellte und sie nach ihrer Einstellung zu politischen Ereignissen ausfragte. Die Witwe Jaworek war neulich weinend zu ihm gekommen und hatte ihm erzählt, der Herr Koslowski habe von ihr verlangt, sie solle den heroischen Heldenmut der deutschen Soldaten vor Stalingrad rühmen, und zwar auf der Stelle, wo doch ihr Mann im Kessel von Stalingrad gefallen war und sie immer noch in Trauer ging. Aber wenn er jetzt allein weiterginge, würde er sich unter Umständen nur verdächtig machen, zumindest wäre das auffällig. Einmal hatten sich Parteileute Zugang zu seiner Wohnung verschafft und er hatte es nicht verhindern können, sie kommen ja nicht mit einem Durchsuchungsbefehl, sie schnüffeln nur und drohen mit irgendwelchen Schwierigkeiten, und selbst in seinem Alter kann man noch eine Menge davon kriegen.

Er wendete sich mit seinem vollen Gesicht dem Herrn Thonk zu und tat, als müßte er die Gestalt erst von oben bis unten prüfen, ob in ihr wirklich der Zellenleiter Thonk steckte. Wo wollen Sie so hastig hin, Herr Thonk? Dabei war er selbst außer Atem.

Wissen Sie, sagte der Zellenleiter und ging jetzt langsamer, in diesen Zeiten hat man immer was zu tun. Heute wird jede Volkskraft gebraucht. Das geht in aller Frühe los und hört am Abend nicht auf. Und wir dürfen nicht müde werden, das ist doch klar.

Heute ist Karfreitag! sagte der alte Apitt. Es könnte ja schließlich sein, daß der *Pegeh* glattweg den Karfreitag vergessen hätte. Die hatten ja andere Feiertage: Führer-Geburtstag, Tag der Machtergreifung, Marsch auf die Feldherrnhalle, Tag der Volkswerdung, Sonnenwendfeier und so weiter, er kannte sich da nicht so aus.

Ja, ja, ich denk dran, sagte Herr Thonk. Aber ich muß auch an unsre Jungs an der Front denken, die jeden Tag kämpfen. Da dürfen wir an der Heimatfront nicht zurückstehen. Viele unserer Volksgenossen begreifen immer noch nicht, daß wir in einem heroischen Kampf gegen die halbe Welt stehen. Und siegen!

Ja, es ist schon unglaublich, wo sich unsere tapferen Jungs überall schlagen, sagte der Herr Apitt gedämpft. Auch wenn sie vor der Übermacht zurückweichen müssen, im Osten und in Afrika, das steht ja schon in den Zeitungen. Aber zum Trost kommen jeden Tag Sondermeldungen über die Schiffe, die von unseren U-Booten versenkt werden. Herr Zellenleiter! Sie gewöhnen das Volk an die Sondermeldungen, aber was machen Sie, wenn es mal keine geben wird? Die Leute sind ja geradezu süchtig nach den Liszt-Fanfaren.

Es machte ihm Vergnügen, dem Thonk zu zeigen, daß er wußte, woher das Fanfaren-Signal stammte.

Wenn wir alle heldenhaft kämpfen und wenn sich unser Gemeinschaftsgeist bewährt, auch und besonders hier an der Heimatfront, dann wird es keinen Grund geben, weniger Sondermeldungen zu verkünden, sagte Thonk.

Sie blieben jetzt stehen und warteten, bis die Straßenbahn mit einem lauten Geräusch, weil sie lange vor der Kurve bremste, an ihnen vorbeifuhr.

So viele Rentner und Pensionäre haben sich nach unserem Aufruf freiwillig zum Heimatdienst gemeldet, dachte

Thonk. Nur der Apitt war nicht dabei. Er überlegte eine Möglichkeit, wie man ihm vielleicht eine Dienstverpflichtung zuweisen könnte. Er wußte nicht viel von Herrn Apitt, aber daß der kein besonderer Freund des neuen Reiches war, das war ihm klar. Es war ihm nichts nachzuweisen gewesen, nein, nicht einmal zu einer Verwarnung durch die Partei hatte es bisher ausgereicht. In seinen Reden war er eher vorsichtig, was man so hörte, aber freiwillig hatte er an einer Aktion noch nie teilgenommen. Und der Blockwart hatte ihm einmal berichtet, daß Herr Apitt bei einer Haussammlung, jetzt wußte er nicht mehr genau, wofür damals gesammelt wurde, daß er jedenfalls nur fünf Pfennige in die Sammelbüchse hineingesteckt haben soll, ein Fünf-Pfennig-Stück! Dabei bezog er doch eine Beamtenpension. Wenn sogar der Musiollek mit seinen neun Kindern jedesmal zehn Pfennige gab! Der Koslowski hatte sich einmal Einlaß in Apitts Wohnung verschafft, mit Hilfe der Kreisleitung, er hatte das befürwortet, aber er war nicht dabeigewesen, nein, das würde sich herumsprechen und er würde aus den Leuten überhaupt nichts mehr herauskriegen. Aber der Koslowski hatte nichts gefunden, nicht einmal gehamsterte Lebensmittel, wie ein Gerücht seit Anfang des Krieges umlief.

Es war so wenig aus ihm herauszukriegen, weil er ganz zurückgezogen lebte. Er soll früher ein Sozi gewesen sein, denn nach Siebenunddreißig war er bereits pensioniert worden, und da war er noch nicht in dem Alter. Er hat an den Volkstumskämpfen 20/21 teilgenommen, bei den Deutschen, also da konnte man ihm nichts nachweisen. Koslowski hatte in seinem Bericht geschrieben: Geht regelmäßig in die Stadtbücherei und leiht Bücher über Buddhismus und römische Geschichte aus. Niemals Bücher über die Germanen oder die deutsche Geschichte. Das war allerdings für die Kreisleitung kein Anlaß, gegen den Apitt irgend etwas zu unternehmen.

Erst jetzt entdeckte er die gelbe Armbinde mit drei schwarzen Punkten an Apitts Arm.

Soll ich Sie ein Stück über die Straße führen? fragte Thonk vorsichtig. Er wußte nicht, in welche Richtung der Herr Apitt weitergehen wollte. Sicher in Richtung Peter-Paul-Platz und dann zur Kirche. Alle waren sie heute dorthin unterwegs. Er wollte lieber nach rechts abbiegen und sich im *Haus Oberschlesien* bei der Kreisleitung sehen lassen.

Aber warum, sagte der Apitt, ich bin noch ganz rüstig auf den Beinen. Das einzige, was mir Schwierigkeiten macht, sind die Zähne. Aber das wissen Sie ja. Wenn das Wetter sich ändert, merke ich es neuerdings auch in den Gliedern: Rheuma. Das kommt, wie ich kürzlich gelesen habe, auch von den Zähnen!

Ich meine Ihre Augen! Wird wohl immer schlechter damit, was? Jetzt müssen Sie schon die Blindenbinde tragen.

Ach ja, die Augen, sagte der Herr Apitt und wäre beinahe mitten auf dem Fahrdamm stehengeblieben. Er hatte vergessen, daß er sich an den Ärmel seines Mantels eine Blindenbinde genäht hatte. Es nahm ja heutzutage keiner mehr Rücksicht auf einen alten Mann. So bekam er wenigstens einen Sitzplatz in der Straßenbahn, und beim Fleischer Gmyrek mußte er sich nicht anstellen, sondern kam gleich dran, wenn es mal Kalbfleisch gab. Was ohnehin selten vorkam.

Sie haben recht. Die Augen haben sehr nachgelassen. Vor allem des Nachts und in der Dämmerung. Und wenn das Wetter sich dreht, das schlägt bei mir auf das Sehvermögen. Es gibt Stunden, wissen Sie, da sehe ich nichts.

Manchmal wollte er auch nichts sehen.

Jetzt ging der Thonk doch noch ein Stück weiter mit. So lange ich Sie kenne, haben Sie etwas mit den Zähnen. Lassen Sie sich doch einfach die Zähne rausreißen und ein Gebiß reinstecken, dann sind Sie alle Schmerzen auf einmal los. Unsere Wehrmachtsärzte haben einen ganz neuen Stoff erfunden, ein Plastilin, damit haftet die Prothese fest im Gaumen, da passiert nichts mehr. Es gibt ja allerhand Erfindungen heute! Hängt mit der Rüstungstechnik zusammen. Und nach dem Krieg wird alles fürs Zivile eingesetzt. Da wird's uns gutgehen.

Er selbst trug im Oberkiefer eine Prothese und hätte Herrn Apitt am liebsten gezeigt, wie leicht sie sich herausnehmen ließ.

Um Himmels willen, ich bitte Sie, sagte der Herr Apitt, lassen Sie mir doch meine Zahnschmerzen. Ich lasse den Leuten ja auch ihre Sonntagsmessen, ohne die sie wahrscheinlich nicht leben können, und Ihnen die Parteiversammlungen!

Der Zellenleiter hörte jetzt genauer hin. Wie meinen Sie das? fragte er mißtrauisch.

Man muß doch etwas haben, woran man glauben kann, sagte der Apitt ungerührt. Und etwas leiser, aber der Herr Thonk hörte erst recht hin: Jeder Mensch muß etwas haben, woran er glauben kann. Gerade in solchen Zeiten...

Der Zellenleiter wollte nicht streiten, aber der Herr Apitt hatte manchmal eine Art, sich zweideutig auszudrücken, die er nicht sehr liebte. Man müßte in ein längeres Gespräch mit ihm kommen, dachte er, dann würde man mehr aus ihm herauskriegen, aber es war nicht leicht, an ihn heranzukommen.

Ja, da haben Sie recht, sagte Herr Thonk. Er lachte jetzt sogar. Glauben Sie an den Endsieg? Das klang keineswegs argwöhnisch, er wollte sich nur seine Hoffnungen ganz gern von anderen Leuten bestätigen lassen. Und der Herr Apitt, der so viel Zeit hatte, Bücher über Buddhismus und griechische und römische Geschichte zu lesen, hatte einen größeren Horizont. Er kam nicht einmal dazu, regelmäßig die Schulungshefte zu lesen, so rieb ihn die Parteiarbeit auf. Sogar am Karfreitag mußte er noch am Nachmittag in das RAW, um mit andern Parteigenossen und ein paar Hitlerjungen Eisenbahn-Waggons zu bemalen. Er hatte die Kreisleitung im Verdacht, für diese Arbeit katholische Parteigenossen ausgewählt zu haben. Die Hälfte würde sich wieder krank melden. Heutzutage war nur noch auf die Jugend Verlaß. Die junge Generation war eben der Garant der Zukunft. Da hatte die Partei schon recht. Einige Parteigenossen waren aus der Kirche ausgetreten, aber doch nur, weil sie befördert werden wollten, er selbst hatte sie noch danach im Beichtstuhl verschwinden sehen. Vielleicht wäre er auch ausgetreten, wenn seine Frau bei der Erörterung dieses Problems nicht immer gleich geheult hätte. Dabei würden sie schon bei der Kirchensteuer eine Menge Geld sparen, aber seine Frau fürchtete, dann nicht mehr vom Pfarrer begraben zu werden. Mit ihr war jedenfalls nicht zu reden. Und er selbst wußte nicht, wie er dem Herrn Pfarrer, wenn er ihn einmal auf der Straße träfe, dann noch in die Augen sehen könnte. Er sah ein, daß er im Grunde in der Partei nichts Richtiges werden könnte. Die hatten ganz andere Leute. Und was der Kolmann so erzählt hatte, wie sie mit den Partisanen und den Juden in der Ukraine umgegangen sind, auch wenn das Volksfeinde waren, also dazu war er doch zu alt und zu katholisch. Das war etwas für die Jungen. Er hatte an der Somme genug Leichen gesehn und genug Haß beim Aufstand Einundzwanzig.

Was sagten Sie? Er hatte gar nicht bemerkt, daß der Apitt weitergesprochen hatte.

... Ich weiß nicht, ob die Lage so ist, aber man muß doch mit allem rechnen. Die ganze Welt steht gegen uns, und wenn wir den Krieg nicht gewinnen, dann ist alles verloren, diesmal kommen wir nicht mehr nach oben, da diktieren die uns zwei Versailles auf einmal.

Seitdem ganz Oberschlesien wieder deutsch war, hatte der Herr Thonk nicht mehr an Versailles gedacht. Damit war für ihn die Schmach getilgt, die sie damals alle betroffen hatte. Aber er hatte recht, der Herr Apitt, diesmal war der Krieg größer und damit würde auch die Niederlage größer sein. Noch mal die furchtbaren Ausschreitungen wie Achtzehn, wo der Mob durch die Straßen raste... Und an 1929 durfte er gar nicht denken.

Ja, sagte er, es geht jetzt um Deutschland. Woodrow Wilson, Vierzehn Punkte, die Versklavung Deutschlands, sagte er. Er hatte das auf einem Parteikursus gelernt und tatsächlich beinahe wieder vergessen. Er war dem Herrn Apitt dankbar, daß er ihn daran erinnert hatte.

Sie waren schon über den Peter-Paul-Platz hinaus, auf dem heute mehr Verkehr war als sonst. Jetzt mußten sie auch gleich um die Ecke biegen und vor dem Hauptturm der Kirche stehen. Nun könnte er auch noch die paar Schritte mitgehen und sich das Ganze wenigstens einmal ansehen. Er hatte ohnehin den Erzpriester Pattas im Verdacht, daß der mit Absicht die Glocken am Karfreitag herunternehmen ließ, weil da das ganze Volk auf den Beinen war. Die Leitung hatte Parteigenossen geschickt, die auf jedes Wort, das er sprechen würde, achten sollten, damit er die Leute nicht aufwiegelte. Dem Pattas war alles zuzutrauen. Der Kaplan Mikas durfte jedenfalls die nächsten Sonntage nicht von der Kanzel predigen, das hatte die Gestapo verboten.

Man erwartet von uns allen Opfer, sagte Herr Thonk. Auch die Kirchen gehören dazu. Die müssen jetzt die Glocken hergeben, sie kriegen sie nach dem Krieg ja wieder.

Ach, ich dachte, die Kirche gibt freiwillig ihre Glocken her, sagte der Apitt.

Naja, ganz freiwillig gibt heutzutage niemand was her, also sagen wir besser: *halb freiwillig.*

Was nur ein anderes Wort für Zwang war. Das wußte man inzwischen.

Ich verstehe, sagte der alte Apitt und lachte gequält, weil der Herr Thonk ihm erwartungsvoll ins Gesicht sah. Es war ein Lachen, das ihn schmerzte.

Ich bin kein Feind der Kirche, sagte Thonk, und glauben Sie mir, ich könnte weiter sein in der Partei, wenn ich aus der Kirche ausgetreten wäre. Römisch-katholisch, das ist ein Makel in der Partei, heute ist man *gottgläubig,* aber ich bin nun mal katholisch, und meine Frau auch. Aber die Kirche soll sich nicht einmischen in unsre Sachen, so was wie die Weihnachtsbotschaft des Papstes, das geht nicht, der hetzt jetzt die Leute gegen uns auf.

Ich muß gehen, sagte Apitt, der sich das nicht anhören wollte. Ich find schon den Weg, ich muß ja nur den Leuten nachgehen.

Der Zellenleiter blieb stehen und faßte Herrn Apitt an seiner Blindenbinde: Wir brauchen Freiwillige für eine Großaktion, kommen Sie mit, heute nachmittag und morgen nachmittag im RAW, einfach auf Schablonen Farbe aufstreichen, das können Sie doch, vierhundert Waggons, die müssen bis Sonntag fertig sein. Wir haben nur Pimpfe und Jungmädel dabei, ein paar ältere Leute könnten wir brauchen, die aufpassen. Kann ich mit Ihnen rechnen?

Ach, ich weiß, sagte der Apitt, das sieht man jetzt überall: *Achtung Feind hört mit!* Und so ein Mann mit einem Hut...

Nein, sagte Thonk: *Räder müssen rollen für den Sieg.*

Apitt blieb stehen. Er sah aus, als würde er im nächsten Moment wieder ein Taschentuch herausziehen und an die Wange halten. Das Gesicht dazu hatte er schon aufgesetzt. Hört sich verblüffend an, sagte er. Aber meine Augen, die sind schon so schlecht, da hilft nicht einmal mehr die stärkste Brille.

Wir sind im totalen Krieg, Sie wissen ja, seit Februar. Das Volk will es, Sie haben's im Radio gehört. Das ist jetzt eine Gemeinschaft bei uns und ein Opferwille, pjerunnje, eine letzte große Anstrengung und der Sieg ist unser! Daß ich das noch erleben darf... Er freute sich richtig. Und Sie werden sich doch nicht von dieser Gemeinschaft ausschließen wollen, nicht wahr?

Nein, das werde ich nicht, sagte Apitt.

Es ist alles im Dienste einer höheren Idee, sagte Thonk. Auch das mit den Kirchenglocken. Alles für den Endsieg. Gucken Sie in Ihrer Wohnung noch mal nach, ob Sie nicht noch etwas an Messing oder Bronze finden, ich schick Ihnen einen Pimpf, es wird jetzt jedes Stück Buntmetall gebraucht. Ich hab in meiner Wohnung sogar die Türklinken aus Messing abmontiert und gespendet.

Ach-du-kriegst-die-Tür-nicht-zu, sagte der alte Apitt. Die Glocken, das konnte er noch verstehen. Aber die Türklinken in der Wohnung?!

Was sagen Sie?

Jetzt kommen Sie noch das Stückchen mit und gucken sich das an, wie sie die Glocken herunterholen! Apitt drängte den Herrn Thonk geradezu.

Nein, nein, wehrte sich Thonk, ich muß jetzt zur Parteisitzung. Ich lasse Sie morgen abholen zur Malaktion im RAW!

Ganz freiwillig oder halb freiwillig? schrie ihm der Apitt nach.

Der kleine Platz vor dem Hauptportal der Kirche St. Peter und Paul war schwarz von Menschen. Es war nicht das massenhafte Gedränge, das es immer gab, wenn die Wallfahrer aus Annaberg, aus Deutsch Piekar oder aus Albendorf zurückkehrten und vom Erzpriester Pattas unterm Geläut der Glocken und bei feierlicher Orgelmusik empfangen wurden; es war eher wie sonntags nach dem Hochamt, wenn die Gläubigen aus der Kirche strömten, auf

dem Vorplatz noch eine Weile in Gruppen und Grüpp-
chen herumstanden, hier einen Schwatz hielten, dort eine
Neuigkeit austauschten, da eine Verabredung trafen. Der
Unterschied bestand hauptsächlich darin, daß sie jetzt alle
immer wieder nach oben blickten, zum Kirchturm. Manche hielten ihn beständig im Auge, auch während sie mit
ihrem Nachbarn redeten, denn sie wollten sich nicht die
geringste Veränderung entgehen lassen, andere warfen nur
mal hier und da einen Blick hinauf, und es gab welche, die
unterhielten sich oder lasen in einer Zeitung. Außer dem
Feuerwehrauto, dem Lastwagen und einem Flaschenzug-
seil, das vom Kirchturm herunterhing, war nichts Ungewöhnliches zu sehen. Für die meisten war das ungewöhnlich genug. Das Hauptportal und rechts davon der Platz
bis zum ersten Seitenschiff war durch weiß-rote Girlanden
abgesperrt und provisorisch gemalte Schilder wiesen auf
die Nebeneingänge der Kirche hin.

15

Rosa Willimczyk schien es, als würden alle außer ihr die
Glockenabnahme als etwas Selbstverständliches hinneh-
men. Sie war die einzige, die fragte: Wer hat denn das angeordnet? Es antwortete ihr keiner. Sie ging durch die
Menge und sagte laut zu den Leuten: Wie kommen die
dazu, uns die Glocken wegzunehmen? Wer hat sie geschickt? Und von wem haben sie den Auftrag? Die Frauen
sahen sie an, erstaunt, verwundert und ein wenig ungläubig, soweit es überhaupt für einen Katholiken möglich
war, am Karfreitag ungläubig zu sein. Sie verstanden gar
nicht, daß eine wie sie, die sich in nichts von ihnen unterschied, danach zu fragen wagte. Die Glocken wurden heruntergeholt am hellen Tag, also mußte es damit seine Rich-
tigkeit haben. Jene, die darüber zu entscheiden hatten,

154

sahen ganz anders aus, und die waren auch nicht hier unter ihnen, die saßen in Oppeln, in Breslau, in Berlin oder gar in Rom und fragten nicht, ob es den Leuten hier paßte. Christus wurde ans Kreuz geschlagen, das hatten die hohen Richter so beschlossen, und die einfachen Soldaten führten das aus, sie schlugen einem Menschen Nägel durch die Hände und durch die Füße, und richteten das Kreuz auf, und das Volk stand herum und weinte, aber niemand fragte, warum das so sein müsse.

Man machte ihr Platz und ließ sie bis nach vorn zur Absperrung gehen. Als sie beim ersten Feuerwehrmann angelangt war, fragte sie wieder: Wer hat das angeordnet?

Der Feuerwehrmann, den ausschließlich das Problem beschäftigte, ob er am Ostermontag *Vorwärts Rasensport Gleiwitz* oder *Beuthen 09* den Sieg wünschen sollte, ließ sich die Frage noch einmal wiederholen, so ungeheuerlich kam sie ihm vor. Er war heute morgen hergeschickt worden, um den Kirchplatz zu sichern. Die Demontage der Glocken ging ihn nichts an, die wurde von den Männern der O. T. ausgeführt, die direkt dem Rüstungsminister unterstanden und sich immer auf irgendeinen höheren Befehl beriefen. Da konnte ein einfacher Feuerwehrmann wie er sowieso nichts machen. Und außerdem war er evangelisch. Gehn Sie mal zu denen mit der weißen Armbinde, die sind für die Glocken verantwortlich, sagte er.

Er erlaubte ihr nicht, durch die Absperrung zu gehen, und so mußte sie einen Umweg machen. Da kam ihr schließlich einer jener Männer mit der weißen Armbinde entgegen, weil sie so energisch mit beiden Armen gestikulierte, als ob irgendeine Katastrophe passiert sei.

Wenn sie sich nicht gleich als Mitglied des Kirchenvorstands ausgegeben hätte (in Wirklichkeit war sie vor zwei Jahren nicht mehr wiedergewählt worden, aber immerhin, sie sang seit neun Jahren im Cäcilien-Verein), hätte sie wahrscheinlich keine Auskunft bekommen. So erfuhr sie, daß es von der Reichsregierung eine gesetzliche Verordnung zur Abgabe der Kirchenglocken gebe, und daß die Bischöfe ihre Kirchen aufgerufen haben, dieses Glockenopfer für den Sieg zu leisten. Er sei dafür verantwortlich, die Glocken unzerstört nach Cosel zu bringen, wo sie gesammelt und auf Kähne verladen werden sollten. Der Herr Pfarrer dieser Kirche (er kannte sie nicht einmal beim Namen) habe ausdrücklich gewünscht, ja, so sagte er: *ausdrücklich gewünscht,* daß sie bei ihm die Glocken am Karfreitag herunterholen und möglichst bis drei Uhr nachmittags damit fertig sein sollten.

Da ging sie zum Pfarrhaus und verlangte den Herrn Erzpriester zu sprechen. Nach einer Weile erst kam der Hilfspfarrer Jarosch heraus, zusammen mit einem jungen Kaplan, den sie noch nicht kannte, und einer Anzahl von Ministranten.

Als Jarosch die Buchhändlerin Rosa Willimczyk erblickte, sagte er freundlich und wie in einem Wort: Gelobt-sei-Jesus-Christus-Fräulein-Willimczyk-wie-gehtes-Ihnen-ich-hoffe-es-geht-Ihnen-gut... und reichte ihr die Hand. Schließlich ging sie zu ihm in die Beichte und er sah sie jeden Sonntag beim Hochamt in der vierten Kirchenbank sitzen, fast immer an der gleichen Stelle. Aber er bat sie nicht, einzutreten. Als hätte er im Pfarrhaus etwas zu verbergen.

Sie wiederholte ihre Bitte, mit dem ehrwürdigen Herrn Erzpriester sprechen zu wollen. In einer ziemlich wichtigen Angelegenheit, sagte sie laut, in der Hoffnung, der Herr Erzpriester würde sie vielleicht hören. Denn daß der Herr Hilfspfarrer erschienen war, um sie möglichst bald wieder loszuwerden, konnte sie seinem Gesicht ansehen.

Der ehrwürdige Herr Erzpriester, bekannte er auch sogleich, habe sich zurückgezogen, um Zwiesprache mit Gott zu halten, er müsse sich jetzt für die Karfreitags-Liturgie vorbereiten.

Das mußte sie respektieren. Sie sah rasch auf ihre kleine Armbanduhr, schämte sich aber sofort, die Zeit des Leidens Christi mit so etwas wie einem Minutenzeiger zu messen.

Wenn es sich um eine wichtige Angelegenheit handle, stehe *er* selbstverständlich zur Verfügung, auch wenn seine Zeit ziemlich knapp sei. Aus dem Flur drängten sich zwei weitere Ministranten heran.

Rosa Willimczyk machte es so kurz sie konnte: Ob denn die Abgabe der Glocken mit dem Einverständnis des Herrn Erzpriesters geschehe, und warum gerade am Karfreitag? Und ob der Herr Erzpriester die Glocken vor dem Abtransport segnen werde? Der Vorplatz sei schwarz von Menschen, und die Gläubigen warteten auf ein Wort der Kirche zu diesem barbarischen Akt, ja, sie sagte *barbarischer Akt!*

Die beiden Priester wechselten sich jetzt gegenseitig ab in ihrer Antwort, die deshalb nicht klarer ausfiel. So viel jedenfalls kriegte sie heraus, daß es aufgrund einer Anordnung des Beauftragten für den Vierjahresplan geschehe, die sei schon vor einem Jahr herausgekommen.

Und erfasse jetzt auch die Kirchen in Oberschlesien, sukzessive, ergänzte der junge Kaplan. Er käme aus Sachsen, wo man bereits 1941 die Glockenopfer dargebracht habe, bei dieser Gelegenheit hätte es eine Feierstunde gegeben, und die Glocken hätten am Nachmittag noch einmal eine ganze Stunde geläutet. Der würdige Herr Erzpriester habe aber entschieden, daß man sich im Schweigen von den Glocken trennen sollte.

Bei dem Wort *Glockenopfer* hatte Rosa dem jungen Kaplan einen Blick zugeworfen, daß dieser errötete.

Ja, sagte der Hilfspfarrer Jarosch, was den Zeitpunkt angeht, so hat es der Herr Erzpriester so gewünscht. Weil die Glocken an diesen Tagen sowieso schweigen müssen. Und so werden sie eben für immer schweigen!

Daraus noch eine Feierstunde zu machen, das sei Zynismus, fand die Buchhändlerin. Da ist es mir wahrhaftig auch lieber, dies am traurigsten Tag des Jahres zu erleben. Für mich ist das schließlich ein Symbol: die schweigende Kirche... Sie sprach immer erregter. Ein weiterer Ministrant kam aus der Sakristei. Und erst jetzt fiel ihr ein, den Gruß des Hilfspfarrers zu beantworten: In Ewigkeit Amen, sagte sie.

Der Priester hielt das für ein Abschiedswort und war dankbar dafür. Schon im Abgehen sagte er: Außerdem haben wir die Anordnung draußen im Kästchen angeschlagen, da kann sie jeder nachlesen.

Vielleicht sollte man sie am Sonntag nach der Messe verlesen und den Gläubigen erklären, sagte der junge Kaplan beflissen. Es kann ja sein, daß hier einige Leute nicht lesen können.

Der neue Kaplan mußte noch ziemlich neu hier sein. Ach du grüne Neune! Und wer weiß, was man ihm da in Sachsen in seinem Priesterseminar alles über Oberschlesien erzählt hat. Rosa Willimczyk strafte ihn mit einem langen, verächtlichen Blick. In ihrer Buchhandlung hatte sie ihn auch noch nicht gesehen. Schließlich war ihre Buchhandlung eine katholische und die erste am Ort. Was sich die Kirche heute alles gefallen lassen muß, sagte das Fräulein Willimczyk. Ohne Protest sich einfach die Glocken wegnehmen zu lassen! Sie war enttäuscht. Sie hätte gern einen knienden und trauernden Pfarrer Pattas mitten unter dem Volke gesehn. Jesus hat am Ölberg Blut geschwitzt.

Kann man sich denn nicht wehren, sagte sie hilflos.

Der Hilfspfarrer schickte die Ministranten jetzt zurück. Geht schon, ich komme gleich nach, sagte er zu ihnen. Und zu Fräulein Willimczyk sehr ernst und entschlossen: Nein, man kann sich nicht wehren. In anderen Städten haben die Kirchen ihre Glocken unter Jubelfeiern geopfert.

Das wenigstens machen wir nicht mit. Aber weigern können wir uns nicht. Muß ich Sie daran erinnern, daß der würdigste Herr Erzpriester die letzte Weihnachtsbotschaft des Papstes von der Kanzel verkündet hat, entgegen einem Wunsche des allerwürdigsten Herrn Fürsterzbischofs Bertram? Er war wohl der einzige Pfarrer in ganz Schlesien, der das getan hat, und sie werden sich an die Proteste erinnern... Gelobt sei Jesus Christus, Fräulein Rosa, und beten wir zu Gott, daß er uns beistehen möge, jetzt und in der Stunde der Not, sagte er. Damit verabschiedete er sich.

Rosa Willimczyk erinnerte sich nicht. Denn sie war Weihnachten zum ersten Mal nicht in Gleiwitz geblieben, sondern ganz allein in die Beskiden gefahren. Die Christmesse hatte sie in einem kleinen Bergkirchlein erlebt, so wie sie es in ihrer Jugend in einem Buch von Rosegger gelesen hatte, ja, damals hatte sie noch Rosegger gelesen – und seitdem nie mehr in ein Buch von Rosegger hineingesehen; es höchstens verkauft.

Im Schaukasten draußen an der Kirchenmauer entdeckte sie die Anordnung. Kein Mensch weit und breit schien sich dafür zu interessieren.

Abgabe von Kirchenglocken aus Bronze
Anordnung zur Durchführung des Vierjahresplanes
über die Erfassung von Nichteisenmetallen
Um die für eine Kriegsführung auf lange Sicht erforderliche Metallreserve zu schaffen, ordne ich an:
1. Die in Glocken aus Bronze und Gebäudeteilen aus Kupfer enthaltenen Metallmengen sind zu erfassen und unverzüglich der deutschen Rüstungsreserve dienstbar zu machen.
2. Die Glocken aus Bronze sind anzumelden und abzuliefern. Gebäudeteile aus Kupfer sind zunächst nur anzumelden. Die Festsetzung des Zeitpunktes der Abliefe-

rung bleibt vorbehalten. Über die anzumeldenden Gegenstände darf ohne besondere Anweisung nicht verfügt werden.

3. *Ausbau und Abtransport der Glocken erfolgen auf Kosten des Reiches. Die Gewährung von Ersatzmetall und eine angemessene Entschädigung des Wertes der Glocken nach Kriegsende wird zugesichert. Die Ersatzbeschaffung und Kostenerstattung für auszubauende Gebäudeteile aus Kupfer wird von Fall zu Fall geregelt.*

4. *Der Reichswirtschaftsminister trifft die zur Durchführung dieser Anordnung erforderlichen Bestimmungen. Er kann Ausnahmen von der Ablieferungspflicht zulassen.*

Der Beauftragte für den Vierjahresplan
Göring, Generalfeldmarschall

So war das also. Sie begab sich wieder zu den wartenden Menschen auf dem Kirchplatz und mischte sich unter sie. Vielleicht war es sogar besser, die Menschen hier lasen das nicht. Was sollten sie damit anfangen? Es würde ohnehin nichts ändern. Jedenfalls hatte sie erfahren, daß der ehrwürdige Herr Erzpriester Pattas die Abnahme der Glocken für den Karfreitag gewünscht hatte, und daß es nicht eine Schikane der Partei war, was sie sich durchaus hätte vorstellen können. Damit wußte sie schon mehr als alle andern hier auf dem Platz.

Sie sah den Invaliden Hrabinsky, der auf seinem Klappstuhl saß, an seiner kalten Pfeife sog und in einer Zeitung las. Gelegentlich steckte er die Pfeife in die Tasche, legte die Zeitung zusammen und klatschte vor Begeisterung in die Hände. Danach holte er die Pfeife wieder hervor, schlug die Zeitung auf und vertiefte sich aufs neue in die Lektüre eines Artikels, den er wahrscheinlich schon oft gelesen hatte. Vielleicht würde sie sogar Herrn Wondrak treffen, heute war die halbe Stadt auf den Beinen. Aber der

Rechtsanwalt ging nur selten in die Kirche, seine Schwester dafür um so häufiger, die würde sie bestimmt hier sehen. Am Sonntag war sie bei ihnen zum Osteressen eingeladen.

Zu Rosa Willimczyk kamen viele Leute in die Buchhandlung, mit denen sie sich gern unterhielt. Sie war zwar freundlich zu ihnen, aber in ihrer Freundlichkeit steckte immer eine gewisse Überlegenheit, wenn nicht sogar Arroganz, die den andern mitunter unangenehm auffiel. Was Bücher anging, so wußte sie eben viel besser darüber Bescheid, das ließ sie sich anmerken. Sie war nach ihrer Ausbildung zwei Jahre in Freiburg gewesen, in der Buchhandlung Albert. Dort war sie mit einer Freundin oft in Bachkonzerte gegangen oder sie hatten gemeinsam Gedichte von Reinhold Schneider gelesen. Das war der Höhepunkt ihres Lebens gewesen. Jetzt las sie nur noch Gedichte von Reinhold Schneider.

Einmal im Jahr schrieb sie an ihre alte Freundin in Freiburg einen Brief, in dem sie sich selbst und ihre Freundin an die Bachkonzerte erinnerte. So etwas gab es nämlich nicht in Gleiwitz. Sie fühlte sich überhaupt ziemlich verloren in dieser Stadt und versäumte selten, wenn sie den Namen aussprach, ein ›amusisch‹ voranzustellen. Eine Zeitlang hatte sie sich mit Frau Piontek angefreundet, bei der an manchen Abenden leidlich Chopin gespielt wurde, und manchmal auch ein Trio von Schubert. Solche Abende endeten im allgemeinen in einem Seufzer, wie schrecklich es doch sei, in einer solch ›amusischen‹ Stadt wie Gleiwitz leben zu müssen.

Der Doktor Kamenz hatte sie einmal zur Matthäuspassion nach Breslau eingeladen, wahrscheinlich, weil seine Frau erkrankt war; sie war jedenfalls so aufgeregt gewesen, daß sie von dem ganzen Konzert überhaupt nichts hatte und am Schluß nur hervorbrachte: Der Freiburger Bachchor sei doch viel besser gewesen. Danach hatte er sie nicht wieder zu einem Konzert mitgenommen. Aber vielleicht war auch seine Frau danach nicht mehr krank gewesen. Dr. Kamenz war seit zwei Jahren zum Militär eingezogen. Er war in Krakau damit beschäftigt, die Bestände der Universitäts-Bibliothek zu säubern. Wenn er auf Urlaub war, kam er meist auch in ihrer Buchhandlung vorbei, aber er hatte nicht ein einziges Buch bei ihr gekauft, nicht einmal Jüngers *Gärten und Straßen,* das sie für ihn zurückgelegt hatte. Er hoffte seine Tätigkeit in Krakau so lange hinausziehen zu können, bis der Krieg vorbei war, denn er hatte keine Lust, an die Ostfront beordert zu werden und sich einen Gefrierfleischorden zu verdienen.

Na, wer hatte das schon.

Sie grüßte ein ihr bekanntes Gesicht, von dem sie nicht wußte, woher sie es kannte. Oder war das nicht die Witwe Zoppas? Mein Gott, die hätte sie beinahe gar nicht wiedererkannt! Sie war ja wohl auch eine Weile weit weg gewesen, mit irgendeinem jungen Soldaten vom Rhein oder von der Ruhr. Sie grüßte freundlich, ging aber gleich weiter. Ach du grüne Neune, heute war ganz Gleiwitz unterwegs. Also im Grund war es schon besser, sie heiratete den Herrn Wondrak. Er war eine gute, eine glänzende Partie, der Herr Rechtsanwalt und Notar, und alle hatten sie dazu beglückwünscht, nachdem es sich herumgesprochen hatte. Sie war rot geworden, wenn sie darauf angesprochen wurde, weil sie sich von dem Gefühl nicht befreien konnte, jeder von ihnen wisse oder ahne wenigstens von dem Zustandekommen dieser Hochzeit; am liebsten hätte sie jetzt schon ihre Arbeit in der Buchhandlung aufgegeben, um nicht so viele neidische Gesichter sehen zu müssen. Sie hatte es lieber, man trat ihr mit einem Gesicht voller Mitleid entgegen, sie war das so gewohnt über die Jahre hinweg.

Sie wußte, daß sie mit ihm nur unglücklich werden konnte. War sie denn mit ihrer Buchhandlung glücklich, in der sie Bücher anpries, die niemand kaufen wollte und solche verkaufte, die sie überhaupt nicht schätzte? Es wäre ihr nur lieber gewesen, sie hätten sich mehr zu sagen gehabt, der Herr Wondrak und sie. Aber sie hatten sich fast nichts zu sagen. Sie saßen nebeneinander, wenn sie überhaupt einmal zusammenkamen, und versuchten sich in einem unbestimmten Gefühl von Einsamkeit ihrer Nähe zu versichern, indem sie sich bei den Händen hielten, und wagten nicht einmal, sich anzusehen. Sie schwiegen. Und sie dachte daran, daß sie jetzt ihr Leben lang seinen Schweiß riechen müßte, seinen Schweiß, der sauer roch wie Roggen-Żur. Aber vielleicht war das alles richtig so. Vielleicht würde sie unglücklich sein, wenn sie nicht unglücklich sein könnte. Ja, so etwas konnte es geben.

Vielleicht hätte sie auch den Doktor Kamenz heiraten können, der allerdings bereits verheiratet war. Seine Frau war eine dumme Person und eifersüchtig noch obendrein, das mußte ihr der Doktor zugeben, aber er hatte nichts getan, diesen Zustand zu ändern. So war es ihr eigentlich mit den meisten Männern ergangen. Schließlich war sie in einem Alter, in dem die Mehrzahl der Männer, die zu ihr paßten, mit dummen und eifersüchtigen Personen verheiratet waren. Vielleicht hatte sie nicht genügend Anstrengungen unternommen. Jedenfalls war sie überrascht gewesen, als die Valeska Piontek eines Tages zu ihr gekommen war und sie gefragt hatte, ob sie den Herrn Rechtsanwalt Wondrak heiraten wolle, der natürlich noch persönlich um ihre Hand anhalten werde. Sie wollte mit diesem Besuch nur einmal vorfühlen, was sie darüber denke. Schließlich seien sie doch alle in einem Alter, wo man solche Dinge mit Verstand und Geduld planen müßte, das sei gewiß auch ihre Meinung.

So hatte sie sich schließlich mit dem Herrn Wondrak in der Weinstube Gruban getroffen, wo dem Herrn Rechtsanwalt noch im vierten Kriegsjahr Wein serviert wurde und sie hatten sich verstanden, indem sie aneinander vorbeigesehen und geschwiegen hatten. Sie war bereit gewesen, ihn zu heiraten, auch wenn sie mit ihm nicht glücklich werden würde. Er würde mit ihr ebensowenig glücklich werden, das fühlte sie, wie sie da neben ihm saß und schwieg und gelegentlich ein Schlückchen Wein trank.

Bücherlesen und Unglücklichsein, das liebte sie. Das war ihr Schicksal.

Der Invalide Hrabinsky klatschte wieder laut in die Hände und riß sie damit aus ihren Gedanken.

Ja, sie wollte noch einmal Polka tanzen. Seit der Hochzeit von Irma Piontek im Hotel *Haus Oberschlesien* hatte sie nicht mehr getanzt. Noch einmal eine Polka tanzen, zum letzten Mal. Bei ihrer eigenen Hochzeit! Dann würde sie sich eine strenge, feierliche Miene zulegen, einen langsamen, würdigen Gang annehmen, dunkle, hochgeschlossene Kleider mit weißen Spitzenkragen tragen, Mitglied in der Buchgemeinschaft werden, Schallplatten sammeln und gelegentlich nach Breslau zu einem Bachkonzert fahren. Das könnte sie sich dann ja erlauben.

16

Ich muß heut noch was vor die Flinte kriegen, dachte Tonik und drängte sich unter die neugierigen Zuschauer auf dem Kirchplatz. Er guckte angestrengt, ob er nicht irgendwo ein bekanntes Gesicht entdecken konnte. Hier und da erschien ein Gesicht, das ihm zulachte, oder jedenfalls in seine Richtung hin lachte, und manchmal erinnerte er sich auf eine etwas ungenaue Weise, es vor langer Zeit irgendwo gesehn zu haben. Aber es war nicht die Art Gesicht, die er suchte, und so schob er ein wenig die Backenknochen nach oben und kniff die Augen zusammen. Manchmal sah er lange in ein Gesicht, unverschämt lange, bis es sich abwandte – niemand hielt seinen Augen stand.

Vorhin hatte er ein Mädchen angesprochen, weil deren Augen nicht von seinen ließen. Er nahm die Mütze in die Hand und sagte mutig: Verzeihn Sie, mein Fräulein, wenn Sie frieren, kann ich Ihnen meine Jacke leihen. Aber das Fräulein fror überhaupt nicht. Da sagte er: Verzeihn Sie, junge Frau, wenn Sie heute abend Lust haben ins Kino zu gehn, ich würde Sie gern dazu einladen. Aber die junge Frau hatte keine Lust und schüttelte ihren Kopf. Und obwohl er schon spürte, wie sein Mund trocken wurde, sagte er: Übermorgen ist Ostern, wolln wir uns dann nicht wieder treffen, nach dem Hochamt? Aber sie wollte nicht und schüttelte zum dritten Mal ihren Kopf. Er fuhr sich mit den Fingern durch die Haare, setzte die Mütze auf und ging weiter. Wer weiß, vielleicht war sie taubstumm.
Er wollte es mit einer anderen probieren. Hier, wo die halbe Stadt zusammengeströmt war, würde er doch wohl noch irgendeine Bekannte von früher her treffen, oder vielleicht eine neue Bekanntschaft machen. Ich muß was vor die Flinte kriegen, dachte er. Er war schon den fünften Tag im Urlaub und hatte noch nichts gefunden. Er konnte ja nicht wieder an die Front zurück, ohne wenigstens vorher einmal richtig geduppt zu haben. Wer weiß, vielleicht war das sein letzter Urlaub. Es mußte ja nicht so katastrophal ausgehen wie am vorherigen Abend.

Was mit den Glocken geschah, interessierte ihn im Grunde überhaupt nicht. Er war hergekommen, weil beinahe alle Leute der Stadt an diesem Vormittag zur Kirche Peter und Paul geströmt waren. Ihm war es herzlich gleichgültig, ob die Glocken im Turm hingen und die Leute zum Kirchgang mahnten oder in irgendeiner Fabrik eingeschmolzen und in Kanonenkugeln oder Panzerplatten verwandelt wurden. Er würde die Glocken, wenn er in neun Tagen wieder an die Front mußte, sowieso nicht mehr hören. Er sah nicht einmal zum Himmel hinauf. Er war eben ein Mensch, der es lieber mit dem Boden unter den Füßen zu tun hatte.

Er durfte gar nicht daran denken, was am Tag zuvor geschehen war. Aber irgend etwas erinnerte ihn immer wieder daran. Das wollte er nicht noch einmal erleben, lieber würde er vorher in die eiskalte *Klodka* springen, um wieder zu Verstand zu kommen, denn daß er den, wenigstens zeitweise, verloren hatte, schien ihm, je länger er darüber nachdachte, um so klarer zu werden. Vielleicht war das auch der Grund, warum er jetzt nicht mehr den Mut hatte, eine fremde Person anzusprechen.

Ihr Gesicht war ihm nicht ganz unbekannt vorgekommen. Aber er hätte wirklich nicht sagen können, an wen es ihn erinnerte. Nachdem er eine Weile mit ihr redete, glaubte er, daß es eine der zahlreichen Töchter des Feinkosthändlers Schachtner sein müßte, und so war es schließlich auch. Er wußte nur nicht welche, weil sie sich alle schon immer ziemlich ähnlich sahen. Eine Weile spielte er den Unwissenden, weil er hoffte, auf diese Weise ihr etwas näherzukommen. Sie nannte sich Helga – und an diesen Namen konnte er sich am wenigsten erinnern. Doch es genügte, daß sie über die gleichen Straßen und Plätze, über die gleichen Frühlinge und Sommer, die gleichen Filme und Schlager reden konnten, die ihre Kindheit ausmachten.

In Wahrheit dachte er immer nur daran, wie er sie herumkriegen könnte, zu der eigentlichen Sache, und je länger es dauerte, um so schmerzlicher war es; er konnte nichts anderes denken, es war wie eine Schraube in seinem Kopf, die immer dann, wenn er sich in der Beschreibung eines Sommers oder eines ganz verrückten Abenteuers verlor (etwa das Hochwasser 1937, als der Antek Bielschowski auf einer Eisscholle in der Klodnitz abgetrieben wurde und ertrank), sich tiefer und mahnender in sein

Hirn einbohrte. Es lag wohl daran, daß er es noch nie richtig erlebt hatte, und – weil er diese pjerunnische Angst vor einer Geschlechtskrankheit nicht loswerden konnte.

Am ersten Abend verabschiedete sie ihn schon am Kino, am zweiten durfte er sie bis nach Haus begleiten, am dritten Abend küßten sie sich unten an der Klodnitzbrücke. Der verlockende Gedanke, eine Schachtner-Tochter zu heiraten, der langsam in ihm aufgestiegen war, war gewiß kühn, aber nicht ganz abwegig. Der Feinkost-Händler hatte ein halbes Dutzend Töchter, irgendwann würden sie ja alle einmal ihr Erbteil kriegen, und vielleicht würde das in seinem Fall ausreichen, mit dem Geld eine Auto-Reparatur-Werkstatt aufzumachen, nach dem Krieg. Wenn man nicht sogar eine Filiale seiner Feinkostläden übernehmen könnte, die er überall in den großen Städten Ost-Oberschlesiens eingerichtet hatte. Als sie ihm schließlich unten an der Klodnitzbrücke zögernd einen Kuß erlaubte, die Zähne fest zusammengepreßt, da wollte er mehr. Er wollte alles. Er drückte sie gegen die Brückenmauer, daß ihre Haut am Rücken abschrammte und sie zu weinen begann. Aber Tonik ließ nicht von ihr ab. Früher einmal hatte ihm jemand gesagt, das ist immer so bei den Mädchen, die noch jungfräulich sind, sie haben Angst und fangen an zu weinen, dann darf man um Himmels willen nicht aufhören, weil sie sonst nie darüber hinwegkommen. Und erst als sie wie rasend mit den Fäusten nach ihm schlug, ließ er ab und hörte sie unter Schluchzen flüstern: Ich kann nicht, Tonik, ich hab meine Tage! Er küßte ihr die Tränen von den Augen und streichelte ihr das Haar. Er glaubte in diesem Moment wirklich, er liebe sie, und fragte sie deshalb ganz einfach, ob sie ihn wenigstens heiraten würde. Und sie weinte und lachte. Und er sagte, nun sei sie eine Kriegsbraut. Und sie lachte und weinte. Und so umarmten sie sich noch eine Weile und küßten sich. Bis er ihr schließlich ins Ohr flüsterte:

Blas mir einen! Und er wiederholte es, mehrfach, bettelnd, jaulend, weil er es doch nicht mehr auszuhalten glaubte: Komm, Czinka, blas mir einen!

Aber sie rührte sich nicht. Und nach einer Weile sagte sie verwundert: Ich versteh nicht.

In Paris hatte er sich das einmal von einer Prostituierten machen lassen, und das hatte ihm eigentlich gefallen. Er wollte sie nicht richtig duppen, wie die andern, aus Angst, sich anzustecken, und bei einer Hure in Paris mußte man beinahe damit rechnen. Er hatte sich immer über seine Kameraden gewundert, denen das überhaupt nichts auszumachen schien, die stiegen auf jede drauf und mußten dementsprechend oft zum Sani.

Die Helga Schachtner fing auf einmal an zu verstehen, was er wollte, denn sie stieß ihn mit aller Kraft von sich weg. Tonik war so überrascht, daß er es sich gefallen ließ. Er sah, wie sie das Kreuz über der Brust schlug und wegrannte, die Treppe hinauf auf die Wilhelmstraße. Und er wunderte sich nur, wie sie in der Dunkelheit so schnell die Treppe gefunden hatte. Tonik suchte nach seiner Mütze, die ihm heruntergefallen war, es war stockfinster, er mußte mit den Händen auf der Erde herumtasten. Er rückte seine Uniform zurecht, knöpfte sie zu und schloß das Koppel. Er hatte Mühe, die Treppe zu finden.

Oben auf der Brücke streute eine übermalte Laterne ein schwaches blaues Licht aus. Es war still in der Straße, man sah nicht einen einzigen Menschen. Ganz hinten entdeckte er einen Lichtschimmer, der sich langsam näherte. Es war die Straßenbahn, deren Scheinwerfer nur einen Schlitz Licht hindurchließ. Tonik bewegte sich langsam auf die Haltestelle zu. Er könnte zwei Stationen fahren. Er könnte den Weg auch zu Fuß gehen, es war nicht weit. Da er sich nicht entscheiden konnte, zündete er sich erst einmal eine Zigarette an. Mein Gott, er hatte immer noch ganz heiße Hände und das Hemd klebte ihm unter der

Uniform auf der Haut. Heute würde er nichts mehr vor die Flinte kriegen; er war sowieso ganz erledigt. Er würde es morgen weiterprobieren. Einmal müßte es doch klappen. Er blies den Rauch mit einem zischenden Geräusch aus. Vielleicht hatte er bei der Helga Schachtner ein paar Fehler gemacht. Unabhängig davon, daß sie ihre Tage hatte. Vielleicht war er zu ungeduldig gewesen. Aber bei seinen paar Urlaubstagen konnte er sich nicht noch mehr Zeit dafür leisten. Er nahm sich jedenfalls vor, am nächsten Tag anders vorzugehen.

Ein Stöhnen ging durch die Menge. Und Tonik sah dort hinauf, wohin sie alle starrten. Und jetzt interessierte es ihn sogar.

Mechten Sie bitte aus dem Lichte gehn, hörte er jemand hinter sich schreien, auch ne Uniform iss keine Glasscheibe nich.

Der Herr Hrabinsky erhob sich aufgeregt von seinem Stühlchen. Endlich passierte etwas und da stellte sich jemand direkt vor ihn hin, das durfte sich nicht einmal ein Soldat in Uniform erlauben.

Ach Tonik, du bist es? Hab schon gehert, bist auf... wie heißt das? Genesungsurlaub, komm doch mal vorbei und erzähl was vom Krieg... sollst sein abends immer unterwegs nach Froilleins, hab ich gehert, da hast fil Glick jetze, gibt ja keine Männer nich mehr, und die Weiber sind reine verrickt auf einen...

Heil Hitler, Herr Hrabinsky, sagte Tonik unwillig.

17

Kotik kam ihnen schon entgegen. Wo bleibt ihr so lange, wir haben... Mann, Himmel, Feuer! *Ciulik!* Er unterbrach sich selbst mit Ausrufen des Staunens. Wie siehst du denn aus, Schielok? Was ist denn passiert? Wer hat dich denn so zugerichtet? Er betrachtete das Gesicht seines Bruders mit Neugier, Entsetzen und Bewunderung.

Frag nicht soviel, Hoppek, sagte Andi, vom Fragen kriegt man Hunger.

Genügt dir die Antwort nicht, mischte sich Bronder ein, dann kannst du ihn ja heute abend vorm Einschlafen löchern.

Er war jetzt schon so lange mit Schielok zusammen, daß er beinahe glaubte, er wäre bei der Schlägerei dabeigewesen.

Hast dich mit die Evangelischen geprügelt? grinste Kotik.

Woher weißt'n das? Andi hatte doch am Morgen, als er aus der Wohnung ging, noch gar nicht daran gedacht.

Na, ich hör doch von den Großen, daß das früher so üblich war, im Hüttenviertel zum Beispiel. Nur – jetzt traun die sich nicht mehr. Gibt ja immer mehr Evangelische.

Da hast du's, sagte Andi.

Kommt mit, forderte Kotik sie auf, wir haben gute Plätze, da hinten bei den Vogelbeerbäumen, da kann man, wenn's ganz aufregend wird, auch raufklettern. Wir sind da schon eine halbe *Ferajna* beisammen. Er führte die beiden auf die andere Seite des Kirchplatzes. Ihr kommt reichlich spät. Zwei Glocken sind schon unten, jetzt kommt die dritte dran, das soll die größte sein.

Tex Weber wäre beinahe vom Baum heruntergefallen, als er Schielok sah. Er hatte es sich in der Gabelung einer Akazie einigermaßen bequem gemacht. Von dort hatte er den besten Überblick, und wenn irgend etwas passierte, was die andern da unten nicht genau sehen konnten, mußte er kommentieren. Spannend war es aber nur, wenn die Glocken heruntergehievt wurden. Dazwischen verging eine Menge Zeit, wo gar nichts passierte. Da konnte man mit Steinen werfen. Alte Frauen erschrecken. Mit verstellter Stimme sprechen. Dem Hrabinsky die Zeitung aus der Tasche ziehen. Mit einer Blechbüchse Fußball spielen. Man konnte sogar mit Pfennigen tschinkern. Aber gegen eine Glocke, die vom Seil reißt und herunterstürzt, war das natürlich alles nichts.

Habt ihr noch nie jemand mit einem geschwollenen Auge gesehn? Andi verbat sich die Fragen, die von allen Seiten auf ihn eindrangen. War ja schließlich nicht so selten, daß ein Junge mit einem ›Veilchen‹ herumlief. In drei Tagen würde es erst richtig blühen, dunkelblau.

Ich weiß nich, ob ich noch lange bleibe, sagte Tex Weber. Das ganze Dran und Drum dauert so wahnsinnig lange. Und zu Haus hab ich noch wahnsinnig viel zu tun.

Hast du Wonzak oder Hannes Stein gesehn? Weißt der, der vom KLV-Lager hier geblieben ist? fragte Andi.

Nein, bis jetzt nicht. Aber das würde nicht viel besagen, er sei zwar jetzt schon seit zwei Stunden auf dem Baum, doch man sehe ja, der Platz sei so voll, da könne sich sogar ein Kapitänleutnant Prien bis nach Scapa Flow durchschleichen.

Ein was? fragte Kotik.

Elemele dudki, sagte Tex Weber und baumelte mit den Füßen.

Ein Glück, daß das Wetter besser geworden ist, sagte Bronder. Jetzt kommt die Klara schon raus. Vielleicht wird's noch richtig schön heute.

Ich wart noch auf die Marienglocke, dann verschwinde ich, sagte Tex.

Wieso Marienglocke? fragte Kotik. Ich dachte, jetzt kommt die Hedwigsglocke dran. Haben doch alle gesagt.

Nein, nein, das ist die Marienglocke, ist an die zweihundert Jahre alt. Hat einen wahnsinnig schönen Klang, den hört man gleich raus, sagte Tex Weber.

Was laberst du für'n Quatsch dem Kotik vor. Unser Hoppek soll was lernen, aber doch nichts Falsches! Das ist die Hedwigsglocke – richtig! Die Marienglocke hängt in der Marienkirche, wie der Name schon sagt, und die steht in Breslau.

Das ist ja wahnsinnig, rief Tex von seinem Ast nach unten. Die Marienkirche steht nicht in Breslau, sondern in Danzig. Er war stolz darauf, das zu wissen, wo er doch viel jünger war als Schielok.

Marienkirchen, sagte Andi abschätzig, gibt's überall. Und Peter-Pauls-Kirchen auch, sogar die große Kirche in Rom, wo der Papst wohnt, heißt so.

Ist ja wahnsinnig, ist ja wahnsinnig, krümmte sich der Tex Weber da oben in seinem Baum.

Und wahrscheinlich gibt's auch in Breslau eine Hedwigsglocke, will ich gar nicht abstreiten, fuhr Andi fort, aber die Hedwigsglocke hier bei uns heißt so, weil die heilige Hedwig die Schutzpatronin von Schlesien ist, das müßtest du ja auch im Don-Bosco-Bund gelernt haben. Aber du bist ja jetzt Scharführer beim Jungvolk in Petersdorf, wo doch jeder weiß, daß das der größte Sauhaufen ist.

Wahnsinnig, sagte Tex Weber. Die Papstkirche in Rom heißt Peters-Kirche und nicht Peter-Pauls-Kirche. Und die Glocke hier heißt Marienglocke, weil die heilige Maria mit ihrem blauen Mantel die Stadt Gleiwitz vor den Dänen beschirmt hat im Dreißigjährigen Krieg. So ist das! Müßtest du auch wissen, Schielok! Lernt man auf der Klippschule!

Da hört sich doch alles auf, mischte sich Bronder ein. Ihr könnt doch hier nicht einfach herumstreiten und die Andachtsruhe stören! Da kann man sich einfach 'ne Auskunft geben lassen vom Pfarrer, klar! Wir fragen nachher dem Kapelun. Kommst du mit, Hoppek?

Sie heißt Hedwigsglocke, wenn du die große Glocke meinst, beharrte Andi. Und im übrigen heiß' ich nicht mehr Schielok. Ich schiele nämlich nicht mehr. Du kannst mich wie die andern jetzt Andi nennen, oder Andreas.

Wahnsinnig!

Man mußte geradezu Angst haben, daß der Tex vor lauter Begeisterung vom Baum fiel.

Alles war bei Tex Weber *wahnsinnig*, und das schon eine ganze Weile. Sie wunderten sich, daß er nicht längst ein anderes Lieblingswort gefunden hatte, denn er gebrauchte immer wieder neue. Weiß der Himmel, wie er dazu kam. Früher hatte er gesagt: *mörderisch*. Oder auch: *knorke*. Eine Zeitlang fand er alles, was ihm gefiel: *kolossal* oder auch *kolossalisch*, auch *fantastitschnek*, aber das hatte er von Josel. Tex war anerkannt, weil er stets als erster mit irgendwelchen Sachen anfing, die ihm die andern dann nachmachten. So trug er die kürzesten Hosen in der ganzen Stadt oder wenigstens im Viertel. Sogar seine *Hajott*-Hose war so *wahnsinnig* kurz, daß er vom Fähnleinführer verwarnt wurde. Außerhalb des Dienstes schlug er sie aber noch einmal um ein Stück nach innen ein. Und im Winter lief er mit langen Hosen herum, die den breitesten Schlag hatten, der reichte über den Schuh hinaus. Er kam sogar auf die Idee, einen andersfarbigen Keil hineinzunähen. In solchen Sachen war er geschickt und nähte sich das selbst, sogar eine Hose mit Latz und Knopflöchern an den Seiten, wie sie die Matrosen trugen. Da kam keiner mit. Er war es wohl auch gewesen, der als erster mit den weißen Seidenschals angefangen hatte. Inzwischen war es so, daß man am Abend nicht mehr ins Kino gehen konnte, ohne einen weißen Seidenschal unterm Jackett zu tragen, und alle Jungs plünderten die Kleiderschränke ihrer Eltern. Weißes Leinen ging nicht, es mußte schon Seide sein. Tex brachte gelegentlich eine französische Illustrierte mit in die Schule, mit Photos von Negerkapellen und tanzenden Mädchen mit Zylindern und Federboas und kolossalischen Brüsten, und eben die neueste Mode, wie sie in Paris getragen wurde – das war seine Quelle. Sein Vater war als Soldat in Paris stationiert und brachte im Urlaub Beutestoffe mit, wie man sie hier schon lange nicht mehr kriegte, und nach den Illustrierten rissen sich die Mädchen und Jungen in der ganzen Schule, er hätte sie geradezu seiten- weise versteigern können.

Achtung, sagte Tex Weber, es scheint loszugehen.

Sie blickten angestrengt zum Kirchturm hinauf. Aber man konnte keine Veränderung feststellen, bis jetzt noch nicht.

18

Sie hatte noch eine Weile in dem Buch *Wunder und Taten der Heiligen* gelesen, aber nicht mehr mit der notwendigen Konzentration, seitdem Andi von der Glockenabnahme in St. Peter und Paul erzählt hatte. Bis zwei Uhr würde sie es mit sich und ihrer Neugier bestimmt nicht zu Haus aushal- ten, also war es besser, sie machte sich sofort auf den Weg. Es könnte ja sein, daß es bei der heutigen Technik ziemlich schnell ging mit den Glocken, dann würde sie unter Um- ständen sogar zu spät kommen. Also das wollte sie sich dann doch nicht entgehen lassen. Sie hatte auch in ihrem Buch etwas gefunden, das sich vorzüglich fürs Vorlesen eignete, die Legende von Audifax und Abachum und auch die Geschichte von Alexius unter der Treppe wäre nicht schlecht in dieser Zeit. Wenn bloß der Andi nicht wieder irgendeine Schreckensgeschichte aus Schlesiens Ge- schichte hervorholen würde, damit hatte er sie schon im vergangenen Jahr geärgert.

Sie wußte noch gar nicht, wer am Abend alles da sein würde. Andi und Kotik bestimmt, vielleicht würde auch Ulla noch kommen, sie hoffte es eigentlich; mit ihr und Franzek zusammen wären sie sechs – so viele waren sie schon lange nicht mehr gewesen. Auf Tonik konnte sie nicht rechnen, er war den fünften Urlaubstag zu Haus,

174

aber sie hatte ihn bisher nur dreimal und auch da nur kurz gesehen. Weiß der Himmel, wo der Junge sich die ganze Zeit herumtrieb. Aber er ließ sich ja von niemandem etwas sagen, von seiner Mutter schon gar nicht. Was sollte sie schließlich tun, in zwei Wochen mußte er wieder zurück ins Feld, und wer weiß, was ihm da alles passieren konnte, man mußte ja nicht gleich mit dem Schlimmsten rechnen. Der arme Bruno, dachte sie, von dem man nicht einmal wußte, wo er begraben lag. Also sollte Tonik sich vergnügen und amüsieren. Aber er hätte ihr wenigstens sagen können, wo und mit wem er sich die halbe Nacht herumtrieb.

Kotik war das einzige ihrer Kinder, das, was die Lesewut anging, ganz nach ihr geraten war, und obwohl er erst vierzehn war, durfte er alle Bücher mitlesen, die sie aus der Leihbücherei Kaffanke am Germaniaplatz nach Haus brachte. Frau Kaffanke wies schon bei der Ausleihe auf solche Bücher hin, die besser nicht in die Hände eines Jugendlichen gerieten. Diese versteckte sie zu Haus in ihrem Nachttisch, damit Kotik erst gar nicht in Versuchung kam, einmal hineinzugucken. Sie freute sich über seinen Leseeifer, sie hatte nur von Anfang an zur Bedingung gemacht, er dürfe an die Bücher erst heran, wenn sie sie bereits ausgelesen hatte, denn sie wußte von zu Haus, welche Schwierigkeiten es damals mit ihrer Schwester gegeben hatte, weil sie natürlich immer das gleiche Buch zur gleichen Zeit lesen wollten.

Kotik las nicht nur zu Haus, auch draußen auf der Straße, während die andern Kinder *Pitwok** spielten oder mit dem Reifen liefen, er las im Hof, er las auf der Treppe, er las in den Schulpausen, und wenn sie ihn nicht hin und wieder einmal kontrollierte, würde er wohl auch noch jeden Abend mit einer Taschenlampe unter der Bettdecke le-

* ein Messerspiel

sen – aber niemals hatte sie ihn ein Kinderbuch lesen sehen. Sie hatte ihm die Märchen der Gebrüder Grimm geschenkt und die Märchen von Hauff und Andersen aus der
Bücherei mitgebracht, den Schlesischen Sagenspiegel und
den Kampf um Troja für Kinder, aber er blätterte nur lust-
los darin herum. Über die Erwachsenen-Bücher dagegen
redete er gern und überraschte sie manchmal mit seinen
Urteilen. Sie hatte zum Beispiel noch niemals darüber
nachgedacht, ob die Auflösung eines Mordfalles in den
Kriminalromanen von Paul Rosenhayn, die sie am liebsten
las, logisch geschah oder nicht, das war so aufgeschrieben
und da mußte es wohl so sein, und der Herr Detektiv Joe
Jenkins (sie sagte immer Johe Jenkins, Kotik hingegen
Dscho Dschenkins) hatte den Fall gefälligst zu lösen.
Spannend mußte es sein, das war alles. Kotik dagegen behauptete, es müsse spannend und logisch sein!

In der letzten Zeit las sie Wildwestromane, darunter vor
allem Zane Grey, sie bildete sich ein, ein ausgesprochenes
Interesse für den Westen Amerikas entwickelt zu haben,
in Wirklichkeit war es aber so, daß ihr das der Kotik einge-
redet hatte. Weil er nämlich ganz scharf auf die Bücher von
Zane Grey war. Sie las viel lieber Hans Dominik, den sie
eines Tages selbst in den Regalen der Leihbücherei entdeckt hatte, und seitdem hatte sie es überhaupt mit Zukunftsromanen, aber keine waren so gut wie die von Hans
Dominik und sie bedauerte nur, daß es nicht mehr Bücher
von ihm gab. *Atlantis* hatte sie zweimal gelesen, und es
hatte ihr auch beim zweiten Mal gefallen. *Atlantis* war natürlich sein bestes Buch, vielleicht auch *Der Brand der
Cheopspyramide*, also darüber würde sie nicht streiten.
Das Erbe der Uraniden hatte sie richtig mitgenommen vor
Aufregung, aber so was konnte sie nicht zweimal lesen,
dann war die Spannung raus. Sie tröstete sich mit anderen,
schlechteren Zukunftsromanen und wartete auf das neueste Buch von Dominik.

Anna sah durchs Fenster. Draußen klarte es auf und im Westen war schon ein blauer Himmel zu sehen; es würde genügen, wenn sie einfach eine Jacke überzog, den Schirm könnte sie sich sparen. Dafür würde sie sich einen Hut aufsetzen, nein, besser den schlichten schwarzen Wollturban, der sie ernst machte und der diesem Tag angemessener war. Und einen Samtschal um den Hals, den sie vorn wie ein Plastron bauschte. Seit vielen Jahren richtete sie es so ein, daß sie am Karfreitag um drei Uhr, zur Todesstunde Christi, in die Kirche ging, die Beichte ablegte, für die Verstorbenen in ihrer Verwandtschaft eine Litanei und für die Lebenden die Schmerzhaften Geheimnisse des Rosenkranzes betete. Das gehörte zu ihrem immerwährenden Ablaß.

Anna nahm ihren Schott und den Rosenkranz und begab sich auf den Weg zur Pfarrkirche. Sie sah schon von weitem die Menschen auf dem Kirchplatz. Also waren sie immer noch dabei, die Glocken herunterzulassen, sonst würden die Gläubigen längst in der Kirche sein.

Was ist denn hier los mit den vielen Menschen? fragte eine alte Frau. Gibt es einen Sondersegen? Sie sagte es so, als ob es sich um eine Sonderzuteilung auf der Lebensmittelkarte handelte.

Sie sehen doch, sagte Anna abfällig, sie holen die Glocken herunter! Mehr war dazu nicht zu sagen.

Die Witwe Piontek kam geradewegs auf sie zu, der würde sie nicht entgehen können. Jedenfalls vorläufig nicht. Ach du gebenedeiter Herr Jesu, wie armselig sich die Valeska Piontek heute wieder angezogen hatte, am Karfreitag. Geradezu demonstrativ. Damit sie am Ostersonntag zum Hochamt als um so eleganter auffiel. Das taten die meisten Leute hier, es war so Brauch. Sie konnte da nicht mitmachen, bei dem Gehalt vom Franzek, auch wenn er jetzt Oberlokführer geworden war. Bei den vielen Kindern, und die Tochter auf dem Konservatorium, auch wenn sie ein Stipendium hatte, alles kostete sein Geld. Nicht daß sie es bereute. Die Ulla war ja so talentiert. Und jetzt schon beinahe berühmt, eines Tages würde sie viel Geld damit verdienen. Sie war schon sehr stolz auf ihre Tochter! Manchmal fragte sie sich, woher Ulla das nur hatte. Sie selbst war ganz unmusikalisch und konnte gerade eine Violine von einem Klavier unterscheiden. Musik im Radio zu hören, war ihr zu anstrengend, sie las lieber Biographien von berühmten Musikern, Harsányis *Die ungarische Rhapsodie,* davon konnte sie schwärmen... Von den Kindern der Klavierlehrerin war jedenfalls keines talentiert. Noch nicht einmal aus dem Josel würde etwas werden, den sie beinahe aus der Schule rausgeschmissen hätten. Wenn nicht der Herr Rechtsanwalt Wondrak sein Onkel wäre! Mit Beziehungen konnte man ja heute alles machen. Einen Lehrer in die Nase beißen, ach du gebenedeiter Herr Jesus Christus, bei dem war doch im Oberstübchen etwas nicht in Ordnung. Und diesen Jungen hatte sie sich mal als Mann für ihre Ulla gewünscht!

Sie setzte ihr freundlichstes Lächeln auf, das mehr einer Maske glich. Sie hoffte, die Frau Piontek würde es nicht bemerken.

Nachdem die beiden Frauen sich überschwenglich begrüßt und eine Weile über den Verlust der Glocken lamentiert hatten, sagte Anna mit unschuldiger Miene: Mit dem Josel ist doch wieder alles in Ordnung?

Mit dem Josel? Warum sollte mit ihm etwas nicht in Ordnung sein? Der muß zu den Soldaten, der Ärmste! seufzte Valeska.

Ich meine nur – ist da nicht etwas passiert, neulich, im Gymnasium? Es wurde so einiges geredet, sagte Anna so beiläufig, daß ihre Neugier um so auffälliger wurde.

Ach so, sagte Valeska Piontek und atmete beruhigt aus. Die Sache mit den Zeugnissen? Hab ich glattweg vergessen. Daran sieht man, wie schnell die Zeit vergeht.

Es war aber auch so viel passiert! Sie gab sich deutlich Mühe zu lächeln. Unser Josel hat das beste Zeugnis seiner Klasse nach Hause gebracht! sagte sie triumphierend. Aber darüber wird anscheinend nicht geredet!

19

Noch bevor Josel nach Hause kam, hatte Valeska Piontek alles erfahren, zunächst nur in Bruchstücken, aber nach und nach doch ziemlich lückenlos. Es mußte sich blitzschnell in der Stadt herumgesprochen haben, worüber sie eigentlich froh war, denn Josel, das wußte sie, würde wohl der allerletzte sein, der darüber eine eindeutige Auskunft gäbe. Lucie Widera – weiß der *Djobok,* wie diese Nachricht in ihre Einsamkeit gedrungen sein mag – war gleich mit der nächsten Straßenbahn aus Hindenburg-Mathesdorf gekommen, weil sie immer da war, wenn sie gebraucht wurde, und sie hoffte so sehr, gebraucht zu werden, daß es schon mal geschehen konnte, daß sie irgendwohin kam, wo sie wirklich nicht gebraucht wurde. Von ihr also hörte Valeska von einem Skandal im Real-Gymnasium, in den Josel Piontek verwickelt gewesen sein soll, weitere Fragmente, aber ebenfalls nichts Genaues, von Ingeborg Schygulla, die unter dem Vorwand, etwas Salz ausleihen zu wollen, an der Tür geklingelt hatte. Durchs Telefon erfuhr sie von einer zitternden Stimme, die ihrer Freundin Verena gehörte, daß Josel einen Lehrer angesprungen haben soll, von einer anderen Freundin, daß er unterm Schwenken eines Buches die Revolution ausgerufen habe, und wenn Valeska sich eine Weile gedulden wolle, würde sie auch herauskriegen, was für ein Buch das gewesen war – aber sie wollte sich nicht gedulden.

Sie mußte ein paar Baldriantropfen auf Zucker nehmen, um sich zu beruhigen.

Sie glaubte allein ihrem Bruder Willi, der ihr auch die genaueste Schilderung des Vorfalls lieferte und sie vor allem beschwörend davon abhielt, so wie sie war, ohne Hut und Mantel, ins Gymnasium zu eilen.

Er hatte nämlich durch einen Mitarbeiter, den er sofort nach den ersten Gerüchten in die Coselerstraße geschickt hatte, herausbekommen, daß man Josel Piontek nicht verhaftet, nicht einmal nach Abschluß der Zeugnisverteilung dabehalten hatte, und es schien so, als sei das Lehrer-Kollegium eher daran interessiert, die Angelegenheit herunterzuspielen und nicht zu einem politischen Skandal werden zu lassen.

Valeska dachte nicht an so etwas wie politische Folgen, sie dachte nur daran, was in einem Menschen vorgehen mochte, der so etwas tat, in einem Menschen, den sie schließlich einmal geboren hatte, der von ihrem Fleisch und Blut war. Aber es gelang ihr nicht, eine Verbindung herzustellen zwischen dem, was ihr zugetragen worden war und dem Gesicht, das sie manchmal morgens im Schlaf betrachtete und das ihrem Sohn gehörte.

Josel Piontek soll also, als er namentlich aufgerufen wurde und das Podium erklomm, wo ihm der Direktor das Zeugnis mit Handschlag aushändigte, eine Verbeugung gemacht und dabei irgend etwas gesagt haben, was die andern nicht verstanden, was den Direktor aber durchaus befriedigt haben mußte, denn er schüttelte die Hand von Josel länger als die der anderen Schüler. Schon im Abgehen soll sich Josel dann umgewendet und zu dem Direktor und dem Lehrerkollegium im Hintergrund laut gesagt haben, ob es ihm erlaubt sei, an ihn, den Herrn Direktor, eine Frage zu stellen. Und der Direktor war sogar erfreut gewesen und habe ›aber ja, aber ja‹ gerufen, und da habe der Josel seine Frage gestellt, allerdings jetzt schon leicht erregt und wohl auch leiser, so daß ihn niemand von seinen Mitschülern, aber auch nicht alle Lehrer verstanden hätten. Und da soll der Direktor, vielleicht auch einer der Lehrer, ›bitte etwas lauter‹ gerufen haben, und da habe Josel plötzlich so laut gesprochen, daß es alle verstanden, seine Mitschüler unten und das Lehrerkollegium oben auf dem Podium, sogar der schwerhörige Mathematik-Lehrer Bulla, ja, es soll fast wie ein Schrei geklungen haben: Lieben Sie Dostojewskij?

Und zwar so laut, daß der Direktor unwillkürlich nicht nur mit dem Kopf, sondern mit dem ganzen Körper zurückgewichen war. Und da soll der Josel ihn angesprungen und an seinem Ohr gerissen haben. Nach einer anderen Version wollte Willi Wondrak erfahren haben, daß er den Direktor ans Ohr gefaßt und ihm in die Nase gebissen habe. Es habe danach einen ganz schönen Aufruhr gegeben, die Lehrer konnten Josel schließlich abdrängen, einer soll ihm dabei ins Gesicht geschlagen haben, jedenfalls habe er aus der Nase geblutet, genauso wie der Direktor, der sich, als alles schon wieder in Ordnung war, im Hintergrund noch eine ganze Weile mit dem Taschentuch das Gesicht abtupfte, während der Mathematik-Lehrer Bulla jetzt die restlichen Zeugnisse verteilte. Und Josel, von zwei Lehrern in die Mitte genommen, sei danach in seiner Ecke ganz ruhig der Veranstaltung bis zum Schluß gefolgt, als sei überhaupt nichts Ungewöhnliches geschehen. Er habe auch mit den andern nach Haus gehen können, der Direktor habe immer wieder und überall versichert, daß er keinen Strafantrag gegen einen Schüler stellen wolle, schon gar nicht gegen einen, der mit guten Noten glänze, das Ganze überhaupt als eine – verzeihliche – Überreaktion ansehe von einem, der infolge des intensiven Lernens vor dem Klassenabschluß außer Kontrolle geraten sei.

Josel wurde gedrängt, eine Erklärung abzugeben und sich beim Direktor zu entschuldigen, was er nach einigem Zögern schließlich auch getan habe, vor allem als ihm sein Klassenlehrer Skowronnek klarmachte, daß die Sache für ihn unter Umständen auch politische Folgen haben könne, der Direktor sei schließlich Parteigenosse. Josel erklärte sich dazu bereit und fügte der allgemeinen Entschuldigung noch etwas hinzu, was mit Betroffenheit, aber nicht mit Protest aufgenommen wurde, nämlich: *daß alle, die Dostojewskij nicht liebten, krank seien und an einer Vereisung der Herzen litten.*

Woher hatte der Junge das nur, dachte Valeska, das mit der Vereisung der Herzen.

Jetzt warteten sie mit dem Essen auf ihn. Lucie (Widera) hatte über dem Gas nun schon zum dritten Mal die Teller heiß gemacht. Irma wollte in ihrem Zimmer bleiben, bis Josel kommen würde, sie erinnerte sich, daß er schon einmal verschwunden war und was das für Aufregungen verursacht hatte, und jetzt, in ihrem Zustand, wollte sie das nicht noch mal miterleben.

Willi Wondrak saß bereits am Tisch und knüpfte in die Fransen des Tischtuchs einen Knoten nach dem andern. Er fürchtete insgeheim doch, daß die ganze Angelegenheit sich zu einem politischen Fall auswachsen könnte. Am Abend wollte er für alle Fälle den Parteigenossen Kreisleiter anrufen. In Anbetracht der Jugend von Josel würde er ihn wohl frei bekommen, aber einfach wäre das nicht.

Valeska konnte die nervösen Handbewegungen ihres Bruders und die Unruhe auf seinem Gesicht nicht mehr mit ansehen und drehte ihm den Rücken zu. Sie goß nervös die Blumen am Fenster, obwohl sie sie heute morgen schon einmal gegossen hatte.

Schließlich kam Josel, als sei überhaupt nichts geschehen, zur Tür herein und legte, als handelte es sich um irgendeine Urkunde, die alle etwas anging, nur ihn nicht, das Zeugnis aufs Klavier. Ihren Gesichtern sah er an, daß sie von dem Vorfall in der Schule erfahren haben mußten, wenn ihm auch nicht klar war, von wem und wieviel. Er jedenfalls wollte nicht damit anfangen.

Er setzte sich an den Tisch, und Mamuscha trug mit einem leicht vorwurfsvollen Gesicht die Suppe auf, was er übersah. Als Irma kam und am Tisch Platz nahm, genoß er einen Moment das Schweigen der andern, aber er ahnte, daß sie nur auf eine Erklärung warteten.

Ihr denkt wohl alle, ich bin *plemplem,* sagte er schließlich, ich bin aber nicht *plemplem.*

Seine Mutter war es bestimmt nicht, sie war in allem so klar und gradlinig; und Onkel Willi auch nicht, bei dem jeder Wochentag so ablief wie der andere, nur die Sonntage waren anders für ihn, aber die Sonntage unter sich waren doch auch wieder gleich, jedenfalls, was er so davon mitbekam. Und Irma war früher vielleicht einmal so gewesen, aber seitdem sie sich an diesen Skrobek klammerte und andauernd von ihm Kinder kriegen wollte, konnte man das von ihr nicht mehr behaupten. Papusch war der einzige, der wirklich *plemplem* gewesen war, aber das hatte er zu seinem Kummer erst bemerkt, als es schon zu spät gewesen war, da konnte er es ihm nicht mehr sagen.

Valeska dachte, während sie an dem zähen Rinderbraten säbelte und dabei ihre Blicke unauffällig, wie sie meinte, zwischen ihrem Messer und Josels Augen wandern ließ: Warum ausgerechnet Dotsojewskij? Ihr Sohn war in einem Alter, in dem sie ihm die Lektüre nicht mehr vorschreiben konnte, und von Willi, auf den er eine Zeitlang gehört hatte, ließ er sich absolut nichts mehr sagen. Andererseits war sie froh, daß Josel so viel las, nachdem er nun schon keine Lust zum Klavierspiel gezeigt hatte. Sie hatte manchmal in seinem Zimmer die Verfasser und Titel seiner Bücher gelesen und war überrascht, weil die meisten ihr nichts sagten. Die jungen Leute lasen heute ganz andere Bücher als sie damals, das war ja wohl auch in Ordnung so. Sie hatte in diesem Alter Eichendorff und Gustav Freytag gelesen und Wilhelm Raabe, und das Buch über den dicken Menschen, der in seiner Jugend ein Vielfraß gewesen war und deswegen Stopfkuchen genannt wurde, hatte ihr am meisten gefallen. Aber jetzt war sie seit vielen Jahren über die Lektüre des Oberschlesischen Wanderers, des Michael-Kalenders und des Petrus-Blattes nicht mehr hinausgekommen. Sie wollte aber jetzt mal diesen Dotsojewskij lesen, wenn es stimmte, daß ihr Sohn seinetwegen den Herrn Direktor des Real-Gymnasiums angefallen hatte, obwohl sie sich ziemlich sicher war, daß ihr dieser Dotsojewskij nicht sehr gefallen würde.

Valeska sah die andern an, die verlegen und überlaut mit ihren Bestecken hantierten, als seien sie auf irgendeine Weise an diesem Vorfall beteiligt gewesen. Wie bist du eigentlich darauf gekommen, fragte sie, ich meine, den Herrn Direktor... also was hat das mit diesem Dotsojewskij zu tun?

Sie betrachtete die weiße Tischdecke mit einer Aufmerksamkeit, als ob sie darin ein geheimes, noch nicht sichtbares Muster vermutete.

Lucie brachte in einer großen Schüssel den Nachtisch: eingesäuerten Kürbis, den sie mit etwas Milei-W verfeinert hatte. Sie hatte so lange mit dem Schneebesen darin geschlagen, bis ihr die Hand weh tat, aber sehr viel Schaum war nicht daraus geworden.

Willi dachte, während er sich reichlich von dem Kürbis nahm: Im Grunde ist es ein tolles Stück, was der Josel sich da geleistet hat. Beim Austeilen der Zeugnisse den Direktor der Schule anzuspringen und ihn in die Nase zu beißen! Aus dem Jungen müßte einmal etwas werden – wenn der Rektor nicht gerade in der NSDAP wäre! Er bedauerte, in seiner Schulzeit immer brav gewesen zu sein. Jetzt, als Anwalt, war er schließlich auch so eine Art Direktor, er hielt Reden und verteilte Zeugnisse, verteidigte und klagte an, öffentlich und privat, und versteckte sich hinter dem, was er als das Gesetz gelernt hatte – aber irgendwo steckte in ihm noch ein anderer, der jedem, der ausbrach, innerlich applaudierte. Er würde sich nicht wundern, wenn eines Tages einmal einer käme und ihm in die Nase bisse.

In seiner Schulzeit, und daran erinnerte er sich noch ziemlich genau, hatte er einmal im Heizungskeller das dort lagernde Papier angezündet und der ganze Westflügel der Schule war daraufhin in Flammen gestanden, und er selbst war es, der als erster aus dem brennenden Gebäude wertvolle historische Stücke wie etwa den alten Globus gerettet hatte, wofür er später auch urkundlich gelobt wurde. Diese Urkunde hing gerahmt in seinem Anwaltszimmer – seine Täterschaft war unentdeckt geblieben, bis heute.

Fantastitschnek! Er gebrauchte Josels Lieblingsausdruck und stieß ihn mit dem Ellenbogen an. Warum hast du ausgerechnet nach Dostojewskij gefragt, hätte es nicht auch ein anderer Schriftsteller sein können? In dieser Zeit, wo wir mit den Russen im Krieg sind?

Und Irma dachte, während sie rasch noch einmal in ihr Zimmer ging, um nach ihrem Kind zu sehen, das inzwischen eingeschlafen war: Seitdem Josel damals weggelaufen ist, läßt ihm Mamuscha ja alles durchgehen, er kann machen, was er will, Hauptsache, er bleibt zu Hause. Aber damit, was jetzt geschehen ist, wird sie wohl nicht ganz so leicht fertig werden. Sie wird sich freilich schon eine Entschuldigung zurechtkonstruieren, das ist wahr, wie damals bei meiner Hochzeit mit Heiko – sie wollte gar nicht mehr daran denken. Mamuscha ist nun einmal so, sie lebte und lebte zugleich doch nicht in dieser Welt. Irma begriff bis heute nicht, wie geschickt ihre Mutter damit balancierte, und sie wußte nicht, ob sie darüber staunen oder sich empören sollte, wie wenig sie diese Wirklichkeit zur Kenntnis nahm, um sie zur gleichen Zeit für ihre Zwecke zurechtzubiegen. Und immer kam sie damit weiter als die andern.

Sie jedenfalls war der Meinung, daß Dostojewskij nicht gerade der richtige Vorwand war, einen Schuldirektor und damit die höchste Autorität anzugreifen.

Als sie aus ihrem Zimmer zurückkam, meinte sie: Wer ist denn schon dieser Herr Direktor, den siehst du vielleicht einmal im Jahr, und wie ich gehört habe, läuft der seit Stalingrad auch nicht mehr in Parteiuniform herum. Du hättest den Przybillok anspringen sollen, der hat dich doch jahrelang in der Deutschstunde gepiesackt!

Und Lucie (Widera) dachte, während ihre Blicke mißbilligend von einem Teller zum andern schweiften: Sind denn hier alle verrückt geworden? Da reden sie darüber, ob man diesem oder jenem Menschen am Ohr reißen oder in die Nase beißen müsse, als ob es sich um die allergewöhnlichste Sache der Welt handelte, einen Menschen und noch dazu eine Respektperson ersten Ranges wie diesen Herrn Direktor des Gymnasiums anzufallen. Sie sitzen da und erörtern einen unglaublichen Vorfall, als ob der sich nicht hier in dieser Stadt, sondern irgendwo ganz weit weg unter Hottentotten zugetragen hätte. Sie sollten von Glück reden, daß Josel überhaupt noch mit ihnen zusammen am Tisch sitzen dürfe und nicht auf irgendeinem Polizeirevier oder in einer Gefängniszelle, wo man ihn wegen Gemeingefährlichkeit an das Eisenbett schnallen würde... Sie jedenfalls hätte sich nicht gewundert, wenn man ihn in die Verrücktenanstalt nach Tost eingeliefert hätte.

Sie ließ den Kürbis langsam auf der Zunge zergehen und beobachtete Josel sehr genau aus den Augenwinkeln, ob sich nicht an irgendwelchen Reaktionen seine Verrücktheit bemerkbar machen würde. Was mag nur in so einem Menschen innerlich vorgehen? dachte sie.

Josel versuchte zusammenzukriegen, wie alles gekommen war. Als ich aufs Podium hinaufging, hab' ich an nichts Böses gedacht; erst als der Direktor mir die Hand schüttelte, fing es an: irgendein Impuls, der von dieser fleischigen, behaarten Hand ausging und sich auf mich übertrug und der mich mit einem plötzlich aufsteigenden Widerwillen gegen alles erfüllte, am heftigsten gegen diesen Mann. Ich erinnerte mich an eine Erzählung von Dostojewskij, das heißt, ich erinnerte mich nicht daran, sie war in mir, weil ich sie schon seit Tagen lebte. So wie dieser Beamte in seinem Kellerloch, so bin ich in meinem Zimmer auf- und abgegangen und habe beschlossen, nichts mehr zu lernen und nur noch darauf zu warten, bis sie mich einziehen und an die Front schicken, wo ich vielleicht einen Kopfschuß kriegen werde, und wenn ich nicht gleich tot bin, dann werde ich verrückt sein, mein ganzes Leben lang blöde, stumpfsinnig, beschränkt. Ich kam davon nicht mehr los... alle Menschen sind so beschäftigt, weil sie im Grunde blöd, stumpfsinnig und beschränkt sind, und mit ihren vielen Tätigkeiten das nur vergessen machen wollen. Deshalb wollte ich die Erniedrigung, nein, bei Dostojewskij heißt es, den *Genuß* der Erniedrigung spüren, ich wollte es wenigstens probieren, und nahm mir vor, Onkel Willi zum Beispiel, wenn er vom Gericht oder aus seiner Kanzlei nach Haus käme, einfach anzurempeln, so heftig, daß er hinstürzt, um dann von ihm beschimpft zu werden, oder den Herrn Apitt oder die Gräfin Hohenlohe, wenn Tante Milka mit ihr im Rollstuhl angefahren käme, oder einen unserer Lehrer im Korridor der Schule zu erschrekken – aber im letzten Augenblick bin ich ihnen dann doch immer ausgewichen wie der Beamte dem alten russischen General. In der Straßenbahn bin ich einmal in einen wildfremden Menschen hineingerannt, mit dem Kopf in seinen Bauch. Aber schließlich hat der sich bei mir entschuldigt, weil er wohl glaubte, bei einer plötzlichen Bremsung den Zusammenstoß verursacht zu haben, ja, er war es, der um Verzeihung gebeten hat, mich, der ich doch nur ein Schüler bin!

Oben auf dem Podium war mir der Herr Direktor auf einmal als eine solche Person erschienen, gegen die ich anrennen mußte, auch in dem Bewußtsein, mir den Kopf einzurennen, und wenn ich den Namen Dostojewskij dabei nannte, dann müßte der andere doch gleich begreifen, warum ich es tat und daß ich dazu verpflichtet war, und so schrie ich ihn an, und als er sich bewegte, sprang ich vor und biß ihn in die Nase.

So war es gewesen.

Was aber soll ich Mamuscha, Irma, Onkel Willi, Tante Lucie (Widera), die eine Auskunft von mir erwarten, antworten? Was immer ich auch ihnen sage, sie werden es nie begreifen! Nein, er würde sie nur in einer noch größeren Verwirrung zurücklassen. Er konnte sich selbst kaum als der, der er vorhin gewesen war, begreifen!

Ich glaube, ich hab's nicht mehr ausgehalten mit der Zeit, sagte er zu sich selbst, aber doch laut genug, damit es die andern verstanden. Alle reden vom Krieg, aber außer daß wir darüber in den Zeitungen lesen und auf die Verdunklung achten müssen und immer mehr Leute aus dem Reich zu uns kommen, weil sie dort bombardiert werden und hier nicht, merken wir doch gar nicht, daß es Krieg ist...

Sie hörten Josel zu und waren wie erstarrt.

Und Josel fuhr lauter fort: Ich bin schon gemustert und werde jetzt eingezogen, ich habe keine Angst davor, in irgendeine Schlacht in Rußland zu geraten, das kann ich, das kann niemand ändern. Aber weißt du, wovor ich Angst habe, und jetzt wandte er sich direkt an seine Mutter, davor, daß ich einen Kopfschuß kriegen könnte und nicht gleich tot bin, vielleicht sogar weiterlebe, aber blöde bin!

Tante Lucie (Widera) faßte sich als erste und räumte das Geschirr zusammen. Sie tat es so sachlich wie möglich und ebenso sachlich wollte sie in diesem Wirrwarr ihre Frage verstanden wissen: Sag mir, Junge, was geht in dir vor? Du versündigst dich vor Gott, wenn du so redest!

Valeska stand vom Tisch auf und kam ihr zu Hilfe.

Also wirklich, Joselek, das kannst du doch nicht alles von diesem Dotsojewskij haben?

Josel nahm aus seiner Zigarettenschachtel zwei Zigaretten heraus; er war seit drei Monaten achtzehn und bekam seither die Raucherkarte, er durfte 24 Zigaretten in der Woche rauchen – jetzt noch dreiundzwanzig, weil er eine Onkel Willi anbot.

Stellt euch vor, sagte er, mir passiert so was, das ist es ja, die Angst, daß es mir passieren könnte, überfällt mich so sehr, daß ich manchmal irgend etwas ganz Verrücktes tun muß, nur um mich zu vergewissern, daß ich noch ganz normal bin.

Ich weiß nicht recht, sagte Willi Wondrak und teilte die Zigarette in zwei Hälften, die andere wollte er später rauchen: Du denkst dir da ein paar ... naja, höchst seltsame, höchst wunderliche Sachen aus. Er sprach sanft, wie zu jemand, der nicht mehr ganz zurechnungsfähig ist.

Ich weiß nicht, sagte Josel, ob ich mir das nur ausdenke. Ich habe einfach Angst davor. Ich kann nichts dagegen machen. Ich wache morgens auf, liege im Bett wie gelähmt, und denke, jetzt ist es bald soweit ...

Ich werd für dich beten, sagte Lucie leise, du bist nicht in der Gnade ... wenn du so redest.

Josel schüttelte sich. Hör auf damit, Tante Lucie. Ihr alle seid doch schon seit Jahren wie gelähmt. Vielleicht merkt ihr das gar nicht mehr ... Du, Onkel Willi, und Josels Stimme wurde jetzt fanatisch, bist doch früher immer weggefahren, jedes Wochenende irgendwohin, nur um wegzukommen von hier, aus diesem Loch, weil du dich nicht abfinden wolltest mit dem, was hier geschieht, aber ich sehe doch, was sie mit dir machen, sie haben dir die Flügel beschnitten, all diese Weiber hier im Haus!

Lucie trug das Geschirr in die Küche. Irma benutzte die Gelegenheit, um mit ihr aus dem Zimmer zu verschwinden, sie wollte und durfte sich auf keinen Fall aufregen.

Valeska fing an zu niesen, ein nervöses Niesen, das gar nicht mehr aufhören wollte.

Ich glaube nicht, daß du recht hast, Josel, sagte Willi, immer noch so sanft und nachsichtig wie vorher. Aber seine Hand zitterte.

Meinst du, ich sehe nicht, wie du leidest, ereiferte sich Josel. Du bist nicht mehr der alte, gib es doch zu! Seitdem du hier eingezogen bist, und seitdem Mamuscha von dieser Heirat faselt, da muß doch was passiert sein. Pjerunnje, warum wollt ihr mir nicht sagen, was eigentlich passiert ist?

Valeska raffte alles zusammen, was sie noch an mütterlicher Autorität zusammenbringen konnte, und das war, zugegeben, nicht sehr viel, strich sich das Haar aus der Stirn und sagte mit leicht näselnder Stimme: Das geht dich nichts an, mein Sohn. Das geht nur meinen Bruder Willi und das Fräulein Rosa Willimczyk etwas an, nicht einmal mich, und das müssen wohl alle respektieren, nicht wahr. Man muß doch zugeben, daß es für Onkel Willi schon lange an der Zeit ist, sich zu verheiraten, und das Fräulein Willimczyk ist eine gebildete Person, sie hat mehr gelesen als wir alle zusammen – ich werde sie fragen, ob du das alles von diesem Dotsojewskij hast...

Willi Wondrak paffte und verbrannte sich fast die Lippen an der Kippe. Ihm war es peinlich, daß seine Schwester für ihn redete; auf der andern Seite, was hätte er anderes sagen können?

Ich halte dich für alt genug, Josel, um dir die Wahrheit zumuten zu dürfen, aber manchmal ist nicht die Zeit für die Wahrheit, oder wir wissen selbst nicht, wo die Wahrheit zu finden ist. Ich sage dir nur, es ist wirklich gut und richtig, daß ich das Fräulein Rosa heirate.

Ich wünschte, sagte Josel zwischen den Zähnen, du hättest den Mut, einer bestimmten Person in die Nase zu beißen, dann würde dir manches erspart bleiben.

Willi sah zu seiner Schwester hinüber.

Und was die Sache mit dem Krieg angeht, setzte Wondrak ungerührt fort, so kann auch ich jeden Tag eingezogen werden, die holen ja beinahe alle... und wer weiß, wer von da zurückkommt. Laß uns dann darüber reden, nach dem Krieg.

Josel machte eine ungeduldige Bewegung, aber er sagte nichts. *Nachdemkrieg*, das hatte er schon zu oft gehört, seit vier Jahren ging das schon so, wer weiß, wer unter ihnen das überhaupt noch erleben würde. Alles wurde aufgehoben für *Nachdemkrieg*. Auch die Wahrheit.

Lucie (Widera) stand an der Tür und versteckte ihre Hände unter der Schürze. Da hatte sie eine schlimme Neuigkeit erfahren. Sie schluckte erst einmal herunter. Irgendwo, ganz versteckt in einer Ecke ihres Herzens, hatte sie den Wunsch gehegt, daß der Rechtsanwalt sie heirate, einfach weil er eine tüchtige Haushälterin brauchen könnte. Oh, sie machte sich da nichts vor, natürlich war das Fräulein Willimczyk eine gebildete Person, als Buchhändlerin konnte sie ja so viele Bücher lesen wie sie wollte, aber gebildete Leute hatte der Herr Rechtsanwalt genug unter seinen Kollegen. Was ihm fehlte, war mehr eine tüchtige und unaufdringliche Haushälterin, dafür war sie gewiß viel besser geeignet. Sie war nicht neidisch, nein, das war sie nicht, vielleicht ein wenig enttäuscht. Neid, das war eine Sünde, und sie beging kaum noch Sünden. Je älter sie wurde, desto weniger gab es für sie zu beichten. Manchmal erfand sie sich ein paar läßliche Sünden, nur damit sie dem Pfarrer im Beichtstuhl wirklich etwas zu sagen hatte, sie wollte ihn ja nicht enttäuschen.

Valeska ging jetzt zum Klavier und nahm das Zeugnis auf, das bis dahin niemand zu berühren gewagt hatte. Es war, als kehrten sie mit diesem Stück Papier in die Wirklichkeit zurück. Valeska las darin und ihr Bruder sah ihr dabei über die Schulter.

Wir müssen darauf trinken, sagte sie, während sie noch

las, daß Josel ein so gutes Zeugnis mitgebracht hat. Sie war stolz auf ihren Sohn, aber freuen konnte sie sich nicht.

Vielleicht findet sich noch eine Flasche Sekt im Keller, sagte Willi Wondrak, dann stoßen wir darauf an! Dabei wußte er sehr genau, daß keine Flasche Sekt mehr im Keller war, weil er schon einige Male vergeblich danach gesucht hatte.

Ich hol schon mal die Gläser, sagte Lucie erleichtert und verschwand im Flur, wo in einem Wandschrank das Geschirr für besonders festliche Gelegenheiten aufbewahrt wurde.

Valeska Piontek sah ihren Sohn an, dann ging sie auf ihn zu und legte ihm einen Arm um die Schultern: Möcht ich nur wissen, sagte sie jetzt sanft, was du alles von diesem Dotsojewskij gelernt hast?

Ach, Mama, sagte Josel und schob ihren Arm herunter. Sag doch nicht immer Dotsojewskij!

20

Hrabinsky war immer dort zu finden, wo etwas los war, als Invalide hatte er ja Zeit genug. Seit neuestem konnte man ihn überall auf einem Stühlchen sitzen und, wenn es ihm zu langweilig wurde, auch in einer Zeitung blättern sehen. Er hatte von der Krankenkasse eine Holzprothese verschrieben bekommen – gerade in der letzten Zeit wurden enorme Fortschritte in der Orthopädie gemacht –, so daß er nicht mehr an seinen Krücken gehen und den Stelzfuß anschnallen mußte. Doch das Gehen mit der Prothese war anstrengend für ihn und zwang ihn ständig zum Ausruhen. Für diesen Zweck hatte er sich einen Klappstuhl konstruiert, aus Leinen und Rundhölzern, den man zusammengelegt bequem unterm Arm tragen konnte.

Die ersten beiden Glocken waren bereits abgeseilt und

verladen, nun war die größte Glocke an der Reihe, die Hedwigs-Glocke. Um das richtig beobachten zu können, hatte er seinen Klappstuhl schon an verschiedenen Stellen aufbauen müssen, weil ihm immer wieder Leute die Sicht versperrt hatten. Die meisten kannte er nicht, die sich da groß und schwarz vor ihm aufstellten. Wo kamen die nur alle her? Pónbóczku, man könnte meinen, das ist ein Kirchweihfest!

Hrabinsky hatte auf die Rückenlehne seines Klappstuhls in großen Buchstaben HRABINSKY gemalt, weil er Veit Harlan einmal in der Wochenschau auf solch einem Stuhl hatte sitzen sehen, eine große Tüte vor dem Mund, mit der er Hunderte von Statisten vor der Prager Stadtkulisse dirigierte, das hatte ihm imponiert. Einen Sonnenschirm, wie ihn der Harlan über der Stirn getragen hatte, besaß er ebenfalls. Aber heute, wo die Wolken am Himmel dahinfetzten und erst hier und da einen Sonnenstrahl durchließen, reichte eine Sonnenbrille. Man mußte ständig die Glocke im Auge behalten, denn wenn etwas passierte, würde das alles sehr schnell gehen, und er war ja nicht hierher gekommen, um am Ende das Unglück zu versäumen. Es könnte ja immerhin das Seil reißen...! Das wäre ein großes Ereignis für die Stadt.

Ohne seinen Klappstuhl kam er kaum noch aus, der war so ungeheuer praktisch. Damit ging er zum Feinkosthändler Schachtner und setzte sich in die Schlange, wenn es Sonderzuteilungen für Reisflocken oder Rübensirup gab. Als Invalide mußte er sich zwar nicht anstellen, aber er wollte keine Bevorzugung, jetzt im Krieg, nein, und außerdem unterhielt er sich gern mit den Leuten. Er klappte den Stuhl in der Straßenbahn auf und in der Kirche, wenn die Bänke besetzt waren, und je länger der Krieg dauerte, um so voller waren die Kirchen. Sogar zu Wallfahrten war er mit seinem Stuhl erschienen, aber auch beim *Tag der Heimat* in Gogolin und beim Gebietssportfest der schlesischen *Hajott*, bei dem ihm Gauleiter Wagner persönlich die Hand gedrückt hatte.

Seinen Stock brauchte er nun nicht mehr, um sich abzustützen, sondern eher als Waffe. Nach seiner Meinung trieb sich zuviel Gesindel in der Stadt herum, Polen, Ukrainer, Zigeuner und Neger, kein echter Deutscher konnte vor denen sicher sein.

Als ihm jemand sagte, er habe noch nie einen Neger in der Stadt gesehen, Juden seien keine mehr da, und Zigeuner wird es bald auch nicht mehr geben, da hatte Hrabinsky nur unwirsch geantwortet, Ukrainer, Polen und Neger seien dasselbe, und schließlich würden die Diebe auch nicht weniger werden, nur weil es nichts mehr zu klauen gäbe.

Hrabinsky war eine jener Naturen, die sich immer für irgend etwas begeistern und immer irgend etwas verachten mußten. Der Gegenstand wechselte, aber die Leidenschaften blieben. Er konnte sich ebenso für eine Wallfahrt zum Annaberg einsetzen, wie er mit der WHW-Sammelbüchse durch die Wilhelmstraße zog; er sang bei den Rorate-Messen im Advent mit inbrünstiger Stimme:

> *Tauet Himmel den Gerechten*
> *Wolken regnet ihn herab*
> *also rief in bangen Nächten*
> *einst das Volk in Sünd und Grab*

Und beim gemeinsamen Eintopfessen auf dem Reichspräsidentenplatz schunkelte er mit dem Bürgermeister wie mit dem Herrn Helling, dem Vorsitzenden des Südwestafrika-Vereins:

> *Du oberschlesische Heimat*
> *du wälderrauschendes Land*
> *wie festlich schmückt deine Fluren*
> *der Oder silbernes Band*

Und als sie bei Oberhütten eine Gruppe angeblicher Kommunisten verhaftet hatten, war er ihnen vor dem Eingang zum Polizeipräsidium in der Teuchertstraße aufgelauert und hatte mit seinem Krückstock in die Gesichter geschlagen und geschrien: *Nieder mit Rotfront!*

Er nahm jetzt seine Krücke und schob damit die Leute weg, die ihm die Sicht nahmen. Schließlich wollte er seinen guten Platz nicht einer Schönwälder Bäuerin abtreten, die sich mit ihrem gestärkten und bestickten Häubchen vordrängte, den Mund weit offen vor Neugier und Staunen.

Er entdeckte Valeska Piontek, die langsam und neugierig den ganzen Platz inspizierte. Sie läuft heute herum, dachte er, wie die ärmste Bergarbeiterwitwe. Er selbst hatte sich früher zu Ostern von den reichen Juden in seiner Straße etwas schenken lassen, was sie nicht mehr anzogen, weil es aus der Mode war. Aber jetzt waren die Juden in Familienghettos nach Polen umgesiedelt worden, die letzten erst gestern. Er war selbstverständlich dabei gewesen. Jetzt sollen alle Juden weg sein, bis auf den alten Justizrat Kochmann, der Ehrenbürger der Stadt schon vor Dreiunddreißig gewesen war, den konnte man nicht so einfach ausweisen. Sie hatten ihm leid getan, die Juden, wie sie da gebückt und verhärmt aus dem Tor der Niederwallstraße kamen, mit einem Koffer und zwei Schlafdecken, mehr durften sie nicht mitnehmen, so hatte er gehört. Den Doktor Blumenfeld und den Herrn Weissenberg und den Herrn Karpe von dem Wäschegeschäft am Ring hatte er erst im letzten Moment überhaupt erkannt, weil sie ganz verändert ausgesehen hatten, abgemagert, bleich, die Kleidung zerschlissen.

Nicht einmal die Haare hat sich die Frau Piontek machen lassen, dachte Hrabinsky. Naßwelle kriegte man ja schließlich noch ohne Marken. Die Sache mit Halina muß sie ganz schön mitgenommen haben. Ansonsten hatte sie weiß Gott keinen Grund zur Trauer: seit vier Jahren Witwe, und die Immobilienfirma, die sie mit ihrem Bruder ge-

gründet hatte, soll prächtig bis in die Gegend von Kattowitz hinein florieren.

Er legte sich ein paar Fragen zurecht, die er Frau Piontek schon seit langem stellen wollte, da schob sie gerade in
eine andere Richtung ab. Die Frau des Lokomotiv-Führers Ossadnik war es, die mit großen Gesten der Piontek
winkte.

Kein Mensch wüßte, wer diese Frau Ossadnik ist, wenn
sie nicht die Mutter von dieser Ulla wäre, das reinste
Wunderkind! Wie so etwas hier in dieser Stadt groß werden konnte! Seltsam... Neulich war sie sogar in einem
Konzert aufgetreten und hatte mit ihrem Klavierspiel die
Leute begeistert, mit achtzehn Jahren! Die Zeitung hatte
sogar darüber berichtet. Sie sah immer noch gut aus, diese
Frau Ossadnik, und obwohl ihr Mann nur Lokomotivführer war, war sie stets fesch angezogen, bis auf die scheußli-
chen Halstücher.

Er wollte gar nicht hinsehen, wie sich die beiden Frauen
begrüßten, da las er lieber weiter in seiner Zeitung. Er las
schon zum zweiten Mal den Bericht über Katyn. Schrecklich, was alles in der Welt passierte. Er saugte an seiner kalten Pfeife. Er hatte keinen Krümel Tabak mehr und bereits
die Hälfte seiner Kleiderpunkte gegen Tabak eingetauscht.
Auf ein neues Hemd konnte er verzichten, aufs Rauchen
nicht. Vielleicht bekam er von der Frau Fleißner ein Päckchen Tabak schon auf die neue Mai-Raucherkarte. Sonst
könnte es eine lange Fastenwoche werden.

Haben Sie vielleicht meine Tochter Helga gesehen?
fragte der Feinkosthändler Schachtner den Invaliden.

Sie finden alles auf dem Platz, sagte Hrabinsky großzügig, da wern Sie finden auch Ihre Tochter. Aber hernse mal
zu, hamse das schon gelesen? Er schlug auf die Zeitung:
Massenmord von Katyn? Da haben die Bolschewiken
zwölftausend polnische Offiziere umgebracht, mit
GPU-Genickschuß, und in Massengräbern bei Smolensk

vergraben. Und das polnische Rote Kreuz ist dabei, Herr Gorcycki, Herr Skracynski und der Herr Lachert, also da wird es ja wohl stimmen und keine Propaganda sein. Soll ich Ihnen mal was vorlesen? Und ehe Herr Schachtner einen Einwand machen konnte, las Hrabinsky vor: Da... also... *auf Grund der Untersuchung von bisher 300 ausgegrabenen Leichen läßt sich feststellen, daß diese Offiziere durch Pistolenschüsse in das Genick ermordet worden sind. Aus der typischen Gleichförmigkeit der Wunden kann auf eine Hinrichtung durch fachlich geschulte Henker geschlossen werden.*

Drittens: Der Mord trägt nicht die Züge eines Raubmordes; die Toten sind noch mit Uniformen, Stiefeln bekleidet und tragen noch Auszeichnungen, außerdem finden sich bei den Ermordeten erhebliche Beträge polnischen Geldes.

Viertens: Aus den bei den Leichen vorgefundenen Papieren und Urkunden muß geschlossen werden, daß der Mord ungefähr in den Monaten März bis April 1940 stattgefunden hat...

Hrabinsky sah von der Zeitung auf: Mecht man nich für meglich halten. Was müssen das für Menschen sein, die andern eine Kugel ins Genick jagen. Verstehn Se das? Also das kann ein Mensch nich verstehn nicht. Mein ich, ein Volk, das so was tut, muß verdammt werden! entrüstete sich Hrabinsky.

Der Herr Schachtner überflog den Artikel jetzt selbst noch einmal. Schrecklich, sagte er, nachdem er ihn gelesen hatte.

Aber ich muß meine Helga suchen, die läuft nämlich dem Anton Ossadnik nach, und Sie wissen doch, was der für ein Filou ist!

21

Andi Ossadnik war nicht in der Stimmung zu streiten, nicht am Mittag, und schon gar nicht am Karfreitag. Und überhaupt nicht mit diesem geschwollenen Auge. Außerdem war er sich ziemlich sicher, daß die älteste und größte Glocke der Stadt in der Kirche St. Allerheiligen hing, weil es die älteste Kirche der Stadt war und St. Peter-Paul erst etwa um die Jahrhundertwende gebaut worden war. Alle Glocken hier waren ziemlich neu, bis auf diese eine, die auch früher einmal Allerheiligen gehört haben soll, sie war von den Dänen, so hatte er gelernt, im Dreißigjährigen Krieg als Tribut gefordert worden, aber die Räder ihrer Wagen seien unter der Last der Glocke zusammengebrochen, so daß sie sie zurücklassen mußten. Diese Glocke sei dann später von Allerheiligen der Peter-Paul-Kirche bei der Einweihung zum Geschenk gemacht worden. Das hatte er früher vom Kaplan Mikas im Don-Bosco-Bund gehört, und das müßte der Tex Weber auch wissen, aber der interessierte sich seit einiger Zeit nur noch für den U-Boot-Krieg, klebte aus Ausschneidebogen ganze Flotten und sammelte alles an Zeitungsausschnitten über sein Vorbild, den Korvetten-Kapitän Prien, den Sieger von Scapa Flow, und versuchte mit zehn andern Jungs im Bann 22 so etwas wie einen Zug *Marine-Hajott* zu bilden.

Die Glocke! Es geht los! schrie Hrabinsky. Alle starrten nach oben. Wenn man genau hinsah, konnte man feststellen, daß das vom Turmfenster herunterhängende Seil jetzt straff gespannt war, ja geradezu vor Spannung vibrierte. Im Turmfenster war die äußere Wandung einer Glocke sichtbar. Das Geraune auf dem Kirchplatz wurde leiser und verebbte. Ganz langsam und mit kleinen Rucken glitt die Glocke, wie von unsichtbaren Händen geschoben, immer weiter aus dem Turmfenster heraus, bis sie auf einmal in ihrer ganzen Größe sichtbar war. Auch in dieser Höhe sah sie immer noch gewaltig aus, für Andi, der sie noch nie gesehen hatte, war der Anblick geradezu *majestätisch*. Die meisten Zuschauer auf dem Kirchplatz hatten diese Glocke niemals vorher gesehen, aber sie konnten sich bei ihrem Anblick vorstellen, daß im Vierklang der Glocken von Peter und Paul, an den sie sich alle noch lebhaft zu erinnern glaubten, wohl von *dieser* der dumpfmahnende, pummernde Ton gekommen war. Ein paar Sekunden lang war es, als schwebte die Glocke in der Luft, als sie sich mit einem kleinen Ruck von dem Turmkran löste und vom Seil des Flaschenzugs aufgefangen wurde. Sie schwankte ganz leicht, so leicht, daß nicht einmal der Klöppel an das Metall stieß, worauf die Leute hier wohl gewartet hatten. Es gab auch manche unter ihnen, die hofften, das Seil würde reißen und die Glocke zu Boden stürzen. Und nicht wenige beteten dafür. Aber wenn die Glocke jetzt wahrhaftig *zwischen Himmel und Erde* schwebte, wie es in dem Kirchenlied heißt, so kam sie doch von Minute zu Minute ein Stück der Erde näher.

Andi fiel eine Ballade ein, die ihm seine Großmutter beigebracht hatte. Mal sehen, ob er sie noch zusammenkriegen würde. Kennt noch jemand von euch die *Ballade vom Glockenguß zu Breslau?* Und ohne eine Antwort abzuwarten, begann er:

> *War einst ein Glockengießer*
> *zu Breslau in der Stadt,*
> *ein ehrenwerter Meister,*
> *gewandt in Rat und Tat.*
>
> *Er hatte schon gegossen*
> *viel Glocken, gelb und weiß,*
> *für Kirchen und Kapellen*
> *zu Gottes Lob und Preis.*

Das kannte der Tex bestimmt nicht. Und da brauchte man auch mit ihm nicht mehr darüber zu reden, da konnte er noch so häufig *wahnsinnig* sagen und die verrücktesten Wörter der Welt anschleppen.

Andi wußte, daß Breslau früher berühmt gewesen war für seine Glockengießer, von dort aus waren die Glocken bis nach Köln und München und Amsterdam und in die halbe Welt gegangen. So etwas lernte man auch nicht in der Schule. Seine Großmutter in Turawa, die konnte den halben *Balladenschatz* auswendig.

Na, weißt du weiter? fragte Andi.

Also bekannt kommt es mir vor, sagte Tex vom Baum herab. Die erste Strophe kann ich auch, sag das noch mal.

Nischte kannste, sagte Andi und rezitierte weiter:

> *Und seine Glocken klangen*
> *so voll, so hell, so rein:*
> *er goß auch Lieb und Glauben*
> *mit in die Form hinein.*

Damit war er am Ende. Komm, sagte er zu Bronder, wir gehn mal nach vorn, vielleicht gibt es dort mehr zu sehen. Er mußte ja dem Tex Weber nicht sagen, daß er nun auch nicht mehr weiter wußte...

Eine Strophe weiß ich noch, sagte Bronder, aber nicht, wo sie hingehört.

> *Doch aller Glocken Krone*
> *die er gegossen hat,*
> *das ist die Sünderglocke*
> *zu Breslau in der Stadt.*

Bis nach vorn zur Kirche kamen sie nicht. Aber wenn der Herr Hrabinsky für einen Moment von seinem Klappstuhl aufstehen würde, dann könnten sie sehen, was dort geschah. Der Invalide stand bereitwillig auf, legte aber vorher die Zeitung auf den Sitz. Außer den beiden Lastwagen, auf denen bereits zwei Glocken mit Seilen vertäut waren und den Arbeitsmännern, die an einem Flaschenzug herumhantierten und sich gegenseitig Befehle zuriefen, war nichts zu sehen. Vor allem war kein Priester aufgetaucht, nicht einmal ein Ministrant.

Ich weiß weiter, sagte Kotik.

Was denn? fragte Andi.

Na, die Ballade.

> *Im Magdalenenturme*
> *da hängt das Meisterstück*
> *rief schon manch starres Herze*
> *zu seinem Gott zurück.*
>
> *Wie hat der gute Meister*
> *so treu das Werk bedacht!*
> *Wie hat er seine Hände*
> *gerührt bei Tag und Nacht!*
>
> *Und als die Stunde kommen,*
> *daß alles fertig war,*
> *da... da...*

Mehr fällt mir nicht ein.

Ich kann euch auch nicht weiterhelfen, sagte Hrabinsky, der am Schluß zugehört hatte, enttäuscht. Als ich noch in die Schule ging, haben wir für so was keine Zeit gehabt. Wir haben nur Kirchenlieder auswendig gelernt, davon kann ich eine Menge. Er wollte gerade mit einem anfangen: *Den Herren will ich loben...*

Ich hab das auch mal gelernt, sagte ein Mann neben ihnen. Das ist doch der Glockenguß zu Breslau von... von..., nicht wahr, ja, haben wir in der Schule gelernt, eine schöne Ballade.

Noch einer mischte sich ein. Gelernt und vergessen, sagte er, gelernt und vergessen. So ist es doch im Leben. Da ruft er... seinen... Buben... geht das nicht so? Ja, natürlich:

> *Da ruft er seinen Buben*
> *zur Feuerwacht herein:*
> *ich laß auf kurze Weile*
> *beim Kessel dich allein.*

> *Will mich mit einem Trunke*
> *noch stärken zu dem Guß,*
> *das gibt der zähen Speise*
> *erst einen vollen Fluß.*

Und Kotik rezitierte mit:

> *Doch hüte dich und rühre*
> *den Hahn mir nimmer an:*
> *sonst wär es um dein Leben,*
> *Fürwitziger, getan!*

Jetzt kamen noch andere Zuhörer hinzu. Andi entdeckte
die Buchhändlerin Willimczyk, das heißt, er hörte ihre
Stimme, die immer lauter wurde, denn sie wollte, daß
möglichst viele über ihre literarischen Kenntnisse staun-
ten:

> *Der Bube steht am Kessel,*
> *schaut in die Glut hinein:*
> *das wogt und wallt und wirbelt,*
> *und will entfesselt sein.*

> *Und zischt ihm in die Ohren,*
> *und zuckt ihm durch den Sinn,*
> *und zieht an allen Fingern*
> *ihn nach dem Hahne hin.*

Andi machte eine Kopfbewegung, und die drei Jungen
verschwanden aus der Mitte. Er hatte seine Mutter entdeckt, zusammen mit der Klavierlehrerin Piontek, also
denen wollte er nicht in die Arme laufen. Und außerdem
war ihm der Auflauf schon unangenehm geworden. Da
war es beinahe besser, mit Tex Weber zu quatschen oder
auf einen Baum zu klettern, wo man das alles *wahnsinnig*
viel besser überblicken könnte.

Andi hielt eine Hand vor sein geschwollenes Auge, teils um es zu schützen, teils weil es weh tat. Er hätte sich eine Augenklappe umbinden sollen, außerdem sieht man damit ziemlich interessant aus. Ein blaues Auge sah nach Niederlage aus, das ist wahr, eine Augenklappe nach Sieg. Hatte nicht immer dieser Lord Nelson eine Augenklappe getragen? Jedenfalls irgendein Seeheld war das gewesen. Zum Osterhochamt würde er mit einer Augenklappe gehen, das nahm er sich vor, auch wenn bis dahin die Schwellung wieder zurückgegangen sein sollte. Das *Veilchen* würde sowieso noch eine Weile bleiben. Ein Ostern mit Augenbinde!

Andi und Bronder blieben stehen. Sie sahen auf die Glocke und auf das Seil und unten auf den Flaschenzug. Sie sahen angestrengt hin, als ob sie sich über etwas schlüssig werden müßten, was mit der Entfernung und was mit den Männern und was mit dem Seil zu tun hatte, und sicher auch mit der Glocke.

Da ist nichts zu machen, sagte Bronder nach einer Weile nachdenklich. Und Andi, der wohl das gleiche gedacht hatte, sagte: Da ist abserlutnik nichts zu machen.

Ich weiß es weiter, sagte Kotik, der die ganze Zeit über an die Fortsetzung der Ballade gedacht hatte. Ich weiß jetzt weiter.

Na sag's schon, sagte Andi, und mach's nicht so spannend!

> *Er fühlt ihn in den Händen,*
> *er hat ihn umgedreht:*
> *da wird ihm angst und bange*
> *er weiß nicht, was er tät.*

> *Und läuft hinaus zum Meister,*
> *die Schuld ihm zu gestehn*
> *will seine Knie umfassen*
pompompompom weiß nich mehr weiter

doch wie der nur vernommen
des Knaben erstes Wort
da reißt die kluge Rechte
der jähe Zorn ihm fort

er stößt sein scharfes Messer
dem Buben in die Brust
dann stürzt er nach dem Kessel
sein selber nicht bewußt.

Der Knabe liegt am Boden,
er schaut sein Werk nicht mehr
ach Meister, wilder Meister,
du stießest gar zu sehr!

Jesass, sagte Andi, woher weißt du denn das? Du kennst ja die ganze Ballade auswendig? Er merkte, daß er seinen kleinen Bruder unterschätzt hatte. Na, ja, schmökerst bei der Mutter in allen Büchern mit! Aber die liest doch nur diese albernen Zukunftsromane! Pjeron! sagte er anerkennend.

Hinter einem schwarzen Dreieck, das sich als ein altes Mütterchen mit Kopftuch, Schultertuch und dicken Rökken herausstellte, wurde Wonzak sichtbar. Ach du heiliger Strohsack, sagte er, als er Schielok von vorn sah, wie siehst du denn aus?

Von hinten hatte diese Person Schielok viel ähnlicher gesehn als von vorn. Aber es war Schielok, in der Tat, nicht zuletzt überzeugte ihn die Stimme: Dich haben sie also nicht gekriegt!

Andi freute sich darüber. Er mußte es annehmen, denn Wonzak hatte nicht eine Schramme im Gesicht und auch nicht einen Schmutzfleck im Hemd.

Was ist denn mit dir passiert? stotterte Wonzak. Hinter ihm tauchte Hannes Stein auf, der ebenfalls erst einmal seiner Überraschung Herr werden mußte, wobei er mit dem Handrücken über seinen feuchten Mund rieb.

Ich hab mich geopfert, sagte Andi leicht wegwerfend.

Du hättest mit uns laufen sollen, schob Hannes Stein sich näher heran. Bei den Schrebergärten haben wir die Evangelen abgehängt. Dort kannten wir uns einfach besser aus, nicht wahr?

Ich habe mich ihnen entgegengestellt, sagte Andi, damit sie nicht alle von uns kriegen.

Sie mußten es ihm nicht glauben, aber sie sollten ihn ruhig ansehen – deshalb nahm er die Hand von seinem Auge –, damit sie eine Ahnung bekamen von dem, was ihnen erspart geblieben war.

Sie waren in der Überzahl, sagte er. Er zuckte mit den Schultern. Aber ich hab noch alle meine Zähne behalten, das ist die Hauptsache. Er lachte dabei und zog die Lippen zurück, daß das Weiß darunter leuchtete. Das war auch wirklich für ihn die Hauptsache, denn er war auf seine blendendweißen und glatten Zähne so stolz wie sein Bruder Ton:k auf seine Haare.

Wonzak und Hannes waren beeindruckt. Erst jetzt wurde ihnen bewußt, was mit ihnen hätte geschehen können. Auch zu dritt wären sie schließlich dieser Übermacht unterlegen gewesen.

Es war ein Fehler von uns gewesen, sagte Andi, mit drei Pjerons vor diesem KLV-Verein anzutreten. Mit unsrer alten *Ferajna* – gut, aber so…?

Wonzak nickte Andi eifrig zu. Wenn es nach ihm ginge, würde er die alte *Ferajna* wieder beleben. Aber nur mit Schielok kriegte er sie wieder zusammen.

Du hast dich gewehrt! sagte Hannes anerkennend, jede Wunde und Hautabschürfung einzeln betrachtend, vom Kopf bis hinunter zu den Knien.

Aber Andi wollte nicht den Helden spielen. Hab ich gar nicht! sagte er bestimmt. Ich wollte sie nur aufhalten. Ich wußte, wenn sie ihre Wut an mir auslassen, werden sie euch nicht mehr weiter verfolgen.

Natürlich stimmte das nicht. Aber irgendwo stimmte es dann wieder doch.

Ich hab nur mein Gesicht geschützt, sagte er. Das mit dem Auge war schon vorher passiert, als mich ein Stein getroffen hat.

Und die Brille, fragte Wonzak.

Andi machte nur eine wegwerfende Handbewegung. Ich schiele ja nicht mehr! Kotik – wo ist denn der Kotik hin?

Der holt jetzt sicher aus der Borromäus-Bücherei das Balladenbuch, der will's genau wissen, wie es weitergeht, und liest uns daraus vor! Den kenn ich, sagte Wonzak.

22

Sie bringen uns zum Güterbahnhof, sagte Karpe, da hinten, ich seh ihn schon. Halten Sie noch durch, Herr Silbergleit?

Aber ja, beeilte sich der zu antworten. Er würde es noch eine Weile aushalten, wenn der Schmerz sich nicht verschlimmerte. Von den Kapos wollte er sich nicht schlagen lassen.

Ich werde aufpassen, daß wir in den gleichen Waggon kommen, sagte Karpe. Da können wir uns gegenseitig behilflich sein. Bis Riga kann es lange dauern, es werden uns noch manche Strapazen bevorstehen, fürchte ich.

Jetzt hat er auch Riga gesagt, dachte Silbergleit.

Von dem Versteck im Keller weiß niemand etwas außer Herrn Kochmann und mir und er hätte es mir auch nicht gesagt aber er brauchte jemand der ihm dabei half und auch der junge Aron Brauer wußte davon er ist durch das Loch hindurchgekrochen und ist lange drin geblieben

da war so viel zu sehen

du mußt mit der Batterie sparen es ist die letzte die wir haben

ein goldener Leuchter der funkelt und die Thora das bestickte Seidentuch

ein kleiner Junge namens Aron Szalit läuft aus dem Ghetto hinaus in die Welt

eines Tages werde ich in dem Versteck bleiben und nicht mehr herauskommen ich werde hinter mir die Ziegel in dem Loch festmauern und Sie müssen mir versprechen die alten Kisten drüberzustapeln niemand wird mich dann entdecken

bis sie kommen und suchen wird der Mörtel festgetrocknet sein ich gehe nicht mit wenn sie uns holen nach Lublin in das Ghetto ich weiß nicht was Lublin ist aber ich weiß was Gleiwitz ist und da will ich bleiben in meinem Versteck bis eine andere Zeit kommt

wie der Junge redet nicht einmal vierzehn ist er und wie er redet

Haben Sie den kleinen Aron gesehn?

Wen?

Na, den Aron Brauer?

Als sie den Güterbahnhof erreichten, fingen die Kapos plötzlich an zu schreien und blindlings mit ihren Stöcken auf die Juden einzuschlagen. Sie trieben sie an einem Drahtzaun entlang eine Rampe hoch. Es war als ob sie eine Atmosphäre der Angst verbreiten wollten, damit niemand einen Fluchtversuch unternähme im Gewirr der Schienen und abgestellten Züge. Aber keiner wollte fliehen. Sie quälten sich mit dem Gepäck die Stufen zur Rampe hoch. Eine alte Frau stolperte und stürzte, die andern hetzten über sie hinweg, schrien und beteten und klammerten sich an ihre Gepäckstücke. Karpe und Silbergleit halfen der Alten auf und schleppten sie nach oben, ein anderer Jude brachte den aufgerissenen Pappkarton nach, aus dem

Lumpen herausquollen. Die Frau weinte nicht. Sie ließ sich auf der Erde neben ihrem Pappkarton nieder, das Haar aufgelöst, der Mantel ganz verschmutzt, und stierte ausdruckslos vor sich hin.

Ein langer Güterzug stand an der Rampe, die Lokomotive konnte man gar nicht sehen, weil der Zug vorn in einer Biegung verschwand. Hinter den Luken der Waggons drängten sich Gesichter, Hände winkten heraus. Nur in den letzten vier Waggons waren die Schiebetüren offen.

Die SS-Leute begannen die Juden zu zählen und in die Vieh-Waggons einzuweisen, und als diese schon voll waren, stopften sie dennoch immer mehr Menschen hinein, von den Kapos mit ihren Stöcken unterstützt. Am Schluß blieben fünf Juden übrig, und ein SS-Mann befahl, zwei der vorderen Wagen zu öffnen, um sie darin unterzubringen.

Silbergleit und Karpe standen dicht nebeneinander, sie wollten zusammen in einen Waggon. Als vor ihnen die Schiebetür aufgerollt wurde, sahen sie in eine Anhäufung von Menschenleibern, ein Gestank von Urin und Chlor schlug ihnen entgegen, der ihnen den Atem nahm, und schon wurden sie von den Kapos hineingestoßen, sie fielen über die Leiber, und während die Tür mit knirschendem Geräusch zurollte, krochen sie auf allen vieren und suchten nach einem freien Platz.

da war der Jasmin verblüht im Sommer bin ich zum Friedhof in die Leipziger Straße gegangen der Herr Kotzur hat uns manchmal Salat mitgegeben Radieschen wie lange habe ich so etwas nicht mehr gesehn einen grünen Apfel ja immer zu Fuß mit der Straßenbahn dürfen wir nicht fahren ja die Steigung bei der Hindenburgbrücke macht mir Schwierigkeiten das Herz ich hab es dir verschwiegen die Sache mit dem Herzen in den Vorgärten warum auch überall blüht der Jasmin und streut den Duft aus

um acht Uhr abends müssen wir in den Wohnungen sein
danach dürfen wir nicht mehr auf die Straße ich hab dich
gesehn wie du gewartet hast mit dem Jasmin im Arm
ich konnte dich nicht hören
komm nicht mehr wieder es ist besser
komm nicht mehr wieder
niemand weiß wohin wir kommen ein Fluch ruht auf
uns Karfreitag das ist der Tag ich hab nicht gewußt daß
heute Karfreitag ist dieser Duft des Jasmins

Im Waggon herrschte Dämmerlicht, so daß Silbergleit zunächst nichts erkennen konnte. Er tastete sich zwischen
den Leibern hindurch, bis er irgendwo eine Lücke fand, in
die er wenigstens seine Decken stopfen konnte. Dann ließ
er sich nieder. Neben ihm schimpfte jemand in einer Sprache, die er nicht verstand. Er entschuldigte sich leise, aber
blieb sitzen, wo er war. Karpe hatte er aus den Augen verloren, und da er zu erschöpft war, konnte er ihn nicht rufen. Ein Kind fing an zu schreien. Die Mutter beruhigte
es.

Die Greisenstimme neben ihm rief ein paar Worte hinüber. Silbergleit kam die Sprache wie holländisch vor, aber
er wagte nicht zu fragen. Er spürte, wie ihn eine Hand berührte. Die Greisenstimme hatte wohl ihn gemeint.

Verzeihen Sie, sagte er noch einmal und sah genauer hin.
Aus dem Dämmerlicht schälte sich der Umriß einer älteren
Frau mit einem schwarzen Hut auf dem Kopf, sie saß auf
dem Boden und lehnte sich an einen Koffer.

Wo kommen Sie her? fragte die Frau jetzt in einem rei-
nen, leicht nasalen Deutsch.

Aus Gleiwitz, sagte Silbergleit.

Was ist das? fragte die Frau.

Silbergleit erklärte es ihr. Er sah sie jetzt schon deutlicher. Der Hut war das auffallendste an ihr, vielleicht auch,
weil sie ihn in einer solchen Umgebung trug. Eine Vogel-

schwinge aus gestärkter Seide war vorn aufgesetzt und verlieh ihr etwas Elegantes, wenn nicht Mondänes. Wozu wohl auch das schwarze Kleid beitrug, dessen Kragen mit einer Schließe aus drei silbernen Ringen zusammengehalten wurde. Auf der linken Brustseite war ein gelber Stern, auf dem er das Wort *Jood* lesen konnte. Sie hatte scharfe, fast männliche Gesichtszüge, mit leicht schrägen, tief eingebetteten Augen. Er schätzte sie auf sechzig, aber sie könnte, bei normalem Licht betrachtet, auch einige Jahre älter sein. Sie hielt ein Taschentuch vor die Nase, das sie nur wegnahm, wenn sie sprach.

Sie übersetzte den andern, was Silbergleit ihr gesagt hatte. Nun stellte man ihm von allen Seiten Fragen: Wieviel Juden sind noch dazugekommen, und sind das alles polnische Juden?

Silbergleit sagte, daß sie deutsche Juden aus Schlesien seien, die man hier in Kattowitz im Gefängnis gesammelt hatte. An die zweihundert etwa, wie er gezählt hatte.

Wir sind an die zweitausend, sagte die Frau. Alles Juden aus Holland. Vor genau einer Woche sind wir aus dem Lager Drente-Westerbork weggefahren. Zweitausend Juden auf einmal, alle mit dem gelben Stern! Ich habe niemals vorher so viele Juden auf einmal gesehen.

Sie lehnte sich zurück und wischte sich mit dem Taschentuch übers Gesicht. Sie dachte daran, wie sie, von Polizei und Hunden bewacht, bis zum Bahnhof marschiert waren, in einer langen Kolonne, und wie sie in Güterwaggons gestopft wurden, wie Vieh. Es hatte lange gedauert, bis sie es überhaupt begriffen hatte. Und eigentlich versuchte sie sich mit Erinnerungen und einem parfümgetränkten Taschentuch immer noch darüber hinwegzutäuschen.

Wir haben die Nacht hier gewartet, in... wie heißt das noch? fragte die Frau... in Kattowitz? Hin und her haben sie uns rangiert. Es war kalt.

Und seit einer Woche sind Sie schon unterwegs, immer in diesem Zug? fragte Silbergleit erschreckt. Er konnte sich nicht vorstellen, wie man eine Woche hier in dieser Enge, in diesem Gestank aushalten konnte.

Sie schieben uns auf Nebengleise, wenn die Kriegstransporte durchfahren, deshalb dauert das alles so lange, sagte die Frau sachlich. Also, Sie haben nie etwas vom Lager Drente-Westerbork gehört?

Sie hatte gedacht, die ganze Welt wisse davon, was man mit den Juden in Drente-Westerbork machte.

Silbergleit hatte nie etwas davon gehört.

Und von Hilversum?

Er kannte Hilversum nur von der Skala auf seinem Radio-Apparat. Aber auch das war lange her. Bei Kriegsbeginn hatte man ihnen die Radios weggenommen.

Ich komme nämlich aus Hilversum, sagte die holländische Dame. Sie hatten ein Hotel in Hilversum besessen und in Zandvoort hatten sie das Hotel Lux gepachtet. Als ihr Mann gestorben war, hatte sie das Hotel in Zandvoort aufgegeben.

Jetzt denke ich, es ist gut, daß mein Mann das alles nicht mehr miterleben mußte. Das Hotel in Hilversum, wissen Sie, war das erste Haus am Platze, ich hatte dreißig Angestellte! Und die Deutschen haben es mir von einem Tag zum andern weggenommen.

Ich bin in Gleiwitz geboren, hier in Schlesien, sagte Silbergleit, aber ich habe vierzig Jahre in Berlin gelebt. In Holland bin ich leider niemals gewesen.

Oh, ja, sie kannte Berlin. Sie waren vor 1933 einige Male in Berlin gewesen, und sie waren immer in den ›Wintergarten‹ gegangen, ihr Mann habe nämlich das Varieté geliebt, mehr als das Theater. Sie selbst war lieber zu Max Reinhardt ins Deutsche Theater gegangen. Den ›Sommernachtstraum‹ im Zirkus Schumann, das würde sie nie vergessen.

Er hatte ihn auch gesehn. Und das Gastspiel der Habimah mit dem *Dibbuk*!

Ja, mit der Hanna Rowina. Das hatte sie in Amsterdam erlebt. Es war schon nach dem Krieg gewesen.

Sie kamen fast ins Schwärmen und hatten in der Erinnerung an eine Zeit, die ihnen wie Lichtjahre entfernt schien, nicht bemerkt, daß der Zug inzwischen weitergefahren war. Silbergleit schob den alten Mann, der auf der anderen Seite zusammengerollt lag und schlief, vorsichtig ein Stück weiter und setzte sich direkt neben die holländische Dame. Die Decken stopfte er sich in den Rücken. So saßen sie und horchten dem Rhythmus des Schienenschlags nach.

Sie müssen entschuldigen, ich habe mich Ihnen gar nicht vorgestellt, sagte Silbergleit und nannte seinen Namen. Ich bin von Beruf Dichter, und hier habe ich alle meine veröffentlichten Bücher.

Er zeigte auf seine Aktentasche, die er neben sich gestellt hatte, aber den Riemen hielt er um den Ellenbogen geschlungen, damit ihm niemand unbemerkt die Tasche wegnehmen könnte, auch nicht, wenn er schliefe.

Ich habe gleich gewußt, daß Sie etwas Besonderes sind, sagte die Frau. Ich habe Ihnen das am Gesicht angesehen, als Sie hereinkamen. Und Ihre vornehme Sprache! Wissen Sie, ich bin ja so dankbar, endlich wieder einmal mit einem gebildeten Menschen reden zu können.

Sie flüsterte hinter ihrem Taschentuch. Die Menschen lassen sich so gehen. Da hinten ist ein Kübel mit Chlor für die Notdurft. Aber manche sind so apathisch, die bleiben liegen, wo sie sind, in ihrem Urin und Kot.

Und als ob sie sich jetzt wieder daran erinnerte, öffnete sie ihre Handtasche und spritzte aus einem kleinen Flakon ein paar Tropfen in ihr Taschentuch und hielt es sich unter die Nase. Sie atmete tief ein. Man braucht sich nicht zu wundern, wenn die Deutschen sagen, die Juden sind schmutzig, flüsterte sie am Taschentuch vorbei.

Ich bin auch ein Deutscher, sagte Silbergleit. Lange Zeit habe ich nicht gewußt, daß ich ein Jude bin. Die Deutschen haben mich wieder dazu gemacht. Und jetzt will ich einer sein..., sagte er leise wie zu sich selbst.

Und laut fügte er hinzu: Ich hätte Ihnen gern eines meiner Bücher gezeigt. Aber es ist zu dunkel.

Durch die schmale Luke an der Seite des Waggons drang etwas Licht herein, aber zu wenig, um lesen zu können. Die größeren Jungen hatten sich davor gestellt und beobachteten die vorbeifliegende Landschaft. Gelegentlich riefen sie den Leuten im Waggon zu, was sie draußen sahen. Es schien bisher nichts Ungewöhnliches zu sein, denn die Frau horchte jedesmal hin, hielt es aber nicht für notwendig, ihm das zu übersetzen.

Sie wollte wissen, ob er Romane schreibe.

Gedichte! sagte Silbergleit, am liebsten Gedichte und kleine Pastelle.

Bitte was? fragte die holländische Dame mit neu erwachtem Interesse und spielte an ihrer silbernen Schließe.

So sagen wir im Deutschen, sagte er. Das sind kurze atmosphärische Skizzen, Wörter wie Farben hingetuscht. So etwas schreibe ich gern. Ja, auch einen Roman habe ich geschrieben, aber der ist noch unveröffentlicht.

Die Frau verstand nicht. In Riga, sagte sie, wenn wir mehr Zeit haben, müssen Sie mir etwas vorlesen. Sie liebte Gedichte, die sich reimten.

Wieso in Riga? fragte er vorsichtig.

Ja, wissen Sie das nicht? sagte die Frau ein wenig verwundert. Unser Transport geht nach Riga. Wir werden dort ausgetauscht gegen amerikanische Lastwagen. Und kommen dann nach Schweden.

Sie sagte das mit einer Gewißheit, die Silbergleits Zweifel auszuräumen vermochten. Herr Linz hatte vielleicht doch die Wahrheit gesagt. Er glaubte es, weil er an etwas glauben wollte. Und vielleicht auch, weil der Held seines Romans DER LEUCHTER aus Slabodka bei Kowno in die Welt gezogen war, und das war nicht weit von Riga entfernt. Es war eine Hoffnung, nicht mehr, die hier in diesem schmutzigen, stinkenden, mit Juden überfüllten Viehwaggon neuen Auftrieb bekam.

Ich war die einzige, die im Hotel fließend deutsch sprach, sagte die Frau. Es war das erste Hotel am Platze, und es wohnten nur deutsche Offiziere bei uns, mit den besten Manieren. Ich habe mich gut mit ihnen verstanden. Aber dann kam die Gestapo und hat mir das Hotel weggenommen. Es war der Name, flüsterte sie. Ich bin eine Morgenthaler, Rebekka Morgenthaler. Das genügte ihnen.

Sie machte eine Pause, um das Gesagte zu unterstreichen. Auf ihren Namen war sie immer stolz gewesen. Bis zu diesem Tage.

Ich mußte im eigenen Hotel den Fußboden scheuern und die Toiletten reinigen, im eigenen Hotel! Diese Schande... Sie stöhnte in der Erinnerung daran auf. Und nahm den Hut ab und legte ihn vorsichtig in den Schoß. Sie lockerte die Schließe am Kragen.

Silbergleit blickte an ihr vorbei zur Luke. Ein graues Stück Himmel war zu sehen, zu dem er sich eine Stadt am Meer vorstellte, in der auch Platz für Juden sein würde. Für einen Silbergleit und eine Morgenthaler.

Sie habe schließlich einen Arzt gefunden, der sie arbeitsunfähig schrieb, gegen Gold natürlich, und war in eine kleinere Wohnung gezogen, wo man sie in Ruhe ließ. Im Kurhotel in Mondorf, wohin sie alljährlich mit ihrem Gatten zur Kur gefahren war – zweiundzwanzig Jahre hintereinander, im gleichen Hotel! –, und nun war auf einmal kein Platz für sie: Juden und Hunde nicht zugelassen! Zwei Tage vor ihrer Deportation sei sie von der holländischen Polizei benachrichtigt worden, sie konnte noch alles in Ordnung bringen. Es war ihr sogar gelungen, einige Wertsachen bei einer arischen Nachbarin zu verstecken, bei der sie auch einen Schlüssel zurückgelassen hatte, damit jemand auf die Wohnung aufpaßte, bis sie wiederkäme. Sie war überzeugt davon, daß alle Juden nach dem Krieg wieder zurückkehren könnten.

Sie meinen wirklich, wir kommen nach Riga und von dort nach Schweden? fragte Silbergleit. Das ging ihm nicht aus dem Kopf.

Ja, sagte die Frau. Wir sind ein Pfand für sie.

Silbergleit wünschte sich etwas von ihrer Gewißheit.

Jemand kroch auf allen vieren über sie hinweg. In einer Ecke betete ein alter Jude mit dem Hut auf dem Kopf und schwang seinen Oberkörper vor und zurück. Silbergleit streckte seine Beine aus. Er schob den alten Mann neben ihm, der bis übers Gesicht mit seinem Mantel zugedeckt war und immer noch schlief, noch ein Stück weiter. Mit der Zeit würde er so viel Platz schaffen, daß er Karpe herholen könnte. Inzwischen hatte er sich an das heftige Rütteln der ungefederten Waggons gewöhnt und war eher froh, daß sie so eng lagen, sie würden sonst nur durcheinandergeschleudert werden.

Ein Chlor-Schwaden hing über ihnen. Jemand fing an zu husten und hörte überhaupt nicht mehr auf. Es hörte sich an, als würde er ersticken. Ein Kind begann zu weinen. Der alte Jude betete lauter.

Der monotone Rhythmus des Schienenschlags erfüllte sie, machte die Sätze pausenreicher, das Denken langsamer, die Erinnerungen länger.

Ich will es nicht glauben nein bis ich es selbst gelesen habe diese Verordnung und dann ist Herr Linz gekommen und hat sie im Flur angeschlagen wir alle haben das gelesen und am nächsten Tag bringt Herr Linz fünf Meter gelben Stoff leuchtendgelben Stoff wir müssen ihn bezahlen

Herr Kochmann streckt das Geld aus der Gemeindekasse vor und Frau Goldstein sitzt da und schneidet mit einer langen Schere sechszackige Sterne aus dem gelben Stoff große für die Erwachsenen und etwas kleinere für die Kinder nur Nathaniel braucht keinen zu tragen weil er noch nicht sechs Jahre alt ist DEUTLICH SICHTBAR AUF DER LINKEN BRUSTSEITE DES KLEIDUNGSSTÜCKS FEST ANGENÄHT ZU TRAGEN als ich zum ersten Mal damit in die Stadt gehe trage ich den *Mogendowid* auf der Brust wie einen Orden hab vorher nicht gewußt wie gelb die Farbe gelb leuchten kann wie ein Aussatz

ich gehe durch die Wilhelmstraße ich will daß sie mich sehen bis zum Bahnhof und zurück es ist die Zeit in der die toten Gesichter anfangen zu reden und die Menschen sehen her und sehen vorbei sie haben noch nie einen *Mogendowid* gesehen und wissen nicht was sie damit anfangen können aber die Jungen haben das in den Schulen gelernt sie gehen neben mir her sie zeigen mit Fingern auf mich fangen an hinter mir herzupfeifen werfen mit Steinen nach mir und einer kommt und stößt mich vom Trottoir und ein anderer nimmt den Hut der mir vom Kopf gefallen ist und wirft ihn über die Brücke in die Klodnitz

und immer mehr Menschen schließen sich ihnen an ich kehr um ich gehe zurück und sie folgen mir sie verfolgen mich ich beobachte sie aus den Augenwinkeln wie sie hinter mir her gehen pfeifen schreien und mit den Fäusten drohen

JUDE die Jungen pfeifen lauter ich gehe schneller sie folgen mir schneller JUDENSAU einer pufft mich in die Seite ich fange zu laufen an SCHIDDOK schreien sie SCHIDDOK

und laufen hinter mir her ich biege in die Niederwallstraße ein sie folgen mir nach bis ich im Haus verschwinde

ich stehe oben im Zimmer und sehe durch das Fenster nach unten ich seh wie sie da stehen

23

Iss das die Möglichkeit, nein gibt's denn so was, wen seh ich als erstes, kaum bin ich in Gleiwitz, die Emilie Piontek als Krankenschwester, mit einem weißen Häubchen auf dem Kopf! Und keine Zigarre im Mund? Ja, die Zeiten ändern sich. Was mag denn aus unsrer Milka geworden sein, die uns die Zukunft aus dem Wasser gelesen hat, aus der Ostropka und aus der Klodnitz...

Emilie Piontek, Wassermilka genannt, war so sehr damit beschäftigt, die Gräfin Hohenlohe-Langwitz im Rollstuhl an den gaffenden Zuschauern vorbeizusteuern, daß sie die redende, gestikulierende, sich aufblasende Frau erst spät bemerkte.

Ja, das bin ich, sagte Milka Piontek und hielt den Rollstuhl an. Es war ohnehin nicht weiterzukommen. Aber wer sind Sie? Das Gesicht unter dem Arbeitsdiensthut kam ihr irgendwie bekannt vor, sie überlegte krampfhaft, woher sie es kannte, was ihren Gesichtsausdruck nicht gerade freundlicher machte. Aber natürlich, das war doch... wie hieß sie denn noch, die Person, die draußen am neuen Sender gewohnt hat und so früh Witwe geworden war? der Mann ist bei einem schlagenden Wetter in der Concordia-Grube umgekommen, richtig – die Witwe Zoppas!

Marga Zoppas, du bist die Marga Zoppas aus Zernik, nicht wahr? sagte sie, froh darüber, doch noch den richtigen Namen zu diesem Gesicht gefunden zu haben.

Aber ja, aber ja, krähte die andere und faßte Milka an den Händen, die diese aber nicht von der Lehne des Rollstuhls ließ. Du hast mich erkannt! Hab ich mich so verändert?

Sie hoffte sehr, sich verändert zu haben. Ja, ich war eine Zeit weg gewesen, fügte sie hinzu. Aber man kommt immer wieder dorthin zurück, wo man hergekommen ist. Jekuschnej, sagte sie, aber das klang ein wenig künstlich. Und noch künstlicher klang es, als sie ein altes wasserpolnisches Kinderlied sang:

> *Ein Piesz kam in die Kuchnia*
> *und stahl dem Koch ein Chlyb,*
> *da nahm der Koch Widoka*
> *und tat den Piesz zabić.*

Sie wollte damit an etwas erinnern, das lange her war, und woran sich die Milka nicht gern erinnerte.

Eine Ewigkeit haben wir uns nicht mehr gesehn, sagte sie.

Ja, viel hat sich ereignet, viel hat sich verändert, sagte die Milka. Sie beugte sich zu der Gräfin hinunter. Sehen Sie dort die Glocke! Sie staunte, denn sie hatte noch nie eine Glocke aus der Nähe gesehn.

Laß mich überlegen, sagte die Zoppas. Gleich nach Kriegsbeginn bin ich aus Gleiwitz weggegangen...

Und bist nicht mehr hiergewesen, seitdem? fragte die Milka ungläubig. Die ganze Zeit nicht mehr hier gewesen?

Sie konnte nicht begreifen, wie jemand, der in Gleiwitz geboren war, so lange wegbleiben konnte, ohne dazu gezwungen zu sein. Und sie hatte es überhaupt nicht bemerkt! Jünger ist sie jedenfalls nicht geworden, dachte sie, aber flotter, ja das sah man sofort. Sie trug einen sportlich geschnittenen Staubmantel und einen eingefärbten Arbeitsdiensthut, den sie irgendwie verändert hatte. Der Anhänger mit der Bernsteinfliege, der an ihrer Brust schaukelte, war nach ihrem Geschmack jedoch zu aufdringlich.

Sie stellte die Zoppas der Gräfin als eine alte Freundin vor.

In Wirklichkeit waren sie niemals Freundinnen gewesen. Aber eine Zeitlang hatten sie sich häufiger gesehen.

Die Zoppas war zu ihr an den Fluß gekommen und hatte sich zeigen lassen, wie man Tabak bearbeitet und zu Zigarren wickelt, und sie ließ sich dafür über neue Filme berichten und die neuesten Schlager vorsingen. Später hatte Milka herausgefunden, daß die Zoppas sich unten an der Klodnitz mit einem Arbeitsdienst-Mann traf, der von Emanuelssegen heraufkam. Ob sie auf irgendeine Weise mit ihrer Schwägerin Valeska Piontek verwandt war, war nicht herauszukriegen, sie hatte sie jedenfalls zum ersten Mal bei ihr gesehen, aber vielleicht hatte sie bei der Piontek nur Klavierunterricht genommen. Wenn man lange genug bei der *Klavierwally* Stunden nahm, konnte es einem passieren, von ihr als Verwandter ausgerufen zu werden. Diese Tante Lucie (Widera) aus Mathesdorf zum Beispiel hatte sie doch nur zur Tante befördert, damit sie sie bei irgendwelchen Festen im Haus beschäftigen konnte. Und Feste konnte sie feiern, das mußte man ihr lassen.

Nachdem sie Halina abgeholt hatten, die arme, unschuldige Halina, hatte die Frau Piontek gleich Tante Lucie kommen lassen, die sich gewiß um alles kümmern würde, aber wie lange würde das gutgehen, länger als zwei Wochen konnte sie von der Knappschaft nicht wegbleiben. Irma hochschwanger, der Josel mit dem Einberufungsbefehl in der Tasche und der Rechtsanwalt, der im nächsten Monat die Buchhändlerin Willimczyk heiraten sollte... Sie ging das ja nichts mehr an. Nein, sie würde nicht einmal zur Hochzeit gehen. Mit dem Bruder von Valeska war sie ja schließlich nicht verwandt. Dann eher um der Rosa willen, die ihr einfach leid tat, eine unglückliche Person, die niemals zu einem Mann kam, und jetzt würde sie heiraten und wieder nicht zu einem Mann kommen.

Nach dem Tode ihres Bruders Leo Maria war sie überhaupt nur noch ein- oder zweimal im Haus gewesen, um ein paar Sachen abzuholen, die er von den Eltern aufbewahrt hatte und die sie nun behalten wollte, ein paar Briefe, Photos und einen alten Samowar, der längst nicht mehr funktionierte, alles wertlose, aber erinnerungsträchtige Dinge. Was kostbar war, hätte ihr die Valeska ohnehin nicht herausgegeben.

Ein Glück, daß sie sich auf die windigen Grundstücksgeschäfte des Herrn Rechtsanwalt gar nicht eingelassen hatte. Da war es schon besser, bei der im Grunde gutmütigen, wenn auch in der letzten Zeit sehr launischen Gräfin Hohenlohe-Langwitz als Gesellschafterin beschäftigt zu sein. Seit einem halben Jahr war sie allerdings als Krankenschwester dienstverpflichtet worden, in die Landesfrauenklinik, die zur Hälfte als Verwundeten-Lazarett eingerichtet worden war – wobei Milka das Glück hatte, nicht aus Gleiwitz weg in eine andere Stadt zu müssen. Sie hätte es nicht fertiggebracht, die Gräfin allein zu lassen. Sie hatten sich beide aneinander gewöhnt. In diesen Zeiten würde die Gräfin ohnehin keine neue Pflegerin bekommen.

Ja, sagte sie, und das hier ist die verehrliche Gräfin Hohenlohe-Langwitz, bei der ich seit damals Gesellschafterin bin. Seit du mit dem Soldaten abgehaun bist.

O bitte sehr, sagte die Gräfin und wünschte mit dem Rollstuhl ein wenig gedreht zu werden. Diese Person hätte sie sich doch gern etwas näher angesehn, die mit einem Soldaten durchgebrannt war.

Guten Tag, Frau Gräfin, sagte Marga Zoppas und staunte. Eine echte Gräfin! Das hätte sie nicht gedacht. Sie hielt eine ganze Weile ihre Hand fest. Sie wußte nicht, wen sie mehr bewundern sollte, die Gräfin im Rollstuhl in der hochgeschlossenen Kostümjacke mit den Spiegelkragen, einem Hut, der wie ein umgestülpter Blumentopf aussah und mit einem Schmetterling aus Glassplittern an der Seite geschmückt war – oder die Milka, die mit einer Gräfin verkehrte, auch wenn sie ihr manchmal die Nase oder die Duppa putzen mußte.

Was heißt abgehaun! Sie tat leicht gekränkt. Wir haben

geheiratet! Und damit übertrieb sie keineswegs. Der Herbert Kotzenhauer aus Osnabrück, sagte sie, das war Liebe auf den ersten Blick. Außerdem war er Offizier.

Das *Unter* unterschlug sie, das war nicht so wichtig. Einen richtigen Offizier würde sie sowieso niemals kriegen.

Er wollte, daß ich nach Osnabrück ziehe, zu seiner Mutter, die sich ganz allein um das Möbelgeschäft kümmern mußte, nachdem der Sohn eingezogen worden war. Und ich hatte ja niemand mehr hier. Es heißt auch, man soll immer in die Welt, verteidigte sie ihre Entscheidung.

Zuletzt war der Möbelladen zu einer Tauschwaren-Zentrale geworden, wo man Waren hinbrachte und andere, im gleichen Wert, mitnehmen konnte, und dafür strichen sie eine tüchtige Provision ein, natürlich ebenfalls in Waren – neue Möbel gab es schon seit langem nicht mehr.

Du machst also deiner alten Heimatstadt einen Besuch, stellte Milka fest und musterte die ›Offiziersgattin‹ von oben bis unten. In Frankreich konnte dieser Offizier nicht gerade stationiert sein!

Eigentlich möchte ich wieder hierbleiben, Heimat ist eben Heimat, seufzte die Zoppas.

Ja, gerade in solchen Zeiten wie diesen, mischte sich die Gräfin ein, soll man bleiben, wo man zu Hause ist. Heutzutage ist doch einer wie der andere auf Hilfe angewiesen. Sie wußte, wovon sie sprach.

Vor allem gibt es hier nicht diese schrecklichen Terrorangriffe der Flieger, sagte die Zoppas.

Hast du dich überhaupt an die Leute da oben gewöhnen können? Die sollen so stur sein, sagt man, und feiern niemals Feste? Für unsereins ist das doch wohl nichts. Aber wird dich dein Mann überhaupt weglassen? erkundigte sich Milka mitfühlend.

Der? sagte sie. Der ist gefallen.

Ach du Arme! Ach die Ärmste! Die beiden Frauen stießen die Worte wie mit einer Stimme hervor, so oft hatten sie es in der letzten Zeit sagen müssen.

Die zweifache Witwe überlegte einen Moment, ob sie vielleicht ein Taschentuch an ihre Augen führen sollte. Aber dann unterließ sie es. Es war schon eine Weile her. Und mit der Schwiegermutter hatte sie sich überhaupt nicht verstanden. Sie war froh, von Osnabrück weg zu sein.

Es soll jetzt ziemlich schwierig mit Wohnungen sein, hab ich bereits gehört, obwohl ich noch nicht einmal eine Stunde in der Stadt bin.

Ja, sagte Milka und bemerkte, daß die Marga Zoppas oder wie sie jetzt auch heißen mochte, nicht einmal schwarze Strümpfe zur Trauer trug, wir sind vollgestopft mit Bombengeschädigten aus dem Reich. Und viele *Goldfasane* schicken ihre Familien hierher. Wir sind zum Luftschutzkeller des Reiches geworden...

Ich werde erst einmal die Valeska Piontek besuchen. Ist sie noch immer so beschäftigt? Jetzt hat ja gewiß niemand mehr Zeit, Klavier zu lernen.

Sag das nicht! Es ist eher umgekehrt. Das Leben ist so traurig geworden, daß sich alle Leute mit irgend etwas beschäftigen, um das andere zu vergessen. Und weißt du, heutzutage, wo alles knapp und rationiert ist... Klavierspielen gibt es Gott sei Dank noch ohne Marken.

Sie wollte lachen, aber dann kam ihr der Scherz selbst zu albern vor, sie neigte sich zur Gräfin hinunter und stopfte ihr das Kissen zurecht, das sie gerade erst aufgeschüttelt hatte.

Jetzt lassen sie die dritte Glocke herunter, sagte die Gräfin und klatschte in die Hände. Ach, Milka, lassen Sie uns noch ein paar Minuten zusehen. Heute wird es ja doch nichts mehr mit dem Ausflug in die Richtersdorfer

Schweiz. Fahren wir lieber in die Kreuzkirche, zum Heiligen Grab!

So ein Karfreitag brachte doch wenigstens mal Abwechslung. Sonst ging die Milka mit ihr nur in die Grünanlagen am Preußenplatz oder in die ›Richtersdorfer Schweiz‹ oder immer den gleichen Weg an der Klodnitz entlang, sonntags auch in den Wilhelmspark. Karfreitag und Karsonnabend fuhr sie mit ihr in die drei Pfarrkirchen, um sich das »Grab Christi« anzusehen und zu beten. Das Schönste war in der Kreuzkirche, mit hundert Birnen erhellt und mit einer Kopie des Turiner Grablinnen darüber.

Es war ein alter Brauch, am Karfreitag wenigstens in drei Kirchen zu gehen, um vor dem Heiligen Grab zu beten; die Männer nahmen früher nach jeder Kirche einen Korn.

Wenn wir die Kirche zum Heiligen Kreuz noch schaffen wollen, dann müssen wir jetzt weiter. Bei dieser Glocke wird es nicht anders zugehen als bei den vorigen.

Und damit schob sie den Rollstuhl weiter.

24

Es mußte Mittag werden, bis Traute Bombonnek nicht mehr als Handarbeitslehrerin litt, sondern als Mensch und Künstler lebte. Sie machte da große Unterschiede. Vormittags empfand sie sich als seelenloses Wesen, nervös und mager, mit einem Überschuß an Magensäure, dazu verdammt, junge Mädchen zu unterrichten, die ständig ihre Haare kämmten, nach Schweiß rochen, blöd kicherten und mit plumpen Händen zarte Stickerei-Vorlagen verdarben. Mehr betäubt als von wirklicher Neugier erfüllt, ging das Fräulein Bombonnek dann und wann durch die Klasse, ließ sich Stickrahmen, Häkelproben und Strickmuster zeigen und floh, von den Ergebnissen gepeinigt, zurück zu ihrem Katheder. Diese Demütigungen ertrug sie über die Jahre hinweg nur, weil sie insgeheim hoffte, eine einzige wirkliche Talentprobe würde ihr beweisen, daß die Vormittage in der Schule für sie nicht umsonst gewesen seien. Inzwischen wurde sie kleiner und schmaler und trocknete immer mehr aus.

Zu Haus an ihrer Töpferscheibe, vor dem Brennofen oder beim Modellieren einer Terrakotta-Büste, war sie eine ganz andere, ja, wer sie am Vormittag und am Nachmittag beobachtete, hätte meinen können, das seien zwei vollkommen verschiedene Personen.

Sie hatte gerade der Steffi Kozura zwei Nachhilfestunden gegeben, gegen Naturalien selbstverständlich, ein ganzes Pfund geräucherter Speck – da ging sie sogar am Karfreitag aus dem Haus. Jemand grüßte sie überfreundlich. Sie lächelte zurück. Dann erst dachte sie darüber nach, wer es gewesen war. Es war das Fräulein Sczendzina, dem sie drei Jahre lang vergeblich den Kreuzstich beizubringen versucht hatte. Jetzt verkaufte sie Fische in der ›Nordsee‹ und hieß Fräulein Schanda. Für hundert Gramm Fleischmarken erhielt man zweihundert Gramm Fisch. So schief sie damals den Kreuzstich gestickt hatte, so genau war sie jetzt mit dem Gewicht.

Die Lehrerin wollte trotz des Karfreitags noch ein wenig an dem Tonmodell einer Werkmanns-Büste arbeiten, mit der sie noch nicht zufrieden war, aber irgend etwas hielt sie auf dem Kirchplatz fest. Vielleicht wartete sie, wie alle andern Menschen hier, auf eine Katastrophe, ohne es sich eingestehen zu wollen.

Guten Tag, Fräulein Bombonnek! Die Buchhändlerin Rosa Willimczyk schob sich heran. Wie schön, Sie zu sehen!

Und um nicht zu zeigen, daß sie dem Fräulein Bombonnek nachgegangen war, blickte sie zuerst einmal zum

Kirchturm hinauf und tat, als interessiere sie sich ungemein für das, was da oben mit der Glocke geschah. Ist es nicht schrecklich?

Ja, es ist schrecklich, antwortete die Lehrerin gleichgültig. Aber doch wohl notwendig. Wir haben den Krieg nicht gewollt, man hat uns von allen Seiten eingekreist. Nun müssen wir ihn durchstehen. Jeder muß opfern.

Sie glaubte an das, was sie sagte.

Ach, Sie meinen die Glocken? sagte die Willimczyk abwehrend. Das auch, ja, aber schlimmer: Halina haben sie verhaftet, durch die Geheime Staatspolizei. Das Dienstmädchen von den Pionteks, Sie wissen doch? Sie hat ein Verhältnis mit einem Ostarbeiter gehabt. Soll ihm hörig gewesen sein. So etwas gibt es!

O ja, sagte die Bombonnek. Davon verstand sie etwas. Das ist wirklich schrecklich! Wann ist denn das passiert?

Gestern früh. Die Frau Piontek war gar nicht zu Haus gewesen. Sie soll auch nichts davon gewußt haben, die arme Frau Piontek...

Aber er wird doch die Halina wieder herauskriegen, Ihr Herr Rechtsanwalt?! sagte das Fräulein Bombonnek.

Haben Sie gelesen, sagte die Buchhändlerin, als ob sie damit vom Thema ablenken wollte, der Sobisiak ist gefallen, der junge Leutnant Sobisiak, unser erster Ritterkreuzträger aus Gleiwitz.

Ja, das Fräulein Bombonnek erinnerte sich. Im Schaufenster der *Dresdner Bank* hing eine ganze Weile das *Bildnis eines Ritterkreuzträgers,* das Inge Haase-Richter gemalt hatte. Sie fand das Porträt mißlungen. Frau Haase konnte überhaupt keine Porträts malen, ihr fehlte es einfach an perspektivischer Technik, aber seitdem sie die Parteigrößen porträtierte, hatte sie Erfolg. Sogar den Kunstpreis der Stadt hatte sie bekommen. Nur für Gesinnung. Nicht für Kunst!

Vor einem halben Jahr war er noch im Urlaub hier und

hat zu der Hitlerjugend gesprochen, ein Fanatiker, wissen Sie, aber gut sah er aus, in seiner schwarzen Panzeruniform. Mein Gott, sagte Rosa Willimczyk, ich erwähn's ja nur, weil Sie ihn doch kannten, nicht wahr?

Natürlich, log das Fräulein Bombonnek.

Die Willimczyk hatte ihn nur zwei- oder dreimal gesehen, als er in ihre Buchhandlung gekommen war und in Büchern geblättert hatte. Nur einmal hatte er ein Buch gekauft, über Mineralien. Das war alles. Sie hatte sich erst wieder an ihn erinnert, als sie sein Bild in den Zeitungen sah. Sie behauptete gern von sich, daß sie alle berühmten Leute aus Gleiwitz und Umgebung kenne, und das stimmte ja auch beinahe. Auch wenn sie den meisten nur einmal ein Buch von einem Regal heruntergeholt und verkauft hatte.

Erst jetzt fiel ihr ein, warum sie dem Fräulein Bombonnek nachgegangen war. Lassen Sie mich Ihnen noch gratulieren! Es stand zwar noch nicht in der Zeitung, sagte sie, aber ich hab's natürlich schon erfahren: Sie kriegen den Kunstpreis der Stadt Gleiwitz für dieses Jahr! Wie schön! Meinen Glückwunsch!

Sie schüttelte dabei der Lehrerin viel zu lange die Hand. Ich freue mich so für Sie!

Danke, sagte das Fräulein Bombonnek sachlich und entzog ihre Hand. Sie sah keinen Grund zu überschwenglicher Freude. Seit vier Jahren hatte sie darum gekämpft und jetzt erst hatte sie ihn bekommen. Dabei waren ihre Keramiken weit über Schlesien hinaus bekannt geworden. Bei der großen Ausstellung für Kunst und Kunstgewerbe in Dresden 1941 hatte sie sogar eine Silbermedaille erhalten. Aber hier in der Stadt sahen die Leute in ihr immer nur die Handarbeitslehrerin, und nur wenige wußten, daß sie schon seit über zwölf Jahren Wanderausstellungen mit Stickereien und Töpferei-Arbeiten beschickte. Und wenn sie nicht die Führerbüste in Terrakotta gebrannt hätte,

hätte sie ihn wahrscheinlich auch dieses Jahr nicht bekommen.

Ich war schon seit langem vorgeschlagen, sagte sie. Aber Sie wissen ja: die Intrigen! Die Leute sind so mißgünstig, heutzutage ganz besonders. Künstler unter sich!

Die Buchhändlerin nickte.

Wenn sie nur daran dachte, was sie alles hatte tun müssen, um den Preis zu bekommen. Beinahe wäre sie sogar in die Partei eingetreten, was freilich nichts mit ihrer künstlerischen Arbeit allein zu tun hatte, sondern etwas mehr mit ihrem Brotberuf als Lehrerin – wer konnte schon als freier Künstler existieren? –, am meisten aber mit der Kirche. Denn nur aus Protest gegen die Kirche hatte sie sich um die Mitgliedschaft in der NSDAP beworben. Sie war Mitglied des NS-Lehrerbundes, der NS-Volkswohlfahrt und der NS-Frauenschaft, der NS-Kulturgemeinde und im ›Bund deutscher Osten‹. Aber etwas anderes war es mit der Partei, da gab es weltanschauliche, also auch religiöse Bindungen, und die konnte sie als gläubige Katholikin nur schwer eingehen.

Aber es war schließlich der Herr Pfarrer gewesen, der sie in die Hände der Partei getrieben hatte mit seiner Bemerkung, sie dürfe nicht länger mit dem Herrn Prohaska in einem nichtehelichen Verhältnis leben, das sei Unzucht und Sünde. Gerade sie als Lehrerin müsse ein Vorbild für die Jugend sein. Von der Partei, die mehr solche Sachen wie *Vorbild für die Jugend* posaunte, würde sie jedenfalls so etwas nicht zu hören bekommen. Sie war zum Kreisleiter Preuß gegangen und hatte ihren Aufnahmeantrag ausgefüllt, aber zum Glück hatte man sie bis jetzt noch nicht aufgenommen.

Dann hat ihr der Stadtbaurat Schabik als Vorsitzender der Kunstkommission einen Auftrag für eine Terrakottabüste des Führers besorgt und ihr klargemacht, daß er ohne diese Büste die nötige Stimmenmehrheit für sie nicht zusammenkriegen würde. So hat sie den Auftrag angenommen und gedacht, besser *einmal* etwas für die Partei zu tun, als ein ganzes Leben lang einer Weltanschauung auch künstlerisch dienen zu müssen.

Sie war gegen Tendenzkunst, und das schon vor Dreiunddreißig.

Der Stadtbaurat hatte ihr eine Gesamtausstellung im Gleiwitzer *Museum für Kunst und Kunstgewerbe* versprochen, mit einem Katalog, was bei der Papierknappheit etwas Besonderes war, und die Abbildung der Terrakotta-Büste sollte nicht enthalten sein. Sie könnte den Katalog also sogar an ihre Freunde in Kopenhagen und Oslo schikken. Vielleicht war der Schabik auch etwas zu übereifrig, aber als einer der wenigen Beamten, die schon vor 1933 Stadtrat gewesen waren, mußte er sich immer als Zweihundertprozentiger beweisen, wenn er sich halten wollte.

Das alles konnte sie dem Fräulein Willimczyk nicht sagen. Aber nach dem, was sie so von ihr gehört hatte, würde sie das vielleicht verstehen. Man muß ja heutzutage so sehr aufpassen, was man zu wem sagte. Sie wurde einmal zur Schulleitung zitiert, weil sie angeblich polnische Wörter im Unterricht gebraucht hatte. Sie konnte sich nicht erinnern. Vielleicht mag sie einmal in einem Ausruf der Überraschung oder des Schreckens ein wasserpolnisches Wort ausgerufen haben, das wäre schon möglich gewesen. Aber daß sie sich deswegen an zwei Sonntagen *freiwillig* zum Ernteeinsatz hatte verpflichten müssen, das war eine harte Strafe dafür. Noch schlimmer empfand sie, daß es jetzt auch in der Schule Spitzel gab.

Wieviel Geld ist es denn? Ich meine, lohnt sich der Preis auch finanziell? fragte die Buchhändlerin neugierig. Abgesehen von der Ehre, von der Reputation. Und dann kommen Sie ja auch in das Gleiwitz-Jahrbuch hinein! Das neue erscheint nicht mehr, glaube ich, wegen Papiermangel. Na, dann eben nach dem Krieg!

Fünfhundert, sagte das Fräulein Bombonnek und schluckte. Das meiste Geld geht fürs Material drauf. Ich würde gern einmal eine Bronze gießen lassen. Aber Sie sehn ja, wofür man heute Bronze braucht!

Und sie zeigte auf die Glocken auf dem Lastwagen.

Da werd' ich wohl bis nach dem Krieg warten müssen.

25

Wondrak war im Gartenhaus geblieben und hatte Briefe geschrieben bis in den Nachmittag hinein. Briefe, die er schon lange schreiben wollte, aber immer wieder aufgeschoben hatte. Er datierte sie zwei Tage im voraus, weil er wußte, die Empfänger würden sich über einen Ostergruß mehr freuen als über einen Karfreitagsbrief. Aber seine Stimmung war diesem Tag angemessen. Und sie teilte sich auch seinen Sätzen mit, obwohl er das nicht beabsichtigte. Am deutlichsten kam das in dem Brief an Edgar in Königsberg heraus, was ihm erst beim Wiederlesen auffiel. Es war nicht so sehr die Art seiner Mitteilungen – von Valeskas Entdeckung und seiner geplanten Heirat erwähnte er nichts –, sondern der melancholische Grundton und die schroffen Gedankensprünge, die etwas von seiner Verzweiflung verrieten. Er beschloß, ihn lieber nicht abzuschicken. Er konnte sich aber auch nicht entscheiden, ihn zu zerreißen oder zu verbrennen. So wollte er ihn aufheben, um ihn in zwei oder drei Tagen noch einmal zu lesen, vielleicht würden die Sätze in anderer Stimmung ganz anders auf ihn wirken. Es war nicht der einzige Brief, den er geschrieben, aber nicht abgeschickt hatte. Er verwahrte sie in einer eisernen Kassette im Schreibtisch. Oder versteckte sie, unauffälliger, zwischen alten Rechnungen und Zeitungsausschnitten. Und vergaß sie.

Seine Schwester war hereingekommen und hatte ihm die

ersten Tulpen des Jahres aus dem Garten gebracht. Er hatte sie abwesend angesehn, weil er mit einem Brief beschäftigt war und noch mehr mit der *Jupitersinfonie,* die, von Hans Rosbaud dirigiert, gerade über den Reichssender übertragen wurde. Valeska hatte nicht den Eindruck, in diesem Augenblick ihrem Bruder besonders willkommen zu sein, und da auch alle Stühle und Sessel mit Büchern, Akten oder irgendwelchen Kleidungsstücken belegt waren, ging sie wieder.

Mit einem Karfreitagsgesicht, wie ihm schien. Einen Augenblick empfand er Mitleid mit seiner Schwester, aber nur einen Augenblick, schließlich war es Halina, die sie verhaftet hatten. Er wollte die Sinfonie zu Ende hören, aber nicht mehr den Reger danach, er liebte Reger nicht, und sich dann anziehen, um bei einem Spaziergang noch einen Besuch beim Doktor Kanoldt zu machen. Wenn er sich auch nichts davon versprach, es würde Valeska beruhigen. Heute wollte er früher zu Abend essen, denn um acht Uhr zwanzig wurde im Radio der dritte Akt des *Parsifal* übertragen, immerhin unter Knappertsbusch, und das war ja schließlich schon etwas andres als Rosbaud. Er hoffte inständig, es würde mit Irma nichts passieren, damit er seinen *Parsifal* ungestört hören konnte.

Wondrak stand auf und durchquerte das Zimmer, das auf verwirrende Weise mit Möbeln, Büchern, Pflanzen vollgestopft war, daß man meinen konnte, es sei ein besonderes System notwendig, um sich von der Tür bis zu dem am Fenster befindlichen Schreibtisch durchzuschlagen. Oder auch umgekehrt. Er jedenfalls bewegte sich ganz sicher darin, obgleich er beinahe jeden Tag irgend etwas in dem Raum umstellte. Jetzt streifte er nur den Schaukelstuhl, der noch eine Weile ächzend nachwippte, und eine Zimmerorchidee, die von der Decke herabhing, deren Blätter in der Luft nachzitterten.

Willi Wondrak war vor einiger Zeit in das Gartenhaus

seiner Schwester in die Strachwitzstraße gezogen. Anfänglich schien es ihm, daß er sich von den Dingen, die so lange um ihn gewesen waren, einfach nicht würde trennen können, und so stopfte er die Möbel, Bücher, Lampen, Zimmerblumen in den einen großen Raum des Gartenhauses hinein. Auch jetzt noch, wenn er von der Kanzlei nach Haus kam und die Tür öffnete, kam ihm dieses Zimmer wie ein einziges Labyrinth vor, war er aber erst einmal drinnen, fühlte er sich geborgen. Er rückte mal hier einen Tisch weiter weg, tauschte dort einen Sessel mit einem Stuhl aus, versetzte die Lampen an andere Plätze und ordnete seine Glaskugeln nach immer neuen Systemen – doch in solcher Enge umstellt zu sein von den Dingen, das gefiel ihm, und er fragte sich manchmal, wie er es früher in diesen großen, spärlich möblierten Zimmern in seiner alten Wohnung ausgehalten hatte.

Es war jetzt schon so, daß er sich in Valeskas Salon am liebsten in der Ecke gegenüber der Veranda aufhielt, weil ihn dort auf eine anheimelnde Weise Vitrine, Tisch, Sessel und Standuhr umstellten. In seinem Zimmer fand er zur eigenen Überraschung immer noch einen freien Platz, auf den er ein paar Bücher oder eine Glaskugel hinstellen, eine freie Wand, wo er eines seiner Miniatur-Porträts aus dem 18. Jahrhundert aufhängen konnte, eine Nische für den kleinen englischen Klapptisch aus Mahagoni. Er hatte in den letzten Jahren auf seinen Reisen solche kleinen Porträt-Medaillons gesammelt und Glaskugeln, sogenannte *paperweights* gekauft. Es machte ihm Spaß, diese feingemalten Miniatur-Bildnisse zu betrachten, deren Pinselstrich überhaupt nur durch die Lupe zu sehen war, und das Porträt des jungen Herzogs von Courtenay aus dem Jahre 1704, das er in einem Prager Antiquariat erstanden hatte, stellte sich als eine ganz besondere Kostbarkeit heraus, weil der Maler Lens hier zum ersten Mal Elfenbein als Untergrund benutzt hat.

Und auch unter seinen zahlreichen, aber nicht besonders wertvollen Kristallkugeln mit eingeschlossenen Glasblumen, farbigen Glasfäden oder Luftblasen, die er einfach wegen ihrer kühlen Transparenz und der immer wieder sich verändernden Lichtreflexe liebte, waren die beiden Millefiori aus *Baccarat* wirkliche Raritäten. Gerade weil er kein besonders kenntnisreicher oder leidenschaftlicher Sammler war, freuten ihn solche Gelegenheitskäufe. Und wenn er in fremde Städte kam, suchte er auch heute noch danach, obwohl niemand mehr Sachwerte verkaufen wollte.

Er stellte die Vase mit den Tulpen auf einen anderen Platz. Direkt vor die weiße Wand, dort kamen die Farben besser zur Geltung. Er schüttete die Hälfte des Wassers weg, mit wenig Wasser würden die Stengel der Tulpen bizarre Formen annehmen und sich nach unten neigen. Das hatte er von Fräulein Heiduczek, die auch dafür sorgte, daß auf seinem Schreibtisch in der Kanzlei stets frische Blumen oder auch nur ein grüner Zweig standen.

Er wunderte sich, daß seine Schwester nichts von Halinas Umgang mit diesem Ostarbeiter gewußt haben sollte. Sie hatte überall, wenn nicht ihre Hände, so doch wenigstens ihre Augen im Spiel. Sie war schließlich auch hinter sein Geheimnis gekommen. Obwohl er nichts so sehr vor ihr und überhaupt vor allen andern gehütet hatte. Er hatte lange darüber nachgegrübelt, ob es ihr vielleicht schon einige Zeit vorher bekannt gewesen war oder ob sie es gar seit langem gewußt und nur auf eine Gelegenheit gewartet hatte, ihn zu überraschen. Er war zu dem Ergebnis gekommen, daß sie wirklich ahnungslos und zufällig in das nicht abgesperrte Zimmer gekommen war. Es waren Stunden, ja Tage vergangen, in denen sie sich nur schweigend angesehen, schweigend abgeschätzt und schweigend angeklagt hatten. Das hatte es im Grunde nur schlimmer gemacht.

Er hatte sich damals vorgenommen, mit seiner Schwester, nachdem sie nun einmal Zeuge seines Geheimnisses geworden war, in aller Offenheit darüber zu sprechen, und vielleicht war er sogar auch ein wenig befriedigt darüber, daß er jetzt nicht mehr zu den alten Täuschungen, Lügen und Verstellungen Zuflucht nehmen mußte, wenigstens seiner eigenen Schwester gegenüber nicht, und manchmal dachte er, daß etwas in ihm Verborgenes ihn getrieben habe, damit mehr Wahrheit zwischen ihnen sei, und er hatte sich zurechtgelegt, was er seiner Schwester alles sagen, was er ihr alles erklären und was er ihr alles beichten wollte. Aber dazu war es gar nicht gekommen. Noch bevor er damit anfangen konnte, konfrontierte sie ihn mit einem Vorschlag, von dem er erst einmal wie betäubt war, der war so ungeheuerlich, daß er eine Menge Zeit brauchte, um ihn überhaupt zu begreifen. An so etwas hatte er nie gedacht, sie hingegen, wenn er ihren Ideen, Überlegungen und Erläuterungen folgte, mußte es schon von langer Hand geplant haben.

Da es also für ihn endlich an der Zeit sei zu heiraten, wäre es doch besser, er würde es bald tun, und am besten das Fräulein Rosa Willimczyk, die Buchhändlerin, die eine gebildete Person sei, mit guter Reputation, nicht ganz unvermögend, und den Rechtsanwalt ihrerseits sehr schätze. Sie habe in dieser Richtung bereits ›äußerst taktvoll‹ vorgefühlt und ein generelles Einverständnis der Buchhändlerin bekommen, die im übrigen das, was man ›eheliche Pflicht‹ nenne, weder wünsche noch erwarte.

Wie ernst es seiner Schwester damit war, merkte er erst, als sie gleich danach alle möglichen Einwände gegen diesen Plan vorführte und sie mit Argumenten, die im übrigen auch die seinen hätten sein können, überzeugend abschmetterte, daß ihm am Schluß eigentlich gar nichts anderes übrig geblieben war, als ihr nickend beizupflichten.

Valeska hatte alles mit ruhiger, aber entschiedener

Stimme vorgetragen, als ob dies die einzige Möglichkeit sei, sich von einer Schuld zu befreien – und sie hatte damit nur gezeigt, daß sie eine echte Wondraschek war. Und vielleicht war auch alles richtig so.

Sie hatte eine Begegnung zwischen der Buchhändlerin und ihm vereinbart, und so saßen sie sich plötzlich in der Weinstube Gruban am Ring gegenüber. Er kannte das Fräulein seit Jahren, wie man eben eine Buchhändlerin kennt, bei der man gelegentlich ein Buch kauft. Er hatte sie auch bei seiner Schwester gesehn, zu deren Freundeskreis sie gehörte und wohl irgendwann einmal an einem ihrer *Lebenden Bilder* beteiligt gewesen war, bei Leibls *Drei Frauen in der Kirche*, wenn er sich recht erinnerte. Das war alles.

Und an eine Heirat hatte er überhaupt nicht gedacht, schon seit der Zeit nicht mehr, als er beinahe in eine Ehe mit Erna Gottschalk hineingestolpert war und sich nur im letzten Moment davon befreien konnte, weil er erkannt hatte, daß er sie und sich selbst damit nur zerstören würde. Sie waren sich in der Wittig-Gemeinde begegnet und ihre Glaubensnot und ihre Glaubensangst hatte sie einander so nahe gebracht, daß sie bald dem schönen und wilden Traum erlagen, ihre Seelen in vollkommener Vereinigung zu entdecken, während ihre Körper sich mehr und mehr voneinander entfernten. Er hatte ihr das Problem in leidenschaftlichen, langen, nächtlichen Gesprächen klarzumachen versucht, sie aber nicht überzeugen können. Vielleicht wollte sie ihn auch in seinem Unglück nicht allein lassen? Er jedenfalls wollte und mußte sich von ihr trennen.

Der Herr Wolf von der Weinstube Gruban servierte ihnen sogar noch einen Schoppen Rheingauer, o ja, für den Herrn Rechtsanwalt zauberte er aus einem seiner zahlreichen Hamsterlager immer noch eine Flasche Wein hervor, während für die Laufkundschaft jetzt, im vierten Kriegsjahr, nurmehr vergorener Fruchtwein oder irgendein undefinierbarer Haustrunk ausgeschenkt wurde.

Sie saßen im Hintergrund des Lokals in einer Nische, nippten verlegen an ihren Gläsern und hörten, wie an einem andern Tisch eine Gruppe von Offizieren unter lautem Gelächter mit Kriegsabenteuern prahlte, was die beiden nicht gerade heiterer stimmte. Er ertappte sich dabei, wie er immer auf ihre Brust starrte, die sich das Fräulein Rosa bei der Hochzeit seiner Nichte (er erinnerte sich noch genau, es war zu Beginn des Krieges gewesen und die Stadt voller Soldaten) in der Hotelküche des *Haus Oberschlesien* mit der Geflügelschere verstümmelt hatte, das war damals Stadtgespräch. Er selbst hatte den Grund vergessen.

Er nahm ihre Hand in die seine und hielt sie fest, das schien ihm der Situation angemessener. Versuchen wir es doch einmal, sagte er leise zu ihr.

... hatte gesehn wie der Junge am Ufer des Flusses entlangging, er war ihm schon vorher aufgefallen, weil er im Gehen schwankte oder taumelte, als sei er betrunken oder betäubt, er ließ das Fahrrad stehen und folgte ihm bis zum Fluß, der Junge sah sich nicht ein einziges Mal um, er lief am Fluß entlang und mehr als einmal fürchtete er, der Junge würde von der Böschung abstürzen, und dann sah er, wie er sich ins Wasser fallen ließ, nicht wie einer, der hineinspringt, um hinüberzuschwimmen, dazu war das Wasser zu kalt, er ließ sich einfach hineingleiten und trieb ab, und da war er ihm nachgesprungen und hatte ihn auch gleich gefaßt, und der Junge ließ sich willenlos ans Ufer ziehen; er brachte ihn nach Haus zu seiner Mutter im ›Port Arthur‹-Viertel, der Vater war gefallen, wie er schon unterwegs erfuhr, und die Mutter schrie herum, wie man denn heutzutage, mitten im Krieg, wo so viele ihr Leben hingeben an der Front, also wie man denn so etwas tun könne, und dann sagte der Junge, daß er es satt habe, immer dieser Krieg, der da irgendwo ganz weit in Rußland geschehe, und die Bomben in Hamburg und Berlin, was habe er schon davon, er kenne nicht Rußland und er kenne nicht Berlin, und er sei nie dort gewesen und würde auch nie dorthin kommen, vielleicht bis nach Mathesdorf oder Odertal oder zum Annaberg, und er hätte auch ein Recht darauf unglücklich zu sein, verzweifelt zu sein, was habe denn das mit dem Krieg zu tun...

Wondrak ging zum Schrank und suchte nach einem passenden Anzug. Er trug gern gebügelte Anzüge und dachte daran, wer ihm jetzt die Anzüge bügeln würde, wenn Halina nicht mehr da war. Er nahm ein Hemd heraus und suchte eine dazu passende dunkle Krawatte. Er kleidete sich nicht elegant, aber mit einer gewissen Sorgfalt. Vielleicht glaubte er auch, er würde damit ein anderer sein.

Wondrak erinnerte sich an die Zeit im Internat, als er in das Sakrament der Beichte eingeweiht wurde. Als sie jeden Sonnabend sowohl in den Beichtstuhl wie ins Badehaus getrieben wurden und was für ein Vergnügen es bedeutete, körperlich reingewaschen, und was für eine Qual, seelisch reingewaschen zu werden, und wie der Beichtvater nach Einzelheiten gierte, besonders wenn es um *Unkeuschheiten* ging, auch wenn man sie nicht getan, sie nur gedacht oder sich vorgestellt hatte. Er hatte sich einmal im Beichtstuhl übergeben, vor Aufregung, vor Angst oder vor Scham, und ein anderes Mal hatte er vor lauter Furcht den ganzen Beicht-Spiegel heruntergeleiert und sich zu allen Sünden bekannt. Ein Mitschüler, das war ihm bis heute gegenwärtig, war einmal schreiend durch das Konvikt gelaufen und hatte sich mit den Fingernägeln das Gesicht blutig gekratzt. Er mußte mit einem Nervenzusammenbruch in die Klinik gebracht werden. Später stellte sich dann heraus, daß ihm der Beichtvater nicht die Absolution erteilt hatte. Als ihm das mehr als ein Jahrzehnt später selbst passiert war, hatte er sich geschworen, öffentlich gegen die Ohrenbeichte aufzutreten, wo immer es möglich war. Er hatte sich damals einer der zahlreichen Wittig-Gemeinden angeschlossen, die sich nach der Exkommunikation des Theologen und Schriftstellers Joseph Wittig gebildet hatten, und dort unter den jungen Menschen die gleiche Gewissensnot und Glaubensangst gefunden, was ihm Trost und für eine Weile Erlösung brachte.

Es führen viele Wege zu Gott, einer auch durch die Sünde, und das ist vielleicht der kürzeste. Vielleicht war es nur dieser eine Satz aus Wittigs Novelle ›Die Erlösten‹ gewesen, der ihm damals über Jahre hinweg Kraft und Glauben gegeben hatte. *Wie ist man kalt gegen Gott, wenn einem längere Zeit keine Sünde passiert ist, man geht am Kreuze vorbei wie an einem historischen Denkmal. Pharisäerhaftigkeit breitet sich über die ganze Seele. Mein Gott! Ist nicht etwa die Sünde notwendig, um überhaupt Gottes göttlichste Eigenschaft zu erfahren, die Barmherzigkeit?* Es war nicht seine Schuld, daß er diesen Weg gehen mußte, also mußte er sich damit abfinden.

Er gründete ein Komitee und verließ es wieder, er veröffentlichte Traktate und finanzierte Broschüren, und als er schließlich in einem Flugblatt zum Boykott der Beichtstühle aufgerufen und zugleich die ihm nun doch allzu naiv erscheinenden *Herrgottsgeschichten* des Joseph Wittig kritisiert hatte, wurde er aus der Gemeinde ausgeschlossen. Später hatte er den Schriftsteller in seinem Haus in Neusorge besucht, einen dicklich gewordenen, im Gesicht heftig geröteten, mit hektischer, leicht kastratenhafter Stimme predigenden Mann, der über nichts anderes als seinen Kampf mit der Kirchenbürokratie monologisierte. Um seine Enttäuschung zu verbergen, hatte er sich von ihm eine Widmung in dessen Buch *Leben Jesu in Palästina, Schlesien und anderswo* schreiben lassen. Und er war gegangen, ohne über seine Probleme gesprochen zu haben. Das Buch hat er nie gelesen.

So war er wieder mit seinen Anfechtungen und Versuchungen allein geblieben. Seinen Kampf gegen die Sakristeikirche hatte er erst nach der Machtergreifung aufgegeben, als die katholische Kirche in Schwierigkeiten geriet. Als er sich entscheiden mußte, entschied er sich dann doch für die Kirche seiner Kindheit. Zur Beichte war er seitdem aber nicht mehr gegangen.

Er zog sich die Jacke über und rückte sorgfältig die Krawatte zurecht. Im Spiegel sah er jetzt tatsächlich so aus, wie Leute aussehen, die pflichtbewußt ihrer Arbeit nachgehen, im Radio das Wunschkonzert hören, pünktlich ihre Steuern zahlen, die Erzählung eines harmlosen politischen Witzes als Heldentum ansehen, die herrschende Partei nicht besonders schätzen, dafür aber England verachten, und am Schluß mit einem Orden dekoriert werden, den sie dann diskret aber deutlich genug als Rosette im Knopfloch tragen. Er hätte mit sich zufrieden sein können.

Er warf sich den leichten Raglan-Mantel über. Obwohl es draußen frühlingshaft warm geworden war, fürchtete er die rasch aufkommenden kühlen Aprilwinde. Er überlegte, ob er den Mantel offen oder mit zwei Knöpfen tragen oder nur mit dem Gürtel schließen sollte. Und es war, als ob er das Äußere nur so wichtig machte, um das Innere besser verstecken zu können.

Plötzlich verließ ihn der Mut. So wie er war, im Anzug und Mantel, mit der gepflegten Wasserwelle im Haar, warf er sich auf das Bett. War es nicht doch besser, sich freiwillig an die Front zu melden, als das Fräulein Willimczyk zu heiraten?

In den Glaskugeln reflektierte das Sonnenlicht und warf seltsame irisierende Zeichen an die Wand. In dem Kristall auf dem Bücherbord ihm gegenüber bündelte es sich so konzentriert, daß es wie ein Sonnenblitz direkt in seine Augen stach. Das Licht schmerzte in den Pupillen und er fühlte sich einen Augenblick lang wie ein Geblendeter. Er stand auf, ging zum Fenster und zog den leichten Musselin-Vorhang zu, der, schon gelb und an manchen Stellen brüchig, das Zimmer in ein weiches milchiges Licht tauchte. Er hatte vergessen, das Radio abzuschalten, jetzt spielten sie doch Max Reger. Er hörte nicht richtig hin. Wondrak ließ seinen Blick über das Zimmer schweifen, durch den Dschungel der Möbel und Pflanzen und Glaskugeln, er haßte dieses Zimmer auf einmal, in das ihn seine Schwester wie in einen ausweglosen Urwald gelockt hatte. Und er wünschte sich, er wäre in seiner alten, lauten, geräumigen Wohnung geblieben. Und gleichsam um auszubrechen, verließ er mit großen entschlossenen Schritten das Haus, stieß dabei einen Stuhl um und brachte einen Blumentopf ins Schaukeln, und entdeckte erst draußen auf der Straße, daß er sein Labyrinth verlassen hatte. In welche Freiheit er sich auch begab, er würde immer ein Gefangener bleiben. Das hatte nicht allein mit diesem Haus etwas zu tun. Auch mit seiner Kindheit.

Am liebsten würde er noch jener Junge sein, der sich im Laden seines Vaters mit Stoffballen geschmückt und sich in den Spiegeln gewiegt und auf den Applaus seiner Schwester gewartet hatte. Das war ziemlich lange her und das ließ sich jetzt nicht einmal mehr in Gedanken wiederholen, auch wenn er es mit Liedern und Träumen und Sätzen und Gesten versuchen wollte. *Herr ich möchte gut sein ich habe es versucht es ist mir nicht gelungen wir wollten fröhlich sein und waren traurig wir wollten miteinander sprechen und haben geschwiegen ich wollte den andern begegnen und fand nur mich ich habe gesündigt vor dir ich bin nicht wert dein Kind zu heißen du hast mich nach deinem Bild erschaffen und mich zu Großem berufen und ich habe gesündigt so klein gedacht geredet und gehandelt durch meine Schuld.* Vielleicht sollte er für immer in seinem Zimmer bleiben, unter der Allmacht der Möbel und Bücher und Gegenstände und warten, bis auch er nichts weiter als ein toter Gegenstand war.

26

Valeska Piontek und Anna Ossadnik pflegten inzwischen freundschaftlichen Umgang miteinander. Schließlich war Ulla ein paar Jahre lang die beste Schülerin von Frau Piontek gewesen und Franz Ossadnik war einmal im Monat in ihr Haus in die Strachwitzstraße gekommen, um persönlich das Unterrichtsgeld zu bezahlen, wobei er fast immer eine Gelegenheit fand, sich nützlich zu machen, indem er einen Nagel in die Wand schlug, eine knarrende Tür ölte oder einen tropfenden Wasserhahn abdichtete. Irgend etwas war bei den Pionteks immer zu tun gewesen, seit der Mann bettlägerig wurde, und nach seinem Tode umsomehr. Und nach diesen kleinen Arbeiten hatte er sich in den Salon gesetzt und dem Klavierspiel seiner Tochter zugehört. In dieser Umgebung war ihm alles noch viel schöner und erhabener vorgekommen, und fast schwärmerisch hatte er davon zu Haus beim Abendessen berichtet, wo sie zu sieben Personen um den wachstuchüberzogenen Küchentisch saßen und es keine kostbaren Teppiche und Kerzenleuchter gab.

Später haben auch die beiden Frauen sich häufiger gesehen und sich gelegentlich besucht, aber wenn sie schließlich voneinander als meine ›Freundin‹ oder manchmal als meine ›gute Freundin‹ sprachen, so waren sie sich eigentlich nicht nähergekommen.

Valeska Piontek wollte aus vielerlei Gründen nicht als etwas Besseres dastehen und versuchte dies mit Beflissenheit vergessen zu machen. In Annas Gegenwart redete sie also nicht von Musik und nicht von ihren Grundstücksge-

schäften, sondern von Haushaltsproblemen und Kinder-
erziehung, aber wie selbstverständlich kam dann doch die
Rede auf den Perserteppich, der, mit Schnee abgerieben,
wieder in seinen alten kräftigen Farben leuchtete, oder auf
die Zuckerdose aus Meißner Porzellan, die ihr gerade zerbrochen war. Probleme, die die Ossadniks nicht kannten
und die deshalb die Freundschaft der beiden Frauen nicht
gerade förderten.

Manchmal lud Valeska die Frau Ossadnik auch ins
Stadttheater ein oder in das Vereinshaus ›Neue Welt‹, zu
einem Gastspiel von Grethe Weiser in irgendeiner Berliner
Komödie, über die sich das Publikum geradezu ausschüt-
tete vor Lachen, nur sie beide lachten nicht, wenn auch aus
ganz unterschiedlichen Gründen. In der Pause schlürften
sie einen klebrigen roten Fruchttrank, wobei Frau Piontek
ständig irgendwelche abfälligen Bemerkungen über die
Kleider der andern machte.

Anna fühlte sich gar nicht wohl bei solchen Unterneh-
mungen und schwitzte vor Verlegenheit, weil es ihr zum
Beispiel nie gelang, rechtzeitig das Geld aus dem Porte-
monnaie herauszufischen und sie auf diese Weise stets die
gönnerhaft Eingeladene war. Lassen Sie ihr Geld nur stek-
ken, pflegte Valeska zu sagen, es ist sowieso eine Schande,
für diese abscheuliche Limonade Geld auszugeben.

Anna besuchte viel lieber Varieté-Vorstellungen, sie
liebte Jongleure, Zauberer und dressierte Hunde, die wie
Menschen gekleidet waren und sich auch so benahmen. Sie
konnte sich gar nicht satt sehen an der Dame ohne Unter-
leib, die am Schluß zersägt wurde, jedenfalls waren Grethe
Weisers Darbietungen im Vergleich dazu mehr als küm-
merlich. Da ging sie allein hin oder mit einem der Jungen,
während die Frau Piontek mit ihrem Bruder sich bei *Ka-
bale und Liebe* oder im *Waffenschmied* amüsierte.

Anna Ossadnik legte Wert darauf, daß die sozialen Unterschiede sich nicht verwischten, auch wenn Frau Piontek

jetzt Witwe war, das spielte keine Rolle. Man sah sie nun häufiger mit ihrem Bruder, dem bekannten Rechtsanwalt Wondrak, der, seit es keine jüdischen Anwälte mehr gab, vielleicht sogar der bekannteste in der Stadt war. Anna verstand ja nicht viel davon und hoffte nur, das Schicksal möge sie davor bewahren, jemals einen Rechtsanwalt nötig zu haben.

Nachdem sie sich einige Male gegenseitig zu Haus besucht hatten, hörte das *Gott sei Dank* bald wieder auf. Der Witwe Piontek kann es in der Wohnküche der Ossadniks nicht gerade gefallen haben, auch wenn Anna vorher aufgeräumt und stundenlang gelüftet hatte. Nach einer Weile kriegte die Frau Piontek regelmäßig eine Art nervöses Niesen, das sofort aufhörte, wenn sie sich verabschiedete.

Anna selbst fühlte sich im vornehmen Klaviersalon der Pionteks auch nicht gerade wohl, weil man dort ständig darauf achten mußte, nicht an irgendeine Vase oder an einen kostbaren Leuchter zu stoßen. Außerdem konnte sie eine schreckliche Angewohnheit der Frau Piontek nicht ausstehen, nämlich den Kaffee im Stehen zu trinken. Mit einer Hand hielt sie die Untertasse, mit der andern nahm sie Zucker und Milch, und während sie mit abgespreiztem kleinen Finger die Tasse zum Mund führte und in kleinen Schlückchen trank, ging sie auf und ab und erzählte von ihrem kostbaren Blüthner-Flügel, den sie noch gar nicht lange hatte, auf dem die halbwüchsigen Schüler mit ihren ungelenken Fingern Czerny und Schumann und Schubert spielten, und was für ein Segen es sei, die Ulla darauf spielen zu hören. Anfänger müssen ohnehin auf dem alten Klavier üben, wo es nicht darauf ankommt, wie sie klimpern, sagte sie lachend, balancierte die Kaffeetasse in einer Hand und mit der andern schlug sie einen Triller an.

Anna verfolgte solche Vorstellungen vom Tisch aus, ihr wurde übel, wenn sie nur daran dachte, wie sie aufstehen und über den Teppich oder über die Stufe zur Veranda stolpern würde, mit der Kaffeetasse in der Hand, die bestimmt nicht aus jenem billigen Meißen war, aus dem die zerbrochene Zuckerdose angeblich gewesen sein soll.

Seit Ulla im Konservatorium in Beuthen war, besuchten sie sich nur noch selten. Wenn sie sich zufällig in der Stadt begegneten, versicherten sie sich gegenseitig, wie sehr es nun schließlich an der Zeit sei, sich einmal wiederzusehen, bei einer Operette im Stadttheater, einem Gastspiel von Theo Lingen oder auch bei einer Tasse Malzkaffee, aber dabei blieb es dann meistens.

Es war Anna seit einiger Zeit aufgefallen, daß Frau Piontek sich zwar nach ihren zahlreichen Söhnen erkundigte, wobei sie mit schöner Präzision ihre Namen durcheinanderbrachte, aber niemals nach Ulla. Sie vermied es regelrecht, ihren Namen auszusprechen. Vielleicht lag es daran, daß die Piontek durch Kollegen genauer über Ulla unterrichtet war, als sie selbst, die eigene Mutter. Der Wahrheit näher schien ihr allerdings die Vermutung, Frau Piontek wolle mit ihrer Weigerung, über Ulla zu sprechen, darauf hinweisen, daß Anna und Ulla Ossadnik ihrer Meinung nach außer dem Nachnamen nichts gemeinsam miteinander hatten. Die eine war nichts weiter als die einfache Frau eines Lokführers, die andere ein musikalisches Wunderkind, wie kein zweites jemals bei ihr im Klavierunterricht gewesen war.

Anna war ihr aus diesen und anderen Gründen in der letzten Zeit mehr und mehr aus dem Weg gegangen. Aber jetzt ging es nicht. Valeska Piontek hatte sie bereits entdeckt und steuerte an dem Invaliden Hrabinsky vorbei, geradewegs auf sie zu. Und sie erzählte sofort von Halinas Verhaftung, was Anna Ossadnik bereits erfahren hatte, und beteuerte gestenreich, wie sehr ihr die beiden leid täten, Halina und auch der Ostarbeiter, dessen Namen sie nicht einmal wisse, daran könne man schon sehen, daß sie überhaupt keine Ahnung von der ganzen Geschichte gehabt habe. Aber ihr Bruder werde die arme Halina bestimmt gleich nach den Feiertagen aus dem Gefängnis herauskriegen. – An den Ostarbeiter dachte sie jetzt schon nicht mehr.

Wir alle haben ein schweres Kreuz zu tragen, sagte Anna mitfühlend und dachte an ihren Kropf. Und an den gefallenen Bruno, natürlich.

Anna sah mit ihrem Wollturban und dem Samt-Schal, der mit einer Hutnadel zu einer Art Plastron zusammengerafft war, immer noch gut aus, fand Valeska, die ihre Freundin nun nach den letzten Neuigkeiten fragte. Sie hoffte nur, sie würden nicht so schrecklich sein wie jene, die sie zu berichten hatte.

Anna wußte nichts Neues. Daß sich Andi heute, am Karfreitag, mit den Evangelischen geprügelt und, nach den Wunden zu urteilen, wohl den kürzeren gezogen hatte, war gewiß keine Erzählung wert. Daß ihr Sohn Tonik auf Urlaub war, hatte sich bereits herumgesprochen, weil er allen Mädchen nachstellte und sie auf Reisemarken in die Konditorei einlud. Und daß Ulla auf Tournee zur Lazarett-Betreuung ging, das wußte die Frau Piontek sicher schon.

Aber dann fiel ihr doch etwas ein: Ich habe gehört, der Erzpriester Pattas hat sich in die Sakristei eingeschlossen und weint.

So, so, sagte Frau Piontek. Ein weinender Erzpriester in der Sakristei, damit konnte man schon etwas anfangen. Immerhin eine Nachricht, mit der sie vielleicht sogar bei ihrem Bruder Eindruck machen könnte. Bestimmt aber bei Lucie, die in einer weißen Kittelschürze durchs Haus lief und irgendwelche Hygiene-Vorschriften verkündete, die sie bei der bevorstehenden Entbindung unbedingt anwenden zu müssen glaubte. Sie könnte damit sogar Irma überraschen, wenn die sich außer von ihren bevorstehenden Wehen überhaupt noch von etwas überraschen ließe.

Es konnte mit ihr bald soweit sein, Valeska mußte sich beeilen. Wenigstens wollte sie noch in der Kirche ihre Litaneien beten und die Buße erfüllen, nachdem sie am Morgen gleich nach der Beichte mit Irma nach Hause geeilt war.

Es ist eine Schweinerei, sagte eine fremde Frau, die sich zu ihnen stellte und ihren Blick nach oben richtete, daß die uns die Glocken wegnehmen. Verbrecher sind das!

Anna ließ nur ein Murmeln hören. Sie war der gleichen Meinung, aber die Worte schienen ihr, jedenfalls in dieser Umgebung, ein wenig unpassend. Außerdem hatte sie diese Frau, die ganz in Schwarz gekleidet war, noch niemals gesehen. Sie zog Valeska ein paar Schritte weiter weg, denn man konnte heutzutage nicht wissen, ob nicht jemand einfach provozieren wollte.

Es gibt Leute, dachte sie, die seit zwanzig Jahren in Gleiwitz leben und vielleicht sogar in der Pfarrgemeinde von St. Peter und Paul, und sich nicht ein einziges Mal gesehen haben. Ja, das soll es geben. Ihr waren jedenfalls die meisten Gesichter unbekannt. Aber wahrscheinlich waren die Menschen von überall herbeigeeilt, um an diesem Spektakel teilzunehmen, das schließlich nicht jeden Tag und nicht an jedem Ort stattfand, schon gar nicht an einem Karfreitag.

Geht da nicht die Ilse Spinczyk? fragte die Piontek. Sie brauchte gar nicht mit dem Finger zu zeigen, weil Anna sie sofort entdeckte. Sie ging ganz langsam, fast schwebend über den Platz, am Arm den taubstummen Glasermeister Berthold.

Jetzt kriegt sie schon das dritte Kind, sagte Valeska, und immer noch haben sie nicht heiraten können, weil das mit dem Erbgesundheitsschein so lange dauert. Dabei sind die beiden Kinder ganz normal. Weiß doch jeder, daß die Taubstummheit bei den Bertholds nicht erblich ist.

Die sind mit ihrer Ahnenforschung total verrückt, ereiferte sich Anna. Bei den Bertholds ist es viel schlimmer, sie sollen jetzt irgendwo im Stammbaum einen Juden gefunden haben. Ganz weit zurück, im 18. Jahrhundert oder so. Das ist die schlimmste Krankheit.

Valeska Piontek, die nun gehen wollte, beugte sich noch einmal zu Anna zurück, um ihr mit ernstem Gesichtsausdruck etwas Wichtiges anzuvertrauen. Aber dann sagte sie nur: Das ist das Ende.

Anna begriff nicht. Dabei wollte sie Frau Piontek gern beweisen, daß sie zwar nur die Frau eines Lokomotiv-Führers, das heißt eines Oberlokomotivführers war, aber sich doch auf Anspielungen verstand. Doch mit dem geflüsterten Hinweis auf das Ende konnte sie nichts anfangen. Deshalb sagte sie schlicht: Ja, ich verstehe.

Wissen Sie, sagte Valeska, schon 14/18 haben sie die Glocken geholt – und wir haben den Krieg verloren. Sehen Sie, 1870, da haben wir die Glocken behalten und den Krieg gegen Frankreich schließlich gewonnen. Solo! Man braucht Glocken, wenn man Siege verkünden will... Das ist kein gutes Zeichen, glauben Sie mir, Frau Ossadnik. Es gibt ein Gleiwitzer Sprichwort: Schweigen die Glocken, hat Gott sich abgewendet.

Anna dachte darüber nach.

Der Glaube geht verloren, sagte sie. Mit den Glocken geht auch der Glaube, das ist es. Glocken sind mehr als nur ihr Klang. Wie auch die Orgel mehr ist als nur Musik...

Hoffentlich war das auch richtig, was sie da gesagt hatte. Sie dachte jedenfalls so, schaute aber dennoch bekümmert drein.

Kommen Sie, beten wir für die Glocken! Und für Irma! Es kann jede Stunde soweit mit ihr sein. Wir waren heute früh zur Stillen Andacht, da fing es an, nicht direkt mit den Wehen, aber mit einem Ziehen im Rücken. Wie war das bei Ihnen? Sie haben es doch oft genug erlebt!

Ja, so fängt es an. Manchmal geht es ganz schnell, aber es kann auch noch eine Weile dauern, sagte Anna abwägend. – Wo steckt denn nur der Kotik?

Sie sah Milka Piontek mit ihrem Rot-Kreuz-Häubchen langsam den gräflichen Rollstuhl vor sich herschieben. Daneben eine Frau, von der sie nur den Hut sehen konnte, einen schwarzgefärbten Arbeitsdiensthut.

Ach du gebenedeiter Herr Jesu, sagte Anna. Die Glocke ist hängengeblieben!

Durch die Menge war ein Raunen gegangen. Die Glocke hatte auf ein vorspringendes Mauerwerk am Mittelgiebel aufgesetzt und neigte sich leicht zur Seite.

Jessas, sagte Valeska, die reißt den ganzen Giebel weg.

Alle Menschen blickten jetzt nach oben. Aber es passierte nichts. Die Glocke hatte sich im Mauerwerk festgeklemmt.

Der Herr Thonk wäre vorbeigegangen, wenn Hrabinsky ihn nicht mit dem Stock festgehalten hätte. Was machen Sie denn auf dem Kirchplatz?

Das ist absolut ärgerlich, sagte der Zellenleiter Thonk. Haben Sie was bemerkt?

Hrabinsky wunderte sich. Etwas Ungewöhnliches hatte er nicht bemerkt, wenn man davon absieht, daß es ungewöhnlich genug ist, an einem Karfreitag die Glocken zu demontieren.

Die Leute murren. Man muß ihnen doch sagen, daß die Glocken für den Endsieg bestimmt sind, aber der Pfarrer Pattas schließt sich in der Sakristei ein und weint, sagte Thonk ärgerlich. Das ist ein Affront! Und damit ging er weiter.

Die Glocke! schrie einer.

Hrabinsky sah zum Kirchturm hinauf. Panbozcek, dachte er, da kommt ja der Kantor Zobtschik mit dem

Klingelbeutel. Mecht man nich für meglich halten, aber jetzt sammeln se mit dem Klingenbeutel schon vor der Körche, ja iss es denn erlaubt? fragte er laut und rückte mit seinem Stuhl auf die andere Seite des Platzes, wo es weniger zog. Vor allem hatte da der Zobtschik bereits gesammelt. Er traf den Herrn Apitt, der sich beim Näherkommen Hrabinskys unauffällig wegschleichen wollte, aber er ließ ihn nicht entkommen.

Haben Sie gehert von Halinas Arrestierung, der Frau Piontek ihre Dienstmagd? Eine so fleißige Person, und jetzt, wo sie hat gekriegt neue Zähne...

Ja, sagte Apitt, ich wohne ganz in der Nähe. Ich hab es zuerst erfahren. Das muß ein großer Schmerz sein für die Halina. Auch für die Frau Piontek, natürlich. Und jetzt nehmen sie uns auch noch die Glocken!

Das ist alles für den Endsieg, sagte Hrabinsky gegen seine Überzeugung. Er war ein Patriot, hatte am Annaberg gekämpft, 1921, auf Höhe 110, und dort ein Bein verloren. Aber er verstand nicht, wie man in Stalingrad kämpfen konnte. Er hatte sich auf einer Landkarte angesehen, wie weit weg das war. Das konnte ja nicht gutgehen!

Ich hoffe, Sie haben recht, sagte der Apitt und verzog das Gesicht. Endsieg gut, alles gut. Und damit wollte er sich verabschieden.

Noch einen Momang, Herr Apitt. Muß ich Ihnen ganz ährlich sagen, ich glaub nich mehr daran, daß wir die Glocken wiederkriegen, ich glaub an gar nischte mehr. Haben se uns so viel versprochen, ja, und was haben se gehalten? Nischte nichts! Nur – langsam mechten wir nich mehr glauben. Wir erleben das nich, und de Kinder auch nich, sterben tun se alle im Krieg, erst weit weg, und nun tun sie kommen immer näher mit dem Tod.

Jetzt blieb der Apitt doch stehen. Manchmal denke ich auch, sagte er langsam, daß das ein schreckliches Ende nehmen wird.

Tonik Ossadnik schob sich in seiner Uniform vor.

Na, wie isses an der Front, Tonik, mechst nich was erzählen? fragte der Invalide.

Aber, Herr Hrabinsky, Sie wissen doch, Feind hört mit!

Auch nich, wo es dich erwischt hat? Mecht man doch wissen, wo unsere Jungs siegen.

Wir kämpfen! Vom Siegen reden wir erst wieder, wenn es soweit ist, sagte Tonik trocken.

Hab ich gelesen, im Atlantik haben se sechzehn Schiffe versenkt und zwei Zerstörer und ein Unterseeboot. Und heute morgen iss gekommen eine Sondermeldung per Radio, wieder 121 Tausend Bruttoregistertonnen versenkt, das ist doch was, nich?

Es klang imposant. Aber er wußte gar nicht, was eine und schon gar nicht, was hunderttausend Bruttoregistertonnen bedeuten.

Ist ja in Ordnung, sagte Tonik, aber mir hilft das nicht weiter. Und auch nicht unseren Kameraden in Afrika. Die müssen zurück aus Tunesien, da ist nichts mehr drin, Rommel setzt sich ab.

Weiß ich ja auch nicht, sagte Hrabinsky, was wir haben zu suchen an der Wolga, in Afrika, in Narvik, in Kreta. Das wern wir doch nich alles halten können.

Kreta! sagte Tonik sehnsüchtig. Ja, da wäre er gern bei den Fallschirmjägern gewesen, die die Insel aus der Luft erobert hatten. So von oben herunterschweben und dann mit dem Maschinengewehr losballern, bis die andern sich ergeben. Und dann in der Sonne am Meer liegen, so was hätte ihm schon gefallen. Außer zwei Monaten in Frankreich war er immer im Osten gewesen, das war Pech.

Von Kreta hab ich mal ein Buch mit Bunt-Photos gesehen, Herr Hrabinsky, da muß es wunderbar sein. Wann kommt unsereiner schon dorthin, wenn nicht im Krieg?

Ja, das ist wahr, dachte Hrabinsky. Er war 14/18 bis

nach Italien gekommen, an die Isonzofront. Im Frieden kam man über Oppeln und Neiße nicht hinaus.

Nach dem Krieg bekommen wir sicher neue Glocken, schöner und größer, sagte Tonik und blickte zum Kirchturm hinauf.

Jetzt fangen Sie auch schon damit an, empörte sich der alte Apitt. Nach dem Krieg! Nach dem Krieg! Ich kann das nicht mehr hören. Alle reden sie nur noch von *Nachdemkrieg*. Dabei weiß keiner, wie es nach dem Krieg aussehen wird, nicht einmal, *wann* das sein wird. Morgen, übermorgen, in einem Jahr, in zehn, in fünfzig Jahren? Wer weiß das schon. Und wenn Sie in Rußland fallen? Was heißt dann für Sie *nach dem Krieg?*

27

Eine schwarzgekleidete Frau flatterte über die Straße auf den Kirchplatz zu, ihre Bewegungen erinnerten an eine schwarze Dohle, die einem blinkenden Stück Metall nachjagte, das sie mitnehmen und irgendwo in ihrem Nest verbergen wollte. An ihrem Arm schaukelte eine prallgefüllte Handtasche.

Die Arme! sagte Milka und blickte ihr nach.

War das nicht eine der Nieradczyk-Schwestern, die immer verrückt darauf gewesen waren, bei jedem Begräbnis dabeizusein? fragte Marga Zoppas. Noch vierzehn Tage, und sie würde hier wieder zu Hause sein wie früher. Mit jedem neuen Gesicht, das sie wiedererkannte, wuchs ihre Zugehörigkeit und ihre Zuversicht.

Ja, seufzte die Milka, eine von beiden. Man kann sie kaum unterscheiden. Wie Zwillingsschwestern sind sie.

Unfug, warf die Gräfin Langwitz von ihrem Rollstuhl aus ein, ohne sich umzusehen. Es gibt Leute, die behaupten, sie seien nicht einmal verwandt gewesen.

Ist ja nicht wahr, versetzte die Milka. Sie waren zwar

keine Zwillinge, aber Schwestern waren sie schon. Die eine soll früher einmal mit einem Schneider in Bielitz verheiratet gewesen sein, der an der Schwindsucht gestorben ist. Von dem geerbten Geld hat sie sich dann die Heißmangel am Germaniaplatz gekauft.

Welche war denn das? fragte die Gräfin.

Das weiß ich auch nicht.

Und welche ist das, die eben vorbeikam? ergänzte Marga die Frage. Sie spürte ein Jucken am Hals. Sie kratzte mit der flachen Hand daran, weil sie die Stelle nicht finden konnte. Niemals hatte sie in Osnabrück der Hals gejuckt, kaum war sie zu Hause, fing das wieder an. Es war nicht der Hals, es war die Luft.

Die andere gibt es nicht mehr, das ist es ja, sagte Milka Piontek. Eines Tages hat eine von den beiden Schwestern verrückt gespielt, man hat nie herausgekriegt, welche. Daraufhin wurde sie in einem Gefängnis versteckt, das sich Kukullas *Privat-Sanatorium* nannte, in der Nähe von Ratibor, auf Kosten der Schwester. Dort häkelte sie an einer Tischdecke, die sie auf einem großen Tisch ausbreiten wollte, wenn der Herr zum Abendmahl kommen würde. Und da er mit all seinen zwölf Aposteln kommen wollte, wurde ihre Tischdecke immer länger und doch niemals fertig. Eines Tages wurde sie aus dem Sanatorium geholt und in einem Auto fortgebracht, das hatte die eine Nieradczyk über eine Krankenschwester erfahren, und kurze Zeit danach kam der Totenschein, wonach sie an Herzschwäche verstorben war. Aber das konnte nicht stimmen, denn die Nieradczyk wußte, daß ihre Schwester an allen anderen Krankheiten hätte sterben können, nur nicht am Herzen, sie hatte kurz vorher noch Heublumen gesammelt, getrocknet, mit Jod gebeizt, fein geschnitten und in einer Tabakspfeife geraucht – andern würde es das Herz zersprengt haben, sie aber soll nur fröhlicher davon geworden sein.

Was ist denn aus der Heißmangel geworden? fragte die Gräfin.

Die ist verpachtet, soviel ich weiß, sagte Milka. Schaut nur die pralle Handtasche! Sie schleppt alles mit sich herum, Sparbücher, Urkunden, Geld, und sicher auch den Pachtschein. Man sagt, sie hat in Brillanten angelegt. Wenn das nur keine falschen sind! Seitdem ihre Schwester nicht mehr da ist, traut sie niemandem. Und der hat sie eigentlich auch nicht so recht getraut.

Die sieht aus, als ob auch sie bald verrückt würde, sagte Frau Zoppas und sah ihr nach, bis sie zwischen den wartenden Menschen verschwand.

Ich kann mir vorstellen, sagte Milka Piontek, daß die vielleicht eines Tages an der Tischdecke ihrer toten Schwester weiterhäkelt, so lange bis sie für Christus und die zwölf Apostel ausreicht, das kann ich mir bei der leicht vorstellen.

Sie starrten zum Kirchturm hinauf, wo jetzt ein Mann mit einem weißen, breiten Gürtel um den Bauch aus einem Fenster herauskletterte und, langsam hin und her pendelnd, heruntergelassen wurde, wobei er sich mit den Füßen von der Mauer abstieß. Als er jetzt an die festgeklemmte Glocke herangekommen war, konnte man im Vergleich dazu ermessen, wie gewaltig die Glocke in ihrer Größe und Form war. Das Männchen, so kam es Andi in dieser Dimension vor, ließ sich ein Stück nach oben ziehen und kam auf der anderen Seite der Glocke wieder herunter. Wenn auch aus dieser Entfernung das Gesicht des Mannes nicht zu erkennen war, so schien es Andi doch, daß er mit dem Körper nicht etwa Unsicherheit oder Angst, sondern eher die Lust und Waghalsigkeit eines Artisten ausstrahlte, wie er das erst vor einiger Zeit bei der Camilla-Mayer-Truppe auf dem Germaniaplatz gesehen hatte. Es hätte noch gefehlt, daß der da oben, um dieses

Gefühl deutlicher auszudrücken, sogar einen Salto geschlagen hätte. Als der Mann hochgezogen wurde, winkte er den hinaufstarrenden Zuschauern zu, die auf ein solches Zeichen gewartet hatten, denn nun entrang sich ihnen ein gemeinsamer Seufzer der Erleichterung, ein paar Leute begannen sogar zu klatschen. Der Mann da oben kletterte zum Turmfenster hinein und verschwand.

Eine Feile, sagte Bronder zwischen den Zähnen.

Andi wußte sofort, was Bronder meinte. Sie hatten beide schon eine Weile daran gedacht. Aber jetzt war die Absperrung noch erweitert worden. Es war nicht nur gefährlich, es war aussichtslos.

Ja, es wäre gut, wenn wir eine Feile hätten, sagte auch Andi, in jedem Fall. Wonzak, sagte er, kannst du nicht von zu Haus eine Feile besorgen?

Was wollt ihr denn mit 'ner Feile? fragte Wonzak.

Das erzähln wir dir, wenn du zurück bist, sagte Bronder.

Eine Feile, am Karfreitag?! sagte Wonzak. Er blickte mißtrauisch von Bronder zu Schielok und von diesem zu Hannes. Er spürte, daß die andern ein Geheimnis hatten, von dem er ausgeschlossen war.

Geh jetzt, sagte Andi. Wir warten hier auf dich. Wir haben was vor. Du kannst mitmachen, wenn du willst, sagte Andi tröstend.

Natürlich wollte Wonzak mitmachen. Also eine grobe Feile, sagte er, als ob er damit einen Befehl bestätigen wollte.

Willst du nicht als Krankenschwester bei uns im Lazarett arbeiten? Kriegst eine Grundausbildung, das dauert zwei Wochen, und die Verwaltung hat auch Zimmer und Wohnungen, die sie nur unter den Schwestern weitergeben.

Ich dachte eher ans Büro, sagte Marga Zoppas, die kein Blut sehen konnte.

Büro! Milka sprach das wie einen Vorwurf aus. Büro! Hast du Kinder? Also, dann nehmen sie dich höchstwahrscheinlich für die Heimatflak. Oder für die Rüstung. Granaten drehn und den ganzen Tag Metallstaub einatmen, ich weiß nicht, ob das das Richtige für dich ist.

In welche Kirche gehen wir jetzt? fragte die Gräfin, als sie vom Kirchplatz in eine kleine Nebenstraße eingebogen waren.

In die Kreuzkirche natürlich! sagte Milka. Und zu Marga Zoppas, die ihnen nachging, weil sie nicht wußte, was sie sonst tun sollte: Also wenn du in der Strachwitzstraße bei den Pionteks nicht unterkommst, frag ich mal in der Klinik nach, da gibt es immer Möglichkeiten. Und viele junge Soldaten! Sie stieß die Marga in die Seite. Und so schwer verwundet sind die alle nicht! Die meisten tun nur so. Wer will schon gern an die Front? Sachen kannst du da erleben, sagte sie.

Sie schob die Gräfin vor sich her, jetzt etwas schneller, weil sie erregt war. Wenn sie nur daran dachte, was neulich passiert war! Sie erzählte jeden Abend der Gräfin von ihrer Arbeit im Lazarett. Aber das konnte sie ihr nicht erzählen. Nicht einmal der Marga Zoppas!

Da hatten sie einen Soldaten, einen einfachen, frommen Bauernjungen aus Passau, dem beide Arme bis zur Hälfte amputiert waren, der eine Stummel war brandig geworden und nun mußte noch ein weiteres Stück abgekürzt werden, bis zur Schulter. Er lag da, die Stummel bis obenhin dick in Mull und Watte eingebunden. Aber bald nach der Operation war er wieder gutgelaunt, lustig, machte mit den Schwestern Scherze und unterhielt das ganze überbelegte Krankenzimmer. Sie konnte ihn hören, wenn sie im Korridor an der Tür vorbeiging, in keiner anderen Krankenstube ging es so hoch her. Und als sie einmal Nachtdienst hatte, sagte er zu ihr: Schwester, bitte laufen Sie nicht gleich weg, ich muß Ihnen etwas gestehen. Ich halt's nicht mehr aus, Sie müssen mir helfen, ich werd sonst verrückt! Natürlich wollte sie ihm helfen, aber er drückste nur herum, so daß sie nicht herausbekam, was ihm eigentlich fehlte. Bis er sagte: Schwester, legen Sie sich neben mich! Sie war ganz bleich geworden und konnte nur leise stottern. Und er sagte: Sehen Sie, jetzt laufen Sie auch weg, wie die andern Schwestern. Sie sah an seinem Hals, wie er schwitzte, und in seinem Gesicht stand eine unsägliche Qual. Ich verstehe Sie, sagte sie mutig. Aber ich bin eine alte Frau, es würde Sie nur ekeln. Sie wischte ihm mit der bloßen Hand den Schweiß von der Stirn. Da flüsterte er: Schwester, legen Sie Ihre Hand dorthin. Bitte, Schwester, ich halt's nicht mehr aus, tun Sie's, ich dreh durch, ich quäle mich jede Nacht. Er bettelte so lange, bis sie ihm eine Hand auf den Mund legte und die andere unter die Bettdecke schob, langsam, bis sie an sein Bein stieß und dann höher, bis an sein Geschlecht. Der Körper unter der Bettdecke begann sich zu krümmen, dann zuckte er und fiel zusammen. Vergelt's Gott, Schwester, flüsterte er. Das war alles.

Also so etwas könnte sie nicht einmal der Marga Zoppas erzählen.

Wo sind denn eigentlich deine Sachen, deine Kleider und Möbel?

Oh, sagte Marga, das ist alles noch in Osnabrück.

Mußt du bald nachkommen lassen. Der Westen wird bombardiert. Lieber hier irgendwo unterstellen, wenn du am Anfang nicht genug Platz hast.

Marga konnte nicht sagen, daß sie mit zwei Koffern angekommen war, die sie in der Gepäck-Aufbewahrung am Bahnhof untergestellt hatte. Das war alles, was ihr von der Ehe mit dem Unteroffizier Hermann Kotzenhauer geblieben war. Und ein Name, an den sie sich bis heute nicht hatte gewöhnen können.

Ja, das werde ich tun, sagte sie hastig.

Laden Sie doch Ihre Freundin heute abend zum Hörwerk ein, meldete sich die Gräfin, die sich vernachlässigt fühlte. Heute gibt es *Wenn die Götter dürsten,* nach dem Roman von Anatole France. Es war eine Wiederholung, aber das machte ihr nichts aus. Sie liebte Hörwerke und ließ keines aus. Und wenn es eine Wiederholung war, konnte sie dabei reden und den andern die spannendsten Momente vorhersagen und erklären, das liebte sie besonders. Deswegen hatte sie auch gern Zuhörer.

Ich habe Sehnsucht, sagte Marga, wieder einmal ohne Sirenengeheul schlafen zu können. Nicht immer um Mitternacht mit einem Koffer voll Wertsachen und Papieren in den Luftschutzraum gehen zu müssen, sogar im Winter bei der größten Kälte! Man ist ja nur noch das reinste Nervenbündel! Ihr lebt hier wie im Frieden, sagte sie ohne Neid.

Einfach ist es hier auch nicht, verteidigte sich die Milka. Den ganzen Tag im Krankenhaus, immer unter Schwerverwundeten, alle von der Ostfront, ich bin ganz *kapores,* wenn ich von meiner Krankenhaus-Schicht nach Haus komme. Bei Normalschicht hab' ich mittags gerade eine Stunde Zeit, die Gräfin auszufahren, Ozon und Chlorophyll, das braucht der Mensch, nicht wahr, Gräfin?

Ich freue mich, Ostern wieder in der alten Heimat zu erleben, ach wenn du wüßtest, wie ich mich freue! schwärmte die Zoppas. In den Wald zu gehen und zu sehen, wie die Palmkätzchen ausschlagen, die Anemonen blühn und die Birken ihre frischen grünen Blätter ausstrecken . . . So ein Birkengrün, Frau Gräfin, so ein saftiges Birkengrün wie hier in Schlesien gibt es nirgendwo.

Sie gingen durch die menschenleere Moltkestraße.

Früher, sagte die Milka nach einer Pause, habe ich abends der Frau Gräfin immer noch etwas vorgelesen, aber jetzt bin ich zu kaputt, ich schaff's einfach nicht mehr.

Pschinzo, sagte die Witwe lachend. Sie war froh, daß ihr immer wieder ein verloren geglaubtes Wort einfiel. Die fremde Sprache der Menschen im Westen hatte sie einsam gemacht. Noch ein paar mehr dieser alten Wörter, und sie würde sich bald wieder wie zu Haus fühlen.

Die Milka lachte nicht. Wie konnte sie ihr beibringen, daß man keine polnischen Wörter mehr gebrauchte, und zwar schon seit einiger Zeit, seit der Krieg angefangen hatte. Auch keine wasserpolnischen mehr. Und daß die Kinder schon in der Schule aufgehetzt wurden, ihre Eltern zu kontrollieren.

Abends, sagte sie, hören wir jetzt immer Radio.

Frau Zoppas beugte sich nochmal vor: Und das Wasserspritzen zu Ostern, gibt es das noch, daß die jungen Männer am Ostermorgen die Mädchen mit Wasser bespritzen, das vorher mit Parfüm gemischt wird...? Sie verstummte, als genierte sie sich ihrer Begeisterung.

So sprachen sie nebeneinanderher.

Schwienta Maria, rief Milka, als eine Horde von Jungen plötzlich aus einer Seitengasse auftauchte und an ihnen vorbeiraste; sie schlugen laut die Klekotka. Können die einen erschrecken!

Ach, die Klekotka, sagte die Zoppas, sich dankbar erinnernd. Das gibt es also auch noch! Wie in meiner Kindheit.

Wie im Mittelalter, sagte die Milka, wenn die Pest in der Stadt war, da gingen sie auch mit den Holzschellen durch die Straßen.

28

Ach du liebe Güte, sagte Jutta Wieczorek und hielt ihre Freundin am Arm fest. Hast du das gesehn! Wenn das Seil reißt! So ohne Sicherheit! Und es braucht ihm ja nur schlecht zu werden, bei dieser Höhe.

Ihr wurde schon schlecht, wenn sie nur daran dachte. Trotzdem sah sie mit einem leichten Schauder nach oben zum Kirchturm, wo der Arbeiter an einem Seil schaukelte.

Das Seil kann doch nicht reißen, sagte Verena Schimitschek tadelnd über so viel Unwissen. Das ist doch geprüft und die Männer sind das gewohnt. Sie können schließlich nicht wie bei den Drei Codonas unten Netze aufstellen!

Warum eigentlich nicht? fragte Frau Wieczorek ernst. Bei der Camilla-Mayer-Truppe haben sie alle Seile im Rücken, ich hab das gesehn, und das sind Artisten, die haben das von Kind auf geübt.

Sie liebte den Zirkus, und wenn sie irgendwie das Geld zusammenkriegte, war sie jedesmal, wenn der Zirkus Busch aus Breslau am Kleinen Exer gastierte, hingegangen. Am meisten liebte sie Kunststücke in der Luft. Da sie nicht schwindelfrei war, genügte eine mäßige Trapez-Nummer, um sie zu beeindrucken. Die Camilla-Mayer-Truppe auf dem fünfzig Meter hohen Trapez dagegen war ihr zu aufregend. Einmal hatte sie sie mit den Kindern besucht und war ganz grün im Gesicht geworden und mußte sich erbrechen.

Du hast wenigstens Glück mit deinem Mann, sagte Jutta Wieczorek unvermittelt.

Wieso? In der letzten Zeit ist er kaum noch zu Haus, sagte die Schimitschek, manchmal ist er ein, zwei Wochen lang unterwegs.

Sie schlenderten an den Zuschauern vorbei über den Platz.

Aber er kommt wenigstens wieder! sagte die Wieczorek. Ihr Mann war eines Tages nicht mehr wiedergekommen. Sie wußte noch nicht einmal, wo man ihn begraben hatte. Gefallen auf der Krim, stand auf der Urkunde. Sie hatte sich von Klaus einen Atlas geben lassen und nachgesehen, wo das liegt. Ein Gebiet größer als ganz Oberschlesien, wie sollte sie da das schlichte Birkenkreuz finden? Mehr kriegte ein toter Soldat nicht. Und außerdem so weit weg, wie sollte sie jemals dorthin kommen? Inzwischen war der Älteste ebenfalls Soldat, in Frankreich, dort war er einigermaßen sicher. Er schickte gelegentlich ein Paket mit Sachen, die man hier seit dem Krieg nicht mehr bekam. Ein Jahr war sie in Trauer gegangen, und nun suchte sie nach einem neuen Mann, sie konnte ja ihre fünf Kinder, von denen einer ein größerer Gorolik war als der andere, nicht allein erziehen. Sie seufzte, wenn sie nur daran dachte, was die vier jeden Tag alles anstellten. Mit dem Mann würde sie wohl bis nach dem Krieg warten müssen. Kriegerwitwen sind nicht gefragt, und die Männer können ja heute genug Frauen haben, sogar ohne Heirat.

Mein Erich ist u.k. gestellt, ein Spezialist, wie es eben nur wenige gibt. Das können die andern nicht! Im General-Gouvernement, fuhr die Frau Schimitschek fort, während sie irgendeiner Person zuwinkte, haben sie schon neunzehnhundertvierzig die Glocken geholt, die Polen gehen jetzt mit Holzklappern herum, um zur Messe zu rufen. In den Städten haben sie den großen Kirchen meistens eine Glocke gelassen. Uns lassen sie ja auch eine!

Für die Freundin war das Herunterlassen der Glocken so etwas wie eine Luftnummer, ein Kitzel, ein Schauspiel, das sie erschreckte und faszinierte und mit der Erwartung verband, daß irgend etwas passieren würde, etwas Unvorhergesehenes, eine Katastrophe, die aber dann doch nicht eintrat. Am Schluß verbeugten sich die Artisten und das Publikum klatschte, so war es immer gewesen, die Artisten zogen sich um und brachen das Zelt ab, am nächsten Tag waren sie schon woanders. Hier aber würde sich niemand verbeugen, es gab auch keinen Grund zum Applaus.

Eine Glocke? fragte sie.

Ja, die kleinste.

Das Totenglöckchen! Ach du liebe Güte, sagte die Wieczorek, ausgerechnet!

Ich weiß das von meinem Mann, der kommt ja überall herum, versuchte Verena Schimitschek zu erklären. Mein Gott, sie mußte sich beinahe dafür entschuldigen, daß ihr Mann nicht im Krieg und an der Front war. Aber es mußte doch auch in der Heimat ein paar verantwortungsvolle Männer geben. Nicht nur Kinder und Greise und *Pegehs.* Sie hatte das nun schon überall verkündet und nicht nur einmal: daß ihr Mann nicht etwa deshalb u. k. gestellt war, weil er in der Partei, sondern weil er ein gesuchter Spezialist war. Sie hatte es auch deshalb getan, weil vor ein paar Wochen auf den Mauern des *Haus Oberschlesien,* wo die Kreisleitung der Partei ihre Büros hatte, über Nacht Parolen geschmiert wurden:

WIR WOLLEN AN DER FRONT NICHT DIE KONFIRMIERTEN SONDERN DIE VON DER PARTEI REKLAMIERTEN

Die ganze Stadt hatte darüber gesprochen.

Sagen Sie das nicht, sagte Frau Wieczorek in einem Ton, als ob sie vor zuviel Optimismus warnen müßte. Die holen alle, wenn das so weitergeht. Meinen Ältesten haben sie schon, jetzt kommt der zweite dran, jedes Jahr ein neuer Jahrgang. Man hätte mehr Mädels kriegen sollen, die bleiben einem wenigstens im Haus. Ich weiß noch, als die Jungens kamen, alle hintereinander, hab ich zu meinem Engelbert gesagt, wie schön, die haben wir lange, die werden nicht gleich wie die Mädels mit zwanzig weggeheiratet und sind auch nicht so teuer, weil sie keine Aussteuer brauchen. Jetzt ist es umgekehrt.

Die Wieczorek hatte eine Art, ihre einfache Philosophie so überzeugend vorzutragen, daß die Freundin ihren Argumenten eigentlich nichts entgegensetzen konnte.

Der Mann da oben scheint es geschafft zu haben, sagte Frau Schimitschek. Sie hatten wohl den entscheidenden

Augenblick verpaßt. Die Glocke, die ein Stück angehoben worden sein mußte, glitt nun an der Mauer vorbei und schwebte ungehindert in der Luft. Einen Augenblick sah es aus, als ob der Mann auf der Glocke ritt.

Ach du liebe Güte, sagte die Wieczorek nur.

29

Haben Sie in Amerika Verwandte?

Silbergleit wurde erst durch diese Frage wieder daran erinnert, wo er sich befand.

Nein, sagte er. Ich kenne niemand in Amerika. Ich habe ein Visum über die Schweiz nach USA beantragt, im letzten Sommer vor dem Krieg, aber es war zu spät, die Grenzen wurden geschlossen, und es kam keine Post mehr aus dem Ausland. Hermann Hesse sollte für mich bürgen... Sie kennen doch Hermann Hesse?

Nein, sie kannte ihn nicht.

Sie müssen schon entschuldigen, sagte sie, aber ich lese die neumodischen Schriftsteller nicht gern, die sind so nihilistisch. Bücher müssen anders sein als das Leben, aufregender, interessanter... spektakulärer... kann man das so sagen? Ich lese gern Huysmans. Kennen Sie Huysmans?

Nein, er kannte Huysmans nicht.

Ich könnte mich für Sie verwenden, sagte jetzt die Frau.

Silbergleit rückte näher heran. Der Zug fuhr ziemlich schnell und die Schienengeräusche waren so laut, daß er Mühe hatte, etwas zu verstehen.

Wer Verwandte in Amerika hat, kann nämlich aus Schweden dorthin reisen, sagte die Frau. Die andern müssen im Lager bleiben. Was sollen die mit den vielen Juden machen?

Aber wie wollen Sie von Schweden nach USA kommen? fragte Silbergleit. Es fahren keine Zivilschiffe mehr. Die werden doch jetzt alle als Truppentransporter eingesetzt. Und dann: bei dem U-Boot-Krieg...?!

In die Schweiz würde er allerdings auch nicht kommen. Daran hatte die Frau nicht gedacht. Aber die Argumente waren nicht aus der Welt zu schaffen, so sehr sie auch überlegte. Bis zum Ende des Krieges in Lagern, das halte ich nicht aus, seufzte sie und zog ihren Mantel, mit dem sie sich zugedeckt hatte, höher.

Silbergleit hatte sich nach und nach so viel Platz erobert, daß er jetzt auch für Karpe reichen würde. Vorsichtshalber fragte er die holländische Dame, ob sie etwas dagegen hätte, wenn er seinen Freund aus der anderen Ecke des Waggons herüberholte.

Wenn er ein gebildeter Mensch ist! sagte sie, in ihren Mantel versteckt und in ihren Erinnerungen versunken.

Silbergleit rief laut nach Herrn Karpe, aber der hörte ihn nicht bei diesem Schienenlärm. Also kroch er in die vermutete Richtung und fand ihn schlafend inmitten eines Knäuels von Leibern. Er überlegte einen Moment, ob er ihn wecken sollte, aber als er ihn so eingezwängt liegen sah, schien Silbergleit der eigene Platz doch bequemer. Er stieß ihn sanft an und Karpe öffnete sogleich die Augen, aber es dauerte eine Weile, bis er sich zurechtfand und begriff, wer sich über ihn beugte.

Er konnte nicht tief geschlafen haben. Ein Traum hatte ihn so weit von der Wirklichkeit dieses Eisenbahnwaggons entfernt, das konnte Silbergleit in seinem Gesicht lesen. Er faßte ihn an der Hand.

Kommen Sie zu uns herüber, Herr Karpe, wir haben noch einen Platz für Sie!

Er war ein wenig stolz darauf, denn er hatte sich diesen Platz in der letzten Stunde Stück für Stück erobert.

Karpe zögerte. Er wollte seinen Platz nicht aufgeben, ohne sicher zu sein, einen besseren zu bekommen. Das gehörte zu den Lektionen, die er bereits gelernt hatte. Er entschied sich, den neuen Platz erst einmal zu prüfen und ließ seine Decken zurück als Zeichen dafür, daß er sein vorübergehendes Besitzrecht auf ein paar Handbreit Holzbohlen noch nicht aufgeben wollte.

Silbergleit stellte Karpe der holländischen Dame vor, deren Namen er vergessen hatte. Aber der Name war nicht so wichtig wie das Zeremoniell der Vorstellung, weil es sie an eine Zeit erinnerte, in die sie sich jetzt zurückwünschten.

Karpe sagte etwas Freundliches, das im Lärm eines vorbeiratternden Gegenzuges unterging. Doch seine aufmunternde Miene drückte das ebenso deutlich aus. Er prüfte den neuen Platz und schien mit ihm zufrieden, denn er kroch zurück, um seine Decken zu holen.

Die Sonne mußte durch die Wolken gedrungen sein, es wurde jetzt merklich heller im Waggon. Die holländische Dame holte ihre Puderdose heraus, blickte in den kleinen runden Spiegel und begann sich die Nase zu pudern. Im Waggon entspann sich eine Diskussion zwischen den Jungen an der Luke und den andern im Waggon, an der sich auch die Frau mit kurzen, herausgestoßenen Sätzen beteiligte. Silbergleit lauschte aufmerksam, aber er verstand nichts, obwohl ihm die Wörter bekannt vorkamen.

Die Jungen da vorn an der Luke behaupten, sagte nun die Frau, nach Berechnungen mit Sonnenwinkel und Fahrtrichtung und was sie da alles anstellen, der Zug gehe in Richtung Südosten. Nach Riga aber müßten wir nach Norden fahren, vielleicht sogar Nordwesten, über Warschau. Was meinen Sie?

Silbergleit war ratlos. Er fragte Herrn Karpe, der früher als Kaufmann viel im Osten gereist war. Aber der wußte auch keine befriedigende Antwort. Es könnte schon sein, daß die Eisenbahnstrecke um eine Stadt oder ein großes Werk einen Bogen macht, dann könnte die Richtung geradezu entgegengesetzt sein.

Die Jungen an der Luke beobachteten die Sonne. Sie behielten recht. Der Zug fuhr eindeutig nach Süden.

Die holländische Dame hatte sich etwas Neues zurechtgelegt. Könnte es nicht sein, sagte sie, daß sie uns nach Rumänien bringen, an die Küste? Von Konstanza gehen Schiffe durch den Bosporus bis nach Palästina. Vielleicht nehmen sie dann auf dem Rückweg die Lastwagen mit? Vielleicht ist Stockholm schon überfüllt von Juden?

Sie versuchte sich mit Fragen zu retten.

Sie hatte vor dem Krieg einer Wohltätigkeitsveranstaltung des *Keren Hajessod* präsidiert, für den Reinerlös wurde Land in Palästina gekauft. Sie würde gewiß in Palästina ein paar Amsterdamer oder Hilversumer Juden wiederfinden...

Sie begeisterte sich an ihren eigenen Worten. Sie hatte sogar den Mut, das den andern zu sagen. Und bereits vergessen, daß sie in Riga gegen amerikanische Lastautos ausgetauscht werden sollten.

Sie schlagen uns alle tot, schrie ein alter Mann im hinteren Teil des Waggons. Jedenfalls verstanden das Silbergleit und Karpe so.

Die Frau wurde leichenblaß. Man merkte deutlich, daß es ihr Mühe bereitete, nichts von ihrer inneren Gefühlsbewegung nach außen dringen zu lassen.

Die Menschen sind mit den Nerven herunter, sagte sie. Es sind einfache Leute und die haben niemals gelernt, sich zu beherrschen. Dabei muß man gerade in solchen Situationen die Contenance bewahren. Sonst bricht das Chaos aus.

Und als ob sie sich dagegen wappnen wollte, setzte sie wieder ihren Hut auf.

Nach Rumänien, nach Konstanza, ist es noch weit. Wie wir das durchstehen sollen? sagte Silbergleit zu Karpe.

Sie haben die Juden nach Polen geschickt, damit sie in den Rüstungsbetrieben arbeiten. Aber wir sind dazu zu alt. Die Amerikaner intervenieren jetzt für uns, das ist die Weltfinanz. Vor den Engländern haben die Deutschen keinen Respekt, aber vor den Amerikanern!

Von Palästina hat Herr Linz nie etwas erwähnt, verwunderte sich Silbergleit. Aber es ist möglich. Von dem ersten Transport der Gleiwitzer Juden hat niemand geschrieben, keinen Brief, keine Karte, nichts, und das waren jetzt immerhin an die fünf Monate her. Wenn sie per Schiff nach Palästina gebracht wurden, ist das verständlich, von dort kommt ja keine Post.

Sein Rücken schmerzte ihn, er schob sich die Aktentasche unter den Kopf, damit er höher zu liegen kam. Er stieß dabei gegen den alten Mann neben sich und entschuldigte sich. Aber der lag auf der Seite und rührte sich nicht.

Herr Linz, Sie sagen immer Herr Linz, wer ist denn das, der Herr Linz? erkundigte sich die holländische Dame.

Karpe erklärte es, weil er Herrn Linz länger kannte als Silbergleit.

Linz war der Verbindungsmann der Gestapo zum jüdischen Gemeindehaus in der Niederwallstraße, wo am Schluß die meisten Juden gewohnt hatten. Er brachte ihnen die Lebensmittelkarten und besorgte den Arbeitseinsatz, er guckte schon mal weg, wenn sie auf den Feldern arbeiteten und Kartoffeln und Kohl mit nach Hause nahmen. Es konnte aber auch passieren, daß er betrunken in die Niederwallstraße kam, jemand ohne Grund ins Gesicht schlug und mit seinem Stiefel eine Tür einrammte. Sie haßten ihn alle und doch warteten sie auf ihn, weil er in der letzten Zeit für sie die einzige Verbindung zur Außenwelt war.

Mir hat er die Schallplatten zerkratzt, sagte Silbergleit bitter. Er wollte nicht, daß Juden Beethoven hören!

Die haben auch ihre Vorschriften, sagte die alte Dame, die ihren Optimismus wiedergefunden zu haben schien. In

Drente-Westerbork haben mich Frauen untersucht, ganz gewöhnliche Gefängnis-Aufseherinnen, die haben mich überall angefaßt, auch unterm Kleid, mit ihren groben, ungepflegten Händen...

Sie ekelte sich, wenn sie nur daran dachte.

Und haben mir das Manicure-Neccessaire weggenommen. Wegen der Selbstmordversuche. Es gibt Menschen, die nicht an Gott glauben und so etwas tun...

Sie legte sich erschöpft zurück. Sie glaubte immer noch an Gott, aber mehr allgemein. Das Pessach-Fest hatte sie seit ihrer Kindheit nicht mehr gefeiert. Erst wieder hier im überfüllten Viehwaggon. Ein alter Jude hatte ein abgenutztes Büchlein aus der Manteltasche hervorgeholt und aus der Pessach-Haggadah laut vorgelesen, und, da kein Wein vorhanden war, das Brot viermal gesegnet, und er hatte Mazze verteilt, an jeden ein winziges Stück. Aber es hatte köstlich geschmeckt. Und die hebräischen Gebete hörten sich so eindrucksvoll an! Sie nahm sich vor, in Palästina ein wenig Hebräisch zu lernen und gelegentlich die Synagoge zu besuchen.

Sie gehen durchs Haus durch alle Wohnungen und schlagen eine Türe ein sie kommen zu jeder Tageszeit das ist es was sie wollen daß wir Angst haben schlagen ein Fenster ein immer vor ihnen Angst haben meine Bücher haben sie mir gelassen bisher

einmal hat Herr Linz sie mit einem Schlag heruntergefegt vom Regal aber sie haben mir die Bücher gelassen ich habe sie aufgehoben eines nach dem andern ich hab noch einmal drin gelesen in meinen Büchern

Herr Linz hat meine Schallplatten verstreut und ist draufgetreten mit seinen Stiefeln bis sie zerbrachen Beethoven und Wagner ist nichts für Juden nicht für Judenohren bestimmt

Aron der kleine Aron ist zu mir gekommen wir haben

zusammen auf dem alten Grammophon Beethoven gehört mit Nadeln die schon abgespielt waren es gibt keine neuen Nadeln mehr eine Platte hab ich gerettet Die Geschöpfe des Prometheus zerschrammt ist sie

wie ein Wunder ist sie ganz geblieben

die haben wir wieder und wieder gehört

und der kleine Aron Szalit der eines Tages aus dem Ghetto laufen wird in die Welt ein anderer Aron der in meinem Zimmer sitzt und Beethoven hört oder das was er beim Scheppern der Platte sich unter Beethoven vorstellt zu laut ist es sagt die Frau Goldstein wenn wir nicht aufhören wird sie Herrn Linz von der Platte erzählen die nicht zerbrochen ist wir ziehen uns eine Decke über den Kopf und hören die einzige gerettete Platte Die Geschöpfe des Prometheus komm her Aron und schließ das Fenster ich kann den Duft des Jasmins nicht ertragen

30

Man freut sich natürlich, daß man mit so einem Preis herausgehoben wird vor den andern, sagte das Fräulein Bombonnek mit nachdrücklicher Bescheidenheit. Es wird ja heute so viel Mist als Kunst ausgegeben. Sie müssen schon den Ausdruck entschuldigen, aber so ist es ja. Jeder, der heutzutage ein Führerbild malt oder eine Führerbüste kittet, fühlt sich gleich als Künstler und möchte Mitglied der Reichskunstkammer werden. Sie war immerhin seit 1931 Mitglied des oberschlesischen Künstlerbundes, und eine Zeitlang war sie im Verein deutscher Kunsthandwerker, Gau Schlesien, gewählter Kassenwart gewesen.

Der Führer, sagte die Buchhändlerin mit Überzeugung, ist mit dem Rummel sicher nicht einverstanden, den man jetzt um seine Person macht. Er war doch eigentlich immer ein bescheidener Mensch.

Und dieser Bildhauer Storek, sagte das Fräulein Bombonnek jetzt leise zur Willimczyk, der alle öffentlichen Aufträge für sich kassiert, also, was sich so Bildhauer nennt, eine Mischung aus Herrgottsschnitzer und Arno Breker! Diese ewigen Arbeitsmänner als Relief. Süß! Harmlos! Leer! Sie stieß das wie Schimpfwörter aus. Und diese Haase-Richter: kolorierte Photographie mit einem Schuß Raffael... Was ich mache, ist nur Kunsthandwerk, das hab' ich immer gesagt, ich bilde mir da nichts ein, aber das ist gekonnt, solide und schön!

Meinen Sie die Frau Richter, von der das Wandgemälde im neuen Verwaltungsgebäude der Knappschaft ist, meinen Sie die? fragte die Buchhändlerin.

Ja, die, sagte die Kunsthandwerkerin. Abfälliger ging es nicht.

Ach, sehen Sie nur, die Glocke, sagte das Fräulein Willimczyk. Sie wollte lieber das Thema wechseln. Wenn das Fräulein Bombonnek so weiterredete und das auch noch öffentlich, redete sie sich schon wieder um den nächsten öffentlichen Auftrag. Vielleicht sogar um etwas mehr. Die Geschichte mit dem Prohaska war in der ganzen Stadt bekannt. Man könnte ihr damit noch mehr Schwierigkeiten machen. Und nichts gegen die Haase-Richter, die hatte immerhin die Frauenschafts-Führerin Scholz-Klink porträtiert, und das Porträt war im Haus der Deutschen Kunst in München ausgestellt gewesen. Das hatte sie im Katalog gesehen. Außerdem hatte der Buchhändlerin das Wandbild mit den garbenbindenden Bäuerinnen gut gefallen.

Und ich wollte Ihnen sagen, daß Sie *selbstverständlich* eingeladen sind, sagte die Buchhändlerin. Sie kriegen auch noch eine offizielle Einladung! Am 22. Mai, also genau in vier Wochen. Im engsten Kreise! betonte sie, um ihre Einladung kostbarer zu machen.

Ja, natürlich, ich freue mich, danke, beteuerte das Fräulein Bombonnek. Ich habe das Aufgebot in der Kirche gelesen. Nun ist es längste Zeit, daß ich *Ihnen* gratuliere, sagte sie und sah starr an der Willimczyk vorbei.

Seit Tagen war die Rede von der Hochzeit des Rechtsanwalts Wondrak mit der Buchhändlerin Willimczyk, und es wurde darüber gerätselt, warum der angesehene Rechtsanwalt ausgerechnet die etwas hysterische Buchhändlerin heiraten wollte. Aber eine Bombonnek ging lieber zu einer Hochzeit als zu einem Begräbnis, besonders in solchen Zeiten wie diesen. Am liebsten wäre sie natürlich zu ihrer eigenen Hochzeit gegangen. Aber der Prohaska wollte sich nicht scheiden lassen. Obwohl er seit vier Jahren von seiner Frau nicht einen einzigen Brief bekommen hatte, ja, wahrscheinlich nicht einmal wußte, wo sie lebte. Ein Katholik darf sich nicht scheiden lassen, sagte er. Und wartete insgeheim, daß seine Frau im Westen bei einem Bombenangriff umkäme. Sie hatte sogar schon dafür gebetet. Aber daran wollte sie jetzt lieber nicht denken, lieber an die Hochzeit der Rosa Willimczyk. Die Klavierlehrerin verstand sich aufs Organisieren, und ein Rechtsanwalt hatte immer seine Beziehungen, auch in diesen Zeiten, also konnte man damit rechnen, daß es hoch hergehen würde. Und hinter verschlossenen Türen könnte sie mit ihrem Prohaska sogar noch eine Polka tanzen.

Eine Kunsthandwerkerin wie sie hatte auf dem Tauschmarkt wenig anzubieten. Für einen Wandteller aus gebranntem Ton gab ihr der Bauer nicht eine einzige Kartoffel, und von den schönen Stickereien hatte sie kaum noch etwas übrigbehalten. Sie hatte alles für den Prohaska getschuppelt, der brauchte halt mal ein Stück Räucherspeck mehr bei seiner schweren Arbeit. Jetzt, wo die Leute aus dem Reich herkamen, um ihre Wertsachen auszulagern aus Angst vor Bombenangriffen zu Haus, konnten sie sowieso nicht mithalten mit dem, was den Bauern nun zum Tausch angeboten wurde. Früher waren die Bauern hier die ärmsten Leute gewesen, noch ärmer als so ein armer Grubjosch.

Der Herr Prohaska ist auch eingeladen? fragte sie. Ohne ihren Prohaska würde sie nicht gehen.

Selbstverständlich, bestätigte die Willimczyk. Der Prohaska war irgendwie mit der Witwe Piontek verwandt, also müßte man ihn sowieso einladen. Außerdem wußte jeder, daß die Bombonnek mit dem Prohaska wie Mann und Frau zusammenlebte.

Ich weiß auch schon, was ich Ihnen schenken kann, sagte die Bombonnek. Ich denke an einen schönen glasierten Teller, mit den Tierkreis-Zeichen der Eheleute drin, von dem Fräulein Braut und dem Herrn Doktor. Ein Spezial-Entwurf!

Wunderbar, begeisterte sich die Buchhändlerin. Sie hatte noch Mühe mit der Vorstellung, eine Braut zu sein, aber sie freundete sich langsam damit an. Da sie den Bräutigam so selten sah, war das ein bißchen schwer.

Jetzt wollte die Lehrerin die Tierkreiszeichen wissen.

Ich bin Wassermann, antwortete sie, Märzenskind, Schmerzenskind. Sie lächelte gequält. Was der Herr Rechtsanwalt, mein Bräutigam, für ein Zeichen hat, das weiß ich gar nicht. Aber ich werde ihn fragen! Sie hatte nicht oft mit Willi gesprochen, und schon gar nicht über Sternbilder. Sie konnte sich auch nicht so recht vorstellen, daß er mit ihr darüber sprechen würde. Er hielt das gewiß für Aberglauben. Sie könnte sich bei seiner Schwester erkundigen, ja, das wollte sie tun.

Ich muß Ihnen auch noch sagen, wie prächtig Sie aussehen, Fräulein Willimczyk, in der letzten Zeit sind Sie richtig aufgeblüht, als ob sich alles in Ihnen schon für den Sommer vorbereitet, sagte die Lehrerin. Sie wünschte, mit ihr wäre es ebenso. Wenn sie endlich den Prohaska heiraten könnte, würde sie die Arbeit als Handarbeitslehrerin aufgeben und sich nur noch der Töpferei widmen.

Da ist ja Ihr Herr Prohaska, rief die Buchhändlerin, fast erleichtert.

Das Fräulein Bombonnek errötete und drehte sich rasch um. Sie sahen jetzt, wie sich Prohaskas etwas grobes, aber zugleich sanftmütiges Gesicht, von einer Schildmütze halb verdeckt, suchend über die andern Köpfe hinwegschob. Immer wenn die Lehrerin den Prohaska außerhalb ihrer Wohnung sah, gab es ihr einen Stich ins Herz. Sie hatte sich daran gewöhnt, ihn wie ein Stück Inventar zu sehen, weil er – ausgenommen seine Arbeit bei den VOH – immer zu Hause war. Er gehörte zu ihrer Wohnung wie der alte böhmische Kleiderschrank, der Arbeitstisch, der Kachelofen oder die Frisierkommode.

Ich muß jetzt gehen, sagte das Fräulein Bombonnek schon abwesend.

Dann sehen wir uns am Sonntag nach dem Hochamt, sagte die Buchhändlerin vertraulich. Sie freute sich wirklich auf das Oster-Hochamt; sie sang im Kirchenchor, und beim Choral *Christ ist erstanden* konnte sie ihre Stimme schmettern lassen wie sonst bei keinem andern Lied.

Der Prohaska hatte jetzt das Fräulein Bombonnek entdeckt und kam geradewegs auf sie zu. Dabei hatten sie ausgemacht, daß sie sich niemals zusammen in der Öffentlichkeit zeigen wollten. Sie machte ihm mit der Hand ein Zeichen, und er antwortete ihr ebenfalls mit Zeichen, aus denen sie entnahm, daß es sich um etwas Dringliches handeln mußte. So dirigierte sie ihn mit dem Kopf auf die andere Seite der Kirche, dort würden sie jedenfalls nicht so auffallen wie hier mitten unter den vielen Leuten. Was konnte denn so wichtig sein, daß er nicht zu Haus auf sie wartete?

Zu Fräulein Willimczyk sagte sie im Weggehen verbittert: In die Kirche kriegt mich keiner mehr rein! Sie nahm ihre Tasche auf und setzte sich in Bewegung. Warum, das erzähle ich Ihnen ein anderes Mal.

31

Ich such dich schon überall, sagte Prohaska. Er nahm ihr als erstes die Tasche ab. Dann zerrte er ein Stück Papier aus seiner Jackentasche hervor. Ich bin versetzt worden, sagte er so neutral wie möglich, ins Ruhrgebiet. Dienstverpflichtung, weißt du, das ist wie Militär. Ich muß morgen schon fahren.

Sie wollte das Papier gar nicht sehen. Sie hatte so etwas erwartet. Für irgendeinen bitteren Tag hatte sie so etwas erwartet. Vielleicht war sogar Karfreitag der richtige Tag dafür.

Wohin? fragte sie nur.

Nach Bergkamen, sagte er.

Sie erinnerte sich undeutlich, daß er dort irgendwo verheiratet war. Aber das war lange her.

Eines Abends, es war kurz nach Kriegsausbruch gewesen, hatte Herr Prohaska vor ihrer Tür gestanden und gefragt, ob sie ihm nicht ein Zimmer vermieten könne, er habe jetzt Arbeit bei den *VOH Drahtwerken* gefunden und wolle wenigstens bis zum Ende des Kriegs in Gleiwitz bleiben. Also nicht für lange, die Deutschen stünden ja schon vor der polnischen Hauptstadt. Er war ihr im Dämmerlicht des Tages als ein ganz anderer erschienen als der, den sie von der Leichenfeier bei den Pionteks in Erinnerung hatte. Sie hätte ihn am liebsten gleich wieder weggeschickt, aber seine Art, sie einfach anzusehen und mit den Augen mehr zu reden als mit Worten, hatte sie anders reagieren lassen als beabsichtigt. Sie konnte jedenfalls später nicht begreifen, warum sie ihm so bereitwillig das Zimmer unter der Treppe gezeigt hatte. Er mietete es, ohne es richtig angesehen zu haben. Manchmal dachte sie, er hätte sogar den Kohlenkeller akzeptiert.

Sie tat so, als wären sie sich vorher nie oder nur flüchtig begegnet, schon gar nicht nach der Beerdigung von Leo Maria Piontek. Sie vermied es sogar, jedenfalls in der ersten Zeit, ihm zu begegnen. Wenn sie etwas von ihm wollte, schrieb sie es auf einen Zettel und klemmte ihn in den Spiegelrahmen im Flur, so konnte er ihn beim Nachhausekommen nicht übersehen. Zunächst schien es so, als ob auch er nicht besonders daran interessiert sei, sie zu sehen oder mit ihr zu reden, denn auch er bediente sich dieser Form der Mitteilungen. Sie hatte sich aber gewundert, daß er, seit er bei ihr wohnte, niemals ausging, weder zum Einkauf, noch zum Spaziergang, noch nicht einmal ins Kino oder zum Bier. Er war jeden Abend zu Haus, das konnte sie an den Geräuschen im Zimmer unter der Treppe hören. Wie ein Tier, dachte sie manchmal. Erst spät in der Nacht, wenn sie das Licht auslöschte und sich zum Schlafen legte, hörte sie, wie er sich in der Küche zu schaffen machte oder im Flur. Sie lag dann da, rührte sich nicht und lauschte; sie wartete auf etwas, ohne zu wissen auf was. Manchmal dachte sie, sie warte auf das Ende der Geräusche, nur darauf. Bis er wieder in sein Zimmer unter der Treppe ging und Ruhe im Haus einkehrte. Aber das konnte es nicht gewesen sein, denn sie war danach genauso unruhig wie vorher – bis sie endlich einschlief.

Meistens kam er früher von der Arbeit nach Haus als sie und machte sich sein Essen in der Küche. Er bereitete aber auch ihr Essen vor, indem er die Kartoffeln für sie beide schälte oder das Gemüse putzte. Er schleppte die Briketts für den Brennofen in den Hof; er bürstete die Teppiche und hackte das Holz. Sie war überrascht gewesen, als er eines Tages den Ton angefeuchtet und in einer Zeltplane gelagert hatte, so daß sie gleich an ihre Töpferscheibe gehen konnte. Am Anfang hatte sie ihm einige Male aufgelauert, weil sie sich dafür bedanken wollte, aber jedesmal, wenn er die Treppe heraufkam und merkte, daß bei ihr noch Licht brannte, kehrte er wieder um. Mit der Zeit hatte sich ein Einverständnis zwischen ihnen entwickelt, daß sie sich auf eine geradezu schlafwandlerische Weise aus dem Wege gingen.

Wenn sie für ihn einkaufte, legte sie hin und wieder eine Scheibe Brot oder eine Speckkante dazu, oder fünfzig Gramm mehr Wurst, als er an Fleischmarken dagelassen hatte. Oder sie stellte ihm am Abend eine Schüssel Kartoffelsalat mit viel Räucherspeck hin, für die sie überhaupt keine Lebensmittelmarken nahm. Dafür schob er ihr manchmal eine Tafel Kunsthonig, den er auf Zuckerabschnitte gekauft hatte, unter den Stickrahmen. Oder ein Fläschchen Lavendelwasser. Sie stopfte ihm dafür die Strümpfe und nähte Knöpfe an seine Hemden. So ging das eine Weile, und die Lehrerin merkte auf einmal, wie gern sie mit ihm zusammen im Haus war. Sie lud keine Gäste mehr ein, nahm keine Einladungen mehr bei andern an. Sie saß an ihrer Drehscheibe in der Töpferwerkstatt bis in die Nacht hinein, und sie arbeitete so viel, wie sie noch nie gearbeitet hatte. Endlich wagte sie sich auch an größere Entwürfe, an Reliefs und an Porträtbüsten.

Nachdem sie eine Weile so mit Prohaska gelebt hatte, dachte sie daran, ob das nicht so etwas wie Liebe sein könnte. Es kam vor, daß sie jetzt länger vor dem Spiegel verweilte und ihr trockenes Haar, das stellenweise brüchig geworden war, wusch sie jetzt in Wasser, dem sie getrocknete Rosenblätter zusetzte. Sie ertappte sich dabei, wie sie sich mit der Brennschere Locken einbrannte. Sie fettete sich jetzt auch nicht mehr einfach ihre Hände ein; sie hatte sich aus Vaseline und getrockneten und gestoßenen Lavendelblüten eine Hautcreme zurechtgemischt, die sie auf Gesicht, Hände und Schultern auftrug und in die Haut massierte. Durch Prohaskas Anwesenheit, auch wenn sie ihn nach wie vor nur selten zu Gesicht bekam, waren Veränderungen in ihr vorgegangen, aber sie wollte nicht weiter darüber nachdenken. Prohaska war ihr Untermieter, er zahlte fünfzehn Mark für sein Zimmer unter der Treppe.

Einmal hatte sie geschrieben: *Kannst du mit mir am Sonntag nach Oderwalde fahren, ich brauche einen besonders fetten Lehm.* Und er hatte geschrieben: *Ich fare mit dir wo du wilst.* Also hatten sie aus Oderwalde einen ganzen Zentner fette, rötliche Tonerde geholt.

Später hatte sie ihm aufgeschrieben: *Kannst du mir morgen abend helfen, den Brennofen zu öffnen, halb neun Uhr?* Und er hatte geschrieben: *Ich wärde um acht Ur vor dem Ohfen auf dich warten.*

So hatte sie ihn noch nie gesehen, mit diesen sanften, staunenden Augen, als sie den Ofen aufmachten und er mit seinen großen Händen vorsichtig die einzelnen Stücke heraushob und auf den Tisch legte. Er hatte ihr gestanden, es sei für ihn wie ein Wunder gewesen, wie aus diesen grauen, häßlichen, stumpfen Tellern und Vasen, Krügen und Schalen aus totem Lehm, die sie vorher in den Ofen getan hatten, jetzt leuchtende, glänzende Gegenstände geworden waren, die man in die Hand nehmen und darüber streichen, deren Formen man erfühlen konnte. Er hatte sofort das Wunder der Verwandlung gespürt, das sie schon nicht mehr empfunden hatte, weil es ihr zur Routine geworden war.

Einen Tag später hatte sie einen Zettel im Spiegelrahmen gefunden: *Mecht ich dir sagen du bist eine grohse Künslerin. Ich libe dich!!!!*

Wenn ihr jemand gesagt hätte, die Leute würden sagen, sie sei die Geliebte ihres Untermieters, hätte sie wahrscheinlich gelacht. Sie hatte schon bemerkt, daß in der Schule gelegentlich über sie getuschelt wurde. Aber sie kümmerte sich nicht darum. Und seitdem bekannt geworden war, daß sie die Mitgliedschaft in der NSDAP beantragt hatte, wagte auch niemand mehr, hinter ihrem Rükken über sie zu flüstern.

Dabei hatte sie es nur wegen des Pfarrers getan.

Der Erzpriester Pattas war mit zwei Ministranten zur Kollende gekommen. Es war ein kalter Januartag und sie hatte nur einen Raum geheizt, um Kohle zu sparen; er war mit ihr durch alle Räume gegangen und hatte sie mit Weihwasser ausgesprengt, auch das Zimmer von Prohaska unter der Treppe.

Und als der Pfarrer ging, hatte er sie leise, aber mahnend gefragt, ob sie sich nicht von einer schweren Sünde befreien und das Unzuchtsverhältnis mit einem verheirateten Mann aufgeben wolle. Ja, Unzucht hatte er gesagt.

Da war ihr das Lachen vergangen. Sie war auch nicht entsetzt gewesen, sie wußte überhaupt nicht, was mit ihr geschehen war. Ausgerechnet der Pattas!

Sie meldete sich in der Schule krank und lag drei Tage zu Bett. Prohaska kam aus seinem Zimmer unter der Treppe hervor und brachte Holz und Kohlen, heizte den Ofen und bereitete ihr das Essen. Er tat so, als sei er ständig mit etwas beschäftigt und kehrte ihr stets den Rücken zu. Sie wußte, daß er irgendwo im Ruhrgebiet verheiratet war, seine Frau war mit einem Handlungsreisenden durchgebrannt und hatte seit Jahren nichts mehr von sich hören lassen. Sie hatten nur einmal, am Anfang, kurz darüber gesprochen, dann war das für sie kein Thema mehr. Aber offensichtlich für die Kirche. Sie sagte sich den Satz des Erzpriesters jeden Tag hundertmal vor und untersuchte dabei jedes Wort nach seinem verborgenen Sinn. Sie wollten ihr den Prohaska wegnehmen, so einfach war das. Sie ging nicht mehr zur Beichte. Und nach einiger Zeit ging sie auch nicht mehr zur Messe. Aber an irgend etwas muß der Mensch doch glauben, dachte sie, die seit ihrer Kindheit dazu erzogen worden war.

Sie ging wieder zur Schule und saß abends an ihrer Töpferscheibe, sie arbeitete wie eine Besessene. Einmal kam Prohaska, setzte sich im Halbdunkel in eine Ecke der

Werkstatt und sah ihr schweigend bei der Arbeit zu. Nach einer Weile bat sie ihn, er möge sie ansehen und richtete das Licht der Glühbirne auf sein Gesicht. Sie modellierte seinen Porträtkopf in dieser Nacht, bis in den frühen Morgen hinein, und hörte erst auf, als sie damit fertig war. Kein Wort wurde gesprochen.

Sie ließ jetzt nachts die Tür zu ihrem Zimmer offen. Sie wusch sich laut in der Küche, planschte mit dem Wasser, zog sich mit auffälligen Geräuschen das Nachthemd an, sie wälzte sich in ihrem Bett hin und her – und dann blieb sie still, um seinen Schritten auf der Treppe und im Flur zu lauschen –, aber er kam nicht. Bis sie eines Nachts einen Weinkrampf bekam. Es hatte sie einfach überfallen. Ihr ganzer Körper begann zu zittern, die Zähne schlugen aufeinander, die Gesichtsmuskeln verkrampften sich, das Wasser lief ihr aus den Augen. Da war er endlich zu ihr gekommen. In der Dunkelheit. Seitdem kannte sie sich nicht wieder. Sie wurde eine andere. Und sie war überrascht, wenn sie die andere Person bei ihrem Tun beobachtete. So wenig war sie manchmal sie selbst gewesen.

Jetzt wollte sie ihn jede Nacht, diesen schweren, fleischigen, schwitzenden Körper. Und sie erwartete ihn jede Nacht woanders. Sie wollte nicht an eine Ehe erinnert werden, an die gewohnte Wiederholung, an das, wovor seine Frau womöglich weggelaufen war. Sie ging in immer andere Verstecke ihres Hauses. Er folgte ihr überall nach.

Sie begann ihren eigenen Körper zu entdecken; sie begann sich selbst zu entdecken, Gefühle und Fähigkeiten, Freuden und Gelüste, von denen sie vorher nur in Büchern gelesen hatte. Sie lachte. Sie lachte häufiger als jemals zuvor in ihrem Leben. Sie summte gelegentlich ein Lied vor sich hin, was sie früher niemals getan hatte. Sie berührte ihren Leib, ihre Haut, ihr Gesicht, und sie hatte dabei ein Gefühl der Befriedigung und Lust. Wenn jetzt der Erzpriester gekommen wäre und ihr gesagt hätte, daß sie ›in

Sünde lebe‹, hätte sie keine Herzschmerzen mehr bekommen und keine roten Flecken im Gesicht, sondern sie hätte ihren Prohaska aus dem Zimmer unter der Treppe hervorgezerrt und gesagt: Ja, ich lebe in Sünde, und ihr habt mich hineingetrieben.

Sie wollte ihren Prohaska jetzt ganz allein für sich haben. In ihrer Wohnung, im Dunkeln. Und wenn sie ihn draußen am hellen Tag mit andern Menschen zusammen sah, dann gab es ihr immer noch einen Stich ins Herz.

Ins Ruhrgebiet wollen sie dich schicken, sagte die Lehrerin Bombonnek, wo jetzt bombardiert wird! Das kann ich gar nicht verstehen. Wo doch die ganze Rüstung jetzt nach Schlesien verlagert wird...

Es ist ein dienstlicher Befehl, sagte Prohaska. Ich geh' dorthin wie ein Soldat an die Front. Er hatte nicht den Mut, ihr die Wahrheit zu sagen.

Ja, sagte die Bombonnek, der Krieg kommt jetzt zu uns. Das ist nicht aufzuhalten.

Sie gingen nebeneinander her und hielten sich an den Händen. Sie achteten nicht darauf, was die Leute darüber reden würden. Jetzt war es auch gleichgültig geworden.

Sie blieb stehen und sah ihm in die Augen. Plötzlich wußte sie alles.

Hat deine Frau sich gemeldet? fragte sie tonlos.

Ja, sagte er nur.

Seine Frau hatte ihm tatsächlich geschrieben, der Brief hatte ihn schon vor ein paar Tagen erreicht. Aber er hatte nicht gewußt, wie er das der Lehrerin beibringen sollte. Seine Frau war an Krebs erkrankt und wußte nicht, wie lange sie noch leben würde. Also mußte er zu ihr. Sie waren durch das heilige Sakrament der Ehe für immer aneinander gefesselt.

Paß auf dich auf, sagte die Lehrerin Bombonnek. Jetzt, bei den Bombenangriffen. Wenn dir was passiert, bring ich mich um!

32

Der Pfarrer Pattas hat sich in der Sakristei eingeschlossen und weint, sagte Erna Dolezich, die sich langsam bis nach vorn zu ihren Freundinnen durchgeschwatzt hatte. Diese Neuigkeit war wie ein Gruß, den die andern dankbar entgegennahmen.

Der arme Pattas! sagte die Wieczorek, das muß ihn schwer treffen.

Ja, sagte die Schimitschek, das sind ja nicht so einfache Glocken wie die neuen in Christkönig oder Bartholomä. Diese hier sind bereits 1901 geweiht. Eine von ihnen kommt aus Allerheiligen und soll gleich nach dem Dreißigjährigen Krieg gegossen worden sein, da haben die Dänen schon einmal die Glocken heruntergeholt und sie als Beute mitgenommen. Die große hat ein paar Pfunde Gold in der Legierung, deshalb hat sie einen so schönen Klang. O ja, da gibt es Unterschiede!

Woher sie das nur wußte?

Mein Mann reist viel herum, wissen Sie, er fährt in die besetzten Ostgebiete und beschlagnahmt Edelmetalle für die Rüstung, daher weiß ich das. Sie sagte es beinahe entschuldigend. Es geht auch nicht mehr um Glocken allein, jetzt wird aus Kuppeln, Türmen und Dächern auch das Kupfer geholt, alles wird gebraucht.

Es ist nur nicht herauszukriegen, warum sie das ausgerechnet heute am Karfreitag machen. Die Leute sind so aufgeregt, keiner will in die Kirche, alle warten sie davor.

Man mußte sich nur umdrehen, um das festzustellen. Die Dolezich witterte dahinter eine große Verschwörung gegen die katholische Kirche. Man mußte sich wehren. Der Staat war immer gegen die katholische Kirche gewesen. Schon im alten Preußen. Der Vater hatte ihr so allerhand über den Kulturkampf erzählt. Sie hatte die Einzelheiten vergessen, aber das Wort *Kulturkampf* war hängengeblieben.

Das ist ein Kulturkampf! sagte sie deshalb.

Eine Schikane ist das, sagte die Wieczorek.

Ja, das ist es, bestätigte die Dolezich. Unter diesem Wort konnte man sich mehr vorstellen.

Eine Schikane gegen unsern lieben Herrn Erzpriester Pattas. Am liebsten würden sie ihn irgendwohin ins Reich versetzen. Wenn der nicht schon so lange hier wäre! Er hat doch zu Weihnachten von der Kanzel die Weihnachtsbotschaft des Papstes verlesen! Sie betonte es so stark, damit alle merkten, was für eine Kühnheit er begangen hatte. Keiner hatte damals an der Weihnachtsbotschaft des Papstes irgend etwas Besonderes oder Ungewöhnliches oder gar Mutiges gefunden. Erst als sie hinterher erfuhren, daß der Pattas in ganz Schlesien der einzige Pfarrer war, der das von der Kanzel herunter gewagt hatte, war es ihnen bewußt geworden.

Und hält er nicht auch seine Hand schützend über den Kaplan Mikas?

Ja, das muß er doch, gerade jetzt, wo er nach diesen anderthalb Jahren Kazett – oder waren es zwei? – wieder zurückgekommen ist. Was sich da alles verändert hat, man merkt das erst im Abstand, sagte sie. Sie hatte den Kaplan Mikas besucht und mit ihm gesprochen, aber er hatte es betont vermieden, über seine Haftzeit zu sprechen.

So richtig herausgekriegt hat man nie, warum sie ihn eigentlich eingesperrt haben, sagte die Verena Schimitschek. Sie kannte diese Frauen schon seit Jahren, aber heutzutage mußte man vor der besten Freundin vorsichtig sein. Es gab so viel Neid und Mißgunst um einen herum, vor allem, wenn man noch einen Mann im Haus hatte.

Man kann es sich schon denken, sagte Jutta Wieczorek, die sich überhaupt nichts dachte.

Hat er denn noch Kontakte zu polnischen Priestern, unser Pattas? fragte die Schimitschek. Es soll welche geben, die mißbrauchen ihr Amt. Die schmuggeln Propagandamaterial gegen die Deutschen unter der Soutane. Auch Pistolen, hab ich gehört, Handgranaten, mit denen die Kommunisten im Generalgouvernement dann die Eisenbahngleise sprengen.

Was Sie nicht sagen! Die Dolezich tat erstaunt. Sie hatte ja immer gewußt, bei der Schimitschek mußte man vorsichtig sein. Und jetzt erst recht, wo ihr Mann nicht eingezogen ist und immer in den Ostgebieten herumfährt.

Der Kaplan ist unschuldig, sagte Jutta Wieczorek aus Überzeugung. Dafür leg ich meine Hand ins Feuer. Sonst hätten sie ihn nicht wieder herausgelassen. Mein Bruder sagt, wenn einer erst einmal im Lager war, dann lassen sie ihn schon deshalb nicht so leicht raus, weil er zuviel gesehen hat.

Und der ›wilde Mönch‹? sagte Verena Schimitschek. Der ist schon zum fünftenmal aus Gefängnis und Lager raus. Man hört so viel! Man muß aufpassen, was man heute sagt. Der Feind hört mit. Wir haben ja überall Polen, Ostarbeiter, Franzosen, Belgier, das sind doch alles Spione, ist doch klar.

Erna Dolezich überlegte, wie sie ihrer Freundin unbemerkt auf die Füße treten könnte. Sie hätte gern gewußt, seit wann sich die Wieczorek mit der Verena Schimitschek duzte. Das schien ihr doch eine riesengroße Falle zu sein! Ihre Freundin war zu leutselig und unvorsichtig, und was schlimmer war, sie glaubte, als Kriegerwitwe mit vier Kindern im Haus, der fünfte Junge an der Front, mit dem Mutterkreuz in Silber, da könnte ihr nichts passieren. Dabei können sie, zum Beispiel, den Sohn an die Front nach Rußland schicken oder ihr einfach eine bombengeschädigte Familie in die Wohnung setzen, mit einem Spitzel darunter.

Sie betrachtete das gepuderte Gesicht der Schimitschek aufmerksamer und sagte: Wenn wir siegen, können wir nicht einmal mit den Glocken läuten.

Ach ja, begeisterte sich die Wieczorek, alle Portale der Kirchen geöffnet, die Straßen mit Blumen bestreut, die Soldaten unter einem Konfettiregen wie bei der großen Wallfahrt im Mai...

Sie vergaß sogar, daß ihr Mann nicht mehr unter den zurückkehrenden Soldaten sein würde. Sie summte eine Melodie vor sich hin, die ihr seit Tagen nicht mehr aus dem Kopf ging:

Zum Abschied reich ich dir die Hände
und sag ganz leis auf Wiedersehn

Ja, darauf warten wir alle, sagte die Schimitschek.

Dann möchte ich endlich ans Mittelmeer fahren, zusammen mit meinem Mann, der war in La Spezia und schwärmt in jedem Urlaub davon. Nach dem Krieg wollen wir auch Drogerie-Sachen und Parfüm ins Geschäft nehmen, mit Papierwaren allein ist ja nichts zu verdienen. Damit kommt man nie ans Mittelmeer.

Frau Dolezich machte schon Pläne für den Frieden, immer wieder neue, weil der Friede so lange auf sich warten ließ.

Mein Mann hat alle Aussicht, nach dem Krieg ins Luftfahrtministerium zu kommen. Ein paar Jahre in Berlin zu leben, das wäre schön, Theater und Konzerte und Varieté und was es alles noch gibt.

Sie freute sich schon jetzt darauf. Sie hießen früher Szymiczek, 1940 hatten sie ihren Namen in Schimitschek geändert, und wenn sie nach Berlin gingen, würden sie sich in Schmidt umbenennen lassen, bei Schimitschek würde man dort immer an Polen denken.

Ein schönes Märchen geht zu Ende
und war doch so schön

sang die Wieczorek vor sich hin.

Haben Sie schon gehört, das Dienstmädchen bei der Witwe Piontek hat sich mit einem Polen eingelassen, das haben sie gestern abgeholt und eingesperrt. Jessusmarija, die arme Frau Piontek, die muß ganz durcheinander sein.

Mit einem Ostarbeiter, sagte die Schimitschek, die es schon erfahren haben mußte. Das ist noch schlimmer! Wie kann nur so etwas im eigenen Haus passieren, unter den Augen der Hausfrau... Wissen denn die Leute gar nicht, wo wir leben? Wir sind umringt von Agenten und Spionen...

Jetzt, die Glocke! rief Frau Dolezich. Sie sahen nun alle, wie die Glocke langsam auf die Plattform des Lastwagens gesenkt wurde. Ein paar Leute klatschten spärlich Beifall.

Muj Bosche, wie konnten sie nur Halina deswegen einsperren. Sie ist doch selbst eine halbe Polin.

Die Wieczorek kämpfte gegen eine Melodie an, die sich in ihrem Kopf eingenistet hatte. Sie wurde vor einiger Zeit jeden Tag im Radio gespielt und das Lied hatte ihr gefallen. Dann aber waren neue Lieder gekommen und sie hatte die Melodie vergessen. Aber am Sonntagabend hatten ihr die Kinder gesagt, du mußt das Wunschkonzert mit Heinz Goedecke hören, und plötzlich wurde dieses schon vergessene Lied gespielt. Im Anschluß daran hatte dann der Goedecke gesagt, und schon bei seiner Stimme konnte man ja ins Schwärmen kommen: ... auch zum 40. Geburtstag für Jutta Wieczorek aus Gleiwitz O/S Raudener Straße 25, von ihren Kindern in der Heimat und vom ältesten Sohn Klaus, der am Atlantikwall für die Heimat wacht! Das war eine Überraschung gewesen. Wo sie doch erst eine Woche später Geburtstag hatte!

Wenn das ihr Engelbert noch erlebt hätte. Jetzt würde sie ihm nicht mehr am Sonnabend nach der Schicht am Grubentor auflauern, um ihm gleich die Lohntüte aus der

Hand zu nehmen, jetzt könnte er ruhig etwas davon versaufen. Und das Lied ging ihr nicht mehr aus dem Kopf:

Dein Bild will ich im Herzen tragen,
du weißt wie gern ich bei dir blieb,
drum will ich dir zum Abschied sagen:
ich hab dich so lieb!

Wann werden wir uns wiedersehen, im Blitz und Donner oder im Regen? sagte Erna Dolezich scherzhaft.

Wenn das Wirrwarr ein Ende hat.

Das kann schnell passieren, es kann aber auch lange dauern, seufzte die Wieczorek.

Wie meinen Sie das?

Wir sollten hierbleiben und die Lastwagen nicht durchlassen, dann können sie die Glocken nicht wegfahren!

Eichendorff hat so lange Gedichte nicht geschrieben, sagte Bronder. Ich kenne eine Menge Lieder von ihm.

Dann müssen wir eben in die Pfarrei gehen und uns vom Kapelun Mikas den *Balladenschatz* geben lassen. Der Schluß muß doch herauszukriegen sein!

Sie mußten wegen der Absperrung einen Bogen machen. Dabei kamen sie unter der Akazie vorbei, von der Tex Weber immer noch seine Beine herunterbaumeln ließ. Er hatte mit dem Finger ein Loch durch ein Stück Papier gestoßen und sah jetzt wie durch ein Fernrohr in die Welt. Der Kirchturm interessierte ihn nicht mehr. Die Glocke war inzwischen auf den Tieflader aufgesetzt.

Bist du weitergekommen mit deiner Wahnsinns-Ballade? rief Tex Weber ihnen von oben zu.

Ossadnik, deine Mutter sucht dich! rief eine Stimme. Gehörte sie nicht dem Lehrer Froschek oder Herrn Krawutschke? Keiner von beiden war zu sehen.

Dafür tauchte Kotik vor ihnen auf, ein Buch in der Hand. Ich hab sie, die *Ballade vom Glockenguß zu Breslau,* rief er aufgeregt. Ist von Wilhelm Müller.

Er hatte einen Stein zwischen die Seiten gelegt, damit er die Stelle schneller finden konnte. Soll ich sie vorlesen?

Unser Kotik, siehst du, dem fällt so etwas ein. Bist ein Pjeron! Andi strich ihm übers Haar. Ja, lies mal schön vor, Hoppek!

Und während Kotik las, kamen immer mehr Leute und hörten mit:

> *Die Bitte ward gewähret,*
> *Sie schien den Herrn gering,*
> *Die Glocke ward geläutet,*
> *Als er zum Tode ging.*
>
> *Der Meister hört' sie klingen,*
> *So voll, so hell, so rein:*
> *Die Augen gehn ihm über,*
> *Es muß vor Freude sein.*
>
> *Hat auch geneigt den Nacken*
> *Zum Streich voll Zuversicht;*
> *Und was der Tod versprochen,*
> *Das bricht das Leben nicht.*
>
> *Das ist der Glocken Krone,*
> *Die er gegossen hat,*
> *Die Magdalenenglocke*
> *Zu Breslau in der Stadt.*
>
> *Und seine Blicke leuchten,*
> *Als wären sie verklärt:*
> *Er hatt' in ihrem Klange*
> *Wohl mehr als Klang gehört.*
>
> *Die ward zur Sünderglocke*
> *Seit jenem Tag geweiht:*
> *Weiß nicht, ob's anders worden*
> *In dieser neuen Zeit.*

Keiner hatte den Kotik unterbrochen. Auch als er zu Ende war, schwiegen sie noch eine Weile. Sogar Hrabinsky. Er sog nur an seiner kalten Pfeife.

Schön ist das, sagte die Buchhändlerin Willimczyk ganz schlicht. Man glaubte es ihr sogar.

Und Apitt wiederholte noch einmal die letzte Strophe, mehr für sich, aber alle hörten zu, und die letzten zwei Zeilen flüsterten auch noch andere mit.

Weiß nicht, ob's anders worden
In dieser neuen Zeit.

Andi drängte sich an den andern vorbei und ging weg, ohne ein Wort zu sagen. Kotik sah ihm nach; dann sah er die andern an, weil er nicht wußte, was er jetzt tun sollte. Er klappte das Buch zusammen und lief Andi nach und brauchte eine Weile, um ihn in der Menge wiederzufinden. Die Menschen strömten bereits in die Kirche.

Kotik ging ein paar Schritte neben Andi her, der unentwegt auf den Boden sah, und fragte ihn vorsichtig: Hab ich was falsch gemacht, Schielok?

Nein, nein, sagte Andi und nahm den Kopf des Jungen unter seinen Arm. Ich hab nur an etwas gedacht, was mir den ganzen Tag nicht aus dem Kopf geht. Manchmal vergeß ich es, aber dann kommt es wieder. Weißt du, ich denk immer dran, wie man einem lebendigen Menschen Nägel durch die Hände schlagen kann, das versteh ich nicht, also, das kann ich einfach nicht verstehn...

Machen Sie Platz! Gehn Sie weg da!

Seid doch vernünftig, Frauen!

Habt ihr das gesehen? Den Erzpriester Pattas?

Er hat vom Turm aus die Glocken gesegnet.

Lassen Sie mich durch, verflucht noch mal...

Mein Gott, da flucht jemand. Am heiligen Karfreitag. Pjerunnje!

Die Motoren der Lastwagen heulten auf. Man hörte ein paar dünne Pfiffe, dazwischen ein paar vereinzelte Stimmen.

Wenn alle Frauen stehenbleiben, wie eine Mauer, dann können sie nicht durch mit ihren Glocken, sagte Herr Apitt.

Los da, weg da, sonst räumen wir den Platz! schrie einer mit der Armbinde. Die Drohung mußte genügen, denn er hatte nicht genug Leute, um den Platz wirklich räumen zu lassen. Wie zur Demonstration heulte der Motor auf.

Kann man nicht den Pfarrer holen, der die hysterischen Weiber hier wegschickt? schrie der Lastwagenfahrer.

Ich geh schon in die Kirche, sagte Rosa Willimczyk. Jetzt ist ja doch alles vorbei. Sie war irgendwie enttäuscht, wie die meisten hier. Sie wollte sich nicht eingestehen, daß sie im Grunde auf eine Katastrophe gewartet hatte. Jetzt löste sich alles so banal auf.

Nehmen Sie Ihren Stuhl und gehen Sie, sagte Apitt zum Invaliden Hrabinsky, wenn jetzt eine Panik ausbricht und das Volk läuft hier weg, brauchen Sie mit Ihrem Holzbein nur zu stürzen und man wird Sie tottrampeln. Aber lassen Sie mich vorher schnell mal auf Ihren Stuhl, ich will sehen, was da vorne los ist. Hrabinsky legte erst eine Zeitung auf den Sitz, dann durfte Apitt sich draufstellen. Der Stuhl wackelte dabei so gefährlich, daß Apitt sich mit einer Hand auf Hrabinskys Kopf aufstützen mußte. Er sah den ersten Lastwagen langsam anfahren und die Menge ebenso langsam zurückweichen.

Sie gehen zurück, sagte Apitt. Aber immerhin, es gab Widerstand.

Als die Juden weggebracht wurden, aus ihrem Gemeindehaus in der Niederwallstraße, sagte Hrabinsky, da guckten die Frauen nur zu, keine hat sich empört.

Niemals werd ich vergessen, daß sie uns Karfreitag 1943 die Glocken gestohlen haben, schrie eine Frau laut. Sie schrie mitten aus der Menge heraus, so daß man nicht feststellen konnte, wer sie war.

Ich gehe jetzt lieber, sagte Valeska. Ich bin schon lange genug unterwegs. Irma könnte etwas passieren. Vielleicht liegt sie schon in den Wehen.

Aber vorher wollte sie noch in der Kirche ihre Buß-Gebete verrichten, die ihr der Pfarrer am Morgen aufgegeben hatte. Mein Gott, was für ein Tag ist das heute, dachte sie, ich komme nicht einmal dazu, mich von den Sünden reinzuwaschen.

Ich muß zu meinem Gelübde, sagte Anna. Möcht' nur wissen, wo Kotik und Andi stecken. Die wollten doch auch hier sein. Auf den Tonik hoffte sie schon gar nicht mehr.

Man hörte jetzt von überall das dumpfe Geräusch der Holzschellen. Ein paar Frauen begannen mit dem Karfreitagslied, und dann stimmte die Menge draußen auf dem Vorplatz ein:

O *Haupt voll Blut und Wunden*
von Schmerz bedeckt und Hohn

Die Lastwagen fuhren an den singenden Menschen vorbei, sie hupten laut und langgezogen, als ob sie damit den Gesang der Menge übertönen wollten. Dann bogen sie zum Peter-Paul-Platz ein und fuhren in Richtung Bahnhofstraße davon. Die Menschen sangen weiter und schoben sich langsam, jetzt nicht mehr so dicht gedrängt, zum Hauptportal der Kirche, das weit geöffnet war. Die Absperrung war inzwischen weggeräumt.

Laut sangen sie weiter:

Ach Herr was du erduldet,
ist alles meine Last.
Ich habe das verschuldet,
was du getragen hast.

33

Tonik drängte sich durch die Menschenmenge. War das nicht die Hedel Zock, die mit dem dunklen Haar und der Nackenrolle? Das konnte nur die Hedel Zock sein. Er faßte nach ihrem Arm und hielt ihn fest.

Tonik, du bist es, sagte sie erschrocken und starrte ihm ins Gesicht und auf die Schulterstücke. Du bist auf Urlaub?

Eine Sekunde lang glaubte Tonik, daß sie sich wirklich freute, ihn zu sehen. Es war ja tatsächlich so, daß sich manche Frauen freuten, wenn sie einen Soldaten in Uniform sahen. Denn das war schon eine Rarität. Und schließlich hatte er einmal mit ihr getanzt, draußen in der Neuen Welt, beim Eisenbahnerball.

Tonik fing mit seiner Einladung ins Café Schnapka an, aber sie lehnte sofort ab, ohne ihn bis zum Ende anzuhören. Als ob sie das schon einmal von ihm gehört hätte! Pjerunnje! Er nahm sich vor, sich doch einmal etwas anderes auszudenken!

Nicht am Karfreitag, sagte sie, da ist Kuchen Sünde.

Dabei gab es inzwischen Kuchen so selten, daß sie ihn an jedem Fasttag gegessen haben würde – aber nicht in der Öffentlichkeit. Da eine Frau ihnen zuhörte, versuchte Hedel den Tonik zu überreden, mit in die Kirche zu kommen, um heute, am Karfreitag, die Schmerzhaften Geheimnisse des Rosenkranzes zu beten.

Tonik würde keinesfalls in die Kirche gehen. Doch bis sie beim Portal angelangt waren, mußte er mit ihr eine Verabredung getroffen haben für den Abend. Und er hoffte, diese Notlüge würde ihren Eindruck auf sie nicht verfehlen: Ich kann leider nicht, ich bin zum Wehrbezirkskommando bestellt.

Und das war schließlich eine höhere Instanz als Gott. Jedenfalls in diesen Zeiten.

Die Frau mit dem weißen Turban tauchte wieder in ihrer Nähe auf. Hedel jedenfalls mußte in die Kirche. Vorher ließ sie sich aber noch allzugern das Versprechen abringen, Tonik am Abend um acht Uhr vor dem Capitol-Kino zu treffen. Tonik zeigte sich so erfreut, daß er einfach nach ihrer Hand griff und sie drückte und sie gar nicht loslassen wollte. Sie ließ es sich gefallen und lächelte ihn an. Seine Kühnheit machte ihn ganz schwindlig. Jedenfalls krümmte er seinen Zeigefinger zweimal in ihrer Hand, bis sie sich ihm entzog und in der Kirche verschwand. Das hatte ihm ein Kamerad in seiner Kompanie geraten, als eindeutiges Signal; und erst jetzt lief es ihm heiß im Kopf zusammen, daß er damit vielleicht bei der Hedel Zock zu weit gegangen sein könnte. Andererseits wußte Hedel nun, wenn sie diese Zeichensprache verstand, was er von ihr wollte, und das konnte ihm nur recht sein. Und wenn sie heute abend nicht zum Capitol-Kino käme, dann wäre das auch eine Antwort. Er hatte nur fünfzehn Tage Urlaub, da war es gut, wenn die Verhältnisse klar waren.

Er hatte sich seinen Urlaub ohnehin anders vorgestellt. Die ersten drei Tage hatte er nur geschlafen, und dann hatte Mamotschka ihm alles Unnötige von den Kindern und ihren Romanen erzählt, manchmal wohl auch beides durcheinandergebracht, und ihm schließlich die Reisemarken abgeluchst, jedenfalls die meisten – er behielt nur ein paar Brotmarken zurück, damit er mal jemand in eine Konditorei einladen konnte.

Alle seine Freunde waren im Krieg, und der Norbert Pawlik war in Afrika schon gefallen. Da war er eben allein ins Kino gegangen oder in irgendeine Kneipe, aber es fiel ihm schwer, Kontakte mit Fremden anzuknüpfen, er spürte eine gewisse Feindseligkeit der andern, die ihn anstarrten und schweigend das fade Ersatzbier in sich hineinschütteten, und es kam ihm vor, daß sie ihn wie einen Vorwurf betrachteten, weil er hier in seiner Uniform herumlief, während ihre Männer oder Söhne an irgendeiner Front kämpften oder vielleicht gefallen waren.

Er entdeckte auf einmal, daß er mit seiner Zeit überhaupt nichts anfangen konnte. Beim Militär war jede Stunde ausgefüllt gewesen, und wenn sie wirklich mal in der Etappe nichts zu tun hatten, hatte sich irgendein Spieß schon etwas *Pjerunnisches* ausgedacht, damit sie nicht zum Nachdenken kamen. Jetzt auf einmal war er ganz und gar auf sich selbst angewiesen und wußte nicht, wie er ohne Befehle, die seine Tage, ja, schon eine ganze Weile sein Leben regelten, auskommen sollte. Wenn er die Hedel Zock heute nacht herumkriegte, würde er am neunten und vielleicht am zehnten Tag wissen, was er zu tun hatte. Am elften würde er sich nach einer andern umsehen. Wer weiß, ob er später noch einmal in die Heimat zurückkommen würde.

Er hätte die Hanna Baron heiraten sollen! Jetzt war sie bei der Heimatflak in Köln, das war ihm zu weit – und außerdem hatte er keine Lust, dorthin zu fahren, wo es ständig Luftangriffe gab. Im Krieg verheiratet zu sein, hatte schon eine Menge Vorteile. Man hatte einfach jemand, der auf einen wartete. Horst Müller, mit dem er zusammen im Lazarett in Litzmannstadt gewesen war, sagte ihm, als sie im selben Zug nach Deutschland gefahren waren, er würde in seinem Urlaub nichts anderes tun, als sich mit seiner Frau in der Wohnung einzuschließen und die ganzen fünfzehn Tage zu duppen. Nichts anderes tun als fressen, saufen, duppen, so lange bis er wieder in den Zug zurück an die Ostfront steigen müßte. Den Horst Müller beneidete er.

Aus dem Innern der Kirche hörte er Gesang. Tonik stellte sich vor, wie Mamotschka ganz vorn, in einer der ersten Bänke sitzen und ihren Rosenkranz beten würde, die Schmerzhaften Geheimnisse, für ihren *immerwährenden Ablaß*. Und irgendwo in einer andern Bank saß Hedel Zock.

Ich muß heut' noch was vor die Flinte kriegen, dachte Tonik. Eine Horde Halbwüchsiger rannte an ihm vorbei, er erkannte unter ihnen seinen Bruder Schielok, allerdings ohne Brille und mit einem Pflaster im Gesicht. Wie der wieder aussieht!

Nein, er würde nicht in die Kirche gehen. Er war seit seinem achtzehnten Lebensjahr nicht mehr in einer Kirche gewesen. Es hatte damals große Auseinandersetzungen gegeben und er war deshalb ein halbes Jahr nicht mehr nach Haus gekommen. Er hatte solange im Kolping-Haus gewohnt, ausgerechnet im Kolpinghaus. Lange genug hatte Mamotschka ihn gezwungen, jeden Sonntag in die Kirche zu gehen und seine Knie auf den harten Bänken zu scheuern, und was das Schlimmste war, zur Beichte zu gehen, dem Pfarrer in irgendeiner engen, dunklen, stickigen Holzkiste, die sie Beichtstuhl nannten, seine geheimsten Gedanken mitzuteilen, worüber man mit keinem Menschen sprach, nicht einmal mit seinem besten Freund, schon gar nicht mit seiner Mutter, und da sollte er nun gestehen: daß er Unkeusches dachte und tat, an sich selbst und an andern. Der Kaplan im dunklen Beichtstuhl fragte ihn ausführlich aus und wollte mehr wissen – woran er denn dabei denke, und was er dabei fühle? Und er wußte nicht, was er antworten sollte, weil er dabei einfach an alles dachte, was ihm gerade einfiel und am allerwenigsten an Mädchen, wie es ihm der Herr Kaplan immer einreden wollte. Jedenfalls war er seitdem nicht mehr zur Beichte gegangen und bald danach auch nicht mehr in die Kirche. Er hatte, wenn die ganze Familie sich zum Kirchgang zurechtmachte, demonstrativ eine Rolf-Torring-Schwarte in die Hand genommen, die er gerade in eben dieser Zeit auslesen wollte, und Mamotschka brach dabei jedesmal in

Tränen aus. Beim Militär hatte er dann zum erstenmal Kameraden getroffen, die noch nie in ihrem Leben zur Ohrenbeichte gegangen waren, und das waren nicht nur die Evangelischen, von denen er ja ohnehin wußte, daß sie die Beichte ablehnten. Er war aber enttäuscht, daß sie seine Verweigerung schlicht als einen normalen Vorgang behandelten und nicht als eine Heldentat oder zumindest als einen Akt der Aufsässigkeit – wie er es für sich in Anspruch nahm.

Die Horde Halbwüchsiger kreiste Tonik ein, voran Schielok, der den anderen Jungen Zeichen machte.

Bist du's wirklich, Schielok? Wie haben sie dich denn zugerichtet? Wo hast'n die Brillok?

Andi holte aus der Tasche sein Brillengestell hervor. Grinsend stieß er mit dem Zeigefinger durch eine Fassung. Das waren die Evangelen, sagte er stolz. Er hielt das Brillengestell in die Höhe wie eine Trophäe.

Immer noch die Kleinkriege zwischen den Katholischen und Evangelischen? Das ist ja zum Lachen. Ich dachte, ihr seid inzwischen bei der Heimatflak und lernt, wie eine leichte 3,7, eine schwere 12,8 und die Vierlingsflak bedient werden, und markiert Zielschießen? Schluß mit diesen Kindereien! In zwei, drei Jahren seid ihr schon Soldaten und kommt an die Front. – Müßt ihr nicht in die Kirche?

Die Jungen behaupteten einstimmig, am Morgen, bevor die Männer zur Glockenabnahme gekommen waren, in der Kirche gewesen zu sein und die Wundmale des gekreuzigten Heiland auf den Altarstufen geküßt zu haben.

Tonik wollte lieber vom Kirchplatz fort. Er schlug den Jungen einen Besuch in der Artillerie-Kaserne am Stadtwald vor. Vor zwei Tagen hatte er in der Stadt mit einem Soldaten getrunken, der in der Stadtwald-Kaserne die Aufsicht über die Pferde führte. Hinter den Stallungen könnte er ihn treffen. Bei diesem Wetter könnte es gut

293

möglich sein, daß er mit den Pferden draußen war. Diesen Kumpel wollte er besuchen. Wer Lust hatte, könnte sich ihm anschließen.

Die Jungen hatten so sehr Lust dazu, daß sie in ein Gebrüll ausbrachen, und weil alle mitkommen wollten, mußte Tonik auswählen. Er nahm Schielok, Wonzak und Bronder mit, und schließlich auch den mit den Sommersprossen und dem weißblonden Haar, für den sich Andi einsetzte. Der kleine Kotik wurde in die Kirche geschickt, wo er neben Mamotschka in die Kirchenbank gehörte. Wahrscheinlich suchte sie ihn ohnehin schon überall.

Aber Kotik wollte viel lieber mit ihnen zu den Pferden. Andi mußte seinem Bruder gut zureden und ihn schließlich am Seiteneingang in die Kirche hineinschieben. Also, in dem Alter gehörte man neben seine Mutter in die Kirchenbank!

Am Germaniaplatz stiegen sie in die Straßenbahnlinie 4, denn bis zum Stadtwald zu laufen, schien ihnen dann doch zu weit – und sie zahlten ja nur den halben Preis: Schüler und Soldaten. Nach *Morgenroth* stand vorn an der Straßenbahn, und Tonik wäre am liebsten bis Morgenroth gefahren. Vor dem Krieg war Poremba Endstation gewesen.

Was machen die alten *Ferajnas*, Andi?

Es gibt keine mehr. Seit dem Krieg gibt's keine mehr. Zwei-, dreimal im Jahr kommen wir noch zusammen, eher zufällig, und dann fällt uns nichts ein, was wir zusammen anstellen könnten.

Erzähl ihm die Geschichte mit dem alten Haus an der Ziegelei, flüsterte Wonzak, du weißt doch!

Das war auch schon eine Weile her. Aber immerhin, das war wenigstens ein Anlaß, sich zu erinnern.

Er sah Tonik bewundernd an. Er wünschte sich auch einen Bruder bei den Soldaten, der eine so schöne Uniform hätte wie dieser Tonik. Er bewunderte vor allem die

Schildmütze auf dem Kopf, kein Schiffchen, sondern eine richtige Schildmütze, also da fing bei ihm der Soldat erst an.

Da ist abserlutnik nich viel zu sagen. Da hat es eben an der alten Ziegelei, beinahe in Sosnitza drüben, weißt ungefähr wo das ist, ein Haus gegeben. Wir haben es lange beobachtet, niemand ist gekommen, niemand ist gegangen, niemand hat drin gewohnt. Es muß schon jemand vor uns in dem Haus gewesen sein und geplündert haben, denn die Schubladen standen weit offen, Besteck und irgendwelche Gegenstände von Wert waren nicht mehr da. Es war auch nicht herauszukriegen, wer dort vorher gewohnt hat. Wir sind da einfach eingezogen, der Rest von unsrer *Ferajna*. Wir haben alle Vorräte aufgegessen, im Keller gab es eine Menge Eingemachtes, dann haben wir die Betten aufgeschnitten und uns mit den Federn überschüttet, die Bücher zerfetzt und das Geschirr zertöppert, und am Schluß die Möbel kurz und klein geschlagen...

Andi schwieg plötzlich, weil er es auf einmal lächerlich fand, was sie da gemacht hatten.

Erzähl weiter, drängte Wonzak. Und als Andi immer noch zögerte, fuhr er selber fort: Eines Tages haben wir dann das Haus angezündet, also das hat gebrannt wie Zunder, die Flammen sind bis zum Himmel geschlagen und man konnte sie bis weit nach Sosnitza und Ellguth-Zabrze sehen. War das nich 'ne Riesenkundgebung, Schielok?

Ich hab dir schon mal gesagt, daß ich nicht mehr Schielok bin! sagte Andi ärgerlich.

Haben sie euch erwischt? fragte Tonik.

Natürlich haben sie, sagte Andi, es bleibt doch abserlutnik nichts geheim. Die Polizei ist gekommen und hat uns einzeln von zu Haus weggeholt und ausgefragt, wir ham uns da schon rausgeredet, es war ja wochenlang niemand mehr in dem Haus gewesen...

Das Haus hat nämlich zwei jüdischen Schwestern gehört, die haben dort im Sommer gewohnt, mischte sich Wonzak ein, und eines Tages wurden sie in ihrer Stadtwohnung abgeholt, und da sind sie...

Halt die Fresse, sagte Andi scharf.

Der, den sie Hannes nannten, fragte: Wie ist das so im Krieg, wenn links und rechts die Granaten explodieren und Sie gehen hinter den Panzern gegen den Feind vor, haben Sie da keine Angst? Er hatte nämlich im Kino gesehn, wie Soldaten im Granatenhagel über eine schneebedeckte Landschaft vorrückten. Solche Bilder vergaß er nicht so leicht.

Tragen Sie auch im Winter solche weißen Umhänge wie die Soldaten in der Wochenschau? Das hatte ihm gefallen, die waren im Schnee schlichtweg für den Feind nicht zu erkennen.

Wie im Kino geht das an der Front bestimmt nicht zu, das kann ich dir garantieren, sagte Tonik. Ich hab so einen weißen Umhang da draußen noch nicht gesehn. Aber genug erfrorene Arme und Beine. Wie das so an der Front ist, ja... man denkt nicht, man kriegt seine Befehle und rückt mit den andern aus, man ist ja nie allein, und dann kämpft man eben... Woher hast'n das? Er zeigte auf eine Narbe an der Schläfe von Hannes.

Da sei einmal sein Bruder, als er noch klein war, mit einem Messer auf ihn losgegangen, erklärte Hannes.

Hast du keine Angst gehabt?

Angst hab ich nicht gehabt, sagte Hannes Stein, das ist so schnell gegangen. Erst hinterher ist mir richtig schlecht geworden, als ich daran dachte, daß er ja auch mein Auge hätte treffen können.

Ich glaube, das ist auch bei uns so, sagte Tonik. Er habe an einem Fluß gelegen und auf den Angriff der Russen gewartet, und da sei ihm ein Granatsplitter in die linke Schulter gedrungen, Angst habe er da nicht empfunden, nicht einmal Schmerz, es habe nur so furchtbar geblutet, und erst später habe er Angst gehabt, der Arm würde ihm steif bleiben. Aber es sei ja nun mal alles gutgegangen.

Richtige Angst hab' ich nur, sagte Tonik, wenn ich in den Keller gehn muß und habe keine Streichhölzer dabei. Er lachte, aber die Jungen glaubten es ihm.

Valeska mußte sich erst an das dämmrige Licht gewöhnen. Sie drängten sich jetzt in der Kirche wie zum Osterhochamt. Sie suchte nach einem Platz nicht weit vom Altar, da hörte sie die Klekotka. Sie rutschte einfach in die nächste Bank hinein, kniete nieder und machte das Kreuzzeichen. Sie sah durch den Mittelgang eine Schar von Ministranten ziehen, voran der Kantor Zobtschik mit dem Kreuz, das mit lila Samt verhüllt war, gefolgt von zwei Ministranten mit dem Weihrauchkessel, und danach eine Gruppe, die die Klekotka schlug. Den Ministranten folgte der Erzpriester Pattas allein, dann der Hilfspfarrer Jarosch mit dem Kaplan Mikas und danach zwei andere Kaplane, die Valeska nicht kannte. Der Pfarrer Pattas hielt seine Hände geschlossen wie zum Gebet. Er trug den schwarzen schlichten Talar und nichts auf dem Kopf. Vor den Stufen des Hauptaltars blieb die Gruppe stehen. Die Klekotkas hörten jetzt auf mit ihrem dumpfen, eintönigen, rhythmischen Geräusch. Es war ganz still in der Kirche. Manche reckten die Köpfe, um zu sehen, was vorn geschah. Noch nie waren an einem Karfreitag alle Priester mit dem Erzpriester an der Spitze durch die Kirche gezogen.

O du Lamm Gottes, das du hinwegnimmst die Sünden der Welt, erbarme dich unser, flüsterte Valeska und schlug sich an die Brust. O du Lamm Gottes, das du hinwegnimmst die Sünden der Welt, erbarme dich unser. O du Lamm Gottes, das du mit deinem Kreuzestod hinwegnimmst meine Sünden, erbarme dich meiner.

Alle erhoben sich von den Plätzen. Solange Valeska sich erinnern konnte, war die Kirche am Karfreitag noch nie so voll gewesen. Sie sah, wie der Erzpriester die Hand zum Segen erhob. Dann drehte er sich um und warf sich geradezu auf die Altarstufen – einige Frauen sprangen aus ihren Bänken, weil sie glaubten, der Priester sei zusammengebrochen – und küßte die Wundmale Christi. Und es dauerte lange, bis er sich wieder erhob. Er wehrte die andern Priester ab, die ihm beim Aufstehen helfen wollten.

Der Du am Ölberg Blut geschwitzt hast, betete Valeska.

Der Erzpriester ging jetzt, von den beiden Kaplanen in die Mitte genommen und gestützt, in die Sakristei. Nicht einmal die Sakristeiglocke läutete. Die andern warteten kniend auf den Stufen des Altars, bis der Erzpriester sich für die Karfreitagsliturgie umgekleidet haben würde. Die Holzschellen schwiegen.

Valeska suchte nach ihrem Rosenkranz.

Der Du die Dornenkrone getragen hast. Der Du gegeißelt worden bist. Der Du das Kreuz auf dich genommen hast. Der Du unterm Kreuz gestürzt bist. Der Du dir hast Nägel durch Hände und Füße schlagen lassen.

Sie sah sich um. In dem diffusen Licht konnte sie nur die Frau Wieczorek erkennen. Valeska war mit ihrem Bußgebet fertig. Gerade wollte sie Halina in ihr Gebet aufnehmen und um ihren Schutz bitten, als sich die Nachbarin zu ihr neigte und flüsterte: Der Pfarrer Pattas hat die Glocken auf Schallplatten aufnehmen lassen, er wird sie am Sonntag früh bei der Auferstehungsmesse abspielen lassen, über Lautsprecher. Sagen Sie das bitte weiter. Valeska tat es und sah, wie das Geflüster von Bank zu Bank ging, durch die ganze Kirche.

Plötzlich hörte sie das Klappern von Holzpantinen, was zuerst wie eine hellere Klekotka klang. Valeska blickte sich um und sah eine Gruppe von Frauen durch den Mittelgang zum Altar gehen. Sie trugen weiße Kopftücher und graue Wattejacken. Das mußten Ostarbeiterinnen sein, man erkannte sie sofort, auch wenn im Dämmerlicht die Raute mit dem OST nicht genau zu erkennen war. Kurz vor dem Altar blieben sie stehen und knieten auf dem Steinfußboden nieder. Die Gläubigen in den Bänken reckten ihre Hälse. Manche standen auch auf, um die Frauen besser sehen zu können. Valeska saß nicht weit von ihnen entfernt. Sie beobachtete, wie sie das Kreuzzeichen machten und sich mit der Hand gegen die Brust schlugen, so wie sie es auch tat.

Und dann bemerkte Valeska, daß sie beim Kreuzzeichen irgend etwas anders machten. Was war denn so anders? Ja, sie schlugen das Kreuz nicht von links nach rechts, sondern von rechts nach links. Valeska beobachtete sie genau und machte es ihnen nach. Die Finger an die Stirn, IM NAMEN, dann auf die Mitte der Brust, DES VATERS, dann rechts, DES SOHNES, dann nach links UND DES HEILIGEN GEISTES, dann wieder in die Mitte, AMEN.

Die Frauen gingen geschlossen, wie sie gekommen waren, wieder aus der Kirche. Die Holzpantinen klapperten nun wie eine hohle, drohende, unheimliche Trommel. Valeska erinnerte sich, irgendwo gehört zu haben, daß sich im Mittelalter die Ostkirche gespalten hatte und die orthodoxen Russen seitdem das Kreuzzeichen von rechts nach links machten.

Vielleicht ist es gut, wenn man weiß, wie die Russen das Kreuzzeichen machen. Eines Tages könnte es nützlich sein.

34

An der Bergwerkstraße stiegen sie aus und gingen zu Fuß weiter, die Lindenstraße entlang und an der Waldschule vorbei, zu den rückwärtigen Stallungen der Stadtwaldkaserne. Im Sandgelände übten junge Kanoniere mit Pferden den Transport der schweren 10,5 und 15 cm Haubitzen, das blitzschnelle Abprotzen und in Zielstellung gehen. Befehle durchzuckten die Stille des Nachmittags, und gelegentlich war das Wiehern der Pferde zu hören.

Hinten bei den Stallungen kam ihnen Fritz entgegen, den Tonik vor zwei Tagen in der Stadt getroffen hatte. Er trug eine Uniform ohne Rangabzeichen, was Wonzak gleich auffiel, aber nicht anzumerken wagte, weil die sich ohnehin erst einmal über das Gesicht von Schielok unterhielten, und der wollte auch schon wieder gehen, weil er keine Lust zeigte, jedem hergelaufenen Soldaten *Auskünfte über mein Gesichtsleben* zu geben. Dieser Fritz beaufsichtigte eine Schar von Ostarbeitern, die dabei waren, die Pferde ins Freie zu führen und sie an den Eisenringen, die in die Außenmauern eingelassen waren, festzubinden. Dann begannen sie in der Sonne die Pferde zu striegeln. Von oben, von der Böschung aus, konnte man alles genau beobachten, die Tiere und die Pfleger. In raschen weitausgreifenden Bewegungen strichen die Pfleger mit Metallbürsten über die Rücken der Pferde, und wenn die Hand zurückkehrte, streifte die Bürste im Vorbeischwingen einen Metallkamm, der den Schmutz sammelte. Sie lösten sich in ihrer Tätigkeit ab. Einige standen herum, lehnten gegen die Mauer und hielten mit Stanniol beklebte Pappdeckel so neben den Kopf, daß die Strahlen der Sonne sich darin bündelten und auf ihre Gesichter fielen.

Andi ging zu ihnen hin und sah sich das aus der Nähe an. So etwas hatte er noch nicht gesehn.

Einfallsreich sind die schon, kommentierte Fritz. Aber faul. Er klatschte in die Hände und trieb sie mit lauten Rufen erneut zur Arbeit an. Es waren immer weniger Wolken am Himmel zu sehen, und hier unterhalb der windgeschützten Böschung spürten sie die Wärme viel stärker. Fritz zog die Uniformjacke aus. Über dem Unterhemd, das am Hals weit offen war und einen schwarzen, gekräuselten Haaransatz zeigte, kreuzten sich rotgestreifte Hosenträger. Fritz kannte nicht nur Namen und Alter der Pferde, er kannte auch ihre besonderen Eigenschaften, auch ihre ›Mucken‹, wie er das nannte. Dieser dunkelbraune Hengst, sagte er und wies auf ein schweres, ruhiges Tier, dessen Fell an manchen Stellen schon die Haut durchscheinen ließ, war bis vor kurzem Ziehpferd in der Scobel-Brauerei, hat lauter Mucken, ohne Augenklappen kann man das gar nicht ausführen. Wird vierzehn, fünfzehn Jahre sein, das ist so der Durchschnitt. Unsre jungen Pferde sind alle an der Front. Die hier enden meist in der Abdeckerei, mit manchen kann man schon gar nicht mehr auf dem Sandgelände üben. Wenn die mal stürzen, kommen sie nicht mehr hoch.

Also, wenn er sehe, meinte Andi Ossadnik, wie die armen Muschkoten da drüben geschliffen werden, da verginge einem ja geradezu die Lust, Soldat zu werden. Er sah schon die ganze Zeit zum Übungsplatz hinüber.

Der Pferdemensch lachte nur.

Wenigstens, sagte Wonzak, kommt man als Soldat leichter an Weiber ran.

Tonik biß die Spitze des Grashalmes ab und spuckte sie aus. Das war seine Antwort darauf. Er nahm die Mütze ab, die er vorsichtig neben sich ins Gras legte, und knöpfte die Uniformjacke auf.

Bronder sah Mädchen immer nur in der Kirche. Aber da waren sie durch den Mittelgang voneinander getrennt. Links in den Bänken saßen die Frauen, rechts die Männer.

Nur beim Hinausgehen konnte man sich an sie heranmachen. Wenn man es geschickt anfing, konnte man sogar ihre Fingerspitzen berühren, wenn man mit ihnen gemeinsam die Hand ins Weihwasserbecken eintauchte. In der Schule waren sie durch einen Drahtzaun voneinander getrennt und oft genug hatten sie Pausen zu anderen Zeiten. Lange Zeit waren die Sonntage und die Kirchgänge für ihn mit Mädchen verbunden, und die Mädchen mit den Kirchenbesuchen, und weil sie sich dabei nicht näherkamen, träumte er von ihnen, und er hoffte, eines Tages Soldat zu werden, aber nur, um endlich an sie heranzukommen.

Wenn ich daran denke, sagte Fritz, wie ich die Alte in ›Port Arthur‹ genagelt hab! Er spannte seine Hosenträger und lachte bei der Erinnerung. Kennst du ›Port Arthur‹?

Natürlich kannte Tonik ›Port Arthur‹, von dem keiner wußte, warum es so komisch hieß. Das war die Siedlung draußen in Zernik, wo früher die Arbeitslosen wohnten, halbe Zigeuner oder Polacken, alles Familien mit zehn, zwölf Kindern, es sollte noch schlimmer als ›Kamerun‹ sein und war vor allem wegen der Messerstechereien berüchtigt. Jetzt würde es dort sicher ganz anders zugehen, der Ort hieß ja nun auch Gröling.

Ja, schon, sagte er, aber ich bin niemals dort gewesen.

Also da sind die Weiber besonders scharf, sagte Fritz, der Pferdemensch. Für ein Kommißbrot kriegste da alles. Die Männer sind ja im Krieg. Du mußt nur aufpassen! Während du es mit der Alten im Schlafzimmer treibst, drehn die Kinder in der Küche alle Taschen deiner Uniform um. Die klaun alles, was sie nur irgendwie brauchen können, und du kannst dir gar nicht vorstellen, wofür die alles Verwendung haben. Die sind wie die Dohlen.

Tonik verfolgte mit den Augen eine rote Ameise, die über die Härchen seiner Hand stolperte. Wenn das mit der Hedel Zock heute nacht nicht klappte, könnte er es vielleicht doch einmal in ›Port Arthur‹ probieren.

Einem Kumpel von mir, fuhr der Pferdemensch fort, haben sie, nachdem er sich die ganze Nacht mit zweien vergnügt hat, alles abgenommen und ihn buchstäblich in Unterhosen weggejagt. Als er dann am nächsten Tag mit 'nem richtigen Kommando einmarschierte, um wenigstens seine Uniform wiederzukriegen, hatten sie die bereits eingefärbt und umgeändert.

Aus seiner wütenden Stimme war nicht schwer herauszuhören, daß in Wirklichkeit er selbst der Kumpel gewesen war. Die Jungen hörten aufmerksam zu. Sie dachten weniger daran, was so ein Soldat ohne Uniform, als daran, was er mit zwei Frauen anfängt.

Fritz holte ein Päckchen Zigarettenpapier aus seiner Tasche, nahm ein Blättchen heraus, das er auf seinen linken Handteller legte, und zupfte aus einer andern Tasche etwas Tabak. Niemand konnte sehen, wieviel Tabak er noch besaß.

Ich bin jetzt schon über ein Jahr hier, sagte er: g.v.H. Und den Jungen erklärte er: garnisonsverwendungsfähig Heimat, und zeigte auf die Brust. Die Pumpe! Die müssen ja auch noch ein paar Männer an der Heimatfront haben, klar. Er leckte am Zigarettenpapier und drehte die Zigarette zwischen den Fingern.

Wonzak zündete eifrig ein Streichholz an.

Ich hätt' da Angst, sagte Tonik, der an die Geschichte in ›Port Arthur‹ dachte, von wegen Geschlechtskrankheiten. Und wartete, bis Fritz die ersten Züge machte. Dann nahm er mit zwei Fingern vorsichtig die Zigarette.

Wenn man irgendwo länger ist, muß man sich was Festes suchen, klar, sagte Fritz. Und ihr, damit wandte er sich an die Jungen, ihr denkt wohl, man kann da einfach zur Klodnitz runtergehen, hinterm Stadttheater, wo die Nutten stehen, und da kriegt man es für Soldaten und Kinder zum halben Preis...

Aber die Jungen steckten nur eine Hand in die Hosentasche und sagten nichts. Sie warteten auf die Zigarette, die Tonik jetzt reihum gehen ließ.

Aufpassen muß man, sagte Tonik, wegen der Geschlechtskrankheiten. Er nahm den Grashalm aus dem Mund und warf ihn angeekelt weg. Er hatte tatsächlich vor nichts soviel Angst wie vor Geschlechtskrankheiten.

Andi, der sich auf den Bauch gelegt hatte, nahm einen langen Zug aus der Zigarette und gab sie dann weiter. Ja, aber was kann man da machen?

Gummi, sagte der Pferdemensch trocken. Gummi drüberziehn. Natürlich kannste trotzdem Pech haben. Manche Weiber mögen das nicht. Außerdem kann er auch platzen. Keine Qualität mehr.

Es gibt Leute, die von der Geschlechtskrankheit richtiggehend verfault sind, bei lebendigem Leib, sagte Tonik. Wie Heine zum Beispiel.

Bitte wer? fragte Hannes.

Ein Dichter, sagte Andi knapp. Mehr wußte auch er nicht darüber. Früher sind die Dichter häufig an der Lues gestorben, die man dann für Schwindsucht ausgegeben hat, sonst hätte man das ja nicht auf dem Theater zeigen können, wie die Oper La Traviata.

Es war doch klar, daß man heutzutage so etwas wissen mußte. Er wußte es von Paulek, und der hatte es aus dem Jugend-Gefängnis mitgebracht, aus Schakanau. Dort lernte man ja mehr als in der Schule. Nun hoffte er, es würde niemand fragen, was Lues und was La Traviata war. Er hatte lange genug gebraucht, um das richtig auszusprechen. Das eine war eine Geschlechtskrankheit und das andere eine Oper, soviel stand fest.

Man kann sich ja schließlich nicht von den Weibern vorher den gelben Schein zeigen lassen, sagte der Pferdemensch.

Tonik merkte schon, mit dem würde er sich auf die Dauer doch nicht verstehen. Er hatte einmal eine Ausstellung gesehn mit einer *Gläsernen Frau,* das war im Hygiene-Museum in Dresden die Hauptattraktion gewesen. Wenn man bei der auf einen Knopf drückte, dann leuchteten die Geschwüre und Wunden auf, die man von den einzelnen Geschlechtskrankheiten bekommen konnte, ihm war damals richtiggehend schlecht geworden. Über der Frau war ein Schild angebracht: AUFKLÄRUNG TUT NOT, und seither fühlte er in sich so etwas wie eine Mission, alle andern ebenfalls aufzuklären. Er hatte es in seiner Kompanie getan, in Polen, in Frankreich, in Rußland, aber die Soldaten hatten ihn meistens ausgelacht, sogar dann noch, wenn sie längst mit Quecksilber behandelt wurden. Aber die Jungs hier, halbe Kinder noch, die sind ja total ahnungslos und vielleicht kann man wenigstens sie vor dieser Seuche bewahren.

Natürlich geht das nicht so! sagte Tonik verächtlich, ohne dabei jemand direkt anzusehn. Man kann sich nicht vorher ein Attest zeigen lassen, man muß eigene Vorsichtsmaßnahmen entwickeln. Ich sage Vorsichtsmaßnahmen – mehr kann man sowieso nicht tun. Die Frauen (und er betonte das Wort, damit man merkte, daß er sich durchaus von diesem Pferdemensch Fritz unterschied) merken oft gar nicht, daß sie geschlechtskrank sind, das ist es ja.

Es gibt, dozierte er, drei Arten von Geschlechtskrankheiten: den Tripper, auch Gonnor... Gonor-höh genannt, die Syphilis, auch Sif oder Lues genannt, und den weichen Schanker.

Fritz vergaß jetzt sogar die Ostarbeiter, die mit dem Striegeln der Pferde fertig waren und sich die Sonne über die Stanniol-Spiegel auf ihre Gesichter scheinen ließen.

Den Tripper erkennt man daran, daß man nach drei bis fünf Tagen einen gelben, eitrigen Ausfluß bekommt. Beim Pissen brennt das ganz schön in der Röhre, dann nichts wie zum Sani. Das ist verhältnismäßig klar...

Also wie schreibt sich das, sagte Andi, der nicht so schnell mitkam, kannst du das mal buchstabieren, Gonnor oder wie das heißt? Am liebsten hätte er jetzt einen Bleistift und ein Stück Papier zur Hand gehabt, so etwas war wichtig genug, um aufgeschrieben zu werden.

Tonik wußte es selbst nicht so genau und deshalb ließ er sich auf die Frage erst gar nicht ein und redete nach einem kurzen Blick auf Andi weiter: Mit der Syphilis ist es schon komplizierter. Wenn man sich damit angesteckt hat, bildet sich nach zwei bis drei Wochen ein sogenannter Primär-Effekt, also eine wunde Stelle, die dann in ein Geschwür übergeht, so groß wie eine Linse. Dieses Geschwür ist hart wie eine Münze und glänzt speckig, deshalb heißt das auch ›harter Schanker‹.

Das iss ja so, als ob du das schon dreimal gehabt hättest, bestaunte Wonzak die genaue Beschreibung.

Sei mal still, sagte Tonik. Nach 8–10 Wochen kriegt man dann Ausschlag auf der Haut, vor allem am Bauch, auf der Brust und am Rücken, runde, pfenniggroße Flekken, die dann zu Knötchen werden und sich über den ganzen Körper erstrecken. Jetzt muß man dringend zum Arzt. Sonst fängt man zu faulen an.

Er machte eine bedeutungsschwere Pause.

Beim weichen Schanker, fuhr Tonik fort, kriegt man nach ein bis fünf Tagen ein Geschwür an den Geschlechtswerkzeugen, also das merkt man jedenfalls sofort.

Die Jungen atmeten schwer. Auch der Pferdemensch sagte nichts mehr. Hannes Stein bereute schon, überhaupt mitgegangen zu sein.

Aber ich hab da ein paar Grundregeln, wenn ihr die beachtet, dann könnt ihr euch schützen und braucht beim Geschlechtsverkehr keine Angst zu haben, sagte Tonik nun gönnerhaft. Also als erstes: danach immer gleich den *Ciulok* waschen, mit Seife natürlich. Und gleich danach pinkeln, das ist immer gut, spült alles weg. Selbstverständlich den *Ciulok* auch später kontrollieren, am besten morgens, beim Waschen. Dann immer im Spiegel den Oberkörper begucken, ob sich da nicht der Ausschlag zeigt. Und Achtung: vor dem Duppen die Dame kontrollieren, ihr Geschlechtswerkzeug, ob sich da eine Wunde oder ein Geschwür befindet.

Einer von den Jungs prustete. Vielleicht war seine Phantasie zu lebhaft geworden.

Was verstehst du unter Ausschlag? warf Wonzak ein. Ich kann doch nicht bei jedem Pickel auf der Schulter zum Arzt laufen. Pickel haben wir doch alle.

Er lachte wie über einen Witz.

Aber die andern lachten nicht. Andi hätte Wonzak am liebsten das Hemd ausgezogen und gemeinsam mit seinem ältesten Bruder nachgeguckt, wie es sich tatsächlich mit den Pickeln auf den Schultern von Heinrich Wonzak verhielt. Er hatte überall Pickel, auch im Gesicht.

Wie ich gesagt hab', erst wie Flecken, Pusteln, dann werden es kleine Geschwüre. Er machte eine Pause.

Jetzt deine Rezepte, die wolln wir wissen! sagte Andi.

Ja, ich hab da meine Regeln, wie man sich davor schützen kann, die meisten selbst ausprobiert! Das Ganze muß natürlich äußerst unauffällig vor sich gehen, das ist doch klar. Also hier das einfachste Mittel: Wenn jemand ein starker Raucher ist und seine Zeige- und Mittelfinger sind ganz braun vom Nikotin, so wie beim Fritz da, dann die Finger leicht an das weibliche Geschlechtswerkzeug ansetzen, ein bis zwei Minuten, das genügt schon. Wenn die Dame krank ist, dann juckt es sie und sie kann es nicht aushalten. Wer nicht genug Nikotin hat – er sah dabei auf seine eigenen Finger – klemmt einfach die Köpfe von Streichhölzern zwischen die Finger und hält die da ran, fünf bis sechs Streichholzköpfe müssen es schon sein. Schwefel, sagte er, macht den gleichen Effekt.

Die Jungen starrten Tonik staunend an. Die Zigarette ging noch einmal herum, sie war jetzt so kurz, daß man sie nur noch mit den Fingernägeln halten konnte.

Der Pferdemensch, der aufmerksam zuhörte, erinnerte sich an etwas anderes: Auch Kupfer oder Messing vertragen sie nicht, sagte er. Es kann auch der Ehering aus Gold sein. Einfach den Finger unauffällig reinstecken und drinlassen, nach einer Stunde hat der Grünspan. Und dann hat sie's.

Er drehte an seinem Ehering.

Unauffällig! Also das ging sogar Tonik zu weit.

Wie komme ich da mit dem Finger rein? fragte Hannes mit heiserer Stimme.

Und eine ganze Stunde, sagte Andi, ist das nicht ein bißchen lang?

Bronder sagte vor lauter Aufregung nichts. Vielleicht würden sie ihn wegschicken, weil er ihnen zu jung war. Also verhielt er sich ruhig und hörte zu.

Manche haben das gern mit dem Finger, zum Beispiel die Französinnen, sagte Tonik weltgewandt. Schließlich war er Soldat in Frankreich gewesen. Aber eine Stunde war wirklich zu lang.

Fritz bestand darauf. Ich hab mir das ja nicht ausgedacht, verteidigte er sich. Das braucht so lange. Das ist einfach ein... chemischer Vorgang. Das beschlägt eben erst nach einer Stunde.

Kann man nicht auch eine Kupfermünze reinschieben, einen Pfennig zum Beispiel? fragte Tonik. Er trug nämlich keinen Ring. Aber Kleingeld hatte er immer in der Tasche.

Müßte auch hinhaun, entschied der Pferdemensch großzügig.

Von den andern Jungen sagte jetzt keiner mehr etwas. In Gedanken waren sie damit beschäftigt, einem Mädchen ihre Liebe zu erklären und zu gleicher Zeit eine Kupfermünze in ihrer Spalte zu versenken. Jeder entdeckte dabei andere Schwierigkeiten.

Auch Alkohol vertragen sie nicht. Ich meine im Geschlechtswerkzeug, sagte Tonik. Natürlich genügt es nicht, den Finger vorher in ein Schnapsglas zu stecken und dann rein damit. Man muß schon einen richtigen Schluck nehmen und ihr mit dem Mund den Schnaps reinblasen. Also wenn die einen Tripper hat, dann springt die auf, denn das hält die nicht aus.

Der Hannes fing zu würgen an.

Manche Weiber sollen das gern haben mit dem Schnaps, sagte Wonzak kühn. Weil es heiß macht.

Muß man nicht auch aufpassen, ich meine, daß man nicht gleich ein Kind kriegt? fragte Andi heiser.

Daran hatten sie alle nicht gedacht.

Gummi! sagte der Pferdemensch wieder. Aber es gibt ja heutzutage keine Qualität mehr. Verlaß ist jedenfalls nicht drauf.

Oder, ergänzte Tonik, wenn es so weit ist, den *Ciulik* herausziehn. Aber das klang schon weniger überzeugend.

Also wenn es so ist, sagte Wonzak sinnierend, entweder ein Tripper oder ein Kind, dann frag ich mich nur, warum drängt es uns dann zu den Weibern?

Das ist ja der bare Unsinn, sagte der Pferdemensch aufgebracht. Normalerweise hast du einfach dein Vergnügen, und nichts passiert.

Normalerweise, sagte Tonik langsam und skeptisch. Als ob er an das Normale schon seit langem nicht mehr glaubte. Garantie gibt es nur, wenn du ein Mädchen hast, die es noch nie mit einem andern gemacht hat.

Da könnt ich dir hundert Döntjes erzählen. Auch da bist du nicht sicher, sagte der Pferdemensch. Und weißt, hier ist das überhaupt eine komische Gegend, sag ich dir. Die Leute haben doch einen religiösen Tick. Fragt mich neulich eine vorher, ob ich auch immer in die Kirche gehe? Also was hat das mit einer guten Nummer zu tun!

Der Pferdemensch blickte auf die Ostarbeiter, die zwischen den Pferden an der Mauer lehnten und immer noch mit den selbstgemachten Spiegeln die Sonne einfingen. Der Himmel war jetzt wie blankgeputzt. Fritz klatschte in die Hände und sprang auf. Wenn man die Steppensöhne nur eine Minute aus den Augen läßt, fangen die gleich zu faulenzen an.

Er lief schreiend die Böschung hinunter zu den Pferden.

Aufpassen muß man schon, sagte Tonik. Das soll aber nicht heißen, daß man es vor lauter *Strach* überhaupt nicht tun soll.

Aufpassen muß man ja überall, sagte Hannes Stein mit belegter Stimme.

Recht hast du, sagte Tonik. Er dachte an die Hedel Zock und an seine Verabredung vor dem Kino Capitol.

Pjerunnje! Ich muß zusehn, daß es heute klappt.

35

Als Valeska bei der Rückkehr vom Karfreitags-Gottesdienst in die Strachwitzstraße einbog und bereits ihr Haus sehen konnte, beschleunigte sie ihre Schritte. Eine Unruhe hatte sie erfaßt, die ihr Blut schneller kreisen ließ. Sie stellte sich vor, sie würde in das Haus eintreten und aus der Küche würden Geräusche kommen und Halina würde mit einem Ofenrohr in der Hand, im Gesicht leicht berußt, vor ihr stehen und sagen, *Ofen schlecht ziehen in letzte Zeit* – und es würde wie immer sein. Sie hoffte es so stark, daß sie beinahe an Irmas Zimmer vorbeigelaufen wäre.

Irma ging barfüßig auf und ab und ließ sich auch nicht durch die eintretende Mutter unterbrechen. Sie war mit

Lucie eine Weile im Garten spazierengegangen, jetzt sei Lucie in der Küche, um das Geschirr zu spülen, und sie würde hier auf und ab gehen, die Schmerzen im Rücken seien zum Aushalten und die Wehen hätten noch nicht angefangen, vielleicht könnte es überhaupt noch ein paar Tage dauern. Sie wußte nicht mehr, wie es das letzte Mal gewesen war, und von einer Stunde zur andern erfand sich ihre erregte Phantasie eine andere Geschichte, wie es nun geschehen würde.

Es war aufregend auf dem Kirchplatz, sagte Valeska. Eine Glocke hatte sich im Mauerwerk festgehakt. Da mußten sie erst einen Mann vom Turm herunterlassen... Ist es wirklich Lucie, die in der Küche arbeitet? Sie lauschte auf die Geräusche und schüttelte dann den Kopf über ihre eigene Frage. Wie konnte sie das nur denken!

Ja natürlich, sagte Irma verwundert. Sie hat die Kleine mit in die Küche genommen.

Wäre es nicht besser, das Kind würde heute nacht woanders schlafen? Wir können das Bett ja bei mir aufstellen? fragte Valeska vorsichtig.

Nein, nein, es ist schon besser, es bleibt bei mir, sie ist es so gewöhnt, sagte Irma auf- und abgehend. Und wer weiß, wann es bei mir soweit ist. Ich möchte, daß alles normal weitergeht wie üblich. Aber du hast es wahrscheinlich schon überall herumerzählt. Tina schickte durch ihren Sohn einen Strauß Märzenbecher, ich weiß nicht, ob das gut ist...

Und die Liturgie, wechselte Valeska das Thema, du weißt doch, es ist für mich das Schönste, wenn der Pfarrer Pattas sein *ecce lignum crucis* sagt und erst die linke Kreuzeshälfte enthüllt, beim zweiten Mal die rechte und beim dritten *ecce lignum crucis* die ganze Verhüllung auf einen Schlag fällt...

Sie war wirklich beeindruckt gewesen. Und wie dann die Ministranten, die Klekotka schlagend, durch die Kirche geschritten sind und von allen anderen Kreuzen die Samthüllen abgenommen haben, da waren ihr wirklich die Tränen gekommen.

Onkel Willi hat mir von den Glocken erzählt, sagte Irma. Ich glaub ja nicht an so etwas, aber es ist schon unheimlich: ein Karfreitag, an dem sie die Glocken herunterholen, ein Karfreitag, wo das Wetter so plötzlich umschlägt, ein Karfreitag, an dem ich, vielleicht, das Kind bekomme...

Valeska sah es praktischer. Das wird es sein, der Wetterumschlag macht dir zu schaffen!

Sie erzählte von der Witwe Zoppas, die sie auf dem Kirchplatz getroffen habe und die wieder nach Gleiwitz zurückgekommen sei.

Sie unterbrach sich hastig, weil sie Irma in diesem Augenblick nicht sagen konnte, daß die Zoppas ja zum *zweiten Mal* Witwe geworden war.

Sie wollte ein paar Tage bei uns wohnen, sagte Valeska, aber wir haben keinen Platz. So nimmt sie Milka erst einmal für die nächsten Tage auf, da können sie sich abwechselnd um die Gräfin kümmern. Die Gräfin sieht schlecht aus. man kann schon die Knochen durch die Haut schimmern sehen. Ich hab' das Gefühl, die macht es nicht mehr lange.

Valeska nahm zwei Tropfen von der neuen Migräne-Essenz und verrieb sie an den Schläfen. Mich interessiert nur, ob die Milka etwas erbt!

Es war eine schwüle, dumpfe, stickige Luft in Irmas Zimmer. Aber Valeska wagte nicht, ihr vorzuschlagen, das Fenster zu öffnen. Sie hob die Arme links und rechts und roch ungeniert unter den Achseln.

Ich muß mich jetzt erst einmal umziehen, ich stinke ja geradezu, sagte sie. Vorher vergewisserte sie sich, daß es wirklich Lucie war, die in der Küche hantierte. Und die kleine Helga schlief trotz des Lärms in ihrem Kinderbett.

Denkst du daran, daß sich der Präsident der Wasserwerke für fünf Uhr angemeldet hat? fragte Lucie, die geräuschvoll einen Topf auskratzte.

Jekuschnej, das hätte sie wirklich vergessen. Dann war es höchste Zeit, das Kleid zu wechseln. In diesem alten und viel zu engen Fähnchen lief sie nun schon den ganzen Tag herum. Es paßte ihr überhaupt nicht, daß der Direktor der Wasserwerke ausgerechnet am Karfreitag ins Haus kam, bei Irmas Zustand, wo sie jeden Moment zu ihr gerufen werden konnte. Aber er hatte sich am Telefon nicht abweisen lassen, weil er am nächsten Tag wegfahren mußte. Es sei von äußerster Wichtigkeit, was er ihr mitzuteilen habe. Aber jeden seiner Besuche hatte er als *Wichtigkeit* angekündigt, wobei manchmal nicht herauszukriegen war, ob er nun Willi, der sein Anwalt war, besuchen wollte, oder sie. In der letzten Zeit war er häufiger und ohne besonderen Anlaß gekommen, um mit ihnen zusammen eine Flasche Wein zu trinken oder einige Partien Rommé zu spielen, oder weil er sich von Willi Zeitungen auslieh. Manchmal brachte er ein halbes Pfund Butter oder ein Pfund Speck mit, was er unterderhand organisiert hatte. Sie hatten ihn deswegen auch schon mal an einem Sonntag oder einem Feiertag zum Essen eingeladen. Seine Frau war vor zwei Jahren an der Schwindsucht gestorben, ihr war das Klima hier nicht bekommen. Immer magerer und engelhafter hatte sie ausgesehen, bis sie eines Tages das Atmen aufgegeben hatte. Er ließ sie zu ihrer aller Überraschung auf dem evangelischen Teil des Lindenfriedhofs begraben und nicht irgendwo im Mecklenburgischen, von wo sie hergekommen waren.

Was wollte er nur heute, am Karfreitag? Hoffentlich ging es nicht um die sonderbare Geschichte, die ihr Bruder angedeutet hatte: daß der Herr Direktor Absichten habe, sich neu zu verheiraten. Natürlich hatte sie mit Willi einen solchen ›Eventualfall‹ durchgesprochen, ohne allerdings von einer bestimmten Person zu reden.

Sie bat ihren Bruder, den Herrn Direktor der Wasserwerke, der nicht nur von äußerster Pünktlichkeit war, sondern sie auch gern übertrieb, zu empfangen, sie wollte sich inzwischen umziehen.

Valeska stand vor dem Schrank und überlegte, was sie zu diesem Anlaß anziehen sollte, als sie durch das Fenster die viereckige Gestalt des Herrn Direktors den Gartenweg heraufkommen sah. Jekuschnej, es war viel zu früh. Sie hätte sich gern noch eine Viertelstunde auf dem Sofa ausgeruht. Einfach nur hinlegen und die Augen schließen und an nichts denken, das brauchte sie manchmal, um den Tag überstehen zu können. Schließlich war sie nicht mehr die Jüngste, und der Tag heute könnte lang werden. Sie entschied sich für das bis nach unten durchknöpfbare Kleid mit dem hohen Kragen, das zwar nicht mehr modern war, aber ihr eine gewisse Strenge verlieh, und die konnte sie in der nächsten halben Stunde gebrauchen. Während sie sich ankleidete, sah sie sich im Spiegel an und entdeckte eine neue Falte, die sich lang in ihre Stirn eingrub. In der letzten Zeit hatte sie mehrfach Zeichen des Alters feststellen müssen, graue Strähnen, Falten, und die Haut wurde immer trockener, dabei rieb sie ihr Gesicht jetzt jeden Tag mit Molke ein. Sie versuchte, die Falte mit zwei Fingern wegzumassieren, aber sie war vom Ergebnis ihrer Bemühungen nicht sehr überzeugt. Sie hatte eine Menge Sorgen gehabt in der letzten Zeit, wozu vor allem Josels Einberufung gehörte, die durch nichts aufzuhalten gewesen war. Und jetzt, nach Halinas Verhaftung, würden sich bald neue weiße Strähnen im Haar zeigen.

Sie hörte aus dem Garten Stimmen. Willi schien dem Besucher die Blumen zeigen zu wollen, aber außer Krokussen, Märzenbecher, Aurikel, Schlüsselblumen und den Stiefmütterchen, die Halina im Herbst gepflanzt hatte, war noch nicht viel zu sehen. Aber die Tausendschönchen, die wie weiße und rote Splitter im Gras verstreut waren!

Der Herr Direktor erschien in einem schwarzen Anzug, in dem sie ihn außer beim gemeinsamen Volks-Eintopf-essen auf dem Reichspräsidenten-Platz und dem Begräbnis seiner Frau nie gesehn hatte. Er war wie immer von einer einschüchternden Viereckigkeit, wie er sich jetzt auf sie zuschob. Er sah sie dabei gar nicht an, weil er mit dem Pa-pier kämpfte, von dem er die Blumen befreien wollte, und wenn Lucie nicht zu Hilfe gekommen wäre, hätte er mit seinen dicken Fingern mehr als nur zwei Rosen geköpft. So kamen immerhin noch acht Stück in eine Vase, rote Ro-sen, um diese Jahreszeit! So etwas gab es doch sonst nur für die Goldfasane zu deren Parteifesten.

So traten sie in den Klaviersalon ein. Herr Müller atmete schwer, ja, er schnaufte, der Wetterumschlag mußte ihm zu schaffen machen, und wenn er nicht gerade zwei Finger zwischen Hals und Hemdkragen schob, rieb er sich die Hände mit einem zerknüllten Taschentuch trocken. Va-leska hatte ihn ganz originell gefunden, und das war er wohl auch, wenn man ihn etwa mit anderen Beamten ver-glich. Seine massige, aber durchaus nicht schwerfällige, fast viereckige Gestalt, seine Tapsigkeit, seine tiefe Reib-eisen-Stimme, seine Sätze, die er mit Substantiven spickte. Seine Originalität war freilich noch größer gewesen, als seine so gegensätzlich zarte und engelhafte, lispelnde Frau um ihn herum war.

Sie setzten sich in gebührendem Abstand um den ovalen englischen Tisch herum, auf den Lucie bereits die Vase mit den roten Rosen dekorativ plaziert hatte. Willi zog ein sil-bernes Zigaretten-Etui aus der Tasche und reichte es her-um, sogar der Herr Direktor bediente sich, aber wohl eher aus Nervosität. Dann reichte er umständlich Feuer und rückte den Aschenbecher zurecht. Valeska gruppierte die Rosen noch einmal um. Wondrak berichtete von den Plä-nen, in diesem Frühjahr den Garten umzugestalten, auch das Lavendelbeet sollte umgegraben und dafür Erdbeeren und Tomaten gepflanzt werden, und Valeska beschrieb mit ungenauen und deshalb immer neuen Worten den Abtransport der Glocken. So redeten und schwitzten sie, bis Lucie mit dem Pfefferminztee kam. Der Herr Direktor hatte schon mehrere Male die Absicht gezeigt, mit einem anderen, ihm offensichtlich weit wichtigeren Thema anzufangen, aber da er das jedes Mal durch eine groteske Verzerrung seines Gesichts voraussahnen ließ, gelang es Willi oder Valeska, ihn mit immer neuen Unterhaltungen davon abzubringen. Dem guten Mann lief der Schweiß in Bächen herunter.

Nachdem sie ihn lange genug gequält hatten, lehnte sich Willi Wondrak endlich zurück und sagte: Der Herr Direktor möchte gern, wie er mir vorhin im Garten andeutete, mit dir allein, liebe Schwester, etwas sehr Wichtiges besprechen.

Aber Willi machte keinerlei Anstalten, sich von seinem Platz zu erheben.

Valeska wartete die Erklärung, zu der Herr Müller offensichtlich gerade ansetzen wollte, gar nicht ab. Sie sagte freundlich, aber bestimmt: Mein Bruder Willi hat mein volles Vertrauen. Es gibt nichts, was in seiner Gegenwart nicht besprochen werden dürfte.

Der Direktor stöhnte auf und fuhr sich noch einmal zwischen Hals und Kragen. Man konnte seinem Gesicht ansehen, wie er sich eine Entschuldigung zurechtlegte oder eine Einleitung oder eine Erklärung, und es nach wiederholtem Luftholen dann aufgab, um schließlich den einzigen Satz hervorzupressen, auf den es ihm ohnehin nur angekommen war: Frau Valeska, wollen Sie meine Frau werden?

Eine halbe Stunde später war Valeska im Zimmer ihrer Tochter. Irma saß auf dem Bettrand, die Beine gespreizt.

Mit den Händen stützte sie sich auf dem Bett auf. Lucie saß daneben und rieb ihr durch den Bademantel hindurch den Rücken. In einem Laufgitter saß die kleine Helga und spielte mit einem roh geschnitzten Holzpferd.

So also hat sich der Direktor ausgedrückt, sagte Valeska, und Willi und ich, wir sahen uns an und sagten eine Weile nichts. Und er dachte, wir hätten ihn nicht verstanden, deshalb wiederholte er es noch einmal und kam dabei so ins Schwitzen, daß er rot anlief. In gewisser Weise tat er mir leid.

Und Valeska erzählte Irma und Lucie, die kichernd darüber vergaß, Irma den Rücken zu massieren, wie es weitergegangen war.

Der Arme! sagte Irma nur. Konnte man es ihm nicht irgendwie vorher beibringen, um ihm diese peinliche Lage zu ersparen?

Willi hat daran gedacht, sagte Valeska überlegen, aber wie? Schließlich habe ich ihm niemals zuvor auch nur eine Fingerkuppe Hoffnung gemacht. Wir konnten ihn ja schlecht fragen, ob er mit seinen häufigen Besuchen und Geschenken einen Hintergedanken habe.

Wie kann man nur einen alten Mann in einen schwarzen Anzug zwängen und ihn am Karfreitag-Nachmittag antanzen lassen? Ich finde das eher peinlich, sagte Irma.

Aber er hat es dringend gemacht! Glaubst du, ich hatte Lust, mir das anzuhören, nach dem, was alles geschehen war! Und außerdem scheint es ihm nicht sonderlich peinlich zu sein. Er hat danach einfach seine Krawatte abgenommen, den Kragen gelockert, sich's im Sessel bequem gemacht, und jetzt plaudert er mit Willi und Herrn Schimmel im Salon.

Warum hat er's dann so eilig gehabt? fragte Lucie arglos.

Weil er als Wehrwirtschaftsführer ins General-Gouvernement beordert wurde, er übernimmt den ganzen Warthe-Weichsel-Bereich in Wasser-Angelegenheiten, erklärte Valeska etwas wichtigtuerisch.

Er ist genau das, was man eine *gute Partie* nennt, meinte Lucie nachdenklich.

Sag mal, Mamuscha, wer hat dir das ausgeredet?

Was denn?

Na den Direktor! Ich finde ihn ja auch nicht gerade zum Umfallen aufregend, aber ich habe das Gefühl, daß Onkel Willi dir auch jeden andern ausreden würde. Du mußt ja nicht ewig Witwe bleiben. Weder Josel noch ich hätten etwas gegen eine neue Heirat...

Nach dreieinhalb Jahren, Irma, ich bitte dich! So schnell kann ich Leo Maria nicht vergessen, ein paar Jahre werde ich schließlich um ihn trauern können. Außerdem ist der Herr Direktor evangelisch!

Also Mama, was sind das für Reden. Nach dreieinhalb Jahren noch trauern! – Papusch hätt' es niemals gewollt. Und in Wirklichkeit hast du doch alles, was dich an ihn erinnern könnte, weggegeben oder versteckt...

Ja, weil mir das Leben sonst noch schwerer würde! Valeska machte das entsprechende Gesicht dazu.

Das sind doch alles Phrasen! Du willst doch nicht behaupten, daß du auf Papa und auf uns jemals Rücksicht genommen hast? Dein Bruder hat dir das ausgeredet, weil er will, daß du genau so einsam und unglücklich bist wie er, das ist es!

Valeska spürte, wie ihr das Blut in den Kopf stieg. Lucie, könntest du nicht in die Küche gehen und dort Ordnung machen?!

Wenn das Gespräch eine solche Wendung nahm, wäre es besser, Lucie würde nicht dabei sein. Valeska wartete, bis sie aus dem Zimmer gegangen war.

Eine *gute Partie* ist der Herr Präsident in jedem Fall, seufzte Lucie im Hinausgehen. Auch wenn er evangelisch ist.

Also bist du der Meinung, daß mein Bruder nicht will, daß ich mich wieder verheirate, und du glaubst weiterhin, daß ich mich danach richten würde?! Valeska sagte es kalt und schneidend, während sie das Fenster öffnete. Wie kommst du nur darauf?

Allerdings, sagte Irma trotzig. Er will es nicht nur, er wird es auch verhindern, mit allen Mitteln!

Und woher nimmst du diese... sie suchte nach dem passenden Wort, und nur mit Rücksicht auf Irmas Zustand wählte sie das mildere... diese Ungezogenheit?

Weil man das mit bloßen Augen sehen kann. Weil er will, daß du auf deine Weise genau so unglücklich bist wie er. Er könnte es nicht ertragen! sagte Irma.

Valeska setzte sich jetzt zu Irma aufs Bett. Sie mußte sich zur Beherrschung zwingen: Ich weiß nicht, was du dir seit einiger Zeit für Gedanken über deine Mutter machst. Aber du irrst, wenn du glaubst, daß ich unglücklich bin. Ich fühle mich manchmal einsam, das gebe ich zu, seit Papusch nicht mehr da ist, und du und Josel immer mit euren eigenen Dingen beschäftigt seid.

Ich wüßte nicht, wann du vor lauter Geschäftigkeit überhaupt Zeit zur Einsamkeit hast! Du machst dir was vor, Mutter. Dein Bruder will dein Unglück wie du seines, ihr nehmt euch beide nichts, ihr seid echte Wondrascheks! Du verheiratest ihn mit dieser ungeliebten Frau, dieser Rosa Willimczyk, damit er sein Leben lang darunter leidet und seine Liebe allein dir erhalten bleibt...

Irma stand auf und ging jetzt ein paar Schritte auf und ab. Für dich war Liebe niemals etwas anderes als Besitz, fuhr sie fort, und je mehr du einen Menschen besitzen kannst, um so mehr liebst du ihn, das ist wahr. Du hast mit Papusch gekämpft und hast versucht, ihm alles zu nehmen, was sein eigen war, und als du es geschafft hattest und er sich ins Bett verkrochen hatte und von seinem Asthma nicht mehr wegkam, da warst du gut zu ihm, ja das will ich nicht leugnen, da hast du ihn geliebt, und mit deiner Liebe erstickt...

Valeska wurde fahl im Gesicht. Sie sah auf ihren Schoß und auf ihre Hände in ihrem Schoß. Du hast kein Recht, so zu reden, stieß sie hervor.

Josel und ich, wir haben uns beide deinem Besitz entzogen, nicht deiner Liebe, nein, Mamuscha! Nur weil das bei dir das gleiche ist, glaubst du, wir wollen deine Liebe nicht... Als du gemerkt hast, ich werd' nicht das, was du aus mir kneten wolltest, da war dein Verhältnis zu mir eine einzige Kette von Demütigungen, die du mit deinem Gut-sein-Wollen übertüncht hast...

Bitte erreg dich nicht, Irma, sagte Valeska. Dabei war sie es, die sich erregte. Sie wollte es sich aber nicht anmerken lassen. In deinem Zustand ist das nicht gut!

Irma setzte sich jetzt auf den Stuhl, auf dem vorhin ihre Mutter gesessen hatte: Mein Zustand, das ist nichts anderes als das, was Vater gemacht hat, als er behauptete, gelähmt zu sein... Du weißt genau, daß er das niemals war... Es war sein Protest gegen dich, wie ich mit meinem dicken Bauch gegen dich protestiere! Ich werde mir ein Kind nach dem andern vom Skrobek machen lassen, nur damit ich stärker werde als du, weil das etwas ist, was du mir nicht zerstören kannst...

Valeska spürte, daß es nicht mehr genügte, sich allein durch Schweigen zu wehren.

Mein Gott, Kind, sagte sie, was redest du da, wie mußt du verzweifelt sein, um so zu reden... Ich habe meinen Kindern Liebe gegeben, wo ich nur konnte, und ich habe eure Liebe gesucht... ich rackere mich für euch ab, erniedrige mich mit diesen Klavierstunden für irgendwelche Rotznasen und dumme Gänse, die Mittlere Reife, Bettwäsche, silbernes Besteck und das leidliche Herunterspielen eines Johann-Strauß-Walzers als Aussteuer in die Ehe einbringen, ich sitze halbe Nächte und rechne, damit aus dem

320

Immobiliengeschäft etwas herausspringt, das tu ich alles für euch, damit ihr es mal besser habt...

Irma stand auf und hielt sich am Tisch fest. Sie spürte ihre erste Wehe kommen, doch sie ließ es sich nicht anmerken. Nur ihre Hand krallte sich um den Tischrand und wurde weiß.

Du hast nichts begriffen, Mama, und wirst auch nie begreifen, weil du dich mit Selbsttäuschungen zugestellt hast wie mit Spiegeln... Du hast Papusch sterben lassen in dem Glauben, Josel sei bei deinem Bruder, dabei war er unterwegs, um vor dir zu fliehen, ja vor dir, vielleicht vor uns allen... Du hast mir den Skrobek damals nicht gegeben, als ich ihn geliebt habe, und so habe ich mich dem Heiko an den Hals geschmissen, nur weil ich endlich etwas machen wollte, was du nicht mehr bestimmen konntest. Und als Heiko fiel, hab ich mir den Skrobek genommen, aber als ich ihn dann heiraten durfte, habe ich ihn nicht mehr geliebt... Weil ich überhaupt nicht mehr lieben kann, das wird es wohl sein, weil du alles in mir kaputtgemacht hast...

Irma hielt ein, als sie das Gesicht ihrer Mutter sah, in dem sich ihre Worte spiegelten, und sie war sich erst jetzt dessen bewußt, was sie gesagt hatte. Es war mit einer Heftigkeit aus ihr herausgekommen, die sie selbst erschreckte. Vielleicht, weil es zu lange in ihr verborgen geblieben war.

Valeska vergaß den Zustand ihrer Tochter, sie vergaß den geheiligten Tag, sie vergaß die ganze Welt. Ich habe geglaubt, du bist erwachsen, du bist verheiratet, hast ein Kind und wartest auf das nächste, aber in Wirklichkeit bist du das kleine böse, egoistische, gemeine Wesen geblieben, das du in deiner Kindheit gewesen bist und das immer alle andern für das kaputte Spielzeug verantwortlich gemacht hat. Und jetzt redest du dir ein, daß deine Mutter an allem schuld ist, weil du deine eigene Schuld nicht mehr ertragen kannst... Aber du wirst sie tragen müssen und mit ihr fertig werden. Ich habe lange genug eure Schuld auf mich genommen. Glaubst du, ich hätte Papusch sterben lassen können mit dieser furchtbaren Wahrheit, daß ich selbst nicht wußte, wo Josel geblieben war? Hätte ich ihn leben lassen können mit der furchtbaren Wahrheit, daß er mit seiner Photographiererei nicht einmal so viel Geld zusammenverdiente, um das Material bezahlen zu können, geschweige seine Familie zu ernähren und das Haus zu kaufen? Ich lasse mich von dir demütigen, weil ich dir damit hundert Demütigungen von anderen erspare, und ich finde es am Schluß auch richtig so, ich sehe nur mit Entsetzen, wie du dabei bist, nicht nur dich selbst, sondern auch Skrobek kaputtzumachen. Meinst du, ich habe nicht bemerkt, wie du den Schrank aufgebrochen hast, in dem er seine Gedichtbücher vor dir versteckt hielt, und wie du nicht geruht hast, bis du herausgefunden hast, daß er die Gedichte abgeschrieben hat aus Lesebüchern, du Ungeheuer du...

Beide Frauen standen sich jetzt gegenüber. Es waren nicht die Blicke der Gleichgültigkeit, die sie sonst tage- und wochenlang in diesem Hause miteinander tauschten. Es waren Blicke des Hasses. Und des Erkennens. Und es gab ganz unten in ihrer Seele dennoch einen Funken der Hoffnung. Sie sahen sich so lange an, bis ihr Atem ruhiger ging. Jede von ihnen war von einer Schuld eingeholt, aus der sie wohl nie mehr entlassen würden. Und sie entdeckten sich selbst in der andern, langsam und mit immer größerer Gewißheit, und sie wußten, daß sie fortan zusammengehörten. Behutsam legte die Mutter eine Hand auf die Schulter ihrer Tochter, und diese wehrte sich nicht mehr.

Im Grunde bin ich wie sie, das ist es, was mich so erschreckt, und ich fange schon an, mich wie sie zu verhalten, und wie würde es erst sein, wenn das alles auf mich zukä-

me, was auf Mamuscha zugekommen war... Gott bewahre mich davor, daß ich einmal so etwas durchmachen muß. Wenn sie nicht so stark gewesen wäre, wäre alles kaputtgegangen, sie hat uns zusammengehalten, bis heute, und ob wir sie lieben oder hassen, es kommt auf das gleiche heraus, wir werden nicht loskommen von ihr. Ich wollte weg, ja ich hab mich gewehrt, wollte herausreißen, was mich hier festhalten könnte, und ich ahnte doch, daß ich niemals davon loskommen würde. Nicht mehr die Schornsteine und Kokshalden sehen, nicht mehr den Ruß und Gestank einatmen, nicht mehr das Klappern der Fördertürme und das unheilige Schreien der Grubensirenen hören, nicht mehr die schwarzen Flüsse und die klaren Bäche, nicht mehr die schwarzen, dichten, unendlichen Wälder, und die Angst und die Sehnsucht, darin zu verschwinden wie Eisenhans oder wie Dornröschen, um nach hundert Jahren wieder geweckt zu werden... Dies alles vergessen wollte ich und herausreißen aus mir, und deshalb hab ich's mit dem blöden Kaprzik getan, weil es niemanden gab, der abstoßender, abscheulicher und häßlicher gewesen wäre, der meine Tat verwerflicher machen und noch mehr Haß auf mich ziehen würde. Ich wollte, daß sie mich verstoßen, ausspeien, vertreiben, damit ich nicht mehr zurückkehren kann, tot wollte ich sein, alles in mir sollte absterben, alles, was noch an Sehnsucht in mir geblieben war, und als das geschehen war mit diesem Blöden, hat es eine Weile gedauert, bis ich begriff, daß man nicht nur einen, sondern viele kleine Tode sterben muß, um endgültig tot zu sein, und ich war noch lange nicht so weit, vielleicht hab ich überhaupt nur eine Begierde in mir töten wollen, die so groß und so furchtbar war, daß ich sie nicht anders loswerden konnte, und wenn ich den Blöden sah, bin ich ihm aus dem Weg gegangen, und eines Tages haben sie ihn abgeholt, in eine Heil- und Pflegeanstalt, und nicht lange danach erzählte man sich, daß er an Herzversagen gestorben sei, der starke, dumpfe, blöde Kaprzik, und ich hab das mit einer gewissen Befriedigung vernommen... Oh Fallada, da du hangest... Nichts kann mich mehr aus diesem wilden und dunklen Land wegbringen, und jetzt hab ich mich entschieden, noch stärker, noch tiefer einzudringen und vielleicht hat das schon mit Heiko angefangen, den ich hineinziehen wollte in dieses Land, mit dem er gar nichts anzufangen wußte, vielleicht hat er gespürt, daß er nicht hierher gehörte und ist deshalb nicht mehr zurückgekommen. Und so hab ich mir den Skrobek genommen, der seine Wörter so langsam spricht, daß sie manchmal zu Gedichten werden und der sich schämt, seine eigenen Wörter aufzuschreiben, weil sie schwer sind und verflucht wie diese Erde und zugleich so schön und sanft und eine einzige Melodie wie dieses Land. Und wie muß ich ihn erschreckt haben, daß er sie eingetauscht hat, seine Wörter, gegen die künstlichen der Lesebücher. Jetzt will ich wurzeln in diesem Land, mit diesem Skrobek, und ich werde nicht aufhören, Kinder zu gebären, so lange ich kann, weil meine Leidenschaft meine Liebe mein Zorn meine Kränkung mein Haß meine Anbetung meine Tränen meine Umarmungen meine Schreie mein Atem nicht genug sind für dieses dunkle Land für diese schwarze Erde weil es mehr Leben mehr Leidenschaft mehr Liebe mehr Zorn mehr Haß mehr Tränen mehr Anbetungen mehr Schreie mehr Umarmungen und mehr Atem braucht um zu dauern ich weiß daß ich tot bin aber mit jedem neuen Tod werde ich neues Leben gebären für dieses dreimal verfluchte dreimal geheiligte Land

Du mußt dich hinlegen, sagte Valeska nach einer Weile sanft. Hast du Schmerzen?

Irma kam es vor, als sei sie weit weg gewesen. Sie spürte die Hand der Mutter auf ihrer Schulter. Sie wollte sie wegschieben, aber dann hielt sie sie fest.

Es geht, sagte sie leise. Bitte laß die Hebamme holen, ich

glaube, jetzt ist es soweit. Sie hielt sich mit einer Hand immer noch an der Tischkante fest.

Mein Gott, Kind, du hast dich so aufgeregt! Was hab ich nur getan, mein Gott, wie konnte es nur so weit kommen...?

Ist schon gut, Mutter, sagte Irma. Es ist gut so... es ist wirklich gut so, Mutter.

36

Kotik machte sich zu dieser Stunde auf den Weg durch die Welt. Dabei ging er nur von der Peter-Paul-Kirche nach Haus in die Teuchertstraße. Allerdings mit einem großen Umweg durch das Hüttenviertel und über die Hindenburgbrücke. Er wollte nach der *Karfreitags-Liturgie* nicht gleich nach Hause, zumal er neben seiner Mutter beinahe eine ganze Stunde lang in der harten Kirchenbank ausgeharrt hatte. Sie war so froh, daß von ihren Söhnen wenigstens der Kotik kirchenfromm geblieben war, daß sie ihn ziehen ließ. Aber zur Fastensuppe und zur Lesung aus dem *Buch der Wunder und Taten der Heiligen* sollte er rechtzeitig zu Hause sein.

Wenn Kotik keinen Freund zum Spielen oder Abenteuern hatte, ging er am liebsten zur großen Hindenburgbrücke über dem Rangierbahnhof. Hunderte von blinkenden Gleisen liefen unter der Brücke hindurch, und immer geschah irgend etwas, Schnellzüge rasten durch, Güterzüge klapperten gemächlich und unendlich in beiden Richtungen; die beladenen Kohlenwaggons waren jetzt zur Markierung mit weißem Kalk bestreut, aber deshalb wurde nicht etwa weniger geklaut, nur konnte man das jetzt genauer feststellen. Und am schönsten war es, wenn die Rangierloks unter der Brücke hindurchfuhren und dampften, manchmal auch Feuerregen sprühten, um dann auf der anderen Seite auf einem ganz anderen Gleis herauszukommen.

Als die Schienen anfingen rot zu flimmern, merkte er, daß die Sonne unterging und es Abend wurde, und er erinnerte sich, daß er heute nach dem Essen aus dem Buch des Kaplan Mikas vorlesen wollte, damit seine Mutter nicht schon wieder mit der *Heiligen Genoveva* anfing. Er trabte weiter, und als er in einer Schaufensterscheibe sein vom Dampf der Loks geschwärztes Gesicht entdeckte, wischte er sich den Ruß mit dem Hemdärmel und etwas Spucke weg. So konnte er schließlich nicht durch die ganze Stadt laufen. Er fragte sich, ob Tonik heute abend zum Essen kommen würde, und wenn nicht, ob Mamotschka dann zu lamentieren anfinge oder einfach schwiege. Wenigstens Karfreitagabend könnte Tonik ja mal zu Haus sein.

Seitdem er auf Urlaub gekommen war, hatte er ihn keinen Abend zu Haus gesehn, immer kam er erst spät in der Nacht, und dann meistens besoffen. Und was ihn am meisten ärgerte, war, daß alle *pssst* machten und auf Zehenspitzen durch die Wohnung gingen, als läge irgendwo ein Todkranker. Einmal war er sogar mit einem Mädchen nach Haus gekommen, Kotik hatte jedenfalls eine piepsende, kichernde Stimme gehört und dazu Toniks beschwichtigendes Gebrumme. Mamotschka war aufgestanden und hatte die Mädchenstimme aus der Wohnung gekriegt und den Tonik ins Bett – und auch da hatte es keinen Skandal gegeben. Alles war anders, wenn man Soldat war. Andi würde man das nicht durchgehen lassen, obwohl der ja nun schon bei der Heimatflak war und auch bald zum Arbeitsdienst eingezogen würde. Von ihm selbst gar nicht zu reden.

Man sollte sich nicht alles gefallen lassen, dachte er, und er bestärkte sich noch einmal selbst in seinem Vorhaben, heute abend aus dem Buch des Kaplan Mikas vorzulesen. Die werden schon Augen machen, vielmehr Ohren werden sie machen, so etwas hat seine Mutter bestimmt noch nicht in ihren Büchern zu lesen gekriegt.

Kotik hatte vorher nichts von der großen Typhusepidemie in Oberschlesien gewußt, und wenn die Jungs von der *Kreuzschar* nicht zusammen mit dem Kaplan Mikas in den Film *Robert Koch* gegangen wären, hätte er bis heute auch nichts davon erfahren. Der Kaplan hatte ihnen in der darauffolgenden Stunde erklärt, daß die Figur des Rudolf Virchow in dem Film nicht nur einseitig, sondern auch falsch, ja verzerrt dargestellt worden sei, in Wirklichkeit sei er ein fortschrittlicher Arzt gewesen, der nicht nur die Krankheiten, sondern auch ihre Ursachen, nämlich die Armut bekämpft habe. Als junger Assistenzarzt sei er in Oberschlesien durch das Land gereist und habe darüber für die preußische Regierung einen Bericht geschrieben, der Aufsehen erregt hat. Teile daraus seien vor ein paar Jahren im *Gleiwitzer Jahrbuch* wieder veröffentlicht worden, und daraus werde er ihnen jetzt etwas vorlesen.

Und was der Kaplan Mikas ihnen da vorlas, das fing erst ziemlich langweilig an, weil es etwas umständlich und langstielig geschrieben war, aber als er auf die Zustände kam, die in dieser Provinz damals herrschten, und als die Namen der Städte genannt wurden, in denen Kotik selbst schon einmal gewesen war oder die sich ganz in der Nähe befanden, wie Rybnik, Pleß, Sohrau, Ratibor, Nikolai, Bilchengrund und Gleiwitz, und daß es noch gar nicht so lange her war, nicht einmal hundert Jahre, da wollte er es zunächst gar nicht glauben. Er sah sich die Bilder im Buch an, die Mönche der *Barmherzigen Brüder* in ihren Kutten, die die Leichen auf Rollwagen warfen, die halbverhungerten Kinder – und begriff erst richtig, als die Zahlen angeführt wurden: mehr als 50000 Menschen waren am Typhus gestorben bei dieser letzten großen Epidemie in Deutschland, die in der damals wohl ärmsten preußischen Provinz, in Oberschlesien, nach zwei Mißernten und großer Hungersnot ausgebrochen war. Er hatte sich das vorzustellen versucht, 50000 Menschen, das war also die Hälfte dieser Stadt, in der er lebte, also jeder zweite, der ihm auf der Straße begegnete: tot. Jede zweite Straßenhälfte verwaist; und die andere in Angst. Er wollte mehr darüber wissen, wie das geschehen konnte und warum man den Menschen erst so spät zur Hilfe kam. Sie hatten in der Schule in Geschichte den Dreißigjährigen Krieg durchgenommen, aber das hier, das mußte noch schlimmer gewesen sein.

Es war schon eine Weile her gewesen, als der Kaplan Mikas ihnen das vorgelesen hatte, aber Kotik hatte es keine Ruhe gelassen. Er hatte sich den Titel des Buches gemerkt und es sich durch den Klaus Koziollek aus der Stadtbücherei ausleihen lassen, denn ihm würde man es nicht geben, sondern ihn an die Jugendbuchabteilung verweisen, es war ihm schon einige Male passiert. Inzwischen hatte er das ganze Buch ausgelesen, und wenn er auch vieles nicht verstand, so war er doch auf die wichtigsten Stellen gestoßen. Zum Beispiel, was der Virchow über die Priester in Oberschlesien schrieb, und was der Kaplan natürlich nicht vorlesen konnte, sonst würde er mit seinem Pfarrer Ärger bekommen.

Mamotschka würde bei Tische staunen, wenn er damit anfinge. Er hatte das Buch gut versteckt, unter dem Holzstapel im Keller. Paulek war zwar nicht mehr da, der auch dieses Versteck mit der schlafwandlerischen Sicherheit eines Wünschelrutengängers herausgefunden hätte – aber immerhin, er wollte auf keinen Fall, daß es seiner Mutter in die Hände fiele.

Wenn Kotik daran dachte, daß Paulek die besten Stücke seiner Schmetterlingssammlung verkauft hatte! Und er hatte ihm noch nicht einmal gesagt, was er dafür bekommen hatte. Nachdem Paulek aus Schakanau gekommen war, hatte es beinahe jede Woche neuen Ärger mit ihm ge-

geben. Am schlimmsten war es, als seine Schnapsbrenne-
rei in der Schrebergartenlaube aufflog. Er hatte Mama
Zuckermarken geklaut (die das natürlich niemals zugegeben hätte), und mit dem Zucker und Obst, das er halbreif
aus Schrebergärten organisierte, Schnaps gebrannt. Damit
man es nicht bis nach draußen roch, hatte er alte Lumpen
und Teerbrocken vor der Laube angezündet, bis die
Nachbarn sich beschwerten, weil der Gestank unerträg-
lich wurde. Aber ihm war das egal, nach Lumpen durfte es
stinken, nur nach *Schnapsik* nicht. Dann war aber eines
Tages doch die Polizei gekommen, weil die alte Frau
Kulka keine Ruhe gegeben hatte, und seine primitive
Brennerei wurde ausgehoben. Wenn Mamotschka nicht
damals alles auf sich genommen hätte, wäre Paulek gleich
wieder nach Schakanau gekommen.

Kotik holte sich erst einmal die Kellerschlüssel und
brachte sein Geheimnis nach oben. Er versteckte es zuerst
hinter dem Rücken und schob es sich, als er sich an den
Küchentisch setzte, unter den Hintern. Als Mamotschka
ihn erblickte, mußte er noch einmal aufstehen und sich
Hände und Gesicht waschen, so durfte er nicht bei Tisch
erscheinen. Er rückte also den Stuhl unter den Tisch, daß
man das Buch nicht sehen konnte, und setzte sich sofort
wieder hin, ohne sich Zeit zum Abtrocknen zu nehmen.
Papa war vom Dienst zurück, man konnte ihn hinter dem
Wachstuchvorhang seiner selbstgebauten Dusche plan-
schen hören.

Wie oft soll ich das noch erzählen, sagte Andi unwirsch.
Als ob sich Jungs noch nie geprügelt hätten ... Er drückte
ein Läppchen mit essigsaurer Tonerde auf die Augenbraue, mit dem Ergebnis, daß das Pflaster sich langsam ab-
löste.

Die Mutter verteilte die Teller. In deinem Alter, sagte
sie, und mit solch einem Gesicht nach Haus kommen!
Sonst sind es doch immer die Ossadniks, die die *andern* so

zurichten, sagte sie, um ihren Franzek zu beruhigen. Der forschte nicht weiter nach, sondern gab sich mit dieser mageren Auskunft zufrieden. Mit ernstem Gesicht setzte er sich an den Tisch, stand aber noch einmal auf, um das Fenster zu öffnen. Draußen ist es nämlich richtig sommerlich geworden, sagte er.

Es gab Brotsuppe mit Knoblauch und gebräunten Zwiebeln, wie immer am Karfreitag. Sonst entschuldigte sich Anna dafür, wenn es etwas so Einfaches gab. Heute war es der Karfreitag, der es für sie tat. Sie war dankbar dafür und lächelte in die Runde.

Kotik saß auf seinem Buch und dachte an nichts anderes.

Schielok will nicht mehr Schielok gerufen werden, sagte Anna. Er sagt, er schielt nicht mehr!

Andi nahm den Lappen von seiner Stirn und warf ihn gezielt von seinem Platz in den Kohlenkasten vor dem Ofen. Für ihn war das keine Sache mehr.

Aber natürlich, sagte Franz. Andi schielte tatsächlich nicht mehr, soweit man das bei seinem geschwollenen Auge feststellen konnte.

Die Kinder erzählten dem Vater vom Abtransport der Glocken aus der Kirche. Jeder erzählte aus seiner Sicht. Und manchmal stimmten sie auch überein. Am meisten redete Kotik. Es schien fast, als wolle er mit seinem Bericht die Mutter von ihrem Leseplan abbringen.

Franz sah auf seinen Löffel, in dem eine halbe Knoblauchzehe schwamm, und sagte: Ulla hätte wenigstens mit uns zu Abend essen können. Auch wenn es nur etwas Einfaches gibt. Heute gibt es überall Einfaches. Heute ist doch Fasttag.

Ich sag' doch, sagte Anna, sie hat sich nur ein paar Sommersachen geholt; sie mußte gleich wieder weg. Sie kommt zu Ostern und bleibt dann den ganzen Tag.

Sie war jetzt schon drei Monate nicht mehr bei uns, länger sogar, seit Weihnachten nicht mehr, sagte Franz, und gab sich Mühe, in seiner Stimme nur wenig von seiner Enttäuschung mitschwingen zu lassen.

Wir müssen uns daran gewöhnen, daß wir eine berühmte Tochter haben, sagte Anna.

Seitdem ihre Tochter öffentlich aufgetreten und vom Publikum beklatscht worden war, hatte ihr jemand gesagt, und es war nicht allein die Klavierlehrerin Piontek gewesen, daß sie jetzt eine *berühmte Tochter* habe! Das hatte sie beeindruckt. Sie wiederholte das bei jeder Gelegenheit. Es war, als ob sie es immer wieder laut aussprechen müßte, damit es auch Wirklichkeit bliebe. Im übrigen konnte sie sich gar nichts darunter vorstellen, außer daß Ulla jetzt mehr reisen und noch weniger nach Haus kommen würde. Das hatte Ulla jedenfalls gesagt.

Vielleicht geniert sich die Ulla wegen ihrer Familie, ich meine, es könnte ja sein, weil wir einfache Leute sind, sagte Franz. Aber sie muß doch wissen, daß wir alles für sie getan haben, was wir konnten.

Andi und Kotik sahen von ihrem Teller nicht auf. Für sie war ihre Schwester, seit sie aufs Konservatorium ging, eine andere geworden. Im Grunde war sie für sie eigentlich immer eine Fremde gewesen. Man hat mit ihr niemals spielen können, dachte Andi, sie niemals an den Haaren reißen, ihr niemals ein Bein stellen oder mit ihr nach Kartoffeln graben dürfen, immer mußte sie ihre Hände schonen, und wenn sie ihre Baumhäuser bauten, wilde Waldjagden machten und ihre Schwenkerfeste feierten, saß sie am Klavier und klimperte.

Ulla hat einmal gesagt, erinnerte sich Andi, vielleicht sei sie in der Klinik vertauscht worden. Sie hatte das im Scherz gesagt, aber vielleicht hatte sie mehr damit gemeint. Vielleicht stimmte es sogar. Sie hatte so wenig mit ihnen gemeinsam. Und was schlimmer war – sie so wenig mit ihr.

Sie kommt bestimmt, um sich zu verabschieden, vor ihrer Tournee, sagte Andi ermunternd.

Ich bin jedenfalls froh, daß wir den ewigen *Schopenski* nicht mehr hören müssen, sagte Anna unvermittelt und in einem Ton, aus dem herauszuhören war, wie sehr sie über die Jahre hinweg gelitten haben mußte.

Hat dir Mamotschka erzählt, daß die Leute gemurrt haben, als sie mit den Glocken wegfuhren? Kotik wandte sich direkt an seinen Vater, der aber nicht einmal aufblickte. Neben mir standen ein paar Frauen, die sagten, man müßte sich vor die Autos legen, dann könnten sie die Glocken nicht wegschaffen.

Da schreckte der Vater auf. Er dachte daran, was wohl geschähe, wenn sich einmal Frauen vor seine Lokomotive auf die Schienen legten.

So, haben sie das gesagt, sagte er nachdenklich.

Die Lastwagen würden ja wohl nicht über die Frauen fahren, nicht wahr, sagte Andi.

Nein, sagte der Vater überzeugt, das würden sie nicht tun. Aber die Polizei würde die Leute verhaften.

Nur mal interessehalber, sagte Andi und sah an seinem Vater vorbei, wenn sich dann andere Frauen an ihre Stelle legen... sie können ja nicht die halbe Stadt verhaften.

Nein, das können sie nicht, sagte der Vater. Aber eines Tages würden die Frauen es aufgeben und dann würden sie die Glocken heimlich herunterholen, vielleicht im Winter. Wer bleibt schon eine ganze Nacht im Winter draußen?

Karfreitag holen sie die Glocken, ausgerechnet Karfreitag! Nicht, daß sie die Glocken aus der Kirche geholt haben, das ist ja wohl ein Gesetz, da kann man sich nicht wehren, aber daß sie es an einem Karfreitag getan haben! Natürlich haben sich das die hohen Parteistellen ausgedacht, sagte Anna. Wenn sie den Krieg gewinnen, dann behandeln sie die Katholiken wie die Juden. Sie mögen uns nicht, das merkt man!

Anna! mahnte Franz mit Sanftmut. Er hatte mit ihr schon einige Male darüber gesprochen. Er war da anderer Meinung.

Dann nützt dir und uns auch nichts, daß du in der Partei bist, das ist wie bei den Juden. Da kommen auch die dran, die katholisch getauft sind. Der Herr Breslauer zum Beispiel...

Anna, nicht vor den Kindern! sagte Franzek jetzt schon schärfer.

Ist ja gut, hast ja recht, sagte Anna und faßte über den Tisch nach der Hand ihres Mannes. Sie bereute schon, was sie gesagt hatte. Sie hoffte ja auch, daß es nie geschehen würde.

Tonik ist auch nicht gekommen, sagte Andi. Es war ein ziemlich hilfloser Versuch, von diesem Thema abzulenken.

Kotik gelang es besser.

Der Erzpriester soll die Glocken auf Wachs aufgenommen haben, er wird sie schon am Ostersonntag zum Hochamt über Lautsprecher spielen lassen. Soll 'ne Überraschung werden.

Ja? Woher weißt du denn so was? fragte Anna ungläubig.

Die haben auf dem Platz darüber geredet. Hab ich auch gehört, sagte Andi. Eher verwundert, daß es die Mutter nicht wußte.

Ja, ist denn das technisch überhaupt möglich? fragte Anna.

Heute kann man schon alles machen! Aber klar!

Das ist ja ein Witz! Anna fing zu lachen an, ein klirrendes, scharfes Lachen. Ach du gebenedeiter Herr Jesu, nehmen uns die Glocken weg und läuten sie dann durch die Lautsprecher! Eines Tages werden sie die Kirchen schließen und die Messen per Radio übertragen. Wie praktisch! Dann brauchen sie keine Kirchen mehr und keine

Priester, dann genügt ihnen ein Bischof für das ganze Reich.

Ihre Stimme wurde bitter.

Bis sie mit der Fastenmahlzeit fertig waren, hatten sie noch über eine Menge Themen geredet, gestritten, geschwiegen, über solche, die ihnen wichtig waren und auch über solche, die ihnen nicht wichtig waren. Und in dem Moment, als der Mutter einfiel, nun endlich aus dem Buch *Wunder und Taten der Heiligen* vorzulesen, hatte der Kotik sein Buch schon unterm Hintern hervorgezogen.

Laß mich heute etwas vorlesen, bitte, Mamotschka, nur heute! Du hast es mir versprochen! Und er wartete ihre Antwort erst gar nicht ab. Papa, auch dich wird es interessieren, es geht um eine Beschreibung unserer Heimat vor hundert Jahren.

Also fang schon an! ermutigte Andi seinen Bruder.

Kotik hatte die Seite auch gleich gefunden, und er begann zu lesen.

Von einem Arzt aufgeschrieben, von Rudolf Virchow im Jahre 1848 nach der großen Typhusepidemie in Oberschlesien... fing er an und blickte auf seine Mutter, die vor lauter Neugier sitzengeblieben war.

Also da heißt es: »Fast 700 Jahre sind vergangen, seitdem Schlesien von Polen getrennt wurde; der größte Teil des Landes ist durch deutsche Kolonisation und durch die Macht deutscher Kultur vollkommen germanisiert worden. Nur für Oberschlesien haben 700 Jahre nicht genügt, seinen Bewohnern das nationalpolnische Gepräge zu nehmen, welches ihre Stammesbrüder in Pommern und Preußen so vollständig verloren haben. Freilich haben sie genügt, das Bewußtsein ihrer Nationalität zu zerstören, ihre Sprache zu korrumpieren und ihren Geist zu brechen, so daß das übrige Volk ihnen den verächtlichen Namen der Wasserpolacken beigelegt hat, aber ihre ganze Erscheinung, die mir als ganz ähnlich derjenigen der polnischen

Bevölkerung an der Niederweichsel geschildert wird, zeigt immer noch deutlich ihre Abstammung.

Da sieht man nirgends jene eigentümliche Gesichtsbildung der Russen, die man sofort als die eigentlich slawische bezeichnen hört und die so sehr daran erinnert, daß diese Vertreter des Asiatismus die Nachbarn der Mongolen sind. Überall findet man schöne Gesichter, lichte Haut, blaue Augen, blondes Haar, freilich frühzeitig durch Sorgen und Schmutz verändert, aber bei den Kindern häufig in seltener Lieblichkeit vorhanden. Auch ihre Lebensgewohnheiten erinnern überall an den eigentlichen Polen. Ihre Tracht, ihre Wohnungen, ihre geselligen Verhältnisse, endlich ihre Unreinlichkeit und Indolenz finden sich nirgends so ähnlich wieder, als bei den niedrigen Schichten des polnischen Volkes. Was insbesondere die beiden letztgenannten Eigenschaften anbetrifft, so möchte es schwer halten, sie übertroffen zu sehen...

Der Oberschlesier wäscht sich im allgemeinen gar nicht, sondern überläßt es der Fürsorge des Himmels, seinen Leib zuweilen durch einen tüchtigen Regenguß von den darauf angehäuften Schmutzkrusten zu befreien. Ungeziefer aller Art, insbesondere Läuse, sind fast stehende Gäste auf seinem Körper. Ebenso groß als diese Unreinlichkeit ist die Indolenz der Leute, ihre Abneigung gegen geistige und körperliche Anstrengungen, eine vollkommen souveräne Neigung zu Müßiggang oder vielmehr zum Müßigliegen, die in Verbindung mit einer vollkommen hündischen Unterwürfigkeit einen so widerwärtigen Eindruck auf jeden freien, an Arbeit gewöhnten Menschen hervorbringt, daß man sich eher zum Ekel, als zum Mitleid getrieben fühlt.«

Kotik überschlug ein paar Seiten. Ja, und hier geht es weiter: »Die polnische Sprache, deren sich der Oberschlesier ausschließlich bedient, ist gewiß nicht eine der geringsten Bedingungen seiner Gesunkenheit gewesen. Man schickte deutsche Schulmeister von möglichst beschränktem Wissen in das polnische Land, und überließ es nun dem Lehrer und seinen Schülern, sich gegenseitig ihre Muttersprache beizubringen. Das Resultat davon war gewöhnlich, daß der Lehrer endlich polnisch lernte, nicht aber die Schüler deutsch. Statt daß also die deutsche Sprache sich verbreitete, hat vielmehr die polnische die Oberhand behalten, und man findet inmitten des Landes zahllose Geschlechter mit deutschen Namen und deutscher Physiognomie, die kein deutsches Wort verstehen.«

Franz Ossadnik unterbrach jetzt doch mit leiser Stimme: Da kommen so viele schwierige Wörter drin vor. Und was hat das mit der Epidemie zu tun? Woher hast du das Buch, Kotik! Lest ihr das in der Schule?

Bestimmt nicht! antwortete Andi für Kotik. Ist erst die Einleitung, das mit dem schrecklichen Typhus kommt noch.

Man sieht doch daran, wie weit wir es unter den Preußen gebracht haben. Jetzt gibt es keine Hungersnot und keine Seuchen mehr! Und nicht einmal hundert Jahre, und es spricht hier keiner mehr Polnisch, das ist doch ein Fortschritt, sagte Franz.

Das Elend damals war nur möglich durch die *polnische Wirtschaft!* Ist doch jetzt anders geworden, nicht wahr? trumpfte Anna auf. Zeig doch mal her, was ist denn das für ein Buch? Das hatte sie noch nie in ihrer Leihbücherei gesehn.

Aber Kotik gab das Buch nicht aus der Hand.

Lies weiter, sagte Andi, der fürchtete, Kotik würde nicht mehr bis zu dem Abschnitt über die Kirche kommen. Vielleicht war es besser, er nahm das Buch jetzt selbst in die Hand, ihm würde man auch mehr glauben. Gib her, sagte er, ich lese weiter.

»Kaum ein Buch, außer dem Gebetbuch, war dem Volk zugänglich, und so ist es denn möglich geworden, daß mehr als eine halbe Million von Menschen hier existieren, denen jedes Bewußtsein der inneren Entwicklung des Volkes, jede Spur einer Kulturgeschichte abgeht, weil sie schrecklicherweise keine Entwicklung, keine Kultur besitzen.

Ein zweites Hindernis ist die katholische Hierarchie gewesen. Nirgends, außer in Irland und seiner Zeit in Spanien, hat der katholische Klerus eine absolute Knechtung des Volkes zustande gebracht, als hier; der Geistliche ist der unumschränkte Herr dieses Volkes, das ihm wie eine Schar Leibeigener zu Gebote steht. Die Geschichte seiner Bekehrung vom Branntwein bietet ein noch glänzenderes Beispiel dieser geistigen Hörigkeit dar, als es Pater Matthew an den Irländern geliefert hat. Die Oberschlesier waren dem Branntweingenuß in der extremsten Weise ergeben. An den Abenden, wo das Volk von den städtischen Märkten zurückkehrte, waren die Landstraßen von Betrunkenen, Männern und Weibern, buchstäblich übersät; das Kind an der Mutterbrust wurde schon mit Schnaps gefüttert. In einem einzigen Jahre gelang es dem Pater Stephan Brzozowski, alle diese Säufer mit einem Schlage zu bekehren. Freilich wurden dabei alle Mittel, gesetzliche und ungesetzliche, kirchliche und weltliche in Bewegung gesetzt, Kirchenstrafen und körperliche Züchtigungen wurden ungestraft angewendet, allein die Bekehrung gelang endlich, das Gelübde wurde allgemein abgelegt und gehalten. Wie groß das Vertrauen auf die Geistlichkeit war, hat auch diese Epidemie in vollem Maße gezeigt. Viele glaubwürdige Männer haben mich versichert, daß die Leute mit einer gewissen Zuversicht dem Tode entgegengesehen hätten, der sie von einem so elenden Leben befreite und ihnen einen Ersatz in den himmlischen Freuden zusicherte. Wurde jemand krank, so suchte er nicht den Arzt, sondern den Pfarrer auf...«

Das ist Tendenzliteratur, sagte Anna und stand auf. Das

wollte sie sich nicht anhören, so etwas konnte man heute überall in den Zeitungen lesen.

Freigeister! Sind gegen die Religion! Nein, Andreas, hör auf zu lesen. Wo es heute unsere Kirche schwer genug hat. In andern Zeiten ja, aber nicht in Notzeiten! Die Glocken nehmen sie der Kirche, feinden sie an, verhaften die Priester, und jetzt sollen sie auch noch für das *Elend* verantwortlich gemacht werden. Wie heißt der Verfasser? Das muß auf den Index! So ein Buch gehört nicht in mein Haus!

Annas Stimme wurde immer lauter. Sie spürte einen heftigen Schmerz im Hals und griff unwillkürlich danach. Sie fühlte die Verdickung jetzt so groß wie eine Pflaume. So groß war sie ihr noch nie vorgekommen. Sie flüchtete in das Schlafzimmer.

Was habt ihr denn jetzt angestellt, sagte Franz Ossadnik mißbilligend.

Aber Mamotschka! Kotik fing beinahe an zu heulen. So war das doch nicht gemeint, das ist doch schon vor hundert Jahren geschrieben... Er sah seinen Bruder Andi ratlos an.

Das Buch beweist doch nur, wie weit wir heute gekommen sind, sagte Franz. Gib das mal her! Er nahm es in die Hand, blätterte darin herum. Aus der Stadtbibliothek habt ihr's also. Und so etwas lest ihr?

Es klang aber anerkennend.

Ich nehm das mal mit, Kotitschek. Ich will ein bißchen mehr darin schmökern. Dann reden wir morgen darüber. Er strich dem Jungen über den Kopf.

Aus dem Schlafzimmer hörten sie die Stimme der Mutter: Ach du gebenedeiter Herr Jesu, das ist ein Karfreitag! 23. April 1943! Dieses Datum werd ich mein Leben lang nicht vergessen!

37

Der Zug fuhr langsamer und blieb auf freier Strecke in einem Birkenwald stehen. Die Jungen an der Luke berichteten, daß die SS-Mannschaft um die Wagen herumpatrouilliere. Sie hofften auf das Mittagessen, denn nach dem Sonnenstand zu urteilen, mußte es schon ein Uhr sein, und sie hatten Hunger.

Nach kurzem Aufenthalt fuhr der Zug weiter, jetzt in einem gleichbleibend langsamen Tempo. Auf einmal überschlugen sich die Stimmen der Jungen: Stacheldrahtzäune, schrien sie, Wachttürme, Baracken! Dann berichteten sie von Männern in gestreiften Anzügen, die Gräben aushoben. Und nachdem sie ein Stück weitergefahren waren, beschrieben sie den anderen das Lagertor, das sie gerade passierten.

Die holländische Dame übersetzte für die beiden Deutschen im Waggon.

Die Jungen drängten sich gegenseitig vorn an der Luke weg, sie redeten laut durcheinander, so daß schließlich nichts mehr zu verstehen war. Von draußen hörten sie Marschmusik, die, je weiter der Zug in das Lager hineinfuhr, um so lauter aus den Lautsprechern klirrte. Dann blieb der Zug stehen, und es wurde unheimlich still im Waggon. Alle verharrten auf ihren Plätzen und horchten nach draußen, was nun geschehen würde. Eine Unruhe bemächtigte sich ihrer, die durch das leise und hastige Atmen deutlich wurde. Die Frau versteckte ihre angstvollen Augen hinter dem Taschentuch.

Die Musik unterbrach. Und es war, als ob die Stimme im Lautsprecher sie von etwas befreien würde: Achtung! Achtung! Willkommen in Birkenau! Willkommen in Birkenau: Steigen Sie mit Ruhe und Disziplin aus den Waggons, nehmen Sie ihr gesamtes Gepäck mit und warten Sie auf der Rampe auf neue Anweisungen.

Dann schepperte die Marschmusik weiter. Silbergleit übersetzte diesmal für die Holländer im Waggon, aber die meisten hatten es schon verstanden. Die Juden begannen ihre Koffer zusammenzupacken. Silbergleit half der holländischen Dame. Dann verschnürte er seine Schlafdecken und hängte sich die Aktentasche über die Schulter.

Sie waren nicht viel länger als drei Stunden von Kattowitz aus unterwegs gewesen, waren nicht schnell gefahren und hatten unterwegs einige Male gehalten, weit konnten sie demnach nicht gekommen sein. Und wenn sie jetzt mit dem Gepäck aussteigen sollten, bedeutete es für sie, daß sie zumindest eine Zeit in dem Lager zubringen würden.

Sie hörten, wie draußen von den ersten Waggons die Türen aufgeschoben wurden. Die Lautsprecherstimme forderte sie auf, das Gepäck nach dem Aussteigen vorn auf der Rampe stehenzulassen, zur Entlausung sollten die Frauen rechts Aufstellung nehmen, die Männer links.

Silbergleit rüttelte seinen Nachbarn, der die ganze Zeit über geschlafen hatte und offensichtlich auch die Marschmusik und die Durchsagen überhört hatte. Der Mann rührte sich immer noch nicht. Er schüttelte ihn jetzt heftiger; argwöhnisch geworden, drehte er ihn langsam zu sich um. Er sah in glasige Augen, der Mund war weit geöffnet, das Kinn nach unten gezogen. Silbergleit rollte den steifen Körper zurück.

Die Frau saß auf ihrem Koffer, sie hatte sich den Mantel angezogen, den Hut tief in die Stirn gedrückt, als wollte sie nicht sehen, was um sie herum geschah. Das Geräusch der sich öffnenden Schiebetüren kam von Waggon zu Waggon immer näher. Und dazwischen die Marschmusik. Im Waggon umarmten sich Ehepaare. Es hatte ihnen jemand übersetzt, daß Frauen und Männer getrennt zur Entlausung geführt werden.

Jetzt wurde auch ihre Tür aufgerissen. Das Licht, die Sonne, die Luft, alles war so ungewohnt für die Menschen. Sie schwankten die ersten Schritte, taumelten, und stützten sich gegenseitig. Die Frau sah, daß der alte Mann immer noch auf dem Boden lag und sich nicht rührte.

So wecken Sie ihn doch auf! schrie sie ahnungsvoll.

Silbergleit nahm die Frau am Arm und schob sie hinaus.

Sie begann an seinem Arm zu zittern. Sie sagte nichts. Sie begriff jetzt, daß sie niemals Riga oder einen Schwarzmeerhafen erreichen und niemals in Stockholm oder in Palästina ankommen würde. Und auch nach Hilversum würde sie nicht zurückkehren. Sie ließ den Koffer stehen und ging langsam zu den Frauen hinüber.

Die Kapos wimmelten auch hier herum, sie trieben die Juden zur Eile an und paßten auf, daß das Gepäck vorn an der Rampe blieb. Ein Junge mit einem kahlgeschorenen Kopf wollte Silbergleit die Aktentasche wegnehmen, aber der wehrte sich und hielt beide Hände schützend davor. Lieber wollte er sich totschlagen lassen, ehe er die Tasche mit seinen Büchern hergab. Karpe eilte Silbergleit zu Hilfe und es gab auf der Rampe einen Tumult, dabei rutschte seine Brille herunter.

Zwei SS-Leute kamen heran, und der kahlköpfige Junge ließ schließlich von dem alten Juden ab. Silbergleit stand da und schnappte nach Luft, er konnte dem SS-Mann, der ihn anbrüllte, nicht antworten. Es war ihm, als schnitte ihm jemand mitten ins Herz.

Stockend erklärte er schließlich, daß er nichts anderes in dieser Tasche aufbewahre als Bücher, die er selber verfaßt habe. Und bisher habe man sie ihm bei jeder Kontrolle gelassen, er wollte sie sich jetzt nicht von dem Jungen stehlen lassen.

Der SS-Mann ließ von einem Kapo die Tasche durchsuchen, und als der wirklich nichts anderes darin fand als Bücher, erlaubte er dem alten Juden, die Aktentasche zu behalten. Karpe hatte inzwischen die Brille vom Boden aufgehoben. Das linke Glas war zersplittert.

Die Marschmusik schmetterte ununterbrochen weiter. Sie hatte die ganze Zeit nicht aufgehört.

Silbergleit klammerte sich an Karpe, es flimmerte ihm vor den Augen. Noch einmal hatte er seine Bücher gerettet. Aber er wußte jetzt, beim nächsten Mal würde er sich nicht mehr wehren. Die Bücher gehörten ihm nicht mehr. Er gehörte nicht mehr sich selbst.

Sie standen in Zehnerreihen auf der Rampe und warteten, links die Frauen, rechts die Männer, und waren nur durch eine schmale Lücke voneinander getrennt. Manchmal traten eine Frau und ein Mann aufeinander zu und umarmten sich. Dann gingen sie wieder in ihre Reihe zurück.

Vorn an der Spitze war eine Gruppe von SS-Leuten versammelt, auch ein Arzt in einem weißen Kittel war dabei. Sie ließen die Juden einzeln vortreten und wählten aus, die einen nach rechts zu den Badehäusern, die andern nach links zum Arbeitslager.

Die Jungen und Kräftigen, sagte Karpe zu Silbergleit, während er das beobachtete, schicken sie ins Arbeitslager, uns Alte in das Wohnlager auf der anderen Seite.

Sie hielten sich ziemlich am Ende der Kolonne, zusammen mit den Gleiwitzer Juden.

Habt ihr den kleinen Aron Brauer gesehen? Silbergleit rückte an seiner Brille und kniff ein Auge zu, er konnte sich nicht daran gewöhnen, nur durch das eine Augenglas zu sehen.

Die Kapos räumten die Waggons, aus fast jedem zerrten sie eine Leiche heraus. Und zahlreiche Gepäckstücke, die nicht allein von den Toten stammen konnten. Manche Juden hatten ihre Koffer zurückgelassen; sie glaubten nicht mehr daran, daß sie sie noch brauchen würden.

Auf den einen Karren wurden die Leichen, auf den andern die Gepäckstücke geworfen.

Silbergleit erinnerte sich daran, wie er eines Tages nach Agnetendorf gefahren war. Er hatte ihm vorher seine Bücher geschickt, er hatte ihm Briefe geschrieben. Aber niemals eine Antwort erhalten. Wie damals vor dem Krieg, als er nach Montagnola geschrieben hatte. Aber zwischen ihm und dem Wiesenstein gab es keine Grenze. Also fuhr er dorthin. Mit dem Zug bis Hirschberg und dann nach Hermsdorf, von dort mit dem Postbus durch das Tal der Schneegruben, am Kynast vorbei, an der Großen Sturmhaube, und es fiel ihm die Ballade von Rückert ein, die er auswendig kannte. Das Haus sah gewaltiger aus, als er es von den Photos her in Erinnerung hatte, eine Fluchtburg. Hier konnte man das, was in der Welt geschah, vergessen.

Er wurde nicht eingelassen. Er gab seine Visitenkarte ab und schrieb etwas darauf. Der Herr vom Wiesenstein war unpäßlich und empfing nicht. Bei diesem Namen auf der Visitenkarte... Dieses Haus, es war lange seine Hoffnung gewesen. Jetzt nicht mehr. Es war schon dunkel und er konnte von Agnetendorf nicht mehr weg. Er nahm ein Zimmer im ›Oberschlesischen Hof‹, für eine Mark zehn pro Nacht, außerhalb der Saison billiger. Das Geld hat der Wirt genommen, aber er hat den Namen nicht in das Hotelbuch eingetragen, diesen Namen...

Sie rückten auf der Rampe weiter vor. Der Himmel war jetzt fast wolkenlos und die Sonne wärmte sie. Es war beinahe drei Uhr und sie hatten noch nichts zu essen bekommen. Sofort nach der Entlausung, wurde ihnen gesagt, würden sie in die Baracken eingewiesen und dort Verpflegung erhalten, so lange müßten sie sich gedulden. Silbergleit teilte seine Brotschnitten, die schon vertrocknet waren, mit den holländischen Juden. Er wollte auch der Frau etwas abgeben, aber sie lehnte ab und behauptete, keinen Hunger zu haben. Er wußte jetzt wieder, wie sie hieß; ihr schwarzer Koffer stand vorn an der Rampe, deutlich waren die weißen gemalten Buchstaben zu lesen:

REBEKKA MORGEN-
THALER HILVERSUM

Sie rief von der Frauengruppe zu ihm hinüber: Wollen Sie mir ein Buch schenken? Wir kommen jetzt wohl in getrennte Frauen- und Männerlager. Ich kann dann in Ihrem Buch lesen und mich an Sie erinnern.

Es war ihr warm geworden und sie zog den Mantel aus. Den Hut behielt sie auf.

Silbergleit zögerte einen Moment. Weil er von dieser Bitte überrascht war und weil ihn so etwas wie Rührung überwältigte. So hatte er die Frau vorher nie sprechen hören.

Er nickte und suchte in der Tasche. Dann ging er die zwei Schritte zu den Frauen hinüber und legte ihr ein schmales Bändchen mit Gedichten in die Hand.

Bitte, Frau Morgenthaler, sagte er und hielt ihre Hand ein paar Sekunden länger fest. Er vergaß dabei die Schmerzen, die er von den Schlägen des Kapos zurückbehalten hatte.

Sie blickte auf das Buch. DER EWIGE TAG las sie.

Ich danke Ihnen, Herr Silbergleit. Und sie senkte ihren Kopf, vielleicht wollte sie nicht, daß er in diesem Moment ihr Gesicht sähe.

Wieder ging es ein paar Schritte weiter. Silbergleit trat in die Reihe der Männer zurück. Er beobachtete sie von dort. Sie schlug das Buch auf und las darin, hinter dem Rücken der Vorderfrau, und als sie das erste Gedicht gelesen hatte, sah sie zu ihm hinüber. Sie lächelte.

Plötzlich stand die Frau neben ihm, den Mantel über dem Arm, das Buch in der Hand.

Hören Sie, Herr Silbergleit, sagte sie. Wir kommen nicht nach Riga oder nach Palästina. Ich habe es im

Grunde immer geahnt, aber jetzt weiß ich es. Arbeitslager! Ich bin zu alt dafür, das überstehe ich nicht!

Und sie flüsterte: Nehmen Sie diesen Mantel! Bitte nehmen Sie ihn! Ich brauche ihn nicht mehr. Im Saum sind Brillanten eingenäht.

Und als er da stand und sich nicht rührte, legte sie ihm den Mantel einfach über die Schulter. Dann ging sie in ihre Frauenkolonne zurück. Silbergleit wollte den Mantel nicht haben. *Der Mensch lebt kurze Zeit und ist voll Unruhe geht auf wie eine Blume und fällt ab flieht wie ein Schatten und bleibt nicht sind seine Tage bestimmt steht die Zahl seiner Monde bei dir und hast du ein Ziel gesetzt das er nicht überschreiten kann denn ein Baum hat Hoffnung auch wenn er abgehauen ist.* Er stand da und fühlte den Mantel schwer auf seiner Schulter.

Er würde den Mantel nehmen und ihn einem Jüngeren geben. Der könnte etwas damit anfangen. Er dachte an Aron, an den jungen Aron Brauer, der vom Versteck im Keller der Niederwallstraße gewußt hatte...

Silbergleit wagte nicht weiterzudenken. Er blickte sich um. Er sah niemand von den Brauers. Sie waren wohl schon durch die Kommission gegangen.

Jetzt kamen auch sie dran. Es ging ganz schnell. Niemand fragte nach dem Namen. Der Mann im weißen Kittel sagte nur: Nach rechts! Nach rechts!

Erst mußte Karpe vortreten. Danach kam er dran. Und hinter ihm Dr. Blumenfeld. Und dann Salo Weissenberg. Nach rechts! Nach rechts!

Die Kapos umkreisten sie und schleusten sie gruppenweise zu den Badehäusern, die sich ein paar hundert Meter weiter von der Rampe entfernt befanden, hinter den Eisenbahngleisen. Sie gingen zwischen Birken, die ihr erstes Grün ausschlugen, unter einem gleichgültigen Aprilhimmel, der sich nicht verfinsterte, und einige der Juden, die schon eine Woche in den dunklen stickigen Viehwaggons zugebracht hatten, streckten ihre Gesichter dem wärmenden Sonnenlicht entgegen.

Die Männer waren vor dem ersten Badehaus angekommen und mußten warten, bis ihnen ein Kapo die Tür öffnete.

Im Vorraum des Badehauses mußten sie sich zum Duschen auskleiden, die Kapos gaben Anweisungen, Wäsche und Kleider zu bündeln und auf einen Haufen zu legen, damit jeder sie beim Hinausgehen wiederfinden würde. Silbergleit nahm die Tasche von der Schulter und legte sie auf die Holzbank, daneben seine Schuhe, und darauf den Mantel der holländischen Dame. Er zog die Strümpfe aus und sah, daß seine Füße geschwollen waren, er hatte es beim Gehen gar nicht bemerkt.

Karpe stand schon halbnackt vor ihm, er sah dessen dünne, knochige Beine und wunderte sich, wie sie den starken Mann tragen konnten. Keiner sagte etwas. Man hörte nur die Geräusche, die die Männer beim Auskleiden verursachten. Es war kalt inmitten der dicken Betonmauern. Ein leicht bitterer Geruch lag in der Luft.

Zwei Kalfaktoren in schmutzigweißen Kitteln traten herein. Die nackten Juden mußten sich auf die kalte Steinbank setzen und die Kalfaktoren begannen mit kleinen, blitzenden Haarschneide-Maschinen den Männern die Haare zu scheren, einem nach dem andern. Ein Kapo kehrte die Haare zu einem Haufen zusammen. Der Kalfaktor sagte zu Weissenberg, der eine heftige Bewegung gemacht hatte: Jetzt wehr dich mal nich, das ist doch nur wegen der Läuse... Er zeigte dabei seine gelben Zahnstummel, während er grinste. Silbergleit schob sich das Hemd unter den Sitz, er legte die Hände um die Schultern, aber er fror deshalb nicht weniger. Der Kalfaktor kam und schnitt ihm mit drei, vier raschen Bewegungen den Haarkranz am Hinterkopf weg. Silbergleit sah auf den Zementboden. Er hatte sein ganzes Leben lang nicht gewußt, was für einen erschreckenden Anblick nackte alte kahlgeschorene Männer abgeben.

Ein Kapo öffnete die schwere Eisentür zum Duschraum und willig gingen die Männer hinein. Trotzdem trieb der Kapo auf einmal zur Eile an. Als Silbergleit an ihm vorbei durch die Tür ging, nahm der ihm die Brille ab. Silbergleit ließ es geschehen. Er wehrte sich nicht mehr. Er betrat den Duschraum, in dem der bittere Geruch noch intensiver war als draußen im Vorraum. Hier waren keine Fenster. Aus der Decke ragten sechs Rohre. Wie sie sich alle darunter duschen sollten? Jemand fragte nach Seife. Aber Seife war keine vorhanden.

Immer wenn der Jasmin duftet hab ich an dich gedacht ich hab dich gesehn das letzte Mal als du unten vor dem Haus standest mit dem Strauß Jasmin im Arm der Geruch des Jasmin drang durch alle Korridore durch alle Türen durch alle Ritzen in das Versteck im Keller in der Niederwallstraße wo wir die Thorarollen versteckt haben

nach jedem heiligen geschriebenen Wort muß der Schreiber ein Bad nehmen wo ist der kleine Aron geblieben es ist der Jasmin der so riecht der mich an dich erinnert... Ma nischtana ha-lejla ha-se

Von draußen schoben sich immer mehr Männer in den engen Duschraum herein, obwohl sie sich hier drinnen bereits drängten. Silbergleit hörte Salo Weissenbergs sanfte und beruhigende Stimme, die plötzlich von einem Schreien aus dem Vorraum übertönt wurde. Er konnte nicht sehen, was da vorging, weil er eingeklemmt war zwischen den nackten Leibern der andern. Weissenbergs Stimme wurde lauter *denn ein Baum hat Hoffnung auch wenn er abgehauen ist er kann wieder ausschlagen und seine Schößlinge bleiben nicht aus stirbt aber ein Mann so ist er dahin kommt ein Mensch um – wo ist er? Wie Wasser ausläuft aus dem See und wie ein Strom versiegt und vertrocknet so ist ein Mensch wenn er sich niederlegt er wird*

347

*nicht wieder aufstehen er wird nicht aufwachen solange
der Himmel bleibt noch von seinem Schlaf erweckt werden*

Man hörte das Röcheln des Mannes, der von zwei Kapos in den Duschraum hineingeschoben wurde, Silbergleit
reckte sich, er konnte nur den Kopf des Mannes sehen,
blutverschmiert, leicht nach links geneigt – und er sah
jetzt, wie sich die schwere Eisentür hinter ihm schloß.

Im Vorraum begannen die Kapos die abgelegten Bündel
einzusammeln. Sie stopften das Zeug in Säcke, die sie hinter sich herschleiften. Ein Kapo stieß unter einem Bündel
auf eine Aktentasche und wühlte gierig darin herum, und
als er nur Bücher fand, riß er sie auseinander. Er beugte
sich dabei so vor, daß er von dem SS-Mann nicht beobachtet werden konnte, und suchte nach einem Versteck für
Gold, Schmuck oder Brillanten, er konnte sich nicht vorstellen, wozu sonst jemand Bücher bis hierher schleppte.
Aber er fand nichts und stopfte alles in seinen Sack. Am
Schluß kam ein Kalfaktor und sammelte die Haare in einem Eimer auf.

Draußen warfen sie die Säcke auf Karren und schoben
sie zum Magazin, wo sie Schuhe, Wäsche, Mäntel, Brillen,
Haare auf verschiedene Haufen sortierten. In einer halben
Stunde mußten sie mit ihren Karren wieder vor dem Badehaus sein. Dann an der Tür auf der anderen Seite.

38

Es gibt Sandkrabben und Wasserspinnen, die sich seit-
wärts bewegen und doch vorwärts kommen. Valeska
wurde stets daran erinnert, wenn sie den alten Apitt gehen
sah: eine Schulter nach vorn, die Hüfte leicht nach innen
geknickt, was wohl daher kam, daß er jahrelang ein Ta-

schentuch an seine Backe hielt, wegen des Zahnschmerzes, den Kopf auf dem langen Hals weit nach vorn geschoben – und eigentlich ging er nicht, er segelte dahin. Diesen Eindruck konnte man bekommen, weil sich die Füße wieselhaft bewegten, der Oberkörper aber relativ statisch blieb. So segelte er in das Haus der Valeska Piontek hinein, mitten ins Klavierzimmer, das inzwischen wegen der Einquartierung durch Bombengeschädigte Salon, Wohnzimmer, Empfangsraum und – mit Valeskas Bett hinter der spanischen Wand – auch Schlafzimmer war. Apitt hielt einen Strauß weißer Narzissen in der Hand. Für Irma, sagte er in die Stille hinein. Er wartete, daß jemand käme, ihm die Blumen abzunehmen. Wer auch immer. Aber Halina war nicht da. Und so blieb er unter der Tür stehen und wechselte den Blumenstrauß von der einen Hand in die andere. Es war ein aufdringliches Schweigen im Raum, mit dem er nichts anzufangen wußte. Er hatte bis dahin nicht gedacht, daß Schweigen so aufdringlich sein kann.

Valeska Piontek saß auf dem Klavierschemel, ganz in sich versunken, und lockerte ihre Finger mit leichtem Knacken, als gäbe es in diesem Moment nichts Wichtigeres auf der Welt. Ihr Bruder Willi stand am Fenster, hielt ein Buch in der Hand und betrachtete versonnen das Muster der Gardine. Lucie (Widera) kämmte selbstvergessen mit ihren Fingernägeln die Haut am linken Unterarm, die inzwischen rot angelaufen war. Sie dachte mit wachsendem Unbehagen daran, was sie den Besuchern zum Essen anbieten sollte, falls die, wenn sich die Geburt noch länger hinziehen sollte, sich nicht bequemten zu gehen. Herr Schimmel war in seinem weißen Korbstuhl schon ein paarmal eingenickt, weil es so still gewesen war im Raum. Bei jedem Geräusch schreckte er auf und stellte mit stiller Befriedigung fest, daß sich nichts verändert hatte. Er war mit seiner Frau den ganzen Tag auf einem Waldspaziergang gewesen, und diese Frühlingsluft macht einen richtig müde, dachte er. Seine Frau ließ immer noch ihre Blicke schweifen und hoffte, das Ereignis, auf das sie alle warteten, würde bald eintreten, dann würden sie einander gratulieren und vielleicht mit einem Glas anstoßen, und dann könnte sie mit ihrem Mann nach oben gehen. Nur schade, daß der Vater nicht dabei war. Soweit sie sich erinnern konnte, war bei solchen Gelegenheiten immer der Vater dabei gewesen. Aber damals war auch kein Krieg.

Der Direktor der Wasserwerke ruhte in seinem Viereck. Nur sein Kopf bewegte sich gelegentlich hin und her, als sei er auf das Viereck einfach aufgesetzt. Er war dageblieben, obwohl für ihn hier nichts mehr zu tun war. Er hatte seine Auskunft erhalten. Da sich in seinem Gesicht nie etwas veränderte, konnte man auch nicht sagen, nicht einmal Wondrak, der ihn doch näher kannte, konnte es, wie diese Auskunft auf ihn gewirkt haben mochte. Vielleicht war es einfach bequemer für ihn, hier sitzenzubleiben und zu reden, als allein zu Haus zu sein und immer nur Radio zu hören. Er liebte klassische Musik, aber nicht zu schwere. Karfreitag gab es im Radio immer nur Stücke wie ›Parsifal‹ oder die ›Matthäuspassion‹. Er liebte Haydn und Schubert und Carl Maria von Weber. Aber Karfreitag wurden die niemals gespielt.

Lucie erbarmte sich endlich und nahm Herrn Apitt die Blumen ab. Da wird sich Irma aber freuen, sagte sie mit gleichgültiger Stimme.

Es ist doch alles soweit… in Ordnung? fragte Apitt, weil ihm die Gesichter so ernst vorkamen.

Ich freue mich, daß Sie gekommen sind, sagte Valeska hinterm Klavier. Bleiben Sie ein wenig bei uns. Wir warten hier und vertreiben uns die Zeit. Mehr können wir auch nicht tun.

Vielleicht besteht die Möglichkeit für eine Partie Rommé? fragte der Direktor der Wasserwerke. Aber sein Gesicht zeigte, daß er nicht gerade große Lust darauf hatte.

Kartenspiel – des Teufels Spiel, dachte Tante Lucie. Und das am Karfreitag!

Wondrak ging die paar Schritte vom Fenster zum Flügel und wieder zurück. Ich habe nie auf das Geläut der Glocken geachtet, sagte er, aber jetzt wird es mir fehlen. Er versuchte sich daran zu erinnern, wie die Melodie der Glocken gewesen war und was ihm nun in Zukunft fehlen würde.

Ich wußte immer, wann es zwölfe war, ich brauchte gar nicht auf die Uhr zu sehen beim Mittagsläuten, sagte Valeska Piontek. Man hat sich so daran gewöhnt.

Eine Glocke haben sie uns gelassen, sagte Apitt. Die wird auch weiterhin mittags läuten.

Da werd ich mir die Ohren zustopfen, entgegnete Valeska. Eine einzige Glocke erinnert mich an die Totenglocke. Glocken sind wie eine Orgel. Man muß sie im Zusammenklang hören.

Wondrak ging zum Flügel und wieder zurück.

Wenn man nur wüßte, daß es sich wirklich lohnt, fuhr Valeska fort. Ich meine, in welchem Verhältnis der Verlust der Glocken zum Gewinn an Kriegsmaterial steht. Panzer können sie ja daraus nicht schmieden...

Oh, Wichtigeres. Wichtigeres als Panzer machen sie daraus, sagte der Direktor und schob seinen Kopf hin und her. Ich muß darüber Schweigen bewahren, aber das wird jetzt gebraucht für die Geheimwaffe, die in Vorbereitung ist, das wird die Entscheidung des Krieges sein.

Von der Geheimwaffe höre ich schon seit zwei Jahren, aber bei dem Gerücht ist es auch geblieben, sagte Apitt.

Da ist mehr geheim als Waffe, sagte Lucie.

Wann diese... Wunderwaffe in Einsatz gebracht wird, liegt im Ermessen unseres Führers, sagte das Viereck gekränkt. Man muß Vertrauen haben.

Und inzwischen muß unser Kind in den Krieg, sagte Valeska.

Die Tür ging auf und die Hebamme trat herein. Sie sagte mit unbewegtem Gesicht: Ich brauche zwei Bettlaken!

Valeska stürzte zum Schrank und zog einen Stoß Bettlaken und Handtücher heraus. Ist alles in Ordnung? fragte sie zum wiederholten Mal.

Alles in Ordnung, sagte die Hebamme eher gleichgültig und übernahm die Tücher. Sie müssen sich gedulden! Lucie sprang vor und machte ihr die Tür auf, aber die Hebamme ließ sie keinen Blick in Irmas Zimmer werfen.

Hast du was gesehn? fragte Valeska, als sie zurückkam.

Nein, gar nichts, sagte sie. Nur, daß Irma im Bett sitzt...

Valeska atmete hörbar durch, als ob sie erleichtert sei.

Dann kann es bald losgehen. Aber es kann auch noch dauern, meldete sich Frau Schimmel weise aus ihrem Korbstuhl.

Ich hab sie stöhnen gehört, sagte Herr Schimmel. Er saß mit seinem Stuhl direkt neben der Wand zum Nebenzimmer und glaubte wirklich an das, was er sagte. Aber Irma lag zwei Zimmer weiter. Und trotzdem lauschten sie jetzt alle.

Aus dem Schmerz entsteht Leben, sagte Herr Apitt ein wenig feierlich. So ist es nun einmal. Der Schmerz ist der Bruder der Seele. Er erhob sich vom Sofa.

Wie er es sagte, erschien es ihnen etwas zu laut, aber vielleicht nur deshalb, weil alle auf die Stille konzentriert waren.

Deshalb sollten wir alle darauf hören, was uns der Schmerz zu sagen hat. Der Apitt ging ein paar Schritte bis zum Flügel und ließ seine Blicke von einem zum andern schweifen. Von hier aus konnte er alles besser übersehen.

Ich arbeite, wie Sie ja wissen, oder jedenfalls die meisten von Ihnen, seit langem an einem System des Schmerzes, und ich kann Ihnen mitteilen, daß ich in der jüngsten Zeit große Fortschritte gemacht habe.

Ich habe die letzten Jahre damit verbracht, den Schmerz zu katalogisieren – es ging schneller als ich erwartet hatte. Denn gerade in diesen Jahren mangelt es uns ja nicht an Beispielen und Objekten für den Schmerz, wie Sie alle wissen. Es war für mich eine Lebensaufgabe. Aber nun brauche ich nur noch etwa zwei Jahre, dann wird mein System perfekt sein. Dann werde ich es veröffentlichen, und es wird eine neue, eine allgemeinverständliche Sprache geben, die Schmerzenssprache. Ich bin mir ziemlich sicher, die Menschheit wird sich in dieser Sprache besser verstehen als in jeder anderen Sprache zuvor. Man muß für diese Schmerzenssprache keine Vokabeln lernen, keine Deklination oder Konjugation, keine neue Syntax, man versteht diese Sprache sofort, sofern man bereit ist zu leiden. Und je länger der Krieg dauert, um so mehr Menschen lernen diese Sprache.

Sie meinen, die Schmerzenssprache wird die Sprache der Zukunft sein, sagte Wondrak ernst und schlug die Gardine zurück.

Der Apitt beachtete den Einwurf nicht. Er war bei seinem Lieblingsthema angelangt, und darin ließ er sich nur ungern unterbrechen.

Um die Schmerzenssprache zu verstehen, fuhr der Apitt fort, muß man nur in sich selbst hineinhorchen, ein neues Lernen ist nicht erforderlich, denn wir erlernen diese Sprache mit der Kindheit, mit dem schmerzlichen Erfahren der Welt. Das beginnt in dem Augenblick, in dem die Nabelschnur durchschnitten wird, denn der erste Schrei des Lebens ist ein aus dem Schmerz geborener Schrei. Ich kann nicht soweit gehen wie Augustinus, der im Gottesstaat schreibt: ›Denn der Seele ist es eigentümlich, Schmerz zu empfinden, nicht dem Leib.‹ Doch der körperliche Schmerz ist für mich nur eine Dimension. Die andere, und weitaus wichtigere, ist der seelische Schmerz. Denn wie mit dem einen der Körper spricht, so spricht mit dem andern die Seele zu uns. Und dort beginnt mein System. Ich habe mir nichts Geringeres vorgenommen, als die Grammatik des Schmerzes und damit die Sprache der Seele zu entwerfen. Zunächst bin ich an eine Katalogisierung des seelischen Schmerzes gegangen, denn wir wissen zwar durch Berichte, welche Krankheiten den menschlichen Körper in den letzten Jahrhunderten befallen haben, etwa die Cholera, der Typhus, die Tbc, die Syphilis, der Krebs – aber wir wissen nicht sehr viel darüber, an welchen seelischen Schmerzen die Menschheit gelitten hat. Außer wenigen Zeugnissen wie etwa in den Werken der Theresa von Avila. In Zukunft werden die seelischen Schmerzen ebenso registriert und künftige Generationen werden dann die Möglichkeit haben, über uns zu erfahren, woran wir mit unseren Seelen gelitten haben. Denn solche Schmerzen, und ich gebe hier nur ein paar Beispiele, sind doch weitaus heftiger: die Abwesenheit eines geliebten Menschen, die Sehnsucht nach ihm, die Suche nach Gott, das Leiden an Gott, an der Welt, an sich selbst, die Einsamkeit und die Angst vor dem Nichts, die Suche nach dem Sinn des Lebens, die Verzweiflung, die Verstörung, der Wahnsinn, die Leere – das alles wird in meiner Grammatik ausgedrückt.

Jeder kann in dieser Sprache mit seiner Seele reden, und jetzt, endlich, wird der Mensch einen Ausdruck nicht nur dafür haben, wenn sein Körper mit einem Messer verletzt wird, sondern auch, wenn seine *Seele* mit einem Messer verwundet wird. Und er wird sich und seine Seele und Gott begreifen. Es ist die einfachste, die deutlichste und direkteste Sprache der Welt. Schmerzen also werden in Zukunft die Wörter ersetzen.

Apitts Rede war in ein Predigen übergegangen. Er fühlte sich jetzt wie ein Missionar. Jedenfalls diesen Heiden hier gegenüber. Und in seiner neuen Religion des Schmerzes waren sie hier allesamt Ungetaufte.

Das klingt aber äußerst mystifikatorisch, sagte Herr Schimmel anerkennend, der bei den Ausführungen des Herrn Apitt hellwach geworden war. Und er flüsterte darüber mit seiner Frau.

Ich verstehe überhaupt nichts, sagte Lucie nach einer Weile. Aber es ist schön gesagt, nicht wahr?

Für meinen Geschmack überschreitet das die Grenze zum Defaitismus, sagte der Direktor der Wasserwerke. Und schwitzte.

Valeska dachte darüber nach. Für sie war eher die Musik die Sprache der Seele. Aber sie mußte zugeben, das war mehr ein unbestimmtes Gefühl im Innern. Der Schmerz war da deutlicher.

Leiden Sie immer noch an Ihrem Zahnschmerz? fragte sie Herrn Apitt.

Ja, aber natürlich, sagte Herr Apitt fast freudig. Das war überhaupt der Beginn meines Systems.

Es waren jetzt schon vier, fünf Jahre her, seitdem sie den Herrn Apitt kannte – so lange kann kein Mensch Zahnschmerzen haben, auch nicht mit den verrottetsten Zähnen, dachte sie. Der Apitt litt nicht an den Zähnen. Er litt an der Zeit. Das war es.

Ich komme nicht ganz hinter Ihr System, sagte Wondrak, ich möchte nicht als respektlos gelten, aber ich erlaube mir die Frage: Soll das so eine Art Esperanto für den Schmerz sein?

Der Blick Apitts traf ihn mit Verachtung. Sie dürfen es sich nicht so einfach machen, Herr Rechtsanwalt, mahnte er. Die neue Schmerzenssprache ist so einfach wie die Sprache der Bibel, nur daß sie nicht mehr mit ungenauen Bildern und Beschreibungen arbeitet. Eine mathematische Formel ist für den Nichteingeweihten eine Anhäufung von Ziffern und Buchstaben und Plus- oder Minuszeichen, für den, der sie versteht, ist sie ein Kosmos. Meine Grammatik des Schmerzes ist Kosmos und Wahrheit zugleich. Die

Schmerzenssprache ist eine erlebte, eine erfahrene, eine erlittene Sprache, die man nicht lernen kann wie das Alphabet in der Schule, man erlernt sie durch Erleiden.

Valeska wehrte sich: Es preßt mir das Herz zusammen, Herr Apitt, wenn ich daran denke, wie meine Tochter jetzt leidet. Aber Ihr Zahnschmerz läßt mich völlig kalt. So ist es in Wirklichkeit, Herr Apitt.

Apitt fühlte sich, wie jeder Missionar, mißverstanden. Aber es machte ihm nichts aus. Lächelnd sagte er: Den Schmerz des andern verstehen Sie erst, wenn Sie den eigenen Schmerz nicht mehr abwehren, sondern annehmen, Frau Valeska. Schmerzen sind Signale der Seele. Wenn wir den Schmerz besitzen, ich sage ausdrücklich besitzen, weil er ein kostbares Gut ist, dann sind wir der Seele und den Mysterien nahe. Schmerzen sind keine Geißel, sondern eine Gnade Gottes.

Er zog jetzt doch ein Taschentuch hervor und hielt es an die Wange, wobei er so lange an dem faulen Zahn im Oberkiefer sog, bis er das Blut schmeckte. Der Gesichtsausdruck von Apitt war eigentümlich hart, soweit das Valeska erkennen konnte. Es sah wirklich so aus, als ob er neben dem körperlichen Schmerz noch einen anderen Schmerz herbeiflehte, der ihm Zugang zu seiner Seele verschaffen sollte.

Herr Schimmel ging auf Apitt zu. Ach, bitte kommen Sie doch am Sonntag zu uns zum Essen, sagte er. Sie müssen uns mehr über diese neue Sprache erzählen, das interessiert uns sehr. Es gibt Ziegenlamm, meine Frau hat es bei einem Bauern gegen eine goldene Halskette eingetauscht. Sie brauchen auch keine Fleischmarken mitzubringen.

Das ist mir zu wirr, dachte Wondrak, aber er schwieg. Doch irgend etwas Wahres schien ihm an Apitts Sätzen dran zu sein. Immer wenn ihn eine *schmerzliche* Sehnsucht überkam nach etwas, was er sich nicht eingestehen wollte, fing er an, mit sich selbst zu reden, oder er suchte jemand, mit dem er darüber reden konnte, aber dann redete er mit dem andern doch über etwas ganz anderes. Er zeigte einen Schmerz vor, um einen anderen, tieferen damit zu verstecken.

Und Valeska dachte: Ja, vielleicht ist es so. Im Schmerz bete ich zu Gott. Je größer der seelische Schmerz, um so näher bin ich Gott. Sie klappte den Tastendeckel auf und begann leise eine Melodie zu spielen, mit einer Hand.

In diesem Land ist immer jemand, der Gott oder die Seele entdeckt, sagte der Direktor der Wasserwerke und schüttelte verständnislos den Kopf. Er entschied sich jetzt doch zu gehen. In diesem Haus hatte er schon einmal mit einer Person gesprochen, die aus dem Fluß die Zukunft voraussagen wollte.

Lucie verstand nicht, was der Apitt meinte, so sehr sie sich auch mit ihrem Verstand darum bemühte. Aber sie ahnte etwas davon. Sie sagte: Da muß schon was Wahres dran sein. Der Erzpriester hat geweint, als sie die Glocken vom Turm heruntergeholt haben, und das ist ein Schmerz, der aus der Seele kommt.

Wie wird es sein, fragte Valeska, wenn erst einmal alle Glocken aus allen Kirchen verschwunden sind?

Es gibt ein altes Gleiwitzer Sprichwort, sinnierte der Apitt: Eine Zeit ohne Glocken ist eine Zeit ohne Glauben.

Es gab Augenblicke, da konnte der alte Apitt sehr alt aussehen. Jetzt aber sah er ganz jung aus.

39

Glaube ein Klingeln vernommen zu haben! Mit dieser im tiefsten Baß geäußerten Feststellung ernüchterte der Direktor der Wasserwerke, der sich nun entschlossen hatte zu bleiben, die andern. Sie hatten das Klingeln nicht gehört. Jeder war so sehr mit dem beschäftigt, was der Herr Apitt gerade erklärt hatte, daß sie nicht einmal die böse Fee Carabossa bemerkt haben würden, wenn sie Einlaß begehrt hätte. Valeska warf ihrem Bruder über die Rosen hinweg einen ängstlichen Blick zu. Seitdem Halina verhaftet worden war, weckte die geringste Abweichung von der Gewohnheit ihren Argwohn. Wer konnte um diese Zeit noch zu ihnen kommen? Es hatte sich jedenfalls niemand angemeldet.

Das wird Tante Lucie-in-Klammern-Lanolin sein, sagte Lucie (Widera) spöttisch. Es würde mich nicht wundern! Die hat herausbekommen, daß hier Nachwuchs erwartet wird und lädt sich selbst über die Osterfeiertage bei uns ein...

Pssst! machte Valeska. Wenn wirklich draußen jemand vor der Tür stand, würde er noch einmal klingeln. Da es aber ruhig blieb, sagte sie, Lucies Faden aufnehmend: Das trau ich der zu! Wie oft hab ich ihr schon gesagt, sie soll eine Karte schreiben, wenn sie auf Besuch kommen will... Es ist ja gar kein Platz da für sie.

Es wird wohl nichts gewesen sein, sagte Wondrak nebensächlich. Und tat, als hegte er besonderes Interesse für den Plan des neuen Oder-Weichsel-Kanals, den der Direktor mit einiger Leidenschaft und in vielen Substantiven entwarf. Wasser war seine Berufung. Und er war glücklich, daß sich jemand dafür interessierte. Auf diese Weise kamen sie auch am raschesten von des Herrn Apitt Schmerz-Thema weg. Aber Wondrak wartete nur, bis auch die andern zuhörten, dann stand er unauffällig auf und ging, so als ob er doch mal nach draußen sehen müßte, aus dem Zimmer. Hinter Irmas Tür schien alles ruhig. Er ging bis zur Haustür, aber mehr, um sich selbst zu beruhigen, denn er dachte wirklich keinen Moment daran, es könnte jemand vor der Tür stehen und warten. So war Wondrak fast erschrocken, als er die Tür öffnete und einen

Jungen davor stehen sah. Er hatte das Gesicht noch nie gesehen, aber es sah genau so aus wie von jemandem, der nicht ein zweites Mal an der Tür klingeln würde. Also nicht wie die Gesichter der Pimpfe, die klingelten und nach Altpapier oder Spinnstoff fragten oder für die NSV oder das WHW sammelten, und die nicht zögerten, wenn man nicht gleich öffnete, erneut und stürmischer zu klingeln und mit der Sammelbüchse zu rasseln. Das Gesicht dieses Jungen dagegen sah traurig, müde und passiv aus.

Hast du geläutet? fragte Wondrak noch immer überrascht.

Der Junge nickte nur. Er wischte sich das verklebte Haar aus der Stirn und sagte leise mit starkem polnischen Akzent: Ich bitte sprechen Pan Doktor Wondraschek.

Ja, das bin ich selbst, sagte Wondrak zögernd und jetzt argwöhnisch geworden. Er sah sich den Jungen genauer an. Er war einfach und ordentlich angezogen, mit schwarzen Kniehosen und schwarzen Kniestrümpfen und einer dicken Jacke, die für diesen schwülen Nachmittag zu warm war. Er schätzte ihn auf vierzehn, fünfzehn Jahre, vielleicht sogar jünger, das müde, traurige Gesicht ließ ihn älter aussehen. Der Junge holte ein graues Stück Papier aus der Hosentasche heraus, das zusammengefaltet und leicht zerknüllt war. Er versuchte es zu glätten, bevor er es übergab, und Wondrak sah, daß es ein verschlossener Briefumschlag war, mit seinem Namen und seiner Adresse drauf. Es war sein alter Name, den er schon seit 1939 nicht mehr trug. Und während er beunruhigt den Brief öffnete, fragte er den Jungen: Wo kommst du her?

Aus Katowice, sagte der Junge. Er sprach den Namen der Stadt polnisch aus. Es waren nur fünf Zeilen in dem Brief, Wondrak überflog sie mit einem Blick. Er legte den Umschlag wieder zusammen und steckte ihn hastig ein.

Komm erst mal zu mir, sagte er zu dem Jungen. Er sprach leise, als ob der Brief ihn zu dieser Vorsicht gemahnt hätte. Ich wohne im Gartenhaus, aber bitte leise, wir haben eine Kranke im Haus.

Er ging voran und zog den Jungen an der Hand, die sich weich und heiß anfaßte. Er schob ihn gleich in den Flur des Gartenhauses und lauschte nach draußen, ob sie vielleicht jemand gehört hatte. Der Junge blieb in der Tür zu Wondraks Zimmer stehen, weil er nicht wußte, wohin er zuerst gucken sollte und wohin er mit seinen groben Schuhen treten durfte. Es war, als ob die Anhäufung der Möbel, Pflanzen und Gegenstände, die ihm das vergehende Licht und eine leicht verzerrte Perspektive als ineinander verschachtelt vorzeigten, ihm den Eintritt versperrte. Willi rückte ihm einen Sessel hin, aber er mußte den Jungen bei der Hand nehmen und ins Polster drücken, sonst hätte der sich nicht von der Stelle gerührt. Auch jetzt blieb er ganz vorn auf der Kante sitzen, halb überwältigt von dem Durcheinander, halb sprungbereit. Seine mageren bläulich-weißen Knie ragten spitz in die Luft. Wondrak ließ sich von ihm erzählen. Auf polnisch, weil er ihn so besser verstand.

Der Junge hatte noch nicht lange gesprochen, stockend und mit Pausen, als Wondrak das Gartenhaus verließ und für einen Moment hinüber in den Klaviersalon ging. Ihm war auf einmal bewußt geworden, daß seine Abwesenheit auffallen müßte und er wollte verhindern, daß seine Schwester ihn suchen käme und ihn hier mit dem fremden Jungen ertappte.

Valeska war tatsächlich unruhig geworden, aber Irmas wegen. Willi winkte sie heraus in den Flur, denn was er zu sagen hatte, ging nur sie etwas an. Er erklärte ihr flüsternd, was geschehen war.

In diesem Haus kann man nichts verstecken, hier haben die Wände Ohren, hier stolpert man sogar über eine Stecknadel, sagte Valeska und drehte ihren Kopf in Richtung von Irmas Tür.

Es geht nicht ums Verstecken, sagte Wondrak. Es ist Besuch aus Kattowitz da, ein Sohn der Bielskis. Du erinnerst dich?

Valeska wollte sich nicht erinnern. Sie wollte keinen Polen im Haus, auch wenn es ein Kind war. Und der Vater verhaftet! Vor zwei Tagen hätte sie noch gesagt, irgend etwas muß dran sein, wenn sie jemand verhaften, aber nach dem, was mit Halina geschehen war, dachte sie anders. Seitdem war aber auch ihre Angst größer geworden.

Und jetzt ist er bei dir im Gartenhaus? Bist du von Jesus Christus und allen Heiligen verlassen? Sie lief in den Garten und ließ jede Vorsichtsmaßnahme außer acht.

Wenig später war sie es, die in der Küche eine Brühe aus Maggiwürfeln zubereitete und ein ganzes Ei hineinquirlte. Sie hoffte nur, Lucie würde nicht gerade jetzt aus dem Klavierzimmer kommen und Fragen stellen.

Und weshalb sie seinen Vater verhaftet haben, hat er nicht gesagt? fragte Valeska.

Wondrak zuckte mit den Schultern. Er hat sich politisch nie betätigt, soviel ich weiß. Früher jedenfalls nicht. Er konnte nicht mehr als Rechtsanwalt arbeiten, obwohl er Volksgruppe III beantragt hatte. Aber bis zuletzt war er Rechtshelfer in der Harrassowitz-Kanzlei gewesen.

Du bringst uns alle in Gefahr. Ich sehe noch, wie sie einen nach dem andern von uns abholen. Sie schnitt eine Scheibe Brot vom Laib und legte sie neben den Teller mit der Brühe.

Aber, Valeska, das ist ein Kind! Er kann von zu Haus weggelaufen sein. Mit vierzehn sind wir alle mal von zu Haus weggelaufen. Niemand wird deswegen Verdacht schöpfen.

Nein, der Junge muß noch heute weg! Er bekommt jetzt was zu essen... der Ärmste, seit zwei Tagen unterwegs und nichts gegessen... Doch sie unterdrückte ihr Mitleid sofort wieder: Ich gefährde meine Kinder, wenn er hier bleibt. Gib ihm etwas Geld, er soll einen Zug nach Kattowitz nehmen, und wenn keiner mehr fährt, soll er irgendwie mit der Straßenbahn weiterkommen.

Valeska! Es ist ein unschuldiges Kind von vierzehn Jahren. Denk daran, heute ist Karfreitag!

Valeska ließ den Löffel fallen. Sie bückte sich, weil sie nicht wollte, daß ihr Bruder jetzt ihr Gesicht sah.

Dann gingen sie beide zum Gartenhaus. Willi paßte auf, daß ihnen niemand begegnete.

Der Junge hatte inzwischen seine warme Wolljacke ausgezogen. Darunter trug er ein Hemd, das ihm offensichtlich zu groß war, denn er hatte die Ärmel dreimal umgeschlagen. Als Valeska ihn zu dem kleinen runden Marmortischchen führte, wo sie den Teller mit der Suppe abgesetzt hatte, zeigte er ihr ein Gesicht, als habe er soeben einen Blick ins Paradies geworfen. Sie sahen ihm beide schweigend zu, wie er aß, wie er sich mit dem Hemd den Schweiß abwischte. Sein Gesicht veränderte sich zusehends. Es drückte Anspannung, Energie, Wachheit aus, und Wondrak erkannte nun auch eine Ähnlichkeit mit den Bielskis.

Ich sag ja nicht, daß er heute nacht noch weg muß, sagte Valeska. Aber im Haus kann er nicht bleiben. Es ist zu gefährlich. Und sie überlegten, wo sie ihn unterbringen könnten für eine Nacht. Aber während sie noch Namen von Verwandten und Bekannten aufzählten, merkten sie, daß ihnen niemand helfen würde.

Ich habe alles bedacht, sagte Willi. Ich könnte morgen mit ihm nach Ziegenhals fahren und ihn dort in einem Landschulheim unterbringen. Da kommen jetzt viele Kinder der Wolhyniendeutschen hin, da fällt er nicht auf. Und ich rede darüber mit dem Doktor Henrici von der Anwaltskammer in Kattowitz.

Aber wo soll er diese Nacht schlafen? widersetzte sich

Valeska, die an Halina dachte. Und morgen früh, wenn du mit ihm weggehst? Hier bleibt doch nichts geheim. Was wissen wir, ob die Schimmels nicht als Spitzel zu uns reingesetzt worden sind, man ist heute nicht einmal mehr im eigenen Haus sicher...

Sie tat, als sei der Junge nicht mehr im Zimmer, weil sie nicht wußte, wie sie sonst mit ihrem Bruder darüber reden konnte. Schließlich konnten sie nicht vor die Tür gehen und draußen verhandeln.

Er könnte hier in einem Sessel schlafen, oder bei Josel im Zimmer.

Mein Gott, du bist Rechtsanwalt! Nach diesem Ausruf senkte sie gleich wieder ihre Stimme. Mußte sie ihn erst an Halina erinnern! Ich weiß nicht, was du für juristische Finessen anwenden kannst, aber denk daran, daß es erst gar nicht soweit kommen darf.

Sie flüsterten miteinander. Sie konnten nicht wissen, daß der Junge, solange er denken konnte, nur im Flüstern die Wahrheiten erfahren hatte, niemals in den lauten Reden. Also achtete er auch jetzt besonders auf das, was sie sagten.

Ich kann im Schuppen schlafen, sagte er aus seinem Sessel, in dem er jetzt nach hinten gesunken war.

Wondrak rückte auf der Konsole drei Glaskugeln in ein bestimmtes Verhältnis zueinander. So gefiel ihm die Anordnung besser. Es kann keine Rede davon sein, sagte er und schlängelte sich zum Fenster. Du kannst hier auf dem Teppich schlafen, oder bei meiner Schwester. Für eine Nacht wird es schon gehen.

Im Klaviersalon geht es auf keinen Fall! Wenn das bei Irma mit der Geburt nicht bald losgeht, werden die alle im Salon sitzen bleiben und warten. Vorher geht bestimmt niemand schlafen. – Was für einen Schuppen meint er denn? fragte Valeska ihren Bruder.

Meinst du den Geräteschuppen hinten im Garten? Und

als der Junge nickte, sagte er: Wie kommst du denn darauf?

Weil ich vorhin schon drin war, sagte der Junge ruhig. Er hatte damit gerechnet, daß sie ihn gleich wieder wegschicken würden. Aber nun hatte er eine Brühe bekommen und ein Stück Brot dazu. Und der Herr Doktor und seine Frau hatten ihn sogar angehört. Das war mehr, als er erwartet hatte.

Nachdem ich die neue Adresse bekommen habe, bin ich hergegangen, weil aber auf der Tür der Name Piontek stand, wußte ich nicht, ob ich richtig war, deshalb hab ich erst mal die Umgebung ausgekundschaftet und mir den Schuppen im Garten angesehn. Und ich hab gedacht, wenn ich niemand finde, übernachte ich dort und suche morgen früh weiter, sagte er auf polnisch.

Valeska verstand nur einen Teil. Ich denke, es ist das beste so, sagte sie hastig. Sobald es dunkel ist, Willi, bringst du ihn in den Schuppen. Ich könnte nicht eine Minute ruhig schlafen, wenn er im Haus bliebe. Gib ihm ein paar alte Säcke aus dem Keller mit, die können wir dort gelagert haben. Es ist ja jetzt Gottseidank auch nicht mehr so kalt.

Ich gebe ihm eine Decke von mir, sagte Wondrak. Er wollte sich nicht vor seiner Schwester anmerken lassen, daß er es im Grunde nicht richtig fand, den erschöpften Jungen draußen im kalten Geräteschuppen übernachten zu lassen. Es könnte schließlich irgendein Verwandtenbesuch sein, das würde niemandem auffallen.

Nach der Geschichte mit Halina habe ich zu große Angst, sagte Valeska. Sie sah an dem Jungen vorbei und ihr Blick blieb an einem Kristall-Pokal hängen, den sie vorher bei ihrem Bruder noch nicht gesehen hatte. Ist das neu? fragte sie. Sie nahm den Pokal aus der Vitrine und da es ihr nicht hell genug im Raum war, schaltete sie eine der zahlreichen Lampen ein. Sie betrachtete ihn jetzt genauer im Licht, prüfte den Schliff und ließ die Reflexe funkeln. Sie wollte auch damit zeigen, daß der Junge nicht ganz so wichtig war, wie sie es sich in den letzten Minuten vorgemacht hatten.

Ja, sagte Wondrak. Ich hab sie vom Dobschinsky, der hat auch in diesen Zeiten immer noch seine Quellen. Es gibt wahrscheinlich ein paar Leute, die so etwas verkaufen müssen.

Er trat neben seine Schwester. Schlesische Glashütte, Riesengebirge, etwa um 1740, mit Bandelwerk-Dekor im Hoch- und Tiefschnitt. Es gab damals nur eine Handvoll Glasschneider, die das machen konnten... Ist das nicht ein Prachtstück? So etwas gibt es sonst nur im Museum.

Er nahm seiner Schwester den Pokal aus der Hand und bewunderte beglückt das reichhaltige Ornament. In der Art, wie er das Glas jetzt festhielt und im Licht betrachtete, hätte man ihre verschiedenartige Einstellung zum Besitz charakterisieren können, zumindest zu so überflüssigen Dingen wie Gläsern, Kristallen, Glaskugeln, Miniaturen. Für seine Schwester waren das nur viel zu teure, tote Gegenstände.

Den Jungen hatten sie beinahe vergessen. Nichts wäre dem lieber gewesen. Auf seinem Sessel, die Beine leicht angezogen, umstellt von kostbaren Möbeln und anderen herrlichen Sachen, würde er es noch eine ganze Weile aushalten können.

Mit einer heftigen Bewegung stellte der Rechtsanwalt den Pokal aus Bleikristall in die Vitrine zurück. Er ging zu einer Kommode, öffnete eine Schublade und wühlte darin. Dann nahm er einen Pullover heraus und warf ihn dem Jungen zu.

Hier, zieh ihn über, der wärmt. Kannst ihn überhaupt behalten! Er konnte die mageren, grauen Knie nicht mehr ansehen.

Der Junge ruderte aus seinem Stuhl und nahm den Pullover dankbar an, obwohl er noch gar nicht wußte, was er mit ihm anfangen konnte; er war ihm viel zu groß. Aber er bekam so selten etwas geschenkt, daß er sich über jedes Geschenk freute.

Wie heißt du? Grzegorz? – Ab heute werden wir dich *Gregor* nennen.

40

Tonik war schon eine halbe Stunde vor Beginn der Vorstellung vor dem *Capitol*. Was es für Anstrengungen bedurft hatte, die Jungs loszuwerden. Dupka! Am Schluß war schließlich noch der Bronder übriggeblieben, der keine Anstalten machte, von seiner Seite zu weichen. Bei seiner Verabredung mit der Hedel Zock konnte er ihn am allerwenigsten gebrauchen. Tonik blieb stehen und erklärte ihm die Lage in aller Offenheit, Bronder war erst fünfzehn, aber in dieser Gegend verstand man so etwas schon mit zwölf. Deshalb, so schloß er die weitgehend erfundene Geschichte ab, muß ich mit der Hedel allein sein, kapiert?

Bronder hatte ihm mit traurigem Gesicht zugenickt, war ihm aber weiterhin gefolgt, wie ein Schatten. Als alles Reden nicht mehr half, kam schließlich heraus, daß Bronder einfach nicht wußte, wo er heute schlafen sollte. Nach Haus wollte er nicht. Der Großvater hatte die halbe Nacht nach seinem Schnaps gesucht und als er ihn nicht fand, den Bronder beschuldigt, ihn heimlich verkauft zu haben, und er hatte ihm gedroht, wenn er heute abend nach Haus käme und den Schnaps nicht mitbrächte, würde er ihm den *łeb ukrencić*.

Tonik konnte nur wenig Polnisch, aber das verstand er.

Bronder gehörte eine Zeitlang zu der Teuchertstraßen-*Ferajna*, weil er früher ganz in der Nähe, in der Ziegeleistraße, gewohnt hatte. Sein Vater war Einundvierzig in Rußland gefallen und die Mutter ein paar Monate später irgendeinem andern Mann ins Wartheland gefolgt, das Kind hatte sie bei den Großeltern in der Ratiborer Vorstadt zurückgelassen. Bronder fand dort keine neuen Freunde, und so ging er ein- oder zweimal in der Woche zurück in die Stadt, zu den Jungs von der alten *Ferajna*. Der Großvater lebte als Voll-Invalide von einer winzigen Rente, die ihm die Wohlfahrt zahlte. Ihm waren als Bergmann von einer Grubenlok beide Beine abgefahren worden, aber die Grubenleitung hatte sich geweigert, Entschädigung und Knappschaftsrente zu zahlen. Im Gegenteil, sie hatte behauptet, der Unfall sei selbstverschuldet, weil er betrunken gewesen sei, und sogar Schadenersatz für die beschädigte Lok verlangt. Er hatte dagegen geklagt, so lange, bis er nicht nur seinen letzten Pfennig, sondern auch den seiner Kinder ausgegeben hatte und zu allem Unglück in der letzten Instanz auch noch Unrecht bekam. Er war nie ein Trinker gewesen, aber damals hatte er angefangen zu trinken, und jetzt war er zum Säufer geworden. Da er sich keinen Schnaps leisten konnte, zog er in seinem Schrebergarten ausschließlich Zuckerrüben, aus denen er sich in irgendeinem Versteck – Bronder glaubte in einer alten Flüchtlingsbaracke am Ende von Richtersdorf – seinen Schnaps brannte. Er war beinahe das halbe Jahr lang hintereinander betrunken, von der Ernte bis zum Frühjahr, so lange die Rüben reichten.

Das alles bekam Tonik mühsam aus Bronder heraus.

Wenn er beschikkert ist, sagte Bronder, weiß er nicht mehr, was er tut. Als die *Starka* noch da war, hat sie ihn... na, so was wie gezähmt, aber seitdem sie tot ist, hat er keine Bremse mehr im Kopf. Ich hab einfach Angst, sagte Bronder ernst und ganz ruhig, daß ich ihn totschlage.

Jetzt wurde Tonik unwohl in seiner Haut. Dabei sah Bronder eher sanft und friedfertig aus.

Ich tu's, fuhr Bronder ebenso ruhig fort, wenn er noch einmal behauptet, daß ich nicht der Sohn des Joseph Bronder bin, Bremser bei der Deutschen Reichsbahn, gefallen 1941 in Rußland, sondern – wie er immer sagt – der *bankart* eines polnischen Landarbeiters, der jedes Frühjahr über die Grenze kam und dem meine Mutter eines Tages nachgelaufen ist.

Hör mal zu, sagte Tonik zu ihm. Geh jetzt nach Haus zu meiner Mutter, du weißt ja, wo der Schielok wohnt, und sag ihr, ich will, daß du in meinem Zimmer schläfst, diese eine Nacht, ich komme heute wahrscheinlich sowieso nicht nach Haus, und wenn, dann wird es ziemlich spät... Da leg' ich mich auf den Boden, macht nichts, habe Schlimmeres an der Front erlebt. Und morgen geh ich mit dir zusammen zu deinem Großvater und werde mit ihm reden, ja?

Bronder wäre wohl mit jedem Vorschlag zufrieden gewesen, wenn er nur nicht nach Haus zum *Starek* gehen mußte. Dieser Vorschlag gefiel ihm besonders, da könnte er noch etwas mit Schielok reden, oder mit Kotik. Als er sich aufmachen wollte, stand plötzlich der wilde Mönch neben ihnen. Sie hatten ihn beide nicht kommen sehen, weil sie so tief in Bronders Geschichte verstrickt waren. Der wilde Mönch war erst seit ein paar Tagen wieder in der Stadt, es hatte sich rasch herumgesprochen, sogar Tonik hatte davon erfahren. Aus welchem Grunde sie ihn diesmal im Lager festgehalten hatten, wußte niemand zu sagen, am allerwenigsten er selbst. Da er als festen Wohnsitz das Franziskaner-Kloster im Hüttenviertel angab, das aber von ihm nichts wissen wollte, und er tatsächlich in einer Hütte im Labander Wald hauste, konnte man ihn unter einem Vorwand jederzeit aufs neue einsperren. Der wilde Mönch, so schien es, hatte sich damit abgefunden, wenigstens wenn man nach seinem Gesichtsausdruck urteilen wollte; im Lager oder im Gefängnis kam er jedenfalls mit Menschen zusammen, die ihm willig zuhörten, was ›draußen‹ nur selten der Fall war. Und er hatte ihnen allen so viel aus dem Evangelium zu predigen.

Der Mönch begrüßte beide mit großer Herzlichkeit. Er roch nach Walnußöl, das offensichtlich auf seiner Haut ranzig geworden war. Seine alte Kutte fing an manchen Stellen an zu zerschleißen, vor allem unten am Boden, man sah es auf den ersten Blick. Vielleicht wurde sie überhaupt nur durch den Schmutz zusammengehalten.

Tonik holte eine Zigarettenpackung hervor und bot dem wilden Mönch eine an. Der ließ die Zigarette irgendwo in oder unter seiner Kutte verschwinden, so rasch, daß Tonik und Bronder gar nicht folgen konnten.

Ich habe mir das Rauchen schon lange abgewöhnt, sagte der wilde Mönch. Aber es gibt Leute, die hören sich meine Predigten nur an, so sie von mir etwas zu rauchen kriegen, also tausche ich mit ihnen eine Zigarette gegen eine Predigt.

Bei mir heute keine Predigt, sagte Tonik und zündete sich seine Zigarette an. Er hätte nach so langer Zeit nicht mehr sagen können, ob die Predigten des Mönches wirklich gut gewesen waren; wilde Predigten waren es auf jeden Fall. Sie waren mit denen, die in der Kirche von St. Peter und Paul von der Kanzel zum besseren Einschlafen vorgetragen wurden, nicht zu vergleichen. Der wilde Mönch war ein Prediger, der das, was er seinen Zuhörern sagte, miterlebte, in seinem Gesicht, in seiner Stimme, in seinen Bewegungen, ja mit seinem ganzen Körper. Und ein wenig teilte sich das auch seinen Zuhörern mit. Tonik erinnerte sich, wie sie ihn früher darum gebeten hatten, von der Hölle zu predigen, weil es dann wie ein Gewitter aus ihm brach und er unter Heulen, Klagen, Jammern, Schreien und Wimmern die Peinigungen der Hölle, wenigstens einige der harmloseren Art, vormachte, und bei den Jüngsten war tatsächlich ein Heulen und Zähneklappern, während die andern vor Vergnügen in die Hände klatschten. Inzwischen war der Mönch gealtert, man konnte es seinem Gesicht ansehen; die Bewegungen waren langsamer geworden, und die Stimme war von einem leisen Pfeifen begleitet.

Als der Mönch herausbekam, daß Bronder nicht nach Haus gehen wollte, fragte er nicht viel nach Gründen, sondern bot ihm gleich einen Schlafplatz in seiner Hütte im Labander Wald an, für eine Nacht! Er müßte es sich allerdings gefallen lassen, daß er ihn mit einer Binde über den Augen wie beim Blindekuh-Spiel durch den Wald führte, jedenfalls am Anfang, damit er später niemandem die Stelle zeigen könnte. Nicht weil er daran glaubte, er könnte ihn verraten wie Judas den Jesus Christus, aber es gäbe Mittel und Wege, ihn zum Verrat zu zwingen, er habe da so seine Erfahrungen. Tonik überließ die Entscheidung Bronder, der nicht lange zögerte, denn natürlich versprach er sich vom wilden Mönch ein größeres und aufregenderes Abenteuer als bei den Ossadniks.

Gehn wir, Junge, sagte er und gab Bronder einen Stoß, und ich werde dir von des Johannes wahrer und gar nicht mehr so schrecklicher Prophezeiung erzählen, die da vom Ende der Welt berichtet, und ich sage dir, weit sind wir nicht mehr davon entfernt, denn die Zeichen mehren sich, und bald werden Feuer und Sturm über die Landschaft rasen, die Tiere verenden, die Menschen fliehen über verschneite Felder, vereiste Flüsse, durch tote Städte, und der Teufel, der sie verführte, wird geworfen in den Pfuhl von Feuer und Schwefel, da auch das Tier und der falsche Prophet war und werden gequält werden... Komm, Junge, komm... da werden sie Tag und Nacht Schuldige und Unschuldige von Ewigkeit zu Ewigkeit und es wird ein Heulen und Zähneklappern...

Tonik verdrückte sich. Er ahnte jetzt, warum sie den Mönch immer wieder einsperrten. Wenn der dem Bronder das Predigen beibringt, beim heiligen Antonius von Padua, dachte Tonik, dann macht der aus ihm einen neuen Savonarola. Als er sich noch einmal umblickte, sah er die beiden am Ende der Straße. Der Mönch redete auf Bronder ein, blieb gelegentlich stehen, und dann gingen sie wieder ein Stück weiter. Es würde dunkel sein, bis sie in den Wald kämen, und er brauchte dem Bronder kein Tuch mehr um die Augen zu binden. Er hatte wohl auch gar keines dabei.

41

Anna hatte ihr Haar aufgelöst, es hing wie ein Gewebe über ihre Schultern. Sie stand im Unterrock vor dem Spiegel im Schlafzimmer und bürstete sich das Haar. Franz saß im Unterhemd auf dem Bett. Er schnüffelte an seinen Händen, weil die Seife einen unangenehmen Geruch verbreitete. Er betrachtete seine Frau, wie sie vor ihm stand, ihren Körper, der sich deutlich durch den Unterrock abzeichnete, die nackten Schultern, die Haare, die Bewegungen ihrer Arme. Es war für ihn eine Befriedigung, seine Frau anzusehen, sie einfach nur anzusehen; alles an ihr gefiel ihm, gefiel ihm immer noch, und sie kannten sich doch schon über fünfundzwanzig Jahre. Wenn er sich solche kostbaren Worte noch erlaubte, würde er jetzt sagen müssen: Ich liebe dich immer noch, Anna. Aber es war nicht die Sprache, in der sich einfache Leute in diesem Land unterhielten. Er sagte: Mein Gott, Anna, ich find dich immer noch schön...

Ach, was du da sagst, sagte Anna ernst und machte aus ihrem Haar einen Knoten. Ich bin eine alte Frau, ich bin über vierzig. Hier... sieh mal, lauter graue Strähnen. Sie übertrieb gern, um von andern das Gegenteil zu hören.

Du hast sechs Kinder, sagte Franz schwärmerisch, und

371

bist immer noch schön. Und ich werd immer klappriger. Das war ohne Vorwurf gesagt.

Anna rieb sich Hände und Gesicht mit Eau de Cologne ein. Sie hatte es gern, wenn es im Schlafzimmer gut roch. Und sie betupfte auch jene Stelle an ihrem Hals – nein, sie schmerzte nicht, aber sie kam ihr vergrößert vor.

Du weißt, daß ich ohne dich nichts bin, Franzek, sagte sie und roch an ihren Fingerspitzen.

Ach gib mir auch ein paar Spritzer, die neue Seife stinkt richtig.

Ein bißchen klapprig ist für einen Mann heutzutage ganz gut, sonst hätten sie dich längst zum Militär eingezogen. Es war ihre Art, von einer Sache immer die besten Seiten zu sehen.

Mein Haar, siehst du, kann gar nicht mehr grau werden. Franz strich sich mit der Hand über den Schädel, auf dessen Mitte nur mehr ein leichter Flaum wuchs. Wie das nur weitergehen soll?

Anna setzte sich zu Franz auf den Bettrand. Was ist denn? fragte sie. Hat dich das vorhin so aufgeregt, was der Kotik da vorgelesen hat? Mich auch, natürlich, mich noch viel mehr! Aber ich hab's schon wieder vergessen. Ich les vor dem Schlafengehen für uns beide noch die Legende von den heiligen Märtyrern Audifax und Abachum...

Nein, nein. Franz wehrte ab. Was der Kotik vorgelesen hat, die Beschreibung Oberschlesiens von diesem Rudolf Virchow, das interessiert mich viel mehr, das werde ich über Ostern lesen, wenn ich mehr Zeit hab'. Das wird schon so stimmen, wie es da geschrieben ist. Die haben uns im Reich immer vergessen. Mein Großvater hat gesagt, der Kaiser weiß nichts über Oberschlesien, außer daß es in den Wäldern des Fürsten Pleß noch Auerochsen zu jagen gibt. Und mein Vater hat in Scharley in einer Kohlengrube gearbeitet, die einem Herrn Arnhold in Berlin gehörte, der kam einmal im Jahr mit einem Vierspänner angefahren, besuchte seine Gruben und Kokereien, von denen er gar nicht wußte, wieviele er besaß, und schenkte dem Kaiser Wilhelm für seine Hofkünstler einen Park mit einer Villa und lauter Ateliers in Rom, und da fahren nun die feinen Künstler hin und malen italienische Landschaften, und einen Arbeiter aus den Arnholdschen Kohlengruben haben die nie gesehen.

Anna legte eine Hand auf Franzeks Knie. Pssst, machte sie, jetzt regst du dich auf! Laß uns davon aufhören. Wir leben in einer anderen Zeit. Du bist überhaupt so nervös geworden, Franzek, das gefällt mir nicht.

Ja, sie hatte es gespürt, obwohl sie doch so sehr mit ihren Romanen beschäftigt war. Und mit Schielok natürlich, der nicht mehr Schielok sein wollte.

Franz streckte seinen Rücken durch. Wieso kommst du darauf, daß ich anders geworden sein soll. Sieht man mir das an?

Das fühl ich.

Sie hatte es wirklich gefühlt, schon seit einiger Zeit. Die Bienen, sagte sie. Weißt du, ich merke, daß du keine Ruhe mehr bei den Bienen findest, so wie früher, dieses Jahr sind schon zwei Völker ausgeflogen, und du hast sie nicht wieder eingefangen. Das hat es bei dir noch nie gegeben.

Franz Ossadnik sah verwundert seine Frau an. Er hatte gar nicht gewußt, daß sie solchen Anteil an seiner Bienenzucht nahm. Sie war höchstens zwei- oder dreimal im Sommer zu den Bienen hinausgefahren, blieb aber stets in entsprechender Entfernung und sammelte lieber im Wald Beeren und Kräuter und Erika. Oder sie setzte sich ins Gras und las in ihren Büchern. Sie behauptete, sie habe süßes Blut und ziehe Mücken und Bienen an. Sie hatte überhaupt schreckliche Angst vor Insektenstichen. Als er einmal mit den Bienen nach Makoschau umgezogen war und sie ihm die Honigschleuder nachgebracht hatte, war sie tagelang danach durchs Haus gehinkt und hatte Füße, Hals und Schultern mit essigsaurer Tonerde behandelt. Aber er konnte nirgendwo einen Einstich sehen und war davon überzeugt, daß alles Einbildung gewesen war. Seither hatte sie jedenfalls seine Bienenstöcke gemieden.

Mit dem Schwarm, weißt du, das war etwas anderes... wollte Franz beginnen.

Aber das ist doch nicht so wichtig, sagte Anna. Sie strich mit der Hand prüfend über die Zudecke. Die Ziche ist ganz grau, stellte sie mit Bedauern fest. Dabei reib ich mir die Hände wund bei der Wäsche. Es gibt keine richtige Schmierseife mehr zum Einweichen, das ist es.

Irgend etwas beunruhigt dich, ob hier oder bei den Bienen, du bist anders in der letzten Zeit, ja! Sie war jetzt einfach neugierig, nichts weiter.

Anna, ich will schon seit Wochen mit dir darüber sprechen, aber es ist nicht ganz einfach. Ich weiß gar nicht, ob ich dir das überhaupt sagen darf. Seine Stimme war ruhig, leise und zugleich so deutlich, daß seine Frau jetzt wirklich unruhig wurde.

Mir sagen darf? Anna verstand ihren Franzek nicht. Er las kaum die Zeitung, und einmal in der Woche, wenn er seinen freien Tag hatte, blätterte er in einer Illustrierten, den Mitteilungen des Imker-Verbands und im Arbeitsfront-Kurier. Sie aber las Romane, jede Woche mindestens vier, und was sie alles aus den Romanen erfuhr, davon hatte ihr Mann keine Ahnung. Bei diesem Dominik erfuhr sie sogar, wie die Zukunft aussehen würde. Sie konnte sich einfach nicht vorstellen, daß es schlichtwegs etwas geben könnte, was man ihr nicht mitteilen dürfte.

Aber Franzek! Du weißt, daß ich immer hinter deine Geheimnisse gekommen bin, früher oder später.

Dabei konnte sie sich gar nicht erinnern, daß Franz einmal vor ihr Geheimnisse gehabt hatte. Franz war für sie ein Buch, das sie schon ein paarmal gelesen hatte und das keinerlei Überraschungen mehr für sie barg. Da war es mit den Kindern schon anders. Anna Ossadnik zog unter dem Kopfkissen die selbstgehäkelte Schlafjacke hervor.

Es ist so, Anna, sagte Franz und nahm ihre Hand fest in die seine. Es geht nicht darum, daß ich vor dir Geheimnisse habe. Ich bin da in eine scheußliche Sache hineingeschliddert und ich brauche einen Rat, ganz ernsthaft, wie ich da wieder herauskomme. Und ich weiß nicht, ob du mir in dieser Geschichte überhaupt helfen kannst. Ich belaste dich vielleicht nur damit. Kann uns jemand hören?

Nein. Anna wehrte ab. Kotik schläft und Andi ist in seiner Kammer. Und Tonik ist noch nicht zu Haus.

Ich wollte schon mit dem Herrn Rechtsanwalt darüber sprechen.

Mit dem Herrn Doktor Wondrak? Warum gerade mit ihm? Aber jetzt sag erst einmal, worum es sich handelt. Du spannst mich auf die Folter.

Sie stopfte die Nachtjacke wieder unters Kopfkissen und suchte nach etwas, was sie nicht finden wollte.

Du darfst mit niemandem darüber reden, bitte, versprich es mir.

Aber ja. Anna wurde ganz ungeduldig und wollte ihm schon die Hand entziehen.

Franz sah ihr nicht ins Gesicht, als er sagte: Ich habe mich freiwillig zur Wehrmacht gemeldet!

Bist du verrückt? sagte Anna rasch, als habe sie das schon vorher geahnt. Jetzt faßte sie ihn an der Hand. Und sagte heftiger, damit sie auch daran glauben konnte: Dich nehmen sie doch gar nicht, du bist viel zu alt und zu klapprig für die großdeutsche Wehrmacht! Sie machte eine Pause. Verzeih mir, sagte sie, aber es ist ja auch gut, daß du zu alt bist für den Krieg. Wir haben zwei Söhne im Krieg und einer ist gefallen, das müßte wohl für Adolf reichen! Franzek, das ist doch nicht dein Ernst...

Sie konnte es nicht glauben, daß jemand weg wollte von ihr.

Beruhige dich doch, Annuschka, und höre mir zu. Das ist es ja, man kann mit dir über solche Dinge nicht reden. Du bist gleich so aufgeregt.

Da soll man nicht aufgeregt sein, wenn du einem so etwas aus heiterm Himmel sagst. Gib mir einen Grund, warum du das getan hast! Oder sag mir, daß es nicht stimmt!

Anna, da ist eine Sache, mit der ich nicht fertig werde. Und ich hab vorhin schon gedacht, ob ich das nicht unserm Pfarrer Pattas beichten sollte.

Ach du gebenedeiter Herr Jesu! Anna überlief ein Frösteln. So hatte sie ihren Franzek noch nie erlebt. Erst der Rechtsanwalt, jetzt der Herr Pfarrer. Sie war ganz angefüllt von Mitleid; es war das einzige Gefühl, das sie jetzt für ihren Mann aufzubringen imstande war.

Die Pause dauerte länger als beabsichtigt. Franz setzte zweimal an. Er wußte nicht, wie er beginnen sollte. Dabei hatte er sich diese Situation schon einige Male vorgestellt, und er hatte, oben auf dem Tender, solche Sätze vor sich hingesprochen; er mußte einmal mit Anna darüber reden.

Die Züge, Anna, die ich seit einiger Zeit fahre, das sind Güterzüge voll mit Menschen. Aus ganz Deutschland, aus Frankreich, aus Holland, ich übernehme sie meistens hier am Rangierbahnhof oder in Heydebreck, wo die Bahnlinien zusammenkommen... Ich fahre sie nach Birkenau, das ist ein großes Konzentrationslager. Es sind alles Juden... Sie sind tagelang unterwegs. Wenn wir im Lager ankommen und sie machen die Türen auf, weißt du, es sind alles Viehwaggons und sie stopfen die Menschen einfach rein, wenn sie also die Waggons aufmachen, fallen immer ein paar Tote heraus. Ich muß dort an der Rampe warten, bis die Waggons gesäubert sind, und dann fahre ich die leeren Waggons wieder zurück. Es ist schrecklich, Anna, das anzusehn.

Juden... sagst du? Woher weißt du, daß das Juden sind?

Sie alle tragen noch den Judenstern auf ihren Mänteln. Und gestern hab' ich den Zugführer gefragt, von dem ich den Transport übernommen habe, und er hat mir gesagt, er ist mit ihnen von Drente-Westerbork unterwegs. Mit Juden aus Holland und Belgien.

So viele Juden gibt es doch gar nicht. Die sind doch alle ausgewandert.

Seit einem halben Jahr geht das schon so. Und ich denk, Anna, daß das eine große Sünde ist, was sie da machen. Und ich auch... Ich hab' immer gelesen, daß die Juden im Osten angesiedelt werden sollen. Aber wenn du das siehst, wie sie mit nichts ankommen, mit einem Koffer und mit zwei Schlafdecken, das ist alles, was sie haben... Die hatten doch gewiß auch mal so etwas wie wir, eine Wohnung, Möbel, Kleider, ein Radio... Ich fühle mich irgendwie mitschuldig, daß sie da hinkommen... Man spürte an seiner Stimme, daß er schon häufiger darüber nachgedacht hatte. Die Pausen zwischen den Sätzen waren immer länger geworden.

Sie schicken die Juden in die Rüstung. Ich hab's gelesen, sagte Anna. Nachdem es jetzt im Westen die Fliegerangriffe gibt, ist Oberschlesien die Waffenschmiede Deutschlands, überall hier. Sie sagte es, weil sie es in den Zeitungen gelesen hatte.

Ich habe gehört, es sollen mehrere Lager in Birkenau sein, sagte Franz langsam, da ist viel Platz. Die sterben dort wie die Fliegen. Jeden Tag werden welche verbrannt. Man riecht es manchmal.

Aber wenn du das nicht machst, fährt ein anderer die Züge, Franz, bedenke das. Du bist nun mal Lokführer. Sonst kommst du an die Front.

Ich hätte nicht in die Partei eintreten sollen. Sie nehmen für diese Transporte nur Parteigenossen.

Wann hast du den Brief abgeschickt? fragte sie.

Was für einen Brief? Franz begann die Ecke eines Kissens zu kneten.

Na, daß du dich freiwillig gemeldet hast. Ich weiß nicht, warum du damit nicht gewartet hast, bis wir darüber gesprochen haben. Du redest doch sonst mit mir über alles.

Immer hatte sie die Entscheidungen getroffen. Wie konnte er nur diesen Brief schreiben ohne ihr Einverständnis. Es kränkte sie, daß er sie vorher nicht gefragt hatte. Wenn sie länger darüber nachdachte, ärgerte es sie sogar.

Heute, sagte Franz. Als ich mich im Werk umgezogen hab', da hab' ich mich hingesetzt und den Brief geschrieben, und ihn auch gleich eingesteckt. Weil ich doch wußte, wenn ich mit dir darüber rede, dann würde ich ihn niemals wegschicken. Und vielleicht würde ich ihn gar nicht mehr schreiben wollen. Aber glaub mir, seit einiger Zeit denke ich schon daran, den Brief zu schreiben, nachdem sie mir eine Versetzung abgelehnt haben. Ich weiß nicht mehr, wie lange ich das mitmachen kann.

Er boxte jetzt in das zerknüllte Kopfkissen, legte sich auf den Rücken und starrte hilflos die Decke an: Da ist nämlich etwas passiert, Anna, und ich dachte, jetzt mußt du es tun, wenn du es jetzt nicht tust, dann tust du es nie mehr, dann gewöhnst du dich vielleicht daran. Jetzt mußt du es tun, und am Abend mit Anna darüber reden – aber erst hinterher. Du mußt mich verstehn, Anna.

Und als Anna schwieg, sprach er weiter, immer noch auf die Decke starrend, die langsam zu schwanken begann. Gestern bekam ich in Kattowitz einen Waggon zurangiert, das passiert oft, das ist nichts Besonderes, ich fahre manchmal mit sechzig Waggons in das Lager Birkenau ein. Als sie die Türen aufmachten, da sah ich, in dem Waggon waren Juden aus Gleiwitz. Ich habe den Herrn Karpe erkannt, vom Wäschegeschäft am Ring, wo wir manchmal einkaufen waren, und dann die Frau Grünpeter und ihren Mann, die das Kolonialwarengeschäft... Und dann hab ich den Herrn Sanitätsrat Blumenfeld gesehen, ich hab sie nicht gleich erkannt, weißt du, wir haben sie ja ein paar Jahre schon nicht mehr gesehn, und ich hab den Herrn Sanitätsrat gefragt, ob er wirklich der Herr Sanitätsrat Blumenfeld sei, und wirklich, er ist es gewesen, und er hat gesagt, sie seien gestern aus Gleiwitz abgeholt worden und hätten eine Nacht im Gestapogefängnis in Kattowitz zugebracht, wo sie gesammelt wurden, und jetzt sollten sie in ein Familienlager kommen.

Franz hatte das Gefühl, als würde die Decke auf ihn herunterstürzen. Er richtete sich auf und knipste auch die andere Nachtlampe an. Hast du einen Schnaps, Mamotschka? Mir ist ganz flau, ein Schluck Schnaps würde mir jetzt bekommen.

Anna begann ihren Zopf wieder aufzulösen. Ich hab noch einen Schnaps, aber heute ist Karfreitag, Franz!

Hör zu, und der Herr Sanitätsrat Blumenfeld hat mich gebeten, ich soll zum Herrn Justizrat Kochmann in die Niederwallstraße gehen und ihm sagen, wo sie hingebracht werden.

Anna fing noch einmal von vorn an, ihr Haar zu bürsten. Ihre Armbewegungen waren dabei so heftig, als kämpfe sie mit jemand Unsichtbarem.

Nein, das tust du nicht, sagte sie keuchend. Ich bringe dir jetzt einen Schnaps, ja. Damit ging sie in den Flur, holte den Schlüssel für die Speisekammer und zog aus einem Versteck, das nur sie kannte, eine Flasche hervor. An ein Glas dachte sie nicht. Aus dieser Flasche trank sowieso nur Franzek. Sie mußte nur darauf achten, daß er sie nicht allzu lange behielt.

Als sie zurückkam, saß Franz im Stuhl. Er hatte die Deckenlampe eingeschaltet. Etwas mehr Licht würde ihn beruhigen. Und vor allem würde sich die Decke nicht mehr hin und her bewegen wie vorhin im Halbdunkel. Annas Gesicht war bei diesem Licht noch blasser als vorher.

Auf keinen Fall gehst du zu dem Juden hin! sagte Anna. Das spricht sich herum in der ganzen Stadt. Mein Gott! Es könnten die andern davon erfahren.

Das war wirklich etwas, was nur sie beide anging.

Franz nahm jetzt einen Schluck, und obwohl es nur ein kleiner Schluck war, spürte er, wie der Schnaps sich in seinem Inneren heiß ausbreitete. Er atmete tief durch, als müßte er eine Weile ohne Luft auskommen.

Ich gehe nicht hin, sagte er. Nein, nein, bestätigte er es sich noch einmal. Aber er wußte in diesem Augenblick nicht, ob er sich daran halten würde. Ganz tief, ganz unten, sagte ihm etwas, daß es vielleicht seine Pflicht sei, den alten Justizrat Kochmann zu benachrichtigen. Ich überlege, sagte er langsam, ob ich es ihm nicht einfach in einem anonymen Brief schreiben sollte.

Nein, halt dich da raus. Laß das mit den Juden, flüsterte Anna jetzt, weil es besser war, über Juden nicht laut zu sprechen. Ich dachte, alle Juden sind weg. Ich habe schon lange keinen mehr gesehn. Es heißt doch, sie werden alle in Polen angesiedelt.

Jetzt nahm sie selbst einen Schluck aus der Flasche. Ihr fiel ein, daß sie seit langem nicht mehr an die Juden, die sie kannte, gedacht hatte. Der Sanitätsrat Bermann, bei dem sie vor ihrer Heirat in Stellung gewesen war, war nach Berlin gezogen, zu seinem Sohn, und ist dort gestorben. Die Lustigs waren nach Chile ausgewandert, die Hanna... mein Gott, jetzt erinnerte sie sich nicht einmal mehr an den Nachnamen, mit der sie zusammen einen Kursus in Weißnähen genommen hatte, nach Palästina, und die Leschziner sollen in Brasilien reich geworden sein. Sie hatten ja auch einmal daran gedacht auszuwandern, als Franzek so lange arbeitslos gewesen war, nach Australien. Aber für sie wäre es schwer geworden, denn sie würde niemals eine fremde Sprache erlernen, damit fing es schon an. Das war bei den Juden anders, die konnten sich eher anpassen, sie waren ja meist aus Polen oder Rußland hergekommen und hatten sich schon hier angepaßt, und sie lernten Sprachen auch viel leichter.

In jedem Fall war dein Brief ein Fehler. Du hättest einen Antrag stellen sollen, damit sie dich woandershin versetzen.

Ich habe es ja versucht, ich habe mich krank gemeldet, aber sie haben mich immer wieder eingeteilt. Ich bin Parteimitglied, das ist es.

Es klang wie ein Vorwurf, den Anna auf sich bezog: Aber wir wollten doch nur, daß Ulla studieren kann und ein Stipendium kriegt. Frau Piontek wollte das beste, du weißt es. Und aus Ulla ist ja schließlich auch etwas geworden.

Sie ging jetzt zu ihrem Mann und legte ihm die Hände auf die Schultern. Wir müssen mit dem Herrn Rechtsanwalt reden, du hast recht. Vielleicht weiß der einen Ausweg. Ich meine, wegen dem Brief. Daß man den irgendwie für ungültig erklären kann.

Sie tat so, als dachte sie nach. Sie war jetzt schon viel ruhiger geworden. Einem Rechtsanwalt müßte etwas einfallen, er wurde dafür bezahlt. Ihren Franz würde sie sich was kosten lassen. Die Männer der meisten Frauen in ihrem Viertel waren an der Front. Sie hatte Glück gehabt, bisher. Ihr Mann war inzwischen Oberlokführer geworden und er war zu Haus. Und nur langsam begann ihr zu dämmern, daß vielleicht ein Zusammenhang bestehen könnte zwischen der Tatsache, daß ihr Mann nicht eingezogen wurde und an der Front kämpfen mußte und daß er als Lokomotivführer die Transporte in die Lager fuhr.

Franz schwieg. Er schob Anna leicht zur Seite und

nahm einen neuen Schluck aus der Flasche, aber der Schnaps schmeckte ihm nicht, nur die Hitze in der Kehle berührte ihn angenehm. Ich komme sowieso bald dran, sagte er. Die ziehn jetzt alles ein, was einigermaßen gesund ist. Du hast doch gehört, wir haben den totalen Krieg. Da werden eines Tages die Frauen die Loks fahren müssen.

Eigentlich war es ihm gleichgültig. Er mußte ohnehin bei jeder Fahrt damit rechnen, mit seiner Lok in die Luft zu fliegen, auch wenn sie seit einiger Zeit mit einem Leerwagen vorausfuhren. In Rußland passierte das jeden Tag irgendwo; jetzt fingen die Partisanen auch schon in Polen an.

Ja, aber man muß sich wehren, sagte Anna. Man muß es wenigstens versuchen. Ich gehe morgen zum Doktor Wondrak, da läßt sich schon was machen. Du bist unabkömmlich!

Sie nahm die Flasche und stellte sie auf den Nachttisch. Ich habe sowieso alles in diesem Haus entschieden, sagte ihr Gesicht.

Dann werd ich weiter diese Transporte fahren müssen. Und dieses Elend mitansehen. Lieber Gott vergib mir! Er ging zum Schalter und löschte das Deckenlicht. Er hielt es immer noch für richtig, zum Pfarrer zu gehen, vielleicht würde ihn die Beichte erleichtern. Er umarmte seine Frau.

Sieh nicht hin, Franzek, sagte sie. Überall ist heutzutage das Elend. Die Halina von der Frau Piontek haben sie verhaftet, weil sie sich mit einem Ostarbeiter getroffen hat, das arme Wesen. Nichts kann man machen. Man muß zusehen, daß man durchkommt, Franzek, das ist alles. Überleben muß man. Weißt du, jetzt, wo es uns endlich einmal etwas besser geht! Wir kriegen mehr auf unsere Lebensmittelmarken, als wir uns früher mit den sechs Kindern überhaupt leisten konnten, wollen wir mal ehrlich sein. Die Kinder jedes Jahr ein Paar neue Schuhe! Früher mußten sie den Sommer über barfuß laufen. Und Paulek hat mir den Persianer aus Frankreich mitgebracht und jetzt den schönen Stoff, und für Ulla, da hast du selbst gestaunt, das Ballkleid mit lauter Pailletten drauf. Jetzt können wir sogar noch ein Zimmer vermieten an die Dittberners, die es in Berlin nicht mehr mit dem Fliegeralarm aushalten, für zwölf Mark im Monat. Und wir haben hier nicht einen einzigen fremden Flieger über uns gehabt, Franz!

In diesen Ausruf legte sie ihre ganze Hoffnung, damit er nicht zerstörte, was sie sich da erworben hatten.

Franz schwieg. Vielleicht hätte ich mit ihr darüber gar nicht sprechen sollen. Man soll mit Frauen nicht über so etwas reden, dachte er.

Im Grunde ist es uns noch nie so gut gegangen, Franz. Und ich hoffe, es wird auch mit meinem Kropf wieder besser. Er ist jetzt etwas mehr angeschwollen, aber das kommt daher, weil ich mich vorhin so aufgeregt habe... Man merkt es doch nicht, nicht wahr...? Sie beruhigte sich selbst damit.

Und der Krieg, sagte sie, wird ja auch mal ein Ende nehmen. Weißt du, der alte Hrabinsky sagt immer: Genießet den Krieg, der Friede wird furchtbar sein!

Sie streifte sich die Nachtjacke über und legte sorgfältig den Kragen im Nacken zurecht. Die Ärmel waren ein wenig zu kurz, die Wolle war bei der Wäsche eingegangen. Sie löschte das Licht der Nachttischlampe.

Denk nicht mehr daran, du tust ja nur deine Pflicht. Und morgen früh geh ich gleich zu Herrn Wondrak, sagte sie fest.

Weißt du, die Bienen, sagte Franz nachdenklich und starrte ins Dunkel. Du hast das nicht verstanden vorhin, mit den Bienen. Bienen schwärmen doch nur im Sommer. Ich hab die Völker ausfliegen lassen! Wenn ich nicht mehr hier bin, wer wird sich darum kümmern?

Sie antwortete nicht.

Nach einer Weile spürte er, daß Anna weinte.

Plötzlich hörten sie zwei oder drei dumpfe Schläge und dazwischen einen erstickten Schrei, dem ein leises Wimmern folgte. Das alles kam ganz aus der Nähe, ja, es schien ihnen beinahe, als ob es sich in ihrer Wohnung ereignet hatte. Franz tastete über Anna hinweg nach dem Schalter der Nachtlampe, verfehlte ihn vor Ungeduld oder vor Aufregung, eine schreckliche Ahnung hatte ihn erfaßt. Im Flur traf er Kotik, der verwirrt und schlaftrunken am Türpfosten lehnte.

Es war Schielok, der geschrien hat, flüsterte Kotik.

Franz ging die paar Schritte und riß die Tür auf zu Schieloks Kammer. Er sah seinen Sohn im Nachthemd auf dem Boden knien, die linke Hand auf dem Holzschemel, die Finger krümmten sich halb nach oben und in der Handfläche sammelte sich das Blut, sickerte an den Seiten herunter, aus der Mitte ragte ein langer Nagel. Andis Gesicht war von Schmerz verzerrt, er hielt die Lippen fest zusammengepreßt.

Anna war unbemerkt hinter Franz getreten und klammerte sich an der Schulter ihres Mannes fest. Muj Bosche, der arme Junge, sagte sie nur.

42

Der Tag hatte grau und wolkenverhangen begonnen, gegen Mittag war der Himmel aufgerissen, ein Wind von Südosten, von den Beskiden, jagte die Wolken vor sich her, spielte mit ihnen, türmte sie übereinander und vertrieb sie schließlich in Richtung Norden; am Nachmittag war der Himmel leergefegt und triumphierte in einem einzigen leuchtenden Blau. Die Sonne umarmte das Land. Es war, als hätte jemand ein Streichholz an die Luft gehalten, sie explodierte geradezu, und wie mit einer Druckwelle strömte die Wärme durch die Straßen der Stadt. Die Menschen in den Wohnungen wurden unruhig, ohne recht zu wissen warum, manche gingen auf die Straße und versteckten ihre Verwirrung, andere redeten über den Gartenzaun mit dem Nachbarn über die Zeit oder über Gott, viele wanderten vor die Stadt und atmeten den Geruch der Erde ein, einige warteten, bis es dunkel wurde und die ersten Leuchtkäfer anfingen zu schwirren, dann wollten sie sich unten an der Klodnitz umarmen. Und dann wieder warten. Bis Spindel, Weberschiffchen und Nadel anfingen zu tanzen.

Josel hatte es in der Stadt umhergetrieben, in der es nun stiller geworden war und die Menschen sich verlaufen hatten, er war durch den Wilhelmspark gegangen, am Hotel ›Haus Oberschlesien‹ und am Stadttheater vorbei, an der Klodnitz entlang bis zur Lohmeyer- und Löschstraße, unter den Kastanien, die ihre ersten Blätter wie grüne Zungen ausstreckten. Im Mai bildeten sie hier einen einzigen grünen Baldachin, in dem die Blüten wie Wunderkerzen leuchteten. Es war eine Unruhe in ihm, die er schon seit dem Morgen in sich gespürt hatte, und die er in seiner sinnlosen Suche nach Ulla vergessen wollte, die ihm aber durch den einsamen Cello-Spieler in Ciepliks Konservatorium nur noch bewußter geworden war. Er war zweimal bei den Ossadniks gewesen. Beim erstenmal war nur der Tonik zu Hause, der gerade aus dem Bett kam, obwohl es in den Nachmittag ging, und der von nichts wußte, und beim zweitenmal Frau Ossadnik, die mit dem Besuch von Ulla zu Ostern rechnete. Er hatte weder von seiner Fahrt nach Beuthen erzählt noch davon, was ihm der junge Cellist von Ullas Warschau-Reise anvertraut hatte. Vielleicht stimmte es gar nicht und er würde die Mutter nur ängstigen. Er redete sich ein, daß es vielleicht nur eine Ausrede von Ulla gewesen war, weil sie woandershin fahren wollte, nach Breslau oder nach Berlin, sie hatte ihm einmal gesagt,

daß sie – wenn es soweit wäre – bei Puchelt einen Meister-
kurs belegen wollte, oder bei Gieseking, aber sie hatte ihm
nicht gesagt, wann es für sie ›soweit sein‹ würde.

Vielleicht war es jetzt soweit. Er hoffte, daß sie nicht
nach Warschau gefahren war, ohne ihn. Er hatte bei ihrer
Mutter einen Zettel hinterlassen, sie möge ihn doch anrufen, sobald sie nach Haus käme, und der Grund, den er
aufschrieb, machte es schon dringend genug: ICH MUSS IN
DEN KRIEG! Vielleicht war sie vorher in Beuthen in der
Musikschule gewesen, dann hätte sie es schon erfahren.
Mehr konnte er nicht tun. Er konnte Steine in die Klodnitz
werfen. Was er schließlich auch tat. Er hätte nicht sagen
können, warum er gerade jetzt, wie in der Zeit, als er noch
ein Kind war, Steine sammelte und sie von der kleinen
Brücke herunterfallen ließ. Das hatten sie früher oft gemacht, am Abend, wenn es dunkelte und die Klodnitz ein
einziger schwarzer Spiegel war, und sie hatten den Geräuschen nachgehorcht, die ein fallender Stein verursachte,
und jedes Geräusch war, wenn man sich darauf verstand,
je nach Größe des Steines anders. Er hatte sich manchmal
vorgestellt, was es für ein Geräusch gäbe, wenn ein
Mensch von der Brücke hineinfiele so wie ein Stein. In der
Hochwasserzeit waren immer wieder Menschen in der
Klodnitz ertrunken.

Die Klodnitz strömte hier so langsam, daß man meinen
konnte, sie sei ein stehendes Gewässer. Die Oberfläche
glänzte metallen, was von den zahlreichen Erzwäschereien
herrührte, die ihre Abwässer in den Fluß leiteten. Josel
bemerkte jetzt, da sich das Wasser erwärmte, einen Geruch nach Metall. Auf dem Rückweg kam er an der
Kreuzkirche vorbei, wo er einer alten Frau junge Birkenreiser abkaufte. Er wollte sie seiner Schwester Irma mitbringen. Junge Birkenreiser bringen Glück. So ging er
nach Hause.

Als Josel die Tür zum Klaviersalon öffnete, sah er sie. Er

blieb stehen. Er blieb einfach stehen und ließ die Tür hinter sich offen. Ihm war die ganze Zeit schon warm gewesen, jetzt schoß ihm die Hitze ins Gesicht. Ulla Ossadnik saß im Klavierzimmer seiner Mutter! Das hatte er am allerwenigsten erwartet.

Mach wenigstens die Tür zu, sagte seine Mutter trokken.

Er war den ganzen Tag unterwegs gewesen, auf der Suche nach Ulla und jetzt, wo er sie gefunden hatte, wollte er es beinahe nicht glauben. Und da er immer noch nicht wußte, was er sagen sollte, ging er einfach auf sie zu und legte ihr die Birkenreiser in den Arm.

Da bist du ja, Ulla. Er sagte es, als sei der Tag heute nichts anderes gewesen als eine Vorbereitung auf diesen einen Moment, für diese Begegnung.

Ulla ist gekommen, um sich zu verabschieden, mischte sich seine Mutter ein, sie geht nach Ostern auf eine Konzert-Tournee, unsere Künstlerin!

Valeska sah Ulla staunend von der Seite an. Sie konnte es immer noch nicht begreifen, daß die kleine Ulla, die eines Tages zu ihr zum Klavier-Unterricht gekommen war, und der sie die Hand über die Tasten geführt hatte, inzwischen im Konzertsaal auftrat, und daß man ihren Namen in der Zeitung lesen konnte.

Ulla hielt die Zweige im Arm: Klaus hat mir erzählt, daß du heute morgen in Beuthen gewesen bist, das ist der Cellospieler, weißt du, mit dem du im Konservatorium gesprochen hast. Sie suchte nach einer Vase für die jungen Birkenzweige, weil es ihr eine Gelegenheit bot, das, was sie jetzt sagen wollte, beiläufiger klingen zu lassen.

Du mußt zu den Soldaten? Und gleich nach Ostern? Ja, so gehen unsere Wege auseinander. Du gehst zu den Soldaten. Und ich auf Tournee...

Das war schon ein kleiner Unterschied. Aber sie bemerkte ihn erst, als es schon heraus war.

Ja, ich bin zum Militär eingezogen, sagte Josel.

Damit wußte Ulla schließlich alles. Mehr hatte er ihr eigentlich nicht zu sagen. Er ging in die Küche und brachte eine Vase mit für die Birkenreiser, die Ulla mit spitzen Fingern einsteckte.

Ja, der Arme, sagte Valeska, er ist eigentlich noch zu jung für das Militär, nicht wahr. Bis zum Abitur hätten sie euch noch Zeit geben sollen.

Für Josel erübrigte sich eine Antwort darauf. Er sah zu, wie Ulla die Zweige in der Vase ordnete und auf eine geschickte Weise das Abbild eines Baumes im kleinen herstellte. Er staunte darüber.

Er wäre so gern mit Ulla allein gewesen, deshalb war er ja auch nach Beuthen gefahren, um ungestört mit ihr reden zu können. Hier würde sie wieder völlig von seiner Mutter mit Beschlag belegt werden. Während sie Ulla jetzt mit Fragen überschüttete, bekam er wenigstens heraus, daß Ulla noch heute abend mit der Straßenbahn nach Beuthen zurückfahren müsse. Das war die letzte Gelegenheit, mit ihr allein zu sein. Er würde sie zur Haltestelle begleiten, vielleicht sogar ein paar Stationen mit ihr fahren.

Josel hörte sich an, was die beiden Frauen miteinander redeten. Wie oft hatte er das schon gehört! Aber sie sagten es so, als ob sie zum ersten Mal miteinander darüber sprachen. Dabei hätte er viel lieber gewußt, ob Ulla wirklich in Warschau gewesen war, in der Kirche zum Heiligen Kreuz, aber er wollte sie nicht vor seiner Mutter danach fragen. Das war ein Geheimnis zwischen ihnen, und dieses Geheimnis würde er bei sich bewahren und mit sich herumtragen, bis ans Ende der Welt. Er konnte es nicht glauben, daß Ulla allein gefahren war oder vielleicht gar mit ihrem Lehrer, diesem Professor Lechter. Das war etwas, was nur ihnen gehörte, und er erinnerte sich, wie oft sie darüber geredet und wie häufig sie es sich ausgemalt und wie sie es einmal auch tatsächlich versucht hatten und an der Grenze zurückgeschickt worden waren. Später war es ihm nicht mehr so wichtig, in Wirklichkeit dort gewesen zu sein, weil er in seinen Gedanken mit Ulla zusammen schon so oft dagewesen war.

Er wünschte sich nur, daß ihr Geheimnis bewahrt bliebe. Beim Hereinkommen im Hauptschiff, der zweite Pfeiler auf der linken Seite, dort muß es sein, das Geheimnis, das sie verbindet: Das Herz von Chopin. Sie gehen durch den leeren Kirchenraum, und ihre Schritte hallen, und sie knien auf dem steinernen Boden nieder und legen einen Strauß Anemonen hin, oder eine weiße Lilie, Lilien hat er geliebt, sagt Ulla, sie legt eine Lilie zu Füßen des Pfeilers hin. Und kehren zurück aus der Kirche, die er nie gesehen, zurück aus der Stadt, in der er nie gewesen, kehren zurück aus einer Kindheit, die sich immer weiter von ihnen entfernt – und kehrt zurück in einen Traum, in den er wieder und wieder zurückkehren wollte.

Tante Lucie trat ein und flüsterte Valeska etwas ins Ohr. Lucie schien ihre Reaktion erwartet zu haben. Als Valeska nämlich aufspringen wollte, drückte sie sie sanft in den Stuhl zurück. Bleib ganz ruhig, es ist überhaupt kein Grund zur Aufregung vorhanden. Und zu allen gerichtet sagte sie: Und bitte jetzt niemand mehr in das Zimmer von Frau Skrobek. Bis... es soweit ist.

Schon war sie wieder draußen.

Willi Wondrak kam auf Zehenspitzen herein, setzte sich ans Fenster und las. Nach einer Weile sah er auf die Uhr und blätterte in seinem Buch zurück, weil er den Zusammenhang verloren hatte. Danach blickte er wieder auf die Uhr. Die Frau Schimmel kam jetzt allein herunter und setzte sich schweigend in einen weißen Korbstuhl. Sie ließ ihre Blicke schweifen und benutzte die Gelegenheit, die Möbel und Gegenstände in diesem Raum genauer zu betrachten, was sie schon seit einigen Tagen machen wollte, aber die Frau Piontek hatte sie immer im Flur abgefertigt.

Sie hoffte, man würde sie jetzt brauchen können. Sie hatte genug Zeit. Sie hatte schon immer Zeit gehabt, aber seitdem in Berlin ihre gemütliche Zweizimmerwohnung bei einem Fliegerangriff ausgebrannt war, hatte sie noch mehr Zeit.

Josel und Ulla hatten sich einige Male über die Entfernung hinweg kurz angesehen. Dann stand Josel auf und ging an Ulla vorbei zur Veranda. Willst du sehen, was bei uns schon im Garten blüht? sagte er so gleichgültig wie möglich. Er öffnete die Tür. Die Wärme wehte in Schwaden herein und ließ die Menschen im Zimmer tiefer einatmen. Ulla erhob sich und ging langsam zu Josel in den Garten. Sie gingen am Gartenhaus vorbei, am Geräteschuppen, bis fast zum Ende des Gartens, sie sahen nicht die Krokusse blühen, nicht die Aurikel, die Tulpen und Osterglocken, nicht die helleuchtenden Forsythien. Sie rochen den Ginster. Und sie rochen die blauen Hyazinthen.

Ulla, sagte Josel leise, aber bestimmt. Als habe er sie mit diesem Anruf in einer Schlinge gefangen.

Ulla fühlte sich unbehaglich. Sie blieb vor einer Forsythien-Hecke stehen, die mit ihren tausend gelben Blüten wie mit tausend winzigen Lichtern brannte. Wie warm es auf einmal geworden ist... Als sei der Frühling plötzlich explodiert... man spürt ihn richtig auf der Haut... Sie streckte dabei ihre Arme aus.

Und Josel, der eigentlich etwas anderes sagen wollte, sagte, der Sommer hat schon eine Weile auf der Lauer gelegen, unter der Erde, und kaum ist die Sonne heraus, bricht er hervor und ist nicht mehr aufzuhalten... Dann wandte er sich zu ihr um und sagte mit einer anderen Stimme: Wir haben uns lange nicht gesehn!

Bei dem Konzert, sagte Ulla und brach einen Blütenzweig ab, das ist doch noch gar nicht so lange her.

Es war ein schönes Konzert, ja, sagte Josel. Ich glaub,

ich hab da unten im Zuschauerraum mehr gezittert als du da oben... Ich war so stolz auf dich. Und so aufgeregt, daß ich nur die Hälfte mitbekommen habe, wenn überhaupt... Am Schluß war ich klatschnaß geschwitzt, als ob ich gespielt hätte und nicht du... Ich hab dir das gleich nach dem Konzert sagen wollen, aber du hast mir nicht zugehört...

Weißt du, es waren so viele Leute um mich herum, und alle redeten auf mich ein... Ich war gar nicht da, ich meine, ich war ein paar Stunden danach noch wie betäubt, ich war da und war aber auch woanders, das ging schon los mit den ersten Takten der b-moll-Sonate, nur meine Finger spielten... Ich bin erst wieder zu mir gekommen, als ich ganz allein in meinem Zimmer war, und da merkte ich erst, wie erschöpft ich war. Wenn der Herr Professor Lechter nicht zu mir gekommen wäre, ich weiß nicht, was ich angestellt hätte... In Gedanken hab ich noch einmal das Konzert gespielt, und ich glaube, da war es erst wirklich gut gewesen... Kannst du das verstehen? sagte sie.

Josel ging schweigend neben ihr her. Er hatte ein- oder zweimal etwas einwerfen wollen, aber seine Kehle war wie zugeschnürt. Ja, wenn es so ist... stammelte er und konnte sie nicht ansehen. Ich weiß nicht, wie ich davon anfangen soll, aber ich muß dir etwas Wichtiges sagen...

Also zufrieden war ich eigentlich nur mit der Polonaise As-dur. Hast du bemerkt, was ich da mit dem Seitenthema gemacht habe... Ulla summte eine Melodie und schlug mit der rechten Hand die Tasten in der Luft. Sie dachte bereits an ihr nächstes Konzert in Kattowitz und das übernächste in Oppeln. Und was sie dann anders spielen würde.

Josel erinnerte sich nicht an Einzelheiten. Er hatte das Konzert einfach wunderbar gefunden, und vor lauter Hinstarren auf Ulla hatte er nur eine einzige, ununterbrochene Melodie gehört; wenn sie ihn gefragt hätte, was während des Scherzos in der b-moll-Sonate in ihrem Gesicht vorgegangen sei, das hätte er ihr beschreiben können.

Aber Josel fing noch einmal an: Ich muß dir etwas Wichtiges sagen, Ulla! Es ist vielleicht unsere letzte Begegnung, und da wäre es gut, du... ich meine, du solltest wissen, daß... also wie soll ich das sagen... Es wäre für mich gut zu wissen, ob du auf mich wartest? Bis ich wiederkomme aus dem Krieg... Er lief ihr jetzt voraus, um es ihr ins Gesicht sagen zu können: Ich möchte gern, daß du auf mich wartest... auch wenn du berühmt bist...

Er blieb stehen. Er hatte alles falsch gesagt, und doch war es richtig gewesen, daß er es gesagt hatte.

Du bist verrückt! sagte sie nur. Sie fühlte aber sofort, daß es eine falsche Reaktion war. Doch kam das, was er von ihr verlangte, so überraschend für sie, daß es sie zunächst verwirrte. Und während sie ihn ansah, wie er mit hängenden Armen vor ihr stand wie ein Verurteilter, der auf seine Hinrichtung wartet, spürte sie, daß sie dieser Situation nicht gewachsen war. Sie wußte nicht, wie sie sich verhalten sollte. Sie sah auf den Forsythienzweig und zerrieb eine Blüte zwischen den Fingern, dann noch eine.

Verzeih, Joselek, begann sie langsam, du hast mich mit deiner Frage erschreckt. Laß uns offen miteinander sein. Wir sind keine Kinder mehr, die sich etwas zusammenträumen, was in der nächsten Minute oder Stunde zerrinnt. Wir sind Jugendfreunde, das ist sehr viel, aber es ist auch alles. Wir werden uns wiedersehen, irgendwann. Du gehst in den Krieg, ich gehe auf eine Tournee. Vielleicht warten wir aufeinander, aber wie man auf einen Freund wartet. Und so werden wir uns wiedersehen, irgendwann, als die Freunde, die wir in der Kindheit waren. Jetzt sind wir Erwachsene. Jetzt sind wir andere geworden, Josel.

Sie sprach langsam, weil sie beim Sprechen jedes Wort überlegen wollte. Sie wollte ihn nicht verletzen. Aber sie mußte ihm die Wahrheit sagen.

Josel hatte ihr aufmerksam zugehört. Im Grunde hatte sie ihm das gesagt, was er sich schon einige Male ausgedacht hatte, sie hatte es nur mit anderen Worten ausgedrückt. Er hatte sich die Wahrheit von ihr gewünscht, so bitter und ernüchternd sie für ihn auch ausfallen würde, aber während er sich das immer wieder in Gedanken vorgestellt hatte, war sie ihm in diesen Gedanken näher und vertrauter erschienen, und er hatte sich am Schluß eine Vertrautheit erfunden, die mit der Wirklichkeit und Ullas Person nicht mehr viel zu tun hatte.

Er ging weiter und setzte sich auf eine Bank. Wenn sie ihm doch wenigstens den Glauben gelassen hätte!

Wir sind andere geworden, Ulla, das ist wahr. Aber wir sind nicht Fremde geworden, sagte er. Ich verlange von dir nichts. Ich hab' früher mal gedacht, wir würden heiraten, das ist lange her. Das waren wirklich Träume, Kinderträume... Wir haben uns auf unsere Weise geliebt, als Kinder, und jetzt ist das eine andere Situation, ich weiß. Aber ich brauche jemand, an den ich glauben kann, wenn ich ins Feld gehe, ich muß wissen, wofür ich kämpfe, ich muß das Gefühl haben, daß jemand auf mich wartet!

Aber du hast deine Mutter, du hast deine Schwester und die andern.

Zu wissen, daß *du* auf mich wartest, würde mir Mut geben, das alles durchzuhalten, zu überleben... würde dem Ganzen einen Sinn geben.

Ulla setzte sich neben Josel auf die Bank. Sie zögerte, etwas zu sagen, weil sie spürte, daß alles, was sie jetzt sagte, nur falsch sein konnte, aber irgend etwas mußte sie ihm sagen. Josel tat ihr leid. Er war schon immer in seinen Gefühlen so wenig vorausberechenbar gewesen.

Wir alle warten darauf, daß du aus dem Krieg... gesund zurückkommst... sagte sie leise und versuchte, alles an Überzeugung, was sie aufbringen konnte, in diese Worte hineinzulegen. Es war nicht viel.

Josel spürte es. Aber Mitleid konnte er nicht gebrauchen.

Du bist in Warschau gewesen, beim Herzen von Chopin! sagte er bitter.

Im Grunde war es das, was alles zwischen ihnen zerstört hatte.

Ulla musterte Josels Gesicht, als könnte sie darin mehr lesen als nur das, was er sagte. Woher weißt du das?

Der Cellospieler hat es mir erzählt. Er hat es mir gesagt, weil er vermutete, daß wir enge Freunde sind. Du wolltest wohl, daß niemand davon erfährt...?

Hast du mit jemand darüber gesprochen? fragte Ulla lauernd.

Mit niemandem! Keine Silbe.

Auch nicht mit deiner Mutter?

Sie wäre die letzte, der ich es sagen würde, sagte Josel kalt.

Ja, ich bin in Warschau gewesen. Hab' auf einmal das Visum bekommen, das ich schon vor über einem Jahr beantragt hatte. Ich glaubte gar nicht mehr daran, daß ich es je kriegen würde. Da bin ich hingefahren, für einen Tag.

Zum Herzen von Chopin?

Ich habe Noten gekauft, wich Ulla aus.

Du bist in der Kirche zum Heiligen Kreuz gewesen und hast den Pfeiler berührt, in dem das Herz eingemauert ist! Für Josel war es Gewißheit.

Ulla antwortete nicht. Sie sah in den Abendhimmel, der sich langsam zu färben begann, vom hellen Gelb bis zum dunklen Lila.

Es war unser Geheimnis, Ulla! Du hast es verraten! Du bist mit dem Professor dort gewesen.

Ulla sprang von der Bank auf. Sie wollte nicht, daß er sah, wie eine zornige Röte ihr Gesicht überzog. Das waren Kindereien, stieß sie hervor. Damals glaubte ich daran, wie man an eine schöne Legende glaubt. Nichts weiter. Ich habe mein erstes Konzert gegeben und habe Erfolg gehabt. Daran siehst du, was das für ein Unsinn ist mit dem Herzen von Chopin! Ich muß dir darüber auch keine Rechenschaft ablegen... Sie war jetzt zornig geworden und wollte gehen. Auf eine gewisse Weise fürchtete sie sich jetzt auch vor ihm. Er war manchmal so unberechenbar. Und hatte er nicht erst kürzlich einen Lehrer in der Schule in die Nase gebissen? Irgend jemand hatte ihr davon erzählt. Sie hatte es nicht glauben wollen, aber vielleicht war doch etwas Wahres dran gewesen.

Josel schnappte nach ihrer Hand und hielt sie fest. Er stand jetzt neben ihr. Weil du nämlich auf deinen Professor wartest, das ist es. Deshalb kannst du nicht auf *mich* warten.

Laß mich, du tust mir weh, sagte Ulla. Aber es war nicht Zorn, es war eher Mitleid in der Stimme. Der Forsythienzweig, von dem sie fast alle Blüten abgezupft hatte, fiel zu Boden.

Josel ließ Ulla nicht los; er zog sie auf die Bank und redete atemlos auf sie ein: Ich kann mir vorstellen, wie du mit deinem Professor durch die halbe Welt ziehen wirst, und am Schluß der Veranstaltung wirst du einen Knicks machen, denn du sollst ja noch als Wunderkind verhökert werden an das staunende Publikum, deshalb hat er es auch so eilig mit seiner Tournee, der Herr Professor, ich habe doch beobachtet, wie er dich angeglotzt, wie er dich mit seinen Glubschaugen verschlungen hat... Ich hab mir gedacht, das ist doch nichts für die Ulla Ossadnik, diese Kugel, dieses schwitzende Etwas, dieses Krötenauge... Der will auf dieser Tournee doch nur mit ihr allein sein!

Er hatte laut angefangen, jetzt winselte er nur noch. Und Ulla, der es zunächst nicht gelungen war, sich zu befreien, spürte nun, daß er sie losgelassen hatte. Josel fiel auf die Bank zurück, er zog die Knie an seinen Leib und versteckte sein Gesicht darin.

Ulla hatte sich so erregt, daß sie nach Luft schnappen mußte. Sie strich ihr Kleid zurecht und schob sich die Haare aus der Stirn. Am liebsten hätte sie mit dieser Geste alles von sich abgeschüttelt, was gerade geschehen war. Sie wollte jetzt weg, sie wollte durch den Garten auf die Straße gehen, ohne sich von den andern zu verabschieden, nur weg von hier. Aber der Anblick von Josel in der Haltung eines Kindes, das sich am liebsten vor sich selbst verbergen möchte, lähmte ihren Entschluß. Sie blieb stehen und sah auf ihn hinunter. Und zu ihrer eigenen Überraschung legte sich ihre Hand auf Josels Kopf. Sie spürte, wie er zitterte.

Sie hätte es selbst nicht für möglich gehalten, wie rasch ihre Gefühle wechseln konnten. Sie setzte sich neben ihn und blickte zum Haus hinüber, in dessen Fenstern sich noch einmal das untergehende Licht sammelte. Von außen sah das Haus dunkel und wie ausgestorben aus. Dabei wußte sie, daß alle dort drinnen auf ein neues Leben warteten.

Du, Tuleja, sagte sie und zwang sich zu einem Lächeln. Bist eifersüchtig auf den Professor... Ihre Stimme kam sanft und leise aus der Dämmerung. Ich bin dem Professor dankbar, so sehr dankbar, daß ich gar nicht weiß, ob es nicht schon etwas mehr ist als Dankbarkeit. Ja, ich habe bei deiner Mutter viel gelernt, sie war für mich mehr als nur eine einfache Klavierlehrerin, sie hat meine Begabung entdeckt, und sie hat gewußt, wann die Zeit war, wo sie mir nichts mehr beibringen konnte. Aber eine Künstlerin, die hat *er* aus mir gemacht... Ich habe nie daran gedacht, einmal in einem öffentlichen Konzert aufzutreten, ganz allein, als Solistin, vor ein paar hundert Zuhörern... Vielleicht hab ich davon geträumt, wie meinen Traum vom Herzen Chopins, aber ich habe nicht an die Wirklichkeit geglaubt, aber in Beuthen, wo ich am Anfang ganz verloren war, da hat er sich meiner Ausbildung angenommen, und er hat mich dorthin gebracht, wo ich heute bin, und das ist erst der Anfang! Er sagt, ich hätte das Zeug zu einer neuen Landowska!

Du lachst über mich, sagte Josel. Vielleicht hast du sogar recht. Du denkst an deine Karriere, an deine Laufbahn, und ich denke daran, daß ich Soldat werden muß und vielleicht als Krüppel oder Verrückter zurückkomme. Vielleicht ist das lächerlich. Wahrscheinlich bin ich überhaupt ein lächerlicher Mensch. Aber ich habe noch so weit meine Sinne zusammen, daß ich dir nicht das sage, was ich dir eigentlich die ganze Zeit sagen möchte, daß ich dich nämlich liebe, und daß ich lieber sterben möchte, wenn ich dich nicht mehr lieben kann – aber nein, das sage ich nicht, sondern ich sage nur, warte auf mich, bitte, warte auf mich! Versprich es mir wenigstens – oder ich bringe mich um!

Josel, das ist ja alles Unsinn, was du da sagst. Wer weiß, wo du das wieder gelesen hast! Früher habe ich deine Wörter geliebt, die du aus irgendwelchen Büchern hattest, und die so neu und schön für mich waren. Aber jetzt brauche ich deine Wörter nicht mehr, jetzt brauche ich die Musik. Es gibt gute und schlechte Musik, aber es gibt keine lächerliche Musik. Es gibt gute und schlechte Menschen, aber es gibt keine lächerlichen Menschen.

Ich werde mich aufhängen. Früher haben sich genug Menschen deswegen umgebracht... sagte Josel langsam. Aber es ist keine Zeit mehr für Selbstmörder. Wozu sich noch umbringen, wenn es im Krieg so viele gibt, die darauf lauern, einen andern umzubringen.

Denk nicht an so etwas, sagte Ulla. Denk daran, du mußt in meine Konzerte kommen, nach dem Krieg, wenn ich irgendwo in der Nähe spiele. Das mußt du mir versprechen... Josel.

Nach dem Krieg, nach dem Krieg, ich kann das nicht mehr hören: jeder redet davon, jeder zweite Satz fängt damit an. *Nach dem Krieg!* Alle erhoffen sich dann das wahre Leben, wenn nicht das Paradies, aber ich lebe jetzt, ich muß jetzt in den Krieg, und wir alle wissen nicht, wie das *NachdemKrieg* aussehen wird und wer von uns das überhaupt erleben wird...

Josel wußte, niemals mehr würde es so sein, wie es einmal gewesen war. Seit diesem Karfreitag würde es zwischen der Vergangenheit und der Zukunft einen tiefen Riß geben, der in einem ganzen Leben nicht mehr zugedeckt werden konnte.

Vielleicht ist es gut, daß Krieg ist. Danach wird alles ganz anders sein.

Der Krieg kommt näher, sagte Ulla. In Warschau ist im Juden-Ghetto ein Aufstand ausgebrochen.

In Warschau? fragte Josel ungläubig. Und du kommst gerade aus Warschau?

Ja, sagte sie, ich habe die Schüsse und Explosionen gehört.

Wie bist du da noch herausgekommen?

Der Aufstand ist nur im jüdischen Wohnbezirk, der ist eingezäunt und abgetrennt von den Polen. Dort leben die Juden schon seit Jahren für sich. Heute morgen, als wir weggefahren sind, stand Rauch über dem Viertel.

Und die Polen?

Die sind froh, daß es diesmal nicht sie betrifft. Das Leben geht für sie weiter, die gehen in die Kirchen und an der Weichsel spazieren.

Ich hab nichts in der Zeitung gelesen, sagte Josel.

Nein, davon steht nichts in den Zeitungen.

Ulla stand von der Bank auf. Laß uns ins Haus gehen. Sie hob den Forsythienzweig auf, der ihr entfallen war. Und obwohl er arm und zerrupft aussah, kam er ihr jetzt besonders kostbar vor.

Drinnen im Haus rührte sich nichts. Es ist immer noch still, sagte sie nachdenklich.

Nicht einmal Licht haben sie angemacht, sagte Josel. Wenn das Kind angekommen wäre, hätten wir es schon gehört.

Ich muß jetzt nach Beuthen zurückfahren, sonst wird es zu spät für mich. Das kann mit deiner Schwester noch lange dauern, sagte Ulla.

Sie gingen durch den dunklen Garten auf das Haus zu. Josel nahm Ullas Hand. Er wollte festhalten, was nicht mehr zu halten war. Riechst du den Sommer? fragte Ulla.

Aber Josel hatte keine Empfindungen mehr.

43

Als Tonik vor dem *Capitol* angekommen war, war er eine halbe Stunde zu früh. Er sah sich erst einmal die Schaukästen an, aber viel von den Photos konnte er bei dem schwachen Licht der übermalten Birne nicht erkennen. ICH KLAGE AN gab es als Sonderprogramm für Karfreitag. FÜR JUGENDLICHE NICHT ZUGELASSEN. Also die Hatheyer konnte er überhaupt nicht ausstehen. Vielleicht könnte er die Hedel Zock, wenn sie rechtzeitig käme, überreden, mit ihm in die C.T.-Lichtspiele zu gehen oder in die Schauburg, da gab es sicher was Besseres. Die Filme mit Zarah Leander liebte er oder die mit Marika Rökk und mit Hilde Krahl. Es waren nicht immer die Hauptdarsteller, weshalb er in einen Film ging, es waren eher die Nebenrollen, mit denen er litt oder mit denen er siegte. Paul Kemp zum Beispiel oder Rudolf Platte, oder Fritz Kampers, an die erinnerte er sich. Keine Draufgänger, nein, eher schüchtern, vom Pech verfolgt, kleine Leute, aber mit mehr Verstand und List als die Herrschaften, und die am Schluß schließlich über die andern siegten. Das waren seine Vorbilder.

Er könnte inzwischen den Mann an der Kasse fragen,

was in den anderen Kinos gespielt wurde, aber da war kein Mann an der Kasse, und nachdem er an die Scheibe geklopft hatte, kam ein Fräulein von irgendwoher, jedenfalls hörte man jetzt Stimmen aus dem Lautsprecher und das Rauschen der Projektoren, und als er seine Frage vorbrachte, war das Fräulein empört und verweigerte ihm die Auskunft. So würde er also zusammen mit Hedel Zock, wenn sie überhaupt käme – er war sich dessen noch nicht sicher –, ›Ich klage an‹ sehen. Schließlich ging er ja nicht mit ihr ins Kino, um einen Film zu sehen.

Dann kamen die ersten Kinobesucher. Sie waren alle so um die vierzehn bis sechzehn. Sie schlenderten herein, kauften ihr Billett, kämmten sich in irgendeiner spiegelnden Scheibe die Haare und rochen nach Birkenwasser. Die Mädchen trugen das Haar in einer Nackenrolle, manche auch einen Turban, aus einem Schal zurechtgesteckt. Ein paar Jungen kreisten ihn ein, rückten näher, flüsterten miteinander, musterten ihn ziemlich direkt, als ob sie noch nie einen Soldaten in Uniform gesehn hätten. Wo er doch nur Unteroffizier war. Bei einem Leutnant oder gar bei einem Hauptmann würde er das verstanden haben.

Die Jungen trugen das Haar lang, bis in den Nacken herunter. Als er so alt gewesen war, hatten sie die übliche Streichholzlänge getragen, wie es dann auch beim Barras die Pflicht war. Es kam wohl daher, daß die meisten von ihnen damals schon vorher beim Arbeitsdienst gewesen waren. Und alle Jungen trugen weiße Seidenschals um den Hals. Die hingen ein wenig kokett über den Jackettkragen hinaus, er hatte das schon einige Male gesehen, aber es war ihm nicht so deutlich aufgefallen wie jetzt. Tonik stand auf, kämmte sich ebenfalls die Haare und ging an den Jungen vorbei nach draußen. Es war ihm einfach unangenehm, wie sie auf ihn starrten, und er hatte keine Lust, sich mit ihnen in ein Gespräch einzulassen. Die Jungen waren enttäuscht; sie sahen ihm nach, wie er hinter der Klapptür verschwand, und machten sich gegenseitig Vorwürfe, daß sie ihn nicht gleich und direkt nach einer Zigarette angehaun hatten.

Tonik wartete jetzt draußen, und bei jeder Person, die aus dem Dunkel der Straße in das diffuse Licht unter der blauübermalten Leuchtschrift CAPITOL trat, bekam er so etwas wie einen elektrischen Schlag: Das muß sie sein! Aber sie war es dann doch nicht.

Als immer mehr Leute kamen, kaufte Tonik für alle Fälle zwei Billetts, damit am Schluß nicht alles besetzt war. Er kaufte Sperrsitz, wo sie sich ganz hinten verstecken konnten, für vierzig Pfennig; es war ziemlich teuer. Vor allem, wenn die Hedel Zock nicht käme.

Es roch nach Birkenwasser. Der ganze Vorraum war eine Wolke von Birkenwasser. Vor dem Spiegel und vor den Scheiben standen Jungen, die langsam und schweigend ihr Haar kämmten, das sie am Karfreitag mit Birkensaft eingerieben hatten. Man mußte einige Tage vor Ostern eine junge Birke anschneiden, ein kurzer, nicht allzu tiefer Schnitt in die Rinde und darunter ein Gefäß festmachen, bis zum nächsten Morgen war das Gefäß mit frischem Birkensaft gefüllt. Damit mußte man sich die Haare einreiben, das würde vor Kahlheit schützen und Fruchtbarkeit bringen.

Und die Mädchen mußten sich am Karfreitag mit Wasser aus dem Fluß oder dem Teich waschen, dann würden sie immer schön bleiben.

Es hatte sich nicht viel geändert. Nur die weißen Schals waren neu für ihn. Jetzt erwischte ihn doch einer der Jungen und pumpte ihn um eine Zigarette an. Der Junge hätte sie sicher bekommen, wenn nicht in diesem Augenblick Hedel Zock durch die Klapptür hereingeschlüpft wäre. Tonik ließ den Jungen stehen und ging mit den Eintrittskarten in der Hand auf sie zu.

Hedel Zock war einfach angezogen, das einzige Auffällige an ihr waren die Haare, die sie zu lauter kleinen Löckchen gewickelt hatte. Sie fürchtete nur, die würden nicht lange halten, denn sie hatte sie selbst am Nachmittag eingedreht und unterm Haarnetz trocknen lassen. Besser wäre gewesen, sie hätte die Lockenwickler über Nacht tragen können, aber ihre Mutter würde das in der Karwoche nie erlaubt haben. Sie hatte schon Krach mit ihr bekommen, weil sie sich vor dem Spiegel das Haar gekämmt hatte. Am Karfreitag blickte man nicht in den Spiegel, schon gar nicht so lange wie sie! Die Hedel ging lieber gleich so wie sie war aus dem Haus, denn wenn ihre Mutter erst herausbekäme, daß sie mit Anton Ossadnik fürs Kino verabredet war, würde sie sie gar nicht aus der Wohnung lassen, sondern die Tür abschließen und den Schlüssel verstecken. Es wäre nicht das erste Mal gewesen. Einmal hatte die Mutter nächsten Morgen nicht mehr gewußt, wo sie am Abend vorher den Schlüssel versteckt hatte und mußte den Schlosser holen lassen, damit Hedel noch rechtzeitig ins Geschäft kam, ins Kaufhaus Rebenstorf, wo sie Verkäuferin lernte.

Hedel hatte sich auf dem Weg ausgedacht, wie sie dem Anton Ossadnik gegenübertreten wollte – also eher kühl – und wie sie warten wollte, bis er etwas sagte, und wie sie überhaupt ihn reden lassen wollte, denn nirgendwo verriet sich ein Mensch mehr als in seinen Reden, das hatte ihre Freundin Helga Zimnik gesagt, und daran wollte sie sich halten, wenigstens in diesem Fall. Sie hatte sich sogar ein paar Sätze zurechtgelegt, die sie auch im Moment der größten Verwirrung nicht vergessen wollte: Nehmen Sie Ihre Hand weg! Verzeihen Sie, aber tun Sie das nicht!

Was nur bewies, daß sie hoffte, er würde es tun.

Die Männer wollen doch alle nur dasselbe, dachte sie, und kam sich gleich zwei Jahre älter vor. Sie wäre viel lieber so alt gewesen.

Wenn sie nur nicht diesen traurigen Film sehen müßte.

Das würde ihnen beiden vielleicht sogar die Stimmung verderben. Hedel hatte in der Zeitung gelesen, daß heute, am Karfreitag, *auf vielfachen Wunsch* ›Ich klage an‹ gezeigt würde. Ach du liebes Jesulein, sie wäre natürlich lieber in so etwas wie ›Der weiße Traum‹ gegangen. Diesen Film hatte sie siebenmal gesehn, ja, und sie würde sich auch beim achten Mal nicht langweilen. *Ich bin die Prater-Mizzi, der Liebling aller Herrn, dort kennt mich jeder Strizzi*... sie war ganz begeistert gewesen. Aber natürlich konnten sie so etwas ja nicht am Karfreitag zeigen. Sie liebte überhaupt die Wiener Filme und manchmal probierte sie auch den Dialekt, was ihr aber nicht so richtig gelang.

Ach du liebes Jesulein, war sie aufgeregt, als sie schließlich Tonik entdeckte. Es war ziemlich spät geworden, und der Anton kam in seiner schönen Uniform auch gleich mit den Karten in der Hand auf sie zu. Sie entschuldigte sich vor Verlegenheit mit den immer gleichen Worten. Sie hatte gewiß unansehnliche rote Flecke auf den Wangen, die hatte sie immer, wenn sie nervös war, und das war sie jetzt, wahrhaftig, zumal sie sich auch noch von dem Fräulein Konopka entdeckt glaubte, die ihren Kopf nicht mehr zurückschrauben konnte, und natürlich im ganzen Kaufhaus darüber reden würde, daß sie am Karfreitag die Hedel mit einem Soldaten im Kino gesehen hätte. Immerhin war er Unteroffizier, mit zwei Auszeichnungen. Das EK zwei sah man allerdings überall. Aber sie wollte den Anton fragen, was der andere Orden zu bedeuten hätte.

Tonik legte ihr, ohne viel zu reden, den Arm um die Hüfte, damit sie sich gleich daran gewöhnte, und sie war noch viel zu aufgeregt, um es überhaupt richtig zu bemerken. Ach, entschuldigen Sie, wiederholte sie, daß ich zu spät gekommen bin. Ich mußte zu Haus erst etwas erfinden, damit meine Mutter mich überhaupt wegläßt; Sie können sich das nicht vorstellen, aber die älteren Herrschaften sind heutzutage noch ziemlich rückständig...

Sie war richtig stolz darauf, wie sie das herausgebracht hatte.

Tonik wollte sich das nicht vorstellen. Er interessierte sich mehr dafür, zwei Plätze in der letzten Reihe zu bekommen, aber die waren schon von den Vierzehnjährigen mit ihren Freundinnen besetzt. Er erwischte gerade noch Plätze an der Seite. Tonik hätte in der Wochenschau gern gesehn, wie sich der Krieg zu Hause in einem gemütlichen Kinosessel ausmacht, aber leider fing es gleich mit dem Hauptfilm an. Und vielleicht würde er auch einmal Soldaten sehen in schneeweißen Mänteln, an der Ostfront, von denen Bronder erzählt hatte. Und so rief er ins Dunkel nach der Wochenschau.

Die Hedel neben ihm wäre beinahe gestorben, so peinlich war es ihr, aber es gelang ihr dann doch, ihm zuzuflüstern, daß das Capitol mit dem C.T.-Kino die Wochenschau austausche, deshalb würde in einem Kino die Wochenschau am Anfang gezeigt, im andern Kino am Ende. Tonik gab sich damit zufrieden.

Hedel mußte während der ganzen Vorstellung mit Geduld und Hartnäckigkeit Toniks Hand zurückschieben, gewiß einige Dutzend Male. Sie konnte jetzt auch nicht die Sätze anbringen, die sie sich vorher zurechtgelegt hatte. Sie wagte nicht, in die Stille zu reden, und war von dem, was auf der Leinwand geschah, ganz erschüttert. Als Paul Hartmann endlich einwilligte, der Hatheyer das Gift zu geben, fing sie an zu heulen, und sie war nicht die einzige, wenn sie die Geräusche um sie herum richtig deutete. Für Tonik eine günstige Entwicklung, denn jetzt ließ sie endlich seine Hand auf ihrem Knie liegen, weil sie ihre Hände brauchte, um sich die Augen zu wischen.

Als der Film zu Ende war, benutzten die meisten Zuschauer die kurze Pause bis zum Beginn der Wochenschau, um zu gehen. Das Scharren der Füße nahm kein Ende, auch als schon der Reichsadler aufblendete und der

Wochenschausprecher mit seiner markigen Stimme begann. Nun zog auch Tonik die Hedel ins Freie.

Nach diesem traurigen Film brauchte er wahrscheinlich doppelt so viel Zeit, um sie in die richtige Stimmung zu bekommen. Er machte sich Sorge, ob die Zeit heute nacht überhaupt ausreichen würde. Pjerunnje, dachte er, vielleicht sollte ich es doch lieber einmal bei einer Witwe versuchen, es muß ja nicht gleich eine aus ›Port Arthur‹ sein, die müßte jedenfalls nicht schon um halb elf zu Haus sein. Und vielleicht könnte ich sogar mit der auf die Bude gehen.

Mit der Hedel mußte er wohl wieder in einen Park oder an die Klodnitz. Ein Glück, daß es so warm geworden war, da konnte man am Fluß spazierengehen. Heute war keine Theatervorstellung, da würde auch niemand mehr aus dem Theater kommen und sie stören. Sie ließ es sich jedenfalls gefallen, daß er ihr den Arm um die Hüfte legte. Aber sie sagte nichts. Sie dachte immer noch an Heidemarie Hatheyer und wie sie in ihrem Rollstuhl um das Gift gefleht hatte. Tonik hingegen redete, als ginge es um sein Leben. Er redete von der Zeit, als sie im Stadtwald die Baumhäuser bauten, von der Zeit, als sie mit ungelöschtem Karbid Flaschen und Blechbüchsen sprengten, von der Zeit, als sie in Frankreich nach der Einnahme einer Stadt, deren Namen ihm leider entfallen war, das Kaufhaus plünderten und er dabei ausgerechnet in die Damenabteilung geriet und mit einem Arm voll Kleidern und Pelzen herausgekommen war, und wie sie dann in der Nacht, die die Kompanie in einer geräumten Schule zubrachte, den Cognac und den Champagner gesoffen haben, und wie sie schließlich anfingen, sich mit den Pelzen zu behängen und zu tanzen, in den Schulräumen, im Korridor und auf den Schulbänken... und wie sie dazu gesungen hatten: *Gute Nacht Mutter, gute Nacht, hab an dich jede Stunde gedacht...*

Jetzt lachte sogar die Hedel. Sie sträubte sich nicht, als er ihre Schritte von der Hauptstraße weglenkte und sie vorsichtig und sachte die paar Stufen zur Klodnitz hinuntergeleitete. Ach du liebes Jesulein, er gefiel ihr schon, der Anton Ossadnik, und sein Arm war ihr gar nicht mehr lästig, im Gegenteil, sie fühlte sich von ihm wie emporgehoben, so leichtfüßig wie jetzt, war sie noch nie über die Straße gegangen. Und unten am Fluß begann er sie zu küssen. Sie ließ es geschehen, auch weil sie nicht wußte, wie sie sich wehren sollte. Er gefiel ihr, der Antonek, es war ihr nur einfach ein bißchen zu schnell gegangen, so lange kannten sie sich noch gar nicht, und hatten schließlich auch keine Zeit gehabt, sich kennenzulernen. Aber jetzt hätten sie noch ein paar Tage, und im nächsten Jahr beim nächsten Urlaub, noch ein paar Tage und dann...

Er umarmte sie fest und drückte seinen Körper an ihren, er strich mit den Fingern über ihren Nacken und schob ihr die Zunge zwischen die Zähne. Sie konnte keine Luft holen, schon deshalb mußte sie sich von ihm befreien. Sie stemmte sich mit ihrer ganzen Kraft gegen ihn und quetschte ein paar Laute heraus, die unverständlich waren.

Aber er hielt sie fest und stammelte etwas, was sie erst in der Wiederholung verstand. Kann es sein, daß ich dich liebe, Hedel, ja es ist so, Hedel, ich liebe dich, Hedel. Tonik wollte keine Zeit verlieren, seine Hand tastete sich langsam zu ihrer Brust, den Körper hinunter. Wenn wir es jetzt tun, sagte er, dann ist es doch das erste Mal für dich, nicht wahr?

Ach du liebes Jesulein. Hedel trieb es fast die Tränen in die Augen. Jajaja, flüsterte sie und näherte ihre Lippen seinem Ohr. Anton, mein Tonik, ich gehöre dir. Aber nicht heute! Es geht nicht. Weil es ist doch – Karfreitag.

Pjerunnje, sagte Tonik nur. Pjerunnje!

44

Nach Mitternacht, als die Gäste gegangen waren, war es auch im Hause Piontek stiller geworden. Valeska hatte für Josel das Sofa im Klavierzimmer als Bett zurechtgemacht, weil er ebenso wenig schlafen gehen wollte wie die andern, die sich in ihre Sessel vergraben hatten und auf die Geburt des Kindes warten wollten. Sie war noch einmal in Irmas Zimmer gewesen und hatte von der Hebamme erfahren, was sie in den letzten drei Stunden schon wiederholt erfahren hatte, daß nämlich ›alles ganz normal verlaufe und es nun wohl bald soweit sein werde‹. Immerhin war es inzwischen Sonnabend geworden, es müßte also ein Glückskind werden – wenn man daran glaubte. Valeska glaubte daran. Sie brachte die Nachricht in das Klavierzimmer mit, wo alle erwartungsvoll aufblickten und enttäuscht wieder zurückfielen, weil sie etwas anderes erwartet und erhofft hatten. Aus dem Radio tönte eine leise, nichtige Musik. Willi hatte sie eingeschaltet, weil ihm die Stille unbehaglich vorgekommen war, und niemand hatte etwas dagegen gehabt. Nicht einmal Lucie (Widera), die sich mit ihrem Korbstuhl zu einem kleinen Nickerchen in die Ecke zwischen Wanduhr und Vitrine zurückgezogen hatte, in der Hoffnung, die Wanduhr neben ihr würde sie mit ihrem Glockenschlag jede halbe Stunde wecken, denn sie dürfte die Geburt am allerwenigsten versäumen.

Im Zimmer verbreitete jetzt nur noch die Lampe auf dem englischen Tisch ein mildes, gleichmäßiges Licht, aber Valeska schien es immer noch zu hell, jedenfalls für die Stimmung, die jetzt über ihnen allen lag. Sie stand auf und suchte in einer Vitrine nach einem seidenen Tuch und fand schließlich eines, das ihr dafür geeignet erschien. Sie legte es mit Sorgfalt über den Schirm, zog es an allen Seiten glatt und prüfte, ob die Hitze der Glühbirne nicht zu stark sein würde. Dann setzte sie sich wieder an den Tisch. Sie machte alles langsam, so als wollte sie die langsam verrinnende Zeit auch durch ihre Gesten und Bewegungen sichtbar machen. Das matte, diffuse Licht zerfaserte die Dinge und machte sie unwirklich, und es entfernte die Personen, die sich in den Stühlen gegenübersaßen, weiter voneinander, als sie es in Wirklichkeit waren. Das Schweigen hüllte sie ein. Es war nicht so, daß sie schwiegen, weil irgend jemand im selben Haus, in einem Zimmer ein paar Schritte weiter, ein Kind gebären sollte. Sie hatten sich ganz einfach alles gesagt. Es war nicht viel gewesen, aber genug.

Nach einer Weile stand Willi Wondrak auf und suchte einen anderen Sender und andere Musik. Durch die Ereignisse war er um seinen ›Parsifal‹, III. Akt, betrogen worden. Um diese Zeit war überall die gleiche plätschernde Musik, die sich von der vorherigen durch nichts unterschied. So setzte er sich wieder hin. Im Grunde hörte keiner zu. Erst als eine Stimme die Musik unterbrach: *Achtung! Achtung! Wir geben eine wichtige Durchsage! Feindliche Flugzeuge haben die Reichsgrenze bei Lübeck überflogen und nähern sich dem Luftraum Hannover–Braunschweig. Die zivile Bevölkerung wird gebeten, auf die Sirenen zu achten und bei Fliegeralarm ohne Panik die Luftschutzräume aufzusuchen.* Danach erklang wieder die leise, schwebende, eintönige Musik von vorhin.

Erst nach einer Weile sagte Josel: Das bedeutet, daß in fünfzehn Minuten in Berlin Fliegeralarm gegeben wird. Er wußte das von Herrn Schimmel, der ihm das immer wieder erzählt hatte: Wie sie nach der Durchsage in den Luftschutzbunker am Savigny-Platz gegangen sind und wie sie trotz der dicken Mauern die Flak und die Explosionen der Bomben gehört haben. Und wie sie nach zwei oder drei Stunden wieder nach Haus gingen, mit zwei Koffern und einer Aktentasche. Manchmal haben sie auf ihrem

Weg auch ein Haus brennen sehen. Und schließlich war es ihr Haus, das brannte.

Die arme Gerda, sagte Valeska. Das geht jetzt schon zweimal in der Woche so mit den Angriffen. Die können gar nicht mehr ruhig schlafen. Wenn das nicht aufhört, will sie im Sommer mit ihren beiden Kindern herkommen. Ich weiß nur nicht,wo ich sie unterbringen soll.

Eines Tages kommen sie mit ihren Bomben auch hierher... Die ganze Rüstungsindustrie ist jetzt nach Oberschlesien verlagert, das zieht sie geradezu an, brummte Wondrak vor sich hin.

Nicht einmal am Karfreitag geben sie Ruhe, seufzte Valeska und dachte daran, daß der junge Pole in aller Frühe aus dem Geräteschuppen verschwinden müßte.

Es widersprach ihr niemand. Sie saßen da und schwiegen. Und warteten. Im Zimmer nebenan blieb es weiterhin still.

Valeska erhob sich von ihrem Stuhl und ging zur Verandatür. Ich gehe mal frische Luft schnappen. Sie schob das Verdunklungsrollo zur Seite und schlüpfte hinaus in den Garten. Das Rollo war etwas verrutscht und ließ jetzt einen breiten Lichtstreifen in die Nacht fallen, aber er war so schwach, daß man ihn nicht weit sehen würde. Sie spürte die warme Luft und die summende Stille der Nacht wie einen Schauer auf ihrem Gesicht. So viele Geräusche und Stimmen waren heute auf sie eingedrungen, daß sie sich nach Stille sehnte, nach dem Geruch des Gartens in dieser Frühlingsnacht, der Betäubung des Ginsters und dem sanften Aufruhr des Mandelbaums, dessen erste Blüten in dieser Wärme aufbrachen. Der Himmel schien ihr ein schwarzes Tuch, in das sie selbst tausend Sterne gestickt hatte. Im Haus öffnete sich ein Fenster und es fielen dunkle Stimmen in die Dunkelheit nach draußen.

Valeska wollte ihren eigenen Stimmen lauschen, die von ganz tief, von ganz unten aus ihrer Seele kamen. Sie spürte, während sie durch den Garten ging und nur das Schlurfen ihrer Schuhe zu hören war, daß die Einsamkeit in ihr gewachsen war. Das hatte angefangen mit jenem Septembertag, als Josel verschwunden war und Herr Montag sich im Gartenhaus erschossen hatte. Und als Leo Maria starb. Die Einsamkeit war gewachsen in ihr seitdem und hatte sich fortgesetzt und verstärkt über Schmerzen und Enttäuschungen hinweg, eine Einsamkeit, die von ihr bis zum Himmel reichte. Wie lange würde sie das noch aushalten können?

Valeska machte einen großen Bogen um den Geräteschuppen und war schließlich am Ende des Gartens angekommen, an der Stelle, wo sie einmal den wilden Lavendel gepflanzt hatte, weil sie mit seinem Geruch den Gestank der nahe gelegenen Kokerei übertrumpfen wollte. In jenem Sommer war es ihr auch gelungen. Es war ein Duft gewesen, der die Frauen aus der Nachbarschaft an den Abenden angezogen hatte. Niemals mehr hat der wilde Lavendel so betäubend geduftet wie in jenem Sommer. Danach verkümmerte er von Jahr zu Jahr immer mehr unter dem Ruß, und nun trieben im Frühjahr nur noch wenige Pflanzen das frische Grün aus dem grauen Busch. Und jetzt wollte Willi das Beet umgraben lassen und Tomaten darauf pflanzen.

Valeska kniete sich hin, weil sie sich mit dem Schuh in einer Ranke verheddert hatte. So verhielt sie und fühlte unter ihren Knien die trockene, kühle, harte Erde.

Es gab jetzt keine Ausflüchte mehr. Der Krieg hatte sie wie ein Krebsgeschwür angefallen. Der Krieg fraß an ihnen. Nach außen hin merkte man es vielleicht noch nicht. Es gab keinen Fliegeralarm, keine Bomben, keine brennenden Häuser. Aber die Todesanzeigen in den Zeitungen waren häufiger als früher. Seelenmessen für die Gefallenen wurden jetzt täglich gelesen. Und ihr Josel, ein halbes Kind noch, mußte in den Krieg. Irma wehrte sich gegen den Tod und gebar immer neue Kinder. Halina saß im Gestapo-Gefängnis in der Teuchertstraße und wurde verhört, vielleicht sogar geschlagen. Ihr Bruder würde die Buchhändlerin Willimczyk heiraten und sein Leben lang von einer großen und verborgenen Sehnsucht nicht wegkommen. Milka würde bei den Sterbenden im Kreislazarett und der immer launischer und sklerotischer werdenden Gräfin die Zeit und das Leben versäumen. Und der Polenjunge im Schuppen bedeutete eine neue Gefahr.

Valeska erinnerte sich, wie alles angefangen hatte. Sie erinnerte sich an den letzten Tag im August 1939, als sie um das Radio herum saßen und vom Aufmarsch der Armeen an der nahen Grenze hörten. Es war das letzte Mal, daß sie alle zusammen waren, und es war ihr, als ob in diesem Bild, in dieser Szene, ihr ganzes Leben zusammengerafft war; das Photo, das sie damals am Hochzeitstag von Irma gemacht hatte, war nur eine grobe Fälschung gegen das Photo, das sie in ihrem Kopf aufbewahrte.

Jenen Sommer würde sie niemals vergessen, es war ein heißer, trockener Sommer gewesen, die Königskerze schäumte gelb in den Wiesen, der Klatschmohn war schon lange nicht mehr so wild und so rot gewachsen, die Disteln streuten die Kletten in die Haare der Kinder, die Flüsse vertrockneten zu Rinnsalen und stanken, die Fische drehten ihre weißen Bäuche nach oben und begannen zu faulen, auf den Kokshalden tanzten blaue Irrlichter die ganze Nacht Carmagnole und im Garten durftete der wilde Lavendel und der Mond blühte am Himmel wie eine mächtige glühende, rote Rapsdolde...

Sie erinnerte sich daran und wußte, nie würde sie diesen Sommer vergessen, denn diesen Sommer zu vergessen, hieße alle Sommer ihres Lebens zu vergessen. Einen solchen Sommer würde es nie wieder geben. Damals wollte sie es nicht glauben, aber heute mußte sie es sich eingestehen: Jeder Tag war ein langsamer Abschied gewesen seitdem, von der Zeit, von der Welt, vom Leben.

Sie riß ein paar Lavendelblätter ab, zerrieb sie zwischen den Fingern und roch daran, sie rochen dumpf und faulig und nur noch schwach nach Lavendel. Sie zupfte noch mehr Blätter aus und zerrieb sie zwischen den Handflächen, die sie sich aufs Gesicht drückte. Gierig atmete sie den Duft ein, mit geschlossenen Augen, als ob sie süchtig danach wäre, nach dem Geruch des Lavendels, nach dem Geruch der Vergangenheit.

So blieb sie und wartete. Als kein Ritter in der Luft mit dem Drachen kämpfte, stand sie auf und ging in einem weiten Bogen um den Geräteschuppen in das Haus zurück. Im Klaviersalon hatte sich nichts verändert. Nur die Musik im Radio war eine andere. Valeska schlurfte durch den Raum bis hinter die spanische Wand zu ihrem Wäscheschrank. Sie öffnete ihn und tastete zwischen Laken und Bettbezügen, bis sie ein kleines, graues Päckchen hervorzog. Das machte sie auf und ging damit zum Tisch. In ihrer Hand glänzte ein schwarzer, tropfenförmiger faustgroßer Stein.

Hier, Josel, sagte sie, nimm diesen Stein. Papusch hat ihn mir gegeben für dich. In jener Nacht, bevor er starb. Ein schwarzer Stein aus dieser schwarzen Erde. Nimm ihn mit dir, in den Krieg!

Das kursiv gesetzte Zitat auf Seite 59 ist ein Ausschnitt aus dem nachgelassenen, noch unveröffentlichten Roman ›Der Leuchter‹ von Arthur Silbergleit.

Romane,
die Sie in Bann schlagen

Heimito von Doderer:
Die Strudlhofstiege
dtv 1254

Saul Bellow:
Die Abenteuer des
Augie March
dtv 1414

Edzard Schaper:
Der Henker
dtv 1424

Oskar Maria Graf:
Unruhe um einen
Friedfertigen
dtv 1493

Iris Murdoch:
Der schwarze Prinz
dtv 1501

Hervey Allen:
Antonio Adverso
dtv 1514